新潮文庫

星夜航行

上巻

飯嶋和一著

新潮社版

11501

咲く命　一つなり
萩も朝顔も

丙辰九月吉日

陶工十四代　沈壽官

目次

三河・遠江
尾張国
矢作川
足助
飯田街道
武節
別所街道
三河国
信州街道
遠江国
駿河国
岡崎城
能見
上野城
菅生
刈谷城
渡城
松葉川
大平村
安城
桜井
小川
乙川
藤川
大浜
羽城
西尾城
小島城
下和田村
土呂寺
御油
深溝
蒲郡
国坂峠
牛久保
吉田城
知多湾
渥美湾
三河湾
田峯
鳳来寺
設楽原
長篠
新城城
野田
嵩山
三ヶ日
本坂峠
気賀
金指
都田川
三方ヶ原
堀江城
浜名湖
富塚
浜松城
佐鳴湖
白須賀
新居
舞坂
遠州灘
馬込川
天龍川
犬居城
大園村
光明山
笹岡
二俣城
二俣川
秋葉山道
見付
掛川城
日坂
遠州横須賀
高天神城
大井川
無間山観音寺
粟ヶ岳
金谷
諏訪原城
小山城
藤枝
駿河田中城
小川城
駿府城
東海道
北
0
10km

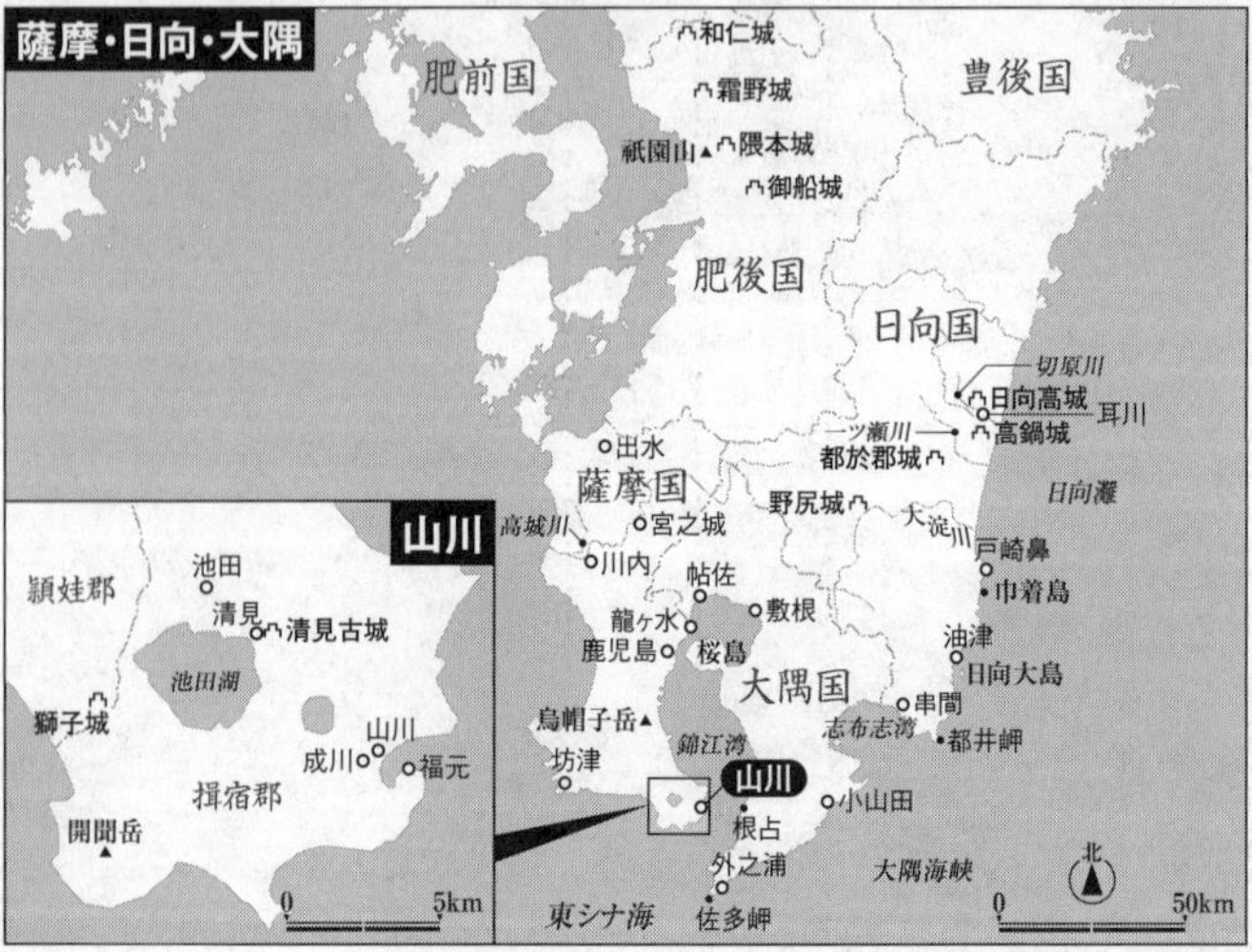

薩摩・日向・大隅
肥前国
和仁城
霜野城
豊後国
祇園山
隈本城
御船城
肥後国
日向国
切原川
日向高城
耳川
一ツ瀬川
高鍋城
都於郡城
出水
薩摩国
日向灘
野尻城
大淀川
高城川
宮之城
川内
戸崎鼻
帖佐
巾着島
敷根
龍ヶ水
鹿児島
桜島
油津
日向大島
大隅国
串間
烏帽子岳
錦江湾
志布志湾
都井岬
坊津
山川
小山田
根占
外之浦
大隅海峡
佐多岬
東シナ海
北
0
50km
山川
穎娃郡
池田
清見
清見古城
池田湖
獅子城
山川
成川
福元
揖宿郡
開聞岳
0
5km

筑前・筑後・肥前
朝鮮
釜山
日本海
朝鮮海峡
対馬国
対馬
対馬海峡
壱岐国
壱岐島
博多湾
玄界灘
筑前国
加部島
波戸岬
名護屋
呼子
筑前筥崎
東松浦
半島
唐津
博多
平戸
北松浦
半島
伊万里
肥前国
筑後川
筑後国
柳川
豊前国
秋月城
国東半島
佐田岬
豊後水道
臼杵
蒲戸崎
豊後国
城村城
和仁城
山鹿
隈府城
有明海
彼杵
大村湾
五島列島
福江島
祇園山
隈本城
阿蘇山
益城
肥後国
時津
島原半島
長崎
千々石灘
宇土半島
御船城
宇土城
松橋
緑川
三角
八代
紫尾城
上島
天草諸島
麦島城
下島
延岡
津奈木
球磨
球磨川
佐敷城
日向国
水俣
高鍋
出水
薩摩国
川内
谷山郡山田村
大隅国
山川
佐多岬
赤間関
小倉
北
0
50km
対馬
撃方山城
井口嶽
佐護港
大浦
佐須奈港
上県
御嶽（仁田）
伊奈
仁田湾
女連
黒蝶山（久原）
朝鮮海峡
対馬海峡
浅海湾
清水山
金石城
下県
金石川
有明山
府中（厳原）
厳原港
国府嶽
0
10km
天草
千々石灘
島原半島
有馬
北岡
加津佐
三角
口之津
大矢野島
早崎ノ瀬戸
中村城
袋ノ浦
二江
志岐城
本渡
上津浦城
本渡城
上島
栖本城
下島
天草諸島
八代海
0
10km

地図製作／アトリエ・プラン

星夜航行

上巻

章扉デザイン　ミルキィ・イソベ
（ステュディオ・パラボリカ）

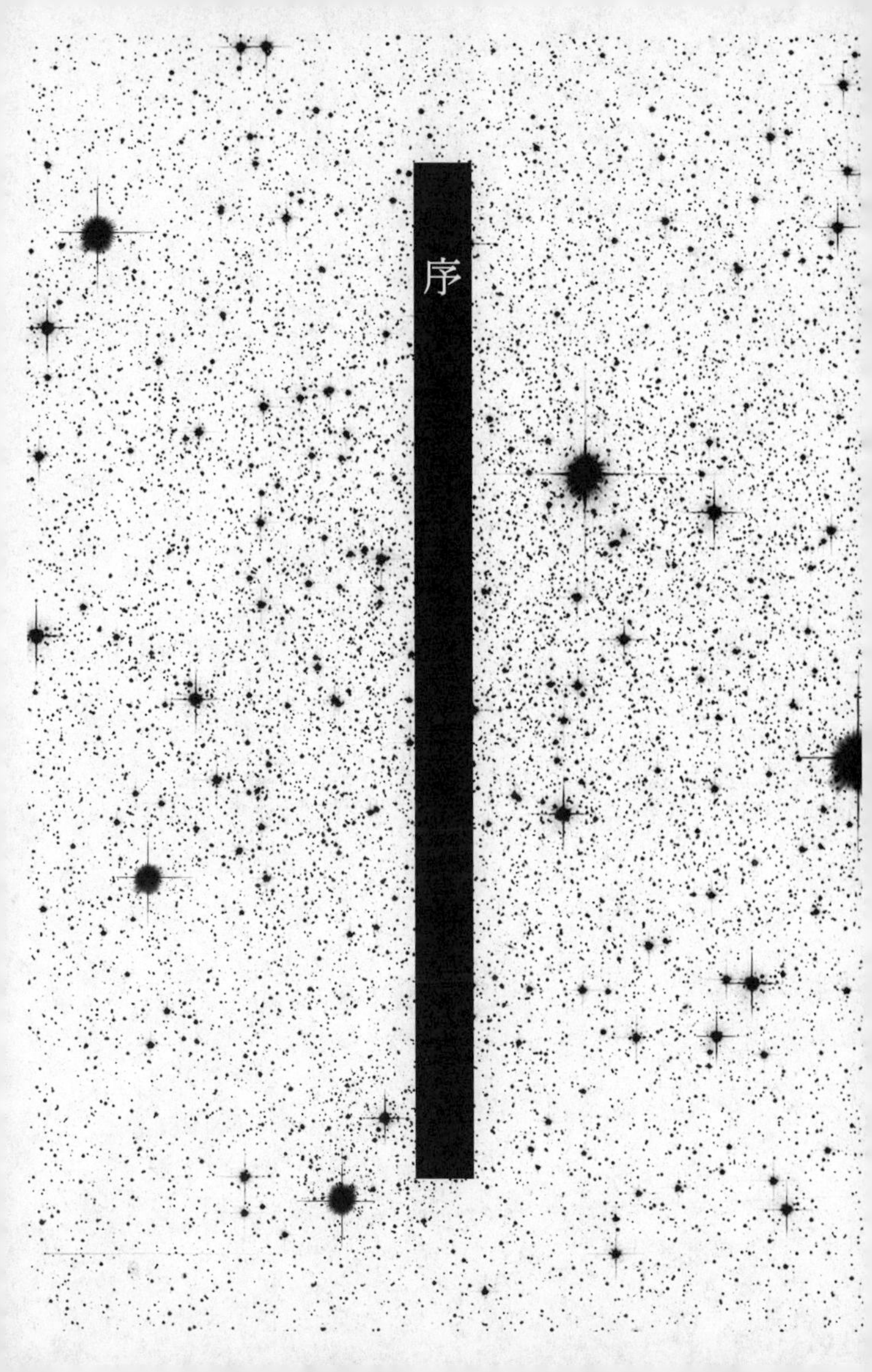
序

天正七年(一五七九)陰暦九月

一

その奇妙な人影は、小雨そぼ降る中、笠蓑を着けたまま総門の崩れかかった茅庇の下にうずくまっていた。遠江国、小夜の中山で知られる峠から北西へ一里(四キロ)ほども分けいった粟ケ岳山中にその寺はあった。俗世では、観音寺という寺名は忘れられ、もっぱら無間山の山号で知れ渡っていた。古来から曰くつきの鐘堂は、総門を入った右手脇に切り妻の茅葺き屋根と四本柱とをかろうじて残していたものの、釣り鐘はとうの昔に地中へ埋められていた。かつてその鐘を撞いた者は、来世において無間地獄に落ちると語られ、里人などめったに近づきもしない。すでに五十路に踏みいった覚了が、一人荒れ寺を守って久しかった。

秋の色も深い九月十七日の暮れ方、いつものように行乞から戻った覚了は、ところどころ崩れ始めた石段を重くなった草鞋で登り詰めようとしていた。総門前に常とは異なる人の気配を感じとり、笠を上げてふり仰ぐと、雨で首うなだれた萩むら越しに菅笠と蓑にくるまった人影が確かにあるのに気づいた。

「なんぞ当山に御用ですか」という覚了の声に、門柱にもたれながらうたた寝でもしていたようで、前に傾いていた笠が急にはね起き、「はい」と答えた。力は失せていたが錆のない若い声だった。その若衆は、覚了の姿を確かめると片膝立ちとなり、まず笠緒を解いた。ひどく落ち着いた動作だった。前髪を残して頭上の真ん中を剃り上げ、茶筅に結いあげた髪の様から武家に奉公する身であることはわかった。蓑も脱いで、総門の庇下にそれらを丁寧に置いた。表に着付けていたのは柿染めの古袷と麻袴の野良着だったが、襟元からは不釣り合いな繻子の小袖がのぞいていた。足まわりは、山家暮らしの山葡萄蔓を編んだ脛巾と草鞋だった。草鞋の下にも不釣り合いな革足袋を履いているのがわかった。

若侍は、覚了が石段を登りきるのを待って、粗筵にくるんでいた太刀を取り出し、袴紐に通していた脇差も鞘ごと引き抜いて立ち上がった。五尺七寸ほどの骨格に恵まれた上背の影はゆっくりと歩を運び、覚了の前で両膝を着いた。若侍は、ひびわれた唇の周りにうっすらと髭が伸び、黒目勝ちの細い目の下には隈が浮かんでいた。不眠と疲労とが見て取れた。そして両の手に持った大小を覚了に向って捧げた。

「わたくし、三州岡崎の沢瀬甚五郎と申す者でございます。この大小は、今は亡き主君と朋輩が生前身に帯びましたるものにございます。方丈様、まことに身勝手な話ではございますが、こちらのお寺に納めさせていただきたく参りました」

若侍の疲労は、高く捧げた刀をかすかに震わせていた。小雨をついて雲間からのぞいたわずかな夕日が、その大小の鮮やかな朱鞘に塗り込められた金色の図柄をくっきりと浮きださせた。帯を一つ結びにしたような熨斗を巻き付けた紋様だった。

今日の午前、いつものように鉄鉢一つを抱えて行乞に出た覚了は、日坂の宿場を出たところで、騎馬した小具足の侍と槍を担いだ足軽からなる一団がたむろしているのに出くわした。二十人ほどを数える足軽たちは、鉄陣笠と腹巻を着け、鞘を払った槍穂をむき出しにしていた。ただならぬことが起こったらしいとは思ったものの、武張った連中などと関わりは持ちたくないので道脇に位置をとり、笠をかぶったまま会釈してやり過ごそうとした。ところが覚了の前に馬の足は向けられ、いきなり甲高い声が降ってきた。

「歳の頃二十歳。黒半襟の萌葱の胴服、繻子小袖に濃鼠の裁付袴、そんな風体の若党を見なかったか」馬上からそう問いかけられた。仕方なく笠緒を解き、頭を低くして存ぜぬと答えると、騎馬侍は掛川城の石川日向守家成の与力で戸田某だと名乗った。「その者は、小姓仲間を殺し、大小を奪って逐電した悪党だ。奪った大小の拵えは、濃紺の柄巻、朱鞘には金で熨斗が刻んである。ともかく、それを帯びた者を見かけた折には、日坂の乙名清兵衛のところまでまず一報せよ。むろん匿ったりすればただでは済まされん」脅しつけるように馬上からそう言い放ち、寺の名を確かめて通りすぎた。

目の前に差し出された大小は、濃紺の組紐で柄を巻き、朱鞘には金で鮮やかな熨斗紋様が大きく描かれていた。人殺しの道具には何の知識もなかったが、柄頭や鞘尻、鍔などの装飾もすべて精巧な金細工で、この大小がひどく高価なものであることは覚了にもわかった。身に着けている袴や表着こそ侍が言っていたものとは異なっていたが、連中が探しまわっていたのはこの若侍に違いないと思われた。

だが、人を殺してまで奪いとった刀をわざわざ人里離れた荒れ寺に運び供養のため手放そうとするはずもなかった。覚了が行乞に出る時は、総門こそ裏から閂を渡して閉じていたが、脇木戸は開け放ったままだった。庫裡の戸も施錠などしていない。この若侍は、疲れ切っていながらも、住持が留守と知ると再び門外に出て帰りを待っていた。仕種や言葉づかいにもぞんざいなところがなく、盗賊どもの類とは根本から異なる品性を感じさせた。穏やかな視線や顔立ちにも凶悪人特有の傲岸さなどうかがえなかった。それらの一切が覚了を落ち着かせた。

「何かのっぴきならぬご事情がおありとは見受けますが、まがりなりにも僧籍に身を置く者でございます。おそれながらお侍衆のお腰のものを納めていただくわけには参りません。ですが、じきに陽も暮れますので、奥で菜粥の一膳でもいかがですか」

覚了は、一日中山村を巡りやっと四半分ほどになった頭陀袋をすっかり濡れそぼった法衣の中から示し、笑顔を作った。若侍は大小をこの寺に納めた後、やはり急ぐべき地を心の内に秘めていたようで、視線を虚空に逸らし一瞬の戸惑いを見せたものの、ひとつ小さく吐息をつくとうなずいた。

二

庫裡奥の台所で、覚了が朝の里芋の汁を温め直し大根の若葉を混ぜた粥を炊く間も、若侍は顔をうつむけ、心をどこかに置き忘れたうつろな眼差しで何を見るともなく座していた。

覚了の供した粥を前にしても、若侍は箸を取ろうとはしなかった。血の気の失せた顔色と背を直ぐに保っていられないほどの疲れが見て取れ、明らかに空腹なはずだったが、覚了が見かねてよそった粥をやっと一椀取っただけだった。座は崩さず、ものをかき込むような下卑た様は一切見せなかった。いくら勧めてもそれ以上は箸を取ろうとしなかった。

今日この若侍を探し歩いていた捕方は、「小姓仲間を殺した」と確かに語った。ということは、この男も小姓だったことになる。仕種のひとつひとつに二十歳前後の者とは思えない抑えが効いていることもそれを裏付けていた。この者が語った「三州岡崎」という出所を合わせ考えれば、岡崎城主徳川三郎信康の小姓だったことになる。家康の嫡男信康ほどの武将に仕える小姓衆ならば、家柄か、あるいは文武の才か、あまたいる家臣若衆のなかでも取り分け選び抜かれた人物に違いなかった。

役高も二百俵は受ける身だろう。いずれにせよ将来は約束された者のはずだった。そんな分限にある者が、他人を殺して大小を奪うなどという盗賊まがいのことをわざわざ仕出かすはずもなかった。

徳川三郎信康といえば、行乞に向かった先々の村で昨今奇妙な噂が乱れ飛んでいたことも引っ掛かった。三郎信康の生母であり家康の正室でもある築山御前が、長年家康と敵対してきた甲斐の武田勝頼と内通していたことが発覚し、先月の末に浜松近くの富塚で殺されたというのだ。しかも、手を下したのは家康の家臣だったと聞いた。さきほどこの若侍が語った「亡き主君」が徳川三郎信康であれば今度は家康の嫡男が死んだことになる。

「御馳走にあずかりまして、まことにかたじけなく存じます。心ならずも方丈様が足を棒にされて得られました糧を頂戴することにあいなりました。わたくしごときでお役に立てることがございますならば、どうか水汲みでも薪割りでも何でも仰せつけください。明朝、果たさせていただきましてからおいとまいたします」

若侍はそう言って深々と礼をした。周囲にもその音が届くだろう薪割りを申し出たことで、やはりこの男が自らは後ろめたいものを抱えていないことはうかがえた。若侍は大小を台所の柱脇に立てかけたまま、無双窓の方へ箱膳を運んでいった。

そして片膝立ちになり覚了に背を向け、座流しで使った椀や箸に杓を傾けた。灯火が照らした若侍の左背に四寸ばかり野良着が裂け、繻子小袖がのぞいているのに気づいた。

徳川家の内で何が起こったのかは知らないが、この若侍を探し出し葬ろうとする意図が石川家成にあることは、今日の足軽までが腰刀と槍を携えていたことでも察しがついた。ましてや当の若侍の落ち着きはらった無防備な様を目の前にした今となっては、掛川城からの捕方の物々しさの方がやはり異様なものに思われた。

「……本日、日坂の宿はずれで、石川日向守様のご家来衆が、貴殿とおぼしき人を探しまわっているのに行き会いました」覚了はさりげなく話を向けた。「騎馬したお侍は、日向守様の与力を名乗り小具足に太刀を佩き、引き連れた二十人ほどの足軽衆も、それぞれ腰刀と槍とを帯びて。……何でも、御小姓仲間を手にかけ、その大小を奪って逃げた人物を探しているとか」

若侍は手に洗いかけの椀を持ったまま首だけを向けた。一瞬目を見開き覚了の顔をまじまじと見たが、ふっと視線を煤のたまった梁に向け、それから年老いた者のように声のない笑いを漏らした。耐えがたいものを振り払うかのように何度か首を横に振り、手にしていた椀を不自然なほどゆっくりと箱膳の上に乗せた。その手がわずかに震えているのが見て取れた。

片膝立ちのまま覚了の方に向き直り、再び流しの板間の上で座を正した。それまでとは表情が一変して、眼には力が甦り濃い眉の辺りがこわばっていた。うつむき加減で奥歯を嚙みしめ、握った右手を口元に持っていった。そして咳払いをするかわりに親指と薬指の間へ大きく一つ吐息を吹きつけた。耳が赤らみ、込み上げてくる興奮を何とか抑えようとしているのがわかった。

「……この二日間、今もずっと、いつまでも醒めない悪い夢のなかをさまよい続けている気がしてなりません。その掛川城からの手の者が語ったとおりに、わたくしが修理亮殿を殺して、この大小を奪ったなどという、あきれ果てた話ならば、苦しみなどなくて済むというものでございます。確かにそんな愚にもつかない一件であれば、はるかに気も楽です。……つい一月半前までは夢にも思いませんでした。まさか主君三郎様が殺され、小姓頭の修理亮殿が追い腹を切って果てるなどということが現に起ころうとは……。

……その大小は、先月の四日、家康によって三郎様が岡崎城を追われ、大浜へ向わされる前に、修理殿がお互いの大小を取り替えようと言い出し、換えたものです。もとはといえば三郎様が御腰にされていたものでございました。

三郎様は、一昨日、二俣城にて家康の命によりご生害あそばされました。修理殿は昨日未明に腹を切って果てているのを同じ小姓仲間が見つけました。確かに修理殿が追い腹に使った脇差は、つい一月半前までわたしの刀でした。わたしは、……修理殿の介錯すら出来なかった。二俣城の大堀切の前で、腹を切った修理殿を……」そこまで語ると若侍は顔を伏せて奥歯を噛みしめ、込み上げてくるものを懸命に押さえようとした。かつて武田信玄が嫡男の義信を自害に追い込んだように、今度は家康が嫡男を殺し、その小姓頭が追い腹を切ったという。

「……三郎様につき従って行くことを許されました岡崎の家臣は、修理殿を始めわたしども小姓五人のみでした。今となって思い返しますと、修理殿はすでに岡崎城を追われました時に、三郎様の身の上に起こることも察していたものと。いざその時が来たとしても、かつて三郎様から褒美に賜ったその脇差を使い自らの腹を切るわけにもいかず、わたしの刀を欲したものと思われます。

……一昨日の夕べ、三郎様が二俣城本曲輪内でご生害あそばされました後で、大久保七郎右衛門（忠世）に言い渡されましたのは、われらは翌朝浜松へ向かい、沙汰あるまで町奉行の屋敷にひかえておれとのことでした。……有無をいわさず主君を殺され、朋輩が自害することとなって、それを招いた家康ごときに仕えるようなことだけは出来ない。笹岡に出た所でわれら四人を注視していた大久保家臣の隙をつき、わたしは出奔しました。

わたしは当年十九を数えますが、何もかもすべて終わったと悟りました。そして、このお寺の鐘は、撞けば無間の地獄に落つると、かねてより耳にしておりました。三郎様と修理殿ともども、わたしもこのお寺の鐘を撞いて、無間の地獄に落ちようと願い、こちらに参じた次第です。ところが、釣り鐘はなく……」若侍は自らの運命をあざけるかのように再び口元だけの笑いを浮かべた。

「……されど、よりによって、わたしが大小を奪うために修理殿を殺め逐電したなどという愚にもつかない偽りごとをなし、石川日向の手の者が追っていたとは思いもよりませんでした。わたしを探し出して殺し、修理殿の追い腹をも闇に葬るつもりでしょう。修理殿も石川日向とは同族。利欲と保身のためなら道理も血族も何もない。まして、わたしを物取り目当ての盗賊におとしめることなど……。

三郎様に逆心の企てありとの汚名を着せ、自害に追い込んで、いや、介錯したという天方山城と検分役の服部半蔵とが手を下したこともありえます。あの奴ばらはどんなことでもやる。わたしども岡崎からの小姓は二の曲輪に留め置かれ、三郎様がおられた奥の本曲輪内には一度も足を踏み入れることが許されなかった。そこで何がなされたのかは、あの連中しか知らない。

……三郎様に逆心の汚名を被せ殺したものの、その小姓が追い腹を切ったなどとあっては、岡崎はもちろん三河国内の家臣団から何があったのかと疑念の声が上がる恐れがある。三河国内は、かつて十六年前に起こした一向宗乱の際の遺恨をいまだに引きずっておる者も多い。ひとつ間違えれば再び大騒動に発展しかねない。修理殿の追い腹は、大久保七郎右衛門にとって、思いもかけない手落ちゆえ、それを闇に葬る必要が生じた。されど、……わたしを物取りの賊に仕立て上げ、修理殿の自害も闇に葬ろうとする大久保らの思惑を知った今、わたしがこのまま死ぬわけにもいかなくなりました」

それだけ語ると甚五郎は視線を下に向け、自らに納得させるかのように何度か小さくうなずき返した。奥歯を噛みしめて頬骨（ほおぼね）を浮きださせ、濃い眉下の目はそれまでに見せなかった暗々（くらぐら）とした光を帯びていた。

三

よりによって大恩ある修理亮を殺し、大小を奪って逃亡したなどという馬鹿（ばか）な話が創作されるとは思いもよらなかった。事実を知っているはずの小姓仲間、長田伝八郎（おさだでんぱちろう）、植村新六郎（うえむらしんろくろう）、それに磯貝小左衛門（いそがいこざえもん）さえも、何も語らぬよう力で押さえつけられたに違いない。後は、修理亮殺しの汚名を着せ甚五郎を葬れば、すべては家康の筋書きどおりとなる。連中の思うがままにさせるわけにはいかない。何としてでも生き延びて、三郎信康の謀殺に関わった者たちに枕（まくら）を高くして寝入らせない。この寺へ刀を納め、掛川に引き返して自らもすべてを終えようと心を決めてやって来たが、俗世はそう単純ではなかった。

覚了にも、目の前の若侍が寺に大小を納めた後、自らも三郎信康と小姓仲間の後を追うつもりでいたらしいことはうすうす感じられた。天龍川の二俣からおそらくは秋葉山道をつたってここまで、人目を避けるために借り着をし、八里余の裏道を夜をついて歩き続けて来た。有為の若者が、俗界の愚かな因習に巻き込まれて死に急ぐことはない。

「いかなる者も、いずれはこの現世を去らねばなりません。貴殿がなすべきことをなして後、去られればよい。それがいかなることであれ、先立たれたご主君やご朋友の後を急いで追われることはない。貴殿を石川日向守様の手から落ちのびさせる術はあります。こんな荒れ寺ですが、髪を下ろす剃刀と、もう一人分の法衣はございます。俗世を捨てた姿に身を託せばよい。それに……こんな時のための妙薬も」

覚了はそう言って立ち上がるなり台所の北隅に向かい、三尺四方に掘られた穴蔵から小瓶を運んできた。紙の被いを取り去ると果実酒の芳香が漂った。

「猿梨を仕込んだものだそうで。昨年里人から頂きました。何でも腎の臓に薬効があるとか。こんな折には、心の妙薬にもなるかと存じます。大昔から奥山の木のウロにこんなものが出来ていることがあると。おそらく猿たちも、現世では憂きことばかりが多いためでしょう」覚了の軽口と笑顔に、甚五郎は一瞬視線を小瓶に向けたものの再び目を伏せ、年老いた者に似た深い陰影を横顔に浮かべた。

覚了は、山寺の晩秋の寒さは平地の暮らしに慣れた身にはこたえるだろうと、屑綿入りの胴着を甚五郎のために納戸から引き出してきた。太薪のいくつかを囲炉裏へくべて、垢じみた夜着にくるまり覚了は先に寝入ってしまった。籾殻を厚く敷きつめた上に藁むしろを被せた台所脇の間で、胴着を掛け身を横たえると、吹きつける北からの風の音と梢を伸ばした柏や栗の古木からの落ち葉が板壁に打ちつける音ばかりがした。刀掛けなどあるはずもなかったから、すぐ左脇に大小を並べた。囲炉裏にくべられた杉枝からしみだした樹脂が音を立てて燃え上がるたびに、朱鞘いっぱいに刻まれた金熨斗刻みの紋様が浮き上がった。

椀ひとつの猿梨酒と燃え盛る火の暖を受け、瞼が重くなってきてもいいはずだったが、丸一日満足に寝ていなかったにもかかわらず甚五郎の神経はひどくたかぶったままだった。甚五郎にとって三郎信康が自刃させられたという事実よりも、石川修理亮が追い腹を切って果てた衝撃のほうがはるかに大きかった。修理亮は享年二十三だった。

この四年はすべて夢だった。家康に弓を引いた逆臣の遺児として、本来ならば甚五郎は家康嫡男三郎信康の小姓衆として仕えることなど許されるはずのない身だった。おのれの意志はどうあれ、一向一揆衆に加勢して果てた賊徒の遺児として、下和田の地で野良仕事と馬の世話をしながら生涯を送るはずだった。おのれに用意されていたものは、そんな一生だった。徳川三郎信康の側に仕えて、石川修理亮はじめ長田伝八郎ら、名族の子弟と対等に交わり、学問やら武道やらの修行の日々など、とてもそれまでは考えもつかない世界で生きる日々に恵まれた。

今、たどりついた荒れ寺で古着のまま身を横たえ、虫食いの半襟がついた夜着にくるまっている己こそが、紛れもない現の姿だと思われた。四年の長い夢見から醒めてみれば、本来あるべき身に戻っていた。それだけのことだった。もちろん、おのれが大小欲しさに修理亮を殺し逃亡したなどという汚名は、何としてもすすがなくてはならない。それは、おのれのことなどより修理亮の死が穢されたことであり、どうしても果たさなくては死ねない。

今さら、何も元には戻らない。徳川三郎信康も、石川修理亮も、もうこの世にいない。沢瀬甚五郎なる者は、三郎信康と修理亮ともども死んだ。よりによって修理亮殺しの濡れ衣を着せられた甚五郎が、岡崎城に戻ることもなければ、母が独り暮らす故郷下和田の家に帰ることも二度とない。これらの耐えがたい一切を現のこととして受け入れるしかない。おのれは、望みどおりに無間の地獄をさまよい続けることになった。わかっているのはそれだけだった。

四

甚五郎は、ここまで街道筋を極力避け山猟師が使う山路ばかりをたどった。思いがけず最初に出くわしたのは、十六日の夕まぐれ光明山の奥で笹小屋をかけ二俣川の上流で川魚突きをしていた老夫婦だった。大小を帯びた異様な風体の若侍が突然目の前に現れ、怯えきった老夫婦は、命乞いを繰り返した。もはや主君と朋輩の仇でしかない徳川の家臣も敵に相違なく、もし雑兵ならば抜刀して討つことをためらわなかったが、山刀ひとつ帯びていない村人を斬る気にはとてもなれなかった。その老夫婦へ錦の胴服と裁付袴、それに父の形見だった蒔絵の印籠とを渡し、引き換えに笠蓑と古着とをくれるように言った。甚五郎に殺意がないことを見て取ると、その老婆は臨月の孫娘がいるとかで印籠の根付としていた大きな宝貝を縁起がよいと無邪気に喜んでみせた。里に戻れば甚五郎のことを村役人に通報するに違いなかったが、追手がいずれ差し向けられることはわかっていた。その時は、一人でも二人でも家康の手先を道連れにして死出の山に旅立つだけのことだった。魚突きの老夫婦から差し出された笹でくるんだ栃餅の幾つかを受け取って、薄闇の下りた山道をいったん引き返し、北方の犬居に向かうと見せかけた後で、南の秋葉山道に向かった。

二俣から逐電した三郎信康の遺臣を、家康と直臣が放っておくはずがなかった。十七日の昼には街道筋の関所はもとより各宿場の番所、名主や乙名宅に手配の差し紙が届けられた。当初は山中に身を隠そうと、いずれ沢瀬甚五郎は街道筋のどこかに姿を現わすに違いなかった。そもそもが一向宗乱の折に家康へ弓を引いた逆臣の遺児である。徳川家へやっと帰参したものの、主君と仰ぐ三郎信康が殺され、同僚の石川修理亮が追い腹を切ることとなって、甚五郎が取るだろう道は二つ考えられた。ただでさえ警戒が厳重な東海道までわざわざ南下することは恐らくないだろう。嫡男を殺したという徳川家の内情を携えて敵の武田方に下るために伊奈谷に向って信州街道を北上するか、西三河へ引き戻り意を通じた者に匿ってもらうために姫街道を使って西に向うか、そのどちらかだと思われた。

秋葉山道は、掛川宿の西はずれで東海道に合流する。当然そこには口番所が置かれていた。掛川西町口番所の東西は門を構え、東海道のどちら側から入ろうと一度道を曲がり、コの字を作った番所前を通らなくてはならない。番所前は、荷車一台がやっと通れるほどに竹垣で狭められていた。十七日の早朝、まだ西町口番所には沢瀬甚五郎の手配書は届いていなかった。小雨の降りしきる中、笠をかぶって開門に向かった徒侍一人が、いつものようにまず東の日坂寄りの門扉を内側から押し開けた。そして西の門扉に向かい、それも内側から開けた。その時、閉じられていた西門扉の外側に笠蓑にくるまりうずくまっている者に気づいた。徒侍が声を掛けようとして近づいた途端、いきなり筵にくるんだ太刀の鞘先で下から鳩尾を突き上げられた。息が出来ないまま頭が下がったところを笠緒を摑まれ、むき出しになった頸椎に手刀を打ち下ろされた。声を上げる間もなく気絶した徒侍は、すぐ側を流れる新知川の土手まで引きずられ下に蹴落とされた。笠蓑姿の男は、小雨の中を悠然と番所の前を通り、前もって開けられていた東の門扉をそのまま通って日坂の方へ出て行った。夜が明けたとはいえ開門したばかりの時刻で、番所に控えていたもう一人の徒侍が同僚の異変に気づく間もなかった。笠蓑の者が通過したことさえ、あまりに平然とした足どりだったために注意を引くこともなかった。それから半刻（一時間）ばかりして、東西から通行人が頻繁にやってきた。道を狭めた竹垣の前で通行手形を検めながら、同僚がどこに姿をくらましたものか腹は立ったものの、持ち場を離れるわけにもいかなかった。

新知川の土手下でやっと我に返った徒侍が、痛む首を抱え泥まみれの格好で這い込むまでとうとう番所破りに気づく者はなかった。気絶させられた徒侍も一瞬にして気をやられ、菅笠によくさらされた白っぽい菅蓑を着ていたこと以外、人相や年格好に関する記憶はまるでなかった。それから一刻(約二時間)して番所入りした代官所役人が持ってきた手配書の、朱塗り鞘の大小はもとより、半襟のついた錦の萌葱色胴服や裁付袴なども目にしてはいなかった。

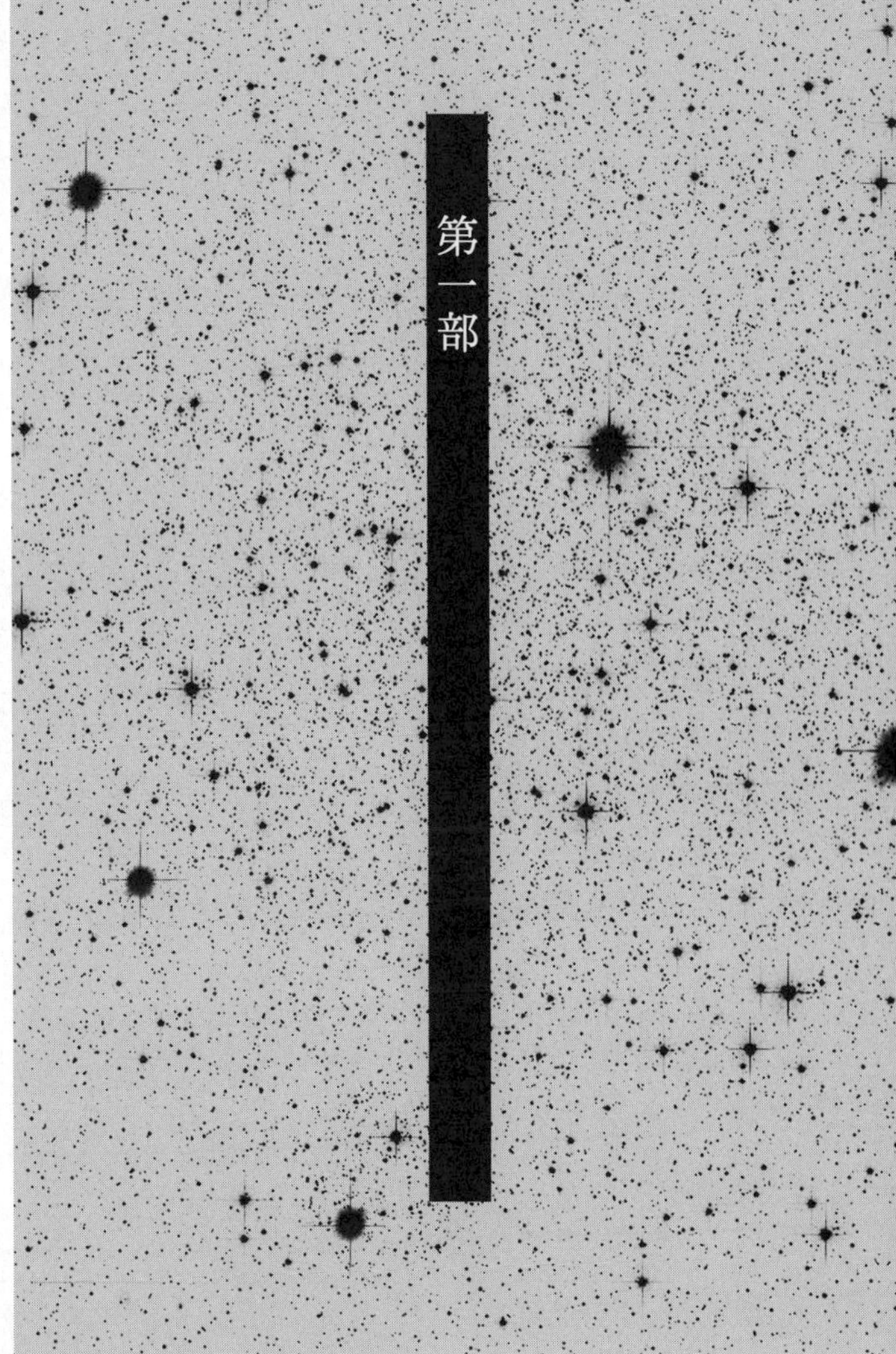

第一部

天正三年(一五七五)　―四年前―

一

青田そよぐ陰暦六月初めのことだった。岡崎から南へ一里ほど下った下和田村へ見栄えのする大柄な栃栗毛に騎馬した若侍が供も連れず突然現れた。綾藺笠を被り、萌葱の直垂に袖無し羽織、腰には鮫革柄に蒔絵鞘の拵えの太刀を佩いていた。道祖神を過ぎて村の入り口を示す蛇綱を下げた大松の前で下馬し、笠緒を解いた。栃栗毛の馬は、村の道も行き先をもよく憶えているらしく若侍に先んじて自ら村のなかへ歩みを進めた。

四丁(約四百四十メートル)ほど歩いた後、馬が立ち止まって鼻先を向けた家の前には用水を引き込んだ幅三尺(約九十センチ)ほどの小川が流れ、平たい自然石をそのまま使った橋が渡されていた。入り口には、一対の朽ちかけた門柱のみがぽつねんと残されていた。門柱の上には枘を刻んだ跡が残され、かつては棟門だったことを示していた。門に載せられていた小屋根が取り払われたために、道からは妻入りの戸口と広縁とが見えていた。入母屋の茅葺き屋根だった。奥に屋根の棟飾りまで届くほどの柿の木が見えた。馬は慣れた足どりでそのまま石橋を渡り、戸口に向かった。

蹄音に気づき、戸口から顔をのぞかせたのは、小柄で浅黒い皮膚をした少年だった。栃栗毛の馬の顔を確かめるなり一瞬笑みで表情を崩しかけたが、修理亮に気づくと、顔をこわばらせ戸を後ろ手に閉じて戸口前の敷石の上に両膝を着いた。両手も地につけ、ひとつ礼をして「当家の甚五郎でございます。おそれながら石川様でございますか」と問いかけた。

黒目がちの眼には力があり、言葉や仕種にも粗雑なところがなかった。乗ってきた馬を一目見て相手が何者なのかを即座に判断した。

「いかにも石川修理亮である。馬の行きたいように任せてみたら、いつの間にかここへ来ていた」

修理亮の笑顔に、甚五郎と名乗った少年も思わず頬を緩ませた。栃栗毛の大柄な馬は鼻を鳴らし、右前脚で地面を掻いて甚五郎に飼い葉をねだる仕種をした。地面に手をついたまま馬を顧みない甚五郎に、馬は耳を立てたまま自から歩み寄って鼻面を近づけ右の肩を軽く嚙みさえした。やたら悍性が強く人に対しても馬に対してもすぐに耳を伏せて挑みかかろうとするその馬が、人にそんな甘えを見せることがあろうとは修理亮は思いもしなかった。甚五郎の前では穏やかな良馬に戻っていた。甚五郎と名乗った少年は「ご無礼を」と一言赦しを求め、両膝は地面につけ頭は低くしたまま、白く流星の入った馬の眉間を右手で撫でさすった。

石川修理亮の能見屋敷の厩舎に、碧海郡小川の地から連れてきた栃栗毛の牡馬がいた。二年前、産まれて半年の子馬のころに修理亮が出会った時には、人懐こく修理亮の手のひらから棗や大豆を食べる穏やかな馬だった。すでに肩丈が四尺三寸（約一・三メートル）もあり騎馬将の馬にしては大きくなり過ぎる恐れがあったが、一目で気に入った。骨太でありながら動作が俊敏で豊かな表情が賢さを感じさせた。能見の屋敷に来てからも何の手もかからない若駒だった。ところが、去年馬具に馴らすために掛村の藤兵衛なる馬飼いに預けたところ、とても手に負えないと返されてきた。わずか一月ほどで別馬のごとく気性が悪く、手のつけられない荒馬に変わり果てていた。馬具を嫌い、鞍を見ただけで暴れる。厩頭の権兵衛が、下和田村に住む馬飼いのことを語ったのは、そんな時だった。

「下和田の甚五郎ならば、なんとか出来るかと存じます。どんな荒馬でも手なずけると聞いております」

穏やかな子馬だったところを知っていただけに、修理亮は権兵衛の言(げん)のまま、下和田村の甚五郎なる者に託すことにした。そして二十日後、栃(とち)は権兵衛に引かれて能見の屋敷へ戻ってきた。意外にも鞍を着けることはもちろん、人を乗せることも拒まなくなっていた。

「なんでも甚五郎が申しますには、この馬は棒を見ると怯(おび)え暴れるそうで、騎乗されます折には棒を持つ者を遠ざけておくようにとのことでした。おそらくは掛村の馬飼いが、馬具に馴らす折に棒で打擲(ちょうちゃく)したのが因(もと)で、人を信じなくなったせいだろうと申しておりました。馬はいくつになりましても人でいえば二つ三つの幼児、短気を起こさず何度も教え込むことが肝要だとか。しかも、それぞれに異なる気性がありますので、それぞれの馬に応じて馴らすことが肝要だなどと申しまして……」

馬扱いに通じたはずの権兵衛が、しきりに甚五郎なる馬飼いの言葉を引いて話すことから、その者に心酔している様子がうかがえた。ところが、かの甚五郎なる者は、この年十五になる若党(わかとう)だという。しかも、騎馬術には天与の才を備え、手綱(たづな)を持たず両手放しで径二尺もの丸太を飛び越えるとも語った。現に権兵衛はそれを目の当たりにしたという。

「真の話でございます。この目でじかに。小童に毛が生えたような若党が、両の手をこのように広げまして、馬に乗ったまま丸太の上を跳んで見せたのでございます。下和田に甚五郎をお訪ねあそばされれば即座に得心なさるはずです」

処分することさえ考え始めていた栃に、わずか二十日ばかりの間で人への信頼を取り戻させたその技量は言うまでもなく、権兵衛に伝えた言の葉も修理亮をうなずかせるだけの理が通っていた。しかも、鳥の翼のごとく両手を水平に広げたままで丸太の上を跳んで見せたという騎馬術におよんでは、ただの馬飼いとは思えなかった。修理亮が問いただすと、権兵衛は待っていたとばかりに話し出した。

「はい。一向宗乱の折、父親の先代甚五郎が大殿（家康）に弓を引き討死いたしましたために、今は沢瀬の姓をはばかって甚五郎としか名乗りませんが、祖父は沢瀬松之助様にございます」

沢瀬松之助吉忠といえば、騎射に優ること家康陣中随一と謳われた人物だった。

その血を引く孫であれば、馬扱いや騎馬術に天与の才を備えていても不思議はなかった。かつて松之助が岡崎の馬競べを制したことも耳にしていた。松之助の孫が下和田村に残っていようとは思いもしなかった。

二

昨年の端午の節句に催された岡崎の馬競べで修理亮の馬は早々と脱落し、惨めな敗北を喫していた。興奮した馬を制馭できず、躓いて均衡を失った馬の首を手綱で持ち上げてやることが出来ないまま落馬の憂き目を見た。来年の馬競べこそはと心に決めていた今年は、武田勝頼の三河侵攻に四月半ばから足助まで三郎信康の供をして出陣することになり、馬競べどころの騒ぎではなくなった。そして、五月二十一日、長篠城外設楽原の戦いで、織田・徳川の連合軍は、武田軍を粉砕し、初めて武田家との勢力を逆転することとなった。来年の端午の節句には二年越しの雪辱を果たすべく、修理亮は一度下和田に甚五郎を訪ね、馬競べに出て勝てるだけの馬を捜す手助けを得たいと思うようになっていた。

招じ入れられた家は間口十二間（約二十二メートル）ほどもある大きな構えだった。玄関脇の板壁に刀掛けこそ従前のまま取り付けられていたものの、それには笠と蓑が吊り下げられていた。左手の広縁に続く座敷で甚五郎の母親から抹茶をもらった。母親は鉄瓶などではなく、茶釜から竹の杓で黒い釉薬をかけた茶碗に白湯を注いだ。甚五郎の母も、長く松平宗家に仕える筧一族の出であるとは、修理亮も聞いていた。甚五郎の祖父に当たる松之助は、広忠と家康の松平宗家二代にわたって仕えた。かつて家康がまだ岡崎城にあった折、催された流鏑馬に祖父松之助が鉄砲を携えて現れ、南蛮鞍を着けた馬上から銃声を轟かせ射的を粉々にした話は今でも語り種となっていた。

その松之助は、それより十二年前の一向宗乱の折に、一向宗徒に加勢して土呂寺に立て籠り家康に反旗を翻した。松之助に従った嫡男の左衛門次郎吉信と次男の先代甚五郎吉実、そして三男の乱之助吉豊の息子三人はそろって討死した。沢瀬の家督の一切は、親兄弟と袂を別ち、家康に従って戦うことを厭わなかった末息の甚兵衛吉久が継いだ。その甚兵衛吉久は、すでに家康に従い岡崎から浜松へと移っていた。

祖父松之助は後に赦されて家康陣中に復帰したものの、三年前の遠江三方ヶ原の合戦において討死していた。武田軍の猛攻の前に徳川勢は総崩れとなり、家康もひたすら敗走するしかなかった。松之助はかつての汚名をすすぐべく、あえて殿軍に身を置き、追撃してきた武田勢に単騎で駆け込み最期を遂げた。当代の甚五郎は、父甚五郎吉実が逆臣のまま討死したゆえに、汚名をすすぐ手立てもなく、母と二人で叔父甚兵衛の田畑を借り、あたかも小作人のごとく浜松の叔父に作料を納め、自らの手で糊口をしのぐ日々だった。

三

「用意が整いました」修理亮を迎えに来た甚五郎は、茶に変色した下袴の上に鹿革の行縢を重ねていた。騎馬する時にはたいてい履きつける草鞋ではなく毛沓だった。

敷地は父甚五郎の代からのもので、間口十二間、奥行き五十間ほどの、縦長の地所だった。屋敷の裏手に厠と肥溜めがあり、それから先は葱や青い菜が続く畑地となっていた。蔬菜畑の小道は、やがて疎水の流れにかかった朽木の橋に続いていた。蕗や野芹に囲まれた川幅三尺ばかりの流れは速く、水は澄んでいた。胡桃と栗の古木が立っていた。萱草の花が咲いていた。橋を渡った先にも畑地が続き、右手に高倉づくりの籾倉らしき小屋があった。やがて櫟や柏の古木が並ぶわずかな疎林の辺りに、牧柵らしきものが見えてきた。大小二つの柵囲いは、東に位置する方が大きく二十間四方。西側のものがその半分ほどの広さだった。ただし、両方の馬囲いは共に正方形をなしていたが、内側の四隅に板が渡して打ちつけられ、内部は正八角形の不思議な形を見せていた。柵の中の地面には川砂らしき白い砂が敷きつめてあった。大きい方の馬囲いの中に、南蛮鞍に替えて面懸をつけた栃栗毛が待っていた。祖父松之助の遺品となったポルトガル製の南蛮鞍は、足の内側が鞍とこすれ損傷する。それを防ぐための行縢と毛沓だった。馬は甚五郎の姿を認めると、能見の屋敷では見せたことがないほど生気にあふれた目をし、弾むような足どりで柵づたいに行ったり来たりを繰り返した。甚五郎と再会したことが嬉しくて仕方ないといった様だった。

甚五郎は牧柵に登り、三段に渡された一番上の横木に腰掛けた。栃栗毛は、甚五郎の前まで来て右側の背を向けた。甚五郎はそのままタテガミを摑んで馬の背に乗り移った。馬は甚五郎を背にしたまま囲いの中を駆けだした。甚五郎は、手綱を着けない馬の背に乗り、何の緊張も見せないばかりか、小童が馬の背に乗って戯れているかのような笑顔さえ浮かべてその八角形の馬囲いのなかを三周させた。正八角形の馬囲いは、面積は小さくとも走る馬の速度を変えずに円を描いて走らせることが出来るように、わざわざその形にしているのだと修理亮は気づいた。馬が突然柵から離れ内側へ向かった。馬囲いの中に横たえられた径二尺、長さ一間ほどの杉丸太に向かって走り出した。そして、そのまま軽々と飛び越えてしまった。最初の飛越は、甚五郎が馬の向け、タテガミを一瞬摑んだ。甚五郎は馬囲いの中を軽く一周させ、再び杉の丸太に馬を向け、今度は両の手を水平に広げてやすやすと飛び越えてみせた。馬が飛越をこなすたびによくやったと首筋を手のひらで小さく叩き愛撫した。また半周ゆっくりと走らせ、修理亮のところへそのままやってきた。甚五郎が馬上でやったことといえば、馬の胴を挟んでいる両足の膝をわずかに動かしただけだった。修理亮は、両手放しで丸太を飛び越えたことにも驚いたが、手綱なしでなぜ馬を意のままに操れるのか、その方がはるかに不思議でならなかった。目の前で当然のように軽々とやってのけた甚五郎の技量に、我を忘れて立ち尽くしていた。

「……わたくしではございませんで、栃がそうしたのでございます。ここにお預かりいたしました折に、あのようにして遊び戯れておりました。乗っているわたくしが喜ぶと知って自ら跳んでくれたものです」こともなげに話すその少年に、修理亮はただうなずくしかなかった。たいていの若党ならば、いかに己が優れた技量を持っているかをとうとうと自慢げに話し出すはずだった。痩せて小柄な体と相貌には幼さを留めていたが、甚五郎はむしろ四十過ぎのように達観しているところさえ感じさせた。物心ついて以来、逆臣の遺児として生きてこなくてはならなかったその少年の素顔を一瞬かいま見た思いがした。

その甚五郎の穏やかな表情が急変したのは、修理亮が「馬競べ」の一語を口にした時だった。

「来たる年、端午の節句の馬競べにはなんとしても勝ちたい。沢山の見たこともない馬が集う馬場に出ても、平静を失わぬ胆の据わった馬がほしい。心当たりはないか」

「……ございません」と、一言返しただけで、甚五郎は顔をうつむけた。それまで修理亮から逸らしたことのなかった視線を地面に向け、押し黙った。肩を落とした影は、修理亮にすっかり失望したように見えた。

「馬競べは、見たことがあるか」

「はい。ございます。……祖父が、かつて岡崎の馬競べを制したことがあるとも、耳にはしております。ですが……わたくしごときには、何故、あのような酷い仕打ちを馬に強いるのか、とても解せるものではございません」

馬競べは、速さを競うものではなく、あくまでも持久力を比べるものだった。菅生川の川原に設けられた馬場を駆けの状態で何度も往復し、最後まで駆け続けた馬が勝利を得るものだった。当然のことながら、馬競べの後は、何頭もの馬がその過労から息を引き取るのが常だった。

「去年、端午の節句に馬競べに出たはよいが、馬が躓き、立て直せず、そのまま落馬の憂き目を見た。馬場を一往復もせずにだ。惨めなことこの上もなかった」

「その折の石川様のお手馬は、その後、元気でいますか」再び顔を上げ修理亮をまっすぐに見て甚五郎は問うた。修理亮は変わりなく元気だとうなずいた。

「さすれば、何も悔やまれることはないと存じます。確か、昨年の馬競べを制したのは平岩七之助（しちのすけ）様のお馬とか。そのお馬はどうなりましたでしょうや」

「翌日死んだと聞いたが」

「はい。わたくしも、そのようにうかがいました。馬競べは制したものの翌日力尽きて死ぬ馬と、早々と転倒して生き長らえる馬と、どちらが優れた馬でしょうや。石川様のお馬は、賢かった。わたくしにはそう思えます。賢い馬は自ら身の危機を察して、おのれから躓き転倒することもあります。馬は、人でいえば三つの幼児と同じほどの知力しか持ちませんが、危機を察する力は人よりもはるかに優れております」

「そういうものか」

「はい。そう存じます。馬競べなど所詮（しょせん）遊戯に過ぎません。戦（いくさ）の場におきまして矢玉にて馬を失うことになるならまだしも、馬競べごとき遊戯のために、むざと馬を殺すことなど到底わたくしには解せません」

最後は、修理亮の目をまっすぐに見つめはっきりと言い切った。確かに、一介の馬飼いなどではなかった。代々松平宗家に仕えてきた武士（もののふ）の目だった。常々修理亮は、おのれの考えを持たず、ただ力のある目上の者の言に追随するだけの家士（かし）など不要だと思っていた。まともに対話の出来る若党が、傍らにほしかった。甚五郎の祖父松之助は、三方ヶ原の合戦において自らの生命を賭して逆賊の汚名を晴らした。ならば、目の前の甚五郎も、いつまでも逆賊の遺児におとしめられているいわれはどこにもなかった。

天正三年（一五七五）─四年前─

一

「あの牡丹の氷を頂戴できますならば、助かるやも知れません」

突然の年少い声に、その場にいた石川豊前守春重の家士や下男たち十人ばかりが、一斉に振り向いた。酷暑六月、申の一刻（午後三時半）だった。陽差しは容赦なく照りつけ、青緑の梢に朱桃の色を飾った百日紅の艶立った幹が映えていた。植え込まれた松や樟の梢からはシャワシャワ鳴く熊蟬の声ばかりが沸き立っていた。厩の前に十四、五人の人影が集まり、四肢を投げ出して横たわった馬を見下ろし皆青ざめていた。その広大な屋敷の主、石川豊前守春重と嫡男の修理亮春寿までが濃縮された影を落としていた。石川豊前守春重は、この年数えて七十一、徳川三郎信康の傅役として仕え筆頭家老の地位にあった。彼らの眼差しは、厩前の川砂に目を剝いて横たわった栗毛の若い馬に向けられていた。

声を発したのはこの年十五になる小柄で痩せた少年だった。まだ額に剃りを入れず、ほつれて毛羽立った麻の衣と膝頭が色あせた野袴を身に着けていた。日に焼けた浅黒い顔のなかで黒目勝ちの目が力を帯びてよく目立った。

「甚五郎、氷があれば何とか出来るか」振り向いて問いかけた修理亮は、十九を数え、前髪も茶筅に結いあげた髪も黒々としていた。いつになく青ざめた修理亮の顔と上擦った声に対して、問いかけられた少年は落ち着いた視線を修理亮に向け「はい」と答えた。歳の頃とは思われない揺るぎない声だった。

「牡丹の氷」とは、岡崎八町村の塩商人を束ねる宗兵衛が、この朝、暑気見舞いにと運び込んできたものだった。二対からなる丈三尺もの大きな氷柱の内には、赤と白の寒牡丹がそれぞれ三輪の見事な花をつけたまま緑の葉ごと閉じ込められていた。昨冬からこの夏の日のために仕込まれたものだった。

「氷を？」

すがるような眼差しを向けて問いかけた修理亮の声に、父春重がうなずくと、厩係の下男たちが常御殿目指して駆け出した。

甚五郎と呼ばれた少年は、二つの大きな氷柱が運び込まれると白牡丹の埋め込まれた方へ鋸で切れ目を入れ、鑿を打ちつけては砕きにかかった。そして、赤ん坊の頭ほどもある大きな氷塊を幾つか作った。それらの二つを抱え持つなり、横たわった馬の尾を持ち上げ尻の穴から次々と詰め入れ始めた。その栗毛の若い馬は、二日前に主君徳川三郎信康から修理亮が預かり、能見の屋敷へ連れ帰ったものだった。この年十七歳を数える三郎信康は、家康の嫡男。その正室の五徳御前は、織田信長の娘である。三郎信康は、暑さに負けて飼い葉を食わなくなり生気のなくなった愛馬を、最も信頼を寄せる小姓頭の石川修理亮へ託した。それがこの日の昼さがり、厩頭の権兵衛が木陰で涼ませようと引き出してまもなく崩れるようにして倒れた。

甚五郎は吹き出る汗を顎先からしたたらせ、一心に氷を砕いては、馬の尻の穴に氷塊を詰め込んでいた。最も年若く身なりも粗末な少年にすべてがかかっていた。大きな氷の塊が馬の尻の中に次々と入っていく奇妙な光景を、家士や下男たちは手をこまねいてただ見ている。見かねた修理亮が、自ら鋸を手にし、砕いた先から甚五郎に氷塊を手渡し始めた。修理亮の指示でやっと我に返った下男たちも鋸と木槌、鑿とを手にして赤牡丹の氷柱も砕きにかかった。藁筵に竹を通して日除けを作る者、粗布で風を送る者、汲み上げた井戸水で木綿布を濡らし馬の汗をぬぐい頭部を冷やす者、甚五郎に言われるまま下男たちもそれぞれが倒れた馬の看護にとりかかった。二対の氷柱は、一かけらも残さずにすべて尻から馬の体内に詰め込まれた。厩前の濡れた川砂には白と赤紫の花弁と葉や茎の切れ端ばかりが散乱していた。

日が陰り、暑さが一息遠のいて夕風がたち始めた。栗毛の若駒は急に首を起こし、辺りを不思議そうに見回した。そして前足からゆっくりと下半身を引き上げるようにして立ち上がった。家士と下男たちは一斉に歓声を挙げた。修理亮の顔に笑みが広がり、甚五郎の粗末な麻衣の肩を握りしめた。

「あの年少い者は？」石川春重は能見屋敷の常の間で修理亮に訊いた。

「先頃当家に出仕いたしました下和田村の沢瀬甚五郎と申す者でございます」

「下和田の沢瀬……しからば松之助の？」

「はい。孫に当たります」

「……甚五郎には子がいたのか」

「はい。親の甚五郎が討死いたしました時、あの者は三つ。父親の記憶は何もないと聞いております」

石川春重が眉を寄せて表情を陰らせ、視線を修理亮から遠ざけた。陽が落ちて蟬の声が消え、蚊遣に いぶした杉青葉の煙が流れていた。七月の声を聞かぬのに、なぜかこの年はすでに虫の音がしていた。

三河の国内は、徳川家臣団を二分して争った十二年前の一向宗乱の影をいまだにひきずったままだった。亡き父の名を受け継いだ当代の甚五郎は、いってみれば逆賊の遺児に過ぎなかった。

「……年少ではありますが、ご覧になったとおり馬の扱いは当家の誰よりも通じております。また、性格も直ぐにして、賢く、そこいらの者とは品が異なります。……下和田村で野良仕事と馬の世話をして生涯を終わらせるには惜しいと存じます。……一向宗乱の折に、あの者は三つの稚児、何の罪もありません。乱後、大殿（家康）からお許しを頂いた祖父の松之助は先年世を去り、父甚五郎とその兄弟が討死しておりますので、本来ならばあの者が、沢瀬の家督を継ぐはずでした。わたくしとて、もし父上が一向宗徒に加勢されておられれば、甚五郎と同じことになっております」

石川春重は、岡崎から矢作川を二里ほど下った碧海郡小川の地を家康から受領する形はとっていたものの、代々小川の城主としてかの地を守ってきた土豪の末である。十二年前、春重は親戚縁者と袂を別ち、岡崎城に籠って一向宗徒と戦った。だが、石川一族は一向宗本證寺門徒の中核をなし、一族から門徒団に加勢して討死した者が少なからず出たことも事実だった。同じ一族でも、家康に与(くみ)した者は領地をそのまま安堵(あんど)され、一向宗徒に加勢した者は賊徒として知行(ちぎょう)地を召し上げられた上に居住地から追放されるという憂(う)き目にあった。しきりに侵攻を繰り返す甲斐(かい)武田氏との抗争ばかりに目が向けられ、三河と遠江の徳川領内はとうに平定されて表面上は一枚岩のごとく映っていたが、内実は複雑に入り組んだものを依然抱えたままだった。

甚五郎が下和田の家に母一人を残し、能見の石川春重の屋敷に家士として出仕し一月が経(た)とうとしていた。石川春重から甚五郎が受けることとなった給米は、わずかに家族三人が一年暮らせる五石四斗(こくと)だった。が、母は、甚五郎が再び「沢瀬」の姓を名乗ることができたことを何より喜び、一人っ子をためらうことなく岡崎へ送り出した。

二

来たる九月九日の重陽(ちょうよう)の節句に馬競(うまくら)べを開くとの徳川三郎信康からの触れが、突然岡崎城下に回されたのは夏の陽光が棘(とげ)を失い始めた七月の終わりだった。

三郎信康は鷹(たか)狩りや馬競べをことのほか好み、俊鷹(しゅんよう)や駿馬(しゅんめ)がいると聞けばしきりにそれらを手に入れたがるとは、以前から甚五郎もよく耳にしていた。岡崎の馬競べは城の南を流れる菅生川の川原に設けられた馬場を二十丁（約二千二百メートル）ほど区切り、そこを往復して行われる。馬は、走る速さではなく、いざ戦の折に騎馬衆を乗せていかに長い距離を駆け続けられるかという持久力にこそ、その価値が置かれていた。力尽きた馬が次々と脱落していくなかで、最後に残った馬と騎乗者とが勝利を得るものだった。岡崎城に出仕している家臣それぞれの家から自慢の馬を出し、五十頭もの馬たちが土煙を上げて一斉に走り出す。町衆も総出で川原に繰り出し一大祭の様相を呈した。

ところが、これまで勝ち続けてきたのは、「大殿のお手馬」ばかりだった。大殿のお手馬とは、次席家老の地位にある平岩七之助親吉が馬競べに出してくる馬のことで、その馬たちはすべて浜松から連れて来られた母馬から産まれていた。三郎信康直臣の、いわゆる岡崎在来の馬たちは、どれもみな早々と脱落し、「やはり大殿のお馬は品が違う」と、岡崎城下の町衆も納得させられて終わるのが常だった。

平岩七之助親吉は、当年三十四を数えた。家康が今川家の人質となっていた幼少の頃から側に仕え、岡崎在住の家臣のなかで家康が最も信を置く人物だった。形こそ石川春重に次ぐ次席家老に位置していたが、むしろ岡崎を中心とする家臣団を実質的に支配しているのはこの男だった。何かといえば「大殿」を口に出し、岡崎軍の指揮権、家臣の知行配分はもとより商工業者に与える許可のすべても平岩親吉の決裁を通してのみ与えられる形をとっていた。言ってみれば、三郎信康は名ばかりの城主であり、実質的には平岩親吉が岡崎城主として差配していた。十五を数えた頃より三郎信康は、「七之助は、わしに仕えているのではなく、身は岡崎に置きながら心は常に浜松にある」と、親吉の言はついぞ受け入れることがなくなった。

　何よりの問題は、何もかも平岩親吉の意向で動かされることに対して、かつて徳川宗家の根拠地だった岡崎を中心とする三河家臣団の中に、内心くすぶったものを抱えている者たちが少なからずいたことだった。岡崎や安城(あんじょう)の家臣団ばかりでなく、三郎信康自身が自我の芽生えとともに父家康と平岩親吉に対して強い不満をいだくようになっていた。たとえ余興に過ぎない馬競べであっても、改めて父の威光を岡崎の臣民に見せつけられるようなことは耐えがたいものとなっていた。「七之助の馬を潰(つぶ)せる馬はおらんか」修理亮は再三そんな言葉を三郎信康からかけられていた。八頭を数える石川家の厩の中に、ことに甚五郎の目を引いた馬がいた。厩頭の権兵衛も、その真っ白い馬だけは鞍(くら)を置いて背に乗ることをけしてしなかった。長い時をかけて歩かせ丹念な引き運動をするだけだった。夏の盛りに甚五郎が窮地を救った栗毛の若駒と同じく、特別の馬であることは明らかで、四肢にはわずかに黒い色が残り、幼き日には全体が黒っぽい灰色に映ったはずの葦毛馬だった。甚五郎もこれまで何頭もの葦毛馬を見てきたが、他の毛色とは異なり年を重ねてすっかり白くなった葦毛馬の毛艶などわからないものだった。ところが、甚五郎は初めて見た時から、その馬が全身から特別な輝きを放っているのを感じた。肩丈四尺二寸ほどの小柄なその馬は、視界にはいった甚五郎の姿を認め一瞬片方の耳を向けたものの、ほとんど歯牙にもかけず権兵衛に引かれるまま悠然と通りすぎた。甚五郎は馬の全身から放たれている光に打たれていた。馬体から発せられる生気が、これまで見たのとはまるで別の生き物に見せていた。

三

その年十歳を数えすっかり白さを増した馬こそ、三郎信康を背に乗せ長篠城外設楽原の合戦に臨ませた愛馬「不二」だった。騎馬侍は、古来より戦場で敵の標的になりやすい白い馬には騎乗しないものとされていた。あの五月二十一日、設楽原で三郎信康は、齢を重ねすっかり白さを増した不二に跨がって現れた。父家康は、徳川家存亡を賭けたこの一戦を前にして正気の沙汰かと憤った。平岩親吉も、自ら危険を招くようなまねをするのは愚将のやることだと三郎信康を諫めたが、三郎信康は全く聞く耳をもたなかった。

卯の刻(午前六時)、山県昌景率いる武田方の先手が、槍足軽の優勢にまかせて徳川の馬防柵へ殺到してきた。突撃を促す武田方の太鼓の音と寄せてくる怒号や叫びに感応し、柵内にいた馬たちは怯え暴れ始めた。勢いに乗じそのままなだれ込んできた武田方に、馬防柵で待ち構えていた徳川方の鉄砲が一斉に火を吹いた。これまで遭遇したことのない一斉射撃の轟きと視界を遮る硝煙に混乱し、収拾のつかなくなった馬が続出した。騎馬将が下馬するしかなくなった馬まで出た。しかし、不二だけは、押太鼓の響きはもとより、放たれたおびただしい鉄砲の轟きにも全く動じなかった。不二は、鎧兜の三郎信康を背にしたまま屹立して微動だにせず、三郎信康は名だたる武田の将士たちが次々と討たれていく様を馬上から逐一見下ろすことになった。しかも、不二は岡崎から長篠までを往復しながら、岡崎衆の馬のなかで最も回復が早かった。長篠から戻り、たった一日厩で休息しただけで、二日後には城の東外郭に位置する中之馬場に三郎信康を乗せ悠然と闊歩してみせた。

ところが、そのあくる日になって三郎信康は、突然石川春重に不二を授けた。家康の怒りをかった不二を早々処分するよう、平岩親吉や松平康忠らに岡崎へ戻ってからもしつこく迫られていた。平岩親吉に家康の名を持ち出されれば出されるほど三郎信康は依怙地になる。形勢は逆転したとはいえ、武田勝頼はいまだ死んではおらず、出陣はまた当然ありえた。そして、三郎信康が再び不二に跨がって戦に臨むだろうことも石川春重にはわかっていた。

三郎信康の生母であり家康正室である築山御前は、浜松に移ることはなく依然岡崎に身を置いていた。その築山御前と家康とは以前から不仲で、そのうえ三郎信康が父家康との溝をより深めるようなことは、何より避けさせる必要があった。不二を授けていただきたいとの春重の申し出に、三郎信康はそのまま順った。父家康から孤立を深めるにつれ、三郎信康は石川春重をあたかも祖父のように慕い、彼の言うことだけはそのまま受け入れた。以来、不二は長篠の合戦で大殿の怒りを買ったいわくつきの馬として、石川春重によって始末されたことになっていた。

「このお馬は、まるで別の生き物が駆けているように滑らかです。こんな駆け方をする馬を初めて目の当たりにしました。修理亮様、このお馬なら、どんな馬にも負けない。そう思います。品が全く違います。もちろん平岩様のお馬とて、ものの数ではありません。平岩様のお馬は中之馬場にてすべて見ております」

年に似合わず日頃めったに興奮を示すことのない甚五郎が、不二の轡を取りながら馬上の修理亮に耳を赤らめてまくしたてた。引き運動ばかりでは不二も鬱気がたまり、この朝は一汗かかせるために修理亮が騎乗して軽く馬場を駆けさせた。その直後のことだった。石川家の馬場は、屋敷の北隅に当たる築地塀内に、植え込まれた山桜の並木と竹林とに囲まれて設けられていた。幅と長さ二丁に及ぶほぼ正方形の広大な馬場だった。三郎信康を別にすれば岡崎家臣のなかでこのような古式の馬場を私邸内に備えているのは石川春重だけだった。不二は軽い「走り」から加速して「駆け」の状態に入るなり、全く別の生き物のように輝きだした。

「確かに、こんなに背中が柔らかい馬に乗ったことがない。鞍は同じなのに乗り心地がまるで異なる。首も上手に使う。口も柔らかく、手綱さばきが自在に出来る。……だがな、この世にはもういないはずの馬なんだ」

修理亮が色白の面長の輪郭を陽に刻ませ視線をそむけた。能見の屋敷に引き取ってきた不二を殺させなかったのは修理亮だった。白い馬を不吉だとするのなら、長篠城外設楽原での大勝は何を意味するのか。設楽原の戦場で不二が見せた姿は、徳川宗家嫡男三郎信康を際立って輝かせた。いくら父春重の命じたことでも、何の落ち度もない不二を葬る気にはとてもなれなかった。

厩頭の権兵衛には、けして不二を屋敷の外へ出さず人目にさらすなとだけ言い含め、屋敷内の厩舎に隠した。

「……馬の毛色に何の罪もございません。産まれた時に、たまたまこの毛色だっただけのことでございます。三郎様は、やはりお目が違います。こんなお馬はめったに出るものではございません。三郎様が、このお馬で戦に臨まれたことは間違っておられません。もし窮地に立つことがありましても、この馬なら慌てたり怯えたりすることはなく、自分でどこへ向かえばよいのかを知っていたはずです。しかも、こういう賢い馬は容易に力尽きたりはいたしません。無理強いさえしなければ、人の指示に合わせていくらでも走れます。こんな駿馬を毛色ゆえに葬れなどとおっしゃる方々こそどうかしておられます」

甚五郎は、人間の勝手な都合や思い込みで何の罪もない不二が「いわくつきの馬」と決めつけられ処分されようとしたことが許せなかった。平岩親吉が、したり顔で、項羽の愛馬「騅」も葦毛だったなどと三郎信康に語ったことも修理亮から聞いていた。数千年に及ぶ中国の戦の歴史で敗軍の将が乗った馬という馬の毛色をすべて挙げていけば、不吉でない馬はいなくなる。平岩親吉の愛馬は漆黒の青毛馬で、白馬と同じく戦場でもとりわけ目立つ毛色のはずだった。

物心のついた時から逆賊の遺児と決めつけられて育つしかなかった甚五郎は、おのれと似たものを不二に感じていた。馬競べなど所詮は馬を潰すだけの馬鹿げた遊戯だとは思っていたが、いわれなく不二に押しつけられた汚名はすすがせたかった。何の根拠もない迷信に囚われ、このような名馬を処分させたがった愚か者どもをあざ笑うかのように、すべての馬が力尽き消えていった馬場を、真っ白い馬がただ一頭何事もなかったかのように駆けてゆく姿を見せたかった。

確かに、甚五郎の言うとおり不二を出せば、馬競べを制することも充分にありえた。しかし、修理亮は、当然のことながら不二に乗って馬競べに出ることなど考えもしなかった。

「修理亮様。平岩様の馬に勝つならばこのお馬しかおりません。是非、このお馬に」

甚五郎は、引き綱をとって厩へ不二を導きながら、振り返っては修理亮にそればかりを繰り返した。最後は叱りつけるような勢いだった。修理亮は馬上で思わず笑みを浮かべた。

厩の前で下馬するなり修理亮は告げた。

「甚五郎、お前がこれに乗って出るか。我が家中からもう一頭出しても誰もとがめん。お前については、石川の家の者であるとしかわからない。だが、おれがこれに乗って馬競べに出て行けば、不二だとわかってしまうおそれがある。大殿のお怒りを買った不二はとうに始末されたことになっている。これの姿を見ただけで不二かどうかわかるとすれば三郎様だけだ。戦で真っ白い馬に乗るのは三郎様の他にはおらんが、馬競べには毎年葦毛の白い馬が何頭か出てくる。お前が乗れば不二だと気づく者などいない」

「確かにそうですが、さすれば……わたしが勝ってしまうことにあいなります」

困惑を浮かべた顔でそう返答した甚五郎に、修理亮はとうとう吹き出した。甚五郎が気にかけているのは、一介の家士に過ぎないおのれが馬競べを制してしまうことへの畏れだけだった。

四

九月九日、秋雨は一晩中降り続いた後、明け方になってやっと上がった。ここのところの雨がちの天気で馬競べの馬場となる菅生川の川原はぬかるみ、ところどころ水溜まりが出来ている有様だった。異例となる重陽の節句の馬競べに、馬たちは重い泥に脚を取られ、よりいっそうの消耗戦は避けられない。

修理亮が案じていたのは二つだった。ひとつは、馬の体力が最も充実するのは八歳とされ、当年十を数える不二は盛りを過ぎている。そして何より、甚五郎が馬上で平静を保っていられるかどうかということにあった。徳川三郎信康始め岡崎の家臣団、そして岡崎や近隣の町衆が総出で見守る馬競べは、異様な熱気に包まれる。

修理亮が初めて馬競べに出走した四年前には、鎧兜の重みと、岡崎周辺にこれほど人が住んでいたのかと思われるほど堤を埋めつくす群衆のさまに我を失い、気ばかりが焦ってつい馬を追い立て、一往復駆けさせるのがやっとのことだった。再び発馬地点にたどりつく前にもう馬の首は上がり、脚は上がらず、まっすぐに走ることさえ難しくなっていた。仕方なくそこで下馬した。馬競べの後には、大抵何頭かの馬が死んだ。

考えてみれば、甚五郎もこれまで一度として鎧兜を身に着けたことがなく、かつてのおのれと同じく齢十五を数える若さだった。日頃は年に似合わぬ冷静さを身に着けているとはいえ、それはあくまで日常の暮らしにおけるものでしかない。大群衆の騒然とした空気のなかでは、馬たちも興奮し、走り出してしまえば騎乗者は皆自らの進路を確保しようと、並びかけてくる馬の顔を笞で叩きつけたり、馬体を合わせてきた馬の胴に体当たりを食らわせたり、馬群の中は混乱を極める。理由が何にせよ、落馬、下馬した時点で馬競べは終わってしまう。

岡崎城の東に構えられた外郭内、中之馬場裏に小川の石川一族から養子に出た牧野助五郎の屋敷があった。修理亮の叔父に当たる牧野の屋敷からは菅生川も近かった。九月九日の早朝、甚五郎は修理亮とともに牧野の屋敷で起き出し井戸へ向かった。その日最初に汲み上げた水をかぶり身を清めた。秋も深まりすっかり冷え込んだ外気のなかで禊ぎにかぶった水は、緊張からかほとんど冷たさを感じなかった。

この朝、甚五郎は借り物とはいえ初めて具足を身に帯びることとなった。長褌の端を胸に当て、首裏で結んだ。白襦袢の上に鎧下を重ねた。鎧下は、衣も袴も青緑地に石川の家紋である「丸に笹龍胆」を金糸のつなぎ模様として織り込んだものだった。臑当や佩楯、籠手を着けたまではまだよかったが、黒塗り鉄板の二枚胴に青糸縅しの草摺がついた当世胴具を身に帯びた途端、その重さに息苦しさを覚えた。これでは発馬して菅生川堤の馬場を二往復駆ける馬が出ないのも当然だった。用意されていた兜も水牛の角を両脇に立て、額を守る眉庇の上に繰り半月までがついた総鉄製の当世物でこれも重すぎた。合戦をやるわけではない。あくまで馬競べなのだ。騎乗するおのれなどは笑われてもよい。これは不二の名誉のための馬競べであり、同時に馬鹿げた迷信を頑に信奉し家康に盲従する平岩親吉以下の者たちに、三郎信康の炯眼を示すための馬競べだった。何より逆臣の遺児でしかないおのれを下和田村から連れ出し、再び沢瀬の姓を名乗らせてくれた修理亮の恩義に報いたかった。甚五郎は馬競べを制するためならば、どんなことでもする腹を決めていた。

身支度を受け持ってくれた牧野家の猿渡正五郎に甚五郎は当世胴具の代わりに前懸を着けたいと申し出た。前懸は、名の通り胴前面と脇とを防禦するだけの簡素なもので、背部を覆う鉄板がなく肩掛けと胸板の紐で結んでとめる造りになっていた。腰回りを防禦する草摺も三、四段しかなく、はるかに軽量だった。しかも甚五郎は、鉄板製の前懸ではなく練り革製のものを求めた。だが、練り革の前懸など、あくまで雑兵のためのお貸し具足の類であり、およそ騎馬侍の身に着けるものではなかった。この年三十を数える猿渡正五郎は、一介の家士に過ぎない小僧の支度を言いつけられ、始めから機嫌が悪かった。

「そんな格好をされたら小川の石川家の名がすたる」とにべもなかった。ところが、同じ間で支度をしていた修理亮が「さすがは甚五郎だ。なるほど、これは馬競べだ。武者行列をやるわけではない。わしにも前懸だ」そう言い出した。

兜も、当初用意されていた大げさな立物や大きな吹き返しがついた当世兜は使わず、簡素な頭成の筋兜に二人とも替えた。兜の天辺には鉄棒が立ててあり、ヤクの尾毛を飾った唐冠仕立てで、三河武士伝統の古兜だった。

牧野の屋敷から馬競べの馬場となる川原までは四丁ほどの距離があった。すでに早朝から集まってきた老若男女の中を分け入るようにして馬場入りするため、屋敷の裏門から堤の馬場まで騎乗して向うのが常だった。が、少しでも馬の疲労を軽減するため二頭とも石川家の厩下男に空馬のまま引いていってもらい、修理亮も甚五郎も馬場まで徒で向うことに決めた。川堤にさしかかったときに、修理亮が山桜の梢を見上げ一瞬立ち止まった。修理亮が指さした梢は、葉に黄赤がさし始めていた。そのなかで三輪の花が陽光を浴び、確かに咲いていた。

「甚五郎、見ろ。『帰り花』だ。縁起がよいぞ」

このたびの馬競べに修理亮は、三歳になる栃栗毛に乗って出ることにした。かつて甚五郎が預かり、悪癖を直した馬だった。修理亮が乗る栃は、確かに骨格にも優れ、不二より一回り大きく肩丈も四尺五寸ある。これまで馬競べに出たことのない石川家の馬のなかで最も見栄えがする馬ではあった。しかし、甚五郎はもちろん修理亮も、この馬では勝ち目のないことがわかっていた。栃には、何頭かで追い運動をさせると必ず先頭に立って走る癖があった。すぐ耳を伏せて興奮し、一見最も走る能力に勝れているように映るが、このような馬は気が小さく、短い距離で速さを競うにはよいが、人の指示に従って長い距離を走るには向いていない。体つきも、はちきれんばかりの筋肉質で前軀がよく発達しており、馬場を駆けさせた後は筋肉が凝りやすく疲労の蓄積が早い体質をしていた。五十頭もの見知らぬ馬と走り出せば、気性が災いして消耗もそれだけ早くなる。ただ他の石川家の馬は、馬競べの過酷さを味わっており、大観衆の中を菅生川の馬場に入れただけで能見の厩舎に戻ろうとして収拾がつかなくなることは目に見えていた。死んだことになっている不二に修理亮が乗れるはずもなく栃を選ぶしかなかった。

「栃は、すぐカッとなって引っかかって行く。あいつは気が小さい。おれが抑えずにそのまま先を争って行く。行けるだけ行けるだけな。往きの片道だけで終わる勢いで追って行く。で、お前だが、初めから後ろにおれ。一番後から行くつもりでゆっくりと不二を出せ。馬競べは生き残りを競うものだ。力尽きて下がってくる馬を一頭ずつ交わしていくだけでいい。心配ない。不二は、おのれを馬だとは思っていない。人よりも偉い生き物だと思ってる。あいつは、周りの馬など眼中にない。初めから馬鹿にしてる」

修理亮が笑った。何を言おうとしているのかが甚五郎にはよくわかった。栃が全速力で馬群を引っ張り、他家の馬の消耗を早める。甚五郎は、周囲の馬の動向などに惑わされず、不二の思うがままの調子を保って気持ちよく駆けさせればそれでよい。甚五郎が不二の邪魔になるような余計なことをしなければ、他の馬に負けるはずがなかった。ただし、五十頭もの馬たちの中に入って走り出せば、不二が思惑どおりに後方に位置できるかどうか、難しいことも事実だった。修理亮が自滅覚悟で初めから飛ばしてくれれば、馬群が一固まりになることもなく後方につけることも充分に可能となる。

やはり、修理亮はわかっていた。このたびの馬競べに不二を出したことは、何よりも三郎信康の名誉をかけることであり、負けるわけにはいかない。平岩親吉はもちろん、松平康忠ら、特に家康の意を汲む重臣たちの馬には、後塵を浴びせなくてはならない。そのためには自らが囮役となることも辞さない。それにしても、四つ年上の小姓頭の地位にある修理亮が、いってみれば不二と甚五郎に勝たせるための囮役を買って出るという思いが甚五郎には身に沁みた。修理亮はまだ十九の若さだったが、まるで三十過ぎの者のように落ち着きはらい、常にものごとの動向を見定める冷静な目を持っていた。しかも、甚五郎のように自らが認めた者の言を理にかなっていると判断すれば、目下の者の考えをそのまま受け入れる寛容さをも備えていた。甚五郎が馬笞をけして使わない理由を知ると、修理亮も馬を怯えさせるだけの竹笞を手にして騎乗することがなくなった。

五

菅生川の土手には朝早くから群衆が詰めかけ、藁むしろを敷き並べて、二十丁に区切られた馬場を見下ろしていた。発馬地点と折り返しの竹矢来には三つ葉葵の紋が描かれた陣幕が巡らされていた。それに馬場の中央地点にあたる土手斜面にも三つ葉葵の紋が描かれた陣幕が見えた。群衆から切り離されたその一角には能舞台に似た物見台が設けられ、三郎信康はそこで観覧する。石川春重、平岩親吉、鳥居重正、松平康忠らの重臣たちも、こぞって三郎信康の傍にいた。

三河国内から集められた五十三頭の牡馬は、堤の斜面を埋めつくした大群衆と見慣れない馬の群れの中に置かれ興奮していた。足癖の悪い馬に蹴られでもした時には不二にどんな影響が出るかわからない。甚五郎は馬群から一頭だけ離し、不二にゆっくりと駆けさせて体をほぐさせた。修理亮が言っていたとおり、不二は驚くほど冷静だった。他の馬が真正面から睨みつけ威嚇して来ても首を高く上げたまま視線を返さず、耳はもちろん鼻の穴さえ動かさなかった。もちろん相手に恭順の意を示す、首を低く下げて物を食む仕種などしなかった。長い距離を走り続けるためには、とにかく人の指示を聞き分ける冷静さがすべてだった。不二に跨がるまでは極度の緊張と一抹の不安を抱いていた甚五郎も、大群衆や人語のざわめき、興奮した大群の馬にも全く動じない不二の冷静さに、落ち着きを取り戻した。

打ち鳴らされた太鼓の音と発馬地点の竹矢来の前に御幣を飾った長い注連縄が張り渡された。五十三頭の馬が、注連の前へと集合してきた。目を血走らせ、口から泡を飛ばし興奮している馬もいれば、秋風の季節に鞍下から汗を白い泡にして吹き出させている馬もいた。修理亮は、注連の前にいち早く駆けつけ輪乗りを繰り返していた。背に付けた甚五郎の指物は、修理亮と同じく白地に黒で二重丸を描いた「蛇の目」紋の旗だった。しかし、この二人だけが前懸を着け、ただ一人甚五郎はすべて皮革で造られた南蛮鞍と鉄輪の鐙を用いていることに気づく者はいなかった。木製の和鞍は前輪が邪魔になって騎乗者は脚で馬の胴を押さえることが出来ない。幼い頃から裸馬に慣れた甚五郎は、ポルトガル伝来の南蛮鞍の方がずっと馭しやすかった。

「用意」の大声に、張られた注連の前に並んだ馬たちが興奮し、我先に駆けだそうと注連に突進し始めた。注連縄持ちの中間が馬たちの圧力に堪えきれなくなったところを見計らい「放て！」の声がかかった。注連の両端が中間の手から放たれると同時に、修理亮が柄に大声を発して飛び出させた。持久力を競う馬競べで、これまでは誰も先頭を奪うような愚かなまねはしなかった。ところが、いきなり飛び出し全速で駆け出した栃に引っ張られ、興奮のまま制馭を失った馬群は、乗り手の指示に逆らい首を上げ口を大きく開けて、我先に前へ前へと駆け出した。おかげで甚五郎は、最後方に一頭だけ不二を置き、前の馬たちがはね上げる泥をかぶらずに済む距離を保っていられた。手綱を短く持ち、極力馬の脚を温存させる走法で、なるたけ馬場が掘り返されていないところを選んで走らせる余裕さえあった。

徳川三郎信康は、青緑の鎧下に蛇の目紋の指物を背にした武者が飛び出し、先頭で目の前に来た時に、我が目を疑った。指物と鎧下の色は紛れもなく小川の石川家を示していた。まさか修理亮ではないだろうとは思ったが、長身で肩が衣紋掛けのように突っ張った身体つきからどうも間違いなさそうだった。日頃の思慮に富む修理亮とは思われぬ愚かさだった。秋の長雨の後の馬場はぬかるみ、始めから全速で馬を追っていけば、消耗は激しく往路の片道だけで終わってしまう。何をやっているんだと見ているうちに、全く同じ指物と装束の小柄な武者が真っ白い馬に乗り、離れた最後方を駆けて来るのが眼に入った。修理亮よりはるかに小柄なその者は、手綱を極端に短く保ち、顎を深く引いて腰を浮かしぎみにした前傾姿勢を保ったまま、淡々と馬を進めていた。しかもすっかり白さを増したその葦毛馬の顔と背中を伸縮させる柔らかな走法には確かな覚えがあった。三郎信康も、とうに不二は殺されたものと思い込んで疑いもしなかった。青緑の鎧下にヤクの毛を飾った唐冠、蛇の目紋の白旗を背になびかせた同じ装束の二騎が、大きな馬群を挟んで、先頭と最後方に位置していた。修理亮が何をやろうとしているのかがわかった。父家康とはおよそ似ていない色白く公達然とした三郎信康のこわばった顔が、笑みでくずれた。

その三郎信康とは対照的に最後方をやって来た白い馬を見た途端、顔青ざめた人物がすぐ脇にいた。石川春重だった。紛れもなく蛇の目紋の指物に青緑の鎧下は自家の馬であることを示していた。石川春重は、自分の厩に何頭いるのかも満足に知らなかったが、戦で騎馬できない真っ白い馬など置いてはいないことぐらいはわかっていた。もしいるとすれば、始末せよと修理亮に命じたはずのあの馬だけである。修理亮の他に甚五郎も乗って馬を出すとは聞いていたが、まさか屋敷に引き取って殺したはずの不二に乗って出てくるなどとは夢にも思わなかった。

「豊前、あの者は」三郎信康が、顔青ざめた石川春重に問いかけた。

「はい。……身どもの家に仕えております沢瀬甚五郎と申します者で」

「沢瀬？……ひょっとして松之助の？」

「はい。孫に当たります」

「そうか……松之助には、孫がいたのか」

馬場の往路七分ばかりを過ぎて、制馭が効かなくなった後続の馬八頭が、疲れの見え始めた栃を追い抜いた。そこで修理亮は、栃の進路を再び馬場の右端に寄せ、あとはそのまま栃の調子に合わせて速度を落としていった。次々と後続の馬たちが栃の左側を泥を撥ね上げて抜き去っていった。折り返し地点の一丁（約百十メートル）手前で、一頭だけ泥を浴びていない真っ白な馬体が最後に修理亮の栃を追い抜いて行った。

「そのままゆっくり行け」と声をかけると、甚五郎は修理亮の方を振り返り、一つうなずき返した。いつもと変わらない甚五郎の落ち着き払った表情に不二を信じきっている余裕さえうかがえた。

六

甚五郎は過ぎてゆく風の音で、不二の速度を一定に保ったまま維持していることを確かめていた。栃の勢いに引っ張られて我先に駆けていった馬が疲れ、次々と後方へと消えて行った。折り返し地点の竹矢来の前で不二の速度をゆるめ、大きく輪を描くようにして白布の巻かれた杭を回り折り返した。先に折り返した馬のなかには、すでに体力が尽き再び二十丁もの重い泥道を駆けさせられると知って、追い立てる乗り手の意志に逆らい馬場脇に暴走したり、勝手に走ることを止(や)めたりする馬も現れた。加えて、ぬかるんだ泥の馬場に馬が脚を滑らせるごとに落馬して脱落者が相次いだ。実際、侍たちは総じて乗馬が下手だった。彼らは木で造られた和鞍の馬で乗馬の訓練を始めていた。裸馬に乗ったことなど一度もない者がほとんどだった。彼らは鐙に体重を預ける癖がついており、馬が滑って均衡を失えば面白いほど簡単に落馬した。

　この日、甚五郎が使った南蛮鞍は、両脚でしっかりと馬の胴をはさみつけることが出来た。もちろん祖父譲りのポルトガル製の鞍だった。不二が多少足を滑らせ均衡を失いかけても、手綱で首を持ち上げ落馬などせずに済んだ。不二も、甚五郎が重心に合わせて騎乗することを知っていると気づいていた風だった。折り返して三十丁ばかりにさしかかった時、不二の前には二十頭がいるだけだった。それらの馬も、履かされていた馬草鞋(うまわらじ)は泥にまみれ足枷(あしかせ)となって、往路とはまるで別馬のように脚が上がらなくなっていた。不二も泥に脚を滑らせることが再三起きたものの、落馬に巻き込まれたり泥をかぶったりしないよう前の馬との距離はきっちりと保ち続けていた。しかも、不二は馬草鞋を履いていなかった。前日の夕暮れ、修理亮と甚五郎は小雨の中を二人で馬場を確かめていた。降り続いた秋雨で馬場はぬかるみ、草鞋など履かせなくとも蹄（ひづめ）を傷（いた）めることはないと判断した。むしろ泥を含んだ馬草鞋は足枷となるに違いなかった。

不二の意志は前へ進むことを拒まなかった。手綱は依然短く詰めて持ったまま、甚五郎は少しでも乾いて走りやすいところを選びながら追走して行くだけだった。力尽きて次々と後方へ落ちていく馬群を尻目に、不二だけは初速を保ったまま復路の半ばに位置する陣幕の前を十五番目に通過していった。

ぬかるんだ泥道を、重装備の武者を乗せて一往復、四十丁（約四千四百メートル）を駆け終えた馬たちは、いよいよ前へ進む意志を捨て始めていた。

さすがに不二も疲れが見えていたが、二往復目に向けて馬を返そうとしても自ら走りを止める気配はなかった。目印の杭を折り返して甚五郎が手綱を出し、腰で前へ進めという合図を送ると不二はためらいも見せずそのまま再び馬場を駆け出した。

甚五郎の視界には、泥にもがき苦しみ、あえぎながら次々と後方へ去っていく馬の姿ばかりが続いた。二度目の往路の終わり近くまで来たときには、甚五郎と不二の前には三頭の影があるだけだった。その馬たちにはいずれも萌葱（もえぎ）の鎧下の武者が乗り、背の指物には雁（かり）の頭とよじった翼の雁金（かりがね）紋が描かれていた。紛れもなく平岩親吉の出してきた馬だった。「大殿のお手馬」を追って青緑の鎧下に蛇の目紋の指物が、淡々と走り続けていた。不二は、二度目の往路の七分どころで、平岩親吉の馬二頭を相次いで交わした。これまではあり得るはずもなかったことが目の前で起き、堤を埋めつくした群衆の間にどよめきが広がった。岡崎の町衆のなかにも、何かといえば家康の名を口にして自らとの結びつきを誇示し、専横としか思えない沙汰ばかりを繰り返す平岩親吉に反感を持つ者が多かった。折り返し地点の三つ葉葵の紋がはっきりと捕えられる九分を過ぎた時に、馬場を見下ろす土手を埋めつくした群衆から今度は一斉に歓声が上がった。甚五郎が振り向いたはるか後方には、ふらつきながらかろうじて脚を動かしている二頭が見える程度だった。後方を追走していた馬たちも脚を無くし、最後に生き残った「大殿のお手馬」との一騎打ちになったことを甚五郎もそれで知った。

だが、甚五郎は、折り返し地点の陣幕が近づくと手綱を引き寄せ、終わりが来たことを不二に知らせた。同じ調子を保って走ってきたはずの不二の速度はかなり落ちていた。二度目の往路では不二が何度も脚を大きく滑らせてさすがの甚五郎も落馬しそうになった。不二の汗ばんだ首には網目状の血管がくっきりと浮かび、重い泥の馬場をすでに六十丁(約六千六百メートル)も走った疲れがはっきりと見えていた。こんな名馬を馬競べなどで潰しては元も子もない。物心ついた時から逆賊の遺児と蔑視(べっし)され、話す仲間も周囲にはいなかった。だが馬だけは甚五郎に優しかった。馬といれば寂しさを感じなかった。いざとなれば馬の生命を守ること以外に甚五郎の選択はなかった。

甚五郎は一足早く折り返してきた黒鹿毛の「大殿のお手馬」を横目に、手綱を引き競走を止める意志を不二に伝えた。ところが、不二は同意しなかった。逆に馬銜を強く嚙んで、前を行く馬を追走する意志を示した。甚五郎は一瞬迷ったものの、こうとなっては馬の意志に逆らってよいことなど何もない。不二の選んだとおりに陣幕の手前で大きく弧を描いて杭を回り折り返した。これまで乾いた良好な馬場でも、重装備の武者を背に二往復（約八千八百メートル）を「駆け」の状態のままで乗り切った馬などいなかった。このまま走らせれば生命が危ういほど消耗する。だが不二は妥協しなかった。たとえ生命を落とすこととなっても、おのれに着せられた汚名をすすぐことを決めたかのようだった。手綱はなるべく短く保っていたが、不二は口を上げて手綱を長くしろと甚五郎に伝えてきた。仕方なく握りを緩めて長く出した。不二は、それを待っていたかのように前を行く「大殿のお手馬」を猛追し始めた。二度目の復路の三分どころで、さすがに「大殿のお手馬」も首が上がり始めていた。その黒鹿毛のすぐ脇を不二は並ぶまもなく交わして先頭に出た。「大殿のお手馬」は、思いがけず後方からあっさりと追い抜かれ、慌てて不二を追いかけようとした。が、馬の意志とは裏腹に体は付いてゆかず、かえって脚をもつれさせる結果となった。騎乗していた佐野文左衛門は、馬術指南役村上左京之亮の直弟子だったが、転倒した黒鹿毛から投げ出され泥まみれとなった。

堤を埋めつくした群衆からどっと歓声が沸き上がった。が、甚五郎の耳には入らなかった。振り返って馬競べを制したことはわかったが、不二は依然駆け続ける意志を示していた。右手の土手に三郎信康のいる三つ葉葵の陣幕が見えた。再び手綱を引きつけて、もういい、終わりなんだと繰り返し伝えても、いっこうに不二は駆ける速度を緩める気配がない。むしろ見えない標的に向って襲いかかるかのように速度を上げ泥の中を突き進んで行く。馬競べに出ることが決まってから、何度も不二に騎乗し、手綱を通しての会話には事欠かないことを確かめていた。人の意志を拒む馬ではなかった。

何も知らない堤を埋めつくした群衆は、その尽きることのない白い馬の闘志と持久力を賞賛し、これまでにない歓声で騒ぎ続けていた。甚五郎は背中に冷たいものが走るのを感じた。長く不二のなかに潜んでいた野性が突然よみがえったとしか思えなかった。物心ついて以来、馬の背には数えきれないほど乗ったが、こんな思いを味わったのはずっと幼かった時に、やはり突然野馬に戻ったかのように制馭の効かなくなった荒馬に乗って以来のことだった。

とうとう発馬地点の陣幕の三つ葉葵の紋がはっきりと見えてきた。が、不二は少しも駆けることを止める気配がなかった。こうとなってはむしろ手綱を引かず竹矢来に突っ込む勢いで不二を追い、遮るものの前で止まる習性に頼るしかないと甚五郎は腹を決めた。前方に見えている三つ葉葵の紋が次第に大きくなり、これまで引き返した馬たちの撥ね上げた泥の染(し)みまでがはっきりと捉(とら)えられた。そこで初めて不二は自分から速度を落とし、そして何を思ったか急に立ち止まろうとして四肢の調和を崩した。慌てて甚五郎は手綱から左手を放し左足を輪鐙(わあぶみ)から外すなり不二の右側へ飛び下りた。甚五郎が下馬するのとほとんど同時に、不二が両前脚を折り曲げるようにして前のめりに倒れこんだ。いく筋も網目のように浮きでていたはずの喉元(のどもと)の血管が消え、思わず伸ばした甚五郎の手のひらに、鼓動はどこをまさぐっても響いてこなかった。桃色の鼻先を泥に突っ込んだまま見開いた不二の眼には、すでに光が失(う)せていた。

それから後のことは、悪い夢のなかに置かれたようだった。とにかく不二の見開いた睫毛(まつげ)に付いた泥の飛沫(しぶき)をとってやろうとしていた。石川家の厩頭権兵衛とひどく興奮した下男治助(じすけ)たちが駆けてきたが、泥のなかに跪(ひざまず)いている甚五郎の様に、事の一切をさとったらしく三人とも呆然(ぼうぜん)として立ち尽くした。遅れてやってきた修理亮は、すでに籠手や前懸、臑当も外し、鎧下の上に長羽織を引っかけていた。泥のなかに四肢を折り曲げ鞍を着けたままこと切れている不二を前にして、修理亮は一瞬押し黙った。ひとつ吐息を長くついて、脇差を引き抜くなり不二の骸（むくろ）に近づきタテガミを一房切り取った。タテガミを手渡された治助が、その端を白糸で縛り、丹念に紙で拭（ふ）いて新しい白紙に包んだ。修理亮は脇差を鞘（さや）に納めると、不二の着けられたままの鞍上（あんじょう）にそれを置いた。そして、首の付け根を一撫（ひとな）でした。修理亮に命じられ権兵衛らは甚五郎の両脇を支えて立たせた。そして、泥まみれの臑当や佩楯を布で丹念に拭き、草鞋も新しいものに履き替えさせた。

「甚五郎、三郎様の御前へ」という修理亮の叱りつける声に仕方なく甚五郎は重い足を動かした。不二の骸の前を離れるのがつらかった。ふり返って見た不二は、鞍を着けたまま四肢を折り曲げ泥のなかに座った格好で、呼べば起き上がってついて来そうだった。

七

「わしがご褒美（ほうび）の脇差と鎧袖（よろいそで）を手渡したら、このタテガミをわしに渡せ。あとはただ両手をついて深く礼をとっていればよい」

三郎信康の前に出る道々、そう言って修理亮は表彰の段取りを伝えた。ただ反射的にうなずいていただけで甚五郎はそれすらも満足に聞こえていなかった。まるで咎人(とがにん)が裁きを受けるために白州(しらす)へ引き出される思いばかりが甚五郎の心中を占めていた。堤を埋めつくした群衆からは盛んに賞賛の声が浴びせられていたが、甚五郎には不二を死に追いやったことを糾弾されているものとしか聞こえなかった。感じていたのは不二を制馭できず死に追いやった己に対する嫌悪(けんお)だった。

群衆が埋めつくす堤の一ヶ所だけを空けて、刀を帯びた物々しい小具足の者たちが取り囲んでいた。三つ葉葵紋の陣幕と板張りの見晴らし台が設けられ、その前に置かれた筵の上に修理亮ともども甚五郎は座して両手を着いた。甚五郎のすぐ前に座して礼をとった修理亮が両手を着いたまま口上した。

「このたび重陽の馬競べを制しましたるは、石川豊前守が家来、沢瀬甚五郎でございます」

両手を着いて深く礼をとったまま、甚五郎は、ただ目の前に迫った藁筵の編み目がにじむ様だけを見ていた。先に修理亮から伝えられた段取りに合わせ、褒美の脇差と色々縅(いろいろおどし)の鎧袖を拝受し、引き換えに不二のタテガミを包んだ紙を修理亮に手渡した。

修理亮は勝利した馬のタテガミを三郎信康に運び渡し、小声でその馬が息絶えたことも伝えた。

「甚五郎、面(おもて)を上げよ」と正面の陣幕から若々しい声がかけられ、両手は着いたまま半ば顔だけを起こした。視線はもちろん筵の上に置いたままだった。

「かの馬の名はなんと申す」

思いがけない三郎信康の問いかけに、傍にいた修理亮は一瞬血の気が引くのを覚えた。三郎信康のすぐ脇には石川春重も平岩親吉もひかえていた。

ところが甚五郎は三郎信康の顔を初めて見上げ、ためらいもなくこう返した。

「はい。『帰り花』と申しまする」

甚五郎がこらえきれず顔を伏せた。籠手を着けたままの両肩が小刻みに震えていた。

三郎信康も一瞬言葉に詰まり、少しの沈黙の後に甚五郎へこう語りかけた。

「まことに見事であった。人馬ともに。……わしにとって何もかも忘れられぬ馬競べとなろう」

天正三年（一五七五）陰暦九月

一

織田信長を後(うし)ろ楯(だて)とし遠江(とおとうみ)制覇を図った徳川家康が、拠点を浜松城に移して五年、西三河(みかわ)の岡崎はすでに武田方との遠江前線へ兵糧(ひょうろう)弾薬を送る兵站(へいたん)の地として位置づけられていた。岡崎城主徳川三郎信康(さぶろうのぶやす)は、長篠の戦(いくさ)を始め常に父家康の本隊に帯同させられる形で加わるのみだった。三郎信康が単独で働いたかに見えるこの年四月の武田勝頼(かつより)足助(あすけ)侵攻の折にも、自らの意志で出馬したわけではなかった。岡崎軍の統率指揮権は家康腹心の平岩七之助親吉(しちのすけちかよし)が握っており、彼の言に順(したが)って軍を進め、武田の兵が村落に放火し放置した足助城を奪還しただけのことだった。

常に「大殿のご意向」を口にし、あたかも岡崎城主のように権力を行使する平岩親吉に対して、旧来の西三河家臣団には日頃から憤懣を抱く者も多く、親吉の鼻を明かすことは何よりの爽快な出来事として受け止められた。

あくまでも余興に過ぎない馬競べではあったが、万人の目に結果がはっきりと見える技芸ゆえに、甚五郎の技量は絶対のものとして受け止められた。石川豊前守の家士に過ぎない沢瀬甚五郎が、一躍鬼退治でもしたかのような扱いを受けることとなった。重陽の節句以来、面識のない岡崎城下の町衆からまで満面の笑みで迎えられ、深々と頭を下げられることが度重なった。

石川豊前守春重の屋敷を訪れる者たちはしきりに甚五郎を見たがった。来客があるたびに甚五郎が会所へ呼ばれ、挨拶させられた。そして上座に収まった客たちは決まって祖父松之助の名を口にした。そこには、一向宗乱で祖父と父甚五郎吉実が家康へ弓を引いた過去など忘れ、代々松平宗家に仕えてきた沢瀬一族として称賛される響きだけがあった。甚五郎には戸惑いばかりが深まっていた。

祖父松之助は、一向宗乱から四年後の二俣城攻めの折、筧平三郎の食客として家康軍に加わり、武田方の足軽大将海野庄右衛門を討ち取って帰参を許された。が、一度弓を引いた者への信頼がそう簡単に回復されるはずもなかった。三年前、三方ヶ原から敗走する家康の時を稼ぐべく自ら進んで殿軍に身を置き、追撃してきた武田勢に単騎駆け込んで討死を遂げた。家康のために死んで初めて帰参がかなうことを祖父はよく知っていた。その祖父の死が下地となって、甚五郎は逆臣の遺児という首枷からようやく解き放たれた。

甚五郎は、あくまでも石川豊前守の家士に過ぎず、厩下男とともに馬たちの面倒をみるのが役目だと思っていた。来た当初こそ宿舎に当てられたのは屋敷外の長屋棟だったが、馬競べに出るより前に、石川豊前守の家老である石川小隼人に呼ばれ、屋敷内の内長屋を宿舎とするよう告げられた。主人石川豊前守春重と嫡男修理亮春寿が日常を送る常御殿と、通路を隔てたその棟を宿所とすることは、甚五郎が長屋門に寝起きする家士たちを飛び越えて近習の一人として位置づけられたことを意味していた。その折、小隼人は黒鞘の大小を甚五郎に授けた。そして、屋敷内でも常に脇差を帯び、外出する際には大小を腰にするよう言いつけた。

この年四十三を数える小隼人は、つとに奇人として知られた。掛川城番石川日向守家成は叔父であり、兄は西三河の家康軍旗頭として君臨する石川伯耆守数正である。だが、小隼人は、自己顕示と権力欲とに凝り固まった兄とは相いれず、戦傷を理由に早々と隠居して以前から気脈の通じた石川春重のもとに身を寄せていた。その異名となった「早贄の小隼」とは、百舌が屠った獲物を小枝にさらすのみで自ら食することがない習性をその奇癖になぞらえたものだった。

まだ織田信長と家康が清洲同盟を結ぶ前、尾張棒山の城攻めで敵将伊坂伝九郎を自らの槍で仕留めながらその首は朋輩に取らせたのを始め、兄数正の名を知らしめることとなった水野信元との石瀬合戦でも、先陣を切って高木主水と槍を合わせ仕留めたのは、実は兄数正ではなく弟の小隼人だと語られた。小隼人は、家康軍の先鋒を担った石川一党を率いて敵陣に襲いかかり常に鬼神のごとき働きを遂げながら、「修羅を燃やしての畜生働きに褒美を下さる神がいずこにありや」などとうそぶき、敵将を討ち取りながらも兜首は他人に譲るという奇癖が抜けなかった。

彼の言う「畜生働き」の代償として失った左目には、一重鎖につないだ黒塗り鍔を当てていた。が、左の額から斜めに眉を裂いて頬骨にいたる深い刀傷は隠しようもなかった。戦陣を離れれば残った右目で専ら漢籍を読むことを好んだ。小隼人は、小柄ながら肩幅広く、猪首で、色白の角張った顔はめったに表情を変えることがなかった。髪の生え際は後退し額は広いものの、髪も眉も黒々として十歳は若く見えた。細い右の目で相手をじっと見つめるだけで、自らはめったに言葉を発しなかった。どこであろうと小隼人がそこにいるだけで重い時が周囲に漂う影の濃さを持っていた。主人筋にあるはずの修理亮でさえ、小隼人に対しては「様」づけで呼び、格別の存在として敬意を払うことを怠らなかった。

甚五郎が石川豊前守の屋敷に奉公することになって、最初にその非凡さを見抜いたのも小隼人だった。「あの鹿毛に乗っていた若党は誰だ」と小隼人は朝駆けの馬場から戻った修理亮に訊いた。下和田の沢瀬松之助の孫だと知ると、小隼人は視線を遠くに放ち、しばらく黙り込んだ。松之助の孫が下和田に残っていたという事実に小隼人も少なからず驚いたようだった。そして、「あの者ほど馬上で力を抜き、やすやすと馬を動かす者も珍しい。馬がひとりでに動いているように見える。……血は争えんものだ」とつぶやいた。

最初に甚五郎が小隼人から直接声をかけられたのは、まだ屋敷外から石川豊前守の厩へ通っていた夏のことだった。馬場脇の流れに馬を入れ脚を冷やしていた折に、通り掛かった小隼人が突然甚五郎を呼んだ。

「馬が足を傷めたか」ほとんど抑揚のない低い声でそう尋ねた。

「いいえ、そうではございません。今朝は、かなり強く追いましたので、冷やしておるだけでございます」跪いて甚五郎が答えた。

「……ならば、厩下男にやらせよ。お前は、厩下男が手に負えぬ時にのみ手を下せばよい」

甚五郎のすぐ脇で顔青ざめた厩頭の権兵衛には声をかけることもなく、小隼人はそのまま通りすぎた。甚五郎が内長屋へ住まいを移すよう小隼人から言い渡されたのは、その翌日のことだった。

二

甚五郎が内長屋で寝起きするようになってからは、修理亮と磯貝小左衛門に伴われ二丁隔てた小隼人の屋敷へ足を運ぶことが許された。小隼人は、武芸ばかりでなく、『墨子』を年若い者たちに講じた。同時に、小隼人は折に触れて絵図などを広げ古の合戦や城攻め、戦略、武士の作法、心得を説いた。また、当面の敵である武田勝頼の動向についても教示した。

武田勝頼が、信州伊奈谷を起点として三河と遠江の徳川領を侵すためには、どうしても手中にしなくてはならない陸路の要衝が幾つか存在した。山間では、三州街道から南下して伊奈街道に入り長篠にいたる田峯と、飯田街道を通って足助を経由し岡崎に迫る武節の二城。そして、田峯と武節を足掛かりとして三河平野への出口となる足助と長篠、野田の三城が長く争点に位置してきた。

ところが、この年五月二十一日の長篠城外設楽原の戦いで圧勝したのを切っ掛けに、田峯も武節も共に徳川方の収めるところとなり、足助、長篠、野田の各城も、家康の掌中に握られるところとなった。

木曾山中からの三河徳川領への侵攻口をことごとく潰された武田勝頼に残されていたのは、遠江の徳川領を東から侵食して行く方法しかなかった。大井川を境にして、川の東に武田の侵略拠点となる駿河田中城があり、そこから東海道筋に沿って川を越えた約五里の位置に、遠江徳川領への楔となる高天神城を構えていた。この城は、家康が遠江東部の拠点とする掛川城をにらむ形で対峙していた。

当然のことながら、長篠を押さえた余勢をかって、家康は武田勝頼の侵攻の芽を潰すべく遠江の地固めを開始した。六月に入ると間もなく天龍川東岸に位置する武田方の二俣城攻めに取りかかった。武田勢が信州街道を南下して遠州路に入り、そのまま姫街道と東海道へ進出するためには、天龍川と二俣川の合流点に位置する二俣城の確保は欠かせないものだった。

同時に家康は、高天神城の奪取をも視野に入れ、まずは武田方の諏訪原城の攻撃を開始した。この城は、東海道を見下ろす形で大井川西岸の丘陵に築かれていた。大井川を挟んで武田勢の侵略拠点とする駿河田中城と、遠江高天神城との距離は五里ほどもあり、武田方が兵糧弾薬の補給路を確保し掛川城を攻略するため、勝頼によって二年前に牧之原台地へ再構築されたものだった。もし徳川方が諏訪原城を落とせば、田中城と分断された高天神城の陥落も時間の問題となる。

八月二十四日、援軍のないまま二ヶ月にわたって家康軍によって厳重に包囲され、兵糧の尽きた諏訪原城の武田方将兵たちは、駿河の田中城へ逃げ込もうとしたが、大井川の増水は渡河を許さなかった。しかたなく、夜陰に紛れて川沿いに河口へ向かい、ようやく武田方の支城小山城へたどりついた。とうとう諏訪原城も家康の手中に落ちることとなった。しかし、武田勝頼が、遠江侵攻の頼みとする高天神城の陥落をこのまま指をくわえて見ているはずもなかった。いずれ諏訪原城の奪還を期して大軍を率い襲来するに違いなかった。

三郎信康の遠江遠征が、修理亮から甚五郎へもたらされたのは、九月十二日夜のことだった。

「大殿より三郎様へ後詰として遠江小山城へ御出陣すべしと命が発せられた。三郎様は、明日卯の刻（午前六時）岡崎を発ち、遠江へ向かわれる。ひいてはお前も供せよとの仰せである。支度はすべて太左衛門に言いつけてある。何か尋ねたきことがあるか」

「ありがたき仕合わせにございます。何もございません」

甚五郎は、あくまでも石川豊前守春重の指令によって修理亮の馬の轡を取り、遠江の大井川畔まで向うものと思い込んだ。岡崎から浜松までは十五里三十三丁、浜松から大井川西岸の金谷の宿場まで十一里二十一丁。大井川河口の小山城までは三日がかりの遠征となる。帯同していく石川家の馬は、替え馬と荷駄用の駄馬を合わせれば十五頭ほどになる。大量の飼料を始め、その世話にはかなりの手間を要する。石川春重は従来通り岡崎城で留守居役を務め、三郎信康の家老として平岩親吉が岡崎の軍兵を統率し小山城へ向うこともその時に伝えられた。

三

九月十三日、夜明け前に起こされた甚五郎は、使いの下男に導かれるまま中井戸で水垢離を取った。そして、指示された遠侍の棟に向かった。日頃は訪問客の取次ぎや警固のために家士の詰めるその棟は、間仕切りとしていた襖障子をすべて取り払い、三十六帖敷きの大部屋となっていた。出陣を控えて皆が押し黙り、時折空洟をすすり上げる音と身につける具足の金属音ばかりが鳴っていた。遠侍で具足を着けたのは石川修理亮始め、甚四郎、与次右衛門、小左衛門そして甚五郎の五人だった。用人役の石川太左衛門から命じられるままに、甚五郎は五領そろえてあった当世具足の一番左端に向かい、具足下着に着替え、鉄製の篠が仕込まれた臑当と真新しい草鞋とを履いた。そこに小隼人がやってきた。

「お前の身に合うかどうかとは思ったが、何とかなりそうだな」いつに変わらぬ穏やかな口調でそう言った。出陣を控え張りつめた空気のなかで、小隼人の落ち着きはらった声だけが一際深く響いた。黒塗りの当世具足が、小隼人から自分のために下されたものであり、修理亮の轡を取って大井川へ向うわけではなく、自分が騎馬して行くらしいことをその時初めて知った。戦で馬に乗ることができるのは、家士郎党の類ではなく三郎信康の直臣格である。同時に敵の目からは、兜首として標的とされることを意味した。

甚五郎の右隣で支度を調えていた磯貝小左衛門は十五の同い年だったが、彼はすでにこの五月、初陣として長篠の戦を経験していた。石川小隼人が、自らの手で甚五郎に着せてくれた当世胴も鉄の伊予札をつづった黒塗り二枚胴だった。胴下に取り付けられた七枚の草摺や袖、喉元を護る垂などは、萌葱、白、朱の縅し糸でつづられ、すべてがその若々しい三色の組み合わせで統一されていた。籠手の一重鎖の下地となった萌葱の錦には、石川家の家紋「丸に笹龍胆」が輪つなぎ紋様で織り込まれ、膝を護る左右の黒塗り佩楯の中央にも「丸に笹龍胆」が大きく金色で描き込まれていた。

甚五郎のために用意された兜は、三河武士特有の鉢の傾斜が急な黒塗り筋兜だった。その南蛮風兜の前立には、峨々たる山を象った銀の台座に、金箔で彩った「須弥山」の切り出し文字が打ちつけてあった。

「宇宙の中心にそびえ立つという幻の高山だ。富士などとは比ぶべくもないほど高い山だ。須弥山の周りに、七金山と四大州があり、日と月とはこの山の中腹をぐるぐる回って四季を生ずる」そんなふうに小隼人は前立の意味を説いた。

最後に小隼人は、その朝携えてきた萌葱錦の太刀袋から金地造りの腰刀を取り出し、甚五郎の腰緒に自らの手で絡め差してくれた。

「この腰刀を帯びて、尾州棒山城と丸根城攻め、さらには石瀬合戦の折りも、松之助殿と陣屋を共にした」

口調はいつに変わらぬ淡々としたものだったが、一瞬右目は遠くを望み、再び視線を具足姿の甚五郎に戻し「松之助殿によく似ている」と二度小さく頷いた。

これまで甚五郎は、逆臣の遺児として蔑まれ、武士というよりむしろ農を専らとする者の暮らしをしてきた。農に生きる民は、稲や蔬菜、樹木を育て、牛馬を生かすことに腐心する。他人を殺すことと自ら死ぬことを前提とする武士の非情は、その対極に位置する。甚五郎は、馬競べを制したはよいが、騎乗した馬が死んだことに動揺を隠せなかった。もし生きて岡崎に戻れたとしても、甚五郎が何らかの変調を来たすことは避けられないと思われた。

小隼人が危惧（きぐ）していたのは、何よりも敵兵を討つための心の修練を甚五郎が積んでいないことにあった。それは剣や槍の技量の問題ではなく、あくまで心の問題だった。戦場に出れば、相手の敵将兵を殺すしか己が生きる術（すべ）はない。小隼人は、これまでも敵兵を殺して心に異状をきたした者を何人も見てきた。武士の家に生まれた者は、物心ついた時から敵を見れば殺すことばかりを教えられて育つ。ところが頭ではわかっていても、人の生命を奪うことを容易に心は受け入れないものだ。人を殺して身体に何の変調も起こさなくなるまでには、実戦でその耐えがたい経験を積まなくてはならなかった。甚五郎が、祖父松之助に騎馬術はもちろん剣や槍術（そうじゅつ）、体術まで一通りたたき込まれて育ったことは小隼人にもわかっていた。甚五郎の腕や脇腹には無数の細かい引っかき傷のような痕跡（こんせき）があり、祖父松之助から真剣で立ち会う稽古（けいこ）を幼い時から受けてきたことを示していた。小隼人は何度か甚五郎に真剣で手ほどきをしてきたが、修理亮や小左衛門と遜色（そんしょく）がないどころか、むしろ甚五郎の方が資質に優れていた。敵から向けられる白刃や槍穂は恐れなくとも、己が手を下して人命を奪うことが、心に及ぼすものは尋常ではなかった。

岡崎からの東海道を、甚五郎は、騎馬した徳川三郎信康の真後に従い、石川修理亮、長田伝八郎、磯貝小左衛門と轡を並べて行軍することになった。背にした旗指物は、修理亮らと同じく、横に六つの切れ目を入れた黒の靡き旗だった。地の色こそ違え、切裂の入った靡き旗は、紛れもなく徳川家小姓衆の標である。甚五郎は、三郎信康の直臣小姓の一人として取り立てられたこととなった。

四

小山城は大井川の三角州に張り出した牧之原台地の最東端に築かれていた。城は、川の流れから六十丈(約百八十メートル)もの高みに位置した。大手の木戸は西にあり、搦手に当たる東と北側には大井川が天然の深堀となって流れ込み、地続きとなった西と南からしか攻められない。台地のどん詰まりゆえに最高部の扇の要の位置に本曲輪があり、扇を開いた形で二の曲輪、三の曲輪が階段状に下へ広がる形で築かれていた。

当然のことながら城を築いた武田勢は、西南側の防備を厚く敷いていた。

正面に位置する三の曲輪前には三日月形の堀が三重に築かれ、大手の木戸口前には武田家特有の「丸馬出し」(まるうまだし)が設けられていた。丸馬出しは、木戸門の前面に半円の馬蹄形(ばていけい)で広場を築き、その外縁を迎撃のための高い土塀で囲む。そして、土塀の前には丸馬出しの外線に合わせて三日月形の堀を築いたものだった。大手門は丸馬出しの背後にあり、正面からの直線的な突撃は出来ない構造をなしていた。三の曲輪内に侵攻するためには、丸馬出しの外縁に沿って軍兵を展開し、右端と左端にある虎口(こぐち)から侵入するしかなかった。ところが、兵力を二分し左右から同時に攻め入ろうとすれば、丸馬出しの土塀に着いている防禦兵(ぼうぎょへい)からの矢玉を横から浴びせられることとなる。左右のどちらか一方の虎口に力点をおいて突入を試みれば、兵力の少ない側の馬出し出口から武田勢が出撃して背後を突かれ、同時に側面からも攻撃を受ける。防禦の武田方は、徳川方の攻撃行動に合わせ、馬蹄形の陣を活用して対応すればよいだけである。少数の兵力であっても極めて防禦しやすく、逆に寄せ手となった徳川方にとっては、よほど圧倒的な兵力を持たない限り、曲輪内へ攻め入ることは難しい設計がなされていた。

九月十五日、三郎信康の岡崎軍が到着した時には、すでに丸馬出しからの迎撃によって負傷者が続出し、徳川陣中には刀傷や銃創の出血に用いる三黄瀉心湯の臭いが立ちこめていた。諏訪原城を捨て小山城に立て籠った武田軍をここまで二十日がかりで包囲しながら、徳川方はその丸馬出しに手を焼き、曲輪内への突入がいまだ出来ずにいた。

小山城の武田方も、頼みとする高天神城からの援軍は期待できなかった。馬伏塚城の大須賀康高と掛川城の石川家成の軍兵に高天神城は包囲され、釘付けにされたまま諏訪原城がみすみす家康の手に落ちるのさえ防げなかった。残る頼みは武田勝頼が大軍を率いて駿河から大井川を越えて到来することだけだった。

この日の昼、物見に放たれていた素破衆から、武田勝頼が駿河田中城に入ったとの報せが家康のもとにとどいた。田中城を控える藤枝の宿は二万もの軍兵であふれているという。勝頼の狙いは、あくまでも東海道を押さえる諏訪原城の奪還である。河口近くの小山城から東海道の金谷宿にほど近い諏訪原城までは四里半もの道のりがある。秋の長雨で増水した大井川越えを果たさなくてはならない武田軍の到来が、家康本隊の諏訪原城帰還よりも先んじることはありえないが、二万もの大軍を迎え撃つならば決断は早いほうがよい。家康にとって、やっと手中に収めた諏訪原城の確保が第一義である。いつまでも小山城にかかずらっているわけにはいかなくなった。

家康は急遽諏訪原城へ引き戻り、到来した武田勝頼をそこで迎撃することに決した。問題は、包囲していた徳川軍が諏訪原城へ撤退すれば、小山城の武田将兵が追撃してくることにあった。武田軍の恐ろしさは、退く敵を追ってくる速さにある。武田勢が諏訪原城までの四里半を追走し、家康本隊と交戦しながら諏訪原城へなだれ込めば、城を守る徳川の兵は敵味方入り交じった相手に銃撃できず、武田軍はそのまま曲輪内に侵入できることとなる。

武田勝頼が再構築した諏訪原城は、当然のことながら丸馬出しを備えていた。徳川方も、これまでの攻防で丸馬出しの使い方を知っている。家康の主力が諏訪原城に帰還し、充分に迎撃態勢を調えるまで、小山城から追撃してくる武田勢を押しとどめなくてはならない。軍記物などでは「殿軍の功名」を競い合った逸話が語られたりはするが、本心では殿軍を望む者などいない。撤退時の殿軍は、いってみれば全滅を前提とした決死隊である。先んじて退却した主力軍を生かすための捨て石にほかならなかった。

家康の命令は、思いもかけず三郎信康の岡崎軍が小山城に最後まで留まり、殿軍を務めよとのものだった。その時点では誤報ではないかと岡崎家臣団の誰もが耳を疑った。三郎信康は家康の嫡男であり、正室は織田信長の娘五徳御前である。これまで誰一人として三郎信康が家康の後継であることを疑う者はなかった。それが突然の殿軍指名である。諏訪原城から逃げて来た武田勢を合わせ、およそ二千五百の兵が小山城に立て籠っていた。対して三郎信康の岡崎軍は二千。武田勝頼が、兵を割って後詰を小山城へ送ってくることになれば、挟み打ちによって三郎信康も含め全滅もありうる。それもやむなしという家康の判断だった。もし事実とすれば、家康の心中に三郎信康に対する何らかの変化が起こったということだった。殿軍を三郎信康の岡崎家臣団が務めるとの軍触れをもたらした平岩親吉自身が、萎烏帽子をかぶることを失念し、右手にそれを握りしめたまま告げた。珍しくうつろな眼と血の気が引いた彼の顔が、親吉でさえこのたびの家康の下知を計りかね、ひどく混乱していることを示していた。

殿軍を命じられた三郎信康は意外なことに何の動揺も示さなかった。

「殿軍？　望むところだ。つかまつる」そう一言答えた。内裏雛のような色白く端正な顔の表情一つ変えず、形よく小さな口元には笑みさえ浮かべていた。そして、三郎信康は修理亮に命じて当世胴を用意させた。小山城と谷を隔てた山之根の陣中で身に着けていたこれまでの古式の胴丸などではなく、ポルトガル伝来の鎧を作り変えた当世胴を身に着けることで、実戦も辞さない自身の意志を家臣団に示した。

いくら設楽原で大敗させたと言っても、武田の兵力は依然あなどれない。それが二万もの大軍で到来するという。対して、徳川陣中は、三郎信康の軍二千を合わせても六千。諏訪原城を守備する兵三千を加えても九千である。無勢であることには変わりなかった。もはや戦の勝敗を決めるのは兵の数と物量の多寡であって、策略ではどうにもならない時代となっていた。織田信長は誰よりもそれを知っていた。長篠城外設楽原の戦いでも、馬防柵に待ち構えていた千挺の鉄砲ばかりが喧伝されるが、武田勝頼の兵は一万五千だったのに対し、織田・徳川の連合軍はその倍を上回る三万八千もの兵力を長篠に結集させていた。

「討死を遂げた時には、かの乞食坊主に無間地獄に送り届けてもらおう」

小山城を間近に見る山之根の陣屋で萎烏帽子に小具足姿の修理亮は笑いながらそう言った。行軍の途中、難所の小夜峠から北西に見えた粟ヶ岳を指さして、「あの山にある寺の鐘を撞けば無間の地獄へ落ちるそうな」と修理亮が話したことを思い出した。その寺は、昔から寺領の田畑など持たず、住持の禅僧が村々を巡りあるき行乞のみで生きているという。むろん住持には妻子はなく、肉食もしない。街道筋で行き倒れの者があれば、自らの手で埋葬してくれるので、村々の民もそれがゆえにささやかな喜捨を怠らない、とも付け加えた。

家康本隊の撤収が始まる前に、岡崎軍の陣形を調える余裕はなかった。後は、修理亮の言うようにここで討死する腹を決めるしかなかった。甚五郎は、己が小姓衆に取り立てられたのは、あくまでも祖父松之助が自らの生命を捨てて家康への忠誠を示したことにあり、己は自らの手で何も証しを立ててはいない、依然として逆臣の遺児にほかならないと感じていた。馬競べなど、単なる余興に過ぎない。このたびの、三郎信康の小姓衆として当世具足で騎馬し戦に臨むという異例の取り立ては、身の置き場のない困惑を招いていただけのことだった。祖父がそうであったように、いざとなれば武田の将兵と刺し違えるしか道はないこともわかっていた。

五

家康本隊の撤退が始まり一刻が過ぎた。家康本隊を示す「金扇に日輪」の馬験を先頭に徳川の大軍が、坂口の谷を北西へ向って移動していくのは小山城の高い本曲輪からも見えたはずだった。徳川勢が急遽諏訪原城へ引き戻るのは、いよいよ武田勝頼が大井川を越え遠江へ到着したことを意味しているかのように映った。しかし、小山城を攻めあぐねた徳川勢が、引くと見せかけ城外へおびき出すための策略とも取れた。諏訪原城から移動してきた海野伊勢や遠山右馬介らは、勝頼が田中城まで到来したのならば、なおのこと城を守り後詰の援軍を待つべきだと主張した。それに対して小山城の甘利四郎三郎は、この機を逃さず打って出て殿軍を斬り崩し追撃すると言って譲らなかった。小山城の兵糧は尽きかけていた。

先頭をきって大手の木戸を出、丸馬出しの南端口から飛び出して来たのは甘利四郎三郎だった。身の丈六尺（約百八十センチ）、体重四十貫（約百五十キロ）の巨漢が、肩丈四尺五寸にもなる漆黒の大馬に乗り、三百の槍足軽を従えて家康軍の追撃を開始した。甘利一族といえば、武田二十四将に数えられた甘利備前守虎泰を始め、そのなりふり構わぬ勇猛さで知られていた。

甘利四郎三郎は、繰り半月の前立を輝かせた黒塗り唐兜に、同じく黒の桶側胴を着け、抜き身にした刃渡り三尺三寸もの大太刀を右肩に載せて寄子川の入口に設けた徳川方馬防柵に押し寄せてきた。

山之根から谷へ陣を移し、武田勢を迎え撃つ構えを見せた三郎信康に、甚五郎は最前線の馬防柵へ是非向かわせていただきたいと願い出た。自分の意志などそれまで一切口にしなかった甚五郎が三郎信康に対して直接訴えた。

「三郎様、恐れながらわたくしは、逆臣の遺児にございます。なにとぞ今こそ汚名をすすぐ機会をお与えいただきたく願い奉ります」

そして、三郎信康が岡崎から携えてきた鉄砲を是非お貸しいただきたいと意外なことを続けた。岡崎から道具持ちに持たせてきた三郎信康の鉄砲とは、全長が五尺三寸にもなる銃身が極端に長いものだった。それを鹿革(しかがわ)と錦の袋とで包み三郎信康の兜や槍弓と並べて岡崎から行軍して来た。だれもが陣中の飾りと思い、実戦で使うことなど考えもしなかった。しかし、その鉄砲が、大狭間(おおはざま)鉄砲と呼ばれる、狙撃(そげき)に適した特殊なものであることを甚五郎は知っていた。

一瞬の沈黙の後、三郎信康は修理亮に鉄砲と弾丸とを持ってくるよう命じた。そして、三郎信康は甚五郎に錦の袋ごと鉄砲を手渡し、「甚五郎、心がけ殊勝である」と付け加えた。

四人の小姓衆のうち、一人甚五郎だけが三郎信康の側から離れ、中根半兵衛(はんべえ)率いる鉄砲隊に加わることになった。鉄砲など、あくまで足軽の兵卒衆、下郎の手にする武器である。騎馬将は集中力を養うために弓は射ても、鉄砲など手にすることはなかった。しかし、甚五郎は、いざという時にたとえ足軽衆に混じっても大殿のお役に立てるようにと、祖父松之助から鉄砲の手ほどきを受けていた。下和田の生家籾蔵(もみぐら)には弓、槍、刀剣はもとより、鉄砲も三挺備えていた。なかでも大狭間鉄砲は、例の流鏑馬(やぶさめ)の後、褒美(ほうび)として家康より直々に祖父が賜(たまわ)ったものだった。弾丸も、通常戦で用いられる十匁（三十七・五グラム）弾より一回り大きな十五匁弾を使う。射程距離は五十間（約九十メートル）でも充分に射的をとらえることを何度も実射して甚五郎は知っていた。だが、この鉄砲は銃身が長いだけに、あくまでも城壁の鉄砲狭間に固定して使うよう出来ていた。

流鏑馬での射撃を引き合いに出すまでもなく、祖父は鉄砲にも精通していた。火薬の量は使用する弾の四割に当たる数値が適量であることも祖父から教わっていた。十五匁弾の四割、すなわち六匁の火薬が一発に使う量だった。甚五郎は火薬入れからその分量を薬天秤で計って紙に包みこみ、十発分を作り上げた。籠手を着けたままでは撃ちにくいために当世胴も脱いだ。兜の替わりに鎖鉢巻という軽装具で、三郎信康より乞い受けた大狭間鉄砲と口径に合わせた十五匁弾十発とを革袋から出し、馬防柵についた。

岡崎家臣団は、殿軍を命じられたことで、これまでのぎくしゃくした相互のわだかまりが逆に消えていた。目の前に討死を突きつけられてみれば、敵はあくまでも武田の将兵にほかならなかった。そのうえ、三郎信康は日頃から兵を練ることに手抜かりはなかった。菅生川原に突然家臣団を呼び集めては紅白に分け、模擬戦を繰り返した。

弾薬や矢など武備の怠りはつゆもなかった。

押し寄せてきた武田の長槍隊に、まず渡辺久左衛門茂に率いられた長槍三百が柵を越えて迎え撃った。かつて家康が岡崎城に在って、まだ織田家との抗争を繰り返していた時分、「三河衆一人に尾張衆三人」と、岡崎家臣団の尋常ならざる闘志を讃える声は東海に鳴り響いた。籠城を強いられ満足に食べていない武田長槍兵は、家康本隊が退却したという事実に、いち早く勝敗を決すべく槍穂を水平にそろえて遮二無二突きかかって来た。岡崎軍槍足軽たちは、槍穂を左上に立てたまま、右足前に槍の石突きを置き、左足を深く引いた受けの構えで武田勢の圧力に対峙した。武田勢の槍穂先が右肩に届くまで充分に引きつけると、いきなり左足を踏み込んで上から槍穂を打ち下ろした。岡崎軍の槍穂は武田勢の上から次々と打ち下ろされ、負傷者が続出し陣形が崩れた。そこへ岡崎馬廻衆の糟屋作十郎らの旗指物が、次々と槍を抱えて突進していった。

すでに双方の長柄隊が三十間（約五十四メートル）前方で交戦を繰り広げ、敵味方入り交じったところに銃撃することも出来ず、鉄砲隊は火種を絶やさずに待つしかなかった。硝石を煮込んだ火縄の燃えくすぶる臭いばかりが鼻を刺した。先の長篠城外設楽原戦に加わった岡崎の鉄砲隊もそろって十匁弾の鉄砲を手にし、二十間以内に敵兵を引きつけて放つという鉄則はたたき込まれていた。

甚五郎は、岡崎長柄隊を切り崩しにかかってくる敵将を待っていた。退却時に弱腰を見せれば武田勢はかさにかかって攻めて来る。大狭間鉄砲の長い銃身がぶれるのを防ぐために、甚五郎は「膝台放し」の構えを取った。胡座をかくように地面に尻をついて座り、左膝だけを立て、その膝頭のうえに銃身を支え持った左腕の肘をのせる構えである。馬防柵の横木も、作事方に命じ、構えた左手が来る高さにもう一本横木を渡させた。長い銃身をそれに預け、少しでも固定出来る工夫を怠らなかった。それまで何かと遠慮がちに物を言う甚五郎が、当然のごとく作事方に指示した。

鉄砲足軽を率いる中根半兵衛に対しても、大狭間鉄砲は火薬の量が多く放てば煙が視界をさえぎるゆえに、左右の鉄砲足軽をもっと遠ざけてくれと求めた。中根半兵衛ばかりでなく鉄砲足軽たちも、全長が五尺三寸もある大狭間鉄砲を初めて目にし、通常彼らが使う十匁弾より一回り大きな弾丸に目を見張った。彼らも、甚五郎のことは馬競べを制した一件でよく知っていた。かの沢瀬甚五郎が己の背丈ほどの大鉄砲を持ち込み、またしても何かをしでかしそうな気配に中根半兵衛は甚五郎の望む通り手配した。

甘利四郎三郎は、生来の気の強さと逆上しがちな性格から、陣形を崩され退き始めた自軍長柄隊の様を目にするなり、三尺三寸の大太刀を振りかざし武田勢槍足軽に怒号を浴びせてかき分け、岡崎長柄隊の前に現れた。岡崎長柄隊は、騎馬での突進を阻(はば)もうと隣同士が互いに槍穂を交差させた槍ぶすまを組み対応した。さしもの四郎三郎の荒馬も、突入すれば串刺(くしざ)しにせんと待ち構える長柄槍に一瞬脚を止めた。岡崎勢の馬防柵までは四十間以上あった。まずは岡崎長柄隊を切り崩そうと甘利四郎三郎が不用意に下馬しかけたその時、後方の岡崎軍の馬防柵から重く響く耳慣れない銃声が轟(とどろ)いた。

　大狭間鉄砲から放たれた十五匁弾は、四十間はゆうにある距離から発せられたにもかかわらず、激しく金物を打ちつける音を立て甘利四郎三郎の鉄板胴に丸い穴を穿(うが)った。四郎三郎の巨軀(きょく)が馬上から転げ落ちた。倒れこんだ甘利四郎三郎に向って、家士とおぼしき頭成(ずなり)兜が首を取られまいとして駆け寄った。その時、岡崎軍から飛び出したのは、金色の火焔(かえん)を兜に飾り、朱塗り具足を着込み、紫紺の陣羽織をまとった大柄な武者だった。その派手な具足に身を固めた岡崎の武者は、駆け寄った四郎三郎の家士を朱塗りの槍で突き伏せると、間髪(かんはつ)を容(い)れず四郎三郎の背に馬乗りになり、その大首を腰刀でねじ切った。火焔の変わり兜に紫紺の陣羽織、朱の当世具足の武者は、岡崎の諸事支配役、いわゆる町奉行の要職にありながら豪勇として知られた松平新右衛(しんえ)

門だった。

殿軍と目された徳川勢が、武田の長柄隊を待ち構え打ち崩したばかりか、甘利四郎三郎を討ち取るにいたった。徳川勢は退却を前提とした殿軍とは思えない闘志で、むしろ前がかりに小山城へ攻め寄せる気配さえ見せていた。大将とおぼしき騎馬将は丸に三つ葉葵の紋を描いた一対の幟を立て、脇には紅白を段々に染め分けた平岩親吉の旗指物が風になびいていた。紛れもなく岡崎の軍勢であり、三郎信康が捨て石の殿軍を務めるはずがなかった。交戦から一刻も過ぎず浮足立ったのはむしろ小山城兵の方だった。二陣として旧諏訪原城の兵を率い城外に控えていた遠山右馬介は、急ぎ城へ立ち戻って守りを固めなければ逆につけ込まれて城が攻略される危機感に襲われ、城への退却を全軍に下知した。

天正三年(一五七五)陰暦十月

一

この秋八月半ば、北陸の山野には、吹き始めた北西風にさらされて四万にも及ぶ一向宗徒の骸(むくろ)がうち捨てられていた。織田信長による越前一向一揆(いっき)なで斬(ぎ)りの結末である。本願寺宗家(そうけ)で代々家老役を担(にな)ってきた下間(しもつま)一族の頼照(らいしょう)も殺され、ここに越前一向一揆は壊滅した。これを受けて宗主(しゅうしゅ)本願寺顕如(けんにょ)は、石山(いしやま)戦争の休戦を信長に乞い、信長はこれを受諾した。十月二十一日のことだった。

十月二十四日、岡崎の馬廻衆(うままわりしゅ)、大岡与左衛門(よざえもん)は、石川豊前守春重(ぶぜんのかみはるしげ)から突然能見(のみ)の屋敷まで来るよう伝えられた。与左衛門が招じ入れられた常(つね)御殿には、思いがけない人物の顔があった。浜松在住の兄伝右衛門(でんえもん)がそこにいた。これまで兄は岡崎に来れば、まず与左衛門の屋敷に足を運んだ。その兄が言伝てひとつなく直接石川春重の屋敷へ来ていた。兄は与左衛門の顔を見ても、他人のように強張った顔で小さくうなずいただけだった。他には石川小隼人、そして平岩七之助親吉までが来ていた。尋常でないことが起ったとわかった。

数日前、渡村に住む山田八蔵という者が石川春重を訪ねてきた。その八蔵が語ったのは、岡崎家臣団の中で密かに進められている謀叛計略だった。その者たちは、三郎信康を押し立てて武田勝頼と手を結び、家康と信長を討つ計略を進めていた。差し当たっては岡崎の北東七里に位置する足助城に武田勢を呼び込み、そこを足場にして岡崎城を乗っ取る段取りであるという。ことが成就したあかつきには、八蔵を馬廻衆に取り立てる密約までがなされていた。

この話を八蔵にもたらしたのは、同じ渡村に住む小谷九郎左衛門だった。小谷九郎左衛門は、渡城主鳥居久兵衛の家老、小谷甚左衛門の養子である。鳥居久兵衛は十二年前の一向宗乱時、鳥居一族の大勢に反して家康方に与した。結果として、久兵衛は以前のまま渡村を受領地として家康から許され、今日に至っていた。鳥居一族が何らかの形でこの陰謀に関わっているとすれば、馬鹿げた妄想として笑い飛ばすわけにはいかない現実味を帯びていた。

鳥居氏は中世に紀州熊野から三河矢作に移住してきた。しかも、彼らが根城としている渡の地は、木綿を始め農産物と、塩や海産物を通商する上で極めて都合の良い矢作川の渡河点に位置し、それらの流通を支配するために城砦を構えて渡城とした。三河一向宗乱の契機の一つとなった野寺の本證寺での一件も、鳥居一族が絡んでいた。

「この年四月の武田勝頼による足助侵略も、信長様がいよいよ石山本願寺攻めに本腰を据えて取りかかる危機が迫り、本願寺から懇望されて信長様の注視を逸らすための西三河攻めだったと考えれば辻褄は合う」石川春重はそう付け加えた。

問題は、武田と手を結ぶのは本願寺教団と手を結ぶことにほかならない点にあった。故武田信玄と本願寺顕如は同盟を結び、顕如の妻は武田信玄正室三条の妹だった。信玄の後継者勝頼が本願寺と深く結びついていることは言うまでもなかった。十二年前の一向宗乱で家康に反旗を翻し敗れ去った旧譜代家臣や土豪の末たちを再び「弥陀の光明」を掲げて結集し、三郎信康を押し立てて外部の反信長勢力と手を結び、反乱を成就させる魂胆と見えた。もちろんこの時期に本願寺教団と手を結ぶことがどれほど危ういことか、反乱計略を進めている者たちには何もわかっていない。もし発覚すれば、信長はもとより家康もけして容赦しない。その場合には三郎信康すら例外ではなくなる。石川春重は先手を打って、この計略を粉砕する腹を決めた。

このたびの謀略に加わっていることが他に明らかなのは、倉地平左衛門である。倉地平左衛門といえば、十二年前、三河三ヶ寺の一つ佐々木上宮寺に立て籠り、その棟梁格として反家康の先頭に立った人物の一人だった。佐々木上宮寺での反乱も、佐々木城の菅沼定顕が家康の命令を受け、上宮寺から兵糧の徴発を強行したことに始まった。倉地平左衛門は岡崎の東北二里余に位置する米河内を本領とする土豪だったが、一向宗乱で敗れた後は渡村に居住していた。この陰謀を密告した山田八蔵自身も、倉地平左衛門とともに佐々木上宮寺で家康軍と戦った過去を持っていた。

石川豊前守春重はこの年七十一。代々碧海郡小川を支配し、小川城を根城としていた土豪の裔である。十二年前、一向宗乱の折、石川一族のほとんどが本證寺の中心となって反旗を翻したのに対して、石川家成、石川数正らと家康に付き従い、岡崎城に立て籠って一向宗徒と戦うことを選んだ。先妻に先立たれ、後妻として迎えた本多豊後守広孝の娘との間に儲けたのが修理亮である。石川春重は、六尺の長身ながら痩せて色白く、髪と眉は色濃く、まだ五十路半ばに映った。面長の顔に大きな二重の眼をし、始終うつむき加減で滅多に自ら口を開くことがなかった。傅役として仕えることになった三郎信康に対しては、徳川宗家の嫡男として約束された将来をそのまま不足なく遂げてもらうことのみを願い、心を尽くして支えてきた。ところが、三郎信康は長ずるにつれ、父家康に対する反発を強めた。その背景には、三郎信康の生母築山御前の思惑が少なからず影を落していた。

家康の正室築山御前は、今川義元の妹婿であった関口義広の娘、すなわち今川義元の姪に当たる。織田信長に滅ぼされるまで、今川家の領国は石高にして百万石、富士川より東はすべて義元の支配下にあった。ところが桶狭間の戦いで義元が敗死すると、家康は今川家を後継した氏真とは断交し、よりによって仇に当たる信長と手を結ぶ道を選んだ。その同盟の証左として、築山御前の産んだ嫡男三郎信康と信長の娘五徳姫との縁組まで取り交わすにいたった。三郎信康がまだ五歳の時である。以来、家康と築山御前との仲は家臣さえ知るほど険悪なものとなった。遠江征服のため根拠地を浜松に移した折も、家康は正室の築山御前を岡崎に置いたまま単身浜松へ去って行った。家康が岡崎城へ来ることはあっても、菅生の築山御前の屋敷に足を向けることはなかった。

「そちを呼んだのは、この謀略の中心にいる人物について、伝右衛門殿とともに確かめてもらいたいと思ってのことだ。むろん事実とわかればその者の死罪はまぬがれない。事と次第によっては、斬り捨てもやむを得ん。心しておくべきことは、たとえ何があろうと、三郎様には一切関わりがないということだ。いざという時、わしの覚悟は出来ている」

石川春重のいつになく青ざめた顔は、すでに彼がある確証を握っていることを窺わせた。しかし、なぜ兄と自分が岡崎に呼び寄せられたのか。大岡与左衛門は思いめぐらしてみてもこの謀略の中心にいるという人物に全く心当たりがなかった。それは大岡兄弟にとって思いがけない人物だった。

二

十月二十四日戌の刻（午後八時）、岡崎城の北、大林寺の長い築地塀沿いに能見へ向う四十人余の一団があった。革羽織の下には具足を着込み、槍を携えた一団は、本町筋を横切り城下と在方を分ける環濠を越えた。その能見口を出て、松応寺から野良道を東に取り、やがて長屋門を構えた壮大な屋敷にいたると、二手に分かれた。それぞれが長屋門と裏木戸とを取り囲んだ。屋敷脇の刈り終えた田からは甘い稲藁の香りと虫の声ばかりが響き、甲山の上に三つ星（オリオン座）が昇っていた。

すでに閉じられていた門扉をたたいた二人は、この日浜松からやって来た大岡伝右衛門と与左衛門の兄弟だった。この二人だけが長羽織と小袖を着し、具足はおろか鎖帷子さえ着込んでいなかった。足周りも、紺足袋に草履をはいていた。兄弟は、脇木戸から顔をのぞかせた中間に名乗るなり、「火急の用にて弥四郎殿を訪ねて参った。取り次ぎを」と言いながら、強引にそのまま木戸を押し開け屋敷内へ入り込んだ。押しとどめようとした中間に「いたずらに時を費やせば、弥四郎殿のためにならん」と弟与左衛門が重い声で告げ、左手の親指はすでに刀の鍔に掛かっていた。そのただならぬ気配に中間は敷石の脇へ身を除けた。

この屋敷の主は、岡崎の諸事支配役、いわゆる町奉行の要職にある大岡弥四郎だった。この夜、何の前触れもなく到来した同姓の伝右衛門と与左衛門の兄弟も、かつて安城の大岡の地を本貫とした同じ一族だった。

玄関先に出てきた雄次郎なる若党にも「弥四郎殿にすぐ目通りを。火急につき案内せよ」とだけ命じ、大岡兄弟は式台の前で勝手に草履を脱ぐと、腰から太刀を鞘ごと引き抜き、右手に持ったまま玄関の間に上がり込んだ。玄関の間には来客用の刀掛けがしつらえてあったが、二人は見向きもしなかった。二人の勢いに戸惑った若党が、とりもあえず右手奥に位置する書院へ案内しようと次間前の廊下に出た。

「今時分、書院においでなのか」弟与左衛門が玄関の間から動こうともせずに告げ、「今どこにおいでなのか。弥四郎殿のところへすぐ連れて行けと言っておる」今度は怒気を帯びた声で促した。兄伝右衛門は一言も発せず若党を見据えていた。

大岡兄弟の気配に押され、若党は、主一家が日常を営む左手の奥向きの棟に連れて行くしかなくなった。上の間を抜け、台所と湯殿とに挟まれた次の間に入った。その奥が居間である。居間の襖障子の間から明かりが漏れ、恐らく末の女児らしき弾んだ声とそれに応えて年長の子どもらの褒めそやす声が聞こえた。

若党が居間の襖障子前で跪き、大岡兄弟が火急の用向きで訪ねて来たことを報せると、「書院へお通しせよ。すぐに行く」という弥四郎の声が返ってきた。若党が跪いたまま背後の兄弟を振り仰ぐ間もなく、大岡伝右衛門が襖障子の引手に手を掛け、いきなり開け放った。

「弥四郎殿。猶予がござらん。すぐそのまま身どもと城まで同道いただきたい」

「……伝右衛門殿か。今時分、いったい何事で」笑顔をとりつくろっていたものの、弥四郎の顔からは血の気が失せていた。大岡兄弟はかねてよりよく見知っていたが、兄伝右衛門が浜松に移り住んでいることは、弥四郎もわかっていた。それが奥向きにいきなり踏み込んで来て挨拶一つなく、その場に立ったまま「すぐに城へ同道せよ」

という。兄弟は刀を若党に預けるでもなく、二人とも右手に持ったままだった。もし拒めば、兄弟は左手に刀を移すなり鞘を払いそうな気配さえ漂わせていた。突然の張りつめた空気に末の娘が怯(おび)え泣きだした。

「わかりました。参りましょう」若党に羽織を命じて、弥四郎は立ち上がった。大小を渡そうとして刀掛けに向かった妻女を見て、弟与左衛門が居間に踏み込み、「それは身どもがお預かりします」と告げた。弥四郎を不安げに見上げた妻女に、弥四郎はその通りにせよとうなずいて応えた。

弥四郎は、前に弟与左衛門、兄伝右衛門を後にし、大岡兄弟に挟まれるようにして式台から表門へ向かった。長屋門の裏には、急を聞きつけて弥四郎の家士(かし)が八名ばかり出て来ていた。家士たちは、そろって腰刀を差し、一人は鞘を払った手槍を持っていた。

弟与左衛門が、「門を開けよ」と家士たちに促した。家士たちが一瞬戸惑いを見せると、

「与左衛門殿の仰(おお)せの通りに」と弥四郎は落ち着いた声で家士たちに告げた。

閂(かんぬき)を外し、門扉を開け放ったところには二十人を数える武装した者たちが立っていた。門を出た大岡弥四郎に武具の音を鳴らして二人が駆け寄った。兄伝右衛門が「縄

など無用だ」と発し、それらの者を制した。

大岡弥四郎が岡崎城へ連行されるのと入れ替わりに、片山金左衛門と山口六郎右衛門に率いられた四十余名が弥四郎の屋敷に踏み込み、長屋門から炭小屋、厩の果てまでを捜索した。その結果、五十六挺を数える鉄砲と大量の弾薬が出てきた。

三

東から岡崎城下に入る口は伝馬口と呼ばれ、その先は欠村となる。かつては根石と呼ばれた原野だったが、今では城北の能見と並んで岡崎家臣が集中して居を構える所となっていた。十月二十四日の夜、欠村の神主柴田右森の屋敷は盛大に篝火が焚かれ、常にない賑わいをみせていた。この夏の終わりに収穫した新米で仕込んだ濁り酒が出来たのを祝って、酒宴が催されていた。鹿の肉と葱、牛蒡、豆腐を味噌仕立てにした大鍋が湯気を立てていた。鹿は、前夜から甲山の狩場に籠った松平新右衛門が弓で射留めて来たものだった。岡崎の諸事支配役、松平新右衛門は、欠村に屋敷を構え、柴田右森の娘婿に当たる。

その夕べ柴田右森の屋敷には、予想外に三十人もの客が集った。一斗瓶の濁り酒ばかりではとても足りない。右森は、下男の乙吉ら三人に命じて城下連尺町の酒屋まで清酒四斗を買いに行かせることにした。乙吉らが空の荷車を引いて欠村を出たのは酉の一刻（午後五時）過ぎだった。ところが戌の一刻（午後七時）になっても、乙吉たちは戻って来ない。乙吉らが右森の屋敷に戻ったのは客が帰り始めた亥の一刻（午後九時）近くになってからだった。

「何をやっていたんだ」という主の声に、乙吉は城下で出くわした捕り物騒ぎについて語った。

「諸事ご支配役の大岡弥四郎様の謀叛が露顕しましたとかで、岡崎のご城下はお騎馬衆もご出役なされ、大変な騒ぎでございました。店という店は早仕舞いに門戸を閉ざしておりまして、なかなか売ってもらえませんでした」

同役の大岡弥四郎が捕縛されたとの話に、思わず柴田右森は婿の新右衛門の方を見た。ところが、松平新右衛門は、何ら動揺した様子もなく乙吉が運んできた酒樽の口を開け、冷や酒を椀に二つばかり飲み干すと、「少し疲れた。帰って横になるか」とだけ言い残して、柴田の屋敷を後にした。まだ残っていた客たちは、大岡弥四郎の謀叛などというあまりにも唐突な話に、何かの間違いではないかと言う者が大勢を占めた。

松平新右衛門が帰ってしばらくして、今度は西の伝馬口の方から蹄音と大勢の者たちが駆けてくるおびただしい足音が聞こえてきた。やがて、大勢の足音は、欠村の外れに位置する柴田右森の屋敷近くに押し寄せ、それから表門と裏木戸との二手に分かれて、屋敷を包囲した。下男乙吉が、青ざめた顔で右森を呼びに来た。右森が表門へ回ってみると、馬廻衆の松平清十郎と本多与次右衛門が具足に陣羽織の戦装束で立っていた。棟門の前には松明に照らされた三十人ほどの徒の者が、やはり陣笠に腹当、槍を手にして固めているのがわかった。

「今し方、松平新右衛門殿の屋敷へ寄ったところ、こちらにお出でと伺った。すぐに新右衛門殿をここへ呼び、身どもに引き合わせてもらいたい」と清十郎が言った。

「新右衛門は先刻立ち去った。屋敷へ戻ったはずだが……」右森が答えると、「ならば検めさせていただく」と清十郎は返し、本多与次右衛門とともに三十人の徒衆を引き連れて屋敷内に踏み込み、草鞋履きのまま上がり込んで家じゅうを捜索し始めた。納戸や厠の果てまで捜したが、新右衛門の姿はなかった。

「何があったのか」という右森の問いには、清十郎も与次右衛門もとうとう最後まで答えなかった。今になってみれば、大岡弥四郎の謀叛の話を耳にした時、新右衛門が何の反応も示さなかったことが逆に右森の心にひっかかった。他の客たちのように一笑に付すこともなかった。突然押し入ってきた松平清十郎たちの気色ばんだ様は、先刻乙吉らが岡崎城下で耳にした大岡弥四郎謀叛という話と新右衛門が何らかの関わりを持っていたことを意味しているように思えた。そうでなくては松平清十郎らがこれほど手荒な捜索を強行するはずもなかった。柴田右森はいっぺんに酔いも醒め、血の気が引いていくのを覚えた。

沢瀬甚五郎の住まいに石川修理亮が馬で手勢を引き連れやって来たのは、夜も更けて子の一刻(午後十一時)だった。常になく南の岡崎城下の方角がいつまでも明るく、何やらざわついているのには甚五郎も気づいていた。すでに修理亮は陣羽織の下に具足を着込み、前立に金の日月を象った頭成兜で身ごしらえをしていた。下馬するなり修理亮は玄関先へ出ていた甚五郎に武具の音を鳴らして駆け寄った。

「甚五郎、すぐに身支度を調え、欠村へ来られよ。身どもは先に行く」

「何が起きましたので」

「大岡弥四郎の謀叛計略が発覚した。諸事支配役の三名が絡んでいる大事だ。弥四郎と相役の江戸右衛門七は捕らえたが、出奔した松平新右衛門の行方がまだ摑めん」

「わかりました。すぐに欠村へ参上します」

反射的にそう答えたものの、俄かに現のこととは思えなかった。詳しい状況はわからなかったが、諸事支配役の三人が修理亮の言う謀叛計略に絡んで捕方を差し向けられる事態となっている。よりによって松平新右衛門が謀略などに参画するとは思えなかった。が、修理亮の張りつめた気色と、槍を携えた石川家の家士や足軽の様に、空騒ぎでは済まされない切迫したものを感じた。

四

遠江小山城での戦の後、松平新右衛門は、甘利四郎三郎の首を挙げたのは甚五郎の手柄だとした。新右衛門は、甘利の家来に首が持ち去られるのを防いだだけのことで、三郎信康に甘利の首を対面させる役目は、討ち取った甚五郎がやるべきだとして譲らなかった。岡崎の諸事支配役といえば、家老職にある石川春重と平岩親吉の次に位する要職で、五百石の知行を受ける大身である。この時、岡崎には三名の諸事支配役が置かれていた。大岡弥四郎、松平新右衛門、そして江戸右衛門七である。彼ら三名は、岡崎城下の治安と商工業の振興を始め、家康と三郎信康の直轄地の代官を支配統轄した。松平新右衛門の意向ならば、甚五郎は彼の言にそのまま従うしかなかった。それにしても戦のたびに誰が手柄を挙げたかで、醜悪な争いが行われ、節操なく陰口やら中傷やらが飛びかう時代に、新右衛門は噂どおりの器量人だった。六尺を超える大男で戦では度々手柄を挙げながら、民政に通じた能吏で聞こえ、しかもつまらぬことに固執しない好漢であると常々聞いてはいた。新右衛門は家士を使って甘利の首に死化粧を施させ、結い上げた髪には首札、そして将士の首級ゆえに足の付いた首板に乗せて、手ずから甚五郎にそれを渡した。

「お見事、感服つかまつった。それにしてもあれほどの距離を一撃で仕留めるとは恐れ入った。目の前で甘利殿の胴にバッと大穴が開いた時には、何が起こったのかと目を疑った」

そればかりか、首対面のため三郎信康の前へ甚五郎が向う時には、新右衛門が自ら甘利の首を手にして、首対面における作法を事細かに伝授してくれた。

「もはや弓矢の時代ではないな。ところが、わしは鉄砲を放ったことがない。岡崎に戻ったら、甚五郎殿、是非放ち方をご伝授願いたい。それに、大きな声では言えんが馬も不得手だ。ついでにあの四つ足の獣を扱う術も頼む」

その折は、新右衛門の笑顔も手伝って単なる軽口と思っていたが、岡崎に戻って二日後の早朝に、能見の甚五郎の住まいまで新右衛門はやって来た。

「ひとことお声をかけていただきましたならば、わたくしがお屋敷まで参上いたしましたものを」と恐縮して甚五郎が言うと、「教えを乞う者が足を運ぶのが筋。どうか気遣いなく」と新右衛門は笑った。

ところが、新右衛門がその時持ち込んで来た鉄砲というのが異様なものだった。新右衛門の若党と道具持ちとが荷車に付け二人がかりで運んで来た。菰と鹿革にくるまれた中から引き出されたのは、全長こそ三尺二寸ほどのものだったが、銃口が三寸近くもある寸詰まりの大鉄砲だった。通常、戦で用いる十匁弾鉄砲の四倍半もある巨大な銃口が顔をのぞかせた時には、何かの悪ふざけかとさえ思えた。両手で抱え持って放つしかないところから、抱え大筒と呼ばれるもので、使用する弾丸は一貫目もの大玉である。黒塗り櫃の中には、口径に合わせた一貫目玉が二発と、含薬入が五つ入っていた。一発分の火薬は三十四・八匁（約百三十・五グラム）ほど必要となる。確かに新右衛門から鉄砲の撃ち方を教えろとは言われたが、まさか抱え大筒など持ち込まれようとは思いもしなかった。

「わたくしごときでお役に立てることでございますれば、何でもうけたまわりますが、このような鉄砲は初めて拝見いたしました。これまで祖父松之助より『抱え大筒』という言葉は耳にしたことがございます。おそらくこの大筒のことかとは存じますが、もちろんこれまで放ったことはございません」

「甚五郎殿、手にとってよく見てくれ。鉄砲機関(からくり)も、先に小山城の戦で放った大鉄砲などとは異なるものなのか」

両手に持ってみた大筒は、意外に軽く十五斤(きん)(約九キロ)ほどの重さだった。銃身が鉄製ではなく大量に銅を混ぜて軽くなるように造られていた。火縄挟みや火皿(ひざら)は常の通り右側へ外付けになっていた。火縄挟みを上方に引き上げてみると、ひっかかりが確かで、強いバネが内蔵してあることがわかった。構造自体は通常の十匁弾の鉄砲と何ら異なるものではなかった。

甚五郎がまず試し撃ちをする段になって、新右衛門が「なるべく人目につかぬところで放ってみてくれ」と言い出した。その折は、単に安全のために言っているのだと甚五郎は受けとった。

一貫目玉大筒を試射する場として新右衛門が連れて行ったのは岡崎城の北東、登岩山と甲山に挟まれた桑畑だった。すっかり葉を落とした桑の大樹が並ぶ中で、銃身を支えるために捕り物道具の刺股(さすまた)を用意し、その短く切り詰めた柄を地面に打ち込んで二股に分かれた鉄製の穂先に銃身を預けた。両腕で抱え、二丁(約二百二十メートル)ばかり離れた杉林へ向け膝台放(ひざだいはな)しで撃った。

大狭間鉄砲を放った時よりはるかに大きな反動が甚五郎の背骨に響いた。轟音とおびただしい硝煙が聴覚と視覚とを塞いだ。登岩山の杉林に飛び込んだ弾丸は一抱えほどの杉木立の幹を半ばからへし折っていた。割れ裂けて赤くむき出しになった杉の幹を目にした新右衛門は、その威力には驚きながらも、むしろ浮かぬ顔で甚五郎に問いかけた。

「鉄砲というものは、たとえ大きくても倒せる敵兵はたった一人なのか」

「大勢の兵が集います陣屋などに撃ち込みまして、柱や梁を粉砕すれば別でしょうが、結局のところは十匁弾も一貫目玉でも、直に鉄砲が倒せる敵兵は一人と思われます。もちろん一貫目玉をまともに受ければ人の形などは留めないとは思われますが」

「では、戦の折に、この一貫目玉大筒一挺と十匁弾五挺ならば、甚五郎殿はどちらを選ぶ」

「はい。十匁弾の方を取ります」

「そういうことか……」新右衛門の顔には明らかに落胆した色が見られた。

あの折は、偶然大筒を手に入れた新右衛門が、面白半分にその威力を確かめるため甚五郎に試射させたものと思っていた。今にして思えば岡崎で反乱を起こすことを前提に新右衛門は強力な兵器を用意する必要に駆られていたのかもしれない。確かに何もかも浜松の家康に権力が集中し、十七歳の三郎信康は単に徳川宗家の後継者として位置づけられているだけで岡崎軍の統制権も岡崎家臣への知行決定権も持たされていない。大岡弥四郎も松平新右衛門も、岡崎の諸事支配役に位置づけられてはいるものの、結局は浜松の家康と重臣たちが貢税の全てを決定統轄し、それに応じて人足と兵糧とをとりまとめ浜松に送っているだけのことだった。商工人の許可免状や公事訴訟でさえも最後の決定は浜松においてなされる。かつて松平宗家の根拠地だった岡崎は、すでに遠江戦線への兵站場として機能しているに過ぎなかった。

五

修理亮と欠村で合流した甚五郎は、先に柴田右森の屋敷を捜索した松平清十郎たちと周辺の一軒一軒を捜索して巡ることになった。松平新右衛門の足どりは、柴田右森の屋敷から二丁ほど離れた助右衛門という百姓家に立ち寄ったことだけだった。松平新右衛門は、その家で古編笠と古着を借りて着替え、裏の垣根口からすでに立ち去った後だった。確かに助右衛門の家には、松平新右衛門が身に着けていたと思われる絹小袖と野袴、それに革羽織とが残されていた。

松平清十郎と本多与次右衛門が引き返して家捜しをした結果、やはり新右衛門宅の床下と天井裏から抱え大筒を含む四十挺もの鉄砲と大量の弾薬が押収された。

平岩親吉は、馬廻衆の朝岡作兵衛、今村彦兵衛を伴い手勢百を引き連れて渡村へ向かった。山田八蔵に謀叛参加を勧めた小谷九郎左衛門と倉地平左衛門を捕縛するためである。渡城主の鳥居久兵衛と家老の小谷甚左衛門も、この際厳重に取り調べる必要があった。

親吉は、まず矢作川右岸に船着を押さえる形で築かれた渡城を包囲し、鳥居久兵衛の館に踏み込んだ。弓槍足軽はもとより二十人の鉄砲足軽を従え、具足を着込んだ親吉の様に、鳥居久兵衛はひどく慌てた。謀叛計略に絡んで小谷九郎左衛門と倉地平左衛門を捕縛し、岡崎へ連行する旨を親吉が通告したところ、鳥居久兵衛は自ら小谷九郎左衛門を捕縛して引き渡すことを申し出た。鳥居久兵衛の案内で九郎左衛門の屋敷に急行したが、当の九郎左衛門の姿はなかった。この夕、庄屋吉左衛門の所へ行くと妻に言い残したまま戻らないという。そこで親吉は、九郎左衛門宅の家宅捜索を命じ、久兵衛を案内にして倉地平左衛門の家へ向かった。

倉地平左衛門は、平岩親吉に寓居を包囲されたことを知ると、裏垣から単身逃亡した。

追いかけてきた足軽の二人は稲荷社の杉林で平左衛門が斬り伏せたものの、先回りした朝岡作兵衛に馬上から槍で右肩を突かれ、最後は今村彦兵衛の手にかかって討たれた。家捜しの結果、平左衛門宅の床下からも二十五挺の鉄砲と槍十五本が出てきた。夜を徹しての捜索が行われたが、謀叛計略を主導した松平新右衛門と小谷九郎左衛門の所在は結局つかめず取り逃がした。平岩親吉からその報せを受けた石川春重は、「新右衛門は、小谷がごとき小物ではない。今さら逃げ隠れするような見苦しきまねはしないだろう」とだけ語った。

翌十月二十五日、春重の予想した通り、松平新右衛門は能見の北にある大樹寺で割腹死を遂げているのが発見された。

遠江に落ちて行った小谷九郎左衛門は、渡辺守綱によって追跡され、天龍川を泳ぎ渡り武田方の二俣城へ逃げ込んだ後、甲斐に逃れた。養父小谷甚左衛門は、鳥居久兵衛から暇を出され渡の地を去った。

大岡伝右衛門、与左衛門兄弟によって捕縛された大岡弥四郎は、浜松に移送された後、罪状を示す旗を背にして三遠両国を引回されることとなった。最後は岡崎の連尺町大辻に首だけをさらして生き埋めにされ、竹鋸にて七日間をかけ首を挽き切られるという惨刑に処された。弥四郎の妻と四人の子どもは欠村根石原にて磔となった。江戸右衛門七は、捕縛された後、厳重に家宅を捜索されたが謀叛の企てに加担したことを示す武器などの証拠は何も出てこなかった。しかし、同役二人の謀叛の企てに気づかなかったことを落ち度として、浜松にて切腹を命じられた。

六

十一月二十日、三河平野に初雪が舞い降りた。いつに変わらず能見の石川春重の屋敷は、まだ日が昇る前から起き出した下女たちが竈に火を熾す煙の匂いと井戸から水を汲み上げる音で一日が始まった。

常御殿にいるはずの石川春重の姿が見えないことに修理亮が気づいたのは辰の一刻（午前七時）の頃だった。主殿や会所、書院まで行って確かめたが春重の姿はなかった。常御殿に引き返し、清め所に向かう廊下の辺りで、常御殿の東にある持仏堂からほのかに香の匂いが漂った。持仏堂は常御殿と湯殿の間に設けられた六畳ほどの小さな間だった。持仏堂の板戸前で呼びかけたが返事がない。跪いたまま修理亮は引き戸を開けた。麻上下の肩衣を外し白の小袖を肌脱ぎにして西の方を向き、切腹してこと切れた春重の姿がそこにあった。

渡村の山田八蔵が謀叛計略を密告したという形はとったものの、実は石川春重の意を受けて石川小隼人が渡村に乗り込み、鉄砲と弾薬の受け取り人となっていた小谷九郎左衛門と倉地平左衛門、そして山田八蔵の三名を突き止めた。もちろんこの三名が二百挺もの鉄砲とそれに見合う弾薬を買い入れるほどの資金を調達できるはずがなかった。しかも三河で買い入れる鉄砲の生産地といえば、堺か近江の国友である。それをわざわざ紀州の根来から取り寄せていた。堺や国友には織田信長の監視網が張りめぐらされ、多数の鉄砲が三河に送り出されれば、必ず足がつく。紀州は一向宗本願寺教団の浸透した地であり、元々渡村の鳥居一族は紀州の出である。信長と家康の目を逃れるならば紀州からの入手が最も上策となる。多数の鉄砲と紀州、渡村を結びつければ、一向宗本願寺教団と関わりを持った謀叛計略が存在すると考えないわけにはいかなかった。

渡村で鉄砲の受け取り人となっていた三名のうち、石川小隼人が目をつけたのは最も暮らし向きに困窮していた山田八蔵だった。渡村の名主吉左衛門は、以前土地争いの訴訟の際、石川春重に和談のために乗り出してもらったことがあり、深く恩義を感じていた。小隼人は、吉左衛門の家へ呼び出した山田八蔵に、石川春重が花押を入れた書状を差し出し、「謀叛計略のすべてを白状すれば褒美として五百石の地を与えることを約束する。それとも、この場で死ぬか」と迫った。小隼人の武名は八蔵もよく知っていた。選択の余地はなかった。十二年もの間暮らし向きの面倒を見てくれた小谷九郎左衛門を何とか見逃してほしいとの条件を付けるのが八蔵には精一杯のことだった。しかし、小隼人も、その報せを受けた石川春重も、まさか大岡弥四郎と松平新右衛門の名までが出てくるとは夢にも思わなかった。

そもそも石川春重は、この一年近く紀州から渡村に送られてきている多数の鉄砲と弾薬に注意を向けていた。鉄砲一挺は銀二十匁ほどで取引される。それを月々二十挺から輸入し、都合二百挺余も贖える者が渡村にいるはずもなかった。渡城主の鳥居久兵衛でも無理である。渡村から鉄砲弾薬を他地へ転売したという形跡もなかった。本願寺教団が三河国内で力を失って以降、それだけの資金を調達できる者は限られていた。

代官は、管轄地からの徴収分と上納責任額との差を自らの取り分とすることができる。農民からの徴収は、すべて代官の勝手判断で行えるがゆえに利得は大きい。代官職がしばしば戦功の恩賞として与えられるのはこのためだった。そして、徳川家直轄領の代官たちを支配管理しているのは、大岡弥四郎ら三名の諸事支配役だった。代官たちは、大岡弥四郎らの意向には従わざるを得ない。しかも、大岡弥四郎と松平新右衛門、江戸右衛門七の三名はいわゆる町奉行であり、岡崎城下各町と諸職座から正月と八月一日の二回にわたって莫大な礼銀を受け、公事訴訟も和解にいたれば原告被告の双方から礼銀が届く、火事や殺人、変死などがあってその処理がすめばまた各町から礼銀が届く慣習となっていた。彼らは正規の知行高の軽く二十倍は超える収入がある。彼らなら二、三百挺の鉄砲と弾薬の資金には事欠かない。彼らが絡んでいるとすれば何もかも辻褄は合った。大岡弥四郎の安城を本貫とした旧松平譜代の家臣団も、松平新右衛門の長沢系松平一族も、本願寺門徒として反旗を翻し、逃亡した者はことごとく領地を剝奪された。それら三河国内の不満分子を糾合し、本願寺と武田勝頼を始めとする反信長勢力と手を結んでの謀叛となれば、戦力のめどはつく。後は、それらの勢力を一つに糾合できる核を設ければよい。そうなれば誰を担ぎ出せばよいのか。三郎信康には、築山御前の思惑を含めて、彼らが付け入る隙があることも事実だった。

　かねてより石川春重は、築山御前の屋敷に縁戚筋の娘たちを侍女として何人か送り込み、出入りする者たちへの警戒を怠らなかった。ここ数年、甲斐より築山御前の屋敷へ定期的に到来する者たちがいた。その口寄せの老巫女や滅慶なる鍼灸師が武田勝頼の配下と結びついていることも調べ上げていた。

春重は、以前から諸国を行き来する猿楽師やササラ舞の遊芸民、そして甲斐路を往復する塩商人たちに、諜報というもう一つの特務を与えていた。見返りとして彼らには屋敷を与えたり貢税の減免、行商権の独占といった保護を怠らなかった。彼らは岡崎と甲斐、越後を頻繁に往来し、何か異変があればすぐに春重へ通報する仕組みを作り上げていた。この四月初めの武田勝頼による足助侵攻も、彼らの通報によって武田勢が木曾山中から足助に向かうことを三月末には把握していた。

築山御前が、三郎信康を押し立て今川家を再興するなどという野心を抱いているならば、武田勝頼ひいては本願寺教団と手を結ぶことが必須の条件となる。だが、それはひとつ間違えれば築山御前ばかりか三郎信康にとって命取りにもなりかねない悪手だった。本願寺教団こそが信長と家康の最大の障害である。もしこの謀略の陰に三郎信康を担ぎだす魂胆があることが浜松の家康の耳に入った時には、三郎信康は排除される。石川春重としてそれだけは避けたかった。だが、このような陰謀が隠しおおせた例しはない。謀略は時が経てば経つほど独り歩きし、家康重臣たちの思惑も絡んで収拾がつけにくくなるだけのことだった。春重は、大岡弥四郎と松平新右衛門による謀叛計略の大筋がつかめた時点で、平岩親吉に伝え、陰謀を報せる密書をあえて浜松の家康のもとに三郎信康から届けさせた。その結果、家康が岡崎に送り込んできたのが、弥四郎と同族の大岡伝右衛門だった。

三郎信康と五徳御前の仲もぎくしゃくしたものとなっていた。それも、築山御前が仇敵(きゅうてき)織田信長の娘を三郎信康の正室として受け入れられない感情に端を発していた。もし家康が三郎信康の廃嫡(はいちゃく)を決断するような状況にいたった時、果たして織田信長が娘婿に当たる三郎信康の後ろ楯(だて)となって取りなしてくれるかどうか、春重の目にはそれも極めて心もとないものに映っていた。もちろん、諸事支配役の二人が謀叛計略を首謀したことが明らかとなれば、家康から三郎信康の責任を追及されることは避けられない。その時には、傅役(もりやく)兼筆頭家老として石川春重が、すべての責めをかぶって詰め腹を切ることになる。それでも、春重としては、この際陰謀に関わった者たちは誰であろうと容赦なく捕え、厳罰に処して徹底的に膿(うみ)を出すしかないと決断していた。それによって、三郎信康に自分の微妙な立場を自覚しなければ自滅の道しかないことを厳しく警告する必要を感じた。それが当年七十一を数える己に課せられた最後の奉公だという思いにもとらわれていた。

七

平岩七之助親吉は、この年三十四を数えた。しかし、鬢には白いものが目立ち、頰が削げ、顎先の尖った小顔には皺が立って、二十歳は年老いて見えた。幼少の頃より同い年の家康の側に仕え、今川家の人質だった時代からその辛酸をともに味わって来た間柄である。岡崎家臣団からは、「お手先」「お犬」などと、しきりに陰口をささやかれてはいたが、家康に対する忠誠心の強い生真面目な人物だった。三郎信康の傅役として、石川春重とともに仕えてきたが、長ずるに連れて三郎信康は親吉に反発を強めるようになってきた。それでも親吉は、あくまでも家康の後継は三郎信康であり、他の誰かが彼に取って代わる事態など考えもしなかった。ところが、九月の遠江小山城攻めの折、三郎信康率いる岡崎軍が家康から殿軍を命ぜられた。家康は、築山御前ばかりでなく、いざとなれば三郎信康さえも切り捨てるという警告を発したとも取れた。平岩親吉の動揺は、当の三郎信康以上のものがあった。

平岩親吉と石川春重は、犬猿の仲だと岡崎家中では思われていたが、そんなことはなかった。親吉は父親ほども年の違う春重と競おうなどという気は、初めから抱いていなかった。春重は派手な武功こそないが、家康が能吏として最も高く買っていることを親吉もよく知っていた。事実、春重は遠江戦線の兵站としての岡崎を不足なく切り盛りし、築き上げた諜報網を駆使して丹念に情報を集め、広い視野から状況を分析し決断するという、極めて優れた力を示した。親吉は敵意どころか、そんな春重に対して尊敬の念が深かった。そして何より、傅役兼家老として、三郎信康を家康の後継者に育て上げるという目的で一致していた。ここへ来て三郎信康の言動に危険な兆候が現れ始めたのは、築山御前の思惑が絡んでいるということでも、春重とは見解を共有していた。

「七之助殿。いざというときは、後は頼みまする」

大岡弥四郎の捕縛のため同族の伝右衛門と与左衛門兄弟を差し向けた後で、春重はさりげなく平岩親吉に言った。日頃からめったに表情を変えることのない春重ゆえに、単なる儀礼の類としてその時は聞き流したが、春重はあの時点で、自らが詰め腹を切る覚悟を固めていたに違いなかった。

石川春重が能見の屋敷で切腹したとの悲報を受け取った時に、親吉にはただでさえ耐えがたい重荷が二倍になってのしかかってくるのを覚えた。

天正七年（一五七九）陰暦六月

一

天正六年（一五七八）三月九日正午近く、この年四十九を迎えていた上杉謙信は、厠（かわや）にて昏倒（こんとう）し人事不省に陥（おちい）った。社寺への祈禱（きとう）も良薬も効果なく、四日後の三月十三日、未（ひつじ）の刻（午後二時）に越後の春日山（かすがやま）城にて永眠した。

突然舞い込んだ謙信死すの報に、大坂石山本願寺に籠城（ろうじょう）する宗主顕如（しゅうしゅけんにょ）は、落胆の色を隠せなかった。武田勝頼が長篠の戦いで大敗した後、顕如が頼みとしていた反信長の武将といえば毛利輝元（てるもと）と上杉謙信の二人だった。二年前の天正四年五月以来、信長は石山本願寺を取り囲んで大坂の四方十ヶ所に砦（とりで）を築き、食糧と武器弾薬の補給路を断つ干（ほ）し殺しに徹した。本願寺顕如にとって、上杉謙信の南下こそが形勢逆転を期する最後の希望だった。

謙信が世を去って一年、越後では後継者争いが表面化し、上杉景勝と景虎との対決は避けられない様相を帯びていた。生涯不犯を通した謙信に実子はなかった。景勝は長尾政景の遺児で謙信の甥に当たる。景虎は、養子とはなっていたものの相模北条家から人質として謙信のもとに送られた北条氏政の実弟だった。春日山城に拠を置く景勝に対して、前関東管領上杉憲政は御館城にて景虎の後ろ楯となり、大場や木田などで北越の諸将を二分しての烈しい武力衝突が繰り広げられた。

天正七年（一五七九）三月十七日、景勝はついに御館城に攻め入り景虎軍を打ち破った。景勝はなおも追撃の手を緩めず、追い詰められた景虎は七日後の二十四日、鮫尾城にて自刃するにいたった。ここまで武田勝頼は、北条氏政と同盟を結んでいたにもかかわらず、軍を率いて越後入りしながら双方の仲裁に入るとの名目で景虎の積極支援には回らなかった。勝頼が景虎の支援に回れば、北条氏政との二大勢力を背景にして景虎の勝利は動かぬものとなる。そうなれば、北条の血を引く景虎によって越後までも北条氏政の傘下に入ることになり、東国における武田家の勢力低下は避けられない。だが、北条氏政にしてみれば、勝頼が景虎を支援しなかったことだけでも、一方的に同盟を破棄されたも同然だった。景虎の自刃によって、武田勝頼は北の上杉景勝とは同盟関係を結べても、織田信長と徳川家康に加えて北条氏政までも敵に回し、三方から包囲されるという最悪の結果を自ら招いたことになった。

天正七年四月七日、浜松城にて家康の三男長丸が誕生した。家康が手放しで喜ぶ男児の誕生は、嫡男三郎信康誕生以来二十年ぶりのことだった。五年前、次男於義丸が生まれていたが、家康は実子とは認めたがらず、重臣本多重次に預け育てさせた。三郎信康は、これまで唯一の後継者として不動の位置にあった。浜松の慶事は、岡崎において一抹の不安を抱かせるものとなった。

とくに石川豊前守春重亡き後、三郎信康の筆頭家老となった平岩七之助親吉は、長丸誕生の報に今後への不安を隠せなかった。四年前の大岡弥四郎らによる家臣団反乱計略は、石川春重が詰め腹を切ったという重い事実によって、家康はあくまでも弥四郎の私的野心から発した陰謀にすぎないとして収拾した。平岩親吉が何より懸念していた三郎信康への処断どころか、築山御前への追及もなかった。だが、表面上はとりつくろわれているものの、三郎信康に対する家康の不信は、昨年九月十二日に突如家臣の岡崎集住を廃止し、それぞれの受領地に住むのを許したことで鮮明となった。三郎信康と三河国衆と呼ばれた旧土豪との分断を図り、反乱分子を三郎信康のもとに結集させないことを図った措置だと受け取れた。

二

三郎信康の屋敷は岡崎城の北東、後の久右衛門町にあった。六月三日の昼過ぎ、五徳御前は自室に当たる御殿を出て小侍従の絹だけを連れ主殿へ向かった。三郎信康は、岡崎城から屋敷に戻ったばかりだった。これまで五徳御前が自らの意志で主殿に足を運ぶなどということはほとんどなかった。五徳御前は、縁に絹を控えさせ、一人で九間へ入った。三郎信康の前に出ると、まず人払いを求めた。その時、九間に控えていた小姓衆は、石川修理亮と沢瀬甚五郎、長田伝八郎だった。甚五郎らは、三郎信康から言われるままに次の間を隔てた控えの間に下がった。

五徳御前は両手を着いて頭を低くし、「僭越とは存じながら、このまま妙な噂が流れ、浜松の大殿のお耳にでも入りますれば、殿様の御身にも関わる大事と存じ、あえて参じました」と言上した。

三郎信康も、最初は「改まって何事か」などと笑って応えていた。ところが、上杉景虎の自刃によって孤立した武田勝頼が信長との和睦の道を模索しており、その仲介役に三郎信康を立てようと築山御前が画策していることに話が及ぶと、三郎信康は急に不機嫌となり、「そなたの与り知らぬことゆえ、口出し無用」そう言って視線を逸らした。ところが、五徳御前は引き下がらず、築山御前のもとに武田勝頼からよせられた密書に言及した。

「老御前様のもとには勝頼からの内緒文まで届けられたと耳にしております。『この度、三郎殿をして信長殿に和睦の申し入れの儀、その段お取りなしくださり、かたじけなく存じ候』とあったやに聞いております」

五徳御前が文面までを知っていたという事実に、三郎信康は「一体誰が申した」と声を荒らげた。五徳御前は臆する色も見せず、手をついたままいつに変わらぬ冷静さで「この話は真でございましょうや」と問い返した。

「父は、いかなることが起ころうと、たとえ殿様が安土に行かれまして直に仰せられようと、けして武田勝頼との和睦などに応ずることはございません。武田への積年の恨みは、兄城介が岩村城の奪還を果したからといって消えるものではございません。浜松の大殿を介することもなく、殿様が勝手次第にさようなことを父に仰せられますれば、逆にご自身の身をも滅ぼすこともあるかと存じます」と付け加えた。

「誰がそなたに告げ口したのかと訊いておる」顔に朱をみなぎらせ、立ち上がるなり三郎信康は問い返し、五徳御前は冷静な口調で、「誰が申したかなど、どうでもよいことでございます。間違っても、そのようなことは父信長に仰せにならぬよう申し上げておるのでございます」そう返すだけだった。三郎信康は、学識にも富み、感情に任せて逆上することはめったになかったが、一度興奮すると別人のように我を忘れ、手がつけられなくなるところがあった。図らずも五徳御前が兄織田信忠(のぶただ)の岩村城奪還に触れた時、三郎信康は理性を失った。

三郎信康が殊(こと)に意識していた人物は、五徳御前の兄織田信忠だった。すでに信忠は、四年前の天正三年十一月には朝廷から「秋田城介」に叙任され、織田家はもちろん、徳川家内でも専(もっぱ)ら「城介様」で通っていた。にもかかわらず、三郎信康は、この二つ年上の義兄を話題に上らせる時には、頑(かたくな)に「奇妙(きみょう)殿」と一昔前の幼名で呼び続けていた。

天正三年冬十一月、織田信忠は十九歳にして軍を率い、東美濃の岩村城を攻略した。岩村城の奪還は、それより遡(さかのぼ)ること三年前の元亀(げんき)三年冬に武田の部将秋山信友(あきやまのぶとも)に攻略されて以来、信長の懸案の一つとなっていた。岩村城は、標高二百三十八丈（約七百二十メートル）の山頂に築かれ、全国の山城のなかで最も高地にあった。岩村城からは東美濃全体が一望できた。岩村の地は、そもそも木曾山中から南に出て三州街道へ通じる要衝であり、東美濃を制圧し武田勝頼の侵入を阻(はば)む上でそのまま放置してはおけない城だった。

信長腹心の河尻秀隆と毛利秀頼の二将が脇を固めたとはいえ、信忠は秋山勢の夜襲をものともせず、岩村城を攻め落とすことに成功した。この功により、秋田城介の叙任ばかりか、父信長から織田家の家督を譲り受けることになった。尾張と美濃の二国と岐阜城を始め、信長がこれまで収集してきた珍宝名品の果てまでを譲られた。当然のごとく信忠独自の軍事指揮権と、家臣の所領安堵や商工人の特権保護などの領国支配権も、全て彼の手に委ねられることとなった。

二つ年上の義兄織田信忠の名が聞こえてくるたびに、三郎信康はいらだちを募らせた。五徳御前との仲がぎくしゃくし始めたのも、信忠が二年前の天正五年十月に従三位左近衛権中将へ昇進してからのことだった。それに対して三郎信康は、天正七年のこの年二十一を数えながら、依然として独自の軍事指揮権も領国支配権も一切与えられず、無位無官のまま、単に岡崎城主であるというだけのことだった。

「ならばわしが局に行って検めるまでだ」そう吐き捨てるなり、三郎信康は何を思ったか刀掛けにあった脇差をつかんだ。主殿を出て行こうとした三郎信康を五徳御前は引き止めようとして膝立ちになり三郎信康の袖を押さえた。三郎信康は、五徳御前の手を振り払うと力任せに突き飛ばした。五徳御前の身体は襖障子に音立てて倒れこんだ。蝶と白茨、戯れる唐獅子が描かれていた九間の襖障子が外れ、五徳御前はそれごと縁下の沓脱石まで転げ落ちた。その場に控えていた小侍従の絹は思わず縁から飛び下りて五徳御前の側へ駆け寄った。そして自身を五徳御前の楯とするべく三郎信康の前に跪き、両手を着いて「何とぞおゆるしください」と言いながらも、三郎信康の仕打ちに腹を立て、下からにらみつけた。興奮の収まらないまま三郎信康は、「何だその目は」と発して絹の髪を左手でつかみ、縁に引き倒して膝下に頭を押さえつけ、逆手で脇差の鞘を払うなり絹の喉を掻き切った。

声を荒らげる三郎信康と襖障子が倒れる激しい物音、そして叫び声に、甚五郎らは縁へ飛び出した。一瞬のことで止める間もなかった。甚五郎が目にしたものは、血刀を手にした三郎信康の足元で、留めどなく流れる血と縁に上半身だけをもたせかけ倒れている小侍従の姿だった。外れた襖障子にまで血痕が飛び散っていた。絹は、顔を横にして目を開けたままだった。絹が身に着けていた薄紫絽地の単衣には、染縫の鵜船や流水、菊と松が描かれ、その夏の衣だけが晩夏の光を集めていた。三郎信康の梔子染め紋紗の小道服の、右肩と右袖は返り血に染まっていた。「御前様を頼む」修理亮が甚五郎にそう言い、自らは三郎信康に駆け寄って血刀をまず引き取った。

五徳御前は、沓脱石に膝立ちになったまま何を思ったか小侍従の髪を整えようとしていた。小侍従の黒髪を束ねた白い丈長を左手で押さえ、横顔を覆い隠した前髪を右の手指でしきりにかき上げていた。五徳御前は、白い間着に朱赤地の打掛を腰巻きにしていた。間着の白袖も鮮血に染まっていた。

「御前様。あとはわたくしどもにお任せください」沓脱石の下に跪いて甚五郎は呼びかけた。「ひとまず御殿にお戻りくださりませ」ともかくその場から五徳御前を立たせようとした。

「わたしのことはよい。まずはお絹を」五徳御前は甚五郎の方を振り向いて告げた。見開いた目はうつろだったが、声も物言いもしっかりとしていた。縁上に跪いて茫然としている長田伝八郎に、ともかく雨戸を外して持ってこようと甚五郎は声を掛けた。

甚五郎が雨戸を携えて引き戻った時、五徳御前は腰巻きに着付けていた打掛を絹の上に掛けてやっていた。切り裂かれた絹の喉にはすでに細帯が巻き付けてあり、五徳御前の手も朱に染まっていた。縁に置いた雨戸の上に甚五郎が力の失せた絹の体を打掛ごと抱き上げ乗せた。甚五郎は、脈を確かめようとさりげなく絹の右手首を押さえてみた。すでに絹の体からは生の響きが失せていた。甚五郎と伝八郎が雨戸を持ち上げた時、亡骸を覆っていた五徳御前の打掛の下から血が一筋伝い流れた。五徳御前は、そのまま絹の側に添うようにして付いてきた。主殿から廊下づたいに常御殿を過ぎ、御清所に差しかかった。四年前の九月十七日、小山城での合戦の後に敵将甘利四郎三郎の首を手に取った時の質感などとはまるで異なる重いものが逆手に持った戸板から感じられた。

戦は、負ければ田畑どころか領民もすべて奪われ、敵の思うがままに領民は連行されて奴隷市が開かれるような修羅の場だった。領民は、あくまで安全な暮らし向きの保障をしてくれるが故に領主へ年貢を納めている。侍はそれに応える責務がある。敵の将兵は、己を殺そうとして向かってくる悪鬼であり人ではなかった。甘利四郎三郎の黒塗り胴に照準を定め、引き鉄を引き切るのに何のためらいもなかった。

ところが、ここは戦場などとはかけ離れた三郎信康の屋敷内である。白昼、人が血を流して死ぬ場所であるはずがなかった。絹とは言葉を交わしたこともなかった。だが、絹は最も美しい季節に突然生命を奪われた。三郎信康は、まるで幼児が腹立ち紛れにそこにいた蟻や蟋蟀を踏み潰すかのように絹を殺した。

侍女たちの部屋がある局に向かおうとした甚五郎へ、「御殿へ運び入れよ」と五徳御前は背後から命じた。絹の部屋のある局ではなく自室の御殿へ運べとの指示は、すでに五徳御前も絹がこと切れていることを知っているようだった。「はい」と返事をして一瞬振り向いた甚五郎が涙を流しているのに気づき、初めて五徳御前も表情を歪ませ顔を伏せてわずかに嗚咽の響きを漏らした。甚五郎は、これまで寄せてきた三郎信康への信頼が一挙に崩れ去った思いに打ちのめされていた。

怒りの収まらぬ五徳御前は、その日の内に絹の亡骸を乗せた輿とともに三郎信康の屋敷から出て、伝馬口の藤井九兵衛の家へ向かった。藤井九兵衛は、清洲から五徳御前に付き添ってきた長年の家臣であるとともに、殺された絹の実父であった。さらに三挺目の乗り物には、乳母に付き添われ幼い姫が二人とも乗っていた。

もはや三郎信康のもとには戻らぬという五徳御前の意志を三挺目の乗り物が示していた。

三

藤井九兵衛には、斬殺された絹の下に琴という二つ違いの娘がおり、琴は菅生の築山御前のもとで髪揚げとして仕えていた。同じく築山御前の身の回りを世話する侍女に、名を糸という十八の娘がいた。彼女は岡崎から乙川を隔てた六名の大庄屋の娘だった。琴と糸とは同い年で、しかも利発なところが築山御前に気に入られ、顔を合わせることが多かった。

この年の二月二日の出代わり期に二人とも三日間の宿下がりを願い出て、双方の実家に泊まることにした。六名の糸の家に泊まった夜に、「母は信州伊奈谷の百姓家の出と偽って三河に出てきたものの、実は甲斐の府中生まれ、武田家に仕えた栗原日向守昌治の妾腹の子だった」と意外なことを糸は琴に打ち明けた。蚕に桑の葉を与える夏季には大勢の娘の手を必要とした。糸の母は十七の時、信州伊奈谷からの節季働きの娘たちに紛れて六名にやって来たのだという。一際目をひくその娘は、大庄屋の息子に見初められ、六名に嫁いで三男二女を産んだ。糸はその末娘だった。糸は直接語りはしなかったが、糸の母が武田家の密命を帯びて三河へ送り込まれて来たらしいということは琴にも察せられた。武田家も、敵対する徳川領内の内状や動きを集めるべく間諜を送り込んで住まわせ、移動する遊芸民や山伏を使って甲斐本国へ伝達する仕組みを築き上げていた。

そして、糸は、信州から時折築山御前のもとへやって来る口寄せの老巫女も、出入りの鍼灸師滅慶も、実は武田の間者であり、武田勝頼からの密書を築山御前のもとに届けていると語った。武田勝頼は、築山御前を通して三郎信康に何かを目論んでいるに違いないと言う。その話は、琴から五徳御前に仕える父藤井九兵衛と、姉の絹に伝えられた。

父九兵衛は「その証となるものが是非欲しい。内緒文の一部でも諳じて伝えよ」と琴に命じた。「もし勝頼と内通していることが事実ならば、三郎様の身を滅ぼしかねない。ひいては御前様の身の上にも厄災を及ぼす大事となる」と、常になく険しい顔で告げた。

琴が確かめた密書には、信長との和睦を望んだ勝頼が、三郎信康にその仲介を依頼していた事実がしたためられていた。五月の末、藤井九兵衛は筆頭家老の平岩親吉にそのことをまず通報した。三郎信康がこの数年、人が変わったようにいらだち、何らかの形で自身の存在を主張し、力を発揮したがっていることは平岩親吉にもよくわかっていた。しかし、まさか三郎信康が武田勝頼から信長への和睦申し入れに一働きしようとするほど分別がないとは予想すらしなかった。

七年前、元亀三年に武田信玄が同盟関係を破棄し、信長の虚を衝く形で突如東美濃の岩村城を攻略した。その時、信長は「前代未聞の無道者、侍の義理を知らず、恩を忘れ、遺恨は幾重にもなり尽きることはない」と憤った。その話は、三郎信康も重々知っていたはずだった。執拗に信長へ抵抗を続けた本願寺顕如も、頼みとする上杉謙信に死なれ、毛利輝元の水軍も昨年十一月に木津川河口で九鬼嘉隆に撃破され、海からの兵糧路も断たれた。もはや信長に対抗しうる勢力は皆無といってよかった。武田勝頼は、景虎を見殺しにしたことで北条氏政をも敵に回し、信長と和睦しない限り滅亡するしかない。しかし、信長はけして信玄の後継者勝頼を許すことはない。こんな時に、三郎信康が勝頼の依頼を受けて和睦のための仲介の労を取ることは、何の益もないどころか、むしろ三郎信康の身上に危機が及ぶ。四年前の大岡弥四郎らの謀叛計略が露顕した折りも、石川春重があえて三郎信康に浜松へ通報させ自ら詰め腹を切ったために、家康は三郎信康の責任を不問に付しただけのことで、今度は家康も容赦しない。この四月の長丸誕生も手伝って、もし築山御前を通じて三郎信康が武田勝頼と内通したなどという事実が明るみに出れば、四年前の大岡弥四郎らの計略とも絡め、三郎信康は家康にとって単に邪魔な存在として抹殺される。ところが、三郎信康は、以前から平岩親吉の言うことなど一切受け付けようとしなかった。石川春重亡き後、三郎信康が素直に訓戒を受け入れるような人物はどこにもいなかった。

各月の朔日は、家臣団が受領地から岡崎城に出仕し三郎信康に目通りする。いかに三郎信康が平岩親吉の話など聞き入れないといっても、このまま見過ごすわけにはいかなかった。六月一日、登城した親吉は、家臣団との対面の後、直に三郎信康へ真偽を問い質し、場合によっては己が割腹してもこのような愚行は断念させると腹をくくり、城内大広間の下段に一人だけ居残った。この日親吉は通常登城の折に帯びる小振りの腰刀ではなく、一尺八寸の脇差を帯に通していた。上段に座した三郎信康の前に出ると、平岩親吉はまず脇差を自分の前に置き両手を着いて言上した。

「恐れながら申し上げます。若殿が、わたくしをいかように思し召しかは、よく存じ上げております。されど、石川豊前殿が腹を召された際、後は頼むとわたくしに言い残しました。もし、若殿にこれから申し上げますことをお聞き届けいただけません折には、この場にてわたくしを成敗なさるか、あるいは腹を切れとの仰せならば、この場にて仰せの通りにいたします」

いつになく神妙な面持ちで、しかも目の前に脇差を置いての親吉の物言いに、三郎信康は一瞬眉間に小皺を寄せ視線は逸らしたものの「申してみよ」と返した。

「恐れながら、昨今耳にいたしましたのは、武田勝頼が、信長様との和睦をしきりに企て、心当たりのままに方々へ密書を届けているとのことでございます」

それまで視線を襖障子に描かれた老松図の辺りへ泳がせていた三郎信康が、まっすぐに親吉を見た。しかも色白の公達然とした顔の耳下に朱が差し、切れ長の目が細く強張った。三郎信康が幼少の頃から仕えてきた親吉には、それだけで藤井九兵衛のもたらした話が事実であることが知れた。

「万が一、和睦の労をとってくれなどと、今さらながら虫のよいことを勝頼から懇請されたとしても、間違っても応じたりはなさらぬよう、切にお願い申し上げる次第でございます。若殿もご存じの通り、信長様が勝頼と和睦することはけしてございません。勝頼が降伏を申し入れたとしても、お許しにはなりません。武田家は滅亡のほか道はないのでございます。なにとぞお聞き届けいただきたくお願い申し上げます」

三郎信康は、伏目がちに一瞬視線を落としたものの、「そちの言い分、確かに聞いた。七之助、大儀であった。下がってよい」通り一遍の言葉で返答した。

それから数えてわずかに二日後、三郎信康は五徳御前に仕える侍女を自邸内で手に掛けた。五徳御前が、三郎信康の屋敷から藤井九兵衛の家に姫たちを連れて出たと知らされた平岩親吉は、弔問と合わせて九兵衛の家まで駆けつけた。その親吉に、五徳御前は「もはや戻るべき屋敷はない。どこぞ引き移る所に心当たりはないか」と告げた。親吉は、とりあえず自分の屋敷を五徳御前に明け渡すことに決めた。さすがに信長の娘らしく常に冷静で、およそ女性とは思われないほどの五徳御前も、目の前で何の非もない侍女を腹立ち紛れに殺され、三郎信康に対する情はすっかり失せていた。

三郎信康を家康の後継者として保全するためには、舅(しゅうと)である織田信長の存在が何よりも重要で、信長の同意を得ずして三郎信康の廃嫡(はいちゃく)は家康にも出来ない。五徳御前は三郎信康との間に姫を二人産んでおり、まず離縁という事態にまではいたらないと思っていたが、五徳御前が三郎信康を見限れば、同時に織田信長という絶対の後ろ楯を三郎信康は失うことになる。そうなれば平岩親吉が腹を切ったぐらいで取り繕える話ではなくなる。

四

能見の屋敷に戻った修理亮は、三郎信康の屋敷で起きた一切を石川小隼人に話し、五徳御前が二人の姫を伴って屋敷を出たことも伝えた。

小隼人がまず危惧したのは、平岩親吉がただちにそれを家康へ報ずるのではないかということだった。親吉は、己の保身に走るような人物ではないが、物事の成り行きを深く考えて行動する能力に欠けていた。判断に窮すればすぐに浜松へ通報して家康の指示を仰ぐ。五徳御前こそ、信長と家康の同盟の証であり、家康が屋敷を出た五徳御前をそのまま放置しておくはずがなかった。五徳御前が三郎信康の屋敷を出るにいたるまでには、それ相応の理由があるとむろん家康は考えるはずである。家康が、その間の事情を五徳御前に直接尋ねることになれば、当然勝頼からの密書の件が明らかにされるだろう。ここにいたって三郎信康が勝頼と内通していたという事実が家康の耳に入れば、この四月の長丸誕生も手伝って、家康の決断は早いに違いなかった。小隼人は天井越しに空を仰ぎ、「御前様が御屋敷から出なすったことを七之助殿が大殿に報せてしまえば、……打つ手はない」と呟いた。

もちろん、いざ三郎信康の廃嫡ともなれば、信長の同意を必要とする。ところが勝頼と内通していたという事実は、信長を説得する必要も生じない。信長は裏切りを最も嫌う。誰であろうと容赦しない。

家康は、これまでも三郎信康へ再三警告を発してきた。四年前の暮れ、家康の伯父で刈谷城主水野信元が、岡崎の松応寺にて切腹するという奇妙なことが起こった。水野信元は、家康の生母於大の兄に当たり織田家の部将であった。何より信長と敵対していた家康に同盟の仲介を努めた人物である。三河一向宗乱の折りも岡崎に駆けつけ家康の後ろ楯となって支え、織田家部将としても、姉川合戦の際、浅井方の近江佐和山城を攻略するという功名を挙げていた。

表向きは自刃となっているが、実は信長の意を受けた家康が平岩親吉に命じて殺害させたものだった。その年の十月、織田信忠が武田方の岩村城を兵糧攻めにしていた最中に、水野信元の城下刈谷にて城主秋山信友の意を受けた商人が食糧を買い入れ、岩村に送っていたことが発覚した。織田家の佐久間信盛(のぶもり)が、水野信元は秋山信友と内通し兵糧を密(ひそ)かに岩村城へ届けていると、信長に通報した。水野信元が弁明のために信長のもとに送った使者は途中で佐久間信盛の家臣に殺され、為(な)す術(すべ)もなくなった信元は家康に取りなしてもらうべく岡崎へ逃れてきた。三郎信康は、水野信元をいったん大樹寺(だいじゅじ)に迎え入れた。ところが、家康の意を受けて小隼人の兄石川伯耆守(ほうきのかみ)数正が派遣されて来た。家康からの指令は、水野信元の首を信長のもとに届けよというものだった。

それを聞いた三郎信康は、あくまでも佐久間信盛の讒言(ざんげん)であり、水野信元に弁明の機会を与えるべきで、どんなことがあっても水野信元を守ると言い張った。三郎信康は、父家康に対してのみ反発しているわけではなかった。母築山御前の入れ知恵もあって、信長にまで敵意を抱くようになっていた。

長篠設楽原(したらがはら)の戦いでも、すべて信長主導で作戦と陣形が決定され、徳川家は信長の支配下にある一土豪の扱いを受けた。父家康は、それに対して何一つ異を唱えなかった。酒井忠次(ただつぐ)の鳶(とび)ヶ巣山砦(すやまとりで)の奇襲も、大久保忠世(ただよ)と忠佐(ただすけ)兄弟の奮戦も、信長に対する三河武士の意地だった。設楽原の戦に、三郎信康はあえて不二(ふじ)に乗って臨んだ。父家康が、たかが馬の毛色に異常なほど反応したのは、実は信長が葦毛(あしげ)馬に乗っていたための遠慮だった。この度もまた、事の是非を問うこともなく、信長の命ずるままに大恩ある伯父水野信元の首を届けよと父家康は命令してきた。信長家臣の一土豪に甘んじることを屈辱とも思わない家康の体たらくが三郎信康を怒らせていた。

水野信元の一件は、大岡弥四郎らの謀叛計略が発覚し、石川春重が詰め腹を切って一月後に起きた。判断に窮した平岩親吉が石川小隼人に策を求めてきた。信長と家康の共通するところは、あくまでその行動によってのみ人を評価することである。石川小隼人は家康の意図を読み取った。三郎信康の忠誠心を試し、同時に裏切りや敵との内通は誰であろうと許さないという警告である。そして、小隼人は平岩親吉にその旨(むね)を告げた。親吉は、水野信元を自邸に招き饗応(きょうおう)することを口実に大樹寺へ輿を遣わした。天正三年暮れも押し詰まった十二月二十七日の日暮れ近く、信元を乗せた輿は大樹寺から能見口に向かって川を渡り、そのまま南に直進するはずを東の甲山の方角へ野良道(のらみち)を分け入っていった。輿が置かれたのは甲山の登り口で、笹藪(ささやぶ)の前には石塔や石碑が並んでいた。到着を告げられた水野信元は、簾(すだれ)を上げて初めて人気(ひとけ)のない里山の麓(ふもと)に連れてこられたことに気づいた。夕映えを遮ってそこに待っていた人影は、平岩親吉と石川数正、そして小隼人だった。

「七之助？　伯耆か？　それに玄蕃(げんば)？」輿から出てくるなり、寒風のなかに武装して立っている三人を見上げ信元は青ざめた顔で言った。信元の痩せて小柄な影に向かって、親吉が刀を抜くなり、「四郎右衛門様、御首を頂戴いたします」と発し、いきなり左の肩口から袈裟懸けに斬り倒した。

水野信元の首は、そのまま石川数正によって岐阜に運ばれた。三郎信康は、またしても自らの意向を黙殺され、家康に対して怒りを募らせるばかりだった。

天正七年六月五日、三郎信康と五徳御前の不和を仲裁するため、家康が手勢を引き連れて岡崎へやって来た。家康は、岡崎城大広間にて、まず三郎信康を単独で呼び寄せ、話を訊いた。

五徳御前との面談は、家康自ら平岩親吉の屋敷に出向き主殿にて人払いのうえ行われた。三郎信康とのそれよりはるかに長いものとなった。納戸茶に染めた素襖を身に着けた家康は、当年三十八を数えた。二重の大きな目と太い鼻梁、顎骨のよく発達した骨太の体をしていた。眉骨が突き出たいわゆる龍顔の相で、髪薄く、額の広い浅黒の皮膚と、眉も、口と顎の髭も薄かった。実際の齢より七、八歳は年長に映った。

五徳御前が下がった後、家康は親吉邸の主殿に身を置いたまま、しばらく物思いにふけっていた。主殿の庭奥には楓に絡みついた凌霄の朱花が晩夏の光に映えていた。

単なる夫婦間の感情のもつれならば、家康が間に入り、三郎信康に詫びを入れさせるくらいの労を取るつもりで岡崎へ来てみたが、まさか武田勝頼からの密書の件が出てこようとは家康も予期しなかった。上杉謙信が死に、毛利輝元も敗れ、本願寺教団も力を失った。しかも、北条氏政をも敵に回して、いよいよ武田勝頼は滅亡しかない。ここに至ってその勝頼に内応しようとするほど三郎信康が愚かであろうとは家康も夢にも思わなかった。それを諫めた五徳御前の目の前で、腹立ち紛れに侍女を殺害するとは、もはや手の施しようもなかった。

家康は、岡崎城へ引き戻る前に、親吉を式台脇に呼び寄せ、

「七之助、腹など切るな。三郎があれでは、豊前(石川春重)も浮かばれん」そう一言漏らした。何が起ころうと常に生気溢れ、眉間の辺りから光を放って見える家康が、肩を落とし寂しげに見えた。

五

七月十六日、安土城天守閣が完成したのを祝して、家康から信長へ駿馬が贈られた。

安土は、北国と京とを結ぶ要衝であり、信長にとって最大の懸案だった本願寺北国門

徒の大坂上りと上杉謙信の上京に備えて築城を急いだものだった。今となっては信長の絶対権力の象徴として琵琶湖の東岸山上に金色の天守を輝かせ、巨大な仏塔のごとく天を指して聳えていた。

家康の使者として三人の重臣が遣わされた。吉田城主の酒井左衛門尉忠次、二俣城主の大久保七郎右衛門忠世、そして新城城主の奥平九八郎信昌である。この三人こそ、長篠設楽原の戦いで最も信長が目に留めた徳川の武将だった。

大久保忠世は金色の揚羽蝶の指物を背負い、執拗に武田軍へ食い下がった。三方ヶ原の大勝以来徳川軍を与しやすしと見下していた勝頼をいらだたせ、一気に馬防柵を潰しにかかる力攻めに持ち込ませた。

奥平信昌は、旧長篠城主であり三郎信康の妹亀姫の夫、すなわち家康の娘婿に当たる。長篠城主として勝頼の大軍に包囲されながら籠城に耐え続けた。設楽原の決戦で武田軍に壊滅的な打撃を与えることになったのは、信昌の不屈の意志があってこそだった。信長にしてみれば、信玄以来の遺恨を晴らす上で最も功ある人物として強く印象づけられていた。信昌の諱も自らの一字を与えたものである。

尾張時代の永禄二年（一五五九）、信長は敵対していた今川領三河への侵攻を強め、柴田勝家に福谷の宇幾賀井城を攻めさせた。織田勢によって完全に包囲された宇幾賀井城救援の後詰として駿府より派遣されたのが酒井忠次だった。忠次は、福谷に到着するなり主将柴田勝家の本陣めがけて襲いかかり、宇幾賀井城外にて柴田勢を蹴散らしたばかりか勝家を執拗に追い廻して傷を負わせ、織田軍の退却を余儀なくさせた。無勢の戦で何をすればよいかを忠次はよく知っていた。白地に日の丸を三段に配した酒井忠次の旗指物は、その時以来強く信長の脳裏に刻まれることとなった。

天正七年七月十六日夕、正使格の酒井左衛門尉忠次は、信長と対面すべく本丸御殿の東棟「諸大夫の間」にて信長側近の堀秀政と待っていた。安土城は湖水に近く、まだ残暑の厳しい時節にも肌寒いほどだった。酒井忠次は、通称小平次、この年五十三を迎えていた。吉田城主として東三河の徳川家臣団を統率し、家康が片腕と頼む重鎮である。家康が今川家の人質として駿府にあった時代も傍らにあり、十五歳年長の外戚叔父にも当たる。忠次の早逝した長姉は石川春重の先妻だった。

忠次は、小柄で肩幅広く、堅太りの身を、紗の直垂と茶地の段替わり模様の小袖で包んでいた。すでに老年を迎えながら大きな目をした童顔が消えず、十どころか二十は年若く見えた。

信長は、白綾の小袖に萌葱に染めた紗の直垂で姿を現した。諸大夫の間に入ってくるなり、「小平次殿。遠路はるばる」などと通称で呼びかけ、目元をほころばせた。信長を目の前にすれば、いかに勇猛で知られる人物も大抵は畏怖の色を隠せないものだったが、忠次は全く臆する風もなかった。むしろ上気させた赤ら顔と大きな目を輝かせ、信長に再会できたことを無邪気に喜んでいるのがその表情に現われていた。

「これは、これは信長様。お久しゅう」などと大声を発し如才なく笑みを浮かべた。

　忠次生来の楽天的な性格は、剽げ踊りを得意として戦場でさえもこれを披露し、将兵の顔に笑いを誘うほどだったが、いざ騎馬して槍を手にすれば別人のごとく豹変することで知られた。忠次は、家康から託されてきた一通の書状を同席していた堀秀政を通じて信長に手渡した。その時、忠次の陽気な赤ら顔が一変し、槍を手にした時の顔になった。同席していた堀秀政は、ただの祝辞などとは異なることが記されていると瞬間感じとった。

　信長は書状を読み終えるなり、「この分ならば、三郎は、とても物にはなりますまい」と一言漏らし、視線をあらぬ方向に泳がせて珍しく長い吐息をひとつついた。

　九年前の元亀元年八月二十八日、当時十二歳の三郎信康が元服するに際し、信長は前髪を落とした三郎に烏帽子を着ける冠親となった。三好三人衆や本願寺教団との攻防を繰り返していたさなか、信長は、愛娘五徳の夫でもあり家康嫡男竹千代の元服を祝うため岡崎に駆けつけた。あの折の、年齢には見合わぬ三郎信康の貴公子然とした落ち着いた姿からは、とても想像できない今日の結末だった。

天正七年（一五七九）陰暦八月

一

八月三日、午の一刻（午前十一時）、家康は六月につづいて何の先触れもなく千の将兵を引き連れて岡崎に到来した。先頭で城入りした軍勢は、白地に日輪と「無」の黒文字が篆書された旗指物を翻し、金の桔梗笠の馬験を掲げていた。戦において徳川軍先鋒を度々担ってきた榊原康政率いる旗本先手隊である。騎馬した榊原康政は前立に金の利剣を輝かせた筋兜と黒塗りの二枚胴を着込み、烏帽子に小具足などではなかった。足軽まで鉄陣笠に腹巻を着け、赤地に白丸を三段に染め抜いた指物を背にしていた。槍足軽四百、鉄砲衆三百、騎馬の将士は四十八を数えた。家康は、城入りするなり城門を閉ざし、諸兵を配して厳戒の備えを布いた。

午の正刻になって三河宝飯郡の長沢から松平上野介康忠が、武装した手勢百五十を率い岡崎入りした。城下への入り口となる伝馬、能見、六勺、松葉を始め各門はすべて閉ざされ、銃弾防禦の竹束が並べられて鉄砲衆が配された。岡崎城下の町衆は外出を禁じられ、店も戸前を閉め、許可あるまで商いを停止するよう通達された。松平康忠の室は家康妹の矢田姫である。家康は、三河国衆のなかで最も信頼のおける松平康忠をまず岡崎に呼び寄せ、旗本軍と合わせて岡崎を戒厳下に置いた。籠城戦でも始まる気配だった。

沢瀬甚五郎は、石川修理亮ら小姓衆四人と城の北東に位置する三郎信康の屋敷に詰めていた。平岩親吉が家康からの「上意」を携えてやって来たのは昼過ぎのことだった。

「三郎様は閉門のうえ蟄居なさるべし。小姓衆、並びに近侍の者は、各自屋敷に戻り、沙汰あるまで控えておれ」との沙汰だった。相手が敵兵ならば退去を拒んでの斬り死にもあるが、家康の命令ではどうすることも出来ない。渡辺久左衛門茂や中根半兵衛正重らも近侍として屋敷内の遠侍に詰めていたが、彼らも甚五郎らと時を同じくして屋敷から退出させられた。

門は表も裏も竹矢来で封じられ、旗本先手隊の騎馬衆、伊藤正照と伊奈広質によって厳重に包囲され、三郎信康は屋敷内に事実上軟禁された。騎馬した二士は、具足兜で身固めし、足軽の果てまで鉄陣笠に腹巻の戦仕度で、屋敷内には何びとも入れない構えだった。門前に陣取った鉄砲衆も三十を数えた。岡崎に在住していた三郎信康の直臣はすべて禁足令が出され、三郎信康の屋敷ばかりか菅生の築山御前の屋敷も、差し向けられた新谷与兵衛らの旗本軍に包囲された。三郎信康を救出するために岡崎へ寄せてくるであろう三河国衆を想定しての備えだった。

翌八月四日辰の刻(午前八時)、家康は岡崎城へ三郎信康を呼び寄せた。三郎信康は、まさか家康が己を廃嫡とし、信長の同意すらすでに受けていることなど知るはずもなかった。供一人連れることも許されず、家康から差し向けられた駕籠に入り、伊藤正照ら旗本軍に取り囲まれたまま三郎信康は岡崎城へ向かった。

駕籠の無双窓ごしに三郎信康が見た城下は、辻という辻に武装した兵が配され、すべての店は雨戸を閉ざし、出歩く町衆の姿もなく、野放しにされた犬がうろついているばかりだった。岡崎城大手門を固めた旗本軍の厳重な構えも、三郎信康自身と三河国衆を敵と見なしての備えであると見れば、何もかも説明がついた。だが、己と父家康との間を裂くために何者かが讒言したに相異なく、それを父は信じ込んでいるだけのことだと思われた。五徳御前や平岩親吉がしきりに諌めた密書の件が問題ならば、孤立した勝頼の方から信長へ和睦を申し入れたいとのことであり、勝頼が降伏するに等しい話である。自らが間に立って信長に話を持ち込み、一人の将兵をも失うことなく武田家を滅ぼす好機でもある。それぐらいは家康にもわかるはずだと思われた。

岡崎城大広間の上段に着いた家康は、引立烏帽子に、白鉢巻、赤地錦の鎧直垂を着していた。すでに陣中にあることを意味する小具足姿だった。下段の左端には常装の直垂のまま平岩親吉だけが控えていた。常になく家康の顔が強張り三郎信康を見据えたまま視線を逸らすこともなかった。大広間の下段に浅葱の直垂で座した三郎信康に対し家康が口を開いた。

「過日、屋敷内にて五徳姫の女中を害するにいたった経緯につき問う。なにゆえかかる馬鹿げたことをしでかした。女中に何の落ち度があった？」

常と変わらぬ淡々とした口調で家康がいきなり切り出したのは、三郎信康の予想とはまるで違ったことだった。

「……申し開きの余地もありません。落ち度なるものは、つい憤激の情に駆られ我を失ったわたしにあります」

「非はすべてそちにあると？　相違ないか」

「はい。わたしにあります」

「そちの手にかかった女中には両親と妹がおる。何の非もなく、親は娘を殺され、妹はたった一人の姉を殺された。そちに対してはむろんのこと、以後、当家に忠節を尽くそうなどと思うはずもない。そちは、君たる器量に欠け、家臣、領民の信を一度に失った。

領民においても家来衆においても、何ら非のなき者を殺めれば、死罪。それは、そちとて同じことだ。即刻、城中にて腹を切れ。言い渡すことはそれだけだ。七之助、後はそなたに任せる」

それだけ言うと家康はそのまま大広間を出て行った。三郎信康は血の気のひいた顔でしばらく動かなかった。

二

沢瀬甚五郎が、岡崎城追手口に当たる松葉総門前まで来るよう知らせを受けたのは昼過ぎだった。平岩親吉に遣わされてやって来た三郎信康の直臣中根定右衛門は、長羽織に括袴、短い腰刀だけを帯び草履をはいていた。屋敷の棟門の前には、具足で身を固めた旗本軍の鈴木重友が騎馬したまま待機しており、十五人ほどの槍足軽もそこに控えているのがわかった。

「沢瀬殿。三郎様が岡崎を追われ大浜へ流されることになった。岡崎の直臣でお供を許されたのは、御辺ら小姓衆のみ。急ぎ出立の仕度を調え、すぐさま松葉総門へ向かわれよ。御前様の侍女を害された件で、大殿からは三郎様へすぐにも切腹せよとの仰せがあった。三郎様は『腹など切るいわれなし、打ち首にして首を晒せ』と仰せになるばかり。七之助殿が、傅役である己のご成敗をまず先にと、ひたすら大殿に願い出て、かくなるご処断となった」式台前に立ったままそう伝えた中根定右衛門は、すでに顔色がなかった。

そして、背後に控えている門前の旗本衆の方へ顎先をわずかに向け、「この分では岡崎の家臣団もどうなるか。ともかく、急ぎ仕度を」と小声で付け加えた。

大浜は、三河湾の北奥に当たる衣ヶ浦湾に面した船手の要衝で、家康直轄の蔵入地となっていた。三年前、大浜の港に面した東岸台地の上に羽城と呼ばれる城砦が築かれた。小姓仲間の長田伝八郎の父、長田重元が代官として大浜の蔵入地を治めると同時に、その城砦も預けられていた。

平岩親吉は、三郎信康が大浜に追放された後、時をかけて家康の怒りを解くつもりだろうが、切腹まで命じたとすればとうに三郎信康の廃嫡を決めており、覆る余地はないと甚五郎には思われた。祖父松之助のような家臣筋の者であれば、浪人となり戦の機会に手柄や忠節を示して徳川陣中に復帰することもありうるが、宗家の嫡男ではそういうわけにはいかない。配流の屈辱に耐え再起して父家康を討つか、自らの死か、そのどちらかしかない。

ともかくも甚五郎は、胴服に裁付袴、脚絆に草鞋履きで、柄袋をかけた黒鞘の大小を腰に、菅笠を手にして門を出た。鈴木重友は騎馬したまま「沢瀬甚五郎か」と訊いた。そうだと答えると、「では、ついて参れ」と命じた。腰の大小は何らとがめられることはなかったが、以後一切の行動は旗本軍の監視のもとに置かれることは明らかだった。戦わずして敗れ、捕囚として敵方に連行されていくような屈辱ばかりがあった。

家康は、その時々の思いつきや感情に任せて何かを処断する人物とは思えなかった。五徳御前の侍女を殺めた一件を理由としたのは、三河家臣団の動揺を少しでも減らす目的があったためだろう。生かしてはおけないほどの重大な過失が三郎信康にあり、しかもそれを裏付ける何らかの確証があって、この度の処断となったはずである。

二年前の天正五年八月、武田勝頼が二万の兵を率いて遠江横須賀へ攻めてきた時のことだった。勝頼軍と入江を隔てた三社山に三郎信康は本陣を布いて対峙した。薄暮の中を三郎信康は修理亮一人を連れて敵陣近くまで偵察に出た。そして、勝頼軍は士気に欠けると訴え、奇襲することを執拗に父家康へ願い出た。家康は、味方はわずか四千にすぎず二万の敵に当たるには少なすぎるとして、三郎信康が戦端を開くことを頑として許さなかった。

あの時も三郎信康には明らかに怒りの色が濃かった。家康に捨てられ顧みられることのない生母築山御前の境遇といい、妹亀姫は明らかに格の違う奥平九八郎の所へ嫁がせられ、自らは無位無官で領国支配権も軍の指揮権も与えられないままだった。それらの一つ一つが三郎信康の一際強い自尊心を苦しめていた。確かに、三郎信康が家康を討つという逆心を抱いたことがなかったかといえば、それだけはなかったとは甚五郎にも言い切れない。四年この方三郎信康の側に仕えているが、父家康に対する敬愛の言葉は、一度も耳にしたことはなかった。むしろ信長配下の一部将に甘んじている不甲斐なさに、彼は憤りばかりを募らせていた。

この年、家康は三十八歳、三郎信康は二十一である。父子とはいえ年齢差わずかに十七しかない。幼い頃ならいざ知らず、浜松へ根拠を移し三郎信康を身近に見ることの少なくなった家康は、四年前の大岡弥四郎らの謀叛計略が露顕して以来、三郎信康の存在を危険なものとして意識し始めていたのではなかったか。しかも、本願寺教団と結んだ甲斐武田が信長と対抗できるだけの力を持ち、外敵の姿が鮮明だった時期は、三河国衆も家康のもとに結集して敵に当たる以外に生き延びる術はなかった。しかし、信長に対抗できる勢力がなくなれば、一向宗乱以来の憤懣は三河国内に依然くすぶっており、いつ何どきそれが結集して反家康の挙に出ないとも限らない。大岡弥四郎らの謀叛計略は、家康にとって虚を突かれたようなもので、それだけ家康の心中に深く突き刺さっていたのではなかったか。三郎信康の廃嫡処分は、すでに四年前に家康のなかで視野に入り、築山御前と三郎信康は、この四年ずっと家康から監視の目を注がれていたのかもしれないと甚五郎には思えた。そんな時に、同盟関係の証左である信長の娘五徳御前によって勝頼との内通が暴かれたとすれば、家康も処断を下さざるを得なくなる。

三

松葉総門は岡崎城下から東海道筋に通じる西の出入り口に位置し、道をさえぎるように石垣がコの字型に組まれて角馬出しが築かれていた。門の外には松葉川が天然の外堀となって流れ、岡崎城下と郡村との境界を作っていた。鈴木重友は、正面に馬出しの石垣が見える所まで甚五郎を監視下に置いて先導してきた。

甚五郎が松葉総門の番所前に到着した時、石川修理亮と磯貝小左衛門、植村新六郎、それに思いがけず郷里への道をたどることになった長田伝八郎がすでに来ていた。番所前の馬出しは武装した旗本軍で溢れ、具足兜を身に着けていないのは彼ら四人だけだった。とくに十三歳の新六郎は、場違いな前髪姿で緊張から顔を青ざめさせていた。

甚五郎が着くのを待っていたかのように、修理亮が朱鞘の大小を腰帯から引き抜き甚五郎の目の前に差し出した。「腰の物を」とお互いの刀を替えようと顎先で示した。甚五郎が戸惑いを見せると、「疾く」と修理亮は促し、甚五郎を見つめた視線には有無を言わせないものがあった。理由はわからなかったが、言われるままに自分の黒鞘の大小を帯から引き抜き修理亮へ手渡した。朱鞘の大小は、かつて三郎信康から修理亮が褒美に賜ったものだと聞いていた。朱鞘には金で熨斗紋様が刻まれていた。

程なくして伊藤正照と伊奈広質の旗本軍二騎に前後を固められ、三郎信康は徒でやって来た。黒襟のついた茶地の胴服をまとっていたが、常に縫い込まれていた三つ葉葵の紋はどこにも見あたらなかった。銀鼠の指貫と革足袋に草鞋を履いていた。腰刀さえ帯びていなかった。まさか三郎信康が乗り物も、馬さえ許されず、松葉総門から徒で追放されることになろうとは予想もしなかった。

三郎信康は、甚五郎ら五人だけが旅装で跪いている姿を認めると、二度小さくうなずいた。何より目に力が失せていた。三郎信康の色白の顔には髭がうっすらと浮かび、烏帽子すら許されず、梳きそこねた鬢はほつれ、伸び始めた月代も手伝って、貴公子然とした面影はなかった。心労からか目の下には隈が浮かび、頬も心なしか削げて映った。一晩で急に十歳は老いて見えた。

修理亮が三郎信康の草鞋紐を確かめ、もう一度跪いて結び直した。立ち上がりざま「地の果てまでお供いたします」そう小声で囁いた。信康は反射的にひとつうなずいた。しかし、視線は修理亮に注がれることもなく虚ろなままだった。

こうとなったからには、いかようにも生き延びて再起し、家康を討つことしか三郎信康が生きる道はない。この異様なまでの家康の警戒は、あくまで三郎信康を主君と仰ぎ、彼のために馳せ参じる三河国衆が確かに存在することを逆に明していた。追放されたことですべては終わったかのように落胆などしている時ではない。この屈辱に耐え忍び、再起を期して、いずれ必ずや家康の首を挙げるという意志を固められるか、三郎信康が父家康を超える器であるかどうかはそこにかかっていた。そうでなければ、このまま抹殺されるだけのことだと甚五郎には思えた。

先頭を騎馬した伊藤正照が進み、配下の徒侍と槍足軽らに囲まれて、松葉総門を出た。三郎信康の後に、甚五郎と修理亮、伝八郎と小左衛門が並列で続き、最後に新六郎が松葉川にかかる土橋を渡った。曇天は重く垂れ込め、湿った西風は雨を予感させた。話どおりならば、これから大浜まで約四里の道を歩かされることになる。しかし、すでに家康は切腹を命じているのだから、道中のどこかに旗本軍が待ち伏せ、小姓衆の五人もろとも三郎信康が葬られることもありえた。その時が来たならば、刀の目釘が抜けるまで一人でも多く旗本軍の将兵を道連れにし、そこで果てるまでだと甚五郎は腹を決めた。

四

築山御前は、この年四十七を数えた。髪はすでに白いものが多く、年を重ねるにしたがって色白の頬は削げ、その分表情に欠けた大きな目と高い鼻ばかりが際立った。肉厚の唇脇の、縦に刻まれた小皺は、嘲笑がその顔によくなじんでいることを示していた。突如到来した旗本軍兵に菅生の屋敷を包囲され、閉門蟄居を伝えられた。家康に文をしたため屋敷を包囲した石川義房に託そうとしたが、それも拒否された。何ゆえの軟禁なのか知らされないままで、三郎信康を呼び寄せることさえできなかった。岡崎城で何が起こっているのか、何一つつかめないまま、築山御前はいらだちを募らせるばかりだった。

築山御前はよく富士の話をした。子どもの時分、朝な夕なに駿府の館から眺めた富士だった。将軍足利義晴の公方亭を模したその館は、庭園が北東に築かれ、東側に建てられた茶室の路地庭からは富士山の全容が望めた。目の前には富士川を模した泉水がとうとうと流れ、金銀や緋色の鯉が群れをなしていた。富士を背景にして黒い松林の影が配され、それは三保の松原を模したものだった。会所、奥御殿、義元亭、北の亭、隠居屋敷、持仏堂……広大な屋敷に、それらの贅を尽くした建物が整然と配され、どこでも清冽な水音が聞こえた。

築山御前は、その領国百万石と言われた東海の雄将今川義元の姪として駿府に生れ育った。父関口義広は駿河国持舟城主であり、生母は今川義元の妹である。弘治三年（一五五七）正月十五日、義元の人質となって駿府にいた十六歳の家康のもとに輿入れさせられた。築山御前が二十五歳の時である。二年後の永禄二年三月六日に嫡子三郎信康を、翌永禄三年三月十八日には長女亀姫を駿府で出産した。

その築山御前の人生を根底から覆すことになったのは、永禄三年五月十九日、桶狭間の合戦で伯父今川義元が討たれた時だった。頼みとする夫家康は、織田領侵攻の最前線に当たる大高城から岡崎へ引き返してそのまま留まり、駿府には戻ってこなかった。織田家の部将で家康の伯父に当たる水野信元が家康との和睦を信長へ進言し、義元の首級は挙げたものの依然兵力では劣る信長は、岡崎城にいた家康のもとに和議を申し入れるにいたった。一方、今川義元の継嗣氏真は、弔い合戦に駿府から動こうという気配を見せなかった。何よりも今川家からの独立と三河松平宗家の再興を期す家康は、今川氏真との交わりを断って、信長と結ぶことを決意した。駿府に取り残されていた正室築山御前と三郎信康、亀姫の母子三人は、信長と家康が同盟を結ぶことになれば、そのまま今川氏真の人質となるしかなかった。しかも、氏真は、家康が信長と会盟したことを知ると、築山御前の父関口義広に切腹を命じた。

夫家康は、自分と二人の幼子を置き去りにしたばかりか、父親に詰め腹を切らせることをなした。家康は、今川家の人質になっていた時分には築山御前を利用して義元に取り入り、いざ義元が敗死すると手のひらを返して仇敵信長と手を結び、自分と二人の子を捨てた。築山御前がそれまで抱いていた家康に対する情愛も、信頼すらすべてこの時に失った。

二年後の永禄五年二月四日、家康は三河上郷城を攻め、城主鵜殿長照の二人の子を生け捕りにした。鵜殿長照の母は今川義元の妹であり、長照の子は今川氏真の縁戚に当たった。家康は石川数正を使者として駿府の氏真のもとに送り込み、鵜殿長照の二児と築山御前ら妻子三人との人質交換を申し入れた。その結果、解放された築山御前と三郎信康、亀姫の三人は、石川数正に伴われて岡崎の家康のもとへやって来た。

しかし、築山御前の家康に対する信は再びよみがえることはなかった。築山御前の目に映った岡崎は、何もかも洗練された今川百万石の城下駿府とは似ても似つかない、肥えや牛糞の臭いが漂う田畑ばかりのところだった。築山御前が岡崎の暮らしになじめるはずもなかった。

永禄十年（一五六七）五月二十七日、三郎信康のもとに織田信長の娘五徳姫が嫁いできた。三郎信康、五徳姫ともに九歳の時である。五徳姫は伯父今川義元を殺した仇敵の娘にほかならず、築山御前にとっては屈辱以外のなにものでもなかった。その頃から家康と築山御前とは口論が絶えず、その不仲は家臣の知るところとなった。三年後の元亀元年、家康は遠江制圧を目論み、本拠を十六里近く離れた浜松へ移すが、またしても築山御前は、三郎信康、亀姫とともに岡崎へ置き去りにされた。家康が岡崎に来ても、菅生の築山御前の屋敷へ足を向けることはなかった。岡崎に置き忘れられた築山御前の願いは、今川の血を受け継ぐ三郎信康を擁し、再び今川家百万石の領土を回復することだけだった。もはや築山御前には家康に対する憎しみしかなかった。三郎信康を領主とする新今川家を打ち立て、駿府に帰って「駿河づくし」の今川館(やかた)を再建するという思いがすべてとなった。そのためには手段を選ばぬ覚悟も決めていた。

　四年前、長篠城外設楽原の戦いの前には、まだ充分にその可能性はあるように見えた。本願寺教団、武田勝頼、上杉謙信ら、反信長の勢力と手を結び、まず家康を討って三河と遠江に三郎信康の覇権を打ち立てる、それが築山御前の第一の目的だった。当時、築山御前の菅生の屋敷に頻繁に出入りしていた鍼灸師(しんきゅうし)滅慶(めっけい)は、そもそも武田信玄が持病治療のために京都から甲斐府中へ呼び寄せた人物だった。鍼灸の治療と同時に、滅慶は武田勝頼の密命を帯びて甲斐府中と三河岡崎とを行き来していた。その密命とは、「三郎信康が勝頼と結び、家康を討ち信長を滅ぼし、駿河と三河の守護に三郎信康を任じる」ことだった。勝頼の要請に応(こた)え築山御前は密書をしたため、勝頼も四半(しはん)の誓詞(せいし)状に血判を添えて滅慶に託した。その勝頼から届けられた誓詞状が築山御前の秘蔵していた硯箱(すずりばこ)の中からいつの間にか消えていた。

　三郎信康に殺害された侍女絹(きぬ)の二つ違いの妹琴(こと)は、築山御前の髪揚(かみあ)げ役を十年来務めていた。琴も、父藤井九兵衛と五徳姫に付き従って十二年前清洲から岡崎へやって来た。築山御前は琴の明るさと段取りのよさ、気働きのあるところを目に留め、侍女として菅生の屋敷に置くようになった。めったなことでは笑顔を見せない築山御前が、髪揚げの時には珍しく穏やかな目をして微笑んだ。そのうえ、琴が和歌ばかりか珍しく漢詩に通じ、李白や杜甫、白楽天の数篇を諳じていることも築山御前の気に入るところとなった。髪揚げの折に、花鳥風月のわずかな変化によって季節の到来を察知する琴と会話を交わすひと時が、築山御前にとって日々の喜びとなって久しかった。ところが、琴は父九兵衛からもう一つの密命を帯びていた。築山御前の屋敷に出入りする者のなかで、武田方の間者と思われる者たちの動向とその意図とを探るというものだった。

菅生の屋敷は、築山御前のためにわざわざ家康が駿府の今川館を模して造らせた壮大なものだった。北東には富士を模した築山と巨大な山石で組まれた池からなる林泉式の庭園が築かれていた。四脚門と、もはや迎える人もなく顧みられることもなくなった主殿や常御殿、会所といった「ハレ」の建物も不足なく備えていた。琴は、築山御前が日常を過ごす御殿に出入りしながら、つゆも疑念を抱かせるところは見せなかった。だが、琴は築山御前が大切なものを仕舞っておく場所を知っていた。持仏堂の飾り棚下に設けられた地袋の内、南蛮船を描いた螺鈿蒔絵の硯箱がそれだった。

四年前、岡崎城下を震撼させた大岡弥四郎らの謀叛計略が露顕した後、琴は父九兵衛から武田勝頼と築山御前が取り交わした密書の存在を告げられた。勝頼の隠密笹田源吾なる者が家康家臣の木原吉次らに斬殺され、竹庵なる茶坊主も武田の間者であることが判明して浜松で殺された話は岡崎にも届いていた。長篠城外設楽原の戦い以来、それまで武田方だった者が徳川に寝返り、間者や密書の存在も次々と明らかにされていた。

以前から菅生の屋敷に出入りしている口寄せの老巫女と、鍼灸師滅慶も、甲斐府中から何やら文などを持ち込んでいることはうすうす琴も気づいていた。だが、琴は築山御前にとりわけ可愛がられ、彼女の信頼を裏切るようなことだけはすまいと心に決めていた。家康は岡崎に築山御前を置き去りにし、本拠を移した浜松で年若い娘に二人の子を生ませていた。築山御前を悲境に追いやった家康を憎む思いは、琴も同じだった。いくら父の命令とはいえ、築山御前を裏切り、家康や信長に琴が忠義立てするいわれはなかった。その密書なるものが菅生の屋敷に存在するとすれば、どこに仕舞われているかの心当たりはあったものの探し出す気にはなれなかった。

ところが、この夏、姉の絹が三郎信康の手にかかって惨殺された。しかし、琴に対して築山御前から詫びどころか悔やみの一言もなかった。姉も、己も、所詮はただの女中に過ぎず、虫けらを踏み潰すように殺して何の後悔もない人たちだとわかった。築山御前に対するこれまでの忠節もすべて裏切られた。築山御前は、何かと三郎信康を誇りにし、今や彼女のすべてが三郎信康に託されているのは琴もよく知っていた。三郎信康はもちろんのこと、彼を溺愛してやまない築山御前に、初めて強い憎しみを琴は抱いた。そして、姉の恨みを晴らす手立てを持っていることに思い当たった。

築山御前が湯殿に入れば半時は出てこない。持仏堂に忍び込むには充分な時間があった。武田勝頼の血判入りの四半の誓詞状は、例の硯箱にそのまま仕舞われていた。それを持ち出して父藤井九兵衛に手渡すのは訳もないことだった。父九兵衛から、五徳御前にそれは渡され、五徳御前から家康の手に渡ることになった。

五

矢作川沿いに南下する道を大浜へ向かってたどった。桜井を過ぎて松林の続く辺りで雨が降りだした。修理亮が自分の菅笠を三郎信康に手渡した。監視と移送に当たっていた伊藤正照は見て見ぬふりをしてくれた。修理亮一人を雨に打たせて歩くわけにもいかず、甚五郎が着けていた菅笠を取ると、後の三人も笠緒を解き小脇に抱えた。

小姓衆五人のみが雨に打たれ大浜への道を急ぐことになった。

海からの西風に横殴りとなった雨とぬかるんだ道に足をとられ、大浜に着いたのはすっかり暗くなってからだった。集落の入り口で篝火（かがりび）を焚（た）き三郎信康を出迎えた長田（おさだ）重元（しげもと）は、三郎信康が徒で到来し、息子伝八郎を含めた五人の小姓衆がずぶ濡（ぬ）れになっている様に言葉を失った。それでも重元は、笠を取って深く一礼し三郎信康を迎えた。直垂（ひたたれ）に胴服だったのは長田重元と数人の家士たちだけだった。そこでも当世具足で身固めした児嶋源太郎（こじまげんたろう）らが、四十人もの槍足軽を引き連れて警戒していた。大浜から東南二里ほどの距離にある西尾（にしお）城からの援兵だった。家康の手はすでに大浜にも回っていた。

大浜の羽城（はじょう）は、知多（ちた）湾の北奥、西に衣（ころも）ヶ浦（うら）を望む高台へ築かれていた。東西に五十間（けん）（約九十メートル）、南北に六十間（約百八メートル）ばかりの、城というより砦（とりで）と呼んだ方が早いものだった。表門は海に面し、石段を降りて行った海岸には船をすぐに寄せられるよう長い桟橋（さんばし）が築かれていた。長田伝八郎の家は代々熊野（くまの）の社家（しゃけ）を務め、父長田重元は大浜郷（ごう）の代官を兼ねていた。三郎信康だけが羽城に軟禁され、五人の小姓が側に付くことは許されなかった。甚五郎ら五人は、伝八郎の生家に泥まみれの草鞋を脱ぐこととなった。

小姓たちは疲れ切っていた。雨道とはいえ、当年十三の植村新六郎を除けば、たかだか四里の道に消耗するような者たちではなかった。四人とも三郎信康とともに遠江に何度か遠征し合戦も経験していた。修理亮と甚五郎、小左衛門の三人は、かつて具足を着けたまま八貫（約三十キロ）の石を背負わされ、四里の山道を歩く訓練も積ませられていた。三郎信康が廃嫡となり追放されるという突然の状況と、三郎信康の失意が彼らの気力を萎えさせていた。修理亮までが肩を落としすっかり生気を失って見えた。

「こうとなっては、何がなんでも三郎様に再起を期していただくしかないと思います」

そう甚五郎は修理亮に言った。長田重元邸の離れ座敷で夜着にくるまり寝入ろうとしている時だった。まずは修理亮に腹を据えてもらい、家康を討つという強い意志を三郎信康にもたらしてほしかった。植村新六郎はすでに寝息をたてていたが、磯貝小左衛門も長田伝八郎も起きていた。三郎信康はともかくとしても、この大浜で唯一の直臣である小姓衆までが落胆していては先の展望など開けるはずもなかった。

「このものしい警戒は、三郎様を救い出そうという三河国衆がいることを表しています。違いますか？」

「……こうなってみると、大殿が、昨年九月に岡崎に集めていた家臣団を国元に帰らせた意味がよくわかる。あの時、すでにこうなることは大殿の胸中で決められていたのかもしれない」

修理亮が天井を見据えたままそう言って吐息をついた。

「三郎様と岡崎始め三河の家臣団を切り離し、いざという時の反逆を許さない手立てだったと？」

「あの時に気づくべきだった。家臣団を岡崎に住まわせ直に目の届く所へ置く方が大殿にとって都合がいいはず、それをわざわざ受領地に帰すとは、妙なことをするとは思ったが、まさかこんなことを……。

すでに西尾城からの援兵がここまで出張って来てるのは見たろう。三郎様を三河の西の外れにまず追放しておいて、三河の家臣団を厳重に押さえた上で、大殿への忠節か、それとも反旗を翻すのか、それを三河国衆に突きつける。……いかにも大殿らしいやり方だ」

「誰も助けになど来ないと？」

「来たくとも来られないだろう。すでに大殿は、このたびの一件について信長様の了解も得ていると思う。内も、外も、すっかり固められている。これで三郎様の救援などに馳せ参じる者がいたとしたら、よほどの阿呆だ……」

翌八月五日、家康は深溝から松平家忠を岡崎に呼び寄せた。松平家忠には鉄砲衆と弓衆とを引き連れ即刻西尾城に赴くよう命じた。松平家忠に続いて、松平家清と鵜殿康定も手勢を率いて西尾城へ入った。陸路で大浜へいたるためには矢作川を渡らなくてはならない。西尾城はその押さえとして築かれていた。西尾城を守る酒井重忠の増援として家忠らを送り込み、三郎信康を救出しようとする勢力への牽制と大浜へ襲来した時の備えのためだった。岡崎城は榊原康政と松平康忠に守らせ、夕刻には家康も岡崎から西尾に移動し会下に陣を布くという厳重な警戒態勢を示した。石川修理亮が予測した通り、三郎信康は三河西端の大浜へ完全に孤立させられた。

六

三郎信康は羽城内に留められたままで、甚五郎ら五人の小姓たちは一切接触することを許されなかった。三郎信康の身の回りのことは、専ら長田重元の家士や下男が世話をした。大浜に追放されて五日目、八月八日の午の刻過ぎ、家康の使者として鵜殿善六郎（ぜんろくろう）が大浜に到来した。彼がもたらしたものは、三郎信康は翌九日より遠江の堀江（ほりえ）城に引き移れとの家康の指令だった。大沢基胤（もとたね）を守将とする堀江城までは、陸路二十里の距離があった。道中を急いでも、堀江城に行き着くのは二日後だろう。しかも、鵜殿善六郎によれば、これから先は旗本軍の同行もないとのことだった。「御辺（ごへん）ら小姓衆のみ同道することとなる」そう善六郎は重ねて付け加えた。

この五日間で三河国衆による三郎信康救出の兆（きざ）しがないことを確かめた家康が、遠州へ移動させることに踏み切ったものだろう。行く先の堀江城から浜松城までは二里半ほどの距離しかない。いざとなれば浜松の家臣を送り込んで、切腹を拒み続ける三郎信康を斬殺することもできる。同時に、遠州移動を命じられたことは、三郎信康が三河国衆からも見放されたことを意味した。しかも、五人の小姓のみが同道するだけとなれば、道中何が起こっても不思議はなかった。堀江城までの間に家康や重臣たちは手を汚さずに三郎信康を闇（やみ）へ葬（ほうむ）ることも可能となった。盗賊の類（たぐい）に襲われ甚五郎ら五人の小姓衆もろとも不慮の死を遂げたという形で容易に始末できる。

長田邸の書院で同席し三郎信康の堀江城行きを聞かされた長田重元は、動揺の色を隠せなかった。三郎信康の小姓衆に取り立てられた自慢の息子、その伝八郎の身の上にどのような危険が待ち受けているかを察して顔から血の気が失せていた。十七歳の伝八郎は嫡男であり、生きてさえおれば大浜郷代官職は継げる。それに植村新六郎も譜代の名門植村家の嫡男であり、父出羽守家存は、酒井忠次、石川家成、石川数正と並ぶ浜松の家老職にあった。その新六郎は当年十三歳を数え、三郎信康の巻き添えとなって、あたら将来ある身を散らせることはない。甚五郎は、修理亮が厠に向かった機会に後を追って伝えた。

「三郎様と遠州に向かう小姓衆の人数までは決められておりません。明日からの道中、何が待ち受けているかわかったものではない。伝八郎と新六郎の二人はこのまま大浜に留め、修理殿と小左衛門殿、それにわたしと、三人のお供で堀江へ向かうのがよいかと存じます」

修理亮は大浜に来て以来、かつては毎朝自分で剃刀を当てていた月代も髭もそのままにしているような有様だった。大飯食らいだった食が進まず、夜も眠りが浅いようで、心なしか頬が削げて見えた。修理亮は池の奥に植えられた若松の辺りに視線を向けたまま二度うなずいた。植えられてまだ四年ほどしか経たない若松は、陽が沈んで急に強まった海風に音たてて揉まれていた。

屋敷の奥居間で、明朝からは三郎信康の供として修理亮と甚五郎、小左衛門の三人が遠州堀江城に向かうこと、伝八郎と新六郎はこのまま大浜に留まり、家康からの達しを待つよう、修理亮が伝えた。

「わたくしも是非お供をさせてください」長田伝八郎が気色ばんで応えた。「修理亮殿のお気持ちは、まことに有り難く存じます。ですが、わたくしも当年十七にあいなります。たとえ道中何が起ころうとも、覚悟は出来ております。どうか最後まで、三郎様の御小姓の列にお加えいただきたく存じます」

勘の鋭い伝八郎は、すでに修理亮の腹を読んでいたようだった。

「なにとぞわたくしも同道をおゆるしください。けして足手まといにはなりません」

植村新六郎もまた両手を着いて甲高い声を発した。小刻みに震える前髪が、泣くまいとして堪えているのを示していた。

「二十里余の道中ともなれば、何が起こるかわかったものではない。御油から先は秋葉山道を本坂峠越えの険路となる。はっきり言ってしまえば、途上で襲われ三郎様共々皆討たれるということも起こりうる。そして、盗賊や追剥に襲われて死んだものとして葬り去られる。気持ちは有り難いが、伝八郎も、新六郎も、ここで年若い身を散らすことはない」

「もし、修理亮殿のお許しがなくとも、わたくしは三郎様に付き従って参ることを決めております」伝八郎は顔に朱をみなぎらせ、そう言い張って譲る気配もなかった。

八月九日、明け方からの雨に、まずは御油の宿場まで八里余の道行きを取ることにした。結局、伝八郎も新六郎も三郎信康の供として付いてくることになった。長田重元は伍一と喜助という二人の手代を道案内と荷運びのために付けてくれた。が、彼らも配流される三郎信康に公然と同道するわけにはいかず、旅商人を装って一丁（約百十メートル）ばかり先を離れて行くことになった。

何より五日ぶりに見る三郎信康の様子がまるで変わっていた。日頃から武芸を好み鍛練を怠らず、徒による長い行程も苦にはしないはずだった。岡崎から大浜へ向かった時も雨に降られたが、家康への怒りから小姓衆を引っ張っていくほどの勢いで歩き続けた。だが、この日の三郎信康は、一里ほど歩くのにもすぐ道脇にへたりこむ有様で、本日中に御油まで行けるかどうかすら覚束ない状態だった。大浜に追放された当初は、三郎信康も家康への怒りが収まらず、目にもまだ覇気が感じられた。ところが、救出にくる三河家臣の影さえ一向に現われず、修理亮ら小姓衆と言葉を交わす機会すらない状況に置かれた。日を追うごとに三郎信康は押し黙ることが多くなり、しきりに独り言を呟くようになっていた。この日も修理亮が度々話しかけるのだが、三郎信康は虚ろな視線を泳がせ、ただ反射的にうなずくばかりで満足には聞いていないように見えた。

二里余歩き矢作古川の渡しを経て、何とか上横須賀まで進んだものの、三郎信康は「徒はもうよい」と言うばかりで道脇の石に腰を下ろし立ち上がろうとしなくなった。上横須賀の馬飼いに礼銀を弾み、なんとか御油の宿まで乗せて行ってくれるよう頼み込んだ。が、馬飼いは国坂峠越えに難色を示し、蒲郡までならという。仕方なく三郎信康を横木を渡した駄鞍に乗せて、とりあえず蒲郡まで行くことにした。駄鞍の下に二枚重ねで敷いた藁布団の破れからは藁屑が所々はみ出ていた。小雨が降りしきり、惚けたような三郎信康は馬飼いに借りた菅笠と蓑を拒むこともなかった。馬飼いも、月代と髭を伸ばし放題にしたその若い男が三郎信康とは、気づくはずもなかった。腰刀さえ差さず蓑笠姿で駄馬に揺られていく三郎信康は、もはや徳川宗家嫡男の面影はなかった。

七

八里ほどの道のりを行くのに結局丸一日がかりとなる気配だった。蒲郡から御油までの残り二里半ばかりの道は、途中国坂峠を徒で越えるしかなかった。蒲郡から峠道に分け入り一里ほど登った国坂峠で日没を迎えた。雨は上がったものの雲は残光をさえぎり、左手に五井山と宮路山が続く峠の一本道は鬱蒼とした杉林が左右に迫って薄暗かった。一軒だけの峠の茶屋はすでに雨戸を閉じていた。

下り坂に差しかかってまもなくのことだった。突然下方から叫び声が聞こえ、やがて先を行っていた喜助が空身のまま駆け戻ってきた。

「賊です。伍一どんが……」と下方を指さした。大浜からずっと何者かが後をつけてきていることは甚五郎も気づいていた。山伏、旅商人、牛飼い、それぞれ風体こそ異なったが、不自然なことに一台の荷車に牛飼いが三人連れだったり、山伏も四人連れで、単独行の者はついぞ見かけなかった。道を戻れば逆に待ち伏せの危険がある。

「修理殿。見て参ります。戻らずに、そのまま三郎様を」と声をかけ、甚五郎は雨で重くなった胴服を脱ぎ捨てるなり、峠の下り道を駆け出した。

薄暮のなかで襲われた伍一らしき男が道の前方に横たわっているのがわかった。荷はその場に投げ捨てられ散乱していた。甚五郎は駆ける速度を変えず、そのまま峠の坂道を駆けおり、倒れている伍一の身の上を飛び越えた。御油まで助けを求めて行く者と見たか、慌てて五、六人が杉林から走り出し、甚五郎を追いかけてきた。その足音が周囲の杉林に反響して聞こえてきた。もし、三郎信康をここで不慮の死に見せかけ殺そうとするならば、お付きの者も一人残らず殺さなくてはならない。討ち漏らせば後々やっかいなことになりかねない。一人も逃すまいとして甚五郎を追いかけてきた数人の足音が、やはり単なる物取りなどではなく三郎信康を狙った刺客であることを示していた。

流れていく風の音で馬の体調を知る必要から、騎馬術に秀でた者はとりわけ耳がよい。ここまでの道のりで予想外に疲れていたらしく甚五郎の走る速度が落ちてきた。背後の足音が次第に高くなり、甚五郎に刺客の一人が迫ってきているのがわかった。急に、吐息が背中にかかったのを感じ、思わず道脇に飛びのいた。直後に迫っていた刺客の一人が、体をかわされ刀を振り下ろしてたたらを踏み、甚五郎の左前に現われた。甚五郎は素早く刀を抜くと、上段から頭の真ん中に振り下ろした。頭蓋を断ち割る手応えと、熱い返り血が甚五郎の顔にかかった。

新手が曲がり道から走り出てきた。刀を鞘に戻す間もなかった。呼吸を整える余裕もなく、甚五郎は抜き身の血刀を脇に挟んで再び坂道を走り出した。二人目の刺客は、最初の男より足が速く感じた。背後に響く敵の足音で間合いを計っていると、再び相手の吐息が背中に感じられた。背後の敵の呼吸が一瞬止まり、斬りかかってきたその瞬間にうずくまった。坂道を勢い込んできた敵は、甚五郎の体に蹴つまずいて前のめりに倒れた。甚五郎は体を起こすと、相手が体勢を立て直す前に脳天へ刃を打ち込んだ。

刀を振りかざし突っ込んでくる三人目の刺客がいきなり後方から飛び出してきた。とっさに甚五郎は鉾を持つように刀の柄を両手合わせで握り、走ってくる敵の真正面から体ごとぶつかっていった。敵は慌てて刀を振り下ろそうとしたが、甚五郎が両手で握った刀は、一突きに敵の腹を貫き通していた。柄を返すと敵はのけざまに倒れた。甚五郎は刀を引き抜き、二の太刀を眉間深くへ浴びせた。

足音でまた新手の二人が迫ってきたことを知った。しかし、人を斬るという尋常でない集中力を必要としたためか、甚五郎には再び走り出す気力は残っていなかった。ここで果てるのだなと一瞬思った。かつて石川小隼人から、「力を使い果たし、疲れ切ってからどれだけ働けるかで、侍の真価が決まる」そう繰り返し言われたことを思い出した。片膝づきで呼吸を整えながら、刀を振って血脂を払った。朝からの雨で目釘が湿り、三人を斬り倒してもまだ刀身はしっかり止まっていた。腰に差していた時は重く感じたが、いざ鞘を払ってみるとこれまで持ったどの刀よりも軽く感じた。それでいて刃の走りが異様に早く、甚五郎の意より先に相手を斬り伏せているといった感じだった。さすがに三郎信康の腰にしていた業物だと、不意にそんなことを思った。

新手二人のうち、一人だけは相討ちに持ち込んで倒そうと思い直した。

新手の二人が上方から現われた。抜き身の血刀を右手に持ち、顔と衣に返り血を走らせた甚五郎が立ち上がると、二人ともその場に立ちすくんだ。相手の二人は、抜き身にしていた刀を一瞬構えようとはしたが、甚五郎の足元に仲間二人が頭を割られ息絶えているのを認め、一人が物を呑み込むような声を発し、慌てて坂道を逃げ戻った。それにつられて二人目も、その後を追って視界から消えた。再び片膝づきで呼吸を整え、駆けおりて来る新手の足音を待ったが、それからは何も聞こえてはこなかった。血なまぐさい臭いと杉林の静けさばかりに包まれた。

甚五郎の名を呼びながら長田伝八郎が峠道をおりてきたのがわかった。「ここだ」と声を上げた。現われた伝八郎も、刺客の三人が皆頭を割られていた様に立ちすくんでしばらく甚五郎を見ているだけだった。

「怪我は？……三郎様はご無事です」そう思い出したように甚五郎に話した。峠道を逃げ戻った刺客の二人は見なかったという。

刺客に斬られた長田重元の下男伍一のところへ二人で戻ってみたが、もはやこと切れていた。甚五郎は耳を澄まして周囲の杉林に注意を払った。峠道から杉林の奥に分け入って山の方へでも逃げ去ったものだろう。人の気配はどこにも感じられなかった。

甚五郎に斬られた三人は、大小は差していたものの月代や髭を伸ばし、木綿の袷や野袴も脂じみて見えた。仕官の口でも餌に襲撃する相手の素性すら知らされず、雇い入れられた浪人たちに違いなかった。

伝八郎は伍一の亡骸にしばらく両手を合わせた後、自らの脇差を抜き、遺髪にと伍一の髷を切り取った。

「伍一どんには、小童の時分からよく遊んでもらいました。まさか、こんなことに……」

「明日はおれたちがこうなるかもしれない」

伝八郎は伍一の亡骸を見つめ小さくうなずいた。

天正七年(一五七九) 陰暦八月

一

小姓五人だけの供を連れ三郎信康が遠江堀江城へ向かわされた八月九日、三河国衆には、もれなく岡崎城に参集すべしとの達しが家康から届けられた。

翌八月十日、登城した三河国衆は、追放された三郎信康と密かに音信を通じない旨の誓詞状を家康に出させられることになった。それは、岡崎城の警固に当たっていた松平康忠始め、西尾城に詰めていた松平家忠や鵜殿康定ら、家康の揺るぎない信頼を集めていた諸将も例外なく、登城した者全員が家康の前で誓約させられた。

この日浜松から到来し、家康側近として誓詞状を取りまとめたのは、本多弥八郎正信という痩せて小柄な男だった。栗色の素襖を身に着けたその男は、当年四十二を数え、浅黒い細面に二重まぶたの大きな目ばかりが際立っていた。徳川家臣団で「本多」といえば、不敗の名将、本多平八郎忠勝を筆頭に武勇優るる一族として聞こえていたが、この弥八郎正信なる者は彼らと何の縁もなかった。もごもごとした朴訥な口調で、およそ家康の側近とは思えないほど威圧感に乏しかった。この日参集した三河国衆の間でも、「あれは何者なのか」としきりにささやく声が飛び交った。

八月十一日、三郎信康の直臣は、城から十五丁（約千六百五十メートル）離れた大塚村の観音堂へ集められた。菅生河畔のそこは、石ばかりの荒れ地だった。しかも、平岩親吉始め三郎信康の直臣たちは、旗本軍の厳重な警戒と監視のなかで、神仏に誓う形での起請文に血判を捺し出させられることになった。初めから逆臣同然の扱いだった。

覚

一、大殿に対し唯一無二の忠誠を誓う。

一、岡崎次郎三郎信康と密かに音信を通じることはしない。

一、仰せ付けがあれば人質を差し出す。

敬白起請

右覚書のとおり、少しも相違なく施行いたします。もし、この旨いつわりを申すならば、梵天、帝釈、四大天王、総じて日本国中の大小の神々、八幡大菩薩、春日大明神、天満大自在天神、愛宕、白山権現、ことに氏神の御罰をこうむるべきものであります。

署名血判

謹言

本多弥八郎殿

大塚村観音堂に出張ってきた本多弥八郎正信は、この日も薄墨色の小袖に肩衣短袴という、くすんだ色を重ねていた。正信は、堂内の蓙上に端座し、平岩親吉ら重臣たちばかりでなく、誰に対してもまず深々と礼をとり、自ら先に名乗った。起請文を検め、「確かにお預かりいたします」と推し戴くようにして受け取った。七十余名の三郎信康直臣が起請文を出し終えるまで座を崩すことなく、丁重な応対を続けた。

三郎信康の大浜追放以来、家康に対する憤懣を隠しきれない家臣たちもいた。三郎信康追放の理由は、自邸内で五徳御前の侍女を手にかけたことではなく、三郎信康が本願寺教団や武田勝頼ら反信長勢力と内通し、家康に謀叛を企てたかどに因るものだと、岡崎城下の町衆までが語るほどとなっていた。何より八月三日以来の、あたかも籠城戦を始めるかのような旗本軍による警戒が、侍女殺しによる追放などではないことを証していた。

岡崎家臣団の中には、城から離れた観音堂などへ集められ、このような起請文を出させられること自体馬鹿げていると腹を立て、署名の筆を取らずそのまま帰る者も出た。浅羽八十郎、石川甚四郎、勝水右衛門、河澄五郎左衛門、小林又三郎、鳥居亦兵衛、中根三郎四郎、林又兵衛、米津三十郎らである。彼らは三郎信康に追随して遠江に遠征し、勝頼軍と直接戦火を交えてきていた。彼らにしてみれば、三郎信康がよりによって勝頼と手を結び、家康と信長を討伐するつもりでいたなどという話自体が、初めから三郎信康を葬るための謀略としか思われなかった。

ところが、その日の未の刻（午後二時）になって、起請文を出さなかった家臣たちに再び観音堂へ来るよう本多正信からの遣いがやってきた。

鳥居亦兵衛は、四年前五月の長篠城外設楽原の戦いを始め、同年九月の遠江小山城戦、そして昨年八月にも小山城攻めに加わり、次いで大井川を越え駿河田中城攻めにも参戦した。田中城攻めでは、武田勢の兵糧を断つため平岩親吉が城周辺の田の稲を足軽たちに刈らせ、これを防ごうとする城兵との戦闘で、亦兵衛は左の腕に銃創を負っていた。

しかも、亦兵衛はかつて三河一向宗乱の折、一族の鳥居金五郎らと三河上野城で家康勢と戦った本願寺門徒だった。あの時、上野城に立て籠った本願寺門徒のなかに弥八郎なる御鷹組の鷹匠がいたことを亦兵衛は憶えていた。弥八郎は専ら鷹を育て狩りの訓練ばかりをしていた小者で、白兵戦はいうまでもなく鉄砲の玉込めの役にも立たず、単なる兵糧減らしでしかなかった。

「鳥居亦兵衛殿、お久しゅう存じます。弥八郎でございます。十六年前、上野城で末席を穢させていただきました。当時、御鷹組におりました」

再度大塚村観音堂に足を運ばせられ憤然とした亦兵衛に、本多正信は抑揚のない一本調子の口調ながら、目には懐かしげな色を確かに浮かべて、自ら先にそう名乗った。鷹に餌をやっていた足軽同然の小者が、いつの間にか成り上がり、どこから拾ってきたものか本多の姓などを名乗って、岡崎の筆頭家老平岩親吉始め重臣たちから起請文を取るなどということも、亦兵衛には腹立たしかった。だが、小人ならば口をぬぐって消したがる過去を、「鷹匠の弥八郎」であることを自らためらうことなく亦兵衛に告げた。同時に、かつて上野城に立て籠り家康に反逆した本願寺門徒の一人であったことも平然と明らかにした。

「やはり、……弥八郎殿か」虚を突かれて亦兵衛は思わずうなずいてしまった。

「鳥居殿、なにとぞ御起請いただきたく、ご足労をお願いいたしました。どうかこの場にて起請文をしたためていただきとう存じます」本多正信は、座を正したまま頭を下げた。

「……弥八郎殿。なにゆえかかる起請文など書かされるのか、わしには解せない。これを見てくれ」亦兵衛は左の袖をたくし上げ、二の腕をえぐって白く艶々と色を変えた銃創の痕を示した。

「昨年八月、駿河田中城攻めにおいて武田勢の鉄砲に撃たれた。弾が五寸ほど内側に飛んできておれば、ここにこうしているはずもない。あの戦では、岡崎から出向いた足軽衆が五人討死し、手負いの数はわしを含めて五十人にもおよぶ。軍を率いていた平岩七之助殿も手負いとなった。これまで岡崎の家臣団は身を楯にして勝頼の軍と戦ってきた。むろん三郎様とて同じことだ。それがなにゆえ、三郎様が岡崎城を追われ、しかも家臣が三郎様との音信を禁じる起請などさせられるのか合点がゆかぬ。妙な噂ばかりが飛び交い、何が何やら見当もつかん。何ゆえ起請文などを岡崎家臣が取られるのか、有体に話してほしい」

「はい。お尋ねとありますればお答えいたします。菅生の御前様と三郎様は、武田勝頼と内通し謀叛を企てた事実がございます。四年前の大岡弥四郎殿、松平新右衛門殿らの謀叛計略と根は同一でございます。勝頼ならびに本願寺教団と手を結び、殿と信長様を討伐し、三郎様を三河と遠江、徳川領の守護とする密約がございます。それゆえ、かかる起請文を岡崎家臣の皆様より頂戴すべく参上しました」

「ならば、わし始め岡崎の家臣はこれまで三郎様に騙されて戦っていたとでも言うのか。三郎様は、かつての大殿と同じ『次郎三郎』を名乗っておられるのだ。これは松平宗家嫡男の意である。大岡弥四郎らとは異なり、何もしなくとも、いずれは三郎様が大殿の後を継ぐことは約束されている。謀叛をわざわざ企てる労などない」

「勝頼と密約の事実があると申し上げておるのでございます。それゆえ、どうしてもご起請の文をお出し頂きたい。それだけでございます。鳥居殿、これらの一つ書きにご異存はおありですか」

本多正信は、家康に唯一絶対の忠誠を誓うのか、否か、その一点だけを今確かめているのだと告げた。

「……もちろん、これまでも三郎様にお仕えすることは、大殿に仕えているのと同じことだった。何の相違もない。松平宗家ご当主の大殿に忠誠を誓うのは当然のこと。だが、……」

「そうでありますならば、その大殿が、三郎様と御縁を断ち、岡崎家臣の皆様にも同じことを求めておられる。それはいかがでございますか」

「それが大殿のお望みとあらば、そうするしかない。……ただ、腹立たしいのは、この籠城戦でもやるかのような厳重な警固といい、あたかも岡崎家臣団が初めから逆賊であるかのような、この扱いとやり方だ。これまで生命を賭けて戦ってきた岡崎の家臣に対する、これが仕打ちなのか」

「ご無礼の段はどうかお赦しください。しかしながら、事が事ですので、曖昧にするわけには参りません。起請文を頂戴することで、おひとりおひとりの御心を確かめなくてはなりません。なにとぞ、これらにご異存がなければ、是非この場にてご起請いただきとう存じます」

もしここで起請文を出さなければ、逆臣以外の何者でもなく、三郎信康と同じように岡崎を追放され、浪々の身となるしかない。丁重な物言いながら本多正信の一歩も引かぬ頑な姿勢がそれでよいのかと、語っていた。亦兵衛は、小筆を取り起請文に署名したあと、二寸ほど出した脇差の刃に右の親指を押し当て、血判を捺した。

「鳥居亦兵衛殿。確かにお預かりいたします」そう言って本多正信は起請文の記された半紙を額の辺りまで推し戴いた後、両手を添えて深く一礼した。

「ときに鳥居殿、弥陀の光明を今もってお信じでは？」

座を立ちかけた鳥居亦兵衛に、本多正信は一つ書きには記されていないその問いを発した。正信は大きな目を見開き、まっすぐに亦兵衛を見据えていた。その眼には逃げ場を許さない険しい光が宿っていた。

「……とうに一向宗徒ではない。本願寺教団とは何の関わりもない」そう返した鳥居亦兵衛に、本多正信はもう一度穏やかな眼に戻り深い座礼で応えた。

足軽同然の鷹匠上がりで、戦における功名とは全く縁のない本多正信が、家康の側近として上座に控え、平岩親吉始め武功派の譜代重臣から起請文を取るなどという、これまではありえなかったことが徳川家内で起きていた。「吏僚」なる新しきものの出現だった。

家康に本願寺門徒が打ち破られた時、本多正信は二十六歳だった。足軽同然の鷹匠の家に生まれ、外見とは裏腹に感受性が強く、それだけ迷いも多かった弥八郎は、心の拠り所を弥陀に求めた。いっさいの衆生を往生させようという弥陀の本願を信じ、弥陀の恩に感謝し、弥陀の望む日々を送ることが己の使命であると、幼いころから疑いもしなかった。そして、弥陀の本願によって結ばれた同胞による結合は、郡や村はおろか国をも越えて本願寺のもとに集結され、いかなる領主にも隷属させられることはないと信じた。土豪の末である三河国衆たちはもとより、家康も、門徒衆を掌握するためには、自らが本願寺教団に入って門徒となるしか術はないはずだった。いずれは日本国中すべてが百姓の持ちたる国となり、暴力と搾取、そして飢えとに脅かされる日々が消滅することを疑わなかった。

ところが、その本願寺の寺院と門徒、土豪衆からなる結合に、二十二歳の家康は畏れの色もみせず力で粉砕することを選択した。若さに任せて身の程を知らぬ家康も、本願寺の前に膝を屈して取り込まれることになると弥八郎は信じていた。ところが、家康のもとには、酒井忠次、大久保忠勝、石川忠成、本多忠勝、松平伊忠ら、一族譜代の強力な三河衆が続々と集結し、彼らの中には本願寺門徒であることを棄て、改宗して家康のもとに馳せ参じる者も多かった。旧態のまま編成の遅れた本願寺の寺院や門徒、土豪衆は、家康とその家臣団に結局力でねじ伏せられることになった。乱後、家康は和睦の形を表向き採りながらも、本願寺派の寺院には妥協なく改宗を迫った。それを拒んだ寺院は財産を没収され、僧侶は追放され、寺はことごとく破壊された。武装を解除させられた本願寺は全く無力だった。

本願寺教団の住持など怠惰な生臭坊主に過ぎない。三河国衆と百姓衆を組織統制する力がすべてであり、武力によってしか平穏な日々などもたらしえないと家康は証明した。幼いころからひたむきに弥陀を信仰し、生命を棄てることも辞さず上野城に立て籠った弥八郎の、本願寺教団に対する失望は大きかった。弥八郎が弥陀への信仰を棄て、新たに帰依すべき存在として家康を信奉するようになるのは時の問題だった。

本多正信は、家康と三郎信康とは、けして相いれないと見ていた。長じて後の三郎信康は、あくまで民の暮らしを先んじ、民を土台にすえて領国を治めるという、言ってみれば武田信玄の「王道」に極めて近い考え方を持つようになっていた。それは、信長と家康の、抵抗するものは武力をもって屈伏させ、力によって民を治めるという「覇道」思想とは、根本から相反するものだった。

二

「いっそのこと、吉田へ出てみる手もあるか」御油の旅籠にたどり着いてから修理亮が突然そんなことを言い出した。途中何らかの襲撃があると予想はしていたものの、国坂峠での待ち伏せに、いわゆる姫街道を行く本坂峠越えへの危惧は現実となった。

翌十一日の、御油から堀江城までの行程について、修理亮に迷いが生じていた。「どう思う」と、修理亮はまず甚五郎に問いを向けた。

確かに表街道である東海道は、支配領主の治安と統治能力を示す場であり、事故死や不慮の死に見せかけて三郎信康を葬ることは難しいものとなる。しかし、東海道を行くのは、三郎信康の死期をむしろ早めることになるだけだと甚五郎には思われた。東三河の押さえとして吉田城の城主に置かれているのは、酒井忠次にほかならない。家康が右腕とも頼む酒井忠次が三郎信康を擁護していれば、三郎信康が切腹を命じられ岡崎を追放されることなど起こるはずもなかった。

「吉田へ出るのは避けるべきかと存じます。吉田城下に出て行けば、酒井忠次が三郎様を見逃すことはできなくなる。三郎様をわたしどもから切り離し、酒井忠次が手を下さざるを得なくなります。

この度の三郎様の追放に酒井忠次は一役買っているとわたしには思われます。万が一、うまく吉田城下を通れたとしても、本街道を行けば、新居(あらい)と舞坂(まいさか)の間で浜名湖(はまなうみ)を船で渡ることになります。船では逃げ場が断たれてしまう。三郎様を亡(な)き者にしようとする連中には、これほどの好機はない。船を沈めれば、三郎様を、わたしらも一度に、水難として葬れる。しかも、何の証拠も残さずに。

いずれにせよ逃げ道はありません。が、吉田に出るのは、わたしどもの方から死地に向かうようなものと思われます」

先月半ば、酒井忠次が使者として安土城にわざわざ赴いたことに、甚五郎は今さらながら引っ掛かりを覚えた。家康が三郎信康に切腹の沙汰を下すまでには、何らかの形で信長に同意を求める必要があっただろう。天守閣の落成を祝って、家康が安土城に遣わした酒井忠次、大久保忠世、奥平信昌、彼ら三人は、この度の三郎信康の廃嫡処分に深く関与し、初めから参画しているに違いなかった。直接口に出すのは憚られたが、このままであれば三郎信康がいずれ殺されることは避けようがない。しかし、たとえ家康の意向だとしても、いざ三郎信康を殺したとなれば、家臣団の動揺は大きいものとなる。先々のことを考えれば、家康の部将たちも、誰が手を下したのか、はっきりとそれがわかる形だけは避けたいに違いなかった。逆に、それでもあえて手を下し三郎信康を殺せるだけの人物となれば、極めて限られる。酒井忠次は、紛れもなくその一人だった。

八月十一日、三郎信康と五人の小姓衆は、当初の予定どおりに御油から本坂越えの道を採り、嵩山、本坂峠、三ヶ日、気賀と山道をたどり、浜名湖内浦に面した堀江城まで約十一里を行くことにした。

御油から山へ入り野口村で道は三叉に分かれた。鳳来寺へ向かう道と、牛久保へ行く道、そして本坂越えの嵩山へ向かう道とになる。依然として監視の目はしつこく、御油の宿からずっと後をついてきた三人の旅商人と四人連れの修験僧も、やはりそのまま本坂越えの道を採り、つかず離れずの距離を保ちながら三郎信康一行を追ってきた。

この日も、三郎信康の足は進まず、「どこまで行くのか」としきりに修理亮へ問い返した。太刀ばかりか脇差までを拒み、大浜から付いてきた長田重元の下男喜助が三郎信康の大小を持ち運ぶことになった。喜助は一人先を行くことを怖がり、御油からの道はずっと甚五郎のすぐ後を付いてきた。

山道を一里ばかり歩いて大椎の木陰で一休みした時に、道筋を確かめたためか、ここまでずっと後から来ていた修験僧の四人が追い抜いて行った。彼らは、兜巾に篠懸け、結い袈裟を身に着け、いかにもそれらしき格好はしていたが、手にしていた錫杖が太過ぎた。しかもそれをいちいち引き上げるようにして歩を運んでいた。錫杖の内には刀身を仕込んであるものと見えた。

山道を二里ほど歩いて、豊川の畔に出た。この本坂越えの行程で最も襲撃される危険があるのは、御油から嵩山間にあるこの渡しと、嵩山から三ヶ日の間に位置する本坂峠だと甚五郎は考えていた。東海道を行って浜名湖を渡るよりはまだよいとしても、渡し場の辺りは川幅百二十間（約二百十六メートル）にも及び、いったん渡し船に乗ってしまえばあとは船頭任せとなって、どこへ運ばれていくかわかったものではなかった。多数の刺客が待ち伏せしている川原にでも運ばれていけば、こちらの人数も武器も初めから丸見えで、先手を刺客側に握られる形となる。そうなれば皆殺しに遭うのは避けられない。

ところが、豊川の渡し船に三郎信康一行とともに乗り込んだのは大荷を背負った薬売りや、下女を連れた町衆の妻女、尼僧までがいた。もし襲撃を企てるならば、船頭や船着の人足を買収し、三郎信康一行の七人だけを渡し船に乗せるはずだった。船頭や船着人足の持ち物や動作にまで警戒心を向けていた甚五郎も、ここで襲撃される危険は少ないと踏んだ。

御油から嵩山まで四里、嵩山から本坂峠を越えて三ヶ日まで二里半、三ヶ日から気賀まで三里、結局九里半の山道を歩き通した。陽の高いうちは姫街道を行き来する旅人の影も予想外に多く、それだけ襲撃される危険は少なかった。

十三歳の植村新六郎は、さすがに青ざめた顔で疲れの色は隠せなかったが、健気に足を運び、ここまで遅れることもなかった。むしろこの道中に何の意味も持てない三郎信康の方が、すぐに腰を下ろして休みたがり、修理亮は幼児を扱うかのように騙し騙し駄馬などに乗せ、先を急がせるのに骨を折っていた。気賀の関所を越え、浜名湖の引佐細江を右手に見て、堀江城のある御陣山まで残り二里ほどとなった。

堀江城の主、大沢左衛門佐基胤は、当年四十五、つとに忠義の武将として知られていた。十年前の永禄十二年三月、家康の堀江城攻めの折、すでに遠江の今川勢部将はことごとく家康になびいたものの、ひとり大沢基胤は今川家の御恩に背かじと今川氏真を見切らず、本丸に立て籠って、あえて玉砕の道を選んだ。三の丸に立て籠った家老、横田織部佐らも、家康軍先手となった鈴木重時、菅沼忠久、近藤康用らの大軍を迎え撃ち、家康勢の猛攻に一月近くを持ちこたえた。四月十二日、家康は大沢基胤の滅亡を惜しみ、使者として渡辺成忠を送り込んで旧来の領地安堵を約束し、麾下に収めることに成功した。

かつての敵将を味方に付けた後に、機会を見つけてはその忠誠心を試すのが戦国の習いである。大沢基胤の忠義は、今や三郎信康を殺すことに向けられているはずだった。どこまで行っても、先に何が待ち受けているかわからない状況は続いていた。それでも、甚五郎は、盗賊の襲撃による不慮の死などという安易な形では殺させない、と心に決めていた。

三

都田川(みやこだがわ)の渡しで日没を迎えた。都田川は、豊川に比べれば半分ほどの川幅しかなかった。葦原(あしはら)が両岸に長く続いていた。空が広く、渡し場の目印になった四半(しはん)の白旗、それに大柳と周辺の葦原を川風がしきりに吹き煽(あお)っていた。陽は落ちたもののまだ西空は茜色(あかねいろ)を残し、対岸の船着の様もはっきりととらえられた。下りの渡し船もこの日最後の便となり、三郎信康一行七人だけが乗ることになった。警戒心を緩めることもできず、この二日で十一里余の山道を歩き続け、誰もが疲れきっていた。

渡し船の船頭も桟橋にいた人足も、腰刀さえ帯びず、不審なところもなかった。川辺から張り出した古厚板の桟橋を踏んで、七人は渡し船に乗り込んだ。長竹竿(ながたけざお)を手にした船頭が舫綱(もやいづな)を解くように船着人足に言いつけた。太綱が船に投げ入れられたのを合図に、船頭は竹竿を振り上げ川中へと船を押し出した。

船頭が竹竿を櫓(ろ)に持ち替え、対岸へ向かって漕(こ)ぎ始めて間もなくのことだった。幼い頃から馬と常に暮らしてきた甚五郎は、周囲の変化に鋭敏な生き物の習性に合わせて、わずかな異変にも感応した。対岸の桟橋奥に一対並んでいる柳の枝を強まった川風が吹き上げ、あらわになった幹の陰に人影が動いたのを甚五郎は認めた。柳の脇にある椎らしき大樹の陰にも、身を隠すようにして潜んでいる人影がわかった。しかも、対岸の桟橋上には、運行を報せる白い小旗がまだ残されているにもかかわらず、舫綱を受け取るはずの人足がいなかった。

「上りの渡しはまだあるのか」腰を下ろしていた船梁から甚五郎は振り向いて船頭に尋ねた。

「いえ、ございません。手前どもの家も向こう岸の前山にありますので、今日はこの下りが最後となります」

対岸の桟橋から二丁（約二百二十メートル）ほど下流には、一面の葦原が長く続いているのを甚五郎は目に留めた。川の半ばまで来たところで、甚五郎は腰をかがめて船尾に移動し、船頭のすぐ前の船梁に腰を下ろした。

「向こうの桟橋に船着人足の姿が見えないが」

「はあ、旗はまだ取り込んではおりませんので、これが着くまでは待っておるはずなのですが」

甚五郎は、懐にあった革小袋を取り出し、口紐を解いて中の銀錠を船頭に示し、それを小袋ごと船頭の懐に押し込んだ。同時に脇差を抜き、船頭の右脇腹に切っ先を向けた。

「桟橋に船を着けるな。人足はおそらく殺されてる。よく見ろ。桟橋奥の木々の陰に待ち伏せている者がいる」

古手拭い(ふるてぬぐい)を首に巻き木綿の袷(あわせ)を着た船頭は、顔を強張(こわば)らせたまま、目を細めて対岸の桟橋を見やった。船稼ぎ人特有の遠視は、もう上りの渡しはないにもかかわらず、桟橋奥に確かに数人の影があり、しかも腰に刀を差していることまでをとらえた。船頭は血の気の引いた顔で甚五郎にうなずき返した。

「桟橋に着ければ、即座に躍(おど)り込んできて、わしらばかりか、おぬしも殺される。どんなことでもやる連中だ。このまま向こう岸に船を近づけ、桟橋に着けるとみせて、三間(げん)ほど近づいたところで下流の葦原に向かって流せ。葦原に船を着けられるところは?」

「夏場は使っておりませんが、冬に葦を刈る舟をつないでおくところがございます」

「そこでいい。まずはそこに船を向けてくれ。死にたくなければ」

甚五郎は身をかがめて船内を移動し、修理亮の脇に行った。そして、周囲を不安そうに眺めている三郎信康には気(け)どられないよう修理亮の耳元でささやいた。

「対岸の船着に数人がひそんでいます。上りの渡しはもうありません。待ち伏せられているものと思われます。人数もわかりません。このまま船を着ければ皆殺しにあいかねません。とりあえず船頭には下流へ流すよう頼みました。もし船を追いかけてくるようであれば、誰が差し向けたものかはわかりませんが、刺客どもに違いありません。

　下った先に葦原が見えます。こちらが先手をとるならばあそこしかない。船を葦原に運ばせ、そこでわたしがまず船を下ります。この渡し船は冬場に葦舟を留め置く船着に入れ、船目指して葦原に入り込んで来る刺客を、逆に葦原の中で待ち伏せて倒します。修理殿は、ともかく三郎様を」

　船の舳先を向こう岸の桟橋に向けたまま漕ぎ寄せるとみせかけて、船頭は桟橋の三間ほど手前で櫓を漕ぐ手を止め、流れに抗して櫓を向け舳先を下流に回した。船が下流に向かう気配に、桟橋上に人影が次々と現われ、「返せ」と怒鳴った。そして、船が下流に走り出すと慌てて土手に駆け上がり、やはり船を追って走り出した。八人いた。手柄欲しさに葦原に入り込んでくるのは多くとも八人。しかも、連中が槍や鉄砲を手にしていないことも甚五郎は確かめた。

　甚五郎は、まず替え草鞋の紐を切って袴のすそを縛った。胴服を脱いで黒細帯をたすき掛けにし、余った細帯の端を脇差で切り、鉢巻にした。薄暮の葦原内では光がさえぎられて敵と味方の見分けがつきにくい。それでも鉢巻と黒だすきは、せめてもの合印として同士討ちを避けるためのものだった。甚五郎がたすきを掛けた時に、長田伝八郎がすぐに反応し胴服を脱いだ。そして荷の中から藍染めの細帯を取り出した。

伝八郎は、思いのほか気丈で、ここまで気落ちした素振りもみせなかった。しかも、彼の太刀筋は思い切りがよく、動きも素早かった。だが、まだ葉が青い季節の葦原内は下が泥でぬかるみ、深田の中を歩くのと同じことだった。伝八郎の速い足が泥で封じられ、常とは異なる動きの鈍さに、かえって危険を招く恐れがあった。甚五郎は伝八郎に近づいて耳元でつぶやいた。

「いざとなったときに櫓を操れるのはお前しかいない。船に残って、葦原の船着に船を留め置くよう船頭を見張ってくれ。土手から船影が見えなければ、連中は葦原の中へ入り込んでくる。そこを討つ」

甚五郎が視線を向けるのを待っていたように、磯貝小左衛門が胴服を脱ぎ、細帯をよこせと、伝八郎に手を差し出した。小左衛門ならば、石川小隼人から鍛え上げられており、葦原のぬかるみでも力負けしない。何より葦原内で何をすべきかを小左衛門にはいちいち説明する必要がなかった。

船が葦原の陰に入り、土手が見えなくなったところで船の速度を落とさせ、甚五郎は抜き身にした腰刀だけを右肩に載せて川の中に入った。太刀では葦が邪魔をして自由に使えないと判断した。水はさほど冷たくはなかったが、水かさは甚五郎の腰のあたりまできていた。刀を柄（つか）ごと水中に浸し、まず目釘（めくぎ）に湿りを与えた。甚五郎は、丈高い葦にさえぎられ土手からは見えない位置で葦原内にもぐり込んだ。

　葦原内は、このところの雨がちの天候に泥が脛（すね）まですぐ押し寄せ、予想以上にぬかるんだ。しかも、ところどころに泥の緩（ゆる）んだ深みがあり、歩を運ぶのも容易ではなかった。頭上高く八尺（約二・四メートル）ほどに伸びた葦が密集し五間ほど進むのにも押し分けるのに苦労した。川風が吹きつけるたびに、葦の葉が一斉に音を立て、茎も打ち合って水音も聞こえなかった。仲秋の川風は甚五郎の濡（ぬ）れた体を冷し、歯が鳴るほどだった。

　三郎信康の乗った川船が葦原内にひそんだことを土手上から確かめた刺客たちは、やはり葦原内に分け入ってきた。土手の方から葦を刈る音が聞こえた。連中も、隙間（すきま）なく生えた葦が邪魔になり、先頭に立った者が刀を振るって歩を進めてくるのがわかった。葦原の中では、薄暮の光もさえぎられ、ほとんど視界がとれないほど薄暗かった。葦を切り倒しては踏みつける足音で、入り込んできた敵は五人、進んでくる方向もはっきりとわかった。冬場には刈り取った葦を積むための船着場があることを知っているらしく、やはりそこを目指して進んできていた。葦を刈り進みながらも、泥に足をとられて刺客たちも難行を強いられているようだった。刺客どもは、何人かが脇に逸れて挟み打ちするほどの余裕はなく、まっすぐ冬場の船着に向かって一列に進んできていた。

刀を振るって切り進んできた刺客たちの、葦を切り倒す音が少し間を置くようになってきた。泥に足を取られながら先頭を歩かされ、葦を切り倒すのに疲れ始めた男が手を止め、「こっちで本当に間違いないのか」と振り向いて後の者に確かめた。振り向いた男の茶筅髷が突然葦原から伸びた手につかまれ、顎を上に反らした途端、いきなり喉が切り裂かれた。血が吹き上げ、蹴り倒されるまま二番目にいた男に抱えられる形で倒れこんだ。刀を抜きかけて押し倒されるままに仰向けになった二番目の刺客は、起き上がろうと泥のなかでもがいた。甚五郎は、喉を掻き切られた骸の背に足をかけ、二番目の男の眉間深くまで白刃を打ち込んだ。不意を突かれ慌てた三人の刺客は、切り開いてきた道を反射的に土手へ戻ろうとした。甚五郎は、草鞋の底に付いた泥を骸の衣服にこすりつけ、そのまま後を追った。三人目も、刀こそ抜いたものの慌てれば慌てるほど葦原の泥に足をとられ、切り払った葦株につまずいて前のめりに転倒した。起き上がる間も与えず、甚五郎は相手の袴の腰を踏みつけ、背後から右脇腹に突きたてた。刀身を引き抜くと背骨の上に右膝を押しつけたまま頭部に刀を振り下ろした。

先頭で土手に戻りかけていた男は、いきなり右脇腹を斜め前方から突き貫かれた。甚五郎とは逆方向から葦原にもぐり込んだ小左衛門が、そこにひそんでいた。小左衛門は柄を返して賊の腹から刀身を抜き取り、素早く二の太刀を頭部に浴びせてその男のうめき声を止めた。乱雑に切り開かれた葦原内の小路で甚五郎と小左衛門に前後を挟まれた五人目の刺客は、わめき声を上げ太刀を振り回して甚五郎に向かってきた。甚五郎が相手の太刀筋を見切り、相手の刀身を押さえつけるように上から払うと賊の刀は目釘が緩んだ。男は、使い物にならなくなった刀を投げつけ、何やらわめきながら脇の葦原に逃げ込もうとした。小左衛門が後を追い、賊の背を肩口から袈裟懸けにし、二の太刀を頸部に打ち込んで命乞いを黙らせた。

甚五郎は右手の返り血を袴の腰でぬぐい、指を三本立てて、あと三人いると小左衛門に示した。小左衛門もうなずいて応えた。土手で待ち伏せている残りの三人が、しきりに指笛を吹き始め、葦原に入ったきり一向に応答のない五人にしびれを切らしているのがわかった。刺客たちの切り開いた通路から二つの骸を脇の葦原奥に運び棄てた。

切り払われた葦を頭からかぶり、小左衛門と通路を挟んでひそんでいる甚五郎の目の前を確かに三人が通り過ぎて行った。三人の刺客は、甚五郎が倒した三体の骸を奥で見つけ、喉を掻き切られ頭部をたたき割られた様に、ひとまず土手へ戻ろうとそのまま引き返してきた。彼らは姿の見えない敵に先手を握られている状況に、競うようにして葦原を出ようとした。踏み荒らされた泥の深みに度々足をとられ、三人は泥まみれになりながら戻ってきた。切り払われた葦で足場を固め、片膝立ちで待ち伏せていた甚五郎の刀が、最初に戻ってきた刺客の左膝から下を一刀でなぎ払い、悲鳴を上げて倒れこんできた敵の側頭部に立ち上がりざま二の太刀を打ち込んだ。無防備になった甚五郎に刀を振り上げ向かってきた二番目の刺客の背を、後から小左衛門の刀身が斜に切り裂いた。向き直った甚五郎が手首を返して右膝を落としながら賊の腹部に白刃を走らせ、峰の上から左の肘を強く打ちつけて脇腹深くえぐった。最後の男は、斬りかかった刀を小左衛門に受けられ、後から甚五郎の刀身に脇腹を突き貫かれた。小左衛門がその男の頭部へ力任せに白刃をねじ込み、とどめを刺した。

返り血と泥とにまみれた甚五郎と小左衛門には、渡し船のある位置まで葦原内を切り開いて行く気力は残っていなかった。刺客どもが乱雑に葦をなぎ倒して作った小路を二人で土手へたどるのがせいぜいだった。葦原を抜けたところの流れで、手足と刀に付いた血と泥とを洗い流した。口に入った泥をゆすごうと、甚五郎が流れの水を口にした時、血の臭いが鼻を突き、吐き気に襲われた。甚五郎が胃のなかのものを吐き出すと、小左衛門も嘔吐し始めた。

乾いた土手下の草原に二人とも倒れこんで息を整えた。すでに頭上には星が瞬いていた。

「泥水と、血と、ヘドと、……『いずれの行も及び難き身なれば』とはこのことだな」やっと正気を取り戻して小左衛門が笑った。

「……『とても、地獄は一定住処ぞかし』」甚五郎も首を横に振りながらそう返すしかなかった。

いかなる修行によっても脱却できない煩悩につきまとわれた身なので、どうやってみても地獄こそがすでに決したわが住み場所なのだ。

一向宗乱以来、三河では浄土門は厳しく禁じられたが、耐えがたいことに出遭うたび、小姓衆は記憶のなかの文言を合言葉のように交わした。

四

三郎信康と五人の小姓衆、そして道具持ちとなって付いてきた喜助の一行七人が、浜名湖内浦を西に見る御陣山上の堀江城にたどり着いたのは、すでに深夜だった。岡崎や大浜とは違い、道の辻ごとに武装した兵が立っているようなことはなかった。

三郎信康が生きて到着するとは思いもよらなかったらしく、大沢基胤は、綸子小袖の上に広袖の胴服をひっかけて現われた。ひしゃげた細面に長い顎鬚を生やしていた。家老の横田織部佐が、主殿の九間に三郎信康ばかりか五人の小姓衆も招じ入れた。当然のことながら飯どころか茶湯の用意もなかった。

「てっきり昨日中のご到着と思いまして、気賀まで遣いを出しましたが、お見えにならなかったと戻って参りました」脇に控えた横田織部佐がそんなことを言った。

「お心遣いいたみ入ります。昨日も国坂峠で、本日は都田川の渡しで賊徒に襲われ、片づける手間に遅くなりました」すでに眠そうな三郎信康に代わって修理亮がそう返した。

「都田川の渡しで？」大沢基胤は、横田織部佐に一瞬視線を走らせ、目の辺りを強張らせた。修理亮は、自らが答える代わりに甚五郎の方へ視線を向けた。甚五郎と小左衛門の二人だけは、明らかに借り着をしたとわかる襟がほつれた木綿の古袷と、色あせた麻の野袴を身に着けていた。二人は足袋さえ履いていなかった。

「はい。浜名湖に向かって都田川の左岸、渡し場から二丁ほど下りました葦原の内で、八人ほど斬り捨てました。近くの乙名などから報せがありました折には、お手数をおかけいたします」甚五郎は両手を着き頭は低くしたものの、大沢基胤をまっすぐに見据えて答えた。

「難儀をかけ申し訳ない。……まさか三郎様が、今日のご到着とは、思いもよらず」

かつて堀江城三の丸に立て籠り、家康軍に一歩も引かなかったことで知られる横田織部佐が、後ろめたい思いでもあるのか、言い訳ばかりを繰り返した。疲れ切った三郎信康はすでに居眠りをし始めていた。

八月十二日、堀江城にて三郎信康が受け取った指令は、意外にも東に七里離れた二俣城へ移れというものだった。堀江城からは、浜松城まで三里ほどしかない。てっきり次は浜松城に呼び寄せられるものと甚五郎も覚悟を決めていた。

二俣城の守将は大久保七郎右衛門忠世である。大久保忠世は、先月信長のもとに家康から差し向けられた三人の使者の一人であり、彼もまた三郎信康の廃嫡処分に深く加担していると思われた。国坂峠や都田川の渡しで待ち伏せしていた者たちが、直接誰から差し向けられたものか、甚五郎たちの知るところではなかった。いずれにせよ、大浜から堀江城までの道中で、賊の仕業による三郎信康の殺害という偽装を企てたものの、小姓衆が手強いことまでは計算になかった。十一人の刺客が逆に斬り捨てられることになった。とうとう三郎信康の始末を大久保忠世が引受けざるをえなくなり、彼の守る二俣城を当ててきたものと受け取れた。確かに、大久保忠世ならば、酒井忠次と同じく家康が片腕とも頼む武功派の重鎮であり、二俣城で三郎信康を殺害したとしても、先々指弾されることはまぬがれうる。

しかも、岡崎で三河国衆と三郎信康の直臣から誓詞状や起請文を取った本多正信と、大久保忠世とは深い結びつきを持っていた。大久保忠世は、本多正信がまだ鷹匠だった頃より目をかけ、正信が三河一向宗乱後から家康のもとに帰参するまでの数年間、正信妻子の米や味噌、薪の果てまで面倒をみていた。家康のもとへの正信の帰参も、大久保忠世の尽力によって可能となった。それだけに、本多正信は大久保忠世に対して礼を尽くし、大晦日と元旦の祝膳は、あたかも分家のごとく大久保忠世の家で取るのが慣例になっていた。

八月十三日、堀江城からは家老の横田織部佐が兵を率い、二俣城まで三郎信康を護送して行くことになった。修理亮が三郎信康の乗る馬を願い出たのに対し、大沢基胤はあっさりとそれを受け入れた。前後を武装した軍兵に固められ、五人の小姓衆は騎馬した三郎信康の後を徒で続いた。大沢基胤は、槍足軽二十五と弓足軽十五を含む、六十人もの護送兵をくり出した。先導する横田織部佐は、北上して姫街道へ向かった。

四年前の大岡弥四郎らの反乱計略が露顕した際には、まだ二俣城始め、伊奈街道に通じる田峯や、飯田街道への武節も武田方の手中にあり、家康も三郎信康には手を下せなかったのかもしれないと甚五郎は思った。三郎信康を甲斐へ走らせることにでもなれば、岡崎を中心とした西三河は混乱を極め、勝頼の侵略を許す危険が大きかった。三河と遠江をほぼ制圧したことで、逃げ場を封じ、家康は今になって三郎信康の処分に踏み切ったとも思われた。

もし三郎信康を生き延びさせるとすれば、やはり武田領に逃げ込むしか方法はなかった。ところが、姫街道から信州と甲州への道は、信州街道へ向かう二俣を大久保忠世に押さえられ、別所街道にいたる新城も、奥平信昌が城主である。すでに彼らが道という道に厳重な警戒網を布いていることは間違いなかった。

天正七年（一五七九）陰暦八月

一

風は不意に三河平野の熟した秋を運んで来た。八月十三日、この日三郎信康と五人の小姓衆は、護送役となった横田織部佐率いる六十の将兵に前後を厳しく固められ、浜名湖畔の堀江城から天龍川に面する二俣城まで約七里の道をたどっていた。気賀の集落を過ぎて、祖父松之助が討死したという三方ヶ原近く、小さなお堂前の楓の木陰で休止をとった時だった。

突然、鳴子の音が響きわたり、雀が一斉に田の中から沸き上がった。一群の雀は光を浴びて紙吹雪のように舞い上がり、そして再び彼方の田へと吸い込まれていった。透き通った陽差しの中を茜色の蜻蛉がしきりに飛び交い、一面に広がる水田は登熟して重くなった稲穂がすでに葉よりも目立っていた。稲穂にはまだ青みが残っていたものの、何より田を渡ってくるかぐわしい風が、刈り取りまであと半月余りに迫っていることを告げていた。田を囲って張りめぐらされた縄に絵馬のように下げられた鳴子が、竹管を打ち鳴らす乾いた音をまた響かせた。群雀は空に沸き上がり、そして再び田の中へ吸い込まれていった。その鳴子の音が、甚五郎の耳の奥でいつまでもやむことなく響き続けた。

こんなところで一体おれは何をしているのかと甚五郎は思った。石川修理亮と出会い岡崎に出仕する前年の秋まで、甚五郎は下和田村で母と米を作っていた。今頃になると、田の水を落とす時期をしきりに気にしたものだった。いつまでも水を入れておくと、刈り取った稲が泥にまみれ難渋することになる。かといって早く水を落とせば、大風や強雨によって稲が倒れたり、米粒がひび割れる屑米が増えた。

故郷から遠く離れた見も知らぬ場所で、小具足姿の騎馬衆と鉄陣笠に前懸具足の足軽衆に囲まれ、大小を腰にしてたたずんでいる己が、ひどく現実味に欠けたものに感じられた。

昨夜、堀江城で小姓衆の寝所に当てられた主殿控えの間で床を並べ、甚五郎は燭台の灯を消してから、三郎信康を逃がすならば、明日の二俣城までの道中しかないことを修理亮に訴えた。主殿の周囲には槍で武装した寝ずの番が外縁にまで配置されていた。もちろん彼らは警固の形をとりながら、監視も兼ねており、聞き耳をたてていることも承知のうえだった。

「二俣城は、天龍川と二俣川に囲まれた要害の地と聞いております。このまま、何もせずに明日二俣城に入れば、もはや逃げ場はなくなるのではありませんか。力攻めで落とせない城は、一度城中に入ってしまえば逃げ場もまたないと小隼人様は語られました。こうとなったからには、いっそ明日の道中のどこかで囲みを破り、武田領に逃げこむしか三郎様の落ちのびる術はないと思われます」

「馬鹿な了見は持つな。すでに逃げ場などない。信州への道はすべてふさがれているはずだ。妙なことをしてみろ、それこそお前たちも謀叛人に仕立て上げられて、鉄砲も公然と使われることとなる。皆殺しにされるだけだ」

「大久保忠世は、誰よりも忠義心が強いことで知られています。この際、大殿の手を汚すことなく、すべてを自分がかぶる気になっていると思われます。しかも、大久保忠世ならば、何をやろうと後々誰も表立って非難できない」

「甚五郎の言う通りだとわたしも存じます。このままでは三郎様があまりにも不憫です」眠れずにいた磯貝小左衛門がそう呼応した。

小左衛門の声にはまだ収まりきらない怒りがこめられていた。誰が手を回した刺客なのかは知らぬが、三郎信康を襲撃し小姓衆もろとも闇に葬ろうとした家康側のやり口と、同時に抗うこともなく、ただ浜松から命ぜられるまま動かされているだけの不甲斐なさに小左衛門は憤りを隠せなかった。

「くれぐれも余計な了見は持つな。とにかくお前たちは生き延びろ。言うことはそれだけだ」後は何を言おうと修理亮が一切応えないことはわかっていた。天井を見上げたままの修理亮の横顔は、この九日の間にずいぶん頰が削げ骨張って見えた。

　周囲を武装した将兵に囲まれながら、目の前を馬の背に揺られていく三郎信康は、菅の笠に胴着、野袴の格好で、脇差さえ帯びていなかった。去年の今頃、小具足で身を固めた彼は、岡崎軍を率いて小山城攻めのため東海道を東に向かっていた。あれから一年後、目の前に騎馬している人物が同一人とは思えないほど、すっかり光が消え失せていた。修理亮も急に十ほど年をとったように目の輝きが失せ、うつむき加減のまま重そうに足をただ運んでいるだけだった。

再び歩きだして田が松林の奥に消えてからも、雀よけの鳴子は耳の奥で響き続け、その奇妙な違和感が甚五郎につきまとって離れなかった。

二

風に乗って渦巻く流れの音が届き、見はるかす岡の上に二俣城らしきものが見えてきた。陽はすでに西に傾いていた。西から天龍の流れが、そして東南からは二俣川が流れ込むその合流点に、城は築かれていた。渦巻く大河の中へ半島のように張り出した台地の上を削り、川に向かって四つの曲輪(くるわ)を一直線に並べる構えだった。川面(かわも)から十三丈(約四十メートル)もの高みに、北曲輪、本曲輪、蔵屋敷、南曲輪と順に南へ連なっていた。地続きとなる北からの攻撃には、台地の尾根筋を横に分断した三つの大きな堀切(ほりきり)で備えていた。川面近くまで尾根筋を掘り下げた大堀切は、人工の谷であり、その上に懸けられた木橋が、本曲輪と北曲輪とを結んでいた。いざ敵が攻めてきたとなれば、その橋を切り落とし、それぞれの曲輪が独立して防禦(ぼうぎょ)できる仕組みだった。三方を大河に囲まれ、地続きなのは北だけで、この城構えでは、兵力にまかせた力攻めで落とすことはほとんど不可能だった。

二俣城は天龍川の舟運と信州街道とを結ぶ地点に位置し、これまで家康は今川方や武田勢との激しい争奪戦を繰り広げてきた。この城が完全に家康の手に落ちたのは、やはり四年前の長篠の戦いで武田軍を粉砕して後のことだった。

家康は、長篠戦勝利の余勢をかって二俣城を取り囲む四方に付け城を築き、兵糧の補給路を遮断した。武田方の守将、依田信蕃は、父の病死と兵糧の窮乏にもめげず頑強に籠城戦を続けていたが、頼みとする武田軍の後詰はいっこうに到来しなかった。天正三年の冬十二月、逆に勝頼から開城の勧告を受け、さしもの依田信蕃もとうとう降伏するしかなかった。以来、徳川譜代の重鎮、大久保忠世が二俣城を守っていた。

搦手に当たる北曲輪前の堀切を過ぎたところに二俣城の杉浦宗左衛門政吉が待っていた。堀江城から護送してきた横田織部佐らは、そこから引き返して行った。

大手の門は、奥まった本曲輪の東南隅に設けられていた。大手口に至るまでには、東側の二俣川に沿った細い登城路を本曲輪の果てまでたどらなくてはならなかった。見上げた斜面の途中には土塁で囲まれた腰曲輪が設けられており、万が一敵兵がその経路に侵入してきたならば、真上からの攻撃で壊滅させる構えだった。岡の頭頂部にある本曲輪はすべて高い土塁で囲まれており、崖上を見上げても曲輪内の建物は全く見えなかった。三郎信康と小姓衆は、杉浦政吉に導かれるまま堀切を三つ過ぎ、岡上の本曲輪へ向かって急坂の登城経路を徒歩でたどった。登り切ったところに棟門があり、左手には門を守る形で櫓が築かれていた。大久保忠世が三郎信康を門前で出迎えた。

大久保七郎右衛門忠世はこの年四十八歳。固太りの猪首で、身体に比して大きな頭部を持っていた。突き出た広い額に太い一文字眉と切れ長の目、茶筅に結った髪には白いものが目立った。

大久保忠世といえば、背に付けた大きな金の揚羽蝶を指物として戦場を縦横に駆け回り、「駆け引きほとんど鬼神をあざむく」と信長からも賞賛された戦上手だった。大久保一族は、忠誠心と結束力の強さで他の類を見ないことで知られた。三河一向宗乱の折りにも、一族うちそろって家康のもとに駆けつけ、一人の背反者も出さなかった。

肩衣と短袴を身に着け、脇差を帯びた大久保忠世は「遠路ご難儀なことでございました」太いかすれ声で三郎信康にそう声をかけ、一礼して迎えた。

大手の門を入ったところは三百坪ほどの石垣で囲まれた二の丸であり、本丸は石垣と土塀でさえぎられ北側にあった。二の丸から本丸へ入る門には石垣で枡形が築かれ、三郎信康は大久保忠世に導かれるままに二の丸を横切って、その枡形門へ向かった。甚五郎ら小姓衆は、杉浦政吉にそのまま二の丸の殿舎の方へと向かわされた。小姓衆

が付いて来ないことに気づいた三郎信康が、枡形門の前で足を止め、

「修理亮、いずこへ？」とふり返って呼びかけた。

それに応えて修理亮が、「後ほどまた参上できるかと存じます」とっさにそう返した。そして三郎信康は何を思ったか、「甚五郎もか？」と甚五郎に声をかけてきた。

一瞬不安そうな三郎信康の表情を見て、それを和(やわ)らげるべく甚五郎は笑顔で礼を返した。三郎信康はまだ何か言いたそうだったが、ひとつうなずくとそのまま枡形を横切り本丸へと向かった。

甚五郎ら小姓衆は、二の丸の殿舎に入れられた。二の丸は本丸より一段低く、しかも二丈（約六メートル）ほどの土塀でさえぎられて、殿舎からは、三郎信康がいると思われる本丸正殿(せいでん)の屋根さえ見えなかった。大浜でもそうだったように、三郎信康は小姓衆から切り離され、ただ一人幽閉されることになった。二の丸の南には、また大堀切が口を開けていた。大堀切を隔てて四丈ほど低い位置に蔵屋敷と堀切、そして南曲輪が設けられ、その先の崖下には二俣川が勢いよく流れていた。門も、櫓も、武装した兵が固めており、逃げるどころか移動することすらできそうになかった。

三

激流に取り囲まれた岡上の城郭は、暮らしの臭いが全くしない、奇妙な場所だった。女人の姿がなく、それでいて朝と夕には下男によって不足ない食膳が運ばれ、必要な衣類やら履物の果てまで、言えばすべてその日のうちに手渡された。人を斬って刃こぼれのある甚五郎の刀も城内で研ぎに出した。刀の研ぎ師はもとより、鎧兜の工匠から鉄砲鍛冶、医者までが常駐し、戦で必要なものはすべて城のなかでまかなえる仕組みとなっていた。

岡崎に出て以来この四年、甚五郎は下和田で田や畑仕事と馬を育てていた日々を振り返ったことなどほとんどなかった。ところが、この日不意に聞こえてきた鳴子の音が、二俣城に着いてからも甚五郎の耳から離れなかった。田を渡ってくる風の匂いさえよみがえった。修理亮や小左衛門、伝八郎と新六郎、彼らは農の暮らしを全く知らずに育った。彼ら四人と甚五郎が根本から異なるのはそこだった。

三郎信康の小姓衆に取り立てられて、役高として年に百二十石、三百俵もの給付を受ける身となったことを知ったときに、喜ぶどころか、まず現実離れしたその重さが甚五郎を責めたてた。小左衛門も同じ役高を受けていたが、彼はそれに関して何の疑問も持ってはいなかった。

一反（三百坪）の田から三石の籾米を収穫できたとして、それを半分に摺り上げて玄米一石五斗。年貢割りを「四公六民」として、百姓衆はそのうちの玄米六斗を納めなくてはならない。玄米を四斗詰めで三百俵給付されるということは、都合千二百斗の量となる。一反から六斗が供出されると換算すれば、実に二百反もの田から作り出されなくてはならない。一反の田から籾米三石の収穫を上げることがいかに難しいかを、米作りをしていた甚五郎は身に沁みていた。二百反もの田を耕し、一年がかりで米を作るにはどれだけの民の労力が必要か。それを想像しただけでも、三百俵という役高が甚五郎の背には重くのしかかった。

替わりに甚五郎がやるべきことは、彼ら領民の生命と家財を侵す者の手から守ることだった。そのために民は年貢を納めている。民の暮らしを脅かす者は、武田勝頼であれ、本願寺教団であれ、生命がけで戦い排除しなくてはならない。そのための三百俵である。三郎信康の小姓衆に取り立てられ、やっと逆臣の遺児から復権を果たしたかのように手放しで喜ぶ母の姿は確かに嬉しかったが、甚五郎自身は三百俵の役高の重さに戸惑っていた。小山城攻めの折に大鉄砲で敵将の首をあげても、褒めたたえられる理由などどこにも感じなかった。なすべきことを果たしたという安堵の思いがわずかにしただけのことだった。

家康によって三郎信康が岡崎から追放された。それは、家康の領国において嫡男が民の暮らしを脅かす存在になったことを意味した。甚五郎は何のために己が存在するのか、混乱するしかなかった。図らずも、この道中で襲撃してきた刺客を斬ってしまった後には、ひどい吐き気に襲われた。殺すか殺されるかの極度の緊張がそうさせるものと思い込んでみたが、意味のない殺生から来る耐えがたい嫌悪がそうさせていた。鍬や鎌の農具から見れば、刀など人殺し以外何の役にも立たない、およそ道具などと呼ぶには値しない代物だった。

「ひとを一人殺せば、それは不義であり、必ず死刑に処せられる。百人を殺せば、百回の死刑に相当する大悪人である。ところが他国を攻め、何万人ものひとを殺せば、それは義にかなった行為であり、その者は英雄として誉めたたえられる。それが不義以外の何ものでもないことを知らず、その愚行を書き残したりさえしている」

かつて石川小隼人が講じてくれた『墨子』のそんな言葉が、甚五郎に共鳴できる数少ないものだった。ところが、修理亮たちに言わせれば、墨子の述べていることは単なる寝言のようなもので、「兼愛」だの「非攻」だのと言っていれば、他国に滅ぼされるだけのことだという。修理亮や小左衛門が読んでいた『論語』や『孟子』、『老子』でさえも、覇権を握った者がいかに政事を行うか、あるいは家臣としていかに身を処すべきか、あくまでも民の支配を前提にした視点から述べられていた。墨子は一介の工匠の子だと聞いた。戦で苦しみ泣くのはいつも民である。甚五郎にとっては、支配を受ける側の視点に欠けた学問など、ただの空論に過ぎないものとしてしか映らなかった。「王道」など、己とはおよそかけ離れた別世界の話だった。石川春重のもとへ出仕して以来、甚五郎は常に周囲との違和感を覚えていたことにも思い至った。大河に囲まれ隔離された岡上の二俣城で、何もせずに飯を食らい、無為に時を過ごすことが、甚五郎にとっては日を追うごとに耐えがたいものとなっていた。けして好ましいものとは思ったこともなかった農の日々だったが、少なくとも甚五郎に吐き気をもよおさせたことは一度もなかった。甚五郎のいるべき場所は、もはや戻ることのかなわぬ下和田の家だったのではないかと初めて感じた。

四

八月十五日、甚五郎ら五人の小姓衆は二俣城本丸の会所に呼ばれた。三郎信康の姿はなかった。九間で彼らを待っていた杉浦政吉から手渡されたのは誓詞状だった。異存がなければこれに署名し血判を押せという。箇条書きで並べられていたことがらは、家康へ無二の忠誠を尽くすという極めて当然のことばかりだった。三郎信康は家臣への知行支配権を持たされず、甚五郎の役高は家康から保証され給付されていた。甚五郎は何のためらいもなく小筆を取り、血判も添えて杉浦政吉に手渡した。

しかし、そのなかに甚五郎が引っ掛かりを覚えた奇妙な一文があった。

一、知行を与える旨の甘言を弄する者がいても、大殿に謀叛を企てるようなことはいたしません。

一、大殿の不興を買っている者と入魂にいたすことはありません。

「知行を与える旨の甘言を弄する」者とは、一体誰のことを指しているのか。次に並べられていた家康の「不興を買っている者」と同一人を指していると取るのが自然で、名は伏してあるが三郎信康しかいなかった。三郎信康にこのような事実がなければ、わざわざ誓詞状にこんな条項が盛り込まれるはずもなかった。

そういえば、去年の二月、三郎信康の供をして深溝の松平家忠や三河国衆の屋敷を訪ね回ったことに思い当たった。家康からの指令でなく、三郎信康が岡崎を離れ、わざわざ三河国衆を訪ねるのは全く異例のことだった。もし、あの折に三郎信康が知行の優遇を松平家忠らに持ち込んでいたとすれば、その見返りに何を求めたのか。甚五郎は知る由もなかったが、修理亮は何かを知っていたのかもしれない。岡崎を追放されて以来、すべてが終わったような修理亮の様子が、今さらながら甚五郎の疑念を深めた。

誓詞状を出した後で、その場に同席していた黒柳正利から、甚五郎はそのまま書院へ立ち寄るよう言われた。甚五郎一人は、黒柳正利に導かれるまま会所奥の書院へ向かった。

何やら墨書された軸の掛けてある押板を背に甚五郎を待っていたのは大久保忠世だった。大久保忠世は、甚五郎の顔を見るなり「おお、甚五郎か。松之助殿によく似ておる」と顔を上気させ、まるでずっと以前から見知っていたかのように目元をほころばせた。そして「疾く、疾く」と親しげに手で招き寄せた。茶坊主に菓子と茶まで運ばせた。

「そちは憶えておるはずもないが、わしはよく憶えておる。そちが生まれて間もなく、下和田の家までお祝いに駆けつけた。松之助殿の初孫だったな。……当年、いくつになった」

「はい。十九とあいなります」

「そうか。そんなになるか。早いな。噂はかねがね耳にしとる。三郎様の小姓衆に沢瀬甚五郎ありと。松之助殿も、あの世でさぞかしお喜びだろう。御尊父もな……。御母堂はお変わりなきか」

「はい。お蔭をもちまして下和田にて元気でおります」

「そうか、それは何よりだ。しかし、立派に長じた顔をここで見ようとは、わからんものだな」

大久保忠世の屋敷は元来上和田にあり、甚五郎の下和田の家からも近かった。父は逆臣のまま討死しながら、甚五郎が自らの手で家名を取り戻したことを、大久保忠世が率直に喜んでくれているのはわかった。

「甚五郎、くれぐれも案ずることは何もない。たとえ何が起ころうと、悪いようにはしない。わしに任せてくれ」

「はい。有り難き幸せに存じます」

そうは答えたものの、甚五郎はもはや誰も、何も信じてはいなかった。

五

八月十八日、本多正信が二俣城までやって来た。大久保忠世は、人払いのうえ会所の九間で本多正信を迎えた。正信は、八十余名を数える岡崎家臣団の起請文を大久保忠世に手渡した。一番上には平岩親吉の署名になるものが来ていた。

「……岡崎家臣の一人として三郎様を主君と仰ぎ、馳せ参じる者はないということか」

大久保忠世は、紙束を一通り目にするなり吐息まじりにそう言った。幼少から見知った三郎信康の、ここにいたった惨状に今さらながら失望の色を隠せなかった。もちろん、三郎信康に加勢しようとする者がいれば、ことごとく抹殺しなくてはならない。だが、誰一人として三郎信康を守ろうとする者もないということは、三郎信康に主君としての器量がないことを改めて明かし、直臣からまで無能を指弾されたも同然だった。

「ここに至って、勝頼や本願寺と内通を企てる人物では、とても主君と仰ぐには値しません。旧来の三河国衆も、当然のことながら殿のみを御主君と仰ぎ、無二の忠誠を誓っております。今や、三郎様に味方する者は誰一人としておりません」

三郎信康が、二十歳を過ぎても岡崎軍の指揮権も領国支配権も持たされず、父家康への不満ばかりを募らせていることは大久保忠世も推測できた。

これまで忠世は、「何もせずとも、いずれは徳川宗家を背負うことになるのだから」と機会があるたび三郎信康に繰り返してきた。ところが、三郎信康は、聞く耳を持たぬばかりか、忠世までもが信長の一部将のごとき扱いを屈辱とも思わぬ有様だと逆に憤る始末だった。信長と家康に恨みを抱く築山御前の思惑がまず先にあり、三郎信康までが今川百万石の再興などという夢を見ることになれば、自滅の道しかなくなる。大久保忠世も、また酒井忠次も、再三その危険を三郎信康に警告してきた。

「殿は、すでに三郎様に切腹を命じておられます。また信長様もご同意くださっておられるからには、七郎右衛門様が果たされるべきことはひとつだけでございます。後のことはすべて七郎右衛門様にゆだねられました。後々禍根を残さないために、厄災の芽はつみ、ここで根絶やしにしなくてはなりません。

もしこのまま、三郎様が生き長らえたとして、三郎様にとって良いことなど何もありません。もはや三郎様に仕える家臣もなく、まだ二十一の身で隠居ともなれば、かえって無残なこととあいなります。三郎様が不憫であるとお考えあそばされているのであれば、生き長らえることこそ三郎様には不憫なこととなるかと存じます」

「そうではない。殺してしまえば取り返しはつかない。三郎様はまだ二十一だ。殿とうまく行かないのはわかっている。父子というものは、子が長ずればたいていそういうものだ。それを信長様にまで話を運び、もはや殺す以外の術がない状態を作ってしまった。その責任の一端はもちろんわしにもある。三郎様御自身が、今どのような状態に置かれているのか、本当にわかっているのかどうか、まずそれを確かめたい。急ぐことはない」

大久保忠世は、生来の寛容さを備え、器量の大きいことで知られていた。当の本多正信を始め、一向宗乱の折に敵対した者たちを家康の陣に復帰させることに最も力を尽くしたのも忠世だった。

大久保忠世が三郎信康をいつでも殺せるという状況は、同時に生かすこともまた忠世にだけはできることを意味した。三郎信康を生かすには、二俣城の城主に三郎信康を据え、忠世が家老となって補佐する形が残されている。この度の三郎信康が家康から直接言い渡された切腹の沙汰（さた）と、そして岡崎追放というこれまで味わったことのない逆境によって、三郎信康の心中に改悛（かいしゅん）の思いが生ずれば、生かすことも可能となる。もちろん、悔い改めなければ三郎信康には死しかない。それが目前に迫る現実であると、まず三郎信康に突きつけることが必要だった。

六

三河国衆と岡崎家臣団の誓詞状を取り、叛意をふくむ家臣のいないことを確認した家康は、八月十二日に浜松城への帰途についた。城主を失った岡崎城には、譜代の重臣、本多作左衛門重次が城代として配置された。

八月二十六日昼すぎ、突如菅生の築山御前の屋敷に、浜松城からの使者として鵜殿善六郎が到来した。急ぎ岡崎を発ち浜松城へ来るようにとの家康からの報せだった。三郎信康が岡崎を追放されてからここまでの二十二日間、築山御前はひとり蚊帳の外に置かれ、三郎信康に関して何一つ知らされないままにあった。

「三郎殿はいかにおわす」という築山御前の問いに、「ご息災とうかがっております」そう返答したものの、それ以上のことは何を問いかけても「まずは浜松城へお越しいただきまして」と善六郎は返すのみだった。

家康は、追放はしたもののこのまま三郎信康を放置しておくわけにもいかなくなり、浜松からとうとう使者を遣わして来た。三郎信康のための弁明と、五徳御前の不届きとを直接家康に訴える機会がやっと訪れた。築山御前はそう信じた。

この年四月に浜松で家康の男児が生まれ、長丸と名付けられたことは聞いていた。しかし、生まれた赤子がすべて無事に育つ保証はどこにもなかった。築山御前の知っている若き日の家康は、何かを決断して自ら行動する人物ではなかった。むしろ、周囲の状況から、やむを得ずそうせざるを得ない立場に追い込まれ、初めて動く類の男と見ていた。家康を追い込んだのは、五徳御前とその父信長にほかならないと思えた。五徳御前の侍女を屋敷内にて手にかけたことが引き金となり、五徳御前が屋敷を出て三郎信康の凶状を指弾する文を家康に送り、それを受けた家康が岡崎にやって来て三郎信康に切腹を命じた。三郎信康はそれを拒み、岡崎を追放されて大浜に配流された。築山御前の耳に入ってきたことといえば、平岩親吉から知らされたそれだけだった。

正室の身でありながら、家康とは疎遠となって久しかった。三河国衆や岡崎家臣団からも完全に疎外され、三郎信康の追放後の消息も何一つ聞かされることがなかった。焦りは募りつつも、屋敷は警戒厳重にして、外へ出ることはもちろん、三郎信康に文をやることさえ許されなかった。並みの神経ならば、心身ともに疲れ果て憔悴もしただろうが、築山御前はむしろ冷静に見えた。持仏堂に籠り、亡き父関口義広と伯父今川義元へ三郎信康の無事を祈り、正気の沙汰とは思えない家康の仕打ちに耐えてきた。

築山御前は、紅小袖に黄の小袖という秋の色目を重ね、白の打掛を羽織って、用意された輿に乗り込んだ。これまで屋敷を包囲していた岡本時仲が先導し、道具持ちの小者、侍女の数名だけを伴って浜松へ向かった。八月二十七日の朝遅くのことだった。

築山御前にしてみれば、五徳御前の思い上がりがすべての元凶であって、追放されるべきは五徳御前の方である。そもそも不仲となった原因は、三郎信康が屋敷外に側室を設けたことにあった。それを知るや、五徳御前は、自尊心をそこなわれて閨を共にすることはなくなった。五徳御前が産んだ子といえば二人とも女児だった。後継男児を産むこともできず、側室を設けられたことを屈辱と感じて、あることないことを家康に告げ口したに違いなかった。己の非は認めず、すべてを三郎信康の非行として転嫁しているだけでないか。

家康は、例によって信長の機嫌をそこねることばかりを恐れ、五徳御前の言うがままを受け入れ、あろうことか自らの嫡男を追放した。およそ一国の領主のすることとは思われなかった。築山御前にとって何よりの屈辱は、家康があたかも信長の一部将に堕したかのような扱いに甘んじ、むしろ自ら積極的にそれを受け入れていることだった。家康があの体たらくならば、望みは三郎信康に託すしかない。ここにいたっても、築山御前は絶望などしていなかった。

築山御前を乗せた輿は、岡崎から東海道を四里十四丁進み、その日は御油で投宿することになった。築山御前は、警護に当たっていた岡本時仲を呼び寄せ、「明日、吉田の宿場へ向かう途中、牛久保の大聖寺に立ち寄りたい」と伝えた。

桶狭間の合戦で討たれた今川義元の遺体は、家臣によって牛久保まで運ばれ、今川氏真によって大聖寺に墓が建てられていた。築山御前は家康と談判し、首尾よく三郎信康を岡崎に取り戻すために、岡崎の屋敷を出る時から今川義元の墓前に祈願することを決めていた。しかし、岡本時仲は、築山御前の思いに振り回されるわけにはいかなかった。

「明後日には浜名湖を渡り、是非とも浜松城に参りたく存じます。船は日和次第のものでございますゆえ、まずは明日中に新居の宿へ着きとう存じます。おそれながらご意向をうけたまわるわけには参りません」

確かに、日和さえ許せば明後日には浜名湖を渡り、浜松入りできることとなる。今は一刻も早く浜松へ向かい、家康と対面することが先決だった。今川義元の墓前に詣でるのは帰途でもできると築山御前は思い直した。

八月二十八日、築山御前ら一行は、予定通り御油から白須賀までの本街道五里二十三丁を進んだ。翌二十九日、白須賀の宿を早朝発した築山御前の輿は、浜名湖西岸の新居の宿にいたった。しかし、新居から浜名湖を渡って東岸の舞坂へ向かう、いわゆる「今切の渡し」の航路は取らなかった。舞坂から浜松に入るには陸路で二里半十丁余ほどたどらなくてはならない。ところが、浜名湖に続いて佐鳴湖を渡れば、船を下りた富塚から半里ほど歩くだけで浜松へ到着できた。築山御前ら一行だけを乗せた船は、浜名湖を経て、佐鳴湖を渡り小藪村富塚の船着へと向かった。

佐鳴湖畔の富塚には築山御前を迎える使者として野中三五郎重政が遣わされていた。巳の刻（午前十時）には富塚の船着に到着し待機していた野中重政は、築山御前のための棟立て輿と人足、そして槍穂が二尺近い素槍を携えた道具持ちを一人伴っていた。この日、富塚の船着は朝から発着を一切禁じられ、近隣の船着人足たちも出入りすることを許されなかった。富塚の船着周辺は、石川義房の手によって厳戒が布かれていた。

築山御前ら一行を乗せた船は、未の刻（午後二時）近くになって、待ち受ける野中重政の視界に入ってきた。苫葺きの屋根の付いた船長五丈（約十五メートル）ほどの船は船頭と三人の水夫によって操られ、まっすぐに富塚の船着に向かってきた。富塚の船着を上がった蔵の前庭には、すでに檜の棟立て輿が台に載せられ、輿を担ぐ八人の人足たちも並んで待機していた。

船頭と水夫たちによって船が桟橋に横付けされ、舫綱が結びつけられた。茅葺きの蔵三棟が並ぶ前庭に野中重政は輿を背にして両膝を着き、桟橋を渡って岸に上がった築山御前を出迎えた。

「出迎え御大儀」との言葉を築山御前からもらい、野中重政は片膝立ちで棟立て輿の戸簾を開き、頭を低くして築山御前が乗り込むのを見守った。

侍女が築山御前の履物を引き取り、輿担ぎの下人が轅に向かって進んだ。野中重政は、やおら胴服を脱ぎ捨て、下に着ていた小袖と下着の右袖を肩口から左手でもぎ取った。むき出しになった右腕をのばし、重政は道具持ちから黒塗り柄の素槍を受け取った。そのまま輿に向かって歩を進めながら鞘を払い落とし、いきなり輿の外から槍を突き込んだ。

築山御前の叫び声が響き、野中重政は槍を突きたてたまま輿の外へ御前を引きずり出した。槍を抜き捨てると重政は馬乗りになって脇差を抜き、虫の息となった御前の髪を左手でつかみ、そのまま首をねじり切ってしまった。その場にいた岡本時仲も、お付きの者たちも、色を失い、ただ立ちすくむばかりだった。

七

九月二日、またしても本多正信が二俣城の大久保忠世を訪れた。正信が携えてきたものは、紙縒りで束ねられた白髪まじりの長い髪だった。

「去る八月二十九日、遠州富塚におきまして岡崎の老御前は、野中三五郎の手にかかり討ち取られました。ここにいたるすべての元凶は老御前にあり、かかるご処断も、いたしかたなきものと存じます。つきましては、三郎様のご処断も早々に決する要があるかと存じまして、取り急ぎ参上いたしました」

「何をそんなに焦っている？　三郎様は逃げようもない。助け出そうという家臣も一人としておらん。それはそこもとが先日持ってきた起請文でも明らかだろう。それにしても、……様々あったにせよ、正室を殺し、嫡男も殺す。これで本当によいのか」

「わたくしが懸念しておりますのは、あくまでも七郎右衛門様のことでございます。三郎様がこちらへ到着してすでに二十日となります。浜松では一体何をしておいでなのかとの声が、日増しに強くなっております」

「言いたいやつには勝手に言わせておけばよい」

「そういうわけには参りません。日数を費やせば費やすほど、七郎右衛門様を誹謗することで家中における自らの栄達を図ろうとする者が現われないとは限りません」

「……今度は、わしが三郎様を擁して反旗をひるがえすとでもいうのか？　そして、それを殿が信じると？　馬鹿馬鹿しくて話にならん」大久保忠世は笑った。

「笑って済ませられる話ではございません。力を持てば持つほど御主君というものは、側近や有力な家臣を疑うものでございます。そこにつけ込まれる危険があると申し上げておるのでございます。率直に申しまして、もはや三郎様には死しかありません。間違っても三郎様の助命など殿に願い出るようなことはなさらないようお願いいたします」

さすがに本多正信は、長年恩を受けてきた大久保忠世の心中を読んでいた。忠世は、生来の好漢であり戦場においては比類のない武人であるが、こと権力がらみの策謀には疎く、むしろそれを軽蔑しているところさえある。三郎信康を生かすとすれば、彼を二俣城主に据えて、忠世が家老として補佐することを家康に願い出る。それこそが忠世の命取りとなる危険を孕んでいた。本多正信が何より危惧しているのはそれだった。

「そこもとの、わしに対する気遣いは有り難いと思う。だが、……死しかないのならば三郎様の納得する形で迎えさせたい。その間、わしが蔭で何と言われようと一切構わない」

大久保忠世の声は、中傷や裏切り、嘘が栄達の武器となるような、すさんだ家中の空気に対する憤りを含んでいた。それは実に奇怪な世界だった。殺すか殺されるかという戦場とは明らかに異なっていた。何より忠世の不快は、三郎信康を預けられながら、すでに三郎信康の死は決定されており、気がつけば家康に対する己の忠誠心を三郎信康を殺すことで試されるような形勢を作られてしまったことにあった。外部に武田家と本願寺教団という強力な敵があった時代とは異なり、今度は家中での血を流さない陰湿な殺し合いが始められていた。

九月三日、二俣城主殿に現われた大久保忠世は、薄墨色無地の直垂に白足袋、白帯、脇差の柄も白布で覆い、明らかに喪に服する者の身なりだった。大久保忠世から檜の三方に載せられて三郎信康の目の前に差し出されたものは、一束の白髪まじりの髪だった。

「四日前、岡崎の老御前様は、浜松にてご生害あそばされました。こころよりお悔やみを申し上げます」大久保忠世はそう言って両手を着き深々と頭(こうべ)をたれた。三郎信康は一瞬まじまじと忠世の目を見て何かを言いかけたものの、言葉を呑(の)み込んだ。そして、視線を左手の明かり障子の辺りに一旦(いったん)泳がせ、そして再び畳上に置かれた三方の上の遺髪へ目を向けた。元々色白の三郎信康の顔は血の気が失せ、青ざめて見えた。

しばらくの沈黙の後、三郎信康が漏らしたのは、奇妙な言だった。

「時に、七郎右衛門、氷は手に入らんものか」

「氷を……ご所望(しょもう)と？」

「この夏は、一度も振る舞っていない。去年も、一昨年の夏も、茶室に氷を持ち込み、修理亮たちに食べさせた」

三郎信康が場違いな笑みを浮かべた。そして、上段から降り、左手の明かり障子の前に座を替え、畳の上に両手を着いて大久保忠世へ頭を下げた。

「かの者たちには、労苦ばかりをかけることになった。なにとぞお願い申す」

「そんなものは、……もちろん何とかいたします。されど、三郎様、御身(おんみ)は……」

「七郎右衛門には、何かと気苦労をかけ申し訳ない。家康の言に順(したが)う気は毛頭ないが、七郎右衛門が腹を切れと言うのならば言う通りにする。この首を浜松へ持っていくがよい」

諦観した老人の目をして三郎信康はそう言った。三郎信康は、幽閉された本丸の離れ座敷で専ら『歎異抄』の書写を続けていた。信康に乞われるまま忠世が与えたものだった。二俣城に到着した当初の呆けたような信康の目が、次第に力を取り戻し、以前の三郎信康に戻っていくのを大久保忠世は複雑な思いで眺めるしかなかった。

八

九月十日、会所に呼ばれた甚五郎たち五人の小姓衆は、およそ一月ぶりに三郎信康の顔を見ることとなった。三郎信康は、ずいぶん痩せて見えたが、伸ばし放題だった月代や髭も剃り上げていた。その日、会所の書院は一切の人払いがなされ、三郎信康だけがいた。踏み入れた離れ座敷の床間に紙が貼られ「南無阿弥陀仏」の六文字が墨書されているのに気づいて、甚五郎は一瞬目を疑った。浄土門の念仏は、家康から厳しく禁じられていた。明かり障子越しに、鶺鴒やら四十雀の飛び交う影とその弾ける声が響いていた。氷の入った小桶を膝頭で押さえ、三郎信康は小型の手斧で氷の表面を一心に削った。雪状になった氷片が溜まると銀色の金椀にそれを移し、小杓で褐色の蜜を上からかけた。甘茶蔓から煮出した糖蜜だった。

最初に修理亮が呼ばれ、それを三郎信康から手渡され両手で受けた。

「修理亮、溶けぬうちに」と三郎信康は言った。岡崎にいた頃の三郎信康の声だった。

続いて小左衛門、そして甚五郎が呼ばれた。

「甚五郎、大儀であった」

その言葉とともに、三郎信康から差し出された氷菓の金椀を押しいただくようにして受け取った。三郎信康が手ずから同じ氷菓を岡崎の屋敷で振る舞ってくれたのは、いつも百日紅の花が輝き、蟬の声がうるさいほどに響く真夏の昼下がりだった。気がつけばとうに夏は去り、すでに風の音は秋色が濃かった。甚五郎が匙で口に運んだ氷菓は歯にしみた。最後に三郎信康も自ら口にした。三郎信康と五人の小姓衆は、川風の吹きつける二俣城で、ただ無言のまま季節外れの氷菓を味わった。

九月十五日、この朝、甚五郎ら五人は「殿舎より出づることまかりならん。用向きの折には下男に言づけられよ」と杉浦政吉に禁足を命じられた。殿舎はもちろん本丸との通路に当たる枡形の門も、日下部兵右衛門らが率いる武装した足軽たちによって固められていた。二俣城に到着してからこんなことは一度としてなかった。高い塀にさえぎられ二の丸からは本丸内の様子は一切望めなかった。

巳の刻（午前十時）、本丸主殿脇の庭には、その一角を覆って幕が張られた。幕の内側の土塀際には、白木綿で四幅の幕が西方を開けて三方に張られた。白幕の内には十尺四方に砂を敷きならし、縁のない畳二枚が並べ置かれた。畳の上には浅葱の五幅木綿布団を敷き、その上にも砂がまかれた。

昼になって、服部半蔵正成と天方山城守通綱が、道具持ちと小者をそれぞれ伴って二俣城へ到着した。二人とも、押し黙ったまま本丸会所へ足早に向かった。

申の二刻（午後三時半）過ぎ、高張提灯と台提灯に火が点され、張りめぐらされた幕内をほのかに照らした。酉の二刻（午後五時半）、検視役の服部正成が麻の肩衣袴で白幕内二枚畳の正面にしつらえられた床几に着いた。

無紋の鼠色小袖に肩衣袴の天方通綱が、右手に太刀を提げて白幕内に入り、畳の左手脇にひかえた。次いで、介添役として大久保忠世自らが幕内に入った。三郎信康が白衣に水色無紋の肩衣袴で幕内に現われ、畳敷きの上に座した。三郎信康は正面の服部正成に一礼した。服部正成は床几から下りて地面に端座し、深々と礼を返した。

天方通綱が三郎信康に近づき袴を折り敷いて、「天方山城でございます。介錯つかまつります」と告げ一礼すると、三郎信康は正面を向いたまま一礼し、「御大儀」と答えた。

足軽が捧げた杓の水を三郎信康は一口飲み、肩衣をはねてもろ肌脱ぎとなり、白小袖を腹下まで押し広げた。大久保忠世が抜き身にした平造りの短刀へ奉書紙を巻き、三方にのせて三郎信康の前へ差し出した。天方通綱が一礼して立ち、太刀の鞘を払うと三郎信康の左側から静かに背後へ回った。

三郎信康は一礼して右手に短刀を逆手で握り、左腹にいきなり切っ先を突きたてた。右腹に向けて真一文字にかき切り、切っ先を上へ向けてはね上げた。天方通綱の太刀が一閃し、風切る音を立てて振り下ろされた。

九

大久保忠世に呼ばれ、石川修理亮が本丸へ向かったのは亥の一刻（午後九時）頃だった。

会所の九間には、燭台の灯に照らされて、押板を背に大久保忠世が座し、右手の畳敷きには服部正成と天方通綱とが座していた。押板には軸もかけられていなかった。

広縁から入った修理亮は、大久保忠世から「近こうへ」と招き寄せられるまま、板間に進み出た。

「本日、三郎様、当城内においてご生害あそばされた。見事な御最期であった。そこもとたち小姓衆は、翌朝、浜松城に向かい、以後の沙汰を待て。ここまで三郎様によく仕え、勤めを不足なく果たした。自今以後については案ずることは何もない。浜松城において良き計らいがあるものと思ってよい」大久保忠世は淡々と告げた。

「何か望みでもあらば申せ」

「何もございません」両手をつき顔は伏せたまま修理亮は答えた。わずかに両肩が震えていた。

「……ならば、下がって休むがよい。修理亮、……大儀であった」大久保忠世の声が一瞬陰りを帯びた。

修理亮は、正面の大久保忠世に、次いで右手にひかえた服部正成と天方通綱に向かって一礼し、会所九間を退出した。

会所を出て、本丸と二の丸との間に設けられた枡形のところまで杉浦政吉が修理亮を送ってきた。本丸から枡形に入る門前で修理亮が足を止め一礼して、「お手数をおかけしました」と杉浦政吉に告げた。すでに夜も遅く、杉浦政吉はそこで修理亮と別れた。修理亮はそのまま枡形の内に歩を運び、玉砂利を踏んでいく足音を杉浦政吉は聞いた。

修理亮は、いつになっても戻っては来なかった。今日になって突然禁足を言い渡され、二の丸の殿舎が警固の兵に固められたことも甚五郎に引っ掛かりを覚えさせた。しかも、本丸会所へ呼び出されたのは亥の刻のことだった。何かあったとは甚五郎も感じたが、知る術はなかった。ただし、先刻修理亮が呼び出された時分には、朝からの厳重な警戒は解かれ、殿舎の出入り口を固めていた足軽の姿もすでになかった。

大河に囲まれた岡上の二俣城は夜になると急に冷え込んだ。下男に言づけて火鉢に二度炭を継ぎ足させても、吹きつける風の音と川の流れが響くばかりで、一向に修理亮が戻ってくる気配はなかった。甚五郎と小左衛門、伝八郎、新六郎の四人の小姓衆は、横になって夜具は掛けたものの起きたままでいた。

卯の一刻（午前五時）過ぎ、甚五郎は夜具をはね除けた。二俣城に着いてからは眠りが浅かったが、とくにこの夜は風と流れの響きが耳について、二、三度うつらうつらしたものの寝つけなかった。磯貝小左衛門が身を起こし、長田伝八郎も続いて夜具を押し除けた。彼らも修理亮の身を案じ眠れなかったようだった。甚五郎が袴を着け大小を腰にすると、彼ら二人も袴を穿いて枕元の大小を摑んだ。二の丸殿舎には刀掛けもしつらえてあったが、三郎信康の小姓衆は大小をすぐ手にとれる位置に置いていた。植村新六郎はまだ寝入っていた。

草履で殿舎を出ると、三人はまず枡形門に向かった。門番の足軽に修理亮は見なかったかと甚五郎が訊いた。足軽は「昨夜遅く殿舎に戻られたはずですが……」と言う。枡形を見下ろす形で建てられた櫓上の番兵にも問いただした。その足軽も、昨夜遅く修理亮が枡形を横切り、二の丸へ向かう姿を見ていた。

何があったのかはわからなかったが、悪い予感がした。甚五郎は、付いてきた二人と顔を見合せ、「手分けして探そう」と言った。二人とも顔を強張らせ、うなずき返した。

天正七年（一五七九）陰暦九月

一

防禦（ぼうぎょ）のための大堀切（おおほりきり）に囲まれた本曲輪の敷地は九百坪ばかりあり、本丸と二の丸とは高い土塀で仕切られていた。南側に位置する二の丸は三百坪ほどの広さだった。周囲は石垣と土塀とで囲まれ、塀の高さは二丈ほどあった。三人で二の丸内を一通り探し回ったが修理亮の姿は見当たらなかった。大堀切を隔て二の丸の南に位置する蔵屋敷の方へ向かったことも考えられた。甚五郎は蔵屋敷に通じる南の門へ向かい、番小屋へ乗り込んで足軽をたたき起こし確かめた。が、彼らは修理亮の姿を見ていないと首を振った。

昨日は朝から一日、不可解な警戒のもとに置かれた。岡崎からここまで三郎信康に随行してきた修理亮はじめ五人の小姓衆は、二の丸殿舎内にひかえているよう命じられ、殿舎の出入り口ばかりか勝手の木戸、枡形の門も常にない多数の兵に固められた。夜になって警戒が解かれ、修理亮が本丸主殿に呼び出されたのはそのすぐ後のことだった。

甚五郎が殿舎を出て行く修理亮の姿を見送った時、彼は濃紺地に金糸で蔦模様が縫い込まれた小袖に肩衣と短袴を身に着けていた。腰には甚五郎と取り替えた黒鞘の大小を差していた。

昨日本丸内で何が起きたのか。冷静になってみれば、それを確かめることが先決だった。まずは磯貝小左衛門が本丸の遠侍へ出向き、昨夜から修理亮が戻っていないことを大久保忠世に伝えることになった。

石川修理亮の亡骸は、二俣城二の丸の東南、作事小屋裏で長田伝八郎によって見つけ出された。甚五郎をつかまえるなり、伝八郎は血の気の失せた顔で東南の作事小屋の方を指さした。草履を脱ぎすて足袋のまま息を切らせた伝八郎は、「修理殿が……」と言うなり顔を伏せ、あとは言葉にならなかった。

東南隅の作事小屋裏に、上から伝八郎の茶色の胴服をかぶせられた一塊りがあった。多量の血が銅の臭いをたちこめさせていた。胴服を取り除けると、茶筅に結った髷と大きくとった月代が現われた。血が短袴の色を変えていた。修理亮は座を正したまま、上半身を腿の上に乗せ、うずくまる格好でこと切れていた。使ったのは、まぎれもなく岡崎を出るときに甚五郎と取り替えた脇差だった。刀身を握るために剝ぎ取った右袖が血に染まったまま刀身を包んでいた。修理亮の亡骸は南西の方角に顔を向けていた。その先には浜松城があった。

甚五郎は自分の袖をちぎり取り、修理亮の握ったままの脇差の柄を上から包み、ともかく脇差を取ろうとした。柄を握った修理亮の右手は血糊でくっつき、すぐには離れなかった。

下男に柩を運ばせ、甚五郎も自分の胴着を亡骸の上からかぶせようとして、岡崎で修理亮の帰りを待っている御母堂に遺髪ぐらいはと思った。甚五郎は自分の脇差を抜き、修理亮の髻を切り取った。修理亮の母は、本多豊後守広孝の娘だった。夫春重は、四年前に謀叛計略の責任を一身に負って自害し、今度は頼みとする嫡男修理亮の殉死である。細面の小柄なひとで、甚五郎が家士として石川家に出仕したばかりの頃から幾度となく声をかけてもらった。しかも、彼女は甚五郎を他の家士や下男とは峻別し、当初から「甚五郎殿」と呼んで使用人のような扱いをしなかった。

自分がここまで一緒に来ていながら、修理亮を死に追いやったことが今さらながら悔やまれた。伝八郎と二人で、端座した姿のまま遺体を柩に納めた。太刀と草履は亡骸の右脇にきちんと並べ置かれていた。

納めてみれば白木の柩はあまりに寂しく、せめて修理亮が好んで身に着けた深い緑地の絹小袖をかけてやろうと甚五郎は思い、伝八郎と殿舎へ向かった。

「新六郎には？」伝八郎が訊いた。植村新六郎はまだ何も知らず殿舎で寝入っているはずだった。新六郎も、ここまで健気に付き従ってきた。この結末は彼も知っておくべきだと甚五郎は思った。

新六郎を伴って甚五郎と伝八郎が戻った時、作事小屋の裏には小左衛門と二俣城の重臣杉浦宗左衛門政吉が来ていた。

小左衛門は甚五郎の顔を見るなり、「三郎様が、昨日、本丸にて……」そこまで告げたものの、首を横に振って再び顔を伏せた。

「昨夜、何がありましたので？」込み上げてくる憤りを何とか抑え、甚五郎は杉浦政吉に問いただした。

「三郎様が本丸にてご生害あそばされた。それを修理亮殿に伝えた後、枡形のところまで、身どもが送って……」政吉は甚五郎とは視線をあわせず青ざめた顔でそう言った。

修理亮のこの結末からうすうす察せられたものの、二俣城の重臣からその時初めて三郎信康自害の報が三人の小姓衆にもたらされた。寝ていたところを起こされたばかりの新六郎は、修理亮の柩に血の気のひいた顔で立ちすくんでいたが、突然嗚咽の声を漏らした。

「後は、身どもが……」という杉浦政吉の言葉に、

「わたくしどもの手で殿舎へ連れかえりとう存じます」と甚五郎は即座に返した。言葉こそていねいだったが、甚五郎の押し殺した声には、やり場のない怒りが込められていた。

二俣の馬廻衆も城内で甚五郎に出くわせば道を譲った。二俣城までの道中で甚五郎が賊徒を何人も斬り捨てたことは、二俣の家臣団にもすでに知れ渡っていた。この時も、政吉はそれ以上口を差し挟むことをせず、甚五郎の意に任せた。棺の上から深緑の小袖で覆い、残された四人の小姓仲間の手によって修理亮の亡骸は殿舎に運び入れられた。

二

大久保忠世は修理亮の亡骸を自分の目で確かめた後、「馬鹿者が。何と、……早まったことを」と言葉を詰まらせた。そして、目を潤ませ、「そこもとらは三郎様によく仕えてきた。それはわしからも、殿に必ず申し伝える。以後については何も案ずることはない。良きはからいのあるものと思ってよい。だが、……くれぐれも、追い腹などまかりならんぞ」そう付け加えた。

さしもの大久保忠世も、三郎信康の自刃に続き、修理亮の殉死という思いがけない事態に動揺を隠せなかった。その場に杉浦政吉らがいたにもかかわらず、「追い腹」の語を使った。三郎信康に自刃して果てるような汚点がなければ、小姓頭の修理亮は二、三年の内に亡父の跡を継ぎ岡崎で家老職に登用されるはずの器だった。三郎信康は自害しても、修理亮にはなお洋々たる未来があることは疑いなかった。その逸材をみすみす死なせたことは、まぎれもなく大久保忠世の落ち度であり、その悔恨が紅潮した顔と念を押した声に込められていた。

今さら何を言われようと、三郎信康も、修理亮も、戻って来ない。修理亮は、天龍川と二俣川に囲まれた吹きさらしの岡上で、介錯する者もなく、腹を掻き切った。それにしても、修理亮の殉死までは、甚五郎も予期できなかった。甚五郎には、ただ修理亮を独りで死なせたという、今さらどうしようもない無念ばかりが残った。

「……そこもとらは、すぐに浜松へ向け出立すべし。修理亮の葬送については、わしがすべて手筈を調え、ねんごろに弔う」

大久保忠世の言は、所詮その場しのぎのものだった。三郎信康の自刃は、当然のことながら家康の意志である。三郎信康は、家康にとって生かしてはおけないほどの大罪を犯した。修理亮がその後を追って腹を切ったことは、修理亮もまた家康に敵対する意志を自らの死をもって表明したことになる。「ねんごろに弔う」とは、型通り僧侶を呼び集めて経でも上げさせ埋葬することを言っているに違いなかった。そうして修理亮の追い腹は、病死や事故死の名目にすり替えられ、真相は闇に葬られる。その方が残された修理亮の母や一族に累をおよぼさず、穏便にことが収められるのも確かだった。

修理亮の殉死は、三郎信康を見殺しにした岡崎家臣団への怒りもこめられていたに違いなかった。修理亮殉死の報が岡崎に届けば、これまで状況に流されるまま家康の前に膝を屈して首うなだれていた者たちにも、何らかの決意を促さずにはおかない。二俣城の家臣団には厳しく箝口令が布かれ、真相を知っているのは、残された四人の小姓衆に過ぎない。浜松で甚五郎らを待っているという「良きはからい」とは、言い換えれば修理亮の追い腹を口止めする目的で用意される。もちろん、そんなものを受け入れる気は、甚五郎には毛頭なかった。

出立の荷をまとめながら、四年前、甚五郎の初陣となった大井川河口の小山城攻めの折、修理亮が笑いながら漏らしたことを不意に思い出した。

「討死を遂げた時には、かの乞食坊主に無間地獄に送り届けてもらおう」

日坂の宿から大井川畔の金谷へ向かう途中、一里塚を過ぎて北西に見えた粟ヶ岳の山中にその寺はあり、そこの鐘を撞いた者は地獄の底をさまようことになるのだと修理亮は言った。

三郎信康は当年二十一。修理亮は二十三歳の若さでこの世を去らなければならなかった。三郎信康も、修理亮も、そして自分のゆく先も無間地獄がふさわしい。朱塗り鞘に金で熨斗模様が刻まれた甚五郎の大小は、修理亮ばかりか三郎信康もかつて腰にしていたものだった。この大小をかの寺に納め、その鐘を思いのたけ撞いてやろうと思い立った。その思いつきは甚五郎の内に募っていた鬱気を一瞬解き放った。

二俣城を出れば、天龍川沿いを十三丁ほどさかのぼり、塩見渡で天龍川を渡る。そこから浜松までは、約五里の道を南下することとなる。一度天龍川を渡ってしまえば、再び渡河するのは容易ではない。家康配下の者たちは、甚五郎の逐電が発覚した時点で、陸路の要衝と渡河点を徹底して押さえるに違いない。観音寺へ向かうならば、天龍川を渡る前に姿をくらますしかなかった。

三

三郎信康が自刃した以上、大久保忠世が小姓衆に監視を付ける必要もなくなった。四人の小姓衆には、浜松まで道案内の小者一人と、道具持ち二人だけを同行させた。二俣城から北へ向かい、かつて笹岡本城があった小山を右手に見て、天龍川沿いの小道に入った。大園村の手前から左手の渡し場に出た。渡し船に甚五郎は小左衛門らと一緒に乗り込んだ。船頭が舫綱を解き、いざ船を出そうと竹竿を手にした。

「厠を借りたい。昨日から腹の具合が悪い。どうか先に、後からすぐ追いつきます」

そう小左衛門に言うなり、甚五郎は一人船から浅瀬へ降り立った。小左衛門ら三人の小姓衆と小者らを乗せた船は、甚五郎だけを残し、そのまま天龍川の左岸を離れた。甚五郎の姿が大園の集落へ向かって坂道を上り家の蔭に入って行くのが、渡し船の三人から見えた。

磯貝小左衛門ら三人は、天龍川を渡った後、浜松まで約五里の道を南西へ向かった。

一刻ほど歩いて道を半ばまで過ぎ、姫街道の金指から東海道の見付宿へ向かう道と交差する辻に出た。小左衛門らは辻脇の茶屋で休止を取り、後から来るはずの甚五郎をそこで待つことにした。

甚五郎の足ならば半刻ほどもあれば追いつくはずと、縁台に腰掛けて北東の方角を見ていたが、甚五郎らしき人影はいつまで経っても現われない。二俣の方からやって来た荷駄引きや浜松へ出るという菅笠売りなどに、朱鞘の大小を差した若侍を見かけなかったか尋ねてみたが、皆首を横に振るばかりだった。

未の刻(午後二時)まで待ってみたものの、甚五郎は現われなかった。曇天ながら陽は差して、途中賊に襲われるような場所もなかった。三人は一足先にともかく浜松へ向かうことにした。

「黒襟の付いた萌葱の胴服に、朱鞘の大小を差した若侍がじきに来ると思う。その侍に、先に浜松へ行っていると伝えてくれ」茶屋の主に小左衛門はそう言づけ、茶屋を発った。甚五郎のことだから、ほどなくして追いつくものと疑いもしなかった。

東海道に出ると西方はるかに浜松城が見えた。途中甚五郎を待ったために、陽が傾いた申の四刻(午後四時半)頃だった。馬込川に架かった橋の先には土塁が築かれ、竹柵と木戸とが設けられているのがわかった。そこから内が浜松の城下町となる。木戸番に小左衛門が名を告げると、木戸内左手にある番所へ導かれた。竹矢来に囲まれた番所には、本多正信の家士で勘右衛門なる者が待っていた。勘右衛門は、三郎信康の自刃をすでに耳にしていたようで、ひどく丁重に三人を出迎えた。岡崎から付き従って二俣城まで行き、そして主を失って浜松にいたり着いた小姓衆に対し、勘右衛門は腰を低くして「御大儀」を繰り返した。

「……お小姓衆は、確か御四方でお見えになるとうかがいましたが」

「はい。沢瀬甚五郎は、途中腹の具合が悪くなり、わたくしどもが先に参りました。じきに着くものと思います」小左衛門はそうありのままを答えた。瞬間、勘右衛門の表情が強張ったのを小左衛門は奇異に感じた。

三人は、勘右衛門の伴っていた小者によって西に八丁ほど行った田町村の永林寺なる寺院へ案内された。そこが浜松における宿所だった。地名の通り周囲にはすっかり熟した稲穂の輝きばかりが広がっていた。

日没を告げる鐘がところどころから響いてきた。近くには、玄忠寺や寿徳院といった寺が田の中に建てられていた。それでも甚五郎は現れなかった。

食堂で夕食を済ませた後、長田伝八郎が、甚五郎の身に何かあったのではないかと言い出した。が、たとえ闇夜でも賊徒ごときの手にかかる甚五郎ではありえなかったし、腹の具合が悪いといっても行き倒れるほどの状態には見えなかった。遅れて浜松に着き、他の宿所にでも向かったものだろうということになり、三人は悪夢のようなこの一両日の疲れから、早々と寝入ってしまった。

四

翌九月十七日、接客役の客行僧(かあん)が朝食の膳(ぜん)を下げてしばらくしてから、磯貝小左衛門は永林寺の書院に呼ばれた。冬を間近にして渡って来た花鶏(あとり)が群れなして池脇の老(おい)松(まつ)にさえずっていた。

書院の間(ま)には、濃い栗色(くりいろ)の小袖に黒の袖無し羽織で痩(や)せた小柄な男が待っていた。歳(とし)の頃四十過ぎの浅黒い肌をし、目ばかりが大きなその男は、年若い小左衛門に上座を勧めた。

「本多弥八郎です。三郎様のご生害、そして修理亮殿逝去の報に接しまして、衷心よりお悔やみ申し上げます」訥々(とつとつ)とした口調ながらまず丁重に挨拶(あいさつ)した。

「実は、沢瀬甚五郎殿が、いまだ浜松に着いていない。今朝になって手の者を二俣城まで遣わしましたが、昨日はどこまで同行されていたのか伺いたい」

その時まで、甚五郎は遅れて馬込橋の番所に着き、別な所に宿泊したものと小左衛門は思い込んでいた。丸一日経っても甚五郎が浜松に到着しないなどということは考えられなかった。甚五郎の身に何かが起こったに違いないと初めて小左衛門は思った。

「はい。二俣城を出まして、川上の塩見渡の渡し場で船に乗るところまでは一緒でした。急に腹具合が悪いと申しまして、甚五郎が船を下りました。渡し近くの村へ入っていく姿を船から見ました」

「甚五郎殿は、天龍川を渡らなかった？」

「はい。厠を借りると申しまして」

本多正信が一瞬視線を下に向け、舌先で上唇をなぞった。

「……路銀は、いかほどを持って」

「はい。おそらく銀錠（ぎんじょう）で五、六十匁（もんめ）ほどかと存じます」

本多正信が視線を泳がせ、何かを思いめぐらすように押し黙った。小左衛門は二俣城を出る前に、突然甚五郎が修理亮の遺髪を託したことに思い当たった。

二俣城を出る直前、甚五郎は白紗（はくさ）と紙とにくるんだ修理亮の遺髪を小左衛門に差し出し、「岡崎に戻りましたら、貴殿から修理殿の御母堂へお渡しください」そう言った。小左衛門は甚五郎の言を深読みすることもなく、一つうなずいてすんなり受け取った。あの時、「岡崎に戻ったら」と甚五郎は言った。三郎信康の自害と修理亮の追い腹という信じがたい事態に、小左衛門もひどく混乱し、甚五郎に何か含むところがあるなどと考える余裕はなかった。しかし、思い返してみれば、甚五郎は家士として修理亮の屋敷に住み込んでいた時期があり、修理亮の母は甚五郎を大層気に入っていた。遺髪とその間の経緯（いきさつ）を母親に伝えるならば、むしろ甚五郎の方がよいはずだった。岡崎のことを二俣城で早々と語ったのも、今となってみれば不自然だった。

本多正信は、三郎信康の追放後岡崎に入った日のことを思っていた。あの時、家臣団ばかりか町衆の間に漂っていた怒りの感情を身をもって味わった。それが三郎信康自害という結末を迎えたとなれば、ただならぬ混乱を引き起こすに違いなかった。岡崎家臣団は三郎信康とともに武田勝頼と再三戦火を交えてきた。武田勝頼との内通や、自刃までの経緯をいかように説（と）こうと、本心から納得する者は少ない。そのことは岡崎へ出向き直（じか）に家臣団から誓詞状を取った本多正信が誰よりもよく知っていた。家康に対する信頼も、正室と嫡男までを自害に追いやったことで損なわれることは避けられない。三郎信康を殺された憤りから、結局は家康も武田信玄と同類ではないかとの失望の声が沸き上がる。そこまでは本多正信も覚悟してはいた。

ところが、さしもの本多正信も、修理亮の自死までは予想していなかった。三郎信康の自害を知った直後という状況から修理亮に何が起こったのかは推測できるが、家康の許可がない以上、「殉死」など存在しない。むしろ、勝手な自害は家康に対する反逆でしかない。大久保忠世の届け通り、修理亮は「病死」である。病死であれば、修理亮の母や縁戚の者に罪がおよぶことも、もちろんなかった。

　昨日午の刻前に二俣城を発った小姓衆のうち、沢瀬甚五郎のみが浜松へ着いていないことを昨夜知らされた。一夜明けた今朝になっても、甚五郎が到着したという報は届かなかった。珍しく正信は動揺した。逆臣の遺児だった甚五郎を小姓衆にまで取り立てたのは、三郎信康であり修理亮だった。その主君を家康に殺され、大恩ある修理亮の殉死を目の前に突きつけられれば、出奔の動機は充分過ぎる。

　甚五郎は馬競べを制し、逆臣の遺児の身を自力で跳ね返したことによって、岡崎の町衆からも絶大な人気があった。また、戦においても、ここぞという時に何かをやってのける尋常でないものを持っていた。残された三人の小姓衆が語らなくても、修理亮の死もいずれは岡崎で憶測を招くに違いなかった。そのうえ甚五郎が出奔したとなれば、岡崎でただならぬ事態が引き起こされることが危惧された。修理亮の殉死と甚五郎の出奔によって、岡崎家臣団のそれぞれは、これまでの身の振り方を二人から指弾されたも同然となる。そのうえ、これから先、岡崎家臣団は解体され、それぞれが各将のもとに転属を余儀なくされる。中には住み慣れた岡崎を離れなくてはならない者も当然出てくる。

この期に及んでの出奔は、家康に対する反逆以外の何ものでもなかった。反逆の意志を示した者は、見つけ出して断罪するしかない。たとえ草の根を分けても甚五郎を探し出すべく、すでに本多正信は二俣城と掛川城の石川家成へ向けて使者を送っていた。大浜からの道中で、甚五郎が十三人の刺客のほとんどを斬り捨てたことも本多正信は知っていた。敵に回れば甚五郎は極めて危険な存在である。捕方を差し向ける際には、くれぐれも武備を怠らず、いざとなれば鉄砲を使うことも許可する旨を使者に言づけていた。

岡崎家中小姓組　沢瀬甚五郎逐電致し候に付き　人相書き

沢瀬甚五郎

一、年の頃二十歳ばかり

一、顔丸く色黒き方

一、背やや高き方

一、中剃り茶筅髷

一、眉毛濃き方
一、目、鼻、耳、いずれも常体
　その節着用
一、濃紺柄巻き　朱鞘金熨斗刻み大小
一、黒半襟付き萌葱胴服
一、黒繻子小袖　濃鼠裁付袴

　甚五郎が向かうとすれば、信州から甲州への道を取るだろう。三郎信康と築山御前の罪状は、何よりも武田勝頼との内通にあった。三郎信康の自害と小姓頭石川修理亮の追い腹という報せを携えて、武田方に逃げ込むのが最も甚五郎の生き延びる手立てとなりうる。そこで本多正信は、二俣から北上して信州街道へ通じる犬居城の周辺を中心に、信州に通じる北の別所街道づたいに警戒網を敷き、二俣から天龍川沿いに北上して山越えし、別所街道に出て信州に向かうことも想定した。甚五郎の人相書きとともに、新城城の奥平信昌にも探索の兵を一帯に出すことを要請した。しかし、すでに九月十八日の午の刻過ぎだった。甚五郎の失踪から丸二日経過していた。

五

九月十七日、掛川代官所役人元坂源之丞が西町口番所入りしたのは、巳の二刻（午前九時半）頃だった。明け方に番所破りがあったことを源之丞が耳にした時には、すでに二刻（約四時間）が経っていた。

夜明けとともに番所詰めの御徒組金森安次郎が掛川口の西の門扉を開けたところ、笠蓑を着けた者が門外に腰を下ろし、小雨にうたれたままうずくまっているのに気づいた。声を掛けてみたが、開門を待っているうちに寝入ってしまったようで反応しなかった。仕方なく安次郎は開門を告げてやろうと、無防備なまま近づいて揺り起こそうと手を伸ばした。

その途端、いきなり下から鳩尾を突かれ、息が出来ずに頭を下げたところ笠緒をつかまれ、むき出しになった首の後に衝撃が走った。安次郎は気がつくと、近くを流れる新知川の土手下で泥まみれになっていた。相手の風体に関する問いにも、安次郎は菅笠と蓑としか答えられなかった。鳩尾を突かれたものも、棒状の硬い物だったことぐらいで、刀かどうかまではわかるはずもなかった。ましてや柄巻きの色や鞘の拵えなど全く見ていない。

その朝、番所に詰めていたもう一人の御徒組池田与五郎は、最初に掛川から来た笠蓑の者が、平然と歩を運び、小雨にもかかわらず番所前で慣例通り立ち止まって笠緒を解き挨拶しようとしたのを憶えていた。まさか番所破りとは思いもよらず、雨中ゆえにいいからそのまま行けと右手で促した。てっきり安次郎が開門ついでに手形を検め、通したものに違いないと信じて疑いもしなかった。掛川は徳川方の石川家成の治める地であり、東から掛川目指して入って来る者に対しては警戒を怠らなくとも、出て行く者には日頃からさほどの注意を払っていなかった。

元坂源之丞は思いがけない番所破りの報に、小雨にもかかわらず馬を飛ばして東へ一里二十九丁離れた日坂の宿場へと向かった。日坂の木戸番に笠蓑姿の不審な者は見なかったか訊いてみた。木戸番は即座に大小を差した侍など見ていないと首を振って答えた。この日往来した者たちは皆手形を携えており、不審を抱かせる者などなかったという。

掛川西町口の番所破りは日の出の開門時であるから、賊はとうにこの先の金谷も通過した時刻だった。この雨の中、一里二十四丁先の金谷の宿まで今さら追いかけても無駄だと源之丞は思った。狐につままれたような気持ちで源之丞は浜松へ引き返しかなかった。

無間山観音寺は、東海道筋の日坂と金谷の間から北西に一里ほど分け入った粟ヶ岳の山中にあった。無間地獄に通じるという釣り鐘はとうに地中深く埋められて、日頃はわざわざ参詣する物好きもいない。まさか甚五郎がその寺を目指していたことなど、誰も思いつくはずがなかった。

甚五郎の手配書が街道筋の名主や乙名百姓にまで行き渡った九月十九日、甚五郎は観音寺に身を潜め、覚了の手によって剃髪して、修行中の所化僧に姿を変えていた。

六

三郎信康自害の報せが浜松城から岡崎の平岩親吉のもとにもたらされたのは、二日後の九月十七日のことだった。同時に石川修理亮の病死と沢瀬甚五郎出奔の報も伝えられたが、この小姓二人の消息については、しばらくの間表沙汰にせぬよう本多正信からの私信が添えられていた。修理亮の「病死」は、三郎信康自害の同日深夜のことであり、それに引き続いての甚五郎逐電が何を意味するのかは、いまさら問い返すまでもなかった。

先に築山御前の「自害」の報せがもたらされた折、家臣団に衝撃は走ったものの、それによって彼らの意志までも問われることはなかった。ところが、主君三郎信康の自害の報に、動揺しない家臣はいない。三郎信康が岡崎城を追放されただけでも、救出に向かわなくてもよいのかと、平岩親吉に談判してきたのは一人や二人ではなかった。そのうえ、この時点において修理亮の死と甚五郎の出奔を知れば、岡崎家臣団のそれぞれもまた、このまま唯々諾々と浜松城の命ずるままに転属させられることを受け入れるのか、それとも甚五郎のように出奔し浪人となって諸国を流転するのか、その選択を突きつけられることになる。ともかく平岩親吉は浜松城からの指示に従い、三郎信康の自害のみを家臣団に告げるにとどめることにした。

これまで三郎信康の直臣として禄を食んでいた者たちは、それでもまだ選択の余地が残されていた。ところが、食客として石川家に養われていた者は、修理亮の死とともに暮らしていく手立てを失うことになった。石川豊前守春重が石川小隼人を始め有能な人物を食客として抱えていたのをふまえ、修理亮もこれはという逸材に出会えば財を惜しまず食客として厚遇してきた。

なかでも伊奈熊蔵は、すでに算術指南として岡崎では知られた存在となっていた。

この年三十歳になる熊蔵は、その通称とは似ても似つかぬ色白の瘦身（そうしん）で、端整な顔だちをしていた。日頃から物静かで、つまらぬ物事にはこだわらぬ淡々とした人となりは、その容姿とも相まって生来の気品を見る人に感じさせた。

伊奈熊蔵は三河国幡豆（はず）郡小島（おじま）で生まれ、代々小島の地を支配してきた小島城主伊奈忠基（ただもと）の孫に当たった。熊蔵も、父忠家（ただいえ）が一向宗乱の折に本願寺教団に与（くみ）したことによって、故郷小島の地を追われ諸国を流浪するしかない身となった。熊蔵十四歳の時だった。

熊蔵は、一向宗徒に加わって戦った伯父伊奈外（げ）記助（きのすけ）貞吉（さだよし）、そして父忠家とともに堺（さかい）へ逃れた。堺では戦火から町家を守るため諸国の浪人を積極的に傭（やと）い入れていた。その堺の地で、熊蔵はイエズス会の宣教師たちがもたらした数学や幾何学と出会うことになった。土木建築でも、あるいは年貢（ねんぐ）高（だか）算出の基準となる土地面積の測量でも、すべてが数字で表され誰の目にも明白に証（あか）されることは、若き熊蔵にとって衝撃的な出来事だった。

京都と堺では宣教師ガスパル・ビレラが布教に当たっていた。日本人の知識層でも陰陽（おんみょう）天文博士のマヌエル賀茂（かも）在昌（あきまさ）のように、南欧からもたらされた学術に強い関心を持ち、キリスト教に入信する者まで現われていた。宣教師がもたらした学術や教養を伝習することが堺の各所で盛んに行われていた。伊奈熊蔵が二十歳を数えた時には、数学の才に優れることで堺でも知られる存在となっていた。

四年前の五月、長篠の戦の折、父忠家は浪人の身ながら三郎信康の軍に加わる機会をえた。堺に留まって商いの道を歩む伯父貞吉とは異なり、父忠家はあくまでも武士として徳川の陣に復帰することにこだわり続けていた。戦後、父忠家は三郎信康の軍に従って岡崎へ至り、熊蔵を岡崎に呼び寄せた。岡崎の地でも、宣教師からもたらされた新しい学術を取り入れようとする気運が高まっていた。程なくして熊蔵は、石川小隼人に乞(こ)われ修理亮の算術指南として屋敷へ出入りするようになった。熊蔵は二十六歳になっていた。大岡弥四郎の一件に絡(から)み、豊前守春重が自害した後も、応用算術や幾何学の手ほどきを修理亮に続けた。沢瀬甚五郎も、熊蔵の教えを受けた一人だった。

　九月十八日、三郎信康自害の報に接しても、伊奈熊蔵はさほど驚かなかった。すでに三郎信康が大浜へ追放された時点で、この結末は充分予想された。むしろ、ここに至るまで家康がやけに日数をかけたとさえ思った。だが、能見(のみ)の熊蔵の住まいにやって来た石川小隼人から、修理亮の急死と甚五郎出奔の報せを告げられた時には、さすがに力が失せていくのを感じた。

大久保忠世はじめ二俣城の重臣たちは何をやっていたのかと、熊蔵は無性に腹が立った。三郎信康自害の後、岡崎から付き従ってきた小姓衆の動向にとりわけ注意を払うのは至極当然のことだろう。このまま信長の天下支配が進めば、民への施政を重視しなくてはならない時代がまもなくやって来る。そんな時に、戦での蛮勇ばかりを競ってきた大久保忠世はじめ酒井忠次、榊原康政、本多忠勝らではどうにもならなくなることは目に見えていた。

小姓頭の修理亮はほどなくして岡崎の家老職に登用され、甚五郎もまた要職に就くことは約束されていた。岡崎での民への施政は、いずれ彼らの手によって行われる。その日のために熊蔵は彼らの薫陶(くんとう)に当たってきた。ところが、すでに修理亮はこの世になく、甚五郎も出奔するという受け入れがたい結末がもたらされた。それを熊蔵に報せにきた石川小隼人も、彼ら二人を鍛え上げ、長く見守ってきた一人だった。

石川小隼人に修理亮と甚五郎の消息をもたらした兄石川数正は浜松の家老職にあり、一族の石川家成は掛川の城番である。小隼人は、伊奈熊蔵ほどの人物をみすみす他国へ流出させるつもりはなかった。熊蔵にさえその気があれば、兄数正にも、掛川城へでも、推挙状をしたためることを考えていた。

七

「お師匠様、信長様はそれゆえにキリシタン宗を認めておられるわけですね」

甚五郎が突然そう言った。修理亮もうなずき、同意することを目で示した。

熊蔵が、彼ら二人に年貢収納の基本となる土地測量の算出法を伝授していた二年前のことだった。同時に熊蔵は検地というものの意義も、当然彼らに講義しておく必要に駆られた。その事例として、信長が前年越前において施行した検地を引き合いに出した。

越前一向一揆を平定した信長は、柴田勝家らを送り込んで興福寺領となっていた荘園をも接収するという、これまでに類を見ない検地を強行した。信長のこの検地は、寺社領すらも例外とせず、まずはすべてを没収して自ら検地を行い、その後に改めてわずかな一部を年貢免除で寺社に戻すという手順を踏んだものだった。

「この検地を行うことによって、これまでの寺社による旧い荘園支配の形を消し去り、長年にわたって入り組んでいる所有のもつれを壊し、信長様の手によって、新たな村落の境界を定め、ひとつの村落内における収穫の分量を決め、村を天下の一つの部分として定めおくことが出来るようになる」そんなことを講じた。

それまで熊蔵はキリシタン宗について何一つ触れていなかった。戦で獲得した領地を一手に支配するためには、何よりも旧い寺社領を一掃しなくてはならない。信長と言えば、ただ武力に長じ、力に頼って他を支配するだけの狂人めいた印象でしか世俗では語られていなかった時に、甚五郎は、信長が良きにつけ悪しきにつけ傑出した民政家の顔を持っていることを読み取っていた。また、ポルトガル人とキリシタン宗を基本軸として世の中を見てみれば極めてわかりやすいことも確かだった。

彼らへの講義は、永禄十二年（一五六九）三月、信長が京都で金銀の交換比率を定め、法令を発布したことにもおよんだ。金子十両は銭十五貫、銀子十両を銭二貫文と交換できると定めたこの法令も、明らかに、海外貿易で取引に用いられる金と銀とを日本国内でも通用金として位置づけようとする試みであると熊蔵には思われた。

西洋では「香料の道」、「陶磁器の道」と呼ばれた海上の通商交易路は幾重にも交錯して、東アフリカから日本にまでおよんでいた。その通商交易路を通じて、明国産の青磁と白磁、東南アジア産の香料、インド産の織物などが海外では広く取引されていた。金銀交換比率の制定は、それまで明国銭を国内でも通貨とし日明貿易のみに限定していた足利幕府の通商政策を全面的に否定し、アラビア海、ベンガル湾、東南アジア、東アジアへ広がる交易圏を信長が視野に入れていることを意味した。その通商交易路の東端に堺は位置していた。

元亀元年(一五七〇)に信長が堺を直轄領に収めたごとく、天下を支配するには、日本列島の通商路の中心である京都と堺とをまず押さえることが不可欠だった。信長は、九州の通商路を押さえるキリシタン大名の大友宗麟と同盟関係にあり、キリシタン宗の布教も、京都、そして、その外港に位置する堺と、南蛮貿易港として栄える九州の博多や平戸を結ぶこの通商路の線上で展開されてきていた。

それに対して反キリシタン勢力は、足利義昭、本願寺教団、毛利輝元や武田勝頼、すべて反信長の立場にあった。三河一向宗乱をくぐってきた家康は、信長の志向、親キリシタンに同調していると考えてよかった。

「大殿の見当は間違っていない。三郎様はその後を追ってさえいかれればよいのだ」

あの時も、これまでも、熊蔵は修理亮に再三そう言い続けてきた。三郎信康がその幼稚さから、時代の流れを読めぬままに武田勝頼や本願寺教団などへ接近することの愚かさを、熊蔵は修理亮に指摘してきた。修理亮は、理性ではわかっていたはずだったが、感情は「殉死」という愚かな選択をした。これまで彼らに教えてきたことは水泡に帰した。もはや岡崎にいることすら熊蔵にとってはひどく無意味なことに思われた。

「熊蔵殿は、これからどうされる？」石川小隼人が訊いた。

「ひとまず堺の伯父のところへでも身をよせようかと思っております。……よろしければ小隼人様もご一緒にいかがですか」

「もう年だ。それに、西の方角はどうも騒がしい。わしは、……掛川へでも向かうとするか」笑いながら小隼人は言った。

第二部

天正九年(一五八一)陰暦五月

一

その町は、海を西に、ほかの三方を深い堀で囲まれていた。深堀の内は、南北に約半里十丁(約三・一キロ)、東西に約六丁(約六百六十メートル)ほどで、そこに二万戸の家と八万に達する人々が住み暮らしていた。紀州街道が南北に中央を走り、それに交差して海から東へ走る大小路(おおしょうじ)通りは、そこから北が摂津国(せっつのくに)、南は和泉国(いずみ)となり、その国境(くにざかい)に位置するがゆえに「堺(さかい)」と呼ばれた。

堺は、日本の政治と交通網の中心をなす京都の外港に位置し、権力を掌中に収めた織田信長は、すでにここを直轄地(ちょっかつち)として、海外や日本国内から集中する物資の流れを押さえていた。西の海岸沿いにはびっしりと蔵が建ち並び、大通りには、小袖(こそで)、塗り物、革細工、刀剣、米、蠟燭、酒、薬種、扇、足袋、筆、茶、南蛮道具にいたる、あらゆる商家が大小様々に軒を連ねていた。

表店の日除け暖簾は、朱、紅、萌葱、紫、紺、様々な色で海風にはためいていた。屋根は総瓦から柿葺き、石置きにいたるまで種々雑多で、軒下には渡来物の大小の壺がそれぞれ釉薬を輝かせていた。大店は店裏に白壁の蔵を建て並べ、蘇鉄や棕櫚、芭蕉といった、いかにも南方を思わせる濃い緑をのぞかせていた。

かつて堀を巡らせて武装し、「会合衆」と呼ぶ有力商人のもとで自治を誇ったこの町も、抗う意志を示せば焼き払うことも辞さない織田信長の強圧の前には、膝を屈して従うしか生き延びる道はなかった。しかし、琉球や対馬、西国九州を経て入ってくる唐物や南蛮物を始め、諸国の産物を積んだ船は堺港を目指して、昼夜を問わず出入りを続けていることに変わりはなかった。

四月二十五日、千五百石積みはあると見える巨大なジャンク船が、十二艘もの引き舟に曳航されて難波海（大坂湾）に入り、堺沖に投錨した。二本帆柱と竹皮の網代帆、褐色の船体をしたこの巨大な船に向かって、数十艘の湾内廻船が殺到した。ジャンク船から三日がかりで下ろされた荷は、東京や交趾から海を渡ってきた、白糸、黄糸、北絹、唐綾、紗綾、綸子、木綿縞、鮫皮、籐、黒砂糖、沈香、肉桂、伽羅などだった。

次々と陸揚げされた南蛮荷の山に、集まった数百もの人々は買いつけることも忘れ、しばし茫然とするほどだった。

しかし、二年ぶりに呂宋島カガヤンから戻ったこのジャンクの船主、菜屋助左衛門の目に映る堺の地は、閉塞感がいっそう強まり、人々からは生気がすっかり失せて見えた。堺の人々は、時流に振り回されるばかりで浮足立ち、かつての堺にはおよそ見られなかった類の人間が増殖していた。見かけの繁盛とは裏腹に、彼らは自信を失い、己の力などまるで信じていないように見えた。

天正二年（一五七四）三月二十四日、思えば七年前のこの日こそ、堺にとって堕落の祝日となった。信長が催した京都相国寺の茶会に、堺を代表する十名の大商人がそろって参じた。今井宗久、津田宗及、千利休、紅屋宗陽、塩屋宗悦、茜屋宗佐、油屋常琢、山上宗二、松江隆仙、高三隆世である。そして、堺の繁栄はこれで信長に約束されたなどと受け取る向きが多かったが、それは大いなる錯覚にすぎなかった。彼らが打ちそろって京へ出向き信長の茶会に出たことは、堺が信長への服従を身をもって表明したことにほかならなかった。海商人として独自の位置を放棄し、信長始め武家支配層を支持する役割を与えられて、ただ隷属させられたことを意味した。それから後は、神仏も畏れぬ堺商人が、信長頼みで茶の湯にふけるしかなくなった。

四度の航海に一度の海難は付き物で、その時の保障を考えれば、有力商人の傘下に納まり講組織のもとで極力損害を少なくすることをまず考える。元手を調達するにおいても、彼らの傘下に連なる方が都合がよいことはいうまでもなかった。かつて支配を目論む相手には、武力をもって抵抗し、権力に隷属させられることを何より嫌った堺の海商人も、今やことごとく信長と深く結びついた大商人の傘下に入ることを自ら進んで選択する時代になっていた。

ところが、助左衛門は、権力を背景にしてのし上がった納屋今井宗久や天王寺屋津田宗及らの傘下には一切納まろうとせず、専ら独力で海を渡り商路を切り開くことを好んだ。むしろ彼は堺の地に格別のこだわりをもっていなかった。薩摩の山川、そして呂宋島のカガヤンとマニラに屋敷を所有しており、堺に戻ったのも二年ぶりのことだった。身も心も陸封されていない彼だけが、かつての堺商人の濃い影をいまだに宿していた。

二

無間山観音寺で送った天正七年（一五七九）の冬は、沢瀬甚五郎にとって忘れられないものとなった。剃髪した甚五郎は、水汲みから炊事、掃除、薪割りなどの作務以外は、ただ坐禅を組むよう覚了に言いつかった。もし誰かが訪ね来て問われた時は、泉州堺の南宋寺から修行に来ているとだけ答えよと教えられた。

当初は、三郎信康と石川修理亮の菩提を弔おうとして始めた坐禅だった。それが、いつの間にか甚五郎自身との対峙という別なものへと変化していった。

夜明け前に起き出し水汲みを終えると、覚了とともに坐禅を組むことから始めた。粥一椀の朝食を取り、行乞に出る覚了を送り出し、その後は、粟ヶ岳山中の寺に一人いて、ほとんど坐り続けて一日を過ごした。人が訪れることはまずなかった。初めのうちは空腹と寒さに悩まされたが、次第にそれも感じなくなった。目を閉じ、何も語らず、ただ坐していると、それまでは聞こえることのなかった様々な鳥の声や去来する羽音がまず耳に響いた。山雀や四十雀、小啄木鳥の、しきりにさえずり、あるいは木肌をつつく音がした。雉子鳩や山鳥のように羽音だけの飛来と枯れ葉をたどるしめやかな足音、そして飛び去る瞬間の気の変化。最初に黙したまま長い時を過ごすよすがとしてとらえたのは、様々な鳥たちの声やその動作の音だった。そして、時雨はもとより、遠い清水の流れや風の音、枯れ葉の落ちる音に心は向かい、やがて周囲にある樹木の重い意志を感じるようになった。

去来を繰り返す鳥たちと違って、黙したままそこにある木々とは己が同化できるものを感じた。木々は黙しながら、意志をもってそこに生を定め、枝を伸ばし、確かに息づいていた。坐して瞑目している長い時間、大地の呼吸を感じ、自分が木となってそこに根を下ろしていた。

衆生被困厄（衆生、困厄を被りて）
無量苦逼身（無量の苦しみ身に逼るも）
観音妙智力（観音の妙なる智力は）
能救世間苦（能く世間の苦しみを救わん）
具足神通力（観音は神通力を具え）
広修智方便（広く智の手だてを修めて）
十方諸国土（あらゆる国土に）
無刹不現身（その姿を現わさずにはいない）

種種諸悪趣（様々な悪しきことがら）
地獄鬼畜生（地獄、餓鬼、畜生）
生老病死苦（生、老、病、死の業苦を）
以漸悉令滅（少しずつ、悉く滅せしむ）

行乞に出かけた覚了が夕刻を過ぎても戻らない日もあった。寺に蓄えなどあるはずもなく、もし覚了の身に何かあれば、甚五郎も人里はなれた観音寺でそのまま坐り続けて死ぬだけのことだった。なぜか不安は少しも感じなかった。かつて三河の下和田で母と暮らしていた時も、岡崎に出てからのことも、小姓衆として過ごした日々も、前世の出来事のようだった。

日に二度の食はたいてい七、八分の粥一椀で過ごした。覚了は「いい顔になった」と笑ったが、いつの間にか頬は削げ落ち頭蓋骨が透けて見えるほどに痩せていた。半年にわたる観音寺での日々は、甚五郎の人相どころか顔形そのものまでも変えていた。春を待って甚五郎も鉢を抱え、朝の行乞に出かけるようになった。裾のすり切れた法衣と草鞋履きで村々をめぐる乞食僧に、人々は一握りの麦や粟、稗、豆、時には米を鉄鉢に入れてくれた。喜捨のないときには食べないだけのことだった。

三

粟ヶ岳山中の観音寺で結局二度の冬を過ごした。覚了から添え書をもらい、堺へ向かったのは天正九年の春、三月のことだった。甚五郎は二十一の年を迎えていた。堺の南宋寺には、覚了が若き日に教えを受けた宗徹なる高僧がいた。

東海道筋を西へ行乞してたどるうちに、道は藤川の宿を過ぎ、やがて丘上に岡崎城が望めた。乙川を渡った。大平村、欠村と、かつて修理亮や小左衛門らと轡をならべて駆けた道を、くたびれた草鞋でたどった。甲山と登岩山が視界に入ってきた。岡崎城下に近づくにつれ、何もかも目になじんだ風景がそこにあった。

昨年の夏、岡崎周辺の田にはウンカが大量に発生し、稲は稔ること少なかったという。秋にも稲刈りを前にして大颶風が襲来し、矢作川の堤防が決壊して田畑に大きな被害をもたらしていた。亡き三郎信康と築山御前の怨霊がなせる業だと、岡崎の人々は口々に語った。岡崎城は、城代として石川伯耆守数正が守っているという。甚五郎を育んでくれた石川小隼人の噂は聞くことがなかった。身なりはもとより、剃髪してすっかり相貌も変わった行乞僧に、かつての小姓衆、沢瀬甚五郎を見る者は誰もいなかった。

そして、垢じみて裾の破れた法衣の行乞僧の耳に、三郎信康旧臣のその後の消息も聞こえてきた。三郎信康亡き後、岡崎の家臣団は解体され、それぞれ家康配下の武将たちのもとへ転属させられたという。なかでも、同じ小姓仲間だった磯貝小左衛門が、先手衆の内藤彌次右衛門家長配下に転属させられたものの、そこを出奔したとの話を聞いた。小左衛門の他に、内藤家長のもとから逐電した三郎信康の旧臣は、浅羽八十郎、林又兵衛、米津三十郎らだという。何を思って小左衛門が出奔するにいたったのかは、知る由もなかった。長田伝八郎や植村新六郎はどうしたか。かつて苦楽を共にした彼らのことを思い出したのは、松葉川を越え岡崎城下を通り抜けるまでの一時だけだった。今となっては、彼らの身にただ幸い多かれという思いしかなかった。わずかの月日が過ぎる間に、甚五郎にとって、岡崎もすっかり別世界となっていた。

堺の寺院は東側の堀沿い一帯に甍を並べていた。南宋寺は大小路通り南の中程に位置し、七重の大塔が聳える臨済宗の大寺院だった。

行者と呼ばれる者たちは、いってみれば禅林の雑用係だった。夜明け前に起きだし堂内の掃除にとりかかることから一日を始めた。

南宋寺では、たまたまその時期、延寿堂と呼ぶ病棟の建築が待っていた。大工も、左官も屋根師も技術の指導はしてくれるが、七十人からなる修行僧たちがそれぞれ手分けし、自分たちの手でそれを建て上げなくてはならない。それも修行のひとつだった。雨の降らない日は、脚絆に手甲、草鞋履きで、畚をかつぎ、木材を運び、鋸や槍鉋、木槌を手にして夕方まで、ずっと野外での建築作業を続けた。その間も、境内の草取りや掃除、薪割りという平常の作務はこなさなくてはならなかった。世俗の職人のような五日に一度の休日などもちろんあるはずもなかった。

亥の刻（午後十時）に開枕の鐘が鳴ると就寝は一応許されることになっていた。しかし、修行僧たちは、日課とは別の夜坐に自ら取り組む者がほとんどだった。雨の夜は縁側にて行うが、そうでなければ軒下に座布団を敷き、法衣をつけて、彼らは黙々と夜通し坐禅を続けた。南宋寺に来て以来、僧堂で枕など使ったことがないという僧までがいた。それでいて、彼らは夜明け前には平然と日常の作務を始めた。

台所を取り仕切る典座に言いつかって、大瓶を運ぶため四人で堺の町へ使いに出された五月の暑い日だった。大小路通りと紀州街道が交差する繁華な辻を過ぎて、そのまま街道を北へ向かった。紀州街道に面した櫛屋町の一角に瓶や壺を商う店があった。竹籠で梱包された瓶を棹にくくりつけ、二人ずつ交代で寺まで運ぶことになった。

宿院町の手前まで運び、寺の三門に通じる石段の前へ甚五郎は着いた。その石段脇に腰をおろした総髪の男がいた。石段を上ろうとして甚五郎はふり返り、思わず声をかけた。

「お師匠様ではございませんか」

その総髪の男は、腰を下ろしたまま甚五郎を見上げ、口元をわずかにほころばせてうなずいた。

四

五月十日夜、大小路通りを海に向かって進む二つの影があった。中央の辻に位置する湯屋町のざわめきを抜けて小路を北へ向かい戎ノ町へ先に入っていった者は、総髪に二つ折りの髷を結っていた。二間(約三・六メートル)ほど後を歩く二十歳過ぎの若い僧侶は、剃り上げた頭に黒の法衣を身に着けていたが、上下動が少ない摺り足の運びは、かつて武家暮らしをしていたことをしのばせた。

「なぜわたくしを見つけられましたので?」

「場所が悪い。ここは徳川宗家と縁故のある商人も多い。愚にもつかない濡衣だが、そういうものほど始末が悪い。徳川家に仕官を願う浪人どもにしてみれば、お前を討つことが何よりの手土産となる。ひとまずこの地を離れろ」

伊奈熊蔵はかつての師匠の顔に戻って警告した。

総瓦四脚門の脇木戸をくぐり、不定形な敷石を渡った。玉砂利が敷きつめられた広い前庭には蘇鉄の老樹が一株だけ触手を伸ばし星々を覆っていた。他に花や植え込みらしきものは一切なかった。

屋敷はむしろ小作りな書院風で、広縁が北東と北西に巡らされていた。ありきたりの杉戸を入ってすぐの上の間に通された。ところが内部は柱や天井の格子にいたるまで最上の糸柾がふんだんに使われ、総畳敷きだった。襖も白一色で、丹念に張り重ねた鳥子紙だけの無地だった。下座に着いて彼らを待っていたのは三十を過ぎたばかりの小柄な男だった。日焼けした浅黒い顔は奥顎が張り、つり上がった太眉ながら二重瞼の穏やかな目をしていた。船乗り特有の潮風に洗われたかすれ声で、「お初にお目もじいたします。沖船頭を生業としております菜屋助左衛門です」と如才なく自ら先に名乗った。

「この者が、先日申し上げました沢瀬甚五郎です」熊蔵が紹介するなり、助左衛門は目元をほころばせ二度までうなずいた。若い僧侶の内に着た麻小袖の襟は毛羽立ち、法衣も色あせて修行僧としか映らないその様を、助左衛門はむしろ好ましく感じたふうだった。

「カロタは、ご覧になったことはありますか？」助左衛門が甚五郎に訊いた。

「いいえ、ございません」

助左衛門は席を外し、別室から丸めて筒にした大判の紙を運んできた。「カロタ」とは、ポルトガルの言葉で、地図や手紙、証書などの重要な書類を意味した。甚五郎の目の前に広げられた畳半帖ほどの大きな紙には、朱や紅、青、茶色で色分けされた奇妙な模様と、手鞠の表面のように赤と青の直線が無数に入り乱れていた。そのカロタの四隅に助左衛門は透明なギヤマンで鳥や獣を象った文鎮を置いた。

「これが日本です」

図の右上にある、鶏の胴から上を小童が描いたような形を指して助左衛門は言った。「IAPÃO」の南蛮文字が入っていた。

「京はここ、堺はこのあたりになります。わたしどもは、秋から冬の北風をつかんで南へ向かいます。戻るのは逆に南風が吹く翌年の春から夏となります。先日、呂宋のカガヤンから戻ったばかりです。難波海からは四国の土佐沖を越えて薩摩の山川や坊津の港に入り、そこから琉球は沖縄島の那覇を目指します」

助左衛門が扇子の先で示した琉球からは、那覇の港を中心として放射状に赤と青の線がおびただしく引かれ航路を示していた。カロタの右端と左側には何かの目盛りらしき、赤と青と白の三色に染め分けられた帯線が描かれ、そこには二桁の南蛮数字が細かく入れられていた。緯度を表しているのだという。

「この琉球を発して、西へ向かえば明に着きます。明国では寧波や福州などの港が知られています。遣唐使を始めかつては日本からも盛んに行き来したものですが、今は交易が禁じられて入ることができません。唐人たちは琉球や高山国（台湾）に荷を積んで来ます。明の東にあるこの大きな島が高山国です。薩摩から高山国までは良い風を得れば十五日前後で着きます。ポルトガル人が住んでいる澳門はその西南に、この湾がそうです。澳門から陸沿いに南下し、安南のハイフォンまでは三十日、交趾のフエイフォまでは大河をさかのぼって行かなくてはなりませんので四、五十日ほどかかります。

呂宋島は高山国の南、ここには、カガヤン、パンガシナン、マニラの良い港があります。マニラはイスパニア人（スペイン人）が支配しています。このマニラまでは二十日ぐらい。シャムやカンボジアまでも、それぞれ三十五日から四十日の日数がかかります。わたしが行ったことがありますのはここまでです。日本人の船は六崑、パタニ、マラッカまで行っています。行く先々で、現地の商人、在留している日本人、ポルトガル人やイスパニア人、唐人、琉球人らと商いをします。日本の港で船頭がやっているのと同じことです。日本からは、刀剣や漆器、鉄や硫黄、銀などの、行く先々の港で高く値のつくものを彼らに売り、逆に白糸や絹織物、木綿、砂糖、陶磁器、臙脂などの染料、伽羅などの香木、日本で高い値のつくものを彼らから買い入れます。そして春から夏にそれらの品を日本に運び、ここ堺始め日本の大きな港で売りさばくわけです。

もちろん渡海は、颶風や高波、逆風、困難なことが次々にやってきます。むしろ順風の渡海などほとんどないと言った方が早いものです。天災ばかりでなく、どこにでも盗賊どもはいて、襲撃されては丸ごと積み荷を持っていかれ、時には殺されたり焼き討ちにあったりもします。陸の商いも海の商いも理は同じですが、海の商いは良い船と優れた船乗り、それに海賊の襲来に備えて戦えるお人を要します」

堺の商人は、あくまで陸にあって、財に物を言わせ船を所有し船乗りを雇い入れて売買をするだけのことだろうと、それまで甚五郎は思っていた。今井宗久に代表されるように時の権力と深く結びつくことで財をなす政商の時代となっていた。今井宗久のごときは、茶の湯を通じていち早く信長に接近し、摂津欠郡五ヶ庄を始め二千二百石に当たる地の代官職に就き、五ヶ庄においては付随する塩や塩魚などの座から座役(ざやく)料徴収の権利と淀川(よどがわ)の自由往来などの特権を与えられていた。

ところが、助左衛門は、自らを「沖船頭」と名乗ったように、自前の船で自ら海を渡り、行く先々で南蛮物や唐物を買い入れては堺に運び、それを売りさばいて財をなすという、昨今の堺では珍しくなった人物だとわかった。四月の終わりに南蛮品を満載した巨大なジャンク船が十二艘もの引き舟で堺沖まで来たという話は、甚五郎も耳にしていた。

「お話は、おおよそわかりました。また過分なお心遣いをたまわりまして、ありがたく存じます。ですが、わたくしは、もはや刀を捨てた身でございます。人に斬(き)られることはありましても、たとえ賊徒であれ、わたくしが人を殺(あや)めることはもはやできません。しかも、これまで船というものには、渡し船以外に乗ったことがありません」

甚五郎は微笑(ほほえ)んだ。

船に乗る上での給付条件についてまで、すでに甚五郎は熊蔵から聞かされていた。その年々の米相場で、甚五郎が岡崎で受けていた役高(やくだか)の二倍、六百俵に相当する給銀を約束するという。なぜそれほど破格の給銀を支払うのかが、助左衛門と会ってみてよくわかった。渡海などと一口にいうが、生きては戻れないことを前提にした話だった。画餅のような話を助左衛門は一切しなかった。むしろ、その危険を率直に伝えた。

「船など誰でも慣れるものです。戦えるお人と申しましても、ただ血の気の多い愚か者では、役に立たないどころか、かえって渡海の患いにしかなりません。いずこも同じですが、莫大な富が生じる港には、女人、博打や酒や阿片まで、罠は港のいたるところで待ち受けています。商人でも武人でも船乗りでも、すべてその人となりに因るわけです。甚五郎殿のことをお聞きいたしました時に、是非会わせていただきたいとお願いした次第です。

お見受けしただけでも、かつて岡崎でお小姓だったということに思い当たるところがございます。目配り、歩き方、ちょっとした仕種、話しぶり、言葉遣い、それに声、……その人となりは不思議に表れるものです。それぐらいはわかります。わたしが再び船を出しますのはこの秋、九月ごろとなります。お返事はそれまでお考えになられてからで構いません。ですが、なにとぞ別してお考えいただければと存じます」

そう言って助左衛門は甚五郎に向かって頭を下げた。目の前の粗衣をまとった僧ではなく、もう一人の別な人物に向かって話しているふうだった。

五

助左衛門は、船商い(ふなあきな)の儲(もう)けなど実は二の次で、ただ航海に夢中になっている小童(こわらわ)のようなところがあった。八年前、助左衛門が、イスパニア人から手に入れたという航海図や、磁気羅針儀、「ヤコブの杖(つえ)」と呼ばれる天体の測角器などの入った葛籠(つづら)を背負い、突然熊蔵の住まいにやって来た。それがそもそもの始まりだった。緯度と天体の高度をそれらで測り、船の位置を読み取ることのできるわけを説明してほしいと言う。しかも、助左衛門は、沖縄島と宮古島(みやこじま)の間、約八十三里十丁の海域でそれらを実際に試していた。日本から呂宋(ルソン)までの航海で、視界から目標となる島が消え、四方海ばかりとなるのはその区間だった。実際に使ってみて確かめ、子どものようにその原理を知りたがっていた。それが解(わか)るとすれば伊奈熊蔵だろうと人づてに聞いてきたという。

それからも、助左衛門は帰港するたびに熊蔵を訪ねてきた。航海とは無縁となって、茶の湯などにふけり、算盤(そろばん)をいじっているだけの連中とは全く話にならないと、彼は堺の商人たちを嗤(わら)っていた。

助左衛門が興味を示すのは、航海に必要な良い船と優れた人だけだった。それらにすべてをつぎ込むことをためらわなかった。新たに彼の雇い入れた船頭の中には、かつて毛利水軍を率いていた将士までがいた。助左衛門は、岡崎から熊蔵が戻ってきていることを耳にするとまた突然やって来た。熊蔵の岡崎での食客暮らしから門人でもあった石川修理亮の殉死に話が及んだ時、

「もったいない。いずれ人は誰でも死ぬんだ。何も死に急ぐことはない。船にさえ乗れば、琉球でも、呂宋でも、どこでも生きられるものを……」

助左衛門はそう言って、見知らぬ修理亮の死に無念さをあらわにした。

そして、修理亮とおなじく岡崎で小姓衆だった沢瀬甚五郎が、主君の自刃と修理亮の殉死に遭遇し、将来を約束された身でありながらすべてを捨てて出奔したことも熊蔵は話した。その甚五郎が、今は堺に来ており南宋寺で行者になっていることを付け加えると、助左衛門は内心響くところがあったようで、「その甚五郎殿になんとか会わせてくださらんか」と熊蔵に頼み込んだ。

翌天正十年二月三日、織田信長は満を持して甲州征伐の陣触れを諸将に告げた。家康は駿河口から、北条氏政は関東口より、金森長近は飛騨口、そして嫡男信忠は織田

軍の主力を率いて信濃伊那口より進軍することとなった。

信濃の福島城主木曾義昌は、信玄の娘婿に当たりながら、連年にわたる武田勝頼からの一方的な課役徴用に怒り、すでに信長と意を通じていた。木曾義昌の先導による信長の甲斐侵攻の報に、勝頼は木曾義昌討伐のため韮崎の北西に位置する新府から二万の兵を率いて信州諏訪へ出陣した。ところが、駿河口の田中城を守備する依田信蕃の開城に続き、信玄の甥に当たる駿河江尻城の穴山信君も、家康からの誘いに応え、甲府に置いていた人質を盗み取らせて離反していた。同じく信玄の甥に当たる武田信豊も、仮病を使って信州へ逃亡し、信玄の弟武田信廉も勝頼の軍令に背いて早々と織田信忠へ投降した。武田一族や諸将ばかりか、人心ことごとく勝頼から離れ、領民まで信長の領国になればよいと願うほどになっていた。

秋田城介こと織田信忠は、二月十二日岐阜を発し、木曾口、岩村口の二ヶ所より進軍を開始した。二月十四日、岩村に着陣した時点で、まず信濃松尾城主小笠原信嶺が投降してきた。信忠は二月十七日には木曾山脈を越え、勝頼の首級を挙げるべく一路甲州を目指した。

信長は、自らが到着するまでは軽率に侵攻しないよう、後見役の滝川一益と河尻秀隆を介して信忠に厳しく忠告していたが、織田軍を率いる当年二十六歳の若き大将は血気にまかせ、父からの指令など耳に入れることはなかった。森長可と団忠正を先手として飯田より三州街道をそのまま北上し、三月二日、勝頼弟の仁科盛信が守る上伊那の高遠城を力攻めで陥落せしめた。勢いにまかせて鳥居峠にても武田勢を一蹴すると、そのまま諏訪になだれ込み、諏訪大明神の神殿と堂舎に火を放った。

要害険固で知られる高遠城をわずか一日で抜くという予想を超えた織田信忠の速攻に、浮足立った武田勝頼は引き返して新府城に火を放ち、山中へ逃走するしかなかった。

三月五日、織田信忠は上諏訪より新府を経て、甲府に攻め入り、勝頼の一族と重臣らの掃討を開始した。勝頼は、信玄以来の重鎮、小山田信茂の居城のある都留岩殿山へ落ち延びようとしていた。が、頼みとする小山田信茂にも背かれ、信忠軍の滝川一益らの追撃に、天目山麓の田野にて夫人と嫡男信勝ともども自刃して果てた。天正十年三月十一日、ここに甲斐の名門武田氏は滅亡した。

織田信忠が甲州に向かって快進撃を続けたころ、堺ではキリシタン宗徒たちに奇妙な噂が広まっていた。それは安土に住むイエズス会の宣教師によって語られたものだった。二月十四日亥の刻(午後十時)、東方の空が奇妙な光を発して明るくなり、安土城天守閣が赤く焼けたように見えた。そして、一月二十二日の亥の一刻（午後九時）には彗星が出現した。その彗星は、数日間尾を引いて現われた後、安土山に落ちた、という。何か織田家に不吉なことがおこる前兆ではないかというものだった。

伊奈熊蔵は、イエズス会の宣教師たちの願望をその奇妙な噂から読み取っていた。彼らは安土に教会堂建設を許され宅地を与えられていながら、内心は信長の滅亡を望んでいる。港湾都市堺を直轄地として、あくまでポルトガルを始めとする南蛮貿易の窓口とさだめる信長に対して、フランシスコ・ザビエルが当初この堺に商館建設を望んだように、宣教師たちは堺始め港湾都市に独立したキリスト教国家を打ち立てようとする意図を捨ててはいなかった。しかし、信長は、彼らが望むような愚か者ではなく、しかも脇の甘さがない人物だった。イエズス会の宣教師たちもやっとそれに気づいたようだった。

堺などの港湾都市が、あくまで信長を利する南蛮貿易の窓口である限り、彼らの布教を後援はしても、それらの地を信長の支配から独立したキリスト教国家とする意志が明らかになれば、これまでのように寛容な顔を信長は見せない。それどころか、徹底した追放と弾圧とが待っている。結局は比叡山や本願寺と同じ運命が彼らを待ち受けることになると思われた。

六

伊奈熊蔵の身辺にも、ここへきて変化の兆しが現れていた。小栗仁右衛門吉忠がこの正月に突然堺へやって来て、熊蔵を是非家臣として召し抱え、いずれは家康の直臣となるべく推挙したいという話をして帰った。伯父伊奈外記助は、その五十路半ばの家康近侍が、かつて家康の父広忠の小姓を務め、以前は松平姓を名乗っていたことを憶えていた。間違いのない筋からの求めであるから早々に応じるがよいと、伯父は手放しで喜んだ。

四月三日、この日熊蔵を再訪した小栗吉忠は、三十過ぎの侍を伴っていた。色浅黒い小男で大きな目ばかりが目立つその人物は本多弥八郎と名乗った。家康の側近に本多弥八郎正信なる者がいるとは、熊蔵の耳にも入っていた。そして、家康が甲斐征伐における論功行賞において、信長より駿河一国を領地として与えられたことを、熊蔵は初めてその本多正信から聞かされた。これで家康の領国は、三河、遠江、駿河の三国に及ぶこととなった。

「……領国が広がれば、そこをいかに支配するかが、これより当家の難題となります。

まずは検地の竿を入れて、従来より存する田畑の反歩を確かめ、収穫を推量し、これによって年貢の目安を定めねばなりません。かつて岡崎において熊蔵殿が説いておられましたように、新たな領国におきましても、旧い寺社勢力を一掃し、あまねく均等な貢税定法を打ち立てなくてはなりません。是非お力を貸していただきたく参上いたしました次第です」そう本多正信は言った。

長く当面の敵であった本願寺教団も昔日の面影なく、武田氏も滅亡した。家康は、三河と遠江に加えて駿河に跨がる領国経営に、腰をすえてとりかかろうとしていた。穴山信君のように、民政の手腕において非凡との聞こえあらば、たとえ武田の旧臣でも傘下に収めたい家康にとって、伊奈熊蔵は三河小島城主伊奈忠基の孫に当たり、出自も申し分なかった。本多正信が出向き、噂に聞く俊才であればすぐに浜松へ連れて来いとの家康の意向だった。

徳川家における自分の役割りも推測はついたが、検地の地方役という具体的な役目柄をこの時に提示された。かつて岡崎において熊蔵が石川修理亮らに講じた検地論をなぜか本多正信は知っているようだった。おそらく何もかも身辺を調べ上げたうえでの話だろうと思われた。

「いかなる検地にも、その根底に民を尊重する考えがまず必須です。初めに重い租税ありきの検地では、本末転倒どころか、いずれ必ず一国を滅ぼします。労役を含めまして、重き租税を課して、農の民を疲弊させますれば、その財力も体力も衰え弱り、納める租税もそれに合わせて減少し、結果として国力を弱めることになります。やがて民の怨嗟の声が高まり、内乱が起こり、お家の滅亡を招くことになります。

だれもが満ち足りて幸いである世など、実際にはあろうはずもございません。ですが、田畑からの貢税の負担は、当然寺社領を含めまして、何の例外も認めず領国すべてに公平に課することが政事を司られる方々の、せめても果たされるべきことと存じます。公平と申しますのは、誰が見ましても明白で、ごまかしのきかない方法、すなわち数値で明示することとです。

一見目立たない地方役が、実はお家の存亡に直に結びつく最も肝要で難しいものであると考えます。お話はまことに有り難く存じますが、わたくしには、とても荷が重すぎます」

家康のもとに仕官すれば、確かに暮らしも定まり、暮らしの労苦からも免れることにはなるだろう。だが、反面、嫡男三郎信康さえ死に追いやられたように、徳川家内の勢力争いにいずれは巻き込まれ、その力関係の軋轢に日々さらされることになる。

熊蔵はそれが何より煩わしいものに思えた。何より、信長であれ、家康であれ、民から搾取することを前提にしている者が、しかるべき貢税制について真摯に耳を傾けるとは思えず、やがてはただ彼らの思惑どおりの検地帳を作らされるだけだと思われた。

「……確かに、熊蔵殿がおっしゃられますように、すべての基となる治民というものが最も肝心で、しかも難題です。ご出仕の話はさておきまして、実は、一度根本から検地というものを順序立てて学びたいとわたくしは願っております。しばらく当地に滞在いたすことになっておりますので、その間、基のところだけでもご教授いただければ幸いです。ご迷惑とは存じますが、なにとぞお願いいたします」

本多正信は真顔でそんなことを言い、深々と頭を下げた。もちろん熊蔵の能力や思惑も直に確かめる必要があってのこととは思えたが、別に熊蔵は仕官など望んではいないのだから、憚ることなく思うがままを説けばよいだけのことだった。家康に近い人物が、正当な貢税制度というものを考え、虚心に学ぶことは極めて重要なことだった。

「陸に上がり茶の湯ばかりに興じている堺の商人の中にも、自ら船を仕立て好んで呂宋への渡海を続けている者がいまだにおります。その者が、かつてイスパニア人から世界図を手に入れました。そして、その地図に描かれていることが本当かどうか試そうとしました。『ヤコブの杖』と呼ぶ、星の高さを計るための、十字型に物差しを合わせたような器具で子の星（北極星）の高さを確かめましたところ、呂宋島のカガヤン港の沖で二十度だった。その地図の端に示してあった緯度も同じ数でした。それで、その世界図が本物だと、かの者は知ったわけです。天竺（インド）も、利未亜（アフリカ）も、またイスパニア人が海を渡って行くノビスパニア（メキシコ）も、みなその地図に表されている通りの位置にあると。

検地も同じです。まず、田畑の反歩を検地竿と検地縄を使い、調べ、数で示す。当然、竿や縄はいかなる場所でも同一の尺度のものを使う。そして地味を決める基準を定め、収穫高を推定する。この推定した収穫高に基づいて租税基準を定めることになります。貢税率は、誰のどの土地にもすべて等しく割り振る。民の側からすれば、四公六民、根取りで五分。これが健全に暮らしを営める限界です。そして、いかなる寺社や蔵入地の例外も認めない。これまでの除地とされていた田畑も、実際に竿を入れてことごとく打ち詰めにします。

今申し上げました海商人と同じく、賢い者はどこにでもおります。新しいご領主がいかなる人物なのか、必ずそれを確かめる手立てを講じます。また民の側でも確かめられるように、何もかも明白にする必要があります。貢税の仕組みが公平であれば、信じてくれる。検地の場に立ち会わせ、しかも示した通りの数で表せばそれらは明白です。

もちろん言うのは容易ですが、貢税の定法を打ち立てるのは大仕事です。お家の土台を築くわけですから。ところが、たいてい途中で横槍が入り、民の尊重と平等公平という貢税の理が崩されることになります。ひとたびそうなれば、民はご領主を全く信じないことになり、不平ばかりが渦巻くことになります。

検地奉行とひと口に申しますが、ご領主すらも容易には口を挟めないような、よほどの権威をその者に与えなければ、正しい貢税の定法はけして打ち立てることができないと知るべきです。しかし、もしそれができうるならば、お家は当分安泰です。それをご領主の方から是非もなく崩すようなことが起きなければ……。遠州二俣城で果てた石川修理亮も、また出奔した沢瀬甚五郎も、岡崎で拙者の弟子でした。甚五郎は文武ともに秀で、仁義に徹した逸材です。

権謀は事、すなわち職務に対して使うべきものであり、人に対して使うべきではありません。たとえいかなる事情がありましても、人に対して権謀を用いれば、必ずその報いが自身に返ってくるものです」

小栗吉忠は何を話しているのか理解できなかったようで熊蔵と目が合うとしきりに笑いを浮かべるだけだったが、本多正信は表情を強張らせ、畏れを帯びた目でうなずき返した。

伊奈熊蔵は仕官する上での条件を本多正信に突きつけたばかりでなく、その場しのぎの策謀など簡単に見破れると釘を刺した。

天正十年(一五八二)陰暦五月

一

この年の五月は小の月で、末日の二十九日、ただでさえ人でごったがえしている堺の町は、長宗我部征伐をひかえて結集した織田方の軍兵一万四千に加え、近隣からも大勢の見物が押し寄せていっそうの賑わいを見せた。この日、東海の覇権を握った家康が、名だたる重臣たちを引き連れて堺見物にやってきた。家康来たるの報に、堺奉行松井友閑を始め、今井宗久、津田宗及ら堺の豪商たちがこぞって出迎えた。

家康に同道して堺入りしたのは、酒井左衛門尉忠次、本多平八郎忠勝、石川伯耆守数正、大久保治右衛門忠佐、榊原小平太康政、松平上野介康忠、天野三郎兵衛康景、本多作左衛門重次、高力与左衛門清長、服部半蔵正成、渡辺半蔵守綱らである。姿が見当たらないのは大久保忠世ぐらいなもので、東海にその士ありと聞こえた驍将、智将、二十余騎の勢ぞろいだった。

「あれが本多平八だ」

「長篠の、髭の忠佐とはあれか」

紀州街道沿いに詰めかけた見物たちは、噂に聞く勇将たちの騎馬姿を間近に見上げ、興奮を隠せなかった。

元亀元年（一五七〇）に武田信玄と袂を分かって以来、家康は甲斐武田氏と興亡を賭け、この十二年戦の日々を重ねてきた。三月十一日、勝頼自刃によって武田氏は滅亡し、家康にとって当面の敵と呼べる者はいなくなった。長年身を挺して支えてくれた重臣たちへの慰労もかねて、家康は駿河拝領の礼を尽くすべく安土に信長を訪ねた。五月十九日、家康主従は、安土摠見寺において信長自ら給仕するという異例の饗応を受け、京、奈良の見物を終えての堺入りだった。信長に旧領を安堵された甲斐武田一族の穴山信君もこの一行に連なっていた。

この年、信長は東国での支配地を上野、信濃、甲斐にまで広げた。しかし、北陸の越中では柴田勝家が上杉景勝との交戦を続け、中国戦線の備中高松城では羽柴秀吉が、総力を結集した毛利勢との対決を迎えていた。そして、信長は新たに四国の長宗我部元親征伐のため、三男信孝を大将と定め、兵船を大坂に集結させていた。

すでに中国戦役は天正五年十月以来、足掛け六年の長きにわたっていた。織田軍の羽柴秀吉と東上を画す毛利勢との攻防は、播磨・美作・備中・丹波・但馬・因幡・伯耆の七ヶ国で繰り広げられてきた。秀吉は、二年前の一月十七日に播磨の三木城を、次いで昨年十月二十五日には因幡の鳥取城を、いずれも徹底した兵糧攻めによって陥落させた。因幡を制圧された毛利勢は、山陰道からの東上が断たれ、山陽道も備前と備中の国境にまで後退を余儀なくされていた。秀吉はこの国境を守る毛利方七城のうち六城を陥落させたが、拠点とする備中高松城のみは深田に囲まれた天然の要害に守られており、攻めあぐねていた。そこで、城の周囲に長堤を築き、足守川をせき止めての水攻めを敢行した。

五月二十一日、高松城を包囲する秀吉軍三万に対し、毛利軍の総帥毛利輝元と「両川」と讃せられる輝元の両叔父、吉川元春と小早川隆景が、湖水の中に孤立した高松城救援へいよいよ到来した。吉川元春は城の南西一里にある岩崎山に陣取り、小早川隆景は南に二里離れた日差山に、そして毛利輝元は城から六里離れた猿掛山に本陣を構え、秀吉軍を遠巻きに包囲した。後詰の毛利勢は、自軍をはるかに上回る五万の大軍と秀吉の目には映った。

羽柴秀吉から援軍要請を受けた信長は、自ら毛利征伐に備中へ下向することを決め、その先手として惟任日向守こと明智光秀の軍を差し向けることにした。明智光秀とその指揮下にある細川忠興、筒井順慶、池田恒興、高山右近、中川清秀ら各将に中国出陣を命じ、遠征準備のためそれぞれの居城に戻らせた。

六月一日、四国遠征をひかえた周辺の慌ただしさをよそに、家康主従は上方見物の一日を変わりなく過ごすことになった。家康一行は、堺にて今井宗久らの主催する茶会に招かれ酒宴に興じた。伊奈熊蔵は、この日小栗吉忠に呼ばれ茶会の末席に連なった。そして、思いがけず酒井忠次から声をかけられた。小栗吉忠の嫡男忠政は、長篠の戦いにおいて酒井忠次の鳶ヶ巣山奇襲軍に属し、雨宮十兵衛家次を討ち取る手柄を立てていた。

小栗吉忠が熊蔵を呼び寄せ紹介すると、「おお、熊蔵か。達者で何より」酒井忠次は酔いの回った赤ら顔で以前から見知っていたようにそう言い、「明朝、再び上洛するが、そちも同道せよ」と付け加えた。明くる六月二日、毛利征伐のために本能寺入りした信長へ家康が帰国の挨拶をする手筈となっていた。

伊奈熊蔵が戎ノ町の菜屋助左衛門の屋敷を訪ねてきたのは、六月一日の夜も更けてからだった。沢瀬甚五郎はすでに南宋寺を出て法衣を脱ぎ、戎ノ町の助左衛門宅に身を寄せていた。

「明日の朝、家康様の一行と上洛する」熊蔵はそう甚五郎と助左衛門に告げた。

青緑の釉薬に細かいひびの入った交趾焼きの湯呑に助左衛門が清酒を注いだ。甚五郎も久しぶりに清酒を口に含んだ。

「……人はそれぞれの道を行くのがいい。湾内の海は腐った臭いがする。沖に出れば陸の者の言う潮の臭いなど一切しない。流れ続ける海流は腐臭などしない。いずれにせよ同じところに長くとどまるのは人を駄目にする」

助左衛門の言に、熊蔵も、甚五郎もうなずいた。

「後漢の孟敏という御人が、道に壺を落とし割ってしまった。だが、立ち止まることもなくそのまま歩き去った。割れてしまった壺は、いくら惜しそうにながめていても元には戻らない。失ったものにいつまでも思いをめぐらすことをやめる。それを無分別智という」かつて観音寺で覚了がそう語ったことを甚五郎は思い出していた。

どんな形であれ、別れには勇気が伴う。伊奈熊蔵がその非凡な才を活かすためには、より直接的な場が必要なことも確かだった。

同時に甚五郎も、薩摩か、琉球か、呂宋か、見知らぬ地に旅立つ日が迫っていることを感じた。甚五郎を抹殺しようという意図は徳川家中に依然根強く残っている。まずは徳川家の手が簡単に届かない地へ身を置かなくてはならない。地表を旅する者があれば、地下へ潜んで生きるしかない者もいる。運命は受け入れるしかないと思われた。

二

六月二日朝、家康一行は堺を発ち京へと向かった。伊奈熊蔵も酒井忠次の家士の形でこの列に加わった。先発した本多平八郎忠勝は、枚方の街道筋を飯盛山の近くまで来ていた。陽はすでに高く巳の一刻（午前九時）頃だった。その時、前日京の自宅に帰った茶屋四郎次郎清延が馬を駆ってくるのに遭遇した。

茶屋清延は本多忠勝の姿を認めるなり下馬した。馬は汗で濡れた首筋に静脈を浮かせ、血走った目で荒い呼吸を繰り返した。茶屋清延は珍しく鬢をほつれさせ、剃刀を当てる余裕もなかったらしく顎もうっすらと髭が伸びたままだった。

「この暁、惟任日向の謀叛により、上様は本能寺にて、城介様も二条御所にてご生害あそばされました」

興奮する馬の頭絡をつかんだまま、茶屋清延は息を切らせ馬上の本多忠勝に告げた。骨太の巨体と、大きな三白眼に太い鼻梁、濃い髭、徳川の名将たちのなかでも、本多平八は格別の影の濃さを持っていた。何が起ころうと動じるはずのない本多忠勝が、顔色を変えてすぐに下馬し、笠緒も解かずに「まことの話か」と訊き返した。

「はい。相違ございません。すでに惟任の軍勢による残党狩りによりまして、洛中は混乱を極めております」

明智光秀の謀叛によって信長と嫡男信忠が自刃したというやにわには信じがたい凶報に、さしもの本多忠勝も視線を空に泳がせ、しばらく返す言葉もなかった。

「まずこのことを家康様に」と促した茶屋清延に、「ああ。ああ」とうなずきながら本多忠勝は騎馬し、何かを言いかけたがその言葉を飲み込んだ。そして、思いを振り払うかのように「ともに参れ」と茶屋清延に一声かけ、堺へ向かって駆け出した。

信長自刃の急報に、後続の家康一行も枚方の街道筋で凍りついた。安土の摠見寺で徳川の将士ひとりひとりに信長自ら給仕をしもてなしてくれたのは、十二日前のことだった。信長はそれぞれの名を覚えており、父大久保忠世の名代として上洛した大久保忠隣にまで、「血は争えん。そっくりだな。七郎右衛門殿が若返ったかと見間違うた」と気さくに声をかけ、甲高い笑い声をたてた。

「なにとぞ、ここでおいとま申し上げることをお許しください」下馬し路上にひざまずいて長谷川藤五郎秀一が家康に訴えた。信長に命じられ家康一行の上方案内役に当てられていた長谷川秀一は、若き日より小姓も務め、長く信長の側に身を置いてきた。長谷川秀一は、ひとり京に取って返し、明智軍に一太刀でも浴びせ、信長と信忠の後を追うことを言外に家康へ伝えた。長谷川秀一の思いを受け、そのまま上洛して明智軍に討ち入り信長の後を追うことも一瞬家康の脳裏をよぎった。だが、明智光秀の軍勢は一万三千、備中遠征をひかえて武備万全であるのに対し、家康一行は家中きっての名将がこぞってその場にはいたものの、人数は道具持ちの小者を合わせても八十余名、鉄砲どころか弓一張もなく、武器といえばそれぞれの腰に帯びた大小と道具持ちの携える槍二十数本ぐらいなものである。そのうえ明智光秀のもとには、琵琶湖の西と東の土豪たちが味方に参集しているはずだった。

「弔い合戦は、仇を討たずば、ただの犬死。何の意味もありません。ひとたび本国に戻り軍を整えまして上洛し、惟任一派を平らげてこそ、安土の上様と城介様に対する唯一のご供養になるものと存じます」

　家康の胸中をいち早く察し、本多忠勝のくぐもった声が家康を諫めるように響いた。

それまで予定していた行程は、そのまま京に出て山科を経由し瀬田橋を渡って岡崎を目指すものだった。しかし、この状況下では自ら死にに行く道も同然である。残るは、伊賀越えの険路を踏破し、伊勢に出て三河をめざすしかなかった。

　酒井忠次は一呼吸置いて、冷静な声を取り戻し家康に語った。

「手間取れば手間取るほど難は増すばかり。ここはまず伊賀越えで伊勢へ出るのが、弔い合戦への近道と思われます」

　石川数正、大久保忠佐、榊原康政、松平康忠らもそれに同意してうなずいた。

　そもそも伊賀は、北に近江、西北に山城、西に大和、東南を伊勢に囲まれた交通の要衝であり、尾張の半分ほどの面積に中世以来五百を超える城砦や館がおびただしく設けられ、長く土豪の乱立してきた地域である。明智光秀の本領のある近江滋賀郡始め琵琶湖周辺の土豪衆から信長自刃の報は程なくして伊賀山中にも届き、勢いを得た伊賀の残党が行く手を阻むこととなり、時が経てば経つほど脱出は困難となる。

「まずは三河へ戻り軍を整え、再び上洛して明智を討つ。藤五郎殿、胸中は察するが、願いの儀聞き入れるわけにはいかない。貴殿はこのままわれらと同道すべし」

家康も伊賀越えによる本国帰還を選択した。

三

信長自刃の報せは、六月二日午の刻前に堺へ伝わった。破竹の甲州征伐で声望を高めた嫡男信忠までもが同時に二条御所にて自刃したことで、あれほど堺衆が信じて疑わなかった織田の天下は突然消滅した。信長頼みの堺は、ただ茫然自失の体で混乱する活気も残っていなかった。信長に屈し武装を解除してからの堺には、鉄砲と弾薬こそ売るほどあっても、それを用いて外敵を退ける自前の兵力はどこにもなかった。堺を囲んだ堀ばかりが虚しく水をたたえ静まりかえっていた。

六月二日の朝、家康一行に伴われて堺を発ち、京へ向かった伊奈熊蔵はどうなったか。家康一行の消息も途絶えたまま一向に聞こえてはこなかった。甚五郎は不安の色を隠せなかった。信長が宿にしていた本能寺も、信忠が引き移った二条御所も焼けて、明智軍による残党狩りも始まり、洛中は混乱を極めているという。熊蔵のことだから何が起ころうと天性の才知で切り抜け、むざむざ明智ごときの手にかかることはないとは思いつつも、よりによって熊蔵が新たな道に踏み入れたとたんにこの騒乱である。
「いかにも熊蔵殿の旅立ちにふさわしい。これで面白くなった」助左衛門はそう言って笑い飛ばした。

堺の混乱は、織田方軍兵の脱走から始まった。この時、四国の長宗我部元親征伐のため堺に駐屯していたのは、信長の三男神戸信孝の兵一万四千だった。信長によって四国征伐軍の大将に当てられていた信孝は、すでに伊勢の神戸家へ養嗣子となって出され神戸姓を名乗っていた。その下には、副将格の近江佐和山城主丹羽長秀を始め、津田信澄、蜂屋頼隆、関盛信らがいた。信孝軍は、明智軍一万三千と抗するだけの兵力を有していながら、信長と信忠の横死が伝わると明智勢の襲来を恐れて兵が勝手に逃亡し始め、押しとどめる術もない有様となった。六月三日の夕には、気がつけば堺の信孝軍は八十余騎ばかりとなり、四国征伐どころか信孝の身さえ危うい状況となっていた。

堺にいた津田信澄は明智光秀の娘婿でもあり、光秀に呼応して堺に火を放ち、信孝と丹羽長秀を討とうとしているという噂が、堺の町衆をたちまち混乱に陥らせた。堺の民も、縁をたよって紀州街道づたいに続々と疎開し始めた。

荷車の軋みや牛馬の声、町民の疎開が続く堺の町は、六月四日になっても、混乱の鎮(しず)まる気配もなかった。戦火の噂ばかりが飛び交い、頼れる縁を持つ者はあらかた堺を離れた。助左衛門は堺の浮足立ったさまを冷やかに眺めていた。

「しばらくは堺での商いも無理だな」助左衛門は信長の死によって内乱がしばらく続くと見ていた。同時に、ひとつの権力に寄生するしかなくなった堺のさまに、今さらながら失望を隠せなかった。六月いっぱい堺にとどまる予定を繰り上げ、助左衛門はまず薩摩の山川(やまがわ)へ引き移ることにした。四国征伐をひかえて難波海(なにわのうみ)に集結していた九(く)鬼嘉隆(きよしたか)の水軍を始め織田方の関船(せきぶね)も、陸の混迷に指揮系統を失い、立ち往生のまま動きようもなくなっていた。

「出るなら今だな。甚五郎殿はどうしなさる」

「お供いたします」甚五郎はそう答えた。

天正十五年（一五八七）陰暦三月

一

天正十年（一五八二）六月十三日、山崎(やまざき)の合戦で明智光秀を討った羽柴秀吉は、翌天正十一年四月、柴田勝家を賤ヶ岳(しずがたけ)の戦いでも下し、信長の後継として名乗りを上げた。そして、かつて本願寺のあった石山(いしやま)に大坂城を築き、政治と経済、交通網の中心である京畿(けいき)とその周囲を掌握した。しかし、天正十二年正月の時点において、秀吉に臣従(しんじゅう)することを拒む大名もまだ多く存在した。

徳川家康を始め、小田原の北条氏政、富山の佐々(さっさ)成政(なりまさ)、越後の上杉景勝、中国の毛利輝元、四国の長宗我部元親、薩摩(さつま)の島津義久(よしひさ)らである。加えて、尾張、伊賀、伊勢を領有する信長の次男織田信雄(のぶかつ)も、先に異母弟神戸信孝を亡(な)き者とするため秀吉の策謀に利用されたことに気づき、秀吉に対する憤りを深めていた。

家康は、本能寺の変後、天正十年七月に信濃と甲斐へ軍を進め、同じく甲斐と信濃の領有を目指していた北条氏政と甲斐で衝突した。しかし、家康が督姫を北条家嫡男の氏直に嫁がせることで、両者は十月末に講和を結んだ。結果として家康は、三河、遠江、駿河の三国に甲斐と信濃を加え、五ヶ国総計百三十三万石を領有する大大名となった。

天正十二年（一五八四）正月、織田信雄は上洛して臣従の礼をとることを秀吉から求められ、これを拒否した。しかも、上洛を勧めた津川義冬ら三人の家老を居城長島城で誅戮し、秀吉との対決姿勢を鮮明にした。織田信雄は、家康と同盟を結び、戦いの場は織田信雄の所領尾張へと移された。

三月十三日、家康は信雄支援のため浜松から兵を率いて尾張清洲城に到着し、信雄軍と合流した。同時に尾張平野の北部に位置する要衝の小牧山城を榊原康政に命じて修築させた。小牧山城はかつて信長が居城としたこともあり、「非道逆賊」の秀吉を討つという大義を背負うにふさわしい城だった。

同じ三月十三日、大垣城主池田恒興が秀吉方につき、美濃と尾張の国境を押さえる木曾川畔の犬山城を奪った。この時点で尾張北部が主戦場となると判断した家康は、清洲城と小牧山城との経路を確保するため、両城の西に位置する重吉城を改修した。また、小牧山城と本国三河間の要路を確保するため比良城と小幡城の改修にも着手した。小牧山城から三河岡崎に向かう東南経路上の蟹清水、北外山、宇田津、田楽にも城砦を構え、兵糧弾薬の補給に万全を期した。

三月十七日、小牧山占拠を目論み単独で侵攻してきた秀吉方の森長可勢を、酒井忠次と奥平信昌率いる徳川勢が羽黒に急行してこれをたたき、首級三百余を上げて一蹴した。「鬼武蔵」の異名で知られた森長可は、本能寺で討死した森蘭丸の実兄である。

その森長可が敗れたとの報に、秀吉は大坂より出馬した。美濃を経由して犬山城に入り、三月二十七日、十万の兵を動員して楽田に本陣を構えた。対する家康は約二十丁離れた要害の小牧山城に本陣を布き、信雄軍と合わせても三万の寡兵ながら、一歩も引かぬ構えでこれと対峙した。

膠着した戦況を打開すべく四月六日夜、池田恒興の発案で、森長可、堀秀政、そして秀吉の甥に当たる三好秀次の別動隊一万六千が、家康の後方攪乱のため三河岡崎へ奇襲を企て、楽田から南下を開始した。

それを察知した家康は、小牧山の守備を本多忠勝と酒井忠次、石川数正にゆだねた。

榊原康政らをまず先発させ、家康自ら一万の兵を率いて追走した。秀吉方奇襲軍は追尾されていることなど予想だにせず、行軍は遅れがちで、池田恒興の先鋒(せんぽう)隊が小牧山から六里南に位置する岩崎(いわさき)城にいたったのは、四月九日の夜明けになってからだった。池田恒興と二番手の森長可勢合わせて九千が、徳川方の丹羽氏重(うじしげ)が守る岩崎城を攻略する間、先発の榊原康政と大須賀康高(おおすがやすたか)勢は、二里後方で駐屯していた三好秀次の八千を白山林(はくさんばやし)にて挟撃(きょうげき)した。二手から浴びせられた突然の銃撃に秀次軍は総崩れとなり、秀次は自らの馬も見失い家臣の馬を借りて敗走する始末だった。三番手で進んでいた堀秀政は、徳川軍の急襲に軍を返して榊原康政勢へ当たるも、長久手(ながくて)に到来した家康本隊に攻撃され、甲斐武田旧臣からなる井伊直政(いいなおまさ)の別動隊にも奇襲されて、早々に戦線を離脱し、堀秀政勢も敗走した。岩崎城を落とした池田恒興と森長可の二隊は、秀次救援のため一里後方の長久手へ引き戻る間、家康軍は陣形を整え万全の備えで待ち構えた。大久保忠佐と井伊直政の率いる徳川鉄砲隊に打ち崩され、池田恒興父子と森長可を始め、秀吉方の将兵は次々と討死し、岡崎奇襲軍は壊滅した。

この長久手の戦において、秀吉方奇襲軍を率いていた大垣城主池田恒興と組み打ちし、首級を上げたのは、かつて三郎信康の小姓衆、当年二十二歳の長田(おさだ)改め永井伝八郎(でんぱちろう)だった。三郎信康の自刃(じじん)後、伝八郎は大浜(おおはま)の家に戻り、蟄居(ちっきょ)の日々を送った。だが、その後命を受けて浜松に出、家康の側に仕えていた。

命ぜられて浜松に移り住んでからも伝八郎はしばらく鬱屈した日々を送った。主君三郎信康が自刃させられ、修理亮が追い腹を切った。徳川家は修理亮の殉死を隠蔽する必要から、よりによって出奔した甚五郎が修理亮を殺害し刀を奪って逃走したという罪までを捏造した。武士の世界などと称しても、所詮は陰湿な権謀術数の横行する魔界だった。家康に仕えることは、己自身がそれらの陰謀に加担することにほかならない。しかし、だからといって伝八郎は、素浪人に身を落とし諸国を流浪する気にはなれなかった。

長久手の戦いで、山田の畔に休息している黒糸縅の武者を偶然見つけた時、一人だけ伝八郎は畔を駆け上がって武者の正面へ飛び出した。

「岡崎次郎三郎信康が遺臣、長田伝八郎見参！」

緊張の余り、伝八郎の口から思いがけず飛び出たのは、故君の名だった。三郎信康の名を口にした途端、伝八郎の身体に怒りが漲った。三郎信康ばかりでなく、修理亮や甚五郎の怨念までが己の中に怒りとなってよみがえってくるのを覚えた。

敵将の供侍が槍を手にし向かってきた。伝八郎は槍を構えたまま真っ直ぐに馳せつけ、突き出された相手の槍を上からたたき伏せて突き倒した。伝八郎は素早く腰刀を抜き、太刀を構えた黒糸縅に躍りかかった。相手を組み伏せ、力まかせに首をねじ切った。いつ斬られたものか、気がつくと左の人差し指が半ばから皮一枚残してぶら下がっていた。

己が挙げたその首級が、敵方の大将、池田恒興であると知ったのは、しばらく経ってからだった。亡き三郎信康、そして修理亮、甚五郎が、己に加勢してくれたのを感じた。

二

薩摩半島の東端、山川港は、海がどの港とも異なる深い色をたたえていた。海底火山の隆起した噴火口がそのまま海を引き込んで湾を造り、切り立った岩山が屏風のごとく取り囲んでいた。太古に火を噴いた山の火口跡ゆえに、水深は十尋（約十八メートル）以上を有し、墨色を帯びた重い海水をたたえて静まりかえっていた。湾口は約八丁（約八百八十メートル）、奥に広がる港湾の周囲約一里。瓢簞の形をなしていると里人は語ったが、岸に立って眺めるときれいに円を描く深い湖を思わせた。しかも、季節ごとの光によって、湾の水は翡翠や水浅葱、時には群青に変化した。かつて渡来したポルトガルやイスパニアのいかなる大船も座礁の心配なく、周りを取り囲む岩山が強風や荒波を防ぎ、錨の掛かりも申し分なかった。港の南西二里の位置には海上はるかから目標となる開聞岳がそびえ、「山川」の名は、自然の造形した神秘の良港として、琉球を始め明国や朝鮮の船乗りたちにまで親しまれていた。

中世より山川を支配する頴娃氏は六代を重ねた後、頴娃宗家嫡男兼有と側室の子兼慶との後継争いが起こった。元亀二年（一五七一）、庶子の兼慶を推す一派は、嫡男兼有を開聞宮の社頭で謀殺するにおよんだ。後継争いの動乱は、大山明神を核とする土豪衆の蜂起を招き、島津家の仲介を許した。天正四年（一五七六）にいたり、頴娃左馬介兼慶は、薩摩領主島津義久に従属し、義久の「久」の字を許され、以後久虎を名乗ることとなった。同時に、山川港はあくまでも島津宗家の所領であり、頴娃久虎は明国船や南蛮船の取り扱いについて鹿児島の島津宗家からの指示を仰いでから計らうよう厳命された。ここにおいて山川港は、島津宗家の拠点港として位置づけられ、事実上占有されたに等しいこととなった。

頴娃久虎は、軍役においては水軍を率い、平時は山川港における海商人と船舶の監視、それにともなう諸税の徴収を主な役務としていた。山川港湾の東、張り出した岬の港口に沿って福元の集落があり、船番所と地頭館もそこへ設けられていた。福元には、田辺屋又左衛門、菊屋宗可、八十島助左衛門、後藤徳乗、薬屋久徳、伊丹平左衛門、菜屋助左衛門といった、堺や京の出店が軒を連ねていた。山川の出店には、京畿を始め諸国の政情も船によって逐一届けられた。津々浦々を行き来する海商人からは、琉球、朝鮮、明国はもとより遠く呂宋や交趾、カンボジアやシャムの情報までが入ってきた。

九州は、天正三年（一五七五）よりほぼ十年の間、島津、大友、龍造寺による、三氏鼎立の時代が続いた。天正十二年（一五八四）三月二十四日、島津義久は島原半島沖田畷の戦いで、肥前を根拠地に北部九州を支配する龍造寺隆信を滅ぼした。九州制覇を企図する島津義久の前には、かつて北九州六ヶ国の守護として君臨しながら、天正六年の日向耳川の合戦で大敗して今や豊後の旧領を死守する大友宗麟が残るのみとなった。九州制覇を推し進め北侵してきた島津勢に対し、いよいよ追い詰められた大友宗麟は、島津との調停に乗り出すよう自ら上坂して秀吉に懇願した。

天正十三年、関白の座についた羽柴秀吉は、翌十四年三月、島津義久に対し、薩摩と大隅二ヶ国に加えて、日向、肥前、肥後三国の半分を領有させるという条件を提示し、大友宗麟との停戦講和を朝廷の権威を用いて通告した。秀吉は、領土案の返答期限を七月までと島津側に示した。しかし島津側は、上坂しての返答を果たさなかったばかりか、むしろ筑前へと軍を進めた。この時秀吉は、臣従を拒み続ける家康を意識して大坂を動けず、島津征伐の先手軍として中国勢と四国勢をまず九州に送り込んだ。そして八月には、黒田官兵衛孝高を軍監察使として、毛利輝元、小早川隆景、吉川元春の毛利一類を豊前の門司へ上陸させ、筑前へ侵攻する島津忠長軍に向かわせた。

八月二十八日、秀吉より大友氏救援のために送られた四国勢は、豊後府内の沖浜に上陸した。仙石秀久を軍監察使として、長宗我部元親と嫡男信親、十河存保らの軍勢である。四国勢も、あくまで島津軍の牽制に徹し、秀吉が自ら出馬するまでは戦端を開くことのないよう厳命されていた。ところが十月に入ってまもなく、四国勢と宗麟嫡男義統の六千余騎は、豊前と筑前平定のため豊後府内から筑前へ向けて進発した。島津義久はこの機を逃さず豊後征伐を号令し、肥後口からは次弟の島津義弘を、日向口からは末弟家久を、海からは比志島義基を差し向け、三方からの豊後侵攻を開始した。

十二月十日、日向口より侵攻した島津家久軍一万八千騎は府内城の東南まで迫り、戸次川を隔てた東岸の鶴賀城を攻撃した。三の丸に続いて二の丸も落とされ、城主利光宗魚は討死した。鶴賀城が島津の手に落ちれば、次は府内城である。この危機に四国勢と大友勢は、鶴賀城救援のため戸次川の西岸に急行した。四国・大友勢の到来に、島津家久は鶴賀城を囲んでいた兵を退却させると見せかけ、渡河すると東岸の坂原山に兵を三重に構えて待ち伏せた。十二日、監察使仙石秀久が戸次川を渡って島津軍を追撃することを主張し、秀吉の命に従って慎重を期した長宗我部元親も結局折れるしかなかった。島津家久に誘い込まれたことも知らず勢い込んで渡河した四国勢は、待ち伏せていた島津軍の奇襲に次々と打ち破られ、元親嫡男の長宗我部信親を始め二千余の将兵が討死することとなった。島津家久軍は、敗走する大友勢を追尾し戸次川と大分川を越えて府内城下に押し寄せた。大友氏の拠点豊後府内は島津氏によって制圧された。

仙石秀久は小倉城へ、長宗我部元親は伊予日振島へ落ち、大友義統は豊前の龍王城へと逃亡した。次いで島津家久は、大友宗麟が身を置いていた東方の臼杵へと軍を向け、海を背にした丹生島城に攻め寄せた。結局、宗麟も宣教師らとともに豊後からの脱出を図るしかなかった。豊後を手中に収めた島津一類は、ここに九州制覇を遂げた。そしてそれは、全国に覇権を及ぼさんとする秀吉との対決が不可避となったことを意味した。

三

天正十四年十一月に入ってまもなく、家康が大坂城に出向き秀吉に臣従の礼をとったという予想もしなかった報せが山川へ届けられた。沢瀬甚五郎は、秀吉と家康との講和など、そう簡単に整うはずはないと思っていた。家康が秀吉に臣従しない限り、秀吉の九州遠征による島津討伐は当分起こりえなかった。甚五郎が山川に移り住んで早五年目を迎えていた。

十月十八日、秀吉は人質として生母大政所を岡崎城へ送った。そして、入れ替わりに家康が上洛し、茶屋四郎次郎の屋敷へ入り、二十六日には大坂の秀吉異父弟、羽柴秀長の屋敷に着いた。十月二十七日、家康は大坂城に出向き、諸大名の前で秀吉に臣従の礼をとり、両雄は講和を結ぶにいたった。

島津義久は秀吉の講和令と領国案とを無視し、豊後攻めを決行した。家康が臣従したとなれば、程なくして秀吉が自ら大軍を率い島津征伐に到来することになる。

天正十四年の末、頴娃久虎は所領の揖宿郡と頴娃郡から三千もの人夫を徴用して累代の居城、獅子城の改築にとりかかった。獅子城は、山川港から西へ二里半離れ、荷辛地峠北方の高台に築かれていた。城の周囲は二里におよび、三つの曲輪からなっていた。これまであった本曲輪の館に、もう一層を重ね、その上に望楼を築いて三層の屋根となした。改修には開聞宮の大工棟梁・田中純貞が指揮に当たり、同じく開聞宮鍛冶頭の上野景明が釘や鎹を始め建具を調達した。三ケ月かけて二月に獅子城の改修は終わった。いよいよ秀吉と島津義久との対決が迫り、頴娃久虎も島津家の一部将として、その戦準備に追われていた。

天正十五年三月一日、秀吉は島津征伐のため自ら二万五千の大軍を率いて大坂を発し豊前小倉へと向かった。三月二十五日、赤間関(下関)で弟羽柴秀長らと軍議を開いた。総勢二十万の軍兵を二手に分け、東と西から島津領、薩摩と大隅進攻を目指すことになった。秀吉本隊は、小倉から秋月城を抜いて筑前、筑後を縦断し、有明海沿いに南下、肥後隈本、御船、八代を経て薩摩に入る道筋を進み、羽柴秀長を大将とする八万余は、小倉から東進し豊前を横断して豊後、そこから日向灘沿いに南下する進路を採ることになった。

羽柴秀長軍は、大友義統に先導させ、黒田孝高と蜂須賀家政らを先手軍とした。また毛利輝元と小早川隆景、そして病没した吉川元春の遺児元長、宇喜多秀家らの軍勢も日向を目指して南下を開始した。三月十五日、羽柴秀長の大軍が豊後に迫っていることを知った島津勢は一旦豊後からの撤退を決め、三日後の十八日、島津義弘と家久軍は日向国県城に入った。羽柴秀長の陣容を確かめると、島津家久はこれまで日向での拠点としてきた高城で迎え撃つことを決め、さらに南下して耳川を越えた。

島津家より頴娃久虎に日向出陣の軍令が届けられたのは三月十五日のことだった。久虎の揖宿郡と頴娃郡を合わせた領地高は約三万二千石におよび、その陣立ては軍兵七百五十人、槍六十本、鉄砲六十挺というものだった。

頴娃久虎の出陣に際し、山川の廻船商講中に課せられたのは、兵糧米三百十五石の供出だった。戦時下においては、すべて平時の生活は奪われ、頴娃久虎の意向に従うしかなくなる。甚五郎も昨年暮れ、秀吉自らの出馬の報に、米をできるだけ確保しておこうと堺へ注文を出してみたが、すでに畿内の米は刈り取るそばから押さえられており、山川移送などとても無理な状況だった。昨年島津征伐をひかえ、秀吉は堺の小西隆佐らに命じて十万石の米を買い占めさせ、この二月には赤間関へ輸送させていた。

山川の各出店では、九州産米を始め四国産米、内地米を集められるだけ買い上げることになった。しかし、本能寺の変後、米の相場は上方でも上がり続け、山川まで輸送した米は一石につき銭二千五百文にもなった。買い込めば買い込むほど欠損ばかりが増えていった。戸次川で惨敗した四国勢のように、島津軍より兵力が劣り、しかも寄せ集めの派遣軍ならではの内部対立が起これば、島津方にも勝機はある。だが、いざ秀吉自身の九州出馬ともなれば、大名各家の将来に直接影響をおよぼすことになるため、派兵された大名たちも内輪もめなどやっている余裕はなくなる。恐らくは総掛かりで島津勢を打ち崩しにかかることになる。小倉や博多から届けられた総勢十二万騎という秀吉の陣容が事実ならば、さしもの島津一類も勝ち目はなかった。

山川地頭職にある頴娃兼延の要請で、鉄砲や弾薬もかき集め、とりあえず福元の地頭館へ納入したが、島津氏が秀吉軍に敗れれば、その支払いなども当然果たされることはない。山川に割り当てられた兵糧米三百十五石を日向国高城川の河口、高鍋城まで輸送するのも、頴娃家の水軍船では間に合わず、山川港の商人たちで別途に船を仕立て、日向まで運ぶしかなかった。山川廻船講では帆走の他に四十本の櫓で漕ぐことのできる中型船を一艘確保した。島津方の兵糧を運ぶ船であるから、発見されれば秀吉軍からの攻撃は避けられない。日向灘の海上は、すでに大友の水軍船や秀吉方の関船が厳重な警戒を布いていることも考えられた。山川廻船講の頭取を務める大迫新左衛門は、鉄砲十五挺を用意し、船にも「楯板」と呼ばれる装甲板を周囲に巡らせた。山川には優れた船大工も多数住んでおり、彼らは厚い楯板に鉄砲狭間（銃眼）をあけ、いざ鉄砲を撃つ時は、上に蝶番で留めた扉を外に圧し開けられるよう細工を施した。かつて山川に来航したポルトガルやイスパニア船についていた銃眼を模したものだった。

大迫新左衛門は、甚五郎と伊丹彦次郎を呼び、兵糧船に乗り組む若衆の人選と航行の訓練とを依頼した。航行訓練と水夫、水軍兵の人選を甚五郎と彦次郎とに任せるのは、このたびの兵糧入れの全権を二人に託すということにほかならなかった。四十路も半ばを過ぎた大迫新左衛門は山川土着の商人であるが、いわゆる海賊衆で、戦乱の時は頴娃水軍として出陣した。

菜屋の甚五郎と伊丹彦次郎がただの海商人手代などではないことを、彼らが山川に来た当初から新左衛門は見抜いていた。二人ともかつて修羅道で生きるしかなかった人間特有の、若さには不釣合な冷めた目をし、警戒を怠らない視線の配りや歩運びが凡百の者とは異なっていた。水軍を束ねる地頭の頴娃兼延からは、余分な鉄砲や弾薬が各出店にあれば、すべて供出するように言ってきた。だが、新左衛門は自らも九州諸国の水軍と戦った経験から、戦ともなれば敵方の兵糧と弾薬の補給路を断つことがまず目的にすえられると知っていた。島津方の兵糧を積んだ船が真っ先に狙われることは間違いなかった。頴娃家の関船が警固に当たるとはいってもあてにはできない。

いざ敵の兵船と遭遇した時には、結局自分たちで切り抜けるしかなかった。この度の兵糧入れについて新左衛門は、必要な鉄砲と弾薬、それに雇い入れる水夫と水兵の費用を、すべて廻船講中が出すと甚五郎に約束した。

山川で甚五郎が胸襟(きょうきん)を開いて話せる相手は、一歳年上の伊丹彦次郎だけだった。彦次郎は、かつて今川義元や武田信玄の水軍衆として知られた伊丹一族の出である。彦次郎は他の者と違い、けして戦の話をしなかった。戦の手柄話をしたがるような者は、戦というものの素顔を何もわかっていない。実戦の経験があるということは、自らの手で人を殺したということに他ならない。まともな心を備えた人間には、思い出したくもない悪夢だった。

四

伊丹彦次郎は天正五年（一五七七）の遠江国今切(いまぎれ)での陣を皮切りに、徳川軍ともいくたびか戦火を交えていた。とくに天正七年九月の駿河持舟(もちふね)城の攻防戦は、武田水軍の将、向井正重(むかいまさしげ)が討死するという激戦だった。武田水軍は五年前、武田家の滅亡とともにそのまま家康に接収されることになった。しかし、彦次郎はその運命を受け入れることを拒み、生まれ育った駿河国清水湊を離れ、同族の堺商人伊丹平左衛門のつてで薩州山川の地に移り住んだ。

彦次郎が出陣した天正五年八月の遠州横須賀には、甚五郎も三郎信康の小姓衆として遠征していた。かつて遠州横須賀の入り江を隔て敵味方で対陣していた者が、十年後はるか離れた薩州山川で共に生きることになるとは、お互い夢にも思わなかった。

頴娃久虎の出陣に合わせ、日向高鍋城への兵糧入れのためには、漕ぎ手や水夫の他に福元と成川の両村から十人を新たに雇い入れる必要があった。その者たちは、荷役だけでなく秀吉軍の兵船と遭遇した時の軍兵であり、鉄砲の撃ち方を教え込んでおかなくてはならなかった。

海戦は甚五郎も経験がなかった。当然、舟頭は伊丹彦次郎に就いてもらうことになった。水軍兵に志願してきた若衆は予想外に八十名にも上った。

「こんどの日向行きは、物見遊山とは違う。二度と山川へ帰れない者が出てくる。いや、わたしも甚五郎殿も含めて、誰一人戻れないこともある。それがわかっておるか」

静かな声で彦次郎はまず彼らに釘を刺した。近隣の若衆たちも、獅子城の改修に労役夫として駆り出され、兵糧米の供出と戦乱を前にした物価高騰に苦しめられていた。

兵糧米の日向移送は山川廻船講によって行われ、一人につき支度金として米一俵に当たる銭百文を前払いするほか、その間の衣食にかかる費用もすべて廻船講中が出すというのが条件だった。条件が良いということは、それだけ危険度も高いことを意味した。秀吉軍との戦いが長引くことになれば、彼らもいずれ頴娃久虎の雑役夫や足軽として駆り出され、食うものも満足に与えられず、雑兵として酷使される。領主から兵役や夫役に引っ張りだされ死に損になるよりは、前金で支払われるこのたびの兵糧米輸送に携わる方がずっとましだと彼らは考えているようだった。彦次郎は、まず遠泳と操船をやらせ、集まってきた若衆を十名に絞った。

鉄砲を扱うにおいては、視力が優れていなくてはならない。陸暮らしの者と違って、漁を専らとする者たちはとりわけ視力に優れている。漁師たちは、はるか離れた海上から、指標となる陸地の大木や家、岩などの四点を組み合わせ、魚が集まる瀬や渕の位置をその角度で確かめる。彼らは物心ついた頃から船に乗せられ、「目当て」と呼ぶ海での位置を定める方法を親に教え込まれてきた。揺れる船上での感覚も身についており、いざ海上で敵方の船と遭遇した時にも、弾込めして鉄砲を撃つことはさほど難しくないはずだった。甚五郎は、港から南西に二十五丁ほど離れた無瀬浜で、ともかく鉄砲を撃たせてみることにした。

甚五郎は若衆のために早合造りをすることになった。十匁弾一発分の火薬と弾丸とを、早合と呼ぶ木製小筒の容器に入れていった。撃たなくてはならない時に、その蓋を開けて逆さにし、火薬と底に詰まっている弾丸を指で落としてやればよいだけで、いちいち弾丸入れや火薬入れから鉄砲に装塡する手間が要らない。

射撃訓練に使う早合を造りながら、鼻を刺す硫黄臭を久しぶりに甚五郎は嗅ぐことになった。二度と嗅がずに済めばと願っていた臭いだった。

無瀬浜の六丁ほど海上には、下方に洞穴があいた奇岩がそびえている。「股川洲」と呼ぶその奇岩を望む海岸に若衆を集めた。棒に一尺（約三十センチ）四方の板を打ちつけ、その射的を浜に立てた。甚五郎は、三十間（約五十四メートル）ほど離れたところに立ち、早合から火薬と弾丸を銃口に注ぐと槊杖でつき固めた。鉄砲の火蓋を開き、火皿に点火薬となる口薬を注ぎ火蓋を閉じた。火縄に火を移し、火挟の先端に挟みこんで、残りの縄は左の手首にまいた。銃床を頰に当て的に狙いを定めた。左手で鉄砲を支えながら右手の指で火蓋を開いた。もう一度、照星と照門に的を定めて引き金を引ききった。火挟が落ち、銃声と火花と黒煙とともに三十間先の標的が吹っ飛んだ。

「見ての通り、三十間先でも十匁弾ならば鉄板胴も射抜く。日向灘に入れば、秀吉軍の関船は島津方の兵糧船を見つけ次第攻めてくる。鉄砲を放ち、船ごと兵糧を焼き払うために火矢を射てくる。こちらも、敵の船を見つけ次第、相手より早く鉄砲を放つしか生きる道はない。山川を出れば、殺すか、殺されるか、そのどちらかしかない。それを心して修練に励んでほしい」甚五郎は若衆にそう伝えた。

若衆十人には、鉄板を用いた腹巻と長脇差をつけさせ、堺製の十匁弾鉄砲を一挺ずつ持たせた。最初はゆっくり確実に装塡させ、じっくりと構えて標的を撃たせた。甚五郎が予想した通り、漁師の子たちは視力に優れ飲み込みも早かった。次第に弾込めの速度を上げ、連射できるよう訓練を重ねていった。

出航予定の三月二十日まで伊丹彦次郎は舵取の権之助とともに、漕ぎ手四十名と帆操作八名で連日兵糧船を出し、錦江湾を隔てた対岸大隅半島の根占港までの往復を繰り返した。彦次郎の意のままに兵糧船を動かせるよう、水夫たちの訓練を続けた。甚五郎を伴って山川港に繫留していた輸送船を見に行ったのは出航を翌日にひかえた三月十九日だった。

船の船尾までを厳重に囲っていたはずの楯板は、両舷前部の五間分(約九メートル)だけを残し、あとは取り外してあった。取り払った楯板の替わりに竹で格子を組んだ垣立に変えていた。

「楯板では重すぎる。敗け戦では逃げ足が肝心だ。とても島津に勝ち目はない。そうは思わんか」彦次郎は甚五郎に本音を吐いた。

「今や戦は武器と兵の多寡によって勝敗が決します。到来した秀吉軍は十二万騎とか。それが事実ならば、どう転んでも勝ち目のない戦です。小細工などは利きそうもない」

「みな素直で優れた若衆ばかりだ。百文なんぞで死なせるわけにはいかない。敵の関船と遭遇したら、まず兵糧米を捨て、鉄砲を放って間を保ち、後はひたすら逃げようと思うが」

「わたしもそうすべきだと思います。気がかりは、秀吉軍の南下してくる頃合いです。秀吉軍の到来を聞いて、島津の軍勢が豊後から退き始めたと聞いたのは四日前の十五日。日向高鍋城に兵糧を入れるのは、島津が川の上流の高城で迎え撃つためです。秀吉軍が耳川を越えて高城あたりまで到来するのは二十五日過ぎになるかと思います。ただ秀吉軍の到来が早ければ、高城川の河口も一足早く秀吉方に押さえられている恐れもあります」

「まあ、行くだけ行ってみて、あとは形勢次第。甚五郎殿とわたしの思うところが同じならば、問題は何もない」彦次郎はうなずき返した。

五

三月二十日、曇り空のもと、満潮を待って巳の刻(午前十時)、兵糧船は山川港を出航した。船尾には島津家の「丸に十文字」紋を入れた幟を立て、垣立を覆った幕には「結び雁」の頴娃家紋が入っていた。

錦江湾を出て大隅半島の先端佐多岬を回った。大隅海峡に入ると急に波が高くなり、船は上下に激しく揺れだした。兵糧船に乗り組んだ六十一人のうちで、陸暮らしを専らにしてきたのは、甚五郎一人だけだった。山川の若衆たちは慣れたもので荒海をものともしない。三月下旬に入ったといっても北東の逆風は変わらず、佐多岬を回ったあたりから兵糧船はジグザグの間切帆走を始めた。警固についた頴娃水軍の関船は佐多岬を回ると六十本の櫓を使って漕ぎ出し、兵糧船は遅れ始めた。彦次郎は敵の船から逃走する時のために、漕ぎ手たちの体力を極力温存させ、できる限り帆走することを心がけた。

太平洋を北へ向かって流れる黒潮の偏流が、志布志湾やその先の日向灘沿岸では逆流し、逆風のこの季節に日向灘沿岸を北上するのはなかなかやっかいなものだった。

水軍兵として雇い入れた十人の若衆も間切航行の帆操作に当たらせた。生来海の民ゆえに、戦を前にした緊張から解き放たれ、若衆は彼ら本来の生気を取り戻して皆伸びやかに見えた。

彦次郎はこの日、佐多岬を回って外之浦(とのうら)まで行ければそれでよしとしていた。「急ぐことはないぞ」と繰り返し水夫たちに声をかけた。警固の関船がいくら先行しても構わなかった。関船が秀吉方の水軍船に遭遇し戦闘に入った時点で、こちらの船は逃走に切り換えるだけのことだった。

甚五郎は、大迫新左衛門から譲り受けた十五匁弾の大狭間(おおはざま)鉄砲を船に持ち込んでいた。無瀬浜で何度か試射し、状況によっては使えるよう鉄砲のくせも知っておいた。伊丹彦次郎に言われるまでもなく、甚五郎もこの勝ち目のない戦で若衆を死なせるつもりはなかった。十匁弾の鉄砲ならば敵を殺傷できる射程距離はせいぜい五十五間(約百メートル)以内であるのに対し、銃身が長い大狭間鉄砲ならば百十間(約二百メートル)は届く。逃走を前提にした船戦(ふないくさ)では有効射程距離は長いほどよい。船足が早いため「小早(こばや)」と呼ばれる小型軍船がまず先に追いかけてくる。装甲板で覆われた関船ならば鉄砲では歯が立たないが、小早ならば指揮を取る舟頭か、舵取を標的にできるはずだった。

二十日の夜は佐多岬を回ってすぐの外之浦に停泊した。逆風のこの季節に帆船が北上できる一日の航行距離はせいぜい四里から五里ぐらいだった。二本帆柱でしかも縦に帆を張るジャンク船ならば逆風の間切航行もはかどるが、あえて彦次郎は横帆の和船を拒まなかった。重要なことは、間違っても護衛についた頴娃家の関船より先に出ないことだった。風上に当たる進行方向で戦端が開かれれば、その銃撃音は必ず聞こえる。その時点で反転し、今度は日向灘沿岸を流れる黒潮の反流に乗って、順風の航行となる。船倉の兵糧米を海に捨てる際にも、水密甲板と隔壁(かくへき)構造のジャンク船よりも和船の方が捨てやすかった。

二十一日の夜は、小山田の港に泊まり、二十二日の夕方になって志布志湾の串間(くしま)に到着した。水軍を束ねる山川地頭の頴娃兼延でさえも、かつて武田水軍として聞こえた伊丹一族の彦次郎には一目(いちもく)置いて接していた。兵糧船がいくら遅れても、その彦次郎が舟頭を務める兵糧船の航行には、関船舟頭の津曲慎之助(つまがりしんのすけ)ごときが物言いをつけられるはずもなかった。

大筒(おおづつ)や艦載砲を頴娃家が買い入れる際には、甚五郎が地頭館に呼ばれ常にその試射を行ってきた。いかなる大筒でも甚五郎は祖父松之助に教えられた通り、砲弾の直径を計り、それに基づいて火薬の分量を決め、易々(やすやす)とその場で試射してみせた。大迫新左衛門はその辺りのことも踏まえて彦次郎と甚五郎とに兵糧船を託していた。二十三日、兵糧船は関船よりはるか遅れて都井岬を越え油津に停泊し、二十四日は内海に投錨して夜を迎えた。

三月二十五日、一足先に戸崎鼻を越えて大淀川河口を目指して航行していた津曲慎之助の護衛関船は、河口に停泊している三艘の関船と八艘の小早船からなる船団を認めた。慎之助が望遠鏡で確かめた三艘の関船と小早の舳先と艫に立てられていた幟には「一文字三星」の紋が描かれていた。紛れもなく毛利水軍の船だった。慎之助は我が目を疑った。まさか秀吉軍の関船がここまで南下しているとは山川では誰も予想しなかった。それがゆえにこの度の兵糧船の護衛は、慎之助の関船だけが当てられた。

この大淀川の上流には野尻城があり、北に四里半を隔てて一ツ瀬川の河口があった。一ツ瀬川上流にはかつての領主伊東義祐の都於郡城がある。そこからまた北へ二里半進めば、目指す高城川河口となる。秀吉方の水軍は陸戦隊よりはるか先に、それぞれの城に通じる河口を押さえ、島津方の兵糧船を焼き討ちすべく待ち構えていた。日向における島津拠点の補給路をいち早く断ち、それらの城兵の消耗を早め、島津勢を薩摩へ追い詰めるという秀吉の筋書き通りに、ことは運ばれていた。

津曲慎之助が毛利水軍を認めたと同時に、大淀川河口に停泊していた船団は一斉に錨を引き上げ、南から到来した関船目指して素早く動き出した。六十の櫓を備えた毛利関船一艘は沖を目指して走り出した。冷静であればすぐに船を返して逃走するしか選択の余地はなかったが、三十を過ぎたばかりの慎之助はこれほど早い秀吉軍の南下に驚き、その衝撃が毛利船への攻撃に向かわせた。

連日逆風と黒潮の反流に抗って漕ぎ続けてきた頴娃船の漕ぎ手は疲れ切り、前進を命じられても五十四を数える櫓の動きはそろわなくなっていた。慎之助の関船が大淀川河口に侵入した時、沖から回りこんだ六十櫓の毛利関船一艘が慎之助船の後方へつき、退路を塞いだ。いきなり真後ろから浴びせられた砲撃に、艫が破壊され、飛び散った木片で頴娃船の舵取が負傷した。

頴娃船の舳先に備えた一貫目弾が右舷斜め前方から接近してきた毛利関船に向けて発せられた。毛利船は素早い動きでそのまま前進し、頴娃船の砲弾の下をくぐる形となった。頴娃船の楯板から放たれる銃撃にもひるまず毛利船はそのまま前進を続け、七間（十二・六メートル）の距離から砲弾を水平に打ち込んできた。楯板を破壊した砲弾は、矢倉の中まで飛び込み、津曲慎之助も飛び散った木片で左腕に深傷を負った。左舷前方からも砲撃され、舳先で新たな砲弾を装塡していた頴娃の装塡手が直撃され即死した。導火線に火を着けた焙烙（ほうろく）が三方から投げ入れられ、陶製の球に火薬と鉄片が詰められたそれらは甲板上で次々と爆発し、頴娃（えい）関船は大淀川河口で炎上した。

風上から突然砲撃の交わされる音が届いた。兵糧船は、先行する関船の半里（約二キロ）後方から大淀川河口を目指し進んでいた。白煙が前方に上がるのを確かめた伊丹彦次郎は、即座に船を反転させることを命じた。兵糧船はここまで間切航行を何度も繰り返してきた。逆風を横切るように左斜めへ進み、そこで船首を回転させて帆を左いっぱいに開き今度は右斜めへ進む、いわゆる「下手廻し（したてまわし）」の繰り返しで、水夫たちは船を反転させることにもすっかり熟練していた。素早く船を反転させると帆をいっぱいに上げ、逃走を開始した。

船倉から手渡しで米俵を運び、次々と海へ投げ捨てていった。見えた白煙のさまから敵船の位置より半里ほど距離の稼（かせ）ぎがあることはわかっていた。追ってくる敵の船が視界に入るまでは、徹底して兵糧米を海中に捨て、船を軽くすることだった。敵船を確認次第、櫓漕ぎも使って全速で逃げる。しかし、これほど早く秀吉軍が南下しているとは、彦次郎も甚五郎も思わなかった。島津の敗北は予想以上に早いものとなりそうだった。

漁を専らとする山川の者たちは半里ほどの距離でも、望遠鏡など使わずに船の種類や乗船している人の数を数えられるだけの視力を持っていた。なかでも成川の若衆吉次は、甚五郎がやっと人だと判別できる程度の者を、性別から着物の柄までわかるほどの目をもっていた。

「半里ほど後から小早が二艘来ます。白旗に黒で一文字と、星が三つ見えます」日向灘に張り出した戸崎鼻を越えた時に、吉次がそう甚五郎へ伝えた。毛利の小早船だった。「半里後ろから毛利の小早二艘が追ってきた」と甚五郎は彦次郎に伝えた。彦次郎はそれでも慌てず、まず積んでいる大量の米俵を海中投棄することに全員をつぎ込んだ。巾着島を右手にした辺りで、甚五郎の目にも追ってくる二つの点が確認できた。彦次郎は漕ぎ手たちに櫓を漕ぐよう命じた。大砲は積んでいないが、船足の早い小早がまず追いつき、鉄砲や投げ焙烙で攻撃して相手の船足を止め、後続の関船を待つというのが常套の戦い方だった。

はるか前方に日向大島の島影が見えてきたところで日没を迎えた。執拗に追跡してきた毛利の小早船も、甚五郎の目に点として映る以上には大きくならなかった。それでも彦次郎は櫓を漕がせ続けた。海岸に船を近づけ黒潮とは逆の反流を利用して、追い風に任せ、夜を徹してひたすら志布志湾まで逃げ切るというのが彦次郎の意志だった。

四月六日、羽柴秀長軍は、そのまま島津軍を追撃し豊後から日向に入り、耳川を越えて島津勢が拠点とする高城を目指した。高城は高城川と切原川に挟まれた高台にあり、豊後街道を押さえる軍事上の要衝として、九年前にも島津と大友の決戦の場となっていた。秀長軍は、山田新介有信以下千五百の城兵が守る高城の周囲に五十一ヶ所の城砦を築いた。羽柴秀長は高城の東、五丁ほど離れた松山砦に本陣を構え、毛利輝元と小早川隆景、吉川元長、大友義統、宇喜多秀家の軍勢が、隙間なく城を包囲する形となった。高城川を隔てて十丁ほど南の根白坂と呼ぶ丘には、黒田孝高、蜂須賀家政、藤堂高虎、尾藤知定、宮部継潤らが島津勢の後詰を断つべく陣を布いた。

高城救援のために都於郡城から島津義久と義弘、家久、伊集院忠棟、北郷一雲、そして頴娃久虎も到来し、根白坂の秀長軍に夜襲をかけた。しかし、秀長軍は夜襲のあることを事前に察知しており、逆に次々と新手を繰り出して島津勢へ襲いかかった。秀長軍八万騎の兵力の前には、島津の主力四万七百騎をもってしても抗しきれず、島津勢はことごとく打ち破られ、大隅国目指してひたすら敗走するしかなかった。追撃する秀長軍は、都於郡城に続いて野尻城も攻め落とした。

秀吉の本隊は、隈本から八代を経て有明海沿いに南下し水俣城を抜くと、そのまま薩摩入りし出水(いずみ)に進攻、島津忠長勢を下し川内(せんだい)の泰平寺(たいへいじ)に本陣を構えた。後は東方から南下してくる秀長軍の薩摩入りを待って、一気に島津を攻め滅ぼすだけのことだった。

天正十五年五月八日、島津義久は剃髪(ていはつ)僧衣で川内泰平寺に出向き、秀吉に無条件の降伏を申し入れた。

天正十五年（一五八七）陰暦七月

一

陰暦七月十七日、この日呂宋マニラからの船荷を積んだこの年最後のジャンク船が山川港に到着した。陽暦では八月二十日に当たり、アジア各地から日本へ帰帆する南風の季節が終わろうとしていた。

台風一過のまばゆい陽光のもと、長さ二十五間、幅四間半、二本帆柱に竹編みの網代帆をもつこの船から沢瀬甚五郎が受け取ることになっていたのは、明国産の生糸と絹織物の他に、シャム産三千斤（千八百キロ）の鉛、鹿皮三千枚、鮫皮二千枚、そして五百斤ほどの黒砂糖だった。鉛はいうまでもなく弾丸に、鹿皮は鉄砲の袋、鮫の皮は刀の鞘や柄に用いられる。いずれも堺からの注文で、これを山川で別な船に積み替え、堺まで移送することになっていた。秀吉に対し臣従の礼をとらない大大名といえば、小田原の北条氏政ぐらいなものとなったが、依然として内地では戦に関わる品がしきりに求められていた。堺を始め京畿周辺では火薬の臭いがどこかで漂っているのは間違いなかった。

陰暦八月一日、死霊のよみがえるとされるこの八朔を迎えた明け方、山川港から北西に一里離れた清見においてこの村を統轄する乙名百姓、伝右衛門家の門前は、夜明けとともに押し寄せた人垣に覆われた。雨天でもないのに笠をつけた二百の群衆は、皆顔を煤で黒く塗り、腰には刀、手には槍を持っていた。

伝右衛門の家屋は、母屋、竃のある中家、そして厩からなる三棟がそれぞれ茅葺きの屋根を接する、南九州特有の「三つ並び構え」をなしていた。伝右衛門と家族、それに四人の下女は、前夜一揆襲来の密告を受け、すでに屋敷を出ていた。残っていたのは下男二人と厩番の老人だけだった。残された三人も門前に押し寄せた群衆の物々しさに、早々と裏手に当たる果樹園を抜け野面積みの石垣を越えて逃げ出した。

突然打ち出された太鼓に合わせ、一揆衆は、まず一抱えもある丸太を門扉にたたきつけて打ち砕き、なだれ込んだ。群衆は山川石の切り石垣を越えて次々と広い屋敷内に乱入した。無人となった伝右衛門の家屋は、母屋に入る戸口を木槌で破られた。土足のまま母屋に踏み込んだ群衆は衝立を蹴倒すなり、中の間から小座敷に入ると仏壇を引き倒し、その上に吊るした先祖棚の十数におよぶ位牌を払い落として、みな粉々に踏み潰した。掛け軸は広げるそばから引き裂かれ、花瓶や茶碗も粉々に割られた。銭箱の中身もぶちまけられ、衣類はことごとく切り裂かれ、長持ちに入っていた検地帳を始め、借金の証文は片っ端から引きちぎられ土足で踏みにじられた。中家の土間に通じる戸口を蹴破って乱入した一団は、梯子段を上って中家の内二階に蓄えた米や麦の俵を次々と投げ下ろし、切り裂いては土間にぶちまけた。

屋根に幾重にも太綱を掛け、柱という柱には深く斧が入れられた。太鼓の音とともに太綱を一斉に引いて母屋も中家も厩も引き倒した。崩れ落ちた茅葺き屋根に火が放たれ伝右衛門家の一切が燃え上がる様に、群衆は勝どきを上げて清見岳に向かった。

清見での蜂起と時を同じくして、西に半里ほど離れた池田でも乙名の家が襲撃された。一揆衆は、土民とはいえ旧来の土豪池田氏の流れをくむ者たちであり、日頃から武備も怠りなかった。薩摩半島先端に位置する頴娃久虎の領内は、依然として土豪衆の結束が強く、島津家が秀吉に敗れ頴娃家支配の箍が緩んだこの時、憤懣が一気に吹き出したように見えた。すでに清見岳の古城跡を補修し、山道には逆茂木や柵を設け、山中に小屋掛けして家族ともども立て籠った。男女合わせて五百人、しかも、弓五十、槍五十のほか鉄砲も二十数挺を備え、徹底抗戦の構えを見せた。

秀吉に無条件で降伏した島津義久は薩摩一国を安堵され、生還した頴娃左馬介久虎もそのまま地頭として揖宿郡と頴娃郡の支配を任されてはいた。が、領民においては、昨冬からの獅子城の改修に駆り出され、年が明けてからは秀吉軍の到来に向けて戦準備に追われ、あげくは日向遠征の兵役が待っていた。秀吉軍の圧倒的な兵力の前に島津勢は総崩れとなり、山川から差し向けられた七百の兵のうち四十二名が討死、三百余名が負傷した。頴娃家譜代の家臣はいざしらず、命からがらやっとの思いで生還した土民たちは、馬はもとより備蓄しておいた米さえすでに兵糧として徴発され、自分たちが食べる糧も満足にない状況にいたっていた。

去る四月六日の日向高城での羽柴秀長軍との戦いで左肩に受けた頴娃久虎の銃創は、やっと癒えたばかりだった。しかし、清見での土民蜂起の報せに、久虎はすぐさま兵を召集した。家老の鮫島宗在以下四百の軍兵を率いて北東の池田湖畔を目指した。久虎の肩の傷は塞がったものの、左手のしびれはいまだにしつこく残っていた。

曲がりくねった鳥越峠を登り切り、山道が下りにかかると眼前に湖水が現われた。

左に烏帽子岳をひかえる東南斜面に沿った急峻な崖道は、二列縦隊でたどる幅しかなく、軍兵は自然に長い隊列を作って東進していた。山道の左右には杉の林が迫っていた。突然、先頭を行く久虎の黒鹿毛が立ち止まり、前に進むのを拒んだ。口取りの小者が前へ進めようと引っ張っても、何かに怯えたように馬は耳を後にしぼり抗って動こうとしない。左手の崖上からからからと小石が落ちてくる音が聞こえ、続いて大岩が杉木立に激しくぶつかりながら落下してきた。小者を引きずるように馬は首を上げて後ずさりし、頭絡をつかもうとした小者の手を嫌って突然首を下げた。手綱を引っ張り後方に重心をかけていた頴娃久虎は、急に首を下げた馬の動きに均衡を失い、頭から前のめりに落ちた。馬から投げ出された弾みに指から手綱が放れ、久虎の身体は崖下へ転落した。

久虎は通常移動する折の小具足のままで、萎烏帽子をかぶっているだけだった。鮫島宗在が慌てて下馬し、杉林を駆け降りて後を追った。湖水にいたる急な崖を五丈（約十五メートル）ほど下へ転がり落ち、久虎は杉の下草に顔を埋めて倒れていた。

鮫島宗在が呼びかけても反応せず、いびきをかいていた。起こした顔からは、わずかに鼻血が出ていた。二本の長柄槍に旗指物を結び渡し、力なく横たわった久虎をそれに乗せてひとまず獅子城へ引き戻すことにした。土民鎮定どころではなくなった。

崖上も杉林が覆っており落石など起こる場所ではなかった。

頴娃久虎の意識は再び戻ることはなく、三日後の八月四日巳の刻（午前十時）、息を引き取った。清見古城に立て籠った蜂起勢五百に対して鮫島宗在は即座に八百の軍勢を率いて鎮圧に乗り出した。清見古城にいたる山道は、北西から大手にいたる一本と、その東に搦手にいたる一本とがあるだけだった。蜂起勢は二本の登城路のいたるところに逆茂木や柵を設け、攻め上ってくる鎮圧軍を迎え撃つ構えを示した。登城路となっていた山道は細く、兵数を増やしても広範囲に展開しての攻撃はできない。池田湖を背にする南には急峻な崖があり南からの攻めも不可能だった。結局、北西から延びる二本の登城路からの攻撃しかなかった。しかし、古城が築かれた時からあらかじめ想定された攻撃線上をたどって攻め落とすのは、倍の兵数をもってしても容易なことではなかった。昨今の状況では長引けば他の土豪衆蜂起の呼び水にもなりかねず、鮫島宗在はともかく早急に鎮圧する必要に迫られていた。大手にいたる登城路から六百の兵で攻撃を続け、大手に注意を向けさせておいて、もう一本の搦手口から急襲する方法を選択した。

二

天正十五年八月四日、未の刻（午後二時）、北西の方角より一斉に放たれる鉄砲の音は山川港まで響いてきた。福元の菜屋の出店には、日向高鍋城へ兵糧入れの際、甚五郎と伊丹彦次郎の手足となって働いた若衆たちの青ざめた顔があった。この十年、呂宋を中心とする東南アジア貿易は、京畿に拠点を持つ海商人の手に握られ、山川の菜屋と伊丹屋の出店も人手を必要としていた。甚五郎と彦次郎は水軍兵として採用した彼らを、それぞれの出店に五人ずつ分けて雇い入れた。

鎮圧軍による大手口への一斉銃撃が開始されてまもなく、伊丹彦次郎が甚五郎のところへやってきた。この日巳の刻に頴娃久虎が息を引き取ったことも、その時に甚五郎は知らされた。

頴娃久虎は愚かな領主ではなかった。側室の子であったためか、あるいは長年内外の貿易商人との関わりで生きてきたせいか、京畿商人の出店には共存共栄をむねとして、いちいち細かいことに口をはさんではこなかった。むしろ出店で作っている廻船講の意向を優先し、それに合わせるようなところがあった。山川に貿易船が多数来航し商取引が円滑に行われることが、顕娃家に利をもたらすと考えるだけの器量を備えていた。

「やっかいなことになった」彦次郎はまずそう漏らした。「久虎様の死によって鮫島宗在が怒りに任せ鎮圧にかかる気持ちはわかるが、清見の山城を落とすならば兵糧を断つしかない。鉄砲は守りに使えば威力を発揮するが、山城の攻略にはさして役に立たない。二本ある登城路の一方に目を向けさせ、もう一方から急襲するつもりだろうが、そんなことは立て籠る蜂起勢にも充分見当がつく。速やかに鎮圧しようとすればするほど、むしろ鎮圧軍に甚大(じんだい)な損害が出ることは避けられない。

清見古城に立て籠る蜂起勢は老人や女、子どもを合わせて五百というが、実際に戦える男はせいぜい二百に満たない。そう踏んでの力攻めだろう。が、狭く急な登城路に押し寄せた鎮圧軍へ上から大岩を見舞うことは誰にでもできる。丸太を梃子(てこ)にすれば女や子どもでも容易に大岩を落とせる。蜂起に踏み切った時点で、老人や女も死を覚悟し、鎮圧軍には捨て身で立ち向かう。倍に満たない兵力ではとても攻め落とせない」

「そのとおりです。ですが、そもそも、このたびの土民蜂起にはどうも妙なところがある。腑(ふ)に落ちないのは、ここで蜂起に走っても、池田の土民には何の益もない。狙(ねら)

いが何なのかどうもはっきりしないのです。昨年冬からの獅子城の改築、秀吉軍との戦に備えて馬や糧の供出、敗戦のあげく戻ってみたら食べるものもないという有様で、もし絶望の果てに死を覚悟し、飢え死によりは討死を選ぶというのならば、なぜ今ごろになってからの蜂起なのか。わたしならば島津が全面降伏した五月の時点で蜂起に踏み切る。絶望しかない状況はあの時も同じでした。三ヶ月も待った理由は何なのか。蜂起を企てる時を要したのであれば、勝利を前提にしているはず、ならば、清見岳の古城に立て籠るのも妙です。籠城戦はあくまでも敵を引きつけ後詰の援兵に背後を襲わせなければ勝てない。池田の土豪衆ならばそれぐらいのことはわかっているはずです。第一、絶望の末の蜂起ならば、池田の乙名宅を襲った後には、獅子城に向かって押し寄せる」

「つまり、後ろで見えない力が働いていると？」

「ええ、そう考えれば筋が通る。このたびの土民蜂起には、初めからちぐはぐなものを感じます。何者かが池田の土民たちと通じて密約をかわし、それによって動いているような。

しかし、蜂起には慮外のことが起きる。まさか久虎様が亡くなるとまでは想像もしなかったでしょう。そして蜂起は独り歩きを始める。当初の思惑とはかけ離れた方角へと……。

鎮圧に手間取り山川港周辺が不安定な状況となれば、船はことごとく長崎や博多など他領の港へ向かうことになる。また、混乱が長引けばわたしどもの出店も、他領の港へ引き移ることにもなりかねない。島津家は交易による利益をいよいよ頼りにしていると思われます。黙って傍観してはいられないようになります。そもそも島津家は、呂宋からの船を始め海外交易を掌握するために山川港を蔵入地にしたがっているのは明らかです。これまでも琉球渡海船に朱印状を持たせ、琉球交易を制限してしきりに統制をかけてきた。

島津家とすればここを蔵入地とするためのきっかけは何でもいい。嫡男久音様はまだ六歳の幼な児、久虎様の死を契機に、島津家が山川港を蔵入地として取り込もうとするのに、このたびの土民蜂起は格好の名分となる。しかも鮫島宗在は強引な力攻めを敢行して傷口をひろげようとしている」

「敗北後、もはや島津がなりふり構ってはいられないところへ追い詰められていることを考えあわせれば、ここが危ないな」

「ええ。そう思います。清見の蜂起勢にばかり目が向けられているこの隙に乗じて、暴徒が福元へ押し寄せることは充分ありえます。むしろ狙いはそこにあるのかもしれない。それこそ、島津とすれば介入する格好の口実となります」

早急に福元へ通じる道の木戸を閉じて封鎖し、鉄砲を使える若衆たちで固める必要があった。頴娃（えい）久虎領内で山川港の先端に位置する福元が最も栄え、各出店の倉には財貨や米穀が蓄えられていることは近隣の誰もが知っている。暴徒襲来にそなえ木戸の封鎖と福元防禦（ぼうぎょ）の人足を配備する必要から、山川廻船講を束ねる大迫新左衛門（おおさこしんざえもん）を二人で訪ねようとした矢先、新左衛門の使いが甚五郎と彦次郎とを呼びにやってきた。

三

新左衛門の屋敷には、水軍を率いる家老の頴娃左近将監兼延（さこんしょうげんかねのぶ）が来ていた。三月の敗戦に引き続き領主久虎の急死に見舞われ、兼延の髪にはめっきり白いものが増えていた。兼延によれば、獅子城から清見古城へ鎮圧に向かった軍勢は、蜂起勢を鎮圧するどころか、すでに死者八人、負傷者五十余名を出したという。甚五郎が予想した通りだった。

「このまま清見の蜂起勢を野放しにすれば、他村にも及び、渡海する船荷の積み下ろしにも差し支える。これまで久虎様には何かとご便宜をたまわり、廻船講としても、ご家中のためにできることは果たしたいと思って貴殿らに来てもらった。何か策はあるか」

大迫新左衛門が訊(き)いた。陸(おか)での戦はお前の領分だとばかりに彦次郎が甚五郎の方を見た。

「山城へ立て籠った蜂起勢への策はひとつだけです。干し殺ししかありません。清見古城への登城路は二本だけ、兵糧の補給路も二本のどちらかを使うしかない。登城路はもちろんのこと清見へいたる道をすべて封じ、自滅を待つのが結局は最も早い鎮圧にいたるものと思われます。この暑さに水の手もない。二十日もあれば意志はついえます。いや、もっと早いでしょう。水や糧がなくなれば、追随して蜂起した者から次々に降服してきます。急いで鎮圧しようとすればするほど討伐軍に死人と手負いの者が増え、逆に周辺の村々での騒乱を呼びかねません。

わたくしどもにとりまして何よりの問題は、池田土民の蜂起に乗じて暴徒がここ福元へ襲来する危険があることです。清見古城へのみ目が向けられ、福元の警固は手薄になっています。福元に通じる成川(なりかわ)の馬背(ませ)城と瀬戸(せと)ノ口(くち)の木戸を急ぎ固めねばなりません。暴徒には付け入る隙をけして見せないことです。木戸の警固には、先に日向へ連れて行った若衆たちを率いてわたくしが参ります」

「兵糧入れで日向に出向いた若衆はたった十人だろう？　わしの方からも鉄砲を放てる者を集めて瀬戸ノ口へ遣わす」

大迫新左衛門が顔を強張らせた。彼もその時初めて福元に危機が迫っていることに思い当たったようだった。

「万が一に備えまして、関船一艘をお出しいただき、彦次郎殿にお与えくだされば有り難い。もし、暴徒が港に沿った道をたどって福元を目指すような事態が生じました折には、湾内の関船から暴徒へ向けて砲撃することになります」

「わかった。関船はわしの方ですぐに用意する。馬背城にも鉄砲衆を増やして差し向ける。瀬戸ノ口の木戸の備えにも必要な人数は申し出てくれ。地頭仮屋からすぐに差し向ける」顓娃兼延は甚五郎と彦次郎にそう約した。

顓娃兼延も長年福元の地頭仮屋を任され貿易というものによく通じ、権力を振りかざしていちいち船商いに口をはさむような愚かさがなかった。むしろ兼延に山川港の統治を任せていたことが領主久虎の凡庸でないことを明かしていた。だが、久虎亡き今となっては、顓娃家中の者はあてにできないと甚五郎は考えていた。顓娃の譜代家臣の中に土民と意を通じて混乱を煽る者がいないとは限らなかった。福元を守るならば結局出店にいる者の手で守るしかなかった。

暴徒が、山川港湾をめぐり岬先端の福元に到来する入り口は二つしかなかった。湾を隔てた対岸の成川からかつての噴火口沿いに港湾の縁(へり)をたどって入る道、そして噴火口の壁を迂回(うかい)する形で東南の裏側から福元へ入る瀬戸ノ口の二つだった。成川から港湾縁沿いの道に出るには馬背城の下を通過しなくてはならず、まずそこを突破する必要がある。馬背城は、元来錦江(きんこう)湾を隔てた大隅半島禰寝(ねじめ)氏の山川侵攻に備えて築かれた城砦(じょうさい)であり、頴娃兼延は暴徒の襲来に備え緊急に三十人の鉄砲衆を増強するという。馬背城を突破するのはそう容易(たやす)くないことは暴徒にもわかっているはずだった。もし暴徒が福元を襲うとすれば、やはり山川港湾の裏手を回り瀬戸ノ口から入って来ると思われた。その時は、木戸を固め、そこで撃退するしかなかった。

四

甚五郎の予想通り、暴徒の群れは八月五日の未明に瀬戸ノ口めざして到来した。掲げた松明(たいまつ)から三百人ほどと見えた。五日の明け方、すでに甚五郎は十人の若衆を連れて瀬戸ノ口の木戸を固めていた。その他には、大迫新左衛門が派遣した鉄砲衆十五人。頴娃兼延が地頭仮屋から送ってきた鉄砲衆と槍足軽あわせて三十五人、都合六十一人が木戸固めについた。銃火器は、鉄砲三十六挺、四十匁（もんめ）の抱（かか）え大筒（おおづつ）一挺、投げ焙烙（ほうろく）も五十弾を備えていた。土民とはいえ暴徒もまた戦に召集されれば兵として働いてきた者たちで、弓や刀はもとより鉄砲も持っている。木戸には弾丸除（よ）けの竹束と土嚢（どのう）とを並べた。木戸前には十間（約十八メートル）ほどの間をおいて、周囲の椎（しい）や楢（なら）の大樹十数本を切り倒し、枝葉もそのままに切り口を向こう側に向け、道に沿って縦に積み上げた。これによって暴徒は木戸を攻撃する前に、この逆茂木（さかもぎ）を焼き払うか踏み越えて来なくてはならなくなった。

先の高鍋城兵糧入れに水軍兵として雇い入れられた若衆十人は、山川港周辺の次三男たちの中でも選（え）りすぐった者たちだった。彼らは体力と能力に恵まれ、また感覚も細やかなものを備えていた。

もし、甚五郎と彦次郎が指揮する兵糧船でなかったならば、自分たちも津曲慎之助（つまがりしんのすけ）の関船のごとく日向大淀川（おおよどがわ）河口において焼け死んでいた。武田水軍で知られた伊丹一族の彦次郎と甚五郎は、彼らがそれまで見てきた頴娃家の家臣とはまるで種の異なる人物だった。大淀川河口で頴娃関船が焼き討ちされた黒煙としつこく追尾してきた毛利の小早船（こばやぶね）に、甚五郎と彦次郎は全く慌てず動揺の色も見せなかった。甚五郎は銃身の長い大狭間（おおはざま）鉄砲を抱え、まるで日なたぼっこでもするかのように平然と腰を下ろし、追撃してきた毛利の小早を冷めた目で眺めていた。甚五郎の奇妙な落ち着きは、何も語らなくとも何度も死線を越えてきたことを若衆に感じさせた。窮地に立てば立つほどむしろ冷静になる不思議な静けさを漂わせていた。なぜ彦次郎が往路で逆風の間切帆走ばかりを多用し、櫓漕ぎを極力使わなかったのかも、彼らは逃げきった後になって飲み込めた。甚五郎と彦次郎の言うことを聞いていれば簡単に死ぬようなことはない。あの時以来、そう信じていた。

甚五郎は、「放て」と自分が発するまではけして発砲するなと、瀬戸ノ口で全員に指令した。地頭仮屋と大迫新左衛門から派兵された者たちも、すべて甚五郎の指揮に従えと命じられていた。

「勝手なまねをする者は、皆を危険にさらすだけだ。その意味では敵と同じ。その場でわたしが斬り捨てる。容赦しない」いつものように淡々と甚五郎は告げた。「これは戦だ。祭や喧嘩ではない。殺すか、殺されるか、そのどちらかしかない。いざ鉄砲を放てとわたしが命じたら、ためらわず撃ち殺せ。ひとつのためらいが、本人はもとより、ここにいるすべての者たちの死につながる」

瀬戸ノ口に押し寄せた暴徒の群れは、木戸前に山をなして積み上げられた大樹の様に、一瞬戸惑いを見せた。右も左も切り立った崖が道を挟んでいた。もし暴徒が逆茂木を焼き払おうとして火を放てば、即座に甚五郎と若衆が木戸を出て、逆茂木ごしに暴徒の群れへ焙烙を投げつける。道は崖が左右に迫り後方以外に逃げ場はない。導火線を付け火薬と鉄片とを詰めた陶製の球が、大勢が集まったところで爆発すれば被害は甚大なものとなる。また、踏み越えて来ようとした場合には、逆茂木へ上がった先から撃ち倒すだけのことだった。甚五郎はすでに火縄に火種を移し十匁弾を込めた鉄砲を木戸越しに構えていた。空が白みかけ、クマゼミの声が周囲で湧き始めた。草むらでは虫たちもまだ声を響かせていた。

積み上げられた大木を踏み越えての木戸突破を決断し、暴徒の頭らしき者が何かわめきながら縦積みの大木の上へよじ登った。その男が身体を起こした瞬間、乾いた銃声が両側の崖に反響した。男の身体は弾かれるように宙に飛び、逆茂木の上から消えた。それまでざわついていた暴徒の群れも一瞬押し黙った。

硝煙の漂う中で「構えろ」という甚五郎の冷静な声が響いた。若衆たちも硝石を煮込んだ火縄の煙をたてて銃口を木戸越しに向けた。甚五郎も弾込めを終えた新たな鉄砲を若衆の吉助から受け取った。

鳴り出した太鼓の音とともに怒号を発して、数人が逆茂木に取りつきその上に姿を現した。

甚五郎の「放て！」の声に、火縄挟が打ち下ろされる金属音が次々に発せられ、若衆たちの銃口が火を吹いた。逆茂木の上に取りついた暴徒たちの影が、沸き上がった硝煙のなかで次々と落下していくのがわかった。血気にはやる頭目格の連中が、ことごとく打ち倒され、太鼓の音が止んだ。

甚五郎は、大迫新左衛門が遣わした鉄砲衆に素早く入れ換えると、彼らには「構えたままで待て」と命じた。そして新たな弾込めを終えた若衆に、突然「焙烙用意」の声をかけた。焙烙には十字に麻縄を結び掛け、投擲用に長さ二尺ほどの麻縄が付いていた。若衆には、投げ焙烙の訓練も以前から積ませていた。が、まさかここで実際に使うことになるとは甚五郎も思わなかった。焙烙の導火線に火種を移し、木戸のくぐりを開けて、甚五郎以下十人の若衆は木戸の外へ出た。

銃撃で射倒された頭目格のさまに、暴徒の群れは我先に逃げ出そうとする者とそれを押しとどめようとする者とで混乱していた。内輪もめでも始まったのか盛んに口論する声が聞こえてきた。導火線の火は焙烙の間近まで迫っていた。甚五郎がまず焙烙をゆっくりと麻縄で振り廻し、助走をつけて逆茂木越しに暴徒の群れへ放った。縦に積み上げられた樹木の向こうに焙烙が消えた瞬間、暴徒の群れで爆発が起きた。若衆たちも、それぞれの焙烙を廻しながら反動をつけて逆茂木の向こうへと投げ飛ばした。

次々と爆発が起こり、道を挟んだ崖に叫び声と悲鳴とが響きわたった。暴徒の群れは命あるものから散り散りに逃げだした。

万が一に備えて左右の崖上に潜ませておいた潁娃兼延の槍衆から、暴徒が逃げ去ったことを知らされた。到来した暴徒のうち十七人が死んでいた。十匁弾で頭の半分が吹き飛ばされた者や、焙烙の爆発で腕や足がもぎ取られ死んでいる者もいた。硝煙の臭いとともに、流された多量の血が胸を塞ぐ臭いをたてていた。若衆たちは顔青ざめ、茫然（ぼうぜん）とその前で立ち尽くしていた。「口で息をしろ」と甚五郎が声をかけた。が、何人かが吐き気に襲われた。しばらくは彼らに寝つきの悪い夜が続くだろうと甚五郎は思った。

「手をこまねいていたら、わたしらがこうなっていた。皆よくやった」

甚五郎は彼らにそう声をかけた。

若衆たちは、襲来した賊徒を撃退したことで、この先福元では頼りにされるが、同時に蜂起勢へ鉄砲を向け死者を出したために、潁娃領内の集落に再び戻って暮らすことは出来なくなった。甚五郎や伊丹彦次郎を含めて、福元のほとんどの人間がそうであるように、彼らもまた帰る場所を失った。

五

陰暦八月十九日、陽暦では九月二十一日となり、呂宋に向けて船を出す北風の季節を間近にして、堺を始め国内から届いた船荷の荷揚げが連日続いていた。水軍兵として雇い入れた頴娃領内の若衆たちも、普段は山川港の荷役夫として船荷の積み下ろしと蔵への出し入れに従事していた。

この日、奇妙な大船が長崎から着いた。三本帆柱に網代帆を張り、あくまでジャンク船の仕様ながら、船首にはガレオン船のような木綿の遣り出し帆と高帆二枚とを付け、しかも船首には人の乗る矢倉を築いていた。この船には二百人もの老若男女が乗っていた。風を待ってマカオへ渡るのだという。

イエズス会は、教会領長崎を中心とするキリスト教国の建設をあきらめてはいなかった。それは秀吉の企図する封建制国家とはいずれ対立することは避けられないものだった。すでに日本国内に建設された教会堂は二百を数え、在留する神父と助修士は七十人を超え、日本人信徒は京畿に二万五千人、豊後と北九州に一万人、そして肥前長崎を始め有馬、五島、天草周辺では十一万五千人にも上っていた。キリスト教の説く隣人愛も、信仰を同じくするからといって何の問題も起こらないはずがなかった。教会領長崎とはいえ、そこに住む二万人もの人々の間には、貧富の差や生業など、旧態依然とした差異差別は常につきまとう。ひとたび公儀からの禁令が布かれれば、それぞれの不満や嫉妬が一気に吹き出し、耐え難い空間に早変わりする。その結果の長崎脱出にちがいなかった。

大迫新左衛門を始め福元のキリシタンたちは、長崎から突如到来したこの人々を、南下できるだけの北風が出て山川を出帆するまで福元の各家に分宿させ充分に休養させることにした。しかし、二百人もの人々を収容するにはキリシタンの家だけではとても足りなかった。かといってキリシタンを毛嫌いする者もおり、誰の家でもよいというわけにはいかない。甚五郎のところにも一家族ぐらいは何とかならないかと新左衛門がやって来た。食費や諸経費は新左衛門が持つという。福元の船着を目の前にした入船町、菜屋の出店敷地には家二棟と蔵とがあり、五人ぐらいならばなんとかなると甚五郎は答えた。若衆たちを表見世の方に移し、それまで彼ら五人が寝泊まりしていた裏の家を当面その一家に明け渡すことにした。

新左衛門に連れられてやって来たのは、長崎の今町で陶磁器を商っていたという弘次郎一家五人だった。当年三十二になるという主人と妻それに老母、子は十と八つの兄妹だった。主の弘次郎はしきりに恐縮したが、妻女の方は満足に挨拶もせず、自らルシアという信徒名を名乗り、老母をレジナ、二人の子どもも、兄の方をガブリエル、妹の方をメンシャと信徒名だけで紹介した。

「マカオには、何か心当てでもおありなので」甚五郎は弘次郎に訊いてみた。

「いいえ、ございません。遅かれ早かれ、パードレの皆様方がいずれマカオにおいでになられることになりますので……」脇から答えたのは妻女だった。弘次郎の方はそれに追随して二度うなずいただけだった。住み慣れた長崎から離れ薩州の果てまで到来してみて、さすがに弘次郎の顔には不安の色が浮かんでいた。ところが、妻女の方は、むしろ生気に満ち、行く末に何の疑いも持っていないようだった。

「マカオで、イエズス会や司教の方々が暮らしの面倒までみてくれるという約束でもあるのですか」甚五郎は妻女の方へ話を向けた。

「貴方様は、信者ではないのですか」妻女が心外なことを言われたかのように気色ばんで訊き返した。暮らしの糧などより重要なのは心の糧だと言わんばかりだった。

しかし、それはたとえ乏しくとも一応の暮らしの目処が立っての話だと、甚五郎には思われた。この一家が、教会領長崎で何不自由なく暮らしてきたことは、重ねている絹小袖と単衣でもわかった。

「はい。違います。キリシタンの信仰とは無縁です」甚五郎はそう返すしかなかった。

甚五郎は福元朝日町のお綸の家へ出かけた。今年二十になるお綸は、福元の生まれで母方の祖父が琉球人だった。この二年、菜屋の出店に出入りし、地頭仮屋や船番所に差し出さなくてはならない文書類の一切を清書して調えてきた。そもそもは、お綸の父親がやっていた仕事だったが、父親の喘息がひどくなってからは、専ら彼女がその役をこなしてきた。読み書きはもとより算盤にも長け、父親に遜色ないどころかむしろ彼女の方が気働きがあり、労力を惜しむところがなかった。呂宋から船が頻繁に入港する初夏には、言わなくとも早朝から出店に足を運び、甚五郎が走り書きした積み荷の品や重量、個数、それにともなう口銭（関税や入港税）、荷役人夫の手間などの諸経費、それらを取りまとめて手早く文書を作成し、翌日には甚五郎が地頭仮屋へ差し出すだけにまで仕上げてくれた。時に徹夜での仕事ともなった。そればかりか、出店における出納の帳面づけも彼女がみなやっておいてくれた。しかも、検算を怠らないために間違いがなかった。両親がキリシタンで、お綸の家にも長崎から到来した三人の親子が身を寄せていた。

「お綸さんは知っていると思うが、マカオのポルトガル人たちは、明国の物産である生糸や絹織物などを明国商人から仕入れ、船で長崎を始め日本の港へ運んでは売り払う。その買値と売値とを差し引いた利益で成り立っているのが、ポルトガル交易だ。日本人が大勢マカオに移り住み、日本の船がマカオへ出向き、直に明国商人から生糸や絹織物を買い付けるようになれば、どうなると思う？」

「はい。ポルトガルの方たちの船商いが出来なくなって、マカオの人々は困窮するだけとなります」

「その通りだ。だから、マカオのポルトガル人が、日本人の到来を喜ぶはずがない。マカオへ大挙して彼らが行くことは、『心の糧』の問題だけでは片づけられない。確かにわたしでさえ、日々の糧よりも『心の糧』が時として大切になることはわかる。だが、マカオに行けば、まず厳しい排斥にさらされることは避けられない。ポルトガル人たちは武力を使っても日本人を追い出す。きっとそうなる。日本人がマカオに安住できるはずもない。もちろん、彼らが頼りとする司祭たちも、心の拠り所とはなっても、暮らしの面倒まではみるはずもない。携えていった旅銀もやがては底をつく。しかも、長崎から来た人のほとんどは、ポルトガル語も明国の言葉も話せない。もし、このたび長崎からやって来た人々が、弘次郎さんのご新造のようにその辺りの事情を何も知らず、信仰のみにとらわれて、マカオに行きさえすればなんとかなるなどと考えているとすれば、行く末は目に見えてる。言いたくはないが、売る物がなくなれば、あの子どもらを渡海先で売るしかなくなる。マカオより先の異国で、日本人町のあるところといえば交趾(コーチ)のツーランやフェイフォ、カンボジアのピニャール、プノンペン、呂宋(ルソン)のディラオとサン・ミゲル、それにシャムのアユタヤ、いったいどこへ流れていくのか。親は自らの意志で渡海するのだからどうなろうと仕方がないが、何も知らない子どもらが不憫(ふびん)だ。

頼みというのは、弘次郎さんのご新造に、お綸さんからそれらのことを話してもらえないかということだ。あのご新造は、マカオへ渡りさえすれば、すべてうまく行くと思っているようだ。だが、マカオに渡ってしまえばもう後には戻れない。わたしはキリシタンではない。そういう者の話すことなど信じてはもらえないだろう。単なる脅しのように聞こえてしまうに違いない。今からでも遅くない、どうせ行くのならキリシタンの学校が長崎から引き移ったという肥前の有馬(ありま)領にでも行ったほうが、マカオなどよりはるかにいいと思う」

お綸は、生来(せいらい)賢く、しかも十八の時から病父と母、妹二人の生活を一人で支えてきたために、甚五郎の言うことも理解できるだけの知力を備えていると思われた。

「人は、切に求めているものを与えてくれると感じた時に信仰に身をゆだねます。仏の教えでは、女は女であるというだけで罪深いとされています。儒者の教えでは、大昔から女ばかりが七去三従を強いられてきました。世間におきましては、自分の娘や妻女を質物にしたり、遊女や奴隷として売り渡したり、戦ともなれば捕虜とされ、慰みものとされ、市で売り買いされ、すべて物の扱いでした。

ところが、キリストの教えは、男も女も別なく、貴賤の別もなく、世界のすべての人間が、天主によって造られ、等しく大切にされ、同じ救いにあずかれるそうです。しかも、それぞれの人における霊魂と人品は、地上の何にもまさる尊い存在である、というものです。女が進んでキリシタン信者となり、その信仰に生きるのは、自分は人として生きるに値すると知ったがためです。それを捨てて生きることなど、もはやできるものではありません」

「信仰を捨てろとは言ってはいない。あくまでマカオに渡るのは、危険だということだ。

それに言っておくが御仏の教えでも、浄土門は異なる。浄土門では男女の差別などない。生きとし生ける者、すべてを救済するのが阿弥陀仏の意志だ。善人と悪人の別すらない。しかも、キリシタン宗のような裁きもない。それでは困るので島津様も浄土信仰を禁じている。……話しても無駄だと思うのか」

「いいえ。旦那様のお考えは、わたくしにはよくわかります。長崎からわたしの家に来られたご夫妻とも話しました。司祭様の追放が命じられた後、長崎ではキリシタンでない方からの誹謗や陰言が激しくなりまして、とても住み暮らすことができないほどになっていると伺いました。……もちろん、マカオに行けば、旦那様のおっしゃるとおりに、このたび長崎からこられた方々がひどい目を見ることもわかります。これから、家に逗留されているご一家に、まず有馬行きを勧めてみます。お見世の方へは、その後にうかがいます」

「そうしてもらえば、助かる。それでも駄目な時は、仕方ない」

お綸からの話で、予想はついたが、やはり無駄骨だった。弘次郎の妻女にいたっては、逆にお綸を異端呼ばわりするほどで、全く聞く耳を持たなかったという。

六

このたび山川に到来した弘次郎から、秀吉が去年の春、大坂城にてイエズス会の司祭らに語ったという明国征服の話を甚五郎は初めて聞いた。秀吉は天正十四年（一五八六）三月、イエズス会日本準管区長のコエリョに対して、九州征伐と「唐入り」すなわち明国への侵略計画を打ち明けたのだという。

信長は、輸入品の取引をそれまでの室町幕府が定めた明銭ではなく、ポルトガル人の海外貿易網で流通する金銀で行うことを命じ、国内での金と銀と銭の交換比率を定めて、金と銀を新たな国内通貨として採用しようとした。すでに信長の視線は、明国を中心とする東シナ海交易網を越えて、より広範囲な東南アジア海域、インド洋、西アジア、地中海世界へと向けられていた。信長の握る京と堺、そして同盟関係にある大友宗麟の豊後や博多、平戸、口之津、これら九州の貿易港と、東シナ海の貿易網を支配するポルトガル人とがキリシタン宗によって結びつき、何より変化したのは新たな世界観がもたらされたことだと、岡崎で伊奈熊蔵が語ったことを甚五郎は思い出した。

ポルトガル人の東アジア進出によって、明皇帝を中心とした朝貢制度に替わる新たな貿易網が組み立てられたことは、それまで日本人が文化の中心として考えていた中国とは異質の文明を持つ国々によって構成された、別の世界が広がっていることを教えた。それまで陸に住む中世の日本人は、日本の他には震旦（中国）と天竺（インド）との二つの国によって世界が出来ていると信じていた。それが、大明はすでに世界秩序の中心などではなく、力さえあれば誰でも征服できる、単なる領土と領民とを持った国のひとつに過ぎないことを知るにいたった。それは、信長を後継した秀吉も同じことだった。

信長に対して執拗（しつよう）なまでに抵抗した中国地方の毛利一党も、四国の長宗我部（ちょうそかべ）も、九州の島津も、すでに秀吉に平らげられ、臣従しない大大名は小田原の北条氏政ぐらいなものとなった。盛んに堺から武備に関する品々の注文が寄せられることを考え合わせれば、秀吉と正面から戦って負けなかった家康までが臣従した今となっては、北条の命運がつきるのも時の問題だった。天下統一、その後には何が来るのか。

おそらく「唐入り」がその答えだろう。大名、領主たちの武力による自領拡大の欲心は、そう簡単に消えはしない。武力による決着ではなく、あくまで関白秀吉の裁定で平穏に領地紛争の解決を図るという「惣無事令（そうぶじ）」は、大名たちの自領拡大の欲心を大明国へ向けることで初めて満たされるものとなる。そして、朝鮮や明国ばかりか、琉球、高山国（たかさんこく）（台湾）、呂宋（ルソン）、交趾（コーチ）、シャム、カンボジアなどの諸国へと戦火は拡大し続けることになりかねない。その思いつきは、甚五郎に暗然たるものをもたらした。

天正十六年(一五八八)陰暦九月

一

肥後の霊峰阿蘇は、隋時代の史書に「石火立ち起こり、その火天に接し、これを奇異として人これに祈る」と記されるほど、七世紀半ばには海外でも知られていた。古来阿蘇の噴火は、国家災異の先触れとして畏れられ、朝廷は阿蘇の主神をなだめるため位を授け、鎮めの神事と仏事とを怠らぬよう下命していた。承暦年間(十一世紀後半)には朝廷領として阿蘇庄が設けられ、この地を支配する豪族阿蘇氏は、国家鎮守の肥後一ノ宮、阿蘇神社大宮司の地位にあって、天正十三年(一五八五)に島津氏の侵攻に遇うまで、益城と阿蘇の二郡を支配する強大な在地領主、いわゆる国衆として君臨した。

天正十五年（一五八七）六月、「唐入り」を企図する豊臣秀吉は、その第一歩として島津征伐を果たし、九州を明征服のための足場とすべく、全九州総石高の十分の一に当たる直轄領を設け、同時に諸大名の大幅な入れ替えを断行した。豊前六郡に腹心の黒田官兵衛孝高を配し、筑前と筑後の一部には小早川隆景、筑前二郡に毛利勝信、筑後上三郡は小早川秀包と、今や秀吉の先手軍と化した毛利一類を新たに配して北部九州を固めた。

旧来の九州諸大名も、筑後下四郡には立花宗茂、肥前四郡は龍造寺政家、筑後上妻郡に筑紫広門、日向延岡に高橋元種、日向高鍋へ秋月種長をそれぞれ配して、島津一類を九州西南端に封じ込める形で配置した。そして、中西部に位置する肥後一国には、佐々成政を入封させた。

佐々成政は、本能寺の変後、一貫して反秀吉の姿勢を変えず、賤ヶ岳の戦で秀吉の軍門に下るも、小牧の戦では家康と織田信雄に与した。秀吉が、その成政をあえて鎮西の要として肥後に配したのは、相応の理由があった。

若き日より成政は信長の馬廻衆として各地を転戦し勇名を馳せた。とくに天正三年（一五七五）秋、その死者四万に及ぶという越前一向一揆の掃討戦によって、前田利家、不破光治と並び、府中三人衆と称された。本願寺門徒と在地領主、それに加えて越後の上杉謙信、それぞれの勢力が入り乱れ混乱を極めた北陸を、力で平定した功によって越中富山城主となった。肥後もまた国衆と呼ばれる在地領主がそれぞれの城を構えて乱立し、攻防を繰り返してきた。この時にいたっても、大宮司阿蘇氏と旧守護菊池氏の流れをくむ五十二の国衆が、依然武装したまま在地支配の根を張っていた。

天正十五年八月六日、入封して二ヶ月の佐々陸奥守成政は、隈本城から三千の軍勢を北東部の隈府城に向けて発した。隈府城主の隈部親永は、旧守護菊池氏の重臣から発し、国衆の一人として山鹿郡一帯を支配していた。このたびの佐々成政による検地を公然と拒否し、検地役人が自領内にとどまるならば皆殺しも辞さないと追い返した。そして、配下の一揆衆とともに隈府城に立て籠り徹底抗戦の構えをみせた。隈部親永に呼応して親永の息隈部親安（山鹿城主）も反旗をひるがえした。成政は肥後移入してわずかに二ヶ月、佐々軍三千の兵も地理に疎く、対する隈部親永と族縁で結ばれた山鹿の一揆衆は、地の利を活かして死に物狂いの抗戦をみせた。

秀吉は、先に佐々成政へ定め書きを送り、「五十二人の国衆には朱印状にあるとおりの知行を引き渡すこと。領地の糾明は当分おこなわず、三年間は検地をしないこと。百姓を手なずけ安住させること」など、くれぐれも騒乱を招くことのないよう命じていた。しかし、肥後もまた秀吉の明征服のための兵と兵糧とを送り出す基地として位置づけられていることを成政が意識しないはずがなかった。

そもそも、秀吉が朱印状で引き渡しを保証した知行地は、中世以来の所領を国衆に安堵するどころか、彼らの目を疑わしめるものだった。隈部氏固有の所領地はそれまでの二千町歩から八百町歩に減らされていた。しかも、佐々成政によって新たに配分されることになった領地は隈府城を中心とした従前の土地ではなく、他村の数ヶ所に分散したものであって、成政の裁量によって決定されるという。国衆としての隈部親永の存立基盤を解体し、成政家臣として配下に位置づけようとする意図があからさまなものだった。

すでに秀吉は前年より明国征服を明らかにし、その軍路を借りるべく対馬島主の宗義調に朝鮮との交渉を命じていた。検地は当分ひかえろと言われても、佐々成政は兵站基地として肥後の産しうる石高を把握しておく必要に迫られていた。

秀吉の検地は、田、畠、屋敷を同じ検地帳に登記し、すべてを石高に換算して表記するという明解なもので、示された石高によって全国の諸大名に軍役と年貢とを容易く課することのできる仕組みとなっていた。秀吉は、畿内と同じく、石高による貢税体制を一律に布くことを求めている。しかも肥後は土地が広大であり、新たな検地を終了するには膨大な時を要する。成政としては、手のつけられるところから検地竿を入れていく必要に迫られていた。まずは国衆が支配してきた地から打ち詰めにしていくしかなかった。当年検地を開始しようと三年後に始めようと、国衆との摩擦は避けられそうにない。成政は、畿内と同じく六尺竿を用いて、これまで国衆の所領となっていた田畑の一枚一枚を実際に測量する検地をあえて開始した。

しかし、肥後の国衆にしてみれば、それは田ばかりか畠までも一枚残らず耕作者の名義で検地帳に登録され、彼らの支配権はどこにもなく、すべて大坂の秀吉に直接握られることを意味した。国衆と地縁血縁で結ばれた領民たちにとっても、神田などの共有田を始め、自ら骨をきしませて開墾したささやかな田畑まで例外なく貢税対象とされ、これまでとは比べものにならない重年貢が課せられることは目に見えていた。

二

佐々軍の猛攻に、隈部親永は隈府城から逃れ、城村城に立て籠った。隈部親子の蜂起に呼応して、旧守護菊池氏重臣の和仁親実（和仁城主）、辺春親行（十町城主）、内空閑鎮房（霜野城主）、そして阿蘇氏の旧重臣に連なる甲斐宗立（御船城主）、名和顕広（宇土城主の弟）、木山紹宅（赤井城主）、北里惟昌（石櫃城主）ら、人質を秀吉方に取られていない肥後の国衆は次々と反旗をひるがえし、ここに肥後全土が騒乱となる国衆一揆が勃発した。

九月に入ると、一揆衆の攻勢に追い詰められた佐々成政は、筑後柳川の立花宗茂に援軍を求め、自ら二千の軍勢を率いて隈部親子討伐のため城村城へ向かった。その報せを受けた隈部親永は、阿蘇氏旧臣の甲斐宗立と連携して二万の一揆衆を隈本に差し向け、隈本城を包囲し城攻めにかからせた。留守居の佐々家臣団は防戦に努めるも、勢いにまさる一揆衆に二の丸と三の丸を押し破られ、とうとう本丸に立て籠るしかなくなった。虚を突かれた佐々成政は隈本に取って返し、二万の蜂起勢をものともせず真一文字に駆け入り、一揆衆を追い散らした。しかし、山本郡の国衆征伐へ差し向けた軍勢は、成政甥の佐々成能が討たれる事態となり、総崩れとなって退却する始末だった。戦況は一向に好転せず、形勢はむしろ成政の不利に傾くばかりとなった。策に窮した佐々成政は、ついに秀吉へ援軍を求めるしかなくなった。

肥後国衆の一斉蜂起と佐々成政苦戦の報せは十月一日、折から京の北野天満宮での大茶会初日を迎えた秀吉に届けられた。ことの重大さに秀吉は色を失い、残り九日の大茶会は急遽とりやめられることになった。肥後北西部から発火した国衆一揆は、肥後一国にとどまらず、肥前諫早の西郷氏、豊前の城井と野中氏、そして筑後の草野氏といった九州各地の国衆にまで飛び火し、九州全土に反秀吉の気運を招く勢いをみせていた。秀吉の企図する明国征服基地としての九州再構築は、気がつけば崩壊の危機に瀕していた。

「一味同心する者、千余の首を刎ね、そのうち大将首の百ばかりは、大坂へ持ち上らせよ」

秀吉は、黒田孝高、小早川隆景、毛利勝信、鍋島直茂、そして島津義弘ら九州諸大名に、国衆一揆制圧の肥後出陣を号令した。

三

十月二日、甚五郎は大迫新左衛門に呼び出された。出向いた新左衛門の屋敷には、見慣れぬ男が下座にひかえて待っていた。歳の頃三十前後、色浅黒く、額から伸ばした髪と眉が黒々として黒目勝ちの眼差しは穏やかだったが、野袴に脇差を帯びていることを除いても、端座した背筋が通り、発達した肩廻りや腰、太腿の大きさは、明らかに鍛え上げた武家の風体だった。

大迫新左衛門が甚五郎を紹介すると、男は両手を添えて深く一礼した。

「わたくし、岡本慶次郎と申します。肥後の阿蘇大宮司惟光に仕える者でございます。ご多忙のところをご足労いただきまして御礼申し上げます」

武骨な印象とは裏腹に腰が低く、ややかすれた声が緊張を表して虚飾ない人柄を示していた。

「実は、肥後国衆の蜂起とともに、主人阿蘇惟光は、佐々陸奥守様の隈本城に身を置くことにいたしました……」

聞けば阿蘇大宮司惟光は、当年六歳であるという。ところが、甲斐宗立を始め、名和顕広、北里惟昌ら旧阿蘇氏重臣から国衆となった者たちが蜂起し、態度を鮮明にしないまま反乱が鎮圧されることにでもなれば、阿蘇大宮司惟光は蜂起の首謀者と見なされ死罪に処せられる。

奈良時代以来の阿蘇大宮司の危機に、岡本慶次郎ら側付きの者たちが、いち早く人質の形で佐々成政の居城へ阿蘇惟光を送り出し、秀吉に対する忠誠心を示した。

「この九月の国衆一揆による城攻めで、隈本城に籠城しておりましたわたくしどもは、弾と玉薬のほとんどを使い果たしました。弾と玉薬、できますれば鉄砲も、お譲りいただきたく、このたびわたくしが差し遣わされました次第です。何とぞご便宜のほどお願い申し上げます」岡本慶次郎は再び頭を下げた。

「隈本城への鉄砲、弾薬、兵糧の売り渡しについては、心次第にしてよいと、頴娃(えい)家ならびに島津家からもお許しを得ている。わたしの方でもお譲りできるだけお渡しする」大迫新左衛門が付け加えた。

「わたくしどもも、かつて同じく阿蘇大宮司に仕えた国衆に向けて、まさか、鉄砲を放つ日がこようなどとは、思いもかけませんで……」

幼い主人を守るためとはいえ、結果として立場を同じくする肥後の国衆や領民に鉄砲を向けざるをえなくなった苦悩が、岡本慶次郎の途切れ途切れの言葉にも表れていた。幼君(ようくん)を守るため、危険をかえりみず隈本城を脱出し山川まで到来した慶次郎に、甚五郎はかつての自分を見たような気がした。

「それは国衆一揆のほうでも同じでございましょう。こうとなってしまったからには、元には戻れない。ですが、岡本様の選んだ道は間違っておられません。隈本城へ幼君を移されるほかには、お守りできる術(すべ)はなかったと存じます。

わたくしどもが今ご用立てできます鉄砲は、十匁(もんめ)弾用が五十挺(ちょう)。堺からのものです。それに弾丸と火薬とを合わせまして、銀一貫目でご用立ていたします。

佐々陸奥守様でなくとも、畿内と同じ竿入れによる検地はいずれ必ず肥後で行われます。田はもとより畠、屋敷、すべて石高で、数字によって示され、それに基づいて年貢と労役とが大坂で決められる。この薩州も同様です。近々、地方奉行が大坂より遣わされてくるはずです。どの地であれ違例は作らない。それが天下統一なるものの本性でしょう。逆らうものは、有無を言わせずなで斬り。信長様以来のやり方です」

甚五郎の言葉にうなずけるものを感じたらしく、「この先、肥後は、どうなりますものやら……」岡本慶次郎は視線をまっすぐに甚五郎へ向け、初めて肩の力を抜いて吐息まじりの言葉を漏らした。

「国衆一揆はじきに征伐されるでしょう。関白は、島津様を含め九州諸大名をすべて動かしても平定します。同時に、また大勢の血が流され、人々の嘆き悲しむ声が響くことになろうかと……」

国衆の蜂起以来、肥後からの避難民を乗せた船が山川へも度々到来していた。反旗をひるがえし国衆の城に立て籠る者は、子どもにいたるまでなで斬りに処される。その後は徹底した弾圧と重い年貢とが待っている。何が「惣無事」なのか。秀吉の狙いは「唐入り」なのだから、佐々成政も強引に検地竿を入れるしかなかった。その結果の肥後騒乱だった。

明征服という秀吉の野望を打ち砕けるとすれば、それは家康しかいなかった。家康だけは、秀吉に力で対抗し負けなかった。小牧・長久手の戦の後、人質を差し出したのは秀吉の方だった。ところが家康は、秀吉に臣従し平伏するばかりで、一向に動く気配を見せていなかった。

もし三郎様が生きていたならば……。

甚五郎はそんなことを思った。家康が織田信雄と手を組み秀吉の不忠を糾弾し、小牧・長久手戦を義挙として戦ったように、信長の娘婿だった三郎信康は秀吉を討つ大義を充分背負えた。信長の一部将の扱いに家康が甘んじていることすら、三郎信康には我慢のならないことだった。母方からも名門今川の血を引く三郎信康にしてみれば、秀吉ごときは下郎の類でしかない。家康が持て余し、結局自刃に追い込まれることになった三郎信康の自尊心が、今となっては懐かしいものに思われた。

「……わたくしは、かつて三州岡崎にて徳川宗家嫡男、三郎信康様のお側に仕えておりました。しかし、わたしは主君を守り通すことができなかった。遠州二俣城で自刃なされた時、主君はまだ二十一の若さでした。悔いばかりがあります。岡本様が幼君を守り通されますことを、心より祈っております」

それまで、甚五郎が自ら過去を語ったのは、伊丹彦次郎に対してだけだった。大迫新左衛門が何かを言いかけ、甚五郎の顔をまじまじと見つめて言葉を飲み込んだ。山川港での土民鎮圧以来、新左衛門がしきりに甚五郎の過去を知りたがっているのはわかっていた。いずれは、着せられた汚名まで取り沙汰されることになるだろう。山川を直轄領にしようとする島津家の意図も含めて、この地を去ることも考慮しなくてはならなくなったのを感じた。

肥後国衆一揆掃討戦は、小早川隆景を始め九州諸大名によって十二月から開始された。武装して自領を守ってきた国衆とはいえ、そのほとんどが半農半士である。大筒や鉄砲を充分に備え戦のために鍛え上げられた諸大名の常備軍二万を相手に、一揆衆が太刀打ちできるはずもなかった。

肥後国衆一揆は、五千七百人の死者を出し壊滅した。一揆を首謀した隈部親永と親安親子を始め、その家老有働兼元、和仁親実、辺春親行ら、主立った反乱国衆は捕らえられて、ことごとく首を刎ねられ、秀吉の命令どおり百の首級が大坂へ送られた。

翌天正十六年（一五八八）五月、秀吉は浅野長政を始めとする九名の検地奉行を肥後に送り込み、一斉に畿内方式の検地を実施した。とくに国衆一揆を首謀した隈部親永と親安親子の山鹿郡は、一枚の田も見逃さず検地竿で打ち詰めにされた。その結果、山鹿郡の石高一万二千百七十六余石は、二・七倍の三万三千百十六余石を打ち出されることになった。

翌閏五月十四日、佐々成政は国衆一揆を招いた責めを受け、秀吉の命令により摂津国尼崎の法園寺において切腹した。成政の亡き後、肥後は二分割され、緑川より北を加藤清正に、それより以南は小西行長へ与えられることになった。

国衆一揆後もかろうじて命脈を保った旧国衆は、阿蘇氏や天草の五人衆を合わせても十三氏のみだった。しかし、いずれも国衆時代の旧領とは無関係な小地域を散在してあてがわれ、やがては在地を離れて城下に移り、小禄の下級武士として生きるしかなくなった。

阿蘇大宮司惟光は、四千三百町歩の広大な領地をすべて召し上げられ、わずかに三百五十八石ばかりの知行が認められただけで、在地領主としての権力は剥奪され、神主としてのみ存続を許されることになった。

四

南方に渡りをする鷹、刺羽の群れが次々と上空を通過していき、鵯の大群も南をめざして海の上を渡っていく姿が見られた。冬の北風を待って呂宋を始め南方へ向かう船が次々と山川港湾に集い始めていた。天正十六年陰暦九月二十二日、陽暦では十一月十日となるこの日、堺から山川港へ到着した船は、延べ板の銀を始め、刀剣と槍、屛風、漆塗りの木箱など、呂宋マニラに運ぶ品々を積んでいた。山川の出店で買い集めておいた良質の小麦粉とマグロの塩漬けや豚肉の塩漬けの樽などを積み足して、冬の季節風を待ち出航することになる。

この日到着した菜屋船の船頭、櫛橋次兵衛は、五十路に足を踏み入れ、灰色になった髪と温厚な笑みが顔になじんだ物静かな人物だった。櫛橋家は、瀬戸内海の水運を支配してきた村上三流のうち、能島村上氏に代々仕える家老格の名家だった。次兵衛は、京畿と北九州とを結ぶ文物の主要航路と長く関わってきたために、言葉や動作にもぞんざいなところがなく、「海賊衆」という俗称とはかけ離れた高い教養と、馴れを嫌う生来の気品とを備えていた。もちろん次兵衛も、村上武吉に従い、木津川河口と大坂湾における織田水軍との激戦を始め、これまで数々の海戦に身をさらしてきた。

毛利水軍の総帥小早川隆景を始め村上武吉までもが秀吉に下ったのを機に、次兵衛は村上家から離れた。かつて秀吉の中国攻めによって毛利方将兵の血がどれほど流されたか。次兵衛は多くを語らないが、彼の自尊心が、秀吉に臣従した村上武吉に今さら仕えることを受け入れなかったに違いなかった。孤高の影の濃い櫛橋次兵衛であったが、山川に寄港すると年若い甚五郎や伊丹彦次郎と語るのを楽しみとした。次兵衛は、己自身と共通するものを甚五郎や彦次郎に感じ取っているようだった。その次兵衛が、このたび甚五郎にもたらした文書は、秀吉が七月八日に発したという「ばはん(海賊)禁止令」だった。

一、諸国海上において賊船の所業を堅く停止(ちょうじ)しているにもかかわらず、このたび、備後(びんご)と伊予(いよ)の間にある伊津喜嶋(いつきじま)にて、盗船をはたらいた族(やから)があるとのことを聞こしめされ、実にけしからぬ曲事(くせごと)としてこの禁止令を発する。

「これをどうお読みになる」甚五郎のために堺から携えてきた清酒を注ぎ、次兵衛はわずかに目を細めて甚五郎に問いかけた。この禁令を発することになったきっかけを示すらしい第一項の、備後と伊予の間の瀬戸内海といえば、長く能島村上家の支配していた海域に他ならなかった。

「『盗船』というのが何を指すのか、まずよくわかりません。能島村上殿の家臣筋に当たるお人がはたらいたとすれば、関銭(せきせん)の徴収か何かですか」

「まあ、恐らくそんなところだろう。それを無視した船を押さえたとか」

一、全国浦々の船頭や漁師など、いずれも舟を使う者に対して、その地頭や代官にある者は、すみやかに取り調べ、以後わずかなことにおいても海賊ばたらきをしない旨の誓紙を申しつけ、連判を押させ、その国主が取り集めて上申すべきこと。

一、今日より以後、給人領主が油断し、下々に海賊の輩があった際には、成敗を加えられ、末代まで知行を召し上げられるべきこと。

「……引っ掛かりを覚えますのは、この禁令が、給人領主に対して発せられていることです。確かにこの薩州でも、島津義久公は、かつての独立した薩摩の国主ではなくなり、あくまでも秀吉から薩摩を知行地として許されているだけの、給人領主に過ぎないものとされております。その給人領主が、いわゆる下々の海賊ばたらきを取り締まるために発せられたものと表向きはそのように映ります。ですが、海賊ばたらきと一口に言いましても、通行時の関銭や警固の櫓別銭を徴収する他に、能島や来島の村上水軍は、以前から陶磁器などの船商いも堺や二日市で盛んにやってきたはずです。ことさらに『盗船』などと謳っているがゆえに、一見、海賊衆による蛮行の取り締まりを諸大名へ厳しく命じているように見えますが、この薩州で秀吉の許可を得ずに最も大きな船商いをやっておるのは義久公はじめ島津一類に他なりません。海賊ばたらきを取り締まれば、むしろ結末として、島津家を始め西国大名の勝手放題の船商いを、停止せざるをえなくなるはずです」

「わたしにもそう見える」次兵衛は覚めた眼差しのままわずかに表情を崩した。

島津を始め、大友、松浦(まつら)、有馬ら九州の諸大名は、領内の主要港と海商人(うみあきゅうど)とを押さえ、明国産の生糸や絹織物、火薬原料の硝石(しょうせき)、弾丸用の鉛などは、まず自らが先んじて買いつけ、残りを堺はじめ京畿に運び転売して利益を上げてきた。表向きには領内の海商人の貿易としか映らないものの、内実は大名自らが領内における貿易商人の頂点に位置して、積極的に海外へ船を送り、また海外から船を入港させて利益を得てきた。

「要するに、これより先、秀吉から許可の朱印状を受けた船のほかは、すべて『ばはん船』と見なされることになります。同時に、それらの船が行う一切の商いも『海賊ばたらき』の悪事と見なされる。海商人がこれまでのように独自の船を仕立てて海外へ送ることも、海外から船を受け入れ売買することも、秀吉の許可を受けずして行うことは一切できない。もし山川の廻船衆が仕立てた船が秀吉の朱印状を持たずに渡海し、商取引をしたことが発覚すれば、島津は知らなかったでは済まされない。義久公が知行地の薩摩を取り上げられることになりかねない。つまりは、諸大名独自の通商をやめるしか道はない。同時に、堺や京はもとより、すべての海商人も、秀吉の支配から逃れることはできなくなる……」

いつか流血と掠奪(りゃくだつ)のすさんだ時代が終わることを甚五郎は願ってきた。それは秀吉の天下統一によって現実のものとなるはずだった。武力による決着ではなく、関白秀吉の裁定によって平和裡(へいわり)に紛争処理の行われる時代が、確かに表面では到来した。しかし、そのことは秀吉の強権のもとで、すべてを支配され生きるしかないことを意味するものだった。

思えば昨年六月の「バテレン追放令」以来、キリシタンではないにもかかわらず甚五郎は奇妙な息苦しさを感じ始めていた。庶民一般のキリシタン宗信仰は「その者の心次第」であると謳いながら、領主大名へ厳しく禁教を布いておれば、「心次第」なる信仰の自由など、どこにもあるはずがなかった。信仰、すなわち心の拠(よ)り所(どころ)を支配しようとした「バテレン追放令」も、そして一年後の「ばはん禁止令」による海商いや渡航の制限も、また、肥後国衆一揆の教訓から発せられた「刀狩り」によって一揆衆や百姓衆から武器を取り上げることも、権力を秀吉一人に集中させるためのものだった。戦乱のない世の中と引き替えに、人の心も行動も、すべて秀吉なる一個人の意志に縛られる。天下統一とは、そういうことだった。

五

九月二十七日、大迫新左衛門が突然琉球王国の那覇港に向けて船を出すことになった。新左衛門はこの朝、甚五郎のところにやってきて、琉球渡海船に銀を投資しないかと切り出した。「以前から願い出ていたもののやっとお許しが下りた」などと言いながら、新左衛門の視線が落ち着かず、船を出すというのに珍しく笑顔を見せなかった。いつもは訊かないことまで自分から話し出す新左衛門が、このたびの琉球渡海の経緯については言葉を濁し、津留讃岐介の銀も積んでいくと話したのがせいぜいだった。津留讃岐介は、島津家から山川へ派遣されて琉球渡海船の運航を司る船頭役にある。それとなく新左衛門は島津家からの指令を匂わせた。そういえば、大慈寺の僧龍雲が、山川港湾奥の正龍寺に投宿していることは甚五郎も聞いていた。

正龍寺は、船着から南西に四丁ほど行った福元の集落外れにあった。かねてより唐通詞なども置き、明国や琉球王国がらみの外交文書を扱ってきた。三門と鐘楼、方丈と本堂からなる臨済宗の禅寺でありながら、実は外交の窓口として、渡航文書の点検や発給を果たしてきた寺である。志布志大慈寺の龍雲は、いわゆる外交僧で、琉球へ向けた新左衛門船の出航と合わせれば、島津家から何らかの密命を帯びての琉球渡海であることはうかがえた。

伊丹彦次郎がやってきたのは、小舟がしきりに行き交い新左衛門のジャンク船に荷積みをしている最中の昼過ぎだった。

「新左衛門殿が投銀の話を持ってきた。甚五郎殿は預けたのか」

「日頃のお付き合いですから、求められれば多少は。ちょうど薬種の注文を堺から受けておりましたので頼みました。……どうも、このたびの琉球渡海は船商いを装わねばならないようで」

「装えば装うほど、胡散臭さがあらわになる。大慈寺の外交坊主が何か密命を帯びて琉球へ渡ることが本当の狙いだろう。大坂からの指令が島津家にあったとすれば、秀吉が琉球王へ入貢でも要求するつもりだろう」

「対馬の宗家にも朝鮮王に入貢させろと、秀吉からの下知があったとか。琉球王国も属国だとでも秀吉は思い込んでいるのかもしれません。ですが、琉球王に入貢を強いるのならば、なぜ船商いなど装い、外交僧が秘密裏に琉球へ渡らねばならないのか」

「征明のため、兵と兵糧を差し出させるということかもしれない」

「琉球王は長年、明への朝貢を続けてきました。秀吉などより明国王との繋がりのほうがはるかに深い。琉球国であれ朝鮮国であれ、征明の大事は、すぐに明国へ通報されるに決まっている。秀吉は錯乱しているとしか思えない。渡海しての明征服など、島津征伐とはわけが違う」

「昨年も秀吉は、南へ下る風もない六月にバテレンのマカオ追放を発してみたり、渡海のことがまるでわかっていない。ただでさえ海を隔てれば糧道は長く延びる。海上は常に不安定で糧道の確保はそう容易ではない。明国に攻め入れば、押さえた先で何とか調達できるなどと過信していれば大間違いだ」

「九州でさえ力で押さえたつもりでも、肥後の国衆一揆が起こりました。半農半士の国衆一揆を鎮圧するのに、結局半年もかかった。ましてや朝鮮国や明国ともなれば、肥後の比ではなくなります」

「九州を何とか押さえつけて、残るは関東以北か。骨のありそうなのは、小田原の北条と、米沢の伊達ぐらい。娘を北条に嫁がせているのだから、家康が北条と結んで兵を挙げれば、征明どころではなくなる」

「そんな声は一向に聞こえてきません。家康は、決断したら迷わず、妥協はけしてしない。主を殺されていますから、それは私自身よくわかっています。だが、決断するには、秀吉を討つ大義を要する。それに、酒井忠次を始め、三河以来の視野が広い優れた重臣が周囲を固めています。わたしにとっては主君の仇だった連中ですが、酒井忠次らは、おべっか使いでも馬鹿でもない。秀吉の側近どもとは違う。連中は、征明など、失うばかりで得るものは何もないとわかっているはずです。家康に言うべきことははっきり伝えるし、また家康もそれを聞く耳を持っている。秀吉が征明の兵端を開き、民の怨嗟の声が沸き上がるまで待つ気かもしれません」

「家康の挙兵が当分ないとすれば、このまま秀吉に引きずられて、どこもかしこも肥後のようにされかねないな」

「いや、征明が始まれば、もっとひどいことになります」

「それにしても、ここの正龍寺といい、大慈寺のなんとかいう外交坊主といい、昨今の僧侶は何を取り違えたものか」彦次郎が笑った。

「秀吉の検地竿が入れば、これまでの寺領を安堵されることはまず難しい。僧侶が鍬を持って田畑を耕し、年貢を納めることにもなりかねません。少しでも寺領の田畑を押さえておくためには、漢詩文の知識を用立てて秀吉や島津家の手先となり、ああして走り回ることになります」

「イエズス会のバテレンたちも、ポルトガル貿易の仲立ちを盛んにやって金儲けに血眼になっていた。あんな連中が清貧を説いて、信じる方がどうかしている。坊主も、バテレンも、言うこととやっていることがまるで違う。ただ生臭いだけだ。まったく絵に描いた末世だ」

無間山観音寺の覚了はどうしたか。今もどこかで行乞を続けているだろうか。覚了は、その後見た僧侶の誰よりも、聖に近い人だった。堺の南宋寺で出会った若き修行僧たちは、志を曲げずに今も禅の修行に打ち込んでいるだろうか。おそらく大慈寺の龍雲も、正龍寺住持の問得も、かつては禅の修行にすべてを捧げていた日々があったはずだった。時は移り、人は変わっていく。

「薩州の果てに行けば、少しは穏やかに暮らせるかと思っていたが、そうはいかない。いつまでもこんなところで油を売っていれば、やがてひどい目に遭う。どこへ行こうと逃げ道はないが、ここでの暮らしもいよいよ息の詰まるものになってきた……」彦次郎はそう漏らした。

先日、伊丹彦次郎が呂宋マニラの地図を広げ、眺めていたのを甚五郎は思い出した。確かに秀吉が関東以北を平定すれば、次は征明となる。そうなれば、山川での海商人暮らしも、これまでとはまるで違ったものとなる。島津領のすべての船は、兵と兵糧、弾薬の輸送に駆り出され、貿易どころの話ではなくなる。彦次郎が、それとなく甚五郎へ別れを告げに来たのだとわかった。

山川の人々が、冬の節目とするのは十月の最初の「亥の日」である。この年の「初亥の日」は陰暦十月七日で、陽暦では十一月の二十五日に当たった。山川の家々では、この日一斉に囲炉裏へ火を入れる。そして、家ごとに餅をついて、厳しい冬を迎えるための肝をすえる。菜屋の出店でも、甚五郎や若衆、呂宋に向かう櫛橋次兵衛と水夫たち、お綸の家族らも含め、盛大に餅をついてこの日を祝った。

この地で「十月の初あがり」と呼ぶ、一番最初に吹き荒れる冬の季節風は、この初亥の前後にやってくる。山川周辺の漁の民は、突然襲来する「十月の初あがり」を警戒する。早朝は穏やかな南風の小春日で、つい船を出してしまいたくなるが、いつのまにか風が西に回り、空が黒雲に覆われる。雨の降り出しとともに強い逆風が吹き、沖に出た船は陸へ戻れなくなってしまう。そのまま行方知れずとなった船も数多い。

漁の民とは逆に、南方へ向かう貿易船の船乗りは、この「初あがり」を待っている。これを境に風の向きが変わり、北西の季節風が船を南へと運んでくれることになる。

この年も初亥の翌日、「十月の初あがり」がやってきた。山川の漁師の家に生まれた菜屋の若衆たちは、これまで最も警戒しなくてはならないと親に教えられてきた「初あがり」の到来を、福元の見世で迎えた。五人雇い入れた若衆のうち、市蔵と吉助の二人を櫛橋次兵衛の水夫として呂宋へ渡海させることに決めた。彼らは生来の海の民で、変化を好ましいこととして受け止める。子どもの頃には恐れていた「十月の初あがり」を今では心待ちにしていた。

十月十五日、好天の申(さる)の一刻(午後三時)、潮が満ちたのを機に、南方を目指してジャンク船は網代帆(あじろほ)を張り、山川港湾を次々と出て行った。この先の風にもよるが、順風が吹き続ければ二十数日でマニラには着けるという。ただし冬の東シナ海はよく荒れる。四度の航海に一度の海難は付き物だと聞いていた。なかには二度と会えなくなる者もいる。

櫛橋次兵衛の仕切る菜屋船には、市蔵と吉助の少し緊張した顔があった。菜屋船に続いて岬突端の船番所前を伊丹屋のジャンク船が通過していった。その船には伊丹彦次郎が乗っていた。常夜灯脇の松大樹から甚五郎が手を挙げると、彦次郎もジャンク船の船縁(ふなべり)から笑って手を挙げた。

天正十六年（一五八八）陰暦十一月

一

その島が「対馬」と表されるようになったのは、中国は三国時代の『魏志』に因っている。その「東夷伝」には、韓人と倭人との別があり、対馬は倭人の国、邪馬台国翼下の一国として扱われた。

「居るところ絶島、方四百里ばかり。土地は山険しく、深林多く、道路は禽鹿の径のごとし。千余戸有り。良田無く、海のものを食して自活し、船に乗りて南北に市糴す」

『魏志』倭人伝に記された二世紀後半から三世紀初め、対馬は米が出来ず、島びとは漁を専らとし、糧を得るため船で南北、すなわち九州と朝鮮半島とを行き来していた。

それから約千四百年の後も、対馬の島民は、いまだ米穀を自給できない地ゆえ、暮らしの糧は九州と朝鮮国との海運にゆだねざるをえないことに変わりなかった。

天正十五年（一五八七）六月七日、筑前博多の筥崎で、対馬島主宗義調とその嗣子義智は、島津征伐を終えて凱旋した秀吉に拝謁した。その折、秀吉から朝鮮王に伝えよと告げられたのは、「すみやかに来朝し臣従の礼を示せ。上洛のうえ内裏へ出仕しなければ、来年には全兵力を集め成敗する」との文言だった。

すでに秀吉が明国征服の意志を固め、その第一歩として島津征伐が行われたことは、小西行長から宗父子にも伝えられていた。まず九州を平定して畿内と同一の体制を布き兵站基地となす。次に朝鮮を九州同様の基地とし、そして明に攻め込むというのが秀吉の描く筋書きだった。

朝鮮国王が来日しなければ、朝鮮への武力侵略は避けられない。対馬では米穀を自給出来ず、交易にすべてをゆだねる土地柄とあって、朝鮮との戦など引き起こされれば島民は飢餓に直面する。対馬から釜山までは海路約十三里余、船で丸一日の距離にある。晴天ならば肉眼で朝鮮半島がとらえられた。博多に行くよりも釜山に行く方がはるかに近い対馬にとって、戦だけは何より回避したかった。しかし、朝鮮王国をあたかも九州や四国と同じ感覚でとらえている秀吉の蒙昧に異を唱えれば、改易どころか宗父子の処刑と対馬成敗に直結することは明らかだった。

「朝鮮王は必ずや上洛し、殿下に臣従の礼をとるに違いありません」義調はそう応えざるをえなかった。

侵略戦がいかに凄惨なものか、対馬島民は身をもって知っていた。

文永十一年（一二七四）十月五日と弘安四年（一二八一）五月二十二日、二度にわたる蒙古の襲来に、対馬は蒙古軍船の寄港地となった。文永の元寇では、兵船九百余艘、蒙漢軍二万五千、高麗兵八千で来襲し、守護代の宗助国はわずか八十騎ながら小茂田浦にて奮戦した。しかし、圧倒的な蒙古軍の多勢に抗することあたわず、助国以下の将兵はことごとく討死して果てた。島民は見つかり次第虐殺され、浦々は掠奪の限りを尽くされた。対馬と壱岐の二島での死者はおおよそ一万三千五百人を数えると伝えられ、対馬では人が尽きたといわれたほどだった。

それから三百年が過ぎても、戦禍の記憶は昨日のごとく島民の脳裏から消えることはなかった。貿易は、いかなる形であれ泰平が前提となって初めて成立するものである。中国大陸からにせよ、日本列島からにせよ、侵略の意図をあからさまにした軍勢が到来することは、対馬島民にとって同じく戦禍に蹂躙されることを意味した。対馬にしてみれば、戦の回避こそがまず優先される命題だった。

しかし、秀吉の求める朝鮮国王宣祖の来日などありえなかった。まして秀吉に呼び出され臣従を誓ういわれは朝鮮国王にあるはずがなかった。それは宗父子や家老衆を始め、少しでも朝鮮との関わりを持った者たちにとって、わかりきった事実だった。この年、朝鮮王朝は建国以来百九十五年を数え、宣祖は第十四代の国王である。いまだかつて朝鮮国王が国外に出たことはなかった。

この難題に際して、宗義調と義智、三家老の佐須景満、柳川調信、柚谷康広、その兄の柚谷康連、そして外交僧の景轍玄蘇と三玄の二名が加わり、金石城で連日討議を重ねた。

この差し迫った戦を回避するには、朝鮮から通信使を招来するという代案しか浮かばなかった。しかるべき朝鮮の高官が国王の親書を携えて来日し、朝鮮国王に代わって関白就任の祝賀を述べることで秀吉の矛先を変えさせようとするものだった。

約二百年昔、高麗から倭寇取り締まりを求めて派遣されてきた鄭夢周は、人格に秀で、かつ深い学識で朝野の要人たちに深い感銘を与えた。その結果、和平を約し倭寇に奴隷として拉致されてきた多数の高麗人を祖国に連れ戻すことに成功した。秀吉は、小牧・長久手の戦で苦汁を飲まされた家康に対してひどく気遣いを見せるように、本当に力があると認めた相手には驚くほどの謙虚さを見せるところがある。鄭夢周ほどの人物が来日すれば、さしもの秀吉も心を動かされ和平に至ることもありえないとはいえなかった。すでに建国二百年を目前とした朝鮮国には、その泰平ゆえに儒教を究め人格にも優れた人物があまたいることを、朝鮮に何度も足を運び友好を深めてきた柚谷康連らはよく知っていた。

だが、朝鮮王朝からの通信使が最後に来日したのは、百四十四年も昔のことだった。足利将軍家から預けられていた「日本国王」の印判を勝手に使用して、これまで対馬から「日本国王の通信使」は六十回も渡航しているのに対して、朝鮮国王からの通信使は島民の誰ひとりとして見た者が現存しなかった。慣例化した「日本国王の通信使」に対して、答礼の通信使を朝鮮から招来させるには、足利将軍家の没落によって新たな政権を打ち立てた秀吉が朝鮮国王に即位の挨拶を述べるという特別な状況を仕立て、答礼使の派遣を要請する必要があった。そのためには、まず対馬島主の特使を送り、新たな日本国王からの通信使を受け入れる許可を朝鮮から受けてこなくてはならなかった。

敢然と異議を唱えたのは筆頭家老の佐須景満だった。そのような権謀術数をめぐらし、秀吉も朝鮮王も騙すことでその場を凌いだとしても、いずれは発覚する。これまで対馬は朝鮮から幾度も恩義をこうむってきた。一度朝鮮へ出兵すれば、明国も宗主(そうしゅ)国の威信をかけて朝鮮へ兵を送る。その結果、朝鮮王国は日本と明国の軍兵に蹂躙され滅亡の危機に瀕(ひん)する。どうしても秀吉が明国征服を実行するというのであれば、海路で寧波(ニンポー)へ直接攻め込むしかない。それを率直に上申すべきだ。佐須景満は、そう主張して譲らなかった。

佐須景満は、秀吉に恩義を受けていた。この六月、対馬の知行(ちぎょう)を従前通り安堵(あんど)してもらうため、宗義調と義智が筥崎に出向いた。その際、対馬帰服の証左として宗家より人質を差し出せと秀吉から命令を受けた。だが、宗家には人質となるべき子どもがなかった。そこで景満は、仕方なくこの年八歳になる自分の息子彦八郎(ひこはちろう)を秀吉へ差し出すことにした。秀吉は、対馬から連れてこられた彦八郎を見て年を尋ね、大儀であったとの言葉を与えた。そして、「対馬の父母のもとに帰すように」と宗父子に伝えた。人質となりそのまま大坂へ連れ去られるはずだった彦八郎が対馬に戻ってきた。秀吉は、宗家を信じ、幼い彦八郎に格別の温情を与えて帰島を許した。その秀吉を欺(あざむ)き、馬鹿(ばか)げた策を弄(ろう)さんとする宗家や家老たちを指弾すべく、佐須景満は、ことの次第を詳細につづり、かねてから面識のあった小西隆佐(りゅうさ)のもとへ文(ふみ)を送った。

二

小西隆佐は、先の島津征伐において兵三十万人の兵糧と馬二万頭の飼料を調達し、兵糧として十万石の米を赤間関に送った。秀吉の戦陣における資金調達と兵糧や弾薬運搬の、最も重要な責務を担ってきた。そして、石田三成とともに堺の実質的な町政を預けられ、この時秀吉の貿易や財政管理を一任されるほどの信頼を寄せられていた。隆佐の息は小西行長である。

佐須景満からの書面を見て、小西隆佐はめずらしく動揺した。よりによって隆佐に報せてよこす佐須景満の愚直さに戸惑いを隠せなかった。秀吉の求める朝鮮国王の来日ではなく、代わりに朝鮮からの通信使を呼び寄せるというすり替えが、この時点で明るみに出されれば、秀吉は朝鮮より先に自らを欺いた対馬を成敗する。宗義調と義智は、よくて切腹、悪く行けば斬首か磔に処される。

確かに「唐入り」は秀吉の意志である。その秀吉から見れば、佐須景満の述べていることが正論となる。非は、ここへきて戦回避の詐術を弄する宗父子の方にある。しかし、事はそう単純ではなかった。ひとたび兵端が開かれれば後戻りはできない。朝鮮との関係が破壊されれば、困窮するのは対馬一島ばかりではなく、侵略される朝鮮や明国の民はもとより、日本六十六国の民もいずれ飢餓に瀕する。村々の百姓ことごとく兵役に駆り出され、誰が田畑を耕すのか。堺の薬種商人であった隆佐は、高麗人参や薬種を輸入する必要から朝鮮の内情もよく知っていた。もちろん朝鮮国王が来日し、秀吉に直接臣従を誓うことなどありえない。このままいけば、朝鮮侵攻は避けられないものだった。

小西隆佐から、佐須景満の内報を知らせる文を受けた宗父子と柳川調信は、すべての労苦を水泡に帰するばかりか、対馬宗家を滅ぼすかのような佐須景満の動向に、怒りしか覚えなかった。

朝鮮へ攻め込む際に、先鋒隊として差し向けられるのは、朝鮮の地理に明るい宗家以外には考えられない。朝鮮国には知己も多く、これまで貿易はもちろん飢饉に際しては糧を送ってもらい、幾度も窮地を救われてきた。佐須景満のごとく単純に秀吉軍の先手となって寧波へ攻め込めるものならば、誰も苦労はしない。折も折、佐須景満に同調する家臣たちが、特使として朝鮮に向かう柚谷康広と、家老柳川調信の暗殺を企てているとの密告がもたらされた。

佐須景満に追随する家臣たちには、朝鮮通信使の招来計略が柳川調信の発案によるもので、かかる戦回避の欺瞞に満ちた詐術こそが、宗家を滅ぼし対馬を焦土としかねない凶事と映った。

明と朝鮮とは、冊封関係が成立して久しい。宗主国である明に対して、藩属国となる朝鮮は、定期的に貢ぎ物を捧げ、明皇帝からは数倍のお返しが下賜される仕組みとなっていた。しかも、藩属国とはいっても、明からの内政干渉はほとんどなく、外敵に対しては明皇帝の保護が約束されている。そうして明国君主の威徳を周辺の国々に及ぼそうとするのが、冊封関係である。秀吉軍が朝鮮に侵攻し兵端を開けば、明国も黙してはいない。冊封関係にある藩属国が外敵から侵略されれば、アジアにおける国際秩序が破壊され、明の中華思想そのものが崩壊する。

明王朝の衰弱はしきりに語られているが、大明はあくまでも大明であり、陸地の規模からして違う。あなどってかかれば対馬宗家どころか豊臣家もいずれ滅ぼされることはまぬがれない。

もっとも「日本」を「二本」などと平気で書き、頻用される漢字すら満足に読み書きできない秀吉の蒙昧を啓くことは無理な話である。朝鮮をよく知る対馬の者が戦の回避を図ることこそが義の道だった。

柳川調信は、七年前玄蘇とともに朝鮮に渡り、首都漢城（ソウル）まで足を運んでいた。町家をすっぽりと囲む高い城壁の内は、総瓦の甍を掲げて殿閣が整然と続き、清澄な流れの畔には柳の大樹が美しく葉を繁らせていた。北岳山を背景に、壮大な宮城の道は塵一つなく掃き清められていた。長い戦乱で荒れすさんだ日本とは異なり、建国百九十周年を迎えようとしていた漢城は人心穏やかで洗練された文化の都だった。武力によって一旦は屈伏させることができたとしても、荒くれだった力だけで、洗練された文化の民を支配することは困難である。

ここにいたって佐須景満とその一派によって反乱などが引き起こされれば、すべては無に帰すことになる。いずれは佐須景満一派を粛清するしか道はなかった。

三

十一月に入ってまもなく「日本国王使」を称する柚谷康広は、折からの北西風を突いて釜山に渡った。彼は、この年すでに五十路に踏み入れ、冠下に結い上げた髪も、鼻下から伸ばした髭にも白いものが混じっていた。綸子の小袖に指貫をはき、腰刀を帯び、広袖の錦胴服を羽織っていた。釜山港で出迎えた王使接待役の柳根は、これまで見聞きしてきた日本国王使とはまるで異質の人物が到来したことをすぐに見抜いた。

四十路（よそじ）を目前にした柳根は、王使接待役にしては異例の下位であったが、漢詩の才に傑出していることでは、過去の比ではなかった。その繊細な感覚は、柳根と目が合うなり一瞬鼻で嗤（わら）った康広の品性に、前途の険（けん）なることを悟った。

果たして柳根の推察したとおり、道を漢城に向かって進むに従い、この日本国王使は自ら馬脚（ばきゃく）を露（あらわ）し始めた。

慶尚道（けいしょうどう）の仁同（にんどう）県にいたり、日本国王使がこの地を通過する時には、村民に槍（やり）を持たせ、道の両側に整列させて武威を示すことが慣例となっていた。康広は、道に居並ぶ民兵の様を一瞥（いちべつ）し、「朝鮮の連中が持つ槍はやけに短い」と口に出してあざ笑った。

康広一行は、やがて尚州（しょうしゅう）にいたった。県使や郡使よりも格上の牧使（ぼくし）、宋応洞（そうおうどう）が日本国王使の饗応（きょうおう）に当たった。宋応洞は、遠来の国王使をねぎらおうと美妓（びぎ）と楽曲団とを召集して待っていた。

宴もたけなわになったころ、康広は酔いに任せ、薄笑いを浮かべ言い放った。

「わしは数年来、戦のなかに身を置き、その労苦に髪も髭も白くなった。ところがあなたは、こうして美妓を集めて宴会ばかりしておればよいわけだから、何の憂（うれ）いもないはずだ。なのに、わしよりも真っ白な髪となったのは何ゆえか」

饗応に努める牧使に対して、およそ国王使の口にすることではなかった。対馬にあっては、島主宗父子と柳川調信が上にひかえ、兄康連からも始終叱声を浴びせられてきた。ところが朝鮮に渡ってみれば、日本国王使として、最上の宿舎を用意され格別の待遇が待っていた。日増しに抑制を忘れて康広の言動は野放図となり、柳根らの顰蹙を買うことばかりが重なった。

十二月、漢城に入ってからも康広の失態は目に余るものがあった。外相と文相を兼ねた礼曹判書主催の、国王使を慰労する宴においても、康広は酔いに任せて、対馬から携えてきた高価な胡椒の粒を宴席でばらまき、楽士や美妓らがそれを拾い集めるのを面白がったあげく、「うぬらの国は滅びる。保つべき綱紀などすでにどこにもない」などと吐き捨てる始末で、答礼使派遣の助力を得るどころか、逆に敵を作るために漢城まで出かけたようなことになった。

年が明けて天正十六年（一五八八）一月、柚谷康広は、宮中での新年祝賀の宴の後、副総理格の左相、鄭惟吉に「国書」を提出する運びとなった。

「我が使い、年毎に朝鮮に往きて、朝鮮の使い至らず、これ我を鄙むるなり」

対馬で偽造された「国書」は、答礼使派遣をひたすら求めていた。だが、およそ国王使とは思われない柚谷康広の品性に不審を募らせていた外相の鄭琢は、このたびの

「日本国王使」が、釜山に何度か来航したことのある対馬の船奉行と同一人であることを調べ上げていた。

鄭惟吉からこの「国書」なるものの報告を受けた国王宣祖は、「これまでの国王を廃して新王を立てた日本は、主君を殺してその位を奪う簒弑の国であり、その使節を接待してはならぬ。人倫の道、大義というものを諭し、送り返すべきである」との意向を伝えた。

朝鮮国王の意志を伝えられた柚谷康広は、「わが国は新国王秀吉が即位したにもかかわらず、貴国はいまだこれを祝賀していない。もし祝賀する意があるならば、一使を遣わされるべきであると考えるが、いかがか」としきりに食いさがってはみたものの、「釜山からはるかな日本の京までの水路には不案内である」との答えが返されたのみだった。柚谷康広は何の成果も得られぬまま対馬に引き戻るしかなかった。

四

天正十六年四月十四日、京都は昨日までの雨が上がり、初夏の陽光が、夜明け前から道を埋めつくした人々を照らしていた。御所から正親町を経て内野に築かれた聚楽第までの十五丁（約一・六五キロ）の道筋は、警固に当たる六千余の兵を繰り出し厳重に固められていた。

鎌倉幕府開闢以来約四百年、天皇が人臣の私邸に行幸したのは、応永十五年（一四〇八）、後小松天皇が足利義満の北山殿に、そして、永享九年（一四三七）、後花園天皇が足利義教の室町第に渡ったわずか二度だけだった。

到来した見物人は、畿内はもとより関東や遠く九州からまでに及び、実際に目にすることがあろうとは思えなかった行幸というものを一目仰ごうと、この道筋に詰めかけた。

秀吉は、すでに昨年九月十三日に大坂から聚楽第へ居を移していた。聚楽第は、平安京大内裏のあった跡地に建てられた。三年前、秀吉は、朝廷より従一位関白に叙任され、翌年「豊臣」の姓までが下賜された。聚楽第は公家となった秀吉の政庁として築城された。四方一千間に及ぶ石垣に固められ、鉄柱に銅の扉の日暮門内には、本丸と二の丸からなる二重の曲輪が設けられた。本丸北西隅の天守は金箔塗りの瓦で葺かれ、甍には金の鯱が躍っていた。本丸の周りには大名屋敷が荘厳に並び建てられた。

聚楽第行幸は、まず烏帽子侍の隊列行進から始まった。次に、輿が三十丁続いた。

それには天皇の生母、准后の新上東門院と女御、御局、女中衆が乗っていた。輿添えの者は百余人に及んだ。次いで塗り輿が十五ほど続き、これには六宮親王を始めとする供奉衆が乗っていた。随身や烏帽子着、馬添え、布衣侍、雑色、道具持ちが延々と続いた。

いずれの装束も、あでやかな五色の地に、四季の花鳥が描かれていた。唐織り、浮き織り、縫箔を施し、蜀紅の綾羅、錦繡、それらの花鳥は初夏の光を浴びてことのほか輝きを放った。

天皇の前駆をなして、近衛次将、貫首、侍従、少将、中将、そして、左右の大将として鷹司信房と西園寺実益の、両大納言が多くの従者を引き連れて続いた。

四十五を数える伶人たちによって安城楽が奏され、いよいよ金箔の屋形の上に金色の鳳凰を飾った後陽成天皇の鳳輦が見えてきた。沿道の両側を埋めた群衆は、鳳輦が行き過ぎる時、誰に言われたわけでもなく、皆静まり返って頭を地につけ目を伏せるばかりだった。

その後には、二十余人の大中納言らが騎馬列を正して続いた。その中には、秀吉の弟秀長、甥秀次のほか、駿府大納言の徳川家康、尾張内大臣織田信雄の姿があった。

やがて、石田三成、増田長盛ら秀吉家臣団七十余騎が秀吉の前駆となって進み、秀吉はその後で輿に乗って供奉した。秀吉の輿に続いて、随身や諸式道具が通り、三列をなして、舎人、車副、沓持ち、笠持ち、烏帽子着の五百人余が過ぎた。最後に前田利家、織田信包、長宗我部元親ら二十七名の大名衆が騎馬で続き、お付きの侍たちの列が延々と続いた。

この後陽成天皇の行幸こそが、秀吉一代の最も輝ける瞬間となった。本来三日間の予定だったが、秀吉の厚遇によって五日間に延長されることになった。

聚楽第行幸二日目の四月十五日、秀吉は、京都の地子（地税）銀五千五百三十両余と地子米八百石とを御所に献上し、諸親王と諸公家にも近江八千石の地を贈った。そして、この日、徳川家康、織田信雄、前田利家ら二十九名の大名から起請文をとった。

その起請文は、このたびの行幸に招かれたことを感謝し、御所の地子と公家、門跡の知行について、それぞれの大名家が子々孫々まで間違いなく優遇することを誓約した二ヶ条に続いて、次のような条項がさりげなく続けられていた。

「一、関白殿、仰せ聴けらるるの趣、何篇にても、いささか違背申すべからざること」

家康以下の有力大名は、関白秀吉の命じたことには何であれ一切逆らわないと、天皇の御前で服従を誓約し、署名させられることになった。これこそが、秀吉にとって聚楽第行幸の真の目的だった。一介の針行商人より身を起こした秀吉は、家康始め諸大名を籠絡し、その足下に帰服させるためには、どうしても朝廷の権威を必要とした。さし迫る明国征服の渡海出兵においても、彼らは何一つ反論は許されないこととなった。

同時に、この誓約を関白秀吉に果たさない大名は、朝廷に対する逆賊であり、征伐されるべき夷狄となった。今なお秀吉に臣従の礼をとらない小田原の北条氏政と氏直父子を始め、関東以北の逆賊を平定する大義名分はここに与えられた。

五

天正十六年十一月五日、この日、頴娃家八代目となる幼君、頴娃久音の所替えの報が山川港に届けられた。長く頴娃と揖宿の二郡を支配してきた頴娃家は、谷山郡山田村へ移り、山川港は島津家直轄の蔵入地となることが確実となった。

この秋の秀吉による「ばはん（海賊）禁止令」によって、山川港福元に出店を構える廻船商人は、許可なく渡海船を送り売買をしない旨の誓紙に署名捺印し、島津家に提出させられていた。沢瀬甚五郎には、近々この日の来ることが予想できた。しかし、すでに北西風の吹く季節となり、菜屋の輸出品を積んだ渡海船も二隻が山川へ寄港し、呂宋へ向かって出航していた。島津家の直轄領とされるのは年が明けてからになるかと思っていた。

堺や京商人の出店が山川から撤退するような状況にいたることは、島津家にとって最も避けるべきで、しばらくの間は極端な制約をもたらすことはない。しかし、以後の島津家蔵入地として直接支配される山川での動向について、一度堺へ戻り菜屋の窓口となっている茜屋幸右衛門と相談する必要があった。

茜屋幸右衛門の営む船宿は、旅館と倉庫業、そして金融業を兼ねていた。茜屋は、博多や長崎、平戸などばかりか呂宋や交趾、シャムに渡った海商人の京畿における窓口ともなっていた。茜屋の発行する手形は、日本国内ばかりか海外でも通用した。

年内に予定されていた菜屋渡海船の山川入港は、あと二隻が残るのみだった。折から兵庫津へ向かう薬屋久徳の船があった。これで堺へ向かえば、遅くとも十二月の十日頃には山川へ戻れる。島津家から派遣されている野間口内蔵之助に堺行きの届けを出し、島津家の印判のある許可証をもらった。

山川からは、大隅半島の佐多岬を回って日向灘に入り、船はひたすら九州の東岸を北上した。豊後の蒲戸崎（上浦）から豊後水道を通って、伊予の西端、佐田岬半島の二間津(三崎)にいたった。瀬戸内海に入り防予諸島を経由して芸予諸島にいたる航路をとった。防予諸島の屋代島(周防大島)、安芸の高崎へ抜けた。由利島、二神島、津和地島の間を抜けて、芸予諸島の蒲刈の瀬戸を渡り、安芸の高崎へ抜けた。因島と弓削島を通過し、備後の阿伏兎岬の沖へ出た。その東方の燧灘の先には、笠岡諸島や塩飽諸島の島影があった。

この四国伊予と山陽の安芸、備後に挟まれた瀬戸内海は、おびただしい島々に航路を阻まれ、かつては三島村上氏を始め大小の海賊衆が縄張りをめぐらしていた海域だった。ところが、二年前の天正十四年、秀吉によって、塩飽諸島と小豆島、播磨の室津を所領としてあてがわれたのは小西行長だった。塩飽諸島は、長く能島村上氏の支配下にあった。例の「ばはん禁止令」を発するきっかけとなった「備後伊予両国の間、伊津喜嶋にて盗船つかまつるの族」とは、村上武吉配下の海賊衆だとされていた。「伊津喜嶋」とは、秀吉の言う備後と伊予の間ではなく、安芸と伊予の間にある芸予諸島の斎島のことで、秀吉側の誤認でなければ、つい数ヶ月ほど前まで能島村上氏の配下の者がこの海域で関料を徴収していたことになる。

さすがに「ばはん禁止令」の出された直後とあって、海賊衆の船らしきものとは遭遇しなかった。しかし、以前も航海の安全は堺や決められた港で関料その他を支払い、村上氏の「上」の字が入った幟旗さえ船尾に立てておけば、海賊衆に襲撃されるようなことはなかった。海の「惣無事」を布かれても、入港先の堺や兵庫、大坂などで諸税の支払いをすることに変わりはないのだから、結局のところ、秀吉が海賊衆を追い出し、自らが海賊衆の棟梁に取って代わっただけのことだった。

十一月二十二日、六年ぶりに甚五郎は堺の町に入った。何より堺を独立させていた環濠が埋められ、南の端に置き忘れられた一部分が、溝のような腐臭をたてているだけとなっていた。大坂城を石山本願寺跡に築き、大坂を中心とした商業機構に堺を組み込むため、秀吉の手によって二年前に環濠が埋められたという話は聞いていた。が、いざその地に来てみると、吹きすさぶ寒風ばかりで、かつての張りつめた活気が町並からすっかり失われているのを感じた。信長以来の代官、松井友閑に代わって、秀吉子飼いの石田三成と、小西行長の父小西隆佐が奉行となって堺を支配していると聞いた。

堺は市之町に居を置く茜屋幸右衛門は、四十路に踏み入れたばかりながら、穏やかな笑みを絶やさず、人の話を聞くことに長けた人物だった。堺を去る折に、たった一度面識があっただけだが、注文の品を取り揃え、堺での輸出入品売買から手形の決済まで、何もかもを滞りなく果たしてくれた。助左衛門始め菜屋一族が後ろ楯になったとしても、幸右衛門がいなかったならば、甚五郎はとても山川で商売などやれなかった。

この日も、幸右衛門は二十年来の知己のごとく門前まで甚五郎を出迎え、夕飯の給仕は下女任せにせず、自ら行なった。もちろん山川の菜屋出店の出納のすべてを幸右衛門は掌握しており、甚五郎が海商人としても優れた才覚を備えていると知っていた。

「島津様が山川港を蔵入地になされても、当座はむしろこれまでよりも寛容になさるはずです。多くの船の出入りがあって初めて島津様のお蔵も大きくなる」夕飯後に茶と菓子を差し出しながら幸右衛門は言った。

「ただし、やっかいなのは、関白が唐入りを目論んでいることとです。そもそも島津征伐は唐入りのための布石ですから、島津家は必ず渡海させられる。肥後の国衆一揆後に、子飼いの加藤清正と小西行長を肥後へ送り込んだように、九州の諸大名は唐入りの主柱としてつぎ込まれることは明らかです。

とくに、島津一類は、帰服した意志を秀吉に確かめられる。兵糧や兵も他の大名より多く出させられるはずです。出兵令が出されれば、島津領の船商いの者は、兵や兵糧の運送に駆り立てられ、商売どころではなくなります。無理やり顕娃家を所替えまでしての蔵入れですから、後は推して知るべし。身動きが取れなくなってからでは、手の打ちようもなくなります」

「唐入り」の噂は聞いていても、まだ現実のこととして受け止めている者は少なかった。ところが、甚五郎はすでに征明が必ず決行されるものとして動き始めていた。渡海船は、一航海に二千両もの金子が動く。人物を見誤れば多大な損失をこうむるのは幸右衛門自身となる。幸右衛門は商売柄、相手の才覚の有無を正確に見抜いた。逆臣の遺児から三郎信康の小姓衆に取り立てられただけあって、さすがに沢瀬甚五郎は鋭敏な感覚を備えていると思った。幸右衛門もまた秀吉の「唐入り」はいずれ決行されると踏んでいた。

「朝鮮への出兵は、小田原と奥州を平定した後のことになるかと存じます。とくに家康様との同盟を結んでおられる北条様を帰服させなくてはならない。北条様と伊達様もまた同盟を結んでおられます。小田原と奥州を平定しないまま力任せに朝鮮に兵を出せば、いかなることが引き起こされるのか、関白様もよくご存じのはず。起請文など、形勢の変化によって、いつでも反古とされるものです。

関東以北の平定まで、まだしばらくの猶予はございます。しかも、山川の方はさしあたり妙なことが起こるとは思えません。島津家は蔵入地としてしばらくは京畿の出店を厚遇するはずです。甚五郎殿、一度博多にお運びなすってみてはいかがですか。

唐入りの動静を知るには、それが一番早いかもしれません。わたくしの方から嶋井宗室様にご紹介の文を差し上げますが」

嶋井宗室の名があっさりと飛び出すところが、茜屋幸右衛門の尋常でないところだった。博多の豪商嶋井宗室も、京畿の窓口として幸右衛門を重用し、堺に来れば茜屋に宿泊するのが常だった。確かに幸右衛門の言う通り、一度博多の有力商人のもとに足を運んでみれば、対馬ばかりか朝鮮の状況も、そして国内の有力商人の動向も、見えてくるに違いなかった。その後でどう動くべきかを判断すればよい。内外の状況を知るには嶋井宗室ぐらいの人物に会う必要があった。朝鮮出兵をひかえ兵站基地としての博多復興は秀吉にとって最優先の課題となり、大友と龍造寺の戦乱と島津征伐での戦火を避けて唐津や平戸に移っていた商人たちも、次々と博多へ戻っていることは甚五郎も耳にしていた。

「……時に、以前お知らせいたしました長田伝八郎様は、家康様とともに駿府城へ移られ、三河にて二千石の知行をお受けになられたとか。名乗りも永井直勝と改められたと聞きました。先日当方へお運びくだすった岡崎のお人が、ご自分のお身内が出世なすったように自慢しておいででした」

四年前、長久手の戦で、岡崎奇襲軍を率いていた秀吉方の大将、池田恒興と組み打ちのすえ首級を挙げたのが、かつての僚友長田伝八郎であることを文で知らせてくれたのも、幸右衛門だった。主君三郎信康の自刃の後、伝八郎が三河大浜の実家に戻りしばらく蟄居していたことも、三郎信康の小姓衆が敵方大将の首を挙げ危機を救ったと岡崎城下が歓喜に沸いたことも、同じ文に書き添えられていた。

すでに道は分かれ、再び会うこともないだろうが、伝八郎がその後も自らの選んだ場で懸命に歩み続けていることを、甚五郎は懐かしく、また心強く思った。

「……この足で博多へ行き、嶋井宗室様にお会いして、対馬や朝鮮の様子を是非うかがってみたいと存じます」

このまま手をこまねいていては、朝鮮出兵の愚行に引き込まれるのをただ待っているようなものだった。何よりも内外の状況を見極める必要があった。思いがけずもたらされた長田伝八郎のその後は、甚五郎に博多行きを踏み切らせた。

天正十六年(一五八八)陰暦十二月

一

天正十六年十二月六日、寒風が吹きつのる曇天の午後、沢瀬甚五郎の乗る船は博多湾へ入った。堺から赤間関(下関)を経由し博多まで、海路十二日間で行き着いた。名にし負う博多湾は、東西に約四里十丁(約十七キロ)、南北に約一里十丁(約五キロ)ほど。湾口に能古島があり、志賀島とを結んで北に張り出した「海の中道」とが、玄界灘の荒波を遮り、湾内は波穏やかだった。

堺から赤間関を経て博多にいたる航路は、そのまま肥前五島列島を経て寧波など中国大陸の各港へとつながる。また、朝鮮半島と対馬を経て博多へいたる航路は、薩摩と琉球にまでつながっていた。約三百年昔、元の初代皇帝フビライが二度にわたって襲来したのは、この海路の要衝に位置する博多を手に入れることも目的のひとつだった。

しかし、古より日本三津の一つとして聞こえた博多港湾は、堺と同様、すでに土砂が堆積して充分な水深が得られず、とても良港などと呼べるものではなくなっていた。甚五郎の乗った八百石積みの船でさえ、湾中に停泊し、小船に乗り換えて船着へ渡るしかなかった。日頃見慣れた薩摩山川港の、墨色に映る港湾の奥行が懐かしいものに感じられた。

博多といえば、北を海、東に石堂川、西に那珂川という自然の障害が囲み、そして地続きの南には、幅十尋（約十八メートル）、深さ五尋（約九メートル）の大堀を穿って周囲の防備を固め、有力商人による専制的な自治を誇った。それもまた、かつての堺と酷似していた。

八年前、博多を支配する大友宗麟と龍造寺隆信との戦乱によって焦土と化し、二年前には再び島津義久との戦火にさらされ、朝鮮半島や中国大陸との玄関口となって繁栄した商都博多は、壊滅的な打撃をこうむった。昨年六月、島津征伐を果たした秀吉は、彼の企図する明国征服の兵站基地とすべく、いち早く博多の復興に手をつけた。復興から一年余、新たな博多は、かつて瓢箪型をなしていた砂浜の隙間を埋め立て、十丁四方（約百二十ヘクタール）の町が造られていた。陸地と隔てていた房州堀も埋め立てられ、海辺から大宰府に通じる南北四本の主要路を縦軸に、それと交差する小路を東西に走らせ、碁盤の目のような新たな町割りがなされていた。新しく区割りされた博多は、大きな樹木や高層の仏塔などがないために、空が広く浜辺まで見渡せた。

博多の再建に向けて、商工人の営みを助長すべく、秀吉は九ヶ条からなる定め書きを公布した。ともすれば排他的となり独占権を有する問屋と諸座とを禁じ、地子や諸役を免除し、借金を破棄する徳政の通用も除外することとし、町民の便宜をまず優先させた。加えて、武士の町内居住を禁じ、復帰する町衆主体の町づくりを支援した。戦火に追われる前には二万人が住み暮らしていたといわれる博多に、唐津や平戸に疎開していた人々も順次戻って来ていた。博多の復興に向けて、その杭打ちの段階から中心となって動いたのは、神屋宗湛と、そして嶋井宗室の二大豪商だった。

嶋井宗室の屋敷は、東の石堂川に近い東町の角地にあった。表口十三間半、奥行き三十間、豪商の屋敷にしては狭い敷地ながら、母屋や蔵はもちろん上土門まで、屋根という屋根はすべて瓦で葺かれ、重厚な築地塀が屋敷を取り囲んでいた。

嶋井宗室といえば、自らの手船「永寿丸」を駆って度々朝鮮へ渡り、明国からの北絹や朝鮮の照布など高級布を始めとして、かの地の特産物を買いつけ、堺や兵庫へ船を廻して財を築いたと聞いていた。本来家業とする「練貫」と呼ばれる酒の醸造から、質屋業までを手がけ、神屋宗湛と並ぶ博多の豪商として、津々浦々までその名を知られていた。彼は、大友宗麟との結び付きが深く、博多での諸税諸役を免除され、宗麟がかつて支配していた北部九州六ヶ国の勝手通行を許されていたことも甚五郎は耳にしていた。

妻入りの堅牢な納戸造りは、玄関の式台框も、柱や梁も黒光りし、古木材がふんだんに使われていた。とても新たに建てられた家屋には見えなかった。おそらくは戦乱に巻き込まれる前に移転した寺社などの材木を買い取って、再建に具したものだろうと思われた。

出てきた小僧に茜屋幸右衛門からの嶋井宗室に宛てた文を差し出すと、小僧は顔青ざめ、怯えたような表情を見せた。帳場を預かる番頭らしき初老の者が現われた。その男は、甚五郎の姿を見るなり、やはり怯えたような表情で一瞬立ちすくんだ。そして、まじまじと甚五郎の顔を見て生唾を飲み込み、慌てて両膝をついた。取り次ぎを乞うまでもなく「どうぞ、どうぞ」と床の間と仏壇のある奥座敷にいきなり通された。

いかに茜屋の紹介状を携えてきたからといって、薩州の果てから現われた未知の者に対して、ためらいもなく奥座敷に通す無警戒ぶりと、かなり慌てた番頭の様子も引っ掛かりを覚えた。奥座敷に薄茶を運んできたのも、下女ではなくその番頭だった。自分の顔に何か付いているのかと思うほど視線をしきりに甚五郎へ向けた。出された茶を喫する間もなく、素軽い足運びで奥から人がやって来たのがわかった。

「ご無礼します」と一声掛け、廊下に座して襖障子を開けたのは、髪を剃り落とした痩せて小柄な人物だった。その男も、甚五郎を見るなり一瞬凍りついたような顔を見せた。

「わたくし、薩州山川から参りました甚五郎と申します。突然うかがいまして、はなはだご無礼とは存じましたが、是非嶋井宗室様にお目にかかり、直にお話をうかがいたきことが生じまして、参上いたしました」甚五郎は手をついてそう挨拶した。

剃髪の男は、安堵したかのようにひとつ吐息をつき、何が可笑しかったものか、表情を急にほころばせた。

「嶋井です。遠路、ようこそお運びくださいました」廊下に膝をついたまま、今度は落ち着いた声で挨拶した。「こんなところでは、何ですから、どうか奥へ」そう言って立ち上がると先に立って奥へ導いた。「嶋井」とは名乗ったが、宗室自身とは思えなかった。嶋井宗室は、当年五十になると聞いていた。現われた男は、剃髪しているせいもあって、濃い髭の剃り跡と血色のよい艶のある皮膚ばかりが目立った。せいぜい四十前後に見えた。

長い廊下の右手は庭になっていた。それも、植え込みや池など一切なく、様々な奇岩と白い海砂からなるものだった。草履に替えて離れ座敷から右手の床の間と付書院のある八畳間に入り、それからまた外廊に出て突き当たりの小部屋に導かれた。

その部屋は、四畳半の広さで、出入り口も窓も上部が円形の花頭を成した奇妙な空間だった。正面の壁を覆った金屏風には万国図が描かれていた。床の間には径三尺もの地球儀が四つ足の台に載せられ置かれていた。何よりも異彩を放っていたのは、漆喰で塗り込められた丸天井だった。天井一面を群青紺で塗り潰し、その上に赤や青の硝子片や夜光貝の破片で星々がちりばめられていた。

離れ座敷に案内するだけだろうと思っていた剃髪の男は、そのまま円座に腰を下ろして「どうかお楽になすってください」などと言い、手あぶりとして桑材の角火鉢を勧めた。

「取り乱しまして、大層ご無礼をいたしました。ご貴殿の風貌が、さる者によく似ておられましたもので。どうかご容赦ください」そして、再び半ば自嘲ぎみの笑みを浮かべた。濃い下がり眉に眦の下がった細い目、鼻梁も細く、一見何の威厳も感じさせない人物だった。しかし、どうやら彼が、かの嶋井宗室その人らしかった。

堺の今井宗久や津田宗及、あるいは千利休、いかに豪商とはいえ所詮は町衆に過ぎない彼らが、信長や秀吉を始め武家衆の側に仕えるためには、得度したうえ、頭を剃り上げ、墨染めの法衣に袈裟という僧形を必要とした。かつては信長と、また秀吉とも茶席を共にしたはずの嶋井宗室ならば、普段から禅坊主の格好をしているものと思い込んでいた。髪こそ剃り落としていたものの、小柄な身体に色褪せた薄茶色の指貫、灰鼠の小袖を重ねた上に広袖にした納戸茶の胴服を羽織って現われた。吹きつのる寒風にもかかわらず、頭巾も被らず、足袋さえ履いていなかった。

二

円座に着いてからも、甚五郎はしばらく丸天井の星々に魅せられていた。山形星（カシオペア）が西北の空にあり、北斗七星が北東の地平から起き上がってきたところだった。赤い後星（アルデバラーン）が西にかかり、三つ星（オリオン座）は南西に、その東寄りに天狼星（シリウス）が上ってきていた。

「それにしても、子細に、しかも見事に描き出されていますね。このようなものは初めて拝見しました。……春も早い二月、亥の刻（午後十時）近くの天空でしょうか」

甚五郎が訊くと、剃髪の男はにこやかな笑みを浮かべた。

「これをご覧になって、季節と刻限を言い当てられた方は初めてです。そこに何があろうと、心眼のない者には何も見えはしません。……お噂は、かねがね幸右衛門殿からうかがっておりました。どんな御仁だろうと、ずっとお会いしたいと思っておりました」

嶋井宗室の穏やかな表情は変わらなかったが、黒目勝ちの細い眼はまっすぐに甚五郎を見つめた。

「実は、先月、わたくしのおります薩州山川港の領主、頴娃久音様の所替えが決まりまして、山川港が島津様の蔵入地となることを告げられました。

これからの身の振り方を判断いたしますのに、どうしても関白様の『唐入り』を考えないわけには参りません。これまで山川と堺にて耳に入れておりますことは、関白様が朝鮮国王の上洛を求め、それが果たされなければ、武力をもって朝鮮を平らげ、朝鮮を足場にして征明を目指すというものです。そこで、対馬と朝鮮国がどこまで渡りがついているかをお教えいただきたく、参上いたしました。

島津家の直轄地となりました以上、わたくしども山川港に出店を構えております船商人は、ひとたび朝鮮への出兵が命じられることになりますと、島津様のご意向のまま、兵と兵糧、武器弾薬の運び入れに専従させられ、廻船商売どころではなくなります。堺で茜屋幸右衛門様にも、そこのところをうかがいましたが、小田原の北条様を始め関東以北の、いまだ関白様に臣従していない大名衆を平らげない限り、朝鮮出兵に踏み切ることはないだろうとのことでした。しかしながら、すでに関白の位に叙され、聚楽第行幸によって、朝廷の威光を自らの背に負いましたからには、臣従を拒む大名がおれば逆賊として討伐する大義名分を得ておられます。さしもの島津様でさえも、関白様の他を圧倒する兵力の前には太刀打ちできず、降伏まで半年もかからなかった。小田原も果たしてどれほどのものか、関東以北の征伐までどれだけの猶予があるのか。率直に申しまして、関白様がその気になれば、北条様も似たようなものかと存じます。小田原城が落ちれば、北条家と同盟関係にある米沢の伊達始め諸侯も降伏するしかない。後は推して知るべしかと存じます。

関東以北を平定すれば、以前より度々口に上らせておられる明国征伐に取りかかるはずです。形勢によりましては、早々に山川の出店を閉じ、他所へ引き移ることも考えなくてはならないと思っております」

「それで、甚五郎殿は、山川から引き移られるならば、いずこへとお考えで」

「平坦な道など、どこにもございません。諸々考えますのに、日本六十六国内で、諸大名家の思惑に振り回されず、少しでも心のままの商いができるとすれば、むしろ関白様のお考えがすぐに読み取れる長崎か、あるいは、この博多かと」

始終微笑んでいるような嶋井宗室の下がり目が目尻を強張らせ、初めて真顔を見せたように思えた。

「……わたしが、貴殿と同じ立場にありましたら、同じことを考えます。長崎か、博多か。その通りだと存じます。関白様が現在最も肝要と見定めておられる港が、廻船商いにとりましても、方向が見定めやすく、また諸国大名衆の支配下にあるよりは、縛られることが実は少ない」

「ただし、関白様の直轄領となりました長崎は、キリシタンがらみで、この先何が引き起こされるかわかりません。バテレンの追放もうやむやにしたままで、いつまでもポルトガル商人のいいようにはさせておくはずもないかと思われます。いずれ長崎にも行ってみようとは思っておりますが、まずは博多へと思いまして……。

先刻博多に着きまして、浜の周辺と市小路、呉服町から、店屋町の辺りを歩いてみましたが、戦景気を見込んで到来したような殺伐とした者たちの姿もなく、落ち着いた様子でございました。率直にお伺いいたしますが、対馬と朝鮮の方は、いかなることになっておりますでしょうや」

「対馬は、島ごと、海に浮かぶ船のようなもので、大昔から釜山とこの博多との行き来とを繰り返して島の民は生きています。関白様に朝鮮へ兵などを出されて、最も困るのは対馬。朝鮮との戦など、いかなる手を使っても回避することが、対馬の大前提です。だが、二度にわたって朝鮮国の漢城へ使いを送りましたが、相手があることですので、思うようには運んでいない。

……貴殿の申される通り、関白様のよりどころは朝廷にある。朝廷の威光を借りて、自らに臣従しなければ夷狄として討つ。まずは朝鮮王が来日して内裏（天皇）様に服属し、関白様にも臣従の礼を取ることを求めているのです。しかし、そんなことはけしてありえない。だが、そうしなければ、関東以北を平定し次第、兵を送り朝鮮国を征伐するという。対馬の苦悩もそこにあります。

もちろん、関白様の明国征服の野心は容易に消えることはない。動機は、一言で言えば功名心。大明を征服し、明の皇帝に代って近隣諸国を支配し、四海にその名声を轟かせる、後の世にまで。関白様は、朝鮮国を四国や九州の延長としか見ていない。……まるで漁師の幼児が、大海の何たるかも知らず、すべての魚を獲ることを欲するに近い。ですが、人を支えているものは想念ですから、一度抱かれた思い込みや妄想ほど、変えることのむずかしいものはありません……。

話は戻りますが、朝鮮出兵で軍役として賦課されるのは、薩摩と大隅の島津ご一党を合わせますと、一万五千人ぐらいかと。では、その陣立ての内分けは、いかようなものになりますか」

「おそらく、馬廻衆と徒侍、無足衆、いわゆる給人が、おおよそ千。残り七千が手下の足軽。夫役衆七千は、各村から徴発される民百姓になるかと」

「その通り。貴殿の申されるように、船商いの者は船ごと兵と兵糧、弾薬の運送に徴用される。ならば、島津様からの手間賃などいつ支払われるのか。漁を専らとする者も、戦船の漕ぎ手として徴発される。農を営む者は田畑を打ち捨て、足軽や労役夫として片端から徴用、渡海させられる。それでは売りさばいて報酬に当てられるべき米や俵物の海産物が満足に出来なくなる。したがって、徴発された京畿の出店商人も結局はただ働き。それどころか、戦ですから兵糧弾薬を運ぶ船は標的とされ、死ぬことも充分起こりうる。

戦が始まれば、先んじて兵糧として米がかき集められる。そのために、麦や雑穀を始め物の値は一気に跳ね上がる。しかも、働き手や馬は徴発されて、田畑は荒れ、満足に米や麦も作れない。皆疲れ果て、飢えることは目に見えています。朝廷を背にしての出兵ですから、六十六国あげて、ことごとく飢えることになる。結局、出兵で得られるものなど何もない。

当然のことながら、このまま朝鮮に兵を出せば、関白様の命取りともなりかねない。妄想に駆られた漁師の幼児が、ひとりで船を大海に漕ぎだすのと同じです。もちろん、その無謀をわかっているお側衆（そば）がいないはずもない。言うまでもなく、わたしども博多の海商人（うみあきゅうど）も、堺商人も、まず泰平があって初めて、商いが成り立つ。……沢瀬殿、博多へ来ませんか。わたしがやれることは、何でもいたします。今こそ、人がほしい。関白様のなし遂げられた海内（かいだい）の惣無事（そうぶじ）。それが転じて、海内六十六国はもとより、朝鮮国、明国、琉球国、高山国（たかさんこく）、呂宋（ルソン）、……近隣諸国への大災厄（だいさいやく）を招こうとしている。このまま朝鮮へ兵を送れば、それこそ後世まで、数百年にわたって禍根を残すことになる」

茜屋幸右衛門を通してある程度は甚五郎のことを知っていたらしいことは想像できたが、嶋井宗室があまりにも無防備に戦回避の本音を明かしたことには驚かされた。

山川港の出店は甚五郎に一任されており、もし博多に出店を移せば、呂宋から助左衛門が送ってくる品々も、山川の代わりに博多経由で堺や兵庫へ回送すればよいだけだった。呂宋に輸出する国内産物はその逆を博多経由でやるだけとなる。助左衛門があえて博多を避け、山川に出店を構えていたのは、博多が旧来の専制的な有力商人に支配され、自由が利(き)かないためだった。しかし、焼け野原から新たに復興された博多は、秀吉の支配と庇護(ひご)によって、商人が思いのまま動けることを前提としており、そこに付け入る隙間(すきま)があるように思えた。確かに港湾だけを見れば、いかなる大船も湾内深くまで入ることが出来る山川の方が優れていた。だが、頴娃久音の所替えによって島津家直轄地とされ、そして朝鮮出兵ともなれば山川での廻船商売など出来なくなることは明白だった。

秀吉が博多の復興を強力に推し進めたのは、朝鮮出兵の兵と武器弾薬、兵糧を集め、それを送り出す軍港と見なしてのことだった。その博多復興を中心となって果たしたのは嶋井宗室自身にほかならない。その宗室が、意外なことに、秀吉の朝鮮出兵に対して、極めて否定的な見解を持っていた。しかも、宗室の立場上、詳細を語ることはなかったが、対馬と博多商人、堺商人、そして秀吉の側近にも、朝鮮出兵を何とか回避させようとする意志が存在することをほのめかしていた。

翌十二月七日、嶋井宗室は甚五郎を伴い、対馬に渡る船を出すことになった。宗室の言葉を通して状況を知るのではなく、甚五郎自身が直接対馬に行き、そこで見聞きしたことをもとに判断し、今後のことを決めればいいと、宗室は暗にそう語っていた。

甚五郎は、その夜嶋井宗室の離れに泊めてもらうことになった。奇妙なことに風呂でも給仕でも、下男や下女任せにせず、初老の吉兵衛が何もかも世話してくれた。帳場を預かる番頭ながら、吉兵衛は甚五郎の側にいて世話を焼いていることが嬉しそうだった。嶋井宗室には実子がなく、嗣子として神屋一族から徳左衛門を迎えたことは、堺の茜屋から耳にしていた。その徳左衛門もわざわざ離れまで挨拶に足を運んできた。彼も甚五郎を見ると驚いたような表情をまず示し、そして生地を尋ねた。三州岡崎の近くだと答えると、耳慣れない地名に不思議そうな顔をした。

夜になって、番頭が炭を継ぎに来てくれた折、一緒に挨拶に現われたのは宗室の奥方だった。博多の豪商として知られた神屋道悉の娘だと聞いていた。甚五郎が座を正して挨拶すると、彼女は離れの廊下に座したまま、甚五郎を見てにこやかに微笑んだ。

「何かと騒々しくご迷惑かと存じましたが、吉兵衛や見世の者たちばかりか、徳左衛門まで、甚五郎様が、亡き伜茂左衛門と驚くほどよく似ておられると言うものですから、わたくしまでもが、不躾ながらご挨拶かたがたお顔を拝見しに参りました」と言った。それで、養嗣子の徳左衛門が甚五郎の生地を尋ねたことも合点がいった。思わず甚五郎も笑い返すしかなかった。

さすがに宗室は外見などに惑わされるはずもなかったが、全く無警戒に甚五郎を受け入れてくれた裏には、そんなこともわずかに働いていたような気もした。子息が病死したのは八年前の二月初めだったという。最初に通された離れ奥の、天井絵が示していた夜空は、ひょっとしたら息子が亡くなった早春の夜に嶋井宗室が見上げた星々だったのかもしれない。そんなことをふと甚五郎は思った。

三

十二月七日昼、博多を出た船は壱岐の勝本港に入り、そこで一泊することになった。嶋井家の船頭市郎兵衛は、対馬の与良港まで直行出来なくはないが、予想以上に波が高く日も短いので慎重を期すに越したことはないと話した。北西の季節風が吹きつのるこの季節に、奄美大島付近で黒潮と分かれた対馬海流は逆方向の北へと流れ続けていた。壱岐の山々は低いものの、曇天でも沖に出るとすぐ視界に入るほどの距離にあった。壱岐からも対馬は肉眼でとらえられた。博多から朝鮮半島の釜山まで、直線距離にして約六十二里半（約二百五十キロ）。それは博多から地続きの鹿児島までとほぼ等距離に当たっていた。しかも、博多と朝鮮半島の釜山までには、澪標のごとく壱岐と対馬が位置していた。翌八日昼過ぎ、対馬下県の与良港（厳原）を目指し勝本を出た。

十二月八日の夕、台を押しつぶしたような高山の影が西の海上に見えた。対馬の府中へ渡る船乗りたちが目印とする有明山だった。与良港は、西に有明山をひかえて南風を防ぎ、浦が深く入り込んで、横風をさえぎる良港だった。与良の浦に流れ込む大河が平野を作り、広々と開けた浜に人家の屋根が並んでいた。

島主宗氏の館は府中清水山の南にあり、西の浜から桟原にいたる馬場筋に家老柳川調信の屋敷があった。柳川調信は、かつて博多や堺を行き来していた海商人だったという。

彼は、対馬に渡った当初、第十四代の対馬島主宗将盛の弟、津奈調親に仕えた。やがて、津奈調親の娘と婚姻を結び、島主の宗家に仕える身となった。調信は、かつて商人だった才覚をいかして朝鮮貿易に通じ、その功によって伊奈郡代に取り立てられた。朝鮮国の高官にも評判が良く、朝鮮国では平調信と呼称され、国王から従二品に相当する堂上官という役職まで与えられるにいたった。

何よりも柳川調信が対馬において確たる地位を築くことになったのは、昨年五月、島主宗義調の使者として川内の陣中に出向き、島津征伐を果たした秀吉に臣従の意を示し、まずは所領対馬の安堵を勝ち得たためだった。

一昨年の六月、秀吉から宗義調は朝鮮征伐にとりかかる旨を告げられ、その際に従軍するよう命じられていた。宗家は、秀吉に対馬の領地を認めてもらい、しかも朝鮮出兵の回避を模索するという二重の難題を抱えていた。新興の秀吉とのつながりを持つ宗家の家臣はおらず、ひとつ間違えれば対馬を召し上げられかねなかった。使者となって川内へ向かうことを尻込みする老臣たちを尻目に、名乗り出たのが柳川調信だった。宗義調は、柳川調信を家老職に取り立て、佐須景満と柚谷康広とともに川内へ派遣することになった。調信は、まず秀吉側近の石田三成に朝鮮渡来の珍品を献上して秀吉への取り次ぎを頼み、首尾よく宗家は対馬の所領を許された。同時に、朝鮮出兵を回避するため、朝鮮からの朝貢と人質を要求する代案を秀吉へ願い出た。しかし、秀吉は対馬の請願を受け入れず、朝鮮国王の上洛という難題を課した。

この年、五十歳を数える柳川調信は、すでに白いものがまじった髪を茶筅に結い、満面に笑みをたたえて嶋井宗室を出迎えた。

「いつものことながら宗室様のお顔を拝見するだけで、もう十万の味方を得たように力が蘇って参ります」

そして、嶋井宗室の背後に立っていた甚五郎の顔を見ると、一瞬血の気のひいたような顔になった。柳川調信も宗室の亡き息子を見知っているようだった。

「ああ、この方は、わたしの客人で、薩州山川港より来られた甚五郎殿。山川にて菜屋の出店を任されておりますが、このたび出店の移転先を捜しに博多へ来られた。是非とも博多に呼び寄せたく思いまして、まずは対馬と朝鮮国との関わりを、ありのまま見てもらおうと伴いました」

宗室は、柳川調信の奇妙な反応に玄関先で甚五郎を紹介することになった。

「……おお、それはそれは、遠路はるばるお越しいただいて」柳川調信は、上がり框に跪いて宗室を迎えたばかりか、甚五郎にまで頭を低くして瞬時の気遣いを見せた。今では、対馬の命運を背負う家老職にありながら、商人の地金を隠そうともしなかった。小物ではなかった。

四

「率直に申しまして、難問山積のまま、何の進展もありません」

アワビの刺身とウニや赤ナマコ、カサゴの味噌汁、山鳥の炒り焼など、山海の珍味を並べ、宗室と甚五郎に温めた焼酎を勧めながら、柳川調信は言った。

「朝鮮王の上洛などは、初めから無理な話です。日本海内六十六国の大名諸侯に対するのとはわけが違う。そこで、わたしどもといたしましては、以前から日本国王として朝鮮王との関係を深めてきた足利将軍に代わり、関白様が即位したことを報せる通信使を二度遣わしました。朝鮮王から答礼使を送らせるためです。ところが、それも断られた。

小西摂津守（行長）様からの報せでは、征明への関白様の思いは根強く、朝鮮王の上洛はいつになるかとの問いが再三に及ぶとか。北条様が臣従の礼を取れば小田原征伐もなく、すぐに朝鮮へ兵を出すこともありうる形勢かと……」

柳川調信は、甚五郎に対して全く警戒の色を見せず、それが嶋井宗室に対する信頼の深さをうかがわせた。要するに、秀吉の命じた朝鮮王の上洛は出来ない相談であるから、その代わりとして即位を祝賀する答礼使の派遣でお茶を濁し、当面の出兵を見合せるように運ぶというのが、対馬の筋書きだった。そうしてできるだけ時を稼ぎ、その間に嶋井宗室がほのめかした秀吉側近が、その無謀を秀吉に悟らせるつもりなのだろう。秀吉は、朝鮮を四国や九州のごとくにとらえ、単に武力だけで征服できると考えている。ところが、柳川調信がこれまで結びつきを深めてきた石田三成や、会話のなかに出てきた小西行長らは、対馬からの情報でかなり正確に状況を把握しているものと思われた。嶋井宗室がほのめかした秀吉側近で海外出兵を回避させようとしている者たちとは、彼らのことだろう。だが、秀吉が、せめて家康や織田信雄ぐらいの出自や良識を持っていれば聞く耳を持つ可能性もあるだろうが、一介の針売りから身を起こした彼は、朝廷の権威を得たことでもはや不可能なものは何もないと思うにいたっていた。

「これまではこれまでのこと。対馬として、次の手はいかように？」

いかにも嶋井宗室らしく、手をこまねいてため息などついている時ではないと、対馬の新たな策を柳川調信に求めた。

「いよいよ、ここにいたれば島主の義調様か、あるいはご名代として義智様が、朝鮮へ向かう以外に打つ手はありません。何がなんでも答礼使を送ってもらう以外には……。ただし、このところ義調様のお具合がよくない」柳川調信が眉間に縦皺を刻んだ。

「……ひとつ、お伺いしてもよろしいですか」甚五郎が初めて柳川調信に問いを向けた。「これまで通信使を遣わしまして、朝鮮国の方ではそれをいかように受けとっているのか、お教えいただきとう存じます。常にないことが日本で起きました場合、朝鮮国の高官にも何らかの特別な動きがあるものかと存じますが」
「使いとして柚谷康広が漢城まで上りました際に、旧王を弑逆し即位した新王の使いであると、朝鮮の高官たちは柚谷らを拘留し、明国に報じて征伐の軍を日本に差し向けるべきだとか、辺地の備えを固めたうえで日本とは通交を断つべきであるとの声もあがった、と聞きました」

朝鮮国も日本の異変による危機を感じ取っていた。答礼使派遣の拒絶は、その結果もたらされたものだろう。しかも、日本国内の情勢の変化は、盛んに行き来を繰り返しているこの対馬からも断片的に、もたらされているに違いなかった。

「……しかし、宗室様と甚五郎殿が並んでおられると、何かこう、不思議な思いにとらわれますな。茂左衛門殿が亡くなられて、もう八年？　甚五郎殿、すぐに博多へ移られればよい。そして茂左衛門を名乗れば、誰もが度肝を抜かれて道を開ける。先刻、宗室様とお見えになったときには、肝を潰しました。思わず足があるのを確かめて」

柳川調信が声を上げて笑った。

「いや、容貌と年格好が似ているだけで、甚五郎殿は、あんなたわけとは中身が違う。かつて三州岡崎で徳川家正嫡、三郎信康様の御小姓衆。これだけしっかりした伜がおれば、この年になって対馬の瀬戸を越え、こちらまで渡ってくるような真似をせずに済んだものを……」

「三郎信康様の？　そうでしたか。返す返すも惜しい御方でした。三郎信康様がご存命であれば、世の趨勢も、また違ったことになっておりましたでしょうに……」

憚ることもなく柳川調信はそう語り、秀吉に臣従したまま全く動こうともしない家康に対して、暗に憤りを示した。

「三河までは足を踏み入れることがありませんでしたが、私も伊勢の津まで行ったことがあります」そんなことを柳川調信は漏らし、商人として海内諸国を巡り歩いた若き日に思いをはせたものか、一瞬視線を遠くに泳がせた。

五

嶋井宗室と甚五郎が対馬府中の宿としたのは、国府嶽の麓にある臨済宗の古刹、西山寺だった。西山寺からは、与良の港を一望に見渡せた。西山寺の住持、景轍玄蘇は、かつて博多の名刹聖福寺に身をおいていた。博多の豪商神屋宗湛の、母方の叔父に当たる人物だった。九年前、宗義調に招かれて対馬の西山寺に入り、以来外交僧として朝鮮国との交渉に当たってきた。嶋井宗室とは二つ違いでこの年五十二になるというが、その枯れた印象ははるかに年老いて映った。

「……甚五郎殿ならば、いかような手を打たれますか」突然、玄蘇が甚五郎に話を向けた。

十二月十日の朝、西山寺の食堂(じきどう)で、出された薄茶を前にしている時だった。病状が思わしくないと聞いた宗義調の館へ嶋井宗室が見舞いに出かけ、食堂には甚五郎と玄蘇の二人だけがいた。

「わたくしは一介の海商人の端くれに過ぎません。異国との駆け引きは全くの素人(しろうと)ですが、朝鮮王国の高官にも、優れてものの見える御方は必ずいるものと思います。長い泰平が、堕落した無能な官吏を大量に作ることは歴史の常ですが、また真にものごとを深く考える人物も、長い泰平がなくては現われません。

いまの事態は、もとより朝鮮王国において危険なものです。昨日、柳川様よりお話をうけたまわりました限りでは、実際に出兵が迫っていることが朝鮮の高官にまったく伝えられていない。関白様は、朝鮮への武力侵略を本当にやるつもりでおられる。どうもそのことが対馬より送った正使の口から朝鮮のしかるべき高官には語られていない。それが何よりの問題かと存じます。

確かに、柳川様が語っておられましたように、軽率な連中にはかえって仇(あだ)となり、ならば一戦を交えようなどという愚かな気運を引き起こしかねません。しかし、体面や過去の経緯を棄て、胸襟を開いて対話のできる朝鮮の高官で真に優れた御方がいれば、表向きは表向きといたしまして、その方にだけはありのままの危機を伝えねばならないと考えます。

孔子は『名正しからざれば則ち言順わず、言順わざれば則ち事成らず、事成らざれば則ち礼楽興らず、礼楽興らざれば則ち刑罰中らず、刑罰中らざれば則ち民の手足を措く所なし。故に君子はこれに名づくれば必ず言うべきなり。これを言えば必ず行うべきなり』そう語りました。ありのままを正しく名づけ、正確に語る必要があると思います。そうでなければ、実際に起きていることに、正しい対処が誰もできなくなります。朝鮮でも、日本でも、皆が五里霧中にさまよい、出口を見つけられず、結果として最悪のことを引き起こします。孔子が衛の国に行って『必ずや名を正さん』と語ったのは、そういうことだと思います。

朝鮮王国のそういう御方との関係をこれまで築いて来なかったとすれば、答礼使を送らせることは難しい。答礼使を遣わしてもらうためには、朝鮮国内に深いつながりをもたれた御方が、使者として向かわれ、まず正しく語ることが肝要かと存じます。時が迫っています。このままでは小田原を平定し次第、秀吉軍が渡海することは避けられません。……まあ、何もわからない凡夫の戯れ言に過ぎませんが」

「いや、確かに朝鮮国内で妙な気配を招くことを気遣って、肝心のことは全く伝えられていないのも事実です。なるほど、朝鮮の優れた人物にありのままを正しく名づけ、正しく語る。しかし、……」

玄蘇は、天正八年（一五八〇）に対馬で仕立てた「日本国王使」として漢城まで上っていた。泰平を謳歌してきた朝鮮国は、国家試験「科挙」に合格し、しかも仕官できた文官と武官による支配階級が長く維持され、彼らの腐敗と綱紀の乱れは財政の破綻を引き起こすまでになっていた。加えて、科挙に合格する者は増加するのに対して品階と官職は限られており、これをめぐって党派に分裂し、派閥間の闘争に明け暮れている有様だった。仕官を勝ち得た者も、幼少のころからひたすら科挙に合格することばかりを目指してきたために、儒教の四書五経には精通し漢詩文を作ることには長じていたが、海外事情など現実の政治課題に対応する能力には欠けていた。彼らは、たとえ秀吉による武力侵略が迫っていることを話したとしても、日本など初めから眼中になく、明皇帝への朝貢さえ怠らなければ泰平の世は維持されるものと信じて疑いもしない。政治体制や歴史経過の異なる他国との交渉の難しさは、何よりもそこにあった。

十二月十一日、寒風は変わらなかったが、珍しく朝から晴れた。朝鮮国を一度見ておきたいと甚五郎は思った。柳川調信が船を手配してくれ、対馬の北西端、上県の佐護まで行くことになった。

壱岐からの海上より眺めた対馬は、南北それぞれに峻厳な山塊が目立ち、上県と下県の二つの島から成っていると甚五郎は思っていた。が、浅海湾が中央部の西側を深くえぐって入り込んでいるだけで、実は地続きのひとつ島であることを与良港から北上して行く際に知った。

佐護港には、対州一という佐護川が流れ込み、その東岸に他の佐護の山々とは色も形も異なる円く大きな山が見えた。樹木が生えず、こんもりとした茅ばかりのその禿げ山が、井口嶽だった。

九百年ほど昔、天智天皇が防人を配備した時に、この山に上津軍の主力を送り、山頂には最初の狼煙台を築いたと聞いた。海に面した山裾は急な崖となって攻めるに難しく、山頂付近は穏やかに起伏し砦を築くには格好の場所に映った。

井口嶽の山頂に立つと、銀鼠に光る海を隔て、うっすらと青みを帯びた朝鮮半島の穏やかな山並みが彼方に見えた。海路十三里余（約五十三キロ）と聞いていたが、ずっと近くに感じられた。すでに冬の陽は落ち、靄にかすんでいたが、金色の夕陽の帯を背にした朝鮮半島は静かにたたずんでいた。九百年昔、防人たちが見たのと同じ風景を甚五郎は眺めていた。差し迫った状況とは無関係に、対馬も、朝鮮半島も、現実離れした静けさだった。

案内に立った佐護の漁民は、頂上を少し下りた西側に大きな石が段をなしているところを指して、狼煙台の跡だと言った。井口嶽の山頂から海峡越しに朝鮮半島を望み、異変を認めた時には、ここから御嶽（仁田）、黒蝶山（久原）、天神山（仁位）、大山嶽（大山）、白嶽（洲藻）、荒野隈（椎根）、龍良山（豆酘）と順次対馬の高山を狼煙でつなぎ、壱岐に送り、そして狼煙は対馬海峡を越えて肥前と筑前を経、大宰府まで危機を報せたという。

十二月十二日、この数日、折からの北西風が強く、海が荒れ、西山寺で日和を待っていた嶋井宗室のもとに、思いもかけず島主宗義調逝去の報がもたらされた。宗讃岐守義調は享年五十七。対馬がこの難局を迎えた時に、島主が逝き、後継の宗義智はまだ二十一の若さだった。

宗家の家老衆も、佐須景満は逆意を示し、柚谷康広は無能を露呈した。この難局を柳川調信一人が背負うことになった。柳川調信は、さすがに己が気落ちしていることなど、露(つゆ)も見せてはならないことをよく知っていた。嶋井宗室と甚五郎に語ったごとく使者として若き島主の宗義智を朝鮮に派遣し、何がなんでも答礼使を連れてくるしか対馬の生きる道はないと、その意を固めていた。

天正十七年(一五八九) 陰暦三月

一

一年を「陰(いん)」と「陽(よう)」とに分け、陽の光が明るく感じられる陰暦三月から八月までが、「陽の月」である。甚五郎が、菜屋(なや)の出店を薩摩山川(やまがわ)港から博多へと移転し終えたのは、冬の北西風が止(や)み、南風に変わろうとする三月の半ばだった。呂宋(ルソン)から荷を積んだ船が戻って来る四月までには、何とか間に合わせたかった。

「山川が島津様直々(じきじき)のご支配となりますれば、宗門検(あらた)めが行われて、キリシタン宗は厳しく禁じられることになるのでしょうか」

移転の雑務に忙殺されている時、お綸(りん)が突然そんなことを尋ねた。少し顔が青ざめて見えた。今までお綸が商いに関すること以外に甚五郎へものを問うたことはなかっかった。長崎で弾圧に遭い、マカオへ向かった一家のことが、脳裏をかすめたに違いなかった。

「おそらくは、そうなるだろう」と甚五郎は答えた。

「博多の地では、どうなのですか」

「市井の人々が内々に信心するのは関白も禁じてはいない。だが、キリシタン宗の法要や祭事を執り行なう司祭などは博多でも住むことは許されない。したがって、キリシタンとしての死を迎えるのは難しくなろう」

「この地で、わたくしどもがキリシタンであることは知られております。心のうちで信心し、生きる支えとすることも難しいのでしょうか」

お綸が言っていることはよくわかった。島津領となってキリシタン禁令が布かれれば、生きていくために棄教するしかなかった者が、その後ろめたさやあるいは報賞金目当てに、一転して密告者に早変りするのは世の常だった。信の置けない世間ほど耐え難いものはない。

お綸が父親の代わりに初めて見世へ出て来た時に、以前どこかで会ったような不思議な親しさを覚えた。かつて三郎信康に殺害された小侍従のお絹に似ていると、やがて甚五郎は気づいた。五徳御前付きのお絹とは口をきいたこともなかったが、その遺体を偶然居あわせた甚五郎が運ばせられた。甚五郎があの時思わず涙を流したのは、亡骸（なきがら）のあまりの軽さと、若くして生を断たれたお絹の悔しさを思ったからだった。お絹は確か二十一だった。お綸はこの年二十二を数えた。お綸が、この先山川に居ても良いことは何もないと訴えたような気がした。

「お前も一緒に博多へ来るか」と甚五郎は尋ねた。お綸は答える代わりに涙を一筋頬へ走らせた。

甚五郎は、お綸と形ばかりの祝言（しゅうげん）を上げ、山川からともなって博多へ来た。吉次、幸造、政吉、三人の若衆も、同じ船で山川から博多入りした。

表口十間（約十八メートル）、奥行き三十間、甚五郎の見世と住まいは、目抜き通りの東町（ひがしまち）に用意され、大水道を隔てた魚町（うおのまち）寄りにあった。一丁（約百十メートル）ほど東には石堂川（いしどうがわ）が走り、西の那珂川（なかがわ）とを結ぶ大水道も屋敷のすぐ北を流れていた。博多湾との荷運びにも都合よい場所だった。総瓦葺（そうかわらぶ）きの屋根は、博多旧来の上層商人にのみ許されるはずのものだったが、他国から移ってきたにもかかわらず、甚五郎のために嶋井宗室が取り計らってくれていた。見世屋敷ばかりか、足りない人手まで、宗室はすぐに手配してくれた。

四月二日の店開きには、嶋井宗室はもとより、神屋宗湛（かみやそうたん）までが、わざわざ足を運んだ。秀吉から「筑紫の坊主」と愛顧を受ける宗湛が、「噂には聞いていたが、茂左衛門とそっくりだ。初めて会うとはとても思えない」などと、満面の笑みを浮かべて甚五郎に語りかけた。

陽光の力が戻り、海が一段と輝きを増した四月十二日、南風を受けて、マニラから菜屋のジャンク船が博多湾に姿を現した。呂宋マニラに向けて新規に注文を出したのは、昨年の暮れだった。船頭を務める櫛橋次兵衛は、新たに対馬経由で朝鮮へ輸出するための、染料の蘇木とノビスパニア（メキシコ）の臙脂虫、胡椒、麝香と沈香を積んで到着した。博多からは、これまで山川では積むことのなかった、朝鮮からの高麗人参と大量の木綿布、麻布、朝鮮紙、対馬籠を、次兵衛の船に載せて堺へ送り出した。

朝鮮産の木綿布は、ここのところ高級衣料として庶民にまで広まり、特に需要が高い品だった。高麗人参もふくめて、対馬で会った柳川調信が、輸入の便宜をはかってくれた。

この年の四月は小の月で、その末日となる二十九日、嶋井宗室の屋敷に呼ばれた甚五郎は、対馬の新島主、宗対馬守義智から届けられたという文を見せられた。

『……また去年のごとく朝鮮国王が上洛しない事態も起こりうるだろうと、殿下様（秀吉）は思われ、小西摂津守（行長）と加藤主計頭（清正）の両人に筑紫の軍勢を加えられ、御先勢として朝鮮へ出兵させるところを、わたしが朝鮮へ渡海いたし、当夏中に朝鮮国王を同意させて必ず上洛させますので、軍勢を送られましては通る話も通らなくなり、しばらくのご猶予を願い上げましたところ、殿下様も今しばらくは出兵を見合わせる旨のことを仰せられました。

朝鮮国王の上洛の件は、時が差し迫って急を要するものとなり、うまく事が運ばない際には即座に出兵するとのことで、京までは遠いので、肥後の小西摂津守と加藤主計頭にまず一報を入れるよう仰せつけられました。そのところを重々心して行動すべき旨、堅く仰せつけられました次第です』

秀吉から宗義智への最後通告が突きつけられたことを報じる文だった。対馬宗氏が秀吉に朝鮮出兵の従軍を最初に求められてから三年になろうとしていた。今夏、すなわち六月いっぱいまでに、宗義智が朝鮮国王を連れて京都へ出向かなければ、秀吉は即座に加藤清正と小西行長の軍勢を朝鮮へ侵攻させるという。秀吉にとって、小田原の北条氏など眼中になく、心はすでに征明の野望で占められていることをうかがわせた。

「小西摂津守からも、すぐにでも朝鮮の答礼使を連れて上洛できるよう宗対馬守に助力してくれとの依頼が、わたしのもとへ寄せられている。猶予はわずか二月しかない。

宗対馬守が漢城府（ソウル）まで行き、何としても答礼使を連れてくるしかない」

「……今日、お呼びになられたご用向きは？」

「柳川調信殿から、わたしに対馬へ来てもらいたいとの便りがきた。できれば、甚五郎殿にも来ていただきたいと」

「昨年冬、対馬にお連れいただきまして、佐護の山から海をへだてて朝鮮の山並みを眺めました。静かでした。かつて襲来してきた元軍などとは違い、朝鮮国の軍勢がここへ攻めてくるわけではありません。朝鮮の人々は、侵略を企ててもいないし、迷惑なことは何もしていない。

ところが、この対馬守様からの文を読みますかぎりでは、関白様は、すぐにでも朝鮮へ兵を出すつもりでいる。征明の意志は、むしろ以前よりも強くなっていると感じます。朝鮮貿易ならば、すでに対馬守様や柳川様を通じて小西摂津守が掌握している。明国がそこに割って入り、朝鮮貿易の禁止を命じているわけでもありません。琉球との貿易も、呂宋貿易も、日本国内において関白様の思うがままです。しかし、朝鮮へ出兵などすれば、そこらじゅうに災厄をもたらすだけで、誰にも、何の益も、もたらすことはありません。

わたくしが対馬に渡るのは構いませんが、どうしても腑に落ちないのは、関白様が求めておられるのが朝鮮国王の上洛だということです。代わりに答礼使などを連れて上洛しまして、果たしてそれで納得するものかどうか。朝鮮から答礼使の派遣がなされたところで、小西摂津守と石田治部少輔（三成）あたりが、関白様を説得し、その野望を断念させうるものかどうか。はなはだ心もとないことも事実かと」

「関白様が耳を傾ける相手は、二人。大和大納言と利休。このたびのことについては、利休は言うまでもなく、小西摂津守が大納言様からも同意を得ている」

「大和大納言」という意外な名前を嶋井宗室が甚五郎に明かした。秀吉の弟、豊臣秀長である。ろくな人物がいないと評される秀吉の血族で、秀長一人が傑出していることは甚五郎も耳にしていた。

先の島津征伐における日向口の総大将として、秀長は怒濤の攻めを敢行し、さしもの島津義弘、島津家久の両雄も、ただ退却を余儀なくされた。ふくぶくしい頬をしたこの弟は、信長から「禿げネズミ」などと呼ばれた貧相の秀吉とは異なり、体つきも秀吉より一回り大きく、目頭の離れたその相貌も似ていない。だが、人なつこい性格と、配下の者に恩威を並べ行う名将の資質は、兄にとてもよく似ているという。

家康は、三河一向宗乱以来の忠実な譜代家臣団を持っていた。秀吉は、一代で成り上がったゆえに、揺るぎない信頼を寄せられるような譜代家臣を持つことがなかった。

その秀吉にとって、弟秀長こそ最も頼みとする人物だった。その秀長が、小西行長の画策する「すり替え案」、すなわち朝鮮国王ではなく答礼使の派遣に同意しているという。また弟の秀長は朝鮮出兵に賛同していない。それならば、まだわずかながら出兵回避の可能性もなくはなかった。

「……いずれにしましても、朝鮮からの答礼使でお茶を濁したところで、関白様が目論んでいるのは、明国征服。朝鮮国の服属もその途上にあるに過ぎません。朝鮮国が服属したと、その場を取り繕うことはできましても、次は、朝鮮を足場にして、明国へ攻め入ることには変わりありません。もちろん、そもそも朝鮮国王が服属するはずがない。それぐらいのことは、ここまでの経緯でわたくしにもわかります。遅かれ早かれ、この計略もいずれ破綻することは明らかです」

「だからといって、このまま見過ごすわけにはいかない。場しのぎのごまかしは、いずれ破綻する。だが、その間、やれることはすべてやる。わたしとしては、ともかく出兵の危機が迫っていることを、朝鮮国の高官に伝えなくてはならない。こちらとしては戦の回避に全力を傾けるしかない。小西摂津守は斬首も覚悟している。その機会がやがて来ると思うが、甚五郎殿も摂津守と会ってみればわかる。確かにわずかな望みしかないが、その望みに賭けてみる。ただ傍観しておれば、取り返しのつかないことになる。それだけは間違いない」

小西行長は何を思って、このたびの詐術を企てているのか。もとより、このすり替えが秀吉に発覚すれば、改易どころか行長の生命はない。それも行長は覚悟の上だという。キリシタンならば、高山右近のように現世の一切を棄て、信教へ逃げ込む方がよほど楽だろう。なにゆえ小西行長は秀吉の麾下に留まり、このような危険な賭けに身をさらしているのか。

肥後の宇土城主、小西行長については、堺の豪商小西隆佐の息で、秀吉子飼いのキリシタン武将であるということぐらいしか、甚五郎は知らなかった。父小西隆佐は、島津征伐の折に兵糧や弾薬を赤間関に輸送したばかりか、秀吉の財務を任せられ、堺を統轄する奉行としても登用されていた。昨年九月には、小西隆佐が秀吉の買い物役として長崎に出向き、九万斤（五十四トン）もの生糸を銀二千貫で買い占めたという話も耳にしていた。生糸九万斤といえば、一年間のポルトガル船による輸入量のほとんどに当たる。秀吉が直轄領とした長崎で何をしようとしていたのかは、その話が明らかにしていた。ポルトガル貿易の独占と支配にほかならない。

そしてこの博多も、二年前の六月に神屋宗湛と嶋井宗室が中心となって町割りをし、復興を図った。その際、奉行の一人として小西行長が到来し、その監督に当たった。

かつて秀吉は、毛利一党を服属させた際、瀬戸内海の海上交通を支配していた海賊衆村上三家を駆逐し、塩飽諸島から堺までの海域を小西行長に支配させた。同じように、今度は九州西方海域における貿易と海上交通を、小西一族に掌握させようとしていた。

九州の代表的な海外貿易港といえば、残るは松浦氏の平戸と有馬氏の口之津、そして島津領の山川となる。平戸の松浦は昨秋の長崎で小西隆佐が買い占めた生糸九万斤の輸送を請け負っていた。口之津は、小西一族と同じく、キリシタン大名で知られる有馬晴信の領地である。有馬領と行長の宇土を宣教師たちが行き来することによって小西行長と有馬晴信が結びついていることは想像に難くなかった。

島津義久が頴娃久音をほとんど改易に近い形で追放し、急遽山川港を直轄領に組み入れた理由も、秀吉の介入を許さないためだろう。だが、秀吉はそれより先、昨年九月には島津義弘に命じて、志布志大慈寺の外交僧龍雲を山川港から琉球国に渡らせていた。龍雲は、琉球王尚永に秀吉への入貢を迫る使者だった。降伏して後、秀吉に上洛させられた島津義久を、なにくれと親身になって面倒を見たのは石田三成である。いうまでもなく、小西行長と石田三成は深く結びついている。秀吉に敗れた後の寛大な処遇によって島津一党が石田三成に多大な恩義を感じていることは、山川にも届いていた。

秀吉は、かつての南海路づたいに薩摩から琉球国、そして高山国（台湾）、呂宋へと触手を伸ばそうとしていた。同時に朝鮮を服属させ明に攻め込み、中国大陸の寧波や杭州、福州、厦門といった貿易港を押さえ、東アジア海域の海上交通と貿易とを一手支配することを目論んでいた。その先手軍となっているのが、小西行長である。

秀吉の「ばはん（海賊）禁止令」にともない、島津家はそれを口実に山川を直轄領として厳しい管理と監視下に置くことにした。当初は京畿の出店に寛大であっても、やがては入荷と出荷とを厳しく検め、貿易通商の自由などどこにもなくなる。だが、博多に出店を移したことは、小西一族の掌握する堺と博多、長崎、そして対馬という、彼らの制海圏に甚五郎が組み入れられたことを意味していた。どちらにせよ逃げ道はなかった。過去を追わず、未来を望まず、与えられたその場その時を、直観に従って最善を尽すだけのことだった。

二

五月一日夕、嶋井宗室の船は、冬場とは異なって壱岐を経由せず、博多から直接対馬の府中与良港へ渡った。大小様々な船が帆をはためかせ、盛んに港の出入りをくりかえしていた。

嶋井宗室を船着で出迎えた柳川調信の家士伝兵衛は、まっすぐ清水山南麓の金石城へと案内した。城とはいっても天守はなく、石垣の上に単層平屋の館を建てたもので、かつては対馬国分寺があった場所だった。天然の堀ともなっている金石川の木橋を渡り、櫓門で案内を乞うと、嶋井宗室と甚五郎は、即座に会所の九間に導かれた。広縁から明かり障子を開けて、嶋井宗室の後から甚五郎が九間に入った。その場にいた人々が顔を上げ、それまで張りつめていた重苦しい空気が一瞬和んだ。

宗家の重臣たちは、昨冬に嶋井宗室と一緒に来た折、「宗室の亡息とうり二つの男」として甚五郎を記憶しており、一度目通りしただけの若き島主までが、甚五郎を見ると口元をほころばせた。

三間四方の九間には、押板を背にしてこの年二十一を数える宗義智がいた。ほかには柳川調信と柚谷康広の家老二人、重臣の吉賀大膳、それに景轍玄蘇までがいた。彼らは、いずれも朝鮮に渡り、漢城府まで行った経験を持っていた。

「時が差し迫っています。火急に、お館様（宗義智）が朝鮮国に渡り漢城府に行き、何としても答礼使を連れて上洛しなくてはなりません。この度、正使として景轍玄蘇様、お館様は副使として向かわれることに決しました。宗室様もご存じの通り、日本国王使節として定数の二十五人をそろえねばなりません。つきましては、小西摂津守様からも求められているものと存じますが、是非宗室様もそのなかにお加わり頂いて、お館様とご同行いただきたく、お願い申し上げます」柳川調信がそう言って、嶋井宗室に頭を下げた。同時に宗義智始めその場にいた者たちも、一斉に宗室へ向かって礼をとった。

「甚五郎殿は？　ご同行いただければ、わしも心強いのだが」宗義智が突然そんなことを口にした。柳川調信や景轍玄蘇までも、甚五郎を見てうなずき、賛意を示した。

甚五郎は、宗義智が自分の名を憶えていたことにも驚いたが、まさか己自身が対馬から使節団の一員として漢城府まで行くことなど、それまで予想もしていなかった。せいぜい対馬と博多を船で行き来し、対馬宗家と嶋井宗室との連携にでも役立てればよいと思っていた。

「是非に、お願いいたす」宗義智が甚五郎に頭を下げた。

商人の嶋井宗室に、島主や家老が「様」付けで語るのも極めて異例のことだったが、宗室ほどの豪商ならまだしも、一度目通りしただけの甚五郎に対して、宗義智は直接漢城府行きを要請した。

「はい。わたくしごときでお役に立てることがありますれば、仰せのとおりにいたします」

宗義智は、色浅黒く鷲鼻のいかつい容貌で、武張った雰囲気を漂わせた。しかしながら、視線がせわしなく動き、この難局に自己の座標が定まらず、動揺を隠せなかった。

義智は、第十四代島主将盛の四男だった。兄たちが次々と早逝し、正系の義智がまだ幼かったために、伯父に当たる義調が対馬島主を務めた。宗義智は、幼時よりやがて一国を背負う後継者として周囲から目されて成長した。それにしても、このたび秀吉から課せられた難題は、若き島主には荷が重過ぎた。朝鮮国王が秀吉に臣下の礼などとるはずがなかった。義智は混乱するままに柳川調信らの詐術にただ相乗りしているだけのように見えた。

三

五月二十日、朝鮮渡海を目前にして、留守中の段取りをお綸や若衆らと打ち合わせていた最中、嶋井宗室が自ら菜屋の出店にやって来た。宗室の冷静な表情はいつもと変わりなかったが、いくら目と鼻の先の距離とはいえ、宗室が直々に足を運ぶなどということは、かつてなかった。

甚五郎が招じ入れた奥居間で、薄茶を一口含んだ後、宗室は一呼吸置いて話し出した。

「突然でまことにあいすまんが、貴殿には、明朝、宇土の小西摂津守のところへ行ってもらいたい。宇土から摂津守の重臣伊地知文太夫(いじちぶんだゆう)殿が先刻わたしのところへ来て、鉄砲と弾薬を至急融通してくれという。この春、宇土城の改築に際して夫役(ぶやく)を求めたところ、天草(あまくさ)五人衆がそれを突っぱねたらしい。天草衆といえば、旧肥後の国衆。蜂起(ほうき)鎮圧後に生き残った彼らも、大矢野種基(おおやのたねもと)は島から離れて宇土出仕を命ぜられ、下島(しもしま)の本渡(ほんど)も摂津守領として召しあげられ、領主の天草久種(ひさたね)は摂津守の代官にされている。一族郎党で憤懣(ふんまん)やるかたない者も多いはずだ。

鉄砲三百挺(ちょう)と弾薬を宇土城へ運び入れなくてはならない。陸路で柳川まで行き、そこから有明海(ありあけのうみ)を渡り宇土城下まで。まだ天草五人衆の蜂起までにはいたっていないそうだが、何が起こるかわかったものではない。伊地知殿が連れて来ている手勢は十人ばかり。博多から頼りになる者が付いて行くにこしたことはない。そこで甚五郎殿に行ってもらえればと」

「わたくしは構いませんが、果たして、すぐに戻れますかどうか。もし宇土の近辺で何らかの動きがあれば、足止めされることは充分考えられます。朝鮮渡海の話は、いかがいたしますれば」

「それはわたしの方から義智殿に話しておく。後はわたしが何とかする。甚五郎殿は、小西摂津守の方を優先してくれて構わない。こんな時にこそ、まず足元を固めなくてはならない。摂津守の領内で、いざこざが長引くことになれば、関白様は加藤主計頭と他の九州勢とで朝鮮に攻め入らせることになりかねない。加藤主計頭を始め、佐賀の鍋島やら朝鮮貿易を自らの手中にしたがっている大名は多い」

「山川から連れてきた若衆三人は、あの辺りでも選(え)りすぐった者たちです。わたくしと旧武田水軍の伊丹彦次郎とで一通り戦の手ほどきをしております。島津征伐の折にも、海路日向(ひゅうが)まで出向き兵糧入れをさせました。土民の暴徒相手ですが実戦も経ております。へたな武家衆などよりはるかに役に立ちます。あの者たちを連れて行きたいのですが、そうなると見世の方が手薄に……」

「もちろん、留守中のことは、わたしの方から人を手配する。心配ない」

嶋井宗室の屋敷で会った伊地知文太夫は四十前後の男だった。すでに嶋井宗室から甚五郎のことを聞いていたらしく、一介の商人に対して、「ご足労をおかけし、かたじけない」と、思いのほか丁重な礼を述べた。

伊地知文太夫によれば、宇土城の防備を固める必要から、小西行長は、本丸に三層の天守閣を築き、五ヶ所の城門を設ける計画を立てた。加えて、城前の湿地を掘削して堀を穿ち、城の防備に利するため宇土川の流れも変える計画だという。

この春、小西行長は、それらの普請労役を、天草の国衆五家に求めた。天草下島の北部を拠点とする志岐氏と南部本渡の天草氏、天草上島は西岸の上津浦氏と南岸の栖本氏、そして大矢野島の大矢野氏である。彼らが秀吉から旧領を許されたといっても、蜂起に走った他の肥後国衆がそうであったように、従前とは比ぶべくもないひどいものだった。

天草衆は、いわゆる海賊衆と呼ばれた海の民である。彼らは、有明海に面した内海にありながら、八丁櫓ほどの小船で東シナ海へ漕ぎだし、明国商人との取引を当然のごとく繰り返していた。「ばはん（海賊）禁止令」以来、秀吉政権の許可を得ない商取引は、すべて海賊行為となり、九州西方海域の統治を一任された小西行長がそれを取り締まる必要が生じていた。が、一口に天草諸島といっても、大小百二十余もの島々からなり、この海域と島々に精通した天草海民の海賊行為を取り締まるためには、彼らを小西行長配下の家臣として、まず位置づける必要があった。彼らは海賊行為によって潤沢な資産を保有しており、城普請の労役もそれにつけ込んで課したものだった。しかし、天草五人衆にしてみれば、小西行長のもとで家臣団に組み入れられることは、これまでの明国人との商取引による収益を奪われるのを意味した。天草各島の耕地は狭く、しかも阿蘇の火山帯に位置する島々である。農耕には初めから適さない。明国商人との取引が禁じられれば、彼らにとって死活問題だった。志岐麟泉、天草久種らは、秀吉から受けた朱印状を楯に「わたしどもは小西摂津守殿の家臣ではない。関白様による普請や出陣のご命令の際には摂津守殿の下知に従い配下として働きもするが、摂津守殿の居城普請などという私事のため労役を強いられるいわれはない」として、人夫の供出を拒んだ。そればかりか、宇土から大矢野島に戻った大矢野種基も含めて、それぞれの館の防備を固め、武器弾薬も備えて小西軍を迎え撃つ気配すら見せていた。肥後国衆一揆で打ち破られ、各地を流浪するしかなかった残党たちも、天草各島の館に次々と馳せ集っていた。

小西行長は、前任の佐々成政と同じ状況に直面していた。かつて佐々成政は、信長や上杉謙信までもが手を焼いた一向宗徒の反乱を平らげ、北陸にその名を轟かせた。その成政が、肥後入国後、山鹿の土民一揆に苦戦を強いられた。小西軍が、潮流の細部までを知り尽くした天草衆相手に強引な力攻めを敢行すれば、逆に敗走を余儀なくされることも充分にありえた。

四

博多から陸路を南下して筑後川を越え、柳川からは海路を使って有明海を渡った。五月二十五日、甚五郎は、宇土半島の頸部に位置する松橋に着いた。運河で宇土城下に通じる松橋港には、石材や材木を積んだ船が目立った。有明海を隔てて島原半島が望め、材木運搬船は、その有馬晴信領からの船だった。旧城の改修と聞いていたが、肥後国衆だった名和氏の居城とは別の、新たな縄張りで石垣が組まれていた。熊本平野の南、宇土山地の前面に当たる丘上だった。新城も南向きで、中央に二の丸、その東側に本丸が連なり、それを大きく囲む形で三の丸の石垣が組まれていた。それぞれの曲輪は、高い石垣と深い堀に囲まれ、三の丸西側の大手には丸馬出しが設けられようとしていた。新城が、名和氏の旧城と同じく南向きに築城されていることは、秀吉が大隅と薩摩の島津勢を依然警戒していることを示していた。

実際宇土の地に足を踏み入れてみると、甚五郎が当初博多で予想していたものとはかなり違った構図を持っていた。キリシタン大名の有馬晴信と大村喜前、そして平戸の松浦鎮信らが、この築城に資材と人夫とを送り込んで支援していた。そういえば、島津征伐の折にも、彼らは小西行長とともに、宇土の南、球磨川河口の八代に結集して、島津勢と対抗した。島原湾を隔てた有馬晴信、肥前の大村と五島、そして平戸の松浦、キリスト教というよりポルトガル貿易で結びついた彼らが、天草国衆五家を包囲する形だった。もし天草国衆が蜂起するような事態となれば、対岸の有馬晴信を始め近隣の彼らが、天草各島へ兵を送ることになる。小西行長は、孤立無援だった佐々成政とは確かに異なっていた。

　小西行長の宇土入り以降、領内の寺社はことごとく破却され、同時に守護不入の特権で守られていた旧寺社領も取り上げられて、すべて行長支配の領地となっていた。行長の一手支配がおよばず、まだ残されていたのは、天草の旧海賊衆五家だった。築城のための人夫招集によって緊張に陥ったものの、いずれは天草の旧勢力を排除し、小西行長の家臣団に併合することは避けられない流れだった。しかし、よりによって朝鮮出兵と絡んでのこの時期に、やっかいな問題が足元から立ち起こったことは否めなかった。

　博多から運んできた鉄砲の試射は、名和氏旧城のあった西岡の麓、集落外れの弓場で甚五郎が行った。二十間（約三十六メートル）ほど離れた位置から、甚五郎は並べられた七つの的を立ち構えで撃った。甚五郎の鉄砲が黒煙を上げるたびに、的板は割れ飛び、一発を放ち終えるたびに、吉次たちは慣れた手つきで弾込めした鉄砲を次々と手渡した。甚五郎はひとつの誤射もなく連続して射貫いた。

それまで見たことのない直垂の人物が後方に立って見ていた。侍烏帽子をかぶり、水浅葱の直垂には、白い胸紐、袖には高貴な分限を示す括緒の袖露が付いていた。若々しい色をまとい、烏帽子の下の髪黒々として、歳の頃三十前後に見えた。上背が六尺近くあった。色は浅黒いが面長の端正な顔だちをしていた。薄い口髭、黒目勝ちの目は静けさをたたえていた。腰刀を差し、白の袴の腰には猿手のある太刀を下げ、手には扇子を持っていた。脇に侍した伊地知文太夫らは膝をつき、その直垂の人物だけが立って見ていた。

試射を終えた甚五郎と三人の若衆は、その前に行き、膝をついて頭を低くした。

「甚五郎殿、お見事。鉄砲を持たせたならば、三河武士にかなう者はない」穏やかな落ち着いた声だった。誰に告げられたわけでもないが、その人物が誰なのかはわかった。

「恐れ入ります」とだけ甚五郎は返した。

宿舎にあてがわれた馬場集落の屋敷へ戻るときに、伊地知文太夫から呼び止められ、

「しばらくご逗留(とうりゅう)いただいて、当家の鉄砲衆をご指南いただけないものか」と真顔で言われた。甚五郎は、あくまでも嶋井宗室に遣わされ、鉄砲と弾薬を宇土に届け、求められるまま鉄砲を確かめるため試し撃ちをしただけのことだった。

「一介の商人でございます。とても、そこまでは。荷が重うございます。どうかご遠慮させていただきたく存じます」と答えた。

小西行長は、新城ができるまで、西岡の南麓(なんろく)にある宇土氏の旧館に居住していた。昼過ぎになって、その会所九間(かいしょここのま)に甚五郎は呼ばれた。試射の後、甚五郎のことを「三河武士」などと言い表したことを含めて、すでに小西行長は、甚五郎の過去についてもある程度知っているようだった。

「ときに、甚五郎殿は、宗室殿と対馬に渡ったとか」

「はい。昨年の冬と、このたびと、二度参りました」

「対馬はいかに」

「静かでございました」

小西行長は小さく二度うなずいた。これまで見た武将とは異質の、ひどく口数の少ないもの静かな人物だった。茶を喫する仕種(しぐさ)や言葉に気品があり、虚勢も張らず淡々として、威圧感を与えなかった。

「鉄砲上手と聞く者の技は、ずいぶんと目にした。だが、甚五郎殿は誰よりも無造作に的を射貫く。満足に狙いなど定めず、ただ放っているだけのように見える。それでいて、至極あたりまえのことのように二十間離れた的を狂いなく射貫く。真の手練とは、そうしたものかもしれない。……仕官する気は?」

「ございません。ご恩を頂戴しながら、わたくしは主君を守ることが出来ず、主家から出奔いたしました。父は、三河一向宗乱の際に家康様へ弓を引き、わたくしが三つのときに討死いたしました。

いってみれば、わたくしは逆臣の遺児でございます。ひょんなことから、三郎様にお召しいただき、お側でお仕えする機会を拝命いたしました。それに尽力してくれた小姓頭石川修理亮殿も、三郎様の後を追い、同日遠州二俣城で自刃いたしました。わたくしが主家を出奔いたしまして、それを幸いに修理亮殿の追い腹を隠蔽するために、わたくしが修理亮殿を殺し、刀を奪って逃げたなどという濡れ衣まで着せられました。……武家へお仕えすることは、二度といたしますまいと決めております。

今は、生業としておりますゆえに、鉄砲や大砲の試し撃ちをいたしておるだけでございます。動かない板切れをただ射貫くだけのことです。ですが、正直に申し上げれば、刀や弓、鉄砲などできますならば見たくありません。美を愛でると称して名刀を買い漁ったりする方々の気が知れません」

「確かに、人殺しの道具に美などない。わしは商家の出だ。生家は売薬を業としていた。今、ここにこうしていることが、果して良かったのかどうか……」そう小西行長は言った。行長の肉声を聞いた気がした。

行長は急に視線を上げ「三郎信康様は、お幾つで？」と突然話題を変えた。

「御年二十と一でございました」

行長は二度小さくうなずき返し、また押し黙った。小西行長と甚五郎が交わした会話は、結局それだけだった。

五

博多で天草五人衆の話を聞いた時には、またも肥後国衆の蜂起勃発かとも思われたが、宇土の地では、まだ緊迫したものが感じられなかった。それでも、戦の臭いを嗅ぎつけた浪人者が、どこからともなく大勢集まって来ていた。一働きして食い扶持にありつこうと、わずかな手蔓をたどり、主立った小西家臣の家を訪ね回っていた。彼らは何よりも戦場を欲していた。築城の人夫は対岸の有馬領や大村領から宇土へ寄せられていて、連日槌音が響いてきていた。すぐに博多へ戻れるものと思っていたが、天草国衆の城砦を一緒に見て、鉄砲を使う際の心得などを意見していただきたいと伊地知文太夫から要望があり、甚五郎は吉次ら三人をともなって天草へ向かうことになった。鉄砲の試射を見て以来、伊地知文太夫は何かと甚五郎に気遣いを見せるようになった。

松橋港で甚五郎たちを待っていたのは前面に防禦の楯板を付けた小早船だった。しかも艫に立てられていた幟は、白旗で、その上に紅白に染め分けた招の小旗を付けたものだった。「総白に紅白の招き」は小西行長の軍幟である。そのうえ、腹巻を着けた鉄砲衆までが数人乗っていた。いかに海上から天草氏や志岐氏の武備を確かめるといっても、これでは相手を刺激しかねない。向こうが発砲してきたために鉄砲で撃ち返したなどという、つまらぬ切っ掛けで、えてして手のつけられない戦は始められるものだった。

「伊地知様。何も戦を仕掛けに向かうわけではありません。鉄砲衆の乗る小早で天草衆の城砦に近づけば、相手を挑発するだけです。お気遣いは有り難く存じますが、わたくしは一介の海商人にすぎません。鉄砲などは、筵で覆い隠し、漁船でも、荷船でも構いません。鉄砲衆も要りません。なにとぞ船をお変えいただきたく存じます」そう言って文太夫に頭を下げた。

「摂津守からは甚五郎殿の言う通りにせよと言われている。甚五郎殿がそう申されるのであれば……」

天草各島の館視察は、伊地知文太夫の意向ではなく、小西行長からの要請であることがわかった。

それから結局一日を潰して、志岐へ荷を売りに行く船に偽装することになった。有馬領口之津から来ていた六丁櫓の荷船を破格の礼銀で雇い入れ、甚五郎と博多からの若衆三人、それに文太夫家士の千川正兵衛だけが乗り込み、志岐麟泉の館を見に行くことになった。山川の漁師の家で生れ育った吉次と幸造、政吉は、人並みはずれた視力を備えており、十丁（約千百メートル）離れた海上から、畑で草を刈る者の鎌の種類まで簡単に見分ける。甚五郎には、目を凝らしてやっと人がいることぐらいしかわからない距離である。彼らなら、志岐氏城砦の武備や兵数まで海上の離れたところから正確に把握できた。同行する千川正兵衛にも、二つ折りにしていた髪を庶民の「たぶさ」に結い直させ、松橋港の漁民から借り着もさせた。船には、炭と薪、竹籠や捏鉢などの雑器を山にして積み込んだ。それぞれが長脇差一振りだけを粗末な麻袴の紐に差し、万が一に備えた四挺の鉄砲も、外からは分からないように藁筵で包み隠した。

　小船の航行は、帆走を併用しても一日かけてせいぜい五里（二十キロ）ぐらいなものだった。その日は松橋から宇土半島先端の三角まで、翌日に三角から有明海を渡り島原半島の有馬領口之津まで、そして、口之津から天草下島の志岐まで一日かかると見た。戦の備えをしているという志岐や隣接する二江に入港し宿泊するわけにもいかない。志岐で荷を売り払い、そのまま引き返して夜間航行し、翌朝有馬領の口之津から北岡へ戻る予定だと伊地知文太夫には告げておいた。

　だが、甚五郎は、天草五人衆の城砦はすべて見ておく必要があると感じた。小西行長はそれぞれの地に素破を放ち戦仕度の情報を集めているのだろうが、実際に兵糧弾薬を運び入れている館がどこなのか、あるいは五城すべてがそうなのか、そこを確かめないことには何とも言えなかった。志岐城はもとより、大矢野島の中村城、上島と下島の渡海点に位置する本渡城、栖本城、上津浦城、それらを確かめて、宇土へ戻るとすれば十日はかかることになる。これで甚五郎の朝鮮渡海は完全になくなった。いずれにせよ、小西行長の朝鮮出兵回避の方向だけは確かめられた。甚五郎は、その行長の役に立てるのであれば何でもする腹を固めた。

　天正十七年六月十五日、曇天の早朝、対馬北西端の佐須奈港から「日本国王使」の船が、朝鮮釜山へ船首を向けて出航した。この船には、正使として景轍玄蘇、副使は宗義智、侍奉僧の瑞春ら、「日本国王使団」として定数の二十五名が乗っていた。そのなかに、嶋井宗室の姿もあった。佐須奈港の船着で見送る柳川調信は、船縁に立っていた宗室と一瞬目が合った。宗室は、いつものように落ち着きはらい、調信に向かって大きくうなずいて見せた。

朝鮮側から答礼使を派遣させるについては宗室なりの勝算もあった。朝鮮国高官への工作資金も充分に用意していた。これまで朝鮮との貿易において築いてきたあらゆる人脈を使い、出兵などという秀吉の愚行を避けるためならば、金子銀子などいくらでも使う腹を決めていた。

佐須奈港に一人残った柳川調信は、宗義智の乗る「日本国王使船」が出発したとの報せを、まず宇土の小西行長と隈本の加藤清正に向けて発した。同時に石田三成にも、宗義智の朝鮮への出航を報せるべく、使いを堺へ向けて送った。遅くとも十五日後には、聚楽第の秀吉のもとへ宗義智の船出は伝えられることになる。これまでの「日本国王使」とは違い、このたびは嶋井宗室が付いていた。ここまでの重荷から一瞬解放されて、久しぶりに柳川調信は大きな吐息をひとつついた。

天正十七年（一五八九）陰暦五月

一

天正十七年五月二十八日、甚五郎の偽装した荷売り船が、三角を発し大矢野島の北に位置する岩谷へ差しかかって間もなく、前面に楯板を付けた三艘の小早船に前方と左右とを囲まれた。乗っていた者たちは、鎖鉢巻に腹巻を着け、刀を一振り腰にしていた。逆三日月の鎌刃を付けた船槍を掲げた者もいた。右舷から接近してきた小早船には、火縄をくすぶらせた焙烙を構えている者が乗っていた。左舷から迫った小早船から藻外しと呼ぶ長竿の先に鎌を付けた水軍特有の得物が突き出され、船縁を引っ掛けられて引き寄せられた。

行き先と目的とを問われ、雇い入れた口之津の船頭与五郎は、「松橋から帰り荷を積み、口之津へ戻るところ」と答えた。それに対して、武装した水夫たちは関銭の支払いを要求した。

天草衆の動向と城の状況を偵察するのが目的ゆえに、甚五郎は彼らの言うがままに従うよう与五郎に指示した。大矢野島の宮津の港に船を寄せることを命じられ、宮津で言う通りに積荷の一覧を渡して、求められた関銭を支払った。引き替えに「種」の文字が墨書された絹の白旗をもらった。その旗を艫に立てておけば、いちいち船を停止させられ船荷の検めなどされずに済むという仕組みだった。五月の終わり、すでに天草諸島周辺の海域は、かつてのように天草五人衆に支配され、秀吉の平定以前に引き戻されていた。

志岐麟泉を始めとする天草五人衆は、小西行長配下の家臣に位置づけられることを拒み、それぞれが拠点とする天草各島の城館に立て籠り戦の構えに入っていると聞いていた。天草五人衆のひとり、宮津の湾奥に位置する大矢野種基の中村城でも、山上の曲輪の周囲に、土塁を固め、柵をめぐらせ、立ち木を切り倒して逆茂木を築いているのがわかった。同時に天草五人衆は、武装した船を出して、有明海を航行する船を押さえ、旧来のごとく警固の櫓別銭や積荷に掛ける駄別銭などの関銭を徴収して、戦に備えていた。それらの関銭を支払わない場合は、天草衆の港に船を曳航して、船乗りを拘束し、船と積荷を押さえることを辞さない構えだった。秀吉の布く「ばはん（海賊）禁止令」を無視し、この海域の統治を一任された小西行長の目の前で、旧肥後国衆が再び反逆を開始していた。小西行長が、それら海賊行為をいつまでも放置しておけるはずがなかった。

　有明海を横断して島原半島の有馬領北岡へ行き、翌日口之津を経て早崎ノ瀬戸を抜け、千々石灘に面した志岐城下の袋ノ浦へ向かうことにした。

　小西行長の重臣、伊地知文太夫の最も気にしていたのが、天草下島の北部を支配する志岐麟泉だった。

「天草五人衆の中でキリシタンでないのは、志岐麟泉だけです」と文太夫は甚五郎に漏らした。主君アゴスチーニョ小西行長と同じく、伊地知文太夫も、「トメイ」という受洗名を持つキリシタンだった。彼によれば、麟泉は他の四人衆より先んじて洗礼を受けたものの、早々に棄教したのだという。

　麟泉は、ポルトガル貿易からの収益を見込み、永禄九年（一五六六）には、宣教師ビレラを志岐に招き、自ら受洗してキリシタンとなった。領民にも改宗を勧め、麟泉とともに洗礼を受けた者が六百余人に上ったといわれていた。だが、ポルトガル船が長崎や平戸、口之津へ向かうことはあっても、志岐の袋ノ浦に到来することはないと知るや、いち早く棄教し、領民にも一転して棄教を迫った。そのため、領民の中には長崎や有馬へ移り住む者までが出た。もちろんポルトガル貿易からの収益が見込めないことばかりではなく、旧来の特権を剝奪された寺社からの反発があってのことだろうが、甚五郎が引っ掛かりを覚えたのは、伊地知文太夫の口ぶりに、志岐城を攻め落とすには何のためらいもなく決行できるという奇妙な響きを感じたことだった。おそらく他の天草衆は信仰を同じくするキリシタンであり、城を乗り崩し彼らを斬り殺すことに抵抗があるのかもしれなかった。しかし、いざ戦ともなれば、文太夫の考えるほどそう易々と志岐城を制圧できるとは思えなかった。志岐麟泉始め天草衆は、この海域の岩礁や潮流の果てまでを知り尽くしているにちがいない。

　天草下島の西北端、袋ノ浦は、砂州が長く延びた漁村だった。志岐城はその東南にあり、高い丘陵に築かれた典型的な山城をなしていた。甚五郎たちは袋ノ浦から上陸し、竹籠やら捏鉢やらを商うふうを装い、城山の周辺を歩いてまわった。登城口は海から見て裏側の南東に設けられ、袋ノ浦の海側からは極めて攻めにくい構造を持っていた。城のある丘陵は南の深い山並みに続き、東側は深い谷となって川が流れていた。西北には海があり、城山の下には侍町が控えていた。城門の前には一直線に突入されないよう馬出しが構えられていた。遠視力を持つ吉次ら三人の若衆によれば、ざっと見ただけでも二百の兵がすでに志岐城の最高部にある本曲輪とその下の二の曲輪とに詰めているという。いざ戦ともなれば城下の侍町からその四倍ほどの軍兵が立て籠ることになるだろう。城山の側面は削り落とされ急峻な崖となっており、斜面移動ができないよう畝状の竪堀が刻まれているのがわかった。曲輪の周囲に土塁を築き、厳重に柵をめぐらせていた。

攻めるとすれば、東南の登城口から攻め上り志岐勢の総力を登城路に引きつけておいて、別動隊を組織し南の山づたいに奇襲をかけるしかないと思われた。しかし、南の山は深く、尾根すじを切る堀切も、何本か穿たれているにちがいなかった。曲輪にたどりつくまでには、かなりの犠牲を強いられる。城門を突破しても、登城路は志岐勢の当初から想定している防衛線上にあり、いかに志岐勢を上回る大軍でも上方からの一方的な攻撃にさらされ数的優位は意味をなさないことになる。攻め上る小西軍もかなりの損害をこうむらざるを得ないと思われた。

二

六月四日、甚五郎は天草五人衆の各城を偵察し宇土に戻った。甚五郎は、宇土西岡の館を訪ね小西行長と会った。

甚五郎の過去や知識を詳細に知った行長は、率直な知見を求めてきた。

「天草五人衆の城を見て参りましたが、いずれもこれまで天草衆が相互に戦いを繰り返して来たために、守りやすく攻めにくい山城でございました。とくに二十六丈四尺（約八十メートル）の高所に築かれた志岐城を力攻めで山下から乗り崩すのは、かなりの犠牲を覚悟しなくてはなりません。まずは、有馬修理大夫（晴信）様と島津兵庫頭（義弘）様に、志岐麟泉を説得していただくことが先かと存じます。

摂津守様に逆らうことは、すなわち関白様（秀吉）に叛意を表すことにほかなりません。天草五人衆が生きる道は、摂津守様の家臣団に組み入れられるしかありません。それを拒むならば、滅亡です。天草五人衆、とくに志岐麟泉には、その形勢がまるで見えていない。志岐麟泉が頼みとする有馬様と島津様より、絶交の書状が届けられれば目が覚めます」

麟泉の養子、志岐親重は、有馬晴信の祖父晴純の五男であり、親重の妻が島津義弘の娘であるとは、偵察に同行した口之津の船乗りたちから聞いていた。長年この地に根を張ってきた志岐麟泉が島津家と有馬家とを背景に、小西行長に対して反逆の意をあらわにしていた。だが、もはや志岐麟泉が考えているような時代ではないことも確かだった。小西行長に歯向うことは、海内統一を前提に明国征服を目論む秀吉へ反旗をひるがえすことにほかならなかった。島津義弘や有馬晴信は、志岐麟泉に加勢すれば逆に自らの身までが危ういことをよく知っている。島津義弘や有馬晴信が、もし兵糧や武器弾薬を天草衆に融通し、それが発覚したときには彼らが秀吉に領地を没収されることは目に見えていた。志岐麟泉が挙兵すれば、島津義弘も有馬晴信も、静観するか、小西行長に加勢するのは間違いなかった。

「それでも、志岐麟泉が敵対するならば？」

脇に控えていた伊地知文太夫が堪えきれずに問い返した。天草五人衆の反抗をいつまでも放置すれば小西家の沽券にかかわる、一時も早く力攻めに踏み切りたいと文太夫が思っているのは甚五郎にもわかっていた。

「どうしても城の乗り崩しを敢行するのであれば、定石通り、まず登城口から攻め上り、志岐勢の注意を登城路に引きつけておいて、南の山続きから不意を突くしかないでしょう。むろんそれは、敵勢も初めから想定しているわけですから、急げば急ぐほど攻める側にかなりの損害を出すことは避けられません。数で優っても用をなさないことになります。損害を最小に食い止め、山城に立て籠る敵の戦意を喪失させるためには、これも定石通りに、時をかけての兵糧攻めしかありません。これまで天草衆が見たこともないほどの大軍で取り囲み、完全に糧道を断つ。海上からポルトガル製の大砲を放って、志岐の民も城山の上へ追いやる。人数が多ければ多いほど城内の兵糧が減るのも早い。あとは時をかけるだけです」

伊地知文太夫は、吐息をつき、顔を赤らめて視線を明かり障子に向けた。口にこそ出さなかったが、心中では「そんな悠長なことをやっていられない」とつぶやいていたに違いない。しかし、わかりきったことを愚直にやることが、勝利への唯一の道である。焦って無理をすれば、無理をした方が負けるだけのことだった。

「ポルトガル製の大砲は博多にあるのか」

小西行長が初めて問いを発した。行長は、かつて大友宗麟が信長に送ったフランキ砲を実際に見ていたはずだった。青銅や鉄の大砲は、重量があり簡単に移動できない。しかも、大量の火薬を使う割りには殺傷能力が低いために、実戦ではほとんど使われることがなかった。

「はい。長崎に来たポルトガル船が積載していましたものを、機会あるごとに神屋宗湛殿が買い入れております。すぐに使えますのは、カルバリン砲が二門とセーカー砲が二門、フランキ砲が三門ございます。いずれも、わたくしが試し撃ちをいたしました。砲口から弾込めをいたしますカルバリン砲は、敵に背を向けての弾込めとなりますゆえ、陸では狙い撃ちされる危険をともないます。ですが、元込めのフランキ砲は、砲尻に砲弾と火薬とを入れました子砲器を収め、火を入れれば放てます。砲手が敵に狙われる危険が少なく、弾込めも早く、旧来砲よりも数多く放つことが出来ます。牛車に付けて運べば陸戦でも使えます。城門や、土塁、粗い石垣ならば崩せます」

嶋井宗室が朝鮮出兵の回避に奔走しているのに対し、同じ博多の豪商神屋宗湛は、兵糧を買い集め、朝鮮出兵のための鉄砲や弾薬の用意にも抜かりがなかった。朝鮮出兵に対して、嶋井宗室と神屋宗湛はまるで異なる方向を指向しているように見えた。

秀吉が積極的に博多の復興を支援したのは、あくまでも朝鮮出兵の兵站補給港と位置づけたためだった。カルバリン砲やセーカー砲、フランキ砲などの出物があれば、神屋宗湛はポルトガル船から買い入れ、朝鮮出兵の備えを着々と進めていることを秀吉に示していた。だが、嶋井宗室の妻女が神屋一族の出であり、跡継ぎの徳左衛門も神屋家から養子となって嶋井家へ入っていたように、博多の二大豪商は、その実において一心同体であった。博多商人が出兵回避を画策していることなど、秀吉に微塵も気取られるわけにはいかなかった。

三

八月二十八日、対馬で仕立てられた「日本国王使」の正使景轍玄蘇と副使の宗義智は、漢城（ソウル）到着後二ヶ月を経たこの日、昌徳宮仁政殿において、国王宣祖に拝謁することができた。「日本国王」からの献上品として、一つがいの孔雀、駿馬一頭、そして鉄砲三挺が贈られた。対馬で偽造した秀吉からの「国書」を玄蘇が宣祖に捧げ、朝鮮国王からは遠路の到来をねぎらう言葉が下賜された。階下に侍した二十三名の随員のなかには、博多の豪商嶋井宗室の姿があった。

今回朝鮮側の接待役「宣慰使」に任命されたのは、李徳馨だった。釜山港で「日本国王使」を出迎え、漢城まで案内し、迎賓のための東平館に滞在する間、一切の面倒をみる役目を仰せつかっていた。この三十前の官吏は、品階こそ参議の下の正五品に位置したものの、詩文の才に優れ、年齢に見合わず落ち着きはらった物静かな人物だった。李徳馨は、このたびの日本国王使節団と二ヶ月半行動を共にし、事実上の正使は対馬島主の宗義智であり、その義智が何かと頼りにしている嶋井宗室を格別の要人であると見抜いていた。嶋井宗室は貿易を通じてこれまで築いてきた朝鮮での人脈を利用し、精力的に漢城府高官のもとを訪れていた。長く貿易で鍛えた朝鮮語も流暢で、通詞を必要としなかった。外相兼文相に当たる礼曹判書の柳成龍とも私的に数回の会見を果たしていた。

その嶋井宗室が、朝鮮からの答礼使の派遣を何としても実現したいと柳成龍に語ったのは、八月に入ってからのことだった。柳成龍は、礼曹判書の地位にありながら、一国の命運を担うといった過剰な気負いや自己顕示とは無縁の、相手の言うことを穏やかな表情でまず受け入れ、熟慮の上に言葉を発する生来の気品と知性とを備えていた。宗室は、その高潔な人となりを慎重に見定めた上で、初めて柳成龍に腹の内を打ち明けた。これまでの秀吉政権の成り立ちから、四国と九州を征服する際に、いかなる思考と方法を用いて支配したかを宗室は丁寧にたどり、朝鮮国に対する秀吉の意図することを説いた。これまで日本を統一支配するに当たり、秀吉は、政治と経済の中心である京畿を押さえ、武力制圧した九州へその支配制度を持ち込んだ。今度は九州を足場にして朝鮮国も同様の方法と機構制度で支配する。そして、朝鮮国を足場にし、明国を平らげ、そこにも日本と同様の独裁的な封建制を広めるという秀吉の腹積もりを隠すことなく伝えた。

「秀吉王は、大明征服のために貴国を服属させ、その先導となし、明を征服した後は、天皇を北京に遷幸させ、北京を秀吉帝国の国都となさんと企てています。日本における帝位には皇太子を、日本と明の関白には秀吉王の血族を当てることになります。そして、秀吉王自身は、まず北京に入り、次いで寧波に居を定める。明国からも軍勢を送り続け天竺（インド）まで征服することを考えています」

嶋井宗室の話のなかで、秀吉が寧波の地に着目していることが、柳成龍には鮮烈に響いた。そのことが、秀吉の侵略を現実味のあるものにしていた。要するに秀吉の描く筋書きは、紫禁城の玉座に着いて、自らの独裁的な封建政治をアジア諸国の隅々までおよぼし、南方海上の貿易を支配することだった。寧波は、古くから日本と明国の貿易の主要港であったばかりか、高山国、呂宋、交趾、マラッカへ通じる南海貿易路の要衝である。日本と明国とは、勘合の制が絶たれて以来正式な通商は行われておらず、朝鮮もすでに李氏王朝の最盛期を過ぎて、この先、対朝鮮貿易の利益はあまり期待できるものではないと秀吉には映っているようだった。そうなれば、残るは南方貿易を積極的に押し進めることに主眼が置かれる。そのための朝鮮出兵であり、明国征服である。実現の成否は別として、嶋井宗室の語る秀吉の意図には確かな道筋が読み取れた。

日本を含め諸外国の状況にも冷静な目を向けていた柳成龍には、秀吉軍の朝鮮侵攻が現実の危機として呑み込めた。そして、いたるところに厄災しかもたらさない秀吉軍の朝鮮侵略を何としても回避させたいという嶋井宗室のひたむきな思いは、訪朝以来の抑制された言動や朝鮮高官のいかなる態度にも冷静さを失わない姿勢からもうかがえた。しかし、朝鮮から日本への通信使が送られたのは百四十年も昔のことである。むろん危機的な状況など、漢城府の他の上級官僚には全く感知できず、「何を今さら日本ごときに」という空気が支配的であることも事実だった。救いは、嶋井宗室始め貿易の当事者である博多の豪商たち、そして、秀吉の弟豊臣秀長、秀吉側近の石田三成、小西行長ら秀吉政権の有力な人物が、この無謀な企てに賛同していないことだった。

嶋井宗室のひたむきな働きかけによって、答礼使派遣の条件が柳成龍から提示され、李徳馨によって使節団に伝えられたのは、朝鮮国王への謁見が実現した八月二十八日だった。その条件とは、二年前に倭寇によって引き起こされ、未解決のままになっていた損竹島襲撃の事後処理である。

二年前の天正十五年（一五八七）二月、全羅道の南、興陽県の損竹島に十数艘の船を連ねて賊徒が襲来した。彼らは、住民を殺害したうえ掠奪をほしいままにし、民家に火を放って逃亡した。この辺域を守備していた李大源が配下の兵を率いて制圧に向かったが、大勢の賊徒によって逆襲され、李大源以下ほとんどの守備兵たちが討死した。この時、賊に捕えられた守備兵二名は農奴とすべく日本の五島列島福江島(ふくえじま)に連行されたが脱走し、昨年冬になって朝鮮への帰国を果たした。彼らによれば、損竹島を襲撃した海賊は、日本の五島列島を根拠地にしていた。しかも、興陽県海域への水先案内を務めたのは、かつて全羅道珍島(ちんとう)の漁師だった沙火同(さかどう)なる朝鮮の民だという。

「倭寇」といっても、日本人ばかりではなく、明国や朝鮮国の体制からはみ出した者たちが、寄り集まって武装し掠奪を働くようになって久しかった。朝鮮国としては、どうしても沙火同を捕らえ、朝鮮の法のもとに処罰する必要が生じていた。また、損竹島を襲撃した五島の首領を捕らえて引き渡すことも「日本国王使」に求めた。

それを受けて、嶋井宗室は、宗義智と協議し、対馬に残った柳川調信に早馬と早船とで対応策を報(しら)せることを決めた。まずは、五島列島の領主宇久純玄(うくすみはる)に沙火同を捕らえさせなくてはならなかった。すでに倭寇の主力は明国人からなり、小者が寄り集まった賊徒ゆえに、朝鮮側が求めている損竹島襲撃の首領なる者は、これという人物の見当がつけにくかった。しかし、朝鮮側の条件は何としても満たさなくてはならない。対馬で死罪の確定した凶悪犯数名をそれに仕立て、引き渡してやれば問題は解決する、宗室はそう考えた。

四

九月十五日、五島列島福江島の江川城に、対馬の家老柳川調信と沢瀬甚五郎が到着した。甚五郎はこの日、嶋井宗室の使者として、宇久若狭守純玄の歓迎を主殿にて受けた。城主から主殿で応接されることは、彼らが宇久純玄にとって、とりわけ重要な使者であることを示していた。

宇久一族は、肥前の松浦党に属し、古くから海賊衆として知られた。かつては倭寇の首魁、王直とも結んで中国大陸や朝鮮半島の沿岸各地に進出し、その威を示してきた。この年、二十八となった当主の宇久純玄は、秀吉の九州征伐に際して、小西行長を通じ恭順の意を秀吉に表し、自ら軍勢を率いて八代に進み島津勢と対抗した。結果、秀吉から五島列島の旧領を安堵されることになった。その間、宇久家のために何かと骨を折ってくれた小西行長には、多大な恩義を感じていた。今では小西行長の宇土城建築にも資材や役夫を送るほどだった。

嶋井宗室の求めるところは、「二年前に朝鮮国全羅道興陽県の損竹島を襲撃した賊徒のなかに沙火同なる朝鮮の民がおり、その者が五島福江島に住み着いている。その者を捕らえ、柳川調信に引き渡していただきたい」というものだった。

嶋井宗室からの要請は、小西行長の指令と受け取って間違いないことを宇久純玄は知っていた。沙火同は、福江島北西の三井楽港に近い漁村で、日本人の女との間に子どもまでもうけ、何食わぬ顔で暮らしていた。五島列島も対馬に劣らず耕地狭く、小西行長と深く結びつくことによってポルトガル貿易や朝鮮貿易、南方貿易からの収益に今後をゆだねざるを得ないことは明らかだった。ここで小西行長や対馬の柳川調信、そして博多の嶋井宗室に貸しを作っておくことは、けして損にはならないことを宇久純玄もよく理解していた。宇久純玄は、早速関船を出して三井楽港を海上から封鎖させ、沙火同を捕縛して江川城の牢屋敷に収監した。

九月二十五日、沙火同の捕縛を確認し、福江島から博多に戻った甚五郎を待っていたのは、小西行長の重臣、平賀弥右衛門の沈痛な表情だった。

「去る十九日、ばはんの禁令に逆らい、有明海の通行をさまたげておる志岐麟泉をいましめるべく伊地知文太夫を志岐へ遣わしたところ、袋ノ浦にて海と陸とで挟み打ちに遭い、文太夫以下三百人が討死した。そこで、加藤主計頭様にも助勢を願い、抗う天草衆を一気に平らげることに決した。ひいては大砲を携え甚五郎殿に志岐城攻めの加勢を願いたい」

伊地知文太夫ばかりか、天草五人衆の館を一緒に偵察した千川正兵衛(ちかわしょうべえ)までが袋ノ浦で討死したという。伊地知文太夫が、天草五人衆の制圧を妙に急いでいたことは、甚五郎もずっと気にかかっていた。おそらく、志岐城攻めを小西行長に進言し、自ら兵を率いて力攻めを敢行したものだろう。相手を甘く見て半端(はんぱ)な兵数で攻め寄せれば、地の利は志岐勢に味方する。当然の帰結がもたらされただけのことだった。

だが、志岐麟泉に討たれ小西家臣の血が流されたとあれば、麟泉は秀吉に抗う逆賊であり、もはや武力鎮圧しかなくなる。しかし、いざ戦ともなれば、山城に立て籠るのは、志岐の侍衆ばかりではない。漁民や農民、町衆ら難をのがれようと老若男女がこぞって山城へ逃げ込む。そこを攻撃することになる。多くの犠牲は避けられない。

まさか甚五郎自身が大砲で志岐城攻めをすることになろうとは思いもしなかった。小西行長は実際に信長のフランキ砲を見ており、家臣のなかには扱える者がいると思っていたが、砲を使える者はいないという。すでに袋ノ浦で戦闘が行われ、小西軍の到来に備えて城下住民も志岐城へ逃げ込んでいるはずだった。実際に大砲を使って志岐を攻めるならば、城山の頂きに築かれた曲輪まで砲弾が届かなければ意味がない。

志岐城を中心にして天草下島の海域を船でめぐったときに、袋ノ浦の北西に砂州の延びた岬があり、その先端に志岐城と同じくらいの高さの山があったのを甚五郎は思い出した。その海に張り出した岬先端の山は、東西に千四百二十間（約二千五百五十六メートル）、南北に九百五十間（約千七百十メートル）ほどのいわゆる陸繋島だった。かつて志岐にやって来たポルトガル人が、しきりにその陸繋島を買い取りたがっていたという話を袋ノ浦で耳にした。甚五郎も、行き来する船を押さえるための城を構えるのに格好な場所だと、船からその山を見上げた記憶がよみがえった。海上からの目測だったが、その山から志岐の城山までは一里余ほどあると見えた。

博多にある大砲のなかで最も長い射程距離を持つのはカルバリン砲だった。狙った標的へ確実に届くカルバリン砲の有効射程距離は半里（二キロ）以内だが、砲弾は約一里半（六キロ）先まで飛ぶことを甚五郎は確かめていた。あの岬先端の山上にカルバリン砲を引っ張り上げ、そこから大砲を放てば、志岐城の曲輪まで砲弾を打ち込むことは不可能ではなかった。志岐城を登城路に沿って下から攻め上ることは、志岐勢も充分に想定している。当然のことながら小西軍は山上からの攻撃に苦戦を強いられる。ところが、空から砲弾が降って来ることなど誰も想像していない。恐怖心は、得体の知れない攻撃にさらされた時に倍加するものだった。

「甚五郎殿の海上警固には、松浦肥前守様が関船と小早船とを合わせて十艘廻して下さり、すでに博多沖に来ている」

「わかりました。参上いたします」甚五郎はそう返すしかなかった。

甚五郎は、平賀弥右衛門をともない市小路町の神屋宗湛の屋敷へ向かった。射程距離の長いカルバリン砲を二門借り受け、天草までジャンク船を一艘出してくれるよう神屋宗湛に願い出ることにした。秀吉の統一以来、武器弾薬の移動にも領主の許可を受けなくてはならない時代となっていた。だが、神屋宗湛がうなずけば、領主小早川隆景からの許可を得たも同然であることを甚五郎は知っていた。

秀吉が九州経営の要として筑前に置いた小早川隆景は、毛利三家の総帥であり、神屋宗湛、そして嶋井宗室とは、ことのほか結びつきが強かった。あとは神屋宗湛が小早川隆景の名島の館を訪ね、それを伝えればよいだけの話だった。

五

十月十六日、天草下島の袋ノ浦に、カルバリン砲を積んだ甚五郎のジャンク船が着いた。三日前の十三日、小西軍は一万の軍勢で袋ノ浦に押し寄せ、城下を制圧して志岐城を包囲していた。しかし、甚五郎が予想した通り、いざ城門から登城路づたいに攻め上ったところ、城山に立て籠る志岐勢に山上から攻撃され、山頂の本曲輪はもとよりその下の二の曲輪にも攻め込むことができないまま膠着(こうちゃく)状態に入っていた。小西軍の死傷者はすでに三百名にも達していた。

小西行長の弟、小西隼人(はやと)が、甚五郎に早速使いをよこし、早く砲撃してくれと言ってきた。豊臣水軍の主力をなしてきた小西一族でさえ、大砲の知識など何も持っていないに等しかった。

「砲弾と火薬の無駄は避けたく存じます。砲撃は三日後に行います」甚五郎は使者にそう言(こと)づけて帰した。甚五郎が一介の博多商人ではなく、徳川家譜代の出自(しゅつじ)を持ち三郎信康の小姓衆だったことは、意外な時に役に立った。小西隼人も行長から甚五郎の履歴を聞いていたらしく、甚五郎の要請に応(こた)えて人夫を送りはしても、小西の陣営からはそれ以後何の注文もつけられなかった。

博多から運んできたカルバリン砲は、砲身の長さが十六尺（約四・八五メートル）、砲口の直径が五寸三分（約十六センチ）の青銅製だった。標高約二十三丈（約七十メートル）ある陸繫島の山上まで二門を運び上げなくてはならなかった。宇土から来ていた樵(きこり)と大工とを三百人動員して、木馬(きんま)と呼ぶ橇(そり)を作らせ、運び上げる道筋に沿って木馬道を敷設(ふせつ)することにした。樵たちは、深山から大木を切り出し里へ下ろす時に、横木を二尺おきに並べて梯子(はしご)状の木馬道を作り、木馬に大木を縛りつけてすべり下ろす。

陸繋島の山頂までカルバリン砲を運び上げるのには、三日はかかると甚五郎は踏んでいた。小西勢が城山を包囲し、志岐勢は城下の住民を含めて城山に追い上げられたまま下りることはできない。別に急ぐ理由はなかった。

陸繋島の山頂にカルバリン砲を運び上げたのは、予定より一日早く、十月十八日の早朝だった。その間、樵たちは昼夜交代で木を切り倒しては木馬道を敷設し、木馬に載せてカルバリン砲を引っ張り上げた。甚五郎は、夫役として徴用された樵や大工たちに対して、一人につき金三両ずつ前金で支払っていた。夫役はただ働き同然であり、ひとつ間違えれば戦闘に巻き込まれて生命を落とす。思いがけない甚五郎の処遇に、彼らは労を惜しまなかった。

陸繋島の山頂から志岐城までの距離は一里余。高さは志岐城の方が三丈（約九メートル）ほど高く、それだけ砲撃は難しいことになるが、砲の発射角度を一杯に上げ火薬の量を増やせば、何とか届くと思われた。博多から運んできた砲弾は八十発、火薬は充分にあった。

十月十八日、曇天だったが雨さえ降らなければ問題はなかった。一里もの距離があれば砲弾は風の影響を受けざるをえない。とにかく何発かでも志岐城の曲輪まで届けば、志岐勢の心理的な衝撃は計り知れないものとなる。博多から連れてきた吉次、幸造、政吉の三人に、カルバリン砲の砲口から火薬と砲弾とを押し込めさせ、砲尻の点火孔（こう）に甚五郎が松明（たいまつ）の火を移した。激しい爆発音と黒煙とを吹き上げて砲弾は飛び出した。砲弾の飛距離は志岐城を飛び越えるほどに出たが、かなり風に流され南へ大きく外れた。甚五郎は、一発でも曲輪内に届けばよいと腹をくくり、砲台の高さを変えて角度を絞り、火薬の量も調節して撃ち続けた。大工や樵たちをそのまま陸繫島山頂に留め、砲台の調節を続けさせた。

志岐城山の本曲輪にやっと砲弾が届いたのは十五発目に放ったものだった。陸繫島から遠眼鏡（とおめがね）で眺めていた吉次が、山頂本曲輪内の蔵屋敷か何かの大屋根を打ち抜いたと青ざめた顔で言った。距離がありすぎ、それからも二十発に一発が曲輪内にようやく届く程度だった。甚五郎は砲身に異状が出ないかぎり、砲弾の尽きるまで撃ち続けることを決めていた。

砲弾が志岐城本曲輪を直撃しても、陸繫島の山頂からでは効果のほどはわからなかった。しかし、一里離れた志岐城の本曲輪では、風を切る奇妙な音とともに地響きをたてて降ってくる落雷のようなものに突然襲われ、混乱を極めていた。武者溜（むしゃだまり）の屋根を突き破った最初の砲弾は、柱をへし折り、飛び散った木片が志岐兵と中にひしめき合っていた避難民に大怪我を負わせた。二の曲輪脇に飛び込んだものは、落雷に似た音とともに松大樹の幹を折り、その下敷きとなって志岐兵が三人即死した。城山に逃げ込んでいた城下の民が、頭上を襲ってくる得体の知れない恐怖から騒ぎ始め、志岐の軍兵も浮足立って、登城路の防禦がおろそかになった。

小西勢はその朝砲撃の開始を甚五郎から伝えられていた。志岐勢の登城路への攻撃が甘くなったところを見て、すかさず登城路を一気に攻め上り、二の曲輪内へなだれ込んだ。一里離れた陸繋島の山頂からの砲撃は、構わず続けられた。小西勢も打ち込まれた砲弾に巻き込まれて、崩れ落ちた屋根板の下敷きになり死者と怪我人を出した。砲撃にすっかり浮足立った二の曲輪の志岐勢は、なだれ込んできた小西の大軍にも圧倒され、我先に本曲輪内へ逃げ込むしかなかった。

志岐麟泉が小西行長に使者を送り、降伏の意を示して下山したのは、二の曲輪が制圧されて間もなくのことだった。

本渡城は志岐城から東へ五里離れ、天草上島と下島の渡海点を押さえる所に位置した。志岐麟泉の蜂起に呼応して唯一反旗をひるがえした天草下島の本渡城を、十月二十五日、小西勢と加藤勢を主力とする二万の兵が包囲した。小西行長の家臣に併合されることを拒んだ天草五人衆のうち、大矢野種基を始め、栖本、上津浦の三氏は、戦意を示さず早々と投降の意を表していた。志岐城攻撃に向かった小西軍船の「総白に紅白の招き」の幟は、有明海上を埋めつくすほどで、大矢野種基らは投降を促す小西行長の使者に同意せざるをえなかった。

小西行長の家臣のごとく扱われ、代官として旧領の本渡に配された久種の叔父の天草種元は、長く抗争を繰り返してきた志岐氏と手を結び、小西行長に徹底抗戦の構えを崩さなかった。志岐麟泉が小西軍に投降し孤立したにもかかわらず、天草種元はこの日も帰順を勧める使者を追い返した。

高所に築いた山城とはいえ、本渡城に立て籠る二千五百のなかには城下の避難民も含まれていた。小西勢と加藤勢を主力とする二万の大軍にはいかんともしがたく、一刻（約四時間）の抗戦がせいぜいで、天草種元以下本渡の軍兵はことごとく討たれ、七百三十余の首級を挙げられて落城した。ここに天草旧国衆の反乱は終焉をみることとなった。

六

十月二十日、引き続き漢城の東平館に逗留していた「日本国王使」の景轍玄蘇と宗義智は、二年前の損竹島襲撃を先導した沙火同を捕縛し身柄を押さえていること、また、損竹島襲撃の首謀者として、金十郎、孫次郎、三郎の三名を捕らえ、いつでも朝鮮国側に引き渡せることを、応接使の李徳馨に伝えた。この時、倭寇の首領として引き渡されることになった金十郎ら三名は、対馬において強盗殺人を犯し、死罪が確定した者たちだった。朝鮮側でもそれを受けて、百四十年ぶりに通信使の日本派遣を決定したことを正式に通達してきた。しかし、嶋井宗室だけは、一月前の九月二十一日、日本に通信使が送られることが内定したと柳成龍から聞いていた。もちろん、柳成龍が、信頼を寄せてくれ、あえて宗室に内示してくれたことはわかっていた。宗室は、朝鮮国からの通達があるまでは、宗義智にも他の誰にも一切漏らさずにいた。

この十月の初め、朝鮮国内で反逆計画が発覚し、日本への答礼使派遣など吹き飛びそうな騒ぎになっていた。漢城に留まっていた嶋井宗室は、朝鮮の高官からそれを耳にするなり、長く泰平を謳歌してきた国にありがちな党派対立の根深さに強い不安を覚えた。秀吉の朝鮮出兵が迫っているこの時に、朝鮮国内では党派対立によって、多数の高官が死罪や流罪に処される事態となった。第二副総理に当たる右相の鄭彦信までが罷免され、流刑となった。首謀者とされたのは、全羅道全州の鄭汝立なる東人派の退職官吏だと聞いた。この反逆計画に関与したとして三千人が検挙されたという。

そして、これまで主流派だった東人派が、この一件を首謀したとして中央政権から排斥され、代わって西人派が主流派を握る勢いを示した。日本の国情を理解し、出兵回避に向けて尽力してくれる柳成龍は東人派に属していたが、事件に関与しなかったために失脚をまぬがれ、外相兼文相から総務担当大臣の吏曹判書に横滑りで済んだのは幸いだった。

だが、時はすでに十月も下旬を迎え、秀吉から示された期限を四ヶ月も超過しようとしていた。これから朝鮮の中央府で日本に送る答礼使の人選が行われることになる。総理に当たる領議政の柳琠は病死し、第一副総理の、東人派に属する李山海には面識があったが、気位の高い人物で、とても対話できるところまではいたらなかった。失脚した鄭彦信に代わって右相に就任したのは、西人派の鄭澈なる人物で、これまで野にあり、嶋井宗室もまるで面識のない人物だった。これからまた人脈をたどり、鄭澈に会っておかなくてはならなかった。日本に送られる答礼使は、流れから行けばおそらく西人派の人物が正使となって派遣されることになるだろうと思われた。

若い宗義智は、答礼使派遣の決定を聞くなり満面の笑みを見せたが、嶋井宗室にはとても手放しで喜べるものではなかった。あくまでも秀吉が求めているのは、朝鮮国王の来日であり、答礼使の上洛などではない。答礼使の派遣によって多少の時間は稼げるが、出兵回避にたどりつくまではいくつもの障害をまた越えなくてはならなかった。

天正十八年（一五九〇）陰暦二月

一

天正十七年（一五八九）十月二十五日、志岐麟泉の降伏に続いて天草下島の本渡城が陥落し、天草旧国衆の反乱は鎮圧された。翌二十六日、小西行長と加藤清正が兵の撤収を始めた。

沢瀬甚五郎は、北西端の陸繫島の山頂からカルバリン砲を下ろし、袋ノ浦で博多へ戻る船に積む作業を見届けた。小西行長の弟隼人や、宇土の重臣たちは、一里も離れた山上から飛んできた砲弾に驚嘆の声を漏らすばかりだった。海路の警固役を担ってくれ、砲撃の一部始終を見ていた松浦鎮信重臣の日高信介などは、「平戸に来て松浦家に仕える気はないか」と甚五郎に真顔で言った。それまで博多の一商人と見下し何かと横柄だった信介が、「鉄砲で戦のさまもすっかり変わったが、もはや鉄砲の時代でもないのかもしれない」と血の気の引いた顔で漏らした。

ただ一人、小西行長だけは違っていた。砲撃の巻きぞえとなり本丸に逃げ込んでいた領民の六人が犠牲となったことを甚五郎が報告すると、「家臣でもないのに、甚五郎殿には多大な骨折りと心労をかけた。あい済まぬ」そう語り、甚五郎に頭を下げた。

小西行長は本渡城を攻める時に、城内に立て籠ったキリシタンへ再三投降するよう呼びかけたと聞いた。そればかりか、激戦のさなかに、本渡城に逃げ込んでいた女と子ども、老人を自ら救出したという。それを見た加藤清正の軍兵たちが「所詮は堺商人だ」と笑った話も耳にした。

志岐開城の後、袋ノ浦に留まっているように小西行長から命じられた甚五郎は、白無垢をまとった葬列を何度も見ることになった。合戦や賊徒の襲撃に遭遇して、これまで何度か人を殺めてきた。しかし、すべて自分を殺そうとする敵ばかりだった。あくまで殺さなければ殺されるという状況のもとでの話だった。志岐の軍兵ならいざ知らず、戦闘から逃れようと志岐城に避難していた民をも無差別に砲撃し、女や老人、子どもまでが巻きぞえとなって死んだ。自分の意志がどうあれ、その事実は消せなかった。このまま袋ノ浦から船に乗り、何事もなかったように博多へ戻る気にはとてもならなかった。自分が何をしたのか、その結果どうなったのかを確かめたい思いが、甚五郎を志岐の城山へと向かわせた。

登城路の所々に監視の兵が立っていた。志岐麟泉が投降して下山した後、小西家臣の日比屋兵右衛門（ひびやへいえもん）が兵を入れ、城山はその監視下に置かれていた。落城から七日が過ぎ、亡骸（なきがら）は敵も味方もすべて下ろされた後だった。二の丸脇（わき）で砲弾によって倒れた松の大樹がまだ青い葉を残したまま転がっていた。その下敷きとなって志岐兵が死んだと聞いていた。生々しかったのは、割れ砕け松脂（まつやに）を流したその赤い樹肉のさまだけだった。

最高部の本丸館（やかた）や砲弾が飛び込んだという武者溜（むしゃだまり）などは、総攻撃の際に火矢（ひや）を放たれ、焼け跡となっていた。さえぎる物がなくなった北の方を望むと、眼下に田畑が広がり、千々石灘（ちぢわなだ）の海が灰色に広がっていた。砲台を置いた陸繋島がはるかに見えた。

かすかな人語（じんご）の響きに思わず右手を見ると、三十間（けん）（約五十五メートル）ばかり離れて焼け落ちた柱の中に、片膝（かたひざ）をつき頭（こうべ）を垂れて祈りを捧（ささ）げている人影があった。黒い衣を身に着けた小柄な人物だった。黒い髪をしていたが髷（まげ）を結っていないので、異国人の宣教師だとわかった。天草の領民はキリシタンがほとんどを占め、「バテレン追放令」以来、上津浦（こうつうら）や河内浦（かわちうら）、大矢野島（おおやのしま）など、天草各島に宣教師が多数潜伏しているとは聞いていた。

信教が何であれ、人が祈りを捧げている最中に、雑音を立てて妨げるような真似(まね)はしたくなかった。甚五郎はそこに立ちつくしたまま見ていた。そもそも二十三年前、ルイス・アルメイダが天草で最初にキリストの教えを説いたのはこの志岐だったという。志岐麟泉が棄教して弾圧を続けた後も、志岐の地名が特別な響きを持ってキリシタンに語られたのは、十九年前コスメ・デ・トルレスがこの地で昇天したためだった。フランシスコ・ザビエルとともに来日し、以来二十一年間に三万人の日本人へ洗礼を授けたと語られるトルレス神父の遺骸(いがい)を埋めたこの地に、宣教師が潜伏しているのは何ら不自然なことではなかった。

その宣教師は、長い祈りの後十字を切って立ち上がった。炭と化した太柱の上にかけてあった黒い長衣を身にまとい、それから黒のつばのない帽子を手にとった。立って見ている甚五郎に気づき、腰を折り丁重に挨拶(あいさつ)した。甚五郎は、腰の刀を鞘(さや)ごと引き抜き右手に持って殺意のないことを示し、会釈(えしゃく)を返した。何を思ったか、その小柄な宣教師はまっすぐ甚五郎の方へ歩いてきた。足には草鞋(わらじ)を履いていた。

「わたくしは、アルフォンソ・ゴンサルベスと申します。大矢野島から参りました」

顎(あご)と口の髭(ひげ)やゴワゴワとした髪にも白いものが目立っていた。異国人特有の訛(なまり)はあったものの、よくわかる日本語だった。

「甚五郎と申します。筑前博多から来ました。あなたはアゴスチーニョ小西様に依頼されて、こちらへこられたのですか？」

その宣教師はうなずいた。

「志岐の民にも、まだキリシタン宗を信奉する者がおるのですか？」

「はい。大勢おられます」

「わたしが、大砲を打ち込みました。博多に戻る前に、おのれのなしたことをこの目で確かめたく参りました。が、焼け跡ばかりで何もない……」

ゴンサルベスと名乗ったその小柄な宣教師は、哀れむような目で甚五郎を見た。そして目を閉じ、異国の言葉をつぶやいた。甚五郎のために祈ってくれたことはわかった。ゴンサルベスは、何か語りかけようとしたが、甚五郎はひとつ会釈して館の焼け跡のほうへと向かった。

人間が生きるべき「真の道」を神が啓示したのだから、キリストによって啓示された「真の道」を歩いていない人間を救わなくてはならない、彼らはそう信じてはるばる日本までやってきた。彼らにとっての「救済」は、「キリストによる救済」以外にはありえない。結果として、すべての人間を均一にキリシタンにしなくては、人は

「救済」されずにいつまでも苦しみ続けることになる。この志岐で死んだコスメ・デ・トルレスや、河内浦で死んだルイス・アルメイダのように、ゴンサルベスも伝道をつづけ、日本のいずこかで果てることになるのだろう。

小西行長は、誰よりも秀吉を真のキリシタンにしたかったのではないかと、ふと甚五郎は思った。おそらくそれが、キリシタンとしてのアゴスチーニョ小西の使命だったのだろう。秀吉は、戦乱の世を力で統一し、「惣無事令」を布き、大名同士の私戦を禁じた。そこまでは小西行長の望み通りだった。だが、秀吉は根本から違っていた。行長の願いは破綻し、逆に秀吉に取り込まれて、秀吉の命ずるがままに、この志岐や本渡のキリシタンを自らの手で殺すことになった。そればかりか、朝鮮出兵の先手軍の大将として行長は位置づけられていた。

袋ノ浦で殺された小西家臣、伊地知文太夫や千川正兵衛もキリシタンだった。彼らを殺した志岐の家臣にも、キリシタンは多くいたはずである。小西行長もまた、志岐や本渡で同じキリシタンを大勢殺戮した。そこでは「隣人愛」も、「愛敵」の教えも、沈黙を強いられた。同じ教えを核にした者たち同士であっても、それぞれが属する集団が対立する関係に置かれれば、銘々の思いや願いはかき消され、相手は人間ではなく、単なる敵の集団でしかなくなってしまう。それが戦の素顔だと思われた。

キリシタンではないが、甚五郎自身も結局同じだった。武家に仕えなくとも、乞われるままに天草へ来て志岐城を砲撃し、自分に殺意を持たない無力な者たちを殺した。

二

天正十八年（一五九〇）三月十一日、対馬の府中（厳原）、清水山とその南麓に築かれた金石城を照らす月は、常になく赤く見えた。堀代わりの金石川を隔て、北に大手の櫓門を背負う筆頭家老佐須景満の屋敷は、五十八の人影に取り巻かれていた。白鉢巻に白襷、大小の柄に巻きつけた白紙縒を合印とした一団は、表門と裏木戸の二手に分かれた。大槌が表と裏の門扉を打ちくだく音を合図に、五十八の影は鞘を払った槍穂を月光にきらめかせ、表と裏から同時に突入した。

門扉の打ち破られる音に、表の長屋門に寝ていた佐須家の家士十三名は、飛び起きざま刀を引っつかんで裸足のまま戸外へ出た。家士たちは玄関戸口から邸内に侵入した賊を追おうとしたが、長屋門の裏にて待ち構えていた白襷の衆に槍で突き込まれ、刀の鞘を払う間もなく五人がその場で討たれた。討ち入った者たちは、鎖帷子を着込み鎖手甲に鎖脛巾まで、武備万全であったのに対し、寝起きのままの家士たちは夢なのか現の出来事なのか定かでない有様だった。必死の応戦をしたものの、次々に倒され、気がつけば手負いの三名が残るだけとなっていた。

刺客たちは、草鞋履きのまま玄関棟の詰所と中之口を過ぎ、佐須景満の寝起きする御殿を目指した。佐須景満は、戸口を打ち破り寄せてくる大勢の足音に一瞬夢でも見ているように思ったが、朝鮮との交渉で対立を深めた柳川調信が差し向けた刺客の襲来と認めざるをえなかった。

佐須景満は、四十路を目前にし筆頭家老の地位にありながら武術の修練を怠らず、槍をとらせては家中随一で聞こえていた。とりもあえず景満は槍床から槍柄をつかみ鞘を払って小脇にかかえると、抜き身にした太刀を畳に突きたて刺客たちを待ち受けた。廊下を渡って御殿の襖障子を開けた刺客の喉元に、景満の槍穂が閃光を放って突き込まれた。だが、後続の槍が襲い、景満は脾腹深く突かれた。それでも、景満は突きたてられた槍柄を押さえ、抜き身にして立てておいた太刀で刺客の肩口から斜に斬り下ろした。襖障子を蹴り倒した新手の槍が景満の胸板を突き破り、もう一筋の槍も脇腹から刺し貫いた。

この夜、宗義調と対立する佐須景満、川辺新左衛門らの屋敷は、ことごとく夜襲に見舞われ、夜ともなれば閑静な府中の屋敷町は、終夜の惨劇が繰り広げられた。翌朝、厳原港の船着には、謀叛を企てたとして筆頭家老佐須景満を始め首級十五が晒された。

三

天正十八年（一五九〇）二月七日、家康の先手軍は駿府城を発し、一路箱根を目指して東進を開始した。「白地に日輪、無の篆書」の幟が榊原康政、「金の揚羽蝶」は大久保忠世、「剣構え鍾馗」の旗が本多平八郎忠勝、井伊直政隊の「赤備え」、鳥居元忠隊の「黒白染め分けに一と二の白引き」、「白地に日の丸三段」は酒井忠次の息家次、それぞれ世に知られた徳川家驍将の旗幟や指物が北風にたなびき、そのなかには三郎信康の家老だった平岩七之助親吉の「赤地に黒雁金」も連なっていた。

三日後の二月十日、開き金扇の大馬験と浄土門旗を掲げて家康本隊が駿府を出陣し、駿河の賀嶋へと進発した。その陣列には、「赤地に白抜き一文字三星」の幟がひるがえっていた。小姓として沢瀬甚五郎と三郎信康に最期まで仕えた長田伝八郎改め永井伝八郎直勝の旗印だった。

二月二十一日、小田原北条攻めの先鋒を担った家康軍三万は富士川にいたった。富士川には、すでに小船を集め太鎖で縛りつないだ船橋が架設されていた。普請奉行として富士川架橋を果たしたのは、伊奈熊蔵忠次だった。この年四十一を迎えた伊奈熊蔵は、このたびの北条征伐に際して、三河、駿河そして遠江の行路普請と兵糧運搬の奉行に任ぜられていた。

富士川を渡河した家康軍は、二月二十四日、駿河と伊豆の国境に位置する長久保城に入った。長久保城は、黄瀬川の西岸、愛鷹山の東麓に位置し、箱根の北条方要害を攻める地の利を得ていた。

二月七日、蒲生氏郷が伊勢松坂城を発し、二月二十日には近江八幡の羽柴秀次が箱根へ向かって進発した。尾張清洲城からは織田信雄が東海道を進み、二月二十一日に駿府へ到着した。二月二十五日、織田信雄軍と合流した蒲生氏郷の軍は沼津へ到った。同二十五日丹後宮津城からは細川忠興が出陣し、二日後の二十七日には伊賀上野の筒井定次、翌二十八日に若狭小浜の浅野長政がそれぞれ居城を発した。秀吉の北条氏征伐へ差し向けた諸勢は、箱根西麓を目指し続々と駿河東部へ集結していた。家康軍を含め、これらの東海勢は、合わせて十四万騎にのぼった。

秀吉方の水軍船も、駿河清水湊に集い始めていた。毛利輝元の五千、長宗我部元親の二千五百、九鬼嘉隆の千五百を始め、総勢一万四千百余の水軍衆が、二月二十六日には清水湊への集結を終えた。

秀吉は、すでに前年の十一月末、北条氏直への宣戦布告状を諸大名に送りつけていた。

『所詮、普天の下、勅命に逆う輩は、早く誅伐を加えざるべからず。来る歳は、必ず節旄（天子から与えられた旗）を携えて進発せしめ、氏直の首を刎ぬべきこと、踵を巡らすべからざるものなり』

二月二十八日、秀吉は参内して北条氏討伐を上奏し、朝廷より節刀を下賜された。秀吉の小田原北条氏征伐は、ここに勅命によって逆賊を討つという大義名分を得た。

三月一日、三年前に薩摩島津氏征伐へ出発した同じ日を選び、秀吉は聚楽第を発して東海道を箱根へと向かった。秀吉は、唐冠に緋縅の鎧で身を固め、朱塗りの弓をたばさんで騎乗した。金の瓔珞の鐙を付けた秀吉の馬は、アラビア馬の血を引く肩丈四尺七寸になる駿馬だった。後続の近侍、伽衆、馬廻衆の騎乗する肩丈四尺三、四寸ほどの在来馬とは比すべくもなかった。黄母衣の騎馬二十三、金旗十本、吹貫旗百五十本、金丸抜き鞘の長刀三十柄、虎皮鞘の槍三百本、追従する騎馬衆、徒衆は街道筋を埋めて延々と続いた。

秀吉本隊は、大津、近江八幡、大垣、清洲を経て三河国に入り、岡崎を経由して三月十日、吉田（豊橋）に到り着いた。駿府の留守居役、小栗吉忠が吉田城まで出向き有し、矢作川、男川と合わせて、国名「三河」の由来をなした大河である。

三月十一日、上流の雪解けと連日の雨天に豊川が増水し、そのうえこの日は朝になっても風雨激しく、連日の雨中行軍に秀吉の軍兵も疲労困憊のありさまだった。しかし、秀吉は足止めを嫌い、この朝も渡河をためらう諸将を尻目に、陣頭となって渡らんと自ら輿に乗り豊川に進めるよう命じた。駿河の留守居役小栗吉忠始め誰もが関白の威を恐れ、止めることをためらった時、進み出て雨が上がるまで留まるよう言上したのは、家康より普請奉行を任じられた伊奈熊蔵忠次だった。輿の蔀戸を開けた秀吉は、不機嫌な顔で熊蔵を見下ろした。

「軍行において、前に川ありて雨に遭う時は、すみやかに渡らなければ、後には必ず渡れなくなるものだ。それをそちは何故止めようとするのか」

「おそれながら、小軍でありますれば仰せの通りかと存じ上げます。しかしながら、大軍でありますれば、その事情は異なります。今、殿下様の軍勢は数万におよびます。この激流のなかを強引に渡りますれば、溺死者が出ることは避けられません。もし十人が溺れてしまうと、口伝えにやがて百人が溺死したと噂がひろまります。ついには、それを耳にした味方の軍勢の戦意を削ぐことになります。

今、殿下様の御武威をもちまして関東征伐をなさろうというこの時、どうして期日の遅速によって勝敗が左右されるようなことがございましょうや。雨が上がるまでご逗留いただきまして、その間、士卒を休ませていただきとう存じます」

家康の普請奉行ながら、伊奈熊蔵は臆する気配も見せず、路端に両膝をつき雨に打たれたまま面を上げて淡々と述べた。秀吉の人を見る目は、まだ確かなものがあった。秀吉は熊蔵に名を問い質した。そして急に表情をやわらげ、輿の内より身を乗り出して熊蔵に語りかけた。

「かねてより三遠州の地には名士多しと聞いていた。忠次、今そちにこれを見る」

秀吉は熊蔵の言に順い、その日は吉田城に留まることにした。熊蔵は急遽付近の小船を徴集して鎖でつなぎ、豊川にも船橋を架けた。ほどなくして雨も上がり、秀吉軍はその船橋を渡って滞りなく駿府へと行軍した。

まだ雪深い北陸の地からも、箱根を目指して東山道の行軍が開始された。二月十日、上杉景勝が越後春日山城を発し、十五日には信濃国海津へ到来した。二月二十日、金沢城を進発した前田利家は、残雪多い美濃を迂回して木曾から信濃にいたり、上杉軍と合流した。それに信濃上田の真田昌幸と小諸の松平康国の軍勢とが加わり、三万五千となった北国勢は、南下を開始し、三月十八日碓氷峠を越えて北条領国の上野に入った。

三月二十八日、上杉景勝と前田利家を大将とする北国勢は、北条氏家老の大道寺政繁が守備する松井田城を包囲した。大道寺政繁以下松井田の軍兵は、無勢にもかかわらず城に籠って防戦に努め、四月十九日まで持ちこたえた。しかし、その間、北国勢の執拗な攻撃にさらされた北条方の属城は、西牧城、国峰城、厩橋城が次々と攻略されていた。四月二十日、大道寺政繁が降伏し、松井田城が開城したことによって、支えを失った箕輪城、石倉城も相次いで開城し、ここに上野国における北条勢力は壊滅した。

北国勢は、そのまま武蔵国に侵攻した。先ず川越城と松山城とを攻略し、武蔵における北条方三大支城のひとつ、岩付城に迫った。岩付の城主北条氏房は小田原で籠城し、留守居の家臣団がこの城を守っていた。上杉景勝と前田利家の率いる北陸と信濃勢に加えて、浅野長政と木村吉清、そして家康軍から本多忠勝、鳥居元忠、平岩親吉らが駆けつけ攻撃に加わった。五月二十二日、秀吉軍の猛攻に耐えきれず北条一門を城主にいただく岩付城も陥落した。

四

秀吉は小田原城を厳重に包囲しておき、それを取り巻く関東の北条方の城を次々と落として、孤立させる戦法をとっていた。すでにここまで、浅野長政は江戸城を始め、上総下総の北条方属支城二十四を攻略し、家康の部将内藤家長は下総臼井を、酒井家次は佐倉を落城せしめていた。

六月十四日、押し寄せた秀吉方北国勢の圧倒的な兵力に、鉢形の城主北条氏邦は家臣の助命を条件に降伏した。岩付城に続いて武蔵三大支城のひとつ鉢形城も開城したことで、北条方が武蔵での拠点とする支城は、八王子城が残るのみとなった。

城主北条氏照は小田原に籠城し、八王子城は留守居の狩野一庵らが守っていた。怒濤の勢いで押し寄せる北国勢に、狩野一庵や横地監物らは必死の抗戦を展開したものの、六月二十三日には八王子城も落城した。

六月下旬には、伊豆韮山城と武蔵忍城を除いて、上野、武蔵、相模、上総、下総の関東における北条方支城のほとんどが、秀吉方の手によって押さえられることになった。同時に、常陸の佐竹義宣を始め、里見義康、結城晴朝、多賀谷重経、宇都宮国綱ら関東以北の大名衆も次々と秀吉に臣従の意を表した。そして、北条方が頼みとする米沢の伊達政宗までもが、六月半ばには秀吉本陣に駆けつけ、服従の意を表白するにいたった。小田原城に封じ込められた北条氏政と氏直父子は、いよいよ孤立の色を濃くしていた。

六月二十四日、約三ヶ月におよぶ籠城の末、北条氏規は旧友家康の勧告に従い、伊豆韮山から下城して小田原の家康陣中へと向かった。家康は、六月初めより、氏規と旧知の家臣、朝比奈泰勝を講和のために再三韮山城へ遣わしていた。幼少の時分から駿府において人質暮らしをともにした氏規を、家康はみすみす死なせたくなかった。小田原城までもがすでに完全に包囲されており、北条宗家を存続させるために、まずは氏規が開城して氏政と氏直のことをひたすら秀吉へ詫びるのが肝要であると繰り返し家康は諭した。北条氏規もまた、家康の婿に当たる氏直の助命のためならば、自らの身命と引き換えるのはやぶさかでなかった。

小田原の防波堤となるはずの山中城も足柄城もとうに陥落し、秀吉方の補給路はもはや完全に確保されていた。韮山城も周囲に陣城を築かれて身動きできず、三島で東海道を押さえるどころか、籠城の家臣や兵卒の露命をつなぐのがやっとの有様だった。ついに韮山城も開城を見て、小田原を攻める秀吉軍にとっての要害はすべて取り除かれた。

六月二十七日、小田原城の西南にそびえる笠懸山の上から突然多数の鉄砲が放たれた。小田原城に立て籠っていた城兵が思わず振り仰いだ山の頂きには、総瓦葺き白亜の天守閣が夏の光に輝いていた。秀吉が四月より普請させていた石垣城がとうとう完成した。近江国穴太衆が築いた高石垣を持つこの西国式の城は、旧来の土城、小田原城の総構えを真下に見下ろしていた。秀吉は、北条方の陣形をすべて俯瞰できる山上にわずか八十日でこの目新しい城を築き上げ、茅葺き木皮葺きの土城に立て籠る北条方の度肝を抜いた。秀吉はこの日、箱根湯本の早雲寺から笠懸山上の石垣城へ本陣を移した。

小田原城に立て籠る北条方の軍勢五万六千余に対して、秀吉方は二十一万余もの大軍で陸からも海からも包囲していた。ここまで火器による秀吉方の圧倒的な攻撃に、北条領国で頼みとする一門衆の城までも、ことごとく落とされていた。しかも、絶望的な籠城に疲れて小田原城内から出奔したり投降したりする兵が後を絶たなかった。籠城の将士の間でも謀叛や内紛が引き起こされ始めていた。氏政父子が最も信頼していた家老の松田憲秀までが、秀吉方の誘いに内応し、伊豆と相模二ヶ国の受領を条件に城内に火を放ち秀吉軍の堀秀治らを引き入れる謀略をめぐらしていたことが発覚した。また、北条方支城で唯一家臣団が投降せずに持ちこたえていた忍城主の成田氏長も、連歌仲間で秀吉祐筆の山中長俊の誘いに応じ、それが発覚して小田原城内に拘禁されることになった。

秀吉方の投降を促す再三の声に父北条氏政は耳を貸さず、「武をもって関八州を失うは遺憾ない。ただ戦わずして降るべきでない」とすべてはねつけた。それに対して当主氏直は、すでに降伏開城へ心が傾き、父氏政との対立を深めていた。

七月五日、北条氏当代の氏直は、その弟氏房とともに城を出て滝川雄利の陣に投降した。氏直は「ぜひ腹をつかまつり、諸勢助けさせられ候わば、かたじけなく」と、自らの切腹による籠城将兵の助命を秀吉に願い出た。

小田原城は当主氏直の降伏によって、ここに開城される運びとなった。

七月七日、籠城していた北条方将兵は城を出て、家康の陣中に収容された。それから二日がかりで籠城の地下人、民百姓を城から出し、七月十日、家康が小田原城へ入った。

翌十一日、前主北条氏政と強硬派の弟北条氏照は、閉居させられていた医師田村安栖宅にて切腹し、その首は京都一条の戻橋にてさらされた。十年前に家督を氏直に譲り隠居の身となってはいたが、元亀二年（一五七一）十月よりここまでの二十年、関東八州を実質的に支配してきたのは、北条氏政だった。

七月二十日、当主北条氏直は、家康の婿であったがゆえに助命され、叔父氏規らとともに高野山（こうやさん）へ追放された。

翌天正十九年冬、十一月四日、大坂の織田信雄旧宅に身を移していた北条氏直は、痘瘡（とうそう）を患（わずら）い死去した。三十歳だった。氏直には嗣子（しし）がなく、五代百年にわたって関東に君臨してきた後北条（ごほうじょう）氏の正系は絶えることとなった。

天正十八年（一五九〇）陰暦七月

一

七月二十日朝、嶋井(しまい)宗室(そうしつ)の養子徳左衛門(とくざえもん)が下男を連れて甚五郎の見世(みせ)にやって来た。この日、甚五郎は徳左衛門とともに名島(なじま)城へ呼び出されていた。徳左衛門は、神屋一族から養子に来ただけあって生来の鷹揚(おうよう)さが備わっていた。新たに博多へやって来た甚五郎に対しても全く排他的なところがなかった。むしろ身内のごとく頼り、何かあるたびに甚五郎の見世に足を運んでは話し込んでいった。この日も、徳左衛門の方から甚五郎を迎えにやって来た。

小早川隆景の筑前入封(にゅうほう)によって新たに築かれた名島城は、博多の北、多々良川(たたらがわ)河口の左岸に築かれた。東西と北の三方が海に囲まれ、海に面した北に本丸、山続きの南に二の丸を構えていた。城下が狭く、商人町はわずかに南の山下へ開かれているだけだった。

小田原落城の報せは、名島城二の丸にて留守居役の浦兵部宗勝から聞かされた。いかに堅牢で聞こえた小田原城も、四倍もの兵を動員した秀吉軍には太刀打ちできるはずもなかった。それでも、わずか三ヶ月とはあまりに早すぎた。後は奥州平定だが、北条氏と手を組み反旗をひるがえすと噂されていた伊達政宗までが、秀吉の陣に駆けつけ臣従を乞うたとあれば、大勢は決したと甚五郎は思った。もちろん肥後国衆一揆が昨秋の天草まで尾を引いたように、奥州でもしばらくの間騒乱は続くことになる。秀吉が国内を固め朝鮮出兵に踏み切るまで、稼げる時間は長いほどよかった。

小田原攻めの間、筑前領主の小早川隆景は、秀吉に命ぜられて尾張に出向き清洲城を守っていた。同族の毛利三家は、宗家の輝元が京を固め、吉川元春を後継した三男広家が三河岡崎城に入って東海道を押さえていた。岡崎城の名を、はるか離れた筑前博多の地で久しぶりに甚五郎は聞いた。三郎信康亡き後、城主に置かれた石川数正は出奔し、今では秀吉の麾下に身を置いているという。岡崎城で甚五郎を鍛練してくれた石川小隼人は数正の弟だった。彼はどこでどうしているだろうと思った。

何よりも毛利輝元が聚楽第に入ったという話が気になった。浦宗勝によれば、秀吉弟の大和大納言秀長は病状が意外に重く、代わって輝元が聚楽第を守るため急遽入城することになったのだという。秀吉が真に耳を傾ける相手は、大和大納言と千利休の二人だけだとは、甚五郎も以前から聞いていた。秀吉の企図する明征服の暴挙を止めることができる者は、弟秀長以外にはいないだろうと嶋井宗室も語っていた。秀吉が最も信頼を寄せていたその秀長が、小田原遠征どころか聚楽第を守備するのもおぼつかないほどの重病であれば、小西行長らの画策する朝鮮出兵の回避はまたも困難の度合いを深めることになりそうだった。

加えて、妙に気になる話を浦宗勝は口にした。小田原へ行った茶人の山上宗二が、小田原落城直前に秀吉によって耳鼻を削がれ惨刑に処されたという。山上宗二は利休の高弟であり、秀吉の御茶頭八人衆の一人だった。利休と同じく堺商人の出である。宗二が北条家の人々に茶湯を指南していたことが発覚したのだという。千利休も、秀吉の供をして小田原へ行っていた。山上宗二は、師利休の助命嘆願もなく処刑されたのか、あるいは利休の嘆願を無視し秀吉が処刑に踏み切ったのか。もし利休が助命を願ったのであれば、秀吉が利休の高弟を処刑することは考えられなかった。

秀吉はこれまで残忍なことをしなかった。そこが秀吉の、信長とは異なるところだった。城攻めにおいても、落城させた後は城主か、せいぜい家老に詰め腹を切らせるだけで、なるべく犠牲を少なくとどめようとするのが秀吉のやり方だった。ところが、昨年三月にも、聚楽第番所の壁に悪政を非難する落書きをした番衆十七人が鼻と耳を削がれ、皆逆さ磔に処された。これまでの秀吉からはとても考えられないことだった。権力を掌中にした人物特有の、専横な臭いを秀吉もそのあたりから漂わせ始めていた。

　小田原北条家を滅ぼすまで、秀吉が海内統一を成し遂げたとはまだ言い切れないものがあった。北条家当主の氏直は家康の婿である。家康と北条家、それに織田信雄と伊達政宗が結んで、秀吉に反旗をひるがえすという噂は、小田原攻めの間もずっと語られていた。小牧・長久手の戦いの折、家康と信雄が掲げた「逆臣秀吉を討つ」という大義は、そう簡単に秀吉の脳裏から消えないはずだった。北条家を滅ぼし、北条氏が支配してきた関東の六ヶ国を家康にあてがった。そして秀吉は、織田信雄をこれまで家康が支配してきた三河、遠江、駿河、甲斐、信濃へ移封させようとした。ところが、織田信雄は、父信長ゆかりの尾張と伊勢五郡に固執し移封を拒んだ。すると秀吉は、ためらわず信雄の領国と居城とを没収し、下野の那須烏山へ追放した。信雄の自滅は、家康が反乱を起こすうえでの名分も戦力も同時に失ったことを意味した。秀吉は、大名であれ茶頭であれ、自らに異を唱える者は容赦しないという意志をあからさまに示すようになった。秀吉による国内の統一は、少しでも批判すればことごとく抹殺されるという恐怖をもたらした。

百四十年ぶりに到来した朝鮮からの使節団は、対馬、壱岐を経て、この六月二日、博多に到着した。対馬の島主宗義智と家老柳川調信も同行して博多入りした。昔語りには聞いていても目にすることのなかった朝鮮使節団を一目見ようと、大勢が博多に押し寄せた。夏の光に彩られた使節団一行は、竜や漢字の描き込まれた赤い馬簾飾りの大旗と、赤や花色の長衣の裾を海風にはためかせ、正使の黄允吉ら三使は黒塗り輿に赤い天蓋をかざして聖福寺へと向かった。銅鑼やチャルメラ、様々な笛や鉦を響かせて楽隊が奏でるにぎやかな音に、見物たちは皆表情を輝かせて歓迎した。かつて対馬の井口嶽の上から海を隔てて見やった穏やかな朝鮮半島の山々を甚五郎は思い出した。様々なことはあっても、こうして相互が和やかに生きられればそれに越したことはないと改めてそう思った。

五十人からなる朝鮮使節団は聖福寺と承天寺に分宿し、嶋井宗室が中心となってその接待に当たった。饗応には、新鮮な魚介と雉子など山海の珍味を並べ、三使には特に七五三膳、吸い物、高盛りが供された。

その朝鮮使節団は、七月には京に入り大徳寺に宿泊しているという。博多の二大豪商、嶋井宗室と神屋宗湛もそれに合わせて京へ上っていた。

この日、嶋井徳左衛門とともに甚五郎が名島城に呼ばれたのは、小田原落城によっていよいよ朝鮮出兵が現実味を帯び、兵糧と弾薬を心して買い集めよとの指示だった。小早川隆景から、たっての指令が届いたものだろう。小早川隆景は、嶋井宗室から朝鮮国と明国についても聞かされており、海外出兵の無謀さを充分理解しているはずだった。だが、海内六十余州を統一し自信を深めた秀吉は、いよいよ明国征服に照準を定めた。隆景は、茶の湯を通じて数寄大名や茶頭たちからの情報を集め、ここまでの状況から朝鮮出兵はもはや避けられないと判断したようだった。

「朝鮮国王が上洛するものと思っていたが、まさか、その使いが来るとは……」

浦宗勝は失望の色を隠せなかった。名島城の二の丸に屋敷を構える浦宗勝ら小早川家の重臣たちは、長い戦乱の後にやっと泰平の世が訪れたと思う間もなく、今度は海外出兵という難題がのしかかり、苦悩の色を濃くしていた。彼らだけでなく、朝鮮と対馬の関係を知らぬ者は、秀吉の意向どおりに国王が服属を乞うために到来すると本当に思っていた。実は嶋井宗室の養嗣子徳左衛門すら内情を宗室から詳しくは知らされておらず、朝鮮国王がなぜ来ないのかと甚五郎に訊いたほどだった。

八月九日、秀吉は小田原北条征伐の余勢を駆って奥州平定のため会津へ下向した。小田原へ参陣しなかった奥州諸大名の領地をことごとく没収し、代わりに蒲生氏郷と木村吉清とを配置した。旧来の領主では、葛西晴信、大崎義隆、稗貫広忠、白河義親、石川昭光、黒川晴氏、田村宗顕、和賀義忠らが改易処分された。

秀吉の狙いは、出羽と奥州の果てまで兵農の分離を図り、全国一律の惣検地を実施して、例外を設けず専制的な封建制を布くことにあった。このため甥の羽柴秀次を総帥とし、浅野長政、石田三成、大谷吉継らを奉行として奥州検地へ差し向けた。しかし、九州平定後の肥後国衆一揆にみるごとく、出羽と奥州もまた旧来の土豪衆と領民とが地縁血縁で深く結ばれており、新たな領主と強引に持ち込まれる諸制度には反発が強く、しばらくの騒乱は避けられそうになかった。秀吉は、反抗する者には皆殺しで報いよとの、これまでには見られなかった強硬姿勢をあらわにした。

『相届かざる覚悟の輩、これ在るにおいては、城主にて候わば、その者、城へ追い入れ、各相談、一人も残し置かず、なでぎりに申し付くべく候、百姓以下に至るまで、一郷も二郷も悉くなでぎり仕べく候』

二

八月十三日、出羽と奥州の平定を終えた秀吉は、京への帰途についた。同月二十二日、小西行長は駿府に出向き、駿府城内の会所にて上洛途上の秀吉と会うことになった。家康は小田原征伐後もそのまま領主として関東に留まっており、旧主の去った駿府城の会所で行長を引見した秀吉は、それまでの上機嫌が一遍にかき消えた。この時まで秀吉は、朝鮮国王自らが来日して臣従の礼をとるものと信じ、臣下の使節が代わりに来たことなど知らなかった。

「建国以来、これまで朝鮮国王が国外に出たことはございません。また臣下の使節も、上洛いたしましたのは百四十年以前のことでございまして、すでに海路おぼつかなく、代わりに三使を上洛させ、上様へ天下統一のお祝いを申し述べ、帰服を願い、朝貢（ちょうこう）いたすために遣わされたものでございます」

行長は長身を折り曲げ、頭（ず）は低くしたまま、しかし顔色ひとつ変えることなく淡々と伝えた。朝鮮国王が秀吉に帰服を表明するため朝貢の使者を遣わしたとの創作は、秀吉の表情を和（なご）ませた。

「いよいよ次は大明征伐だ。摂州、心してかかれ」

「はい。宗室と宗湛はじめ博多津の者ども、弾薬と兵糧を順次調えましてございます。そのところは、わたくしからも重々言い含めております」

去る八月九日、嶋井宗室が聚楽第に行き、大和大納言秀長の病気を見舞い、茶席を共にしたと行長は聞いていた。宗室は、このたびの朝鮮使節が国王帰服の表明と秀吉への朝貢のために到来したとの創作を大和大納言と千利休に知らせておく必要があった。行長は、意を同じくする石田三成、増田長盛、大谷吉継にも、内藤如安を派遣して彼らの了解をえていた。

この時、秀吉が会所にともなってきたのは、黒の直綴に金襴の袈裟を掛けた西笑承兌なる僧だった。四十三を数えると聞いていたが、禅僧とは思われぬ豊かな頬をし、黒目勝ちの穏やかな表情を浮かべたこの人物は、ずっと若く見えた。承兌は臨済宗五山派を統轄する鹿苑院主の地位にある高僧だった。鹿苑院主は、室町幕府以来、五山に蓄積された学識をもとに対明国の外交文書を起草する職務を兼ねてきた。二年前の五月より秀吉が造営している方広寺における大仏殿建立の供養導師となったのもこの僧だった。秀吉が関白となって明国征服を表明した四年前から、この承兌なる外交僧がやたらと重用され表に出てきた。

昨年十一月には、秀吉の意を受けて、承兌は小田原北条氏を弾劾する宣戦布告状までを起草した。行長がこの承兌に対して警戒心を強めるようになったのは、その時以来のことだった。

行長は、北条氏直への宣戦布告状を読み、ある語句に強い引っ掛かりを覚えた。

『……そのほか諸国で叛く者は討ち、降参する者は味方に受け入れてきたので、もはや配下に属さない者はない。とりわけ秀吉は一言も表裏がない。それが天命にかなったためだろう』

承兌は、秀吉の経歴をことさらに披露し、父のいない幼児が労苦のすえに身を起こし権力を手中にできたのは「天命」によるものであると記した。そして、北条氏を滅ぼし天下を統一することが、また「天命にかなう」ものであると説いていた。承兌が、小田原征伐を「天命」と位置づけたことによって、北条氏どころか朝鮮国や明国を攻め滅ぼし自らの帝国を築くことが、秀吉の内で「天命」として意識され、正当化された。このたび行長を駿府へ呼び寄せ、朝鮮国王の上洛について問いを発するに際して、わざわざ承兌を同席させたことも、いかに秀吉がこの僧侶を拠り所としているかを裏付けていた。この承兌こそが、秀吉の朝鮮出兵や明国征服の意志を陰で支えているといってよかった。

いやしくも僧籍に身を置きながら、承兌は何の罪もない朝鮮国や明国の民を戦火に巻き込むことの正当化を積極的に図っている。行長はこの穏やかな顔をした僧侶に強い憤りを感じた。もし秀吉の意志のままに朝鮮へ兵を出し、明国まで攻め入れば、両国の最も弱き者たちに甚大な被害をもたらすことになる。そうなれば、秀吉は「威名を後世まで残す」どころか、長く汚名を留めることになる。室町幕府以来の外交文書を扱ってきた鹿苑院主ならば、明国の事情は詳しく知っているはずだった。朝鮮国や明国は、国土も広く言葉も通じない。そこが海内六十余州とは最も異なっている。漢字で筆談出来るのは、読み書きの教育を受けられる地位にあった者たちに限られる。一般の衆庶にまで政令が浸透するには、大勢の人を送り込み膨大な時間を必要とする。たとえ武力で一時の制圧は出来たとしても、諸制度を持ち込み、領民を支配することなど簡単にはいかない。

省みて行長自身も、それをわかっていながら秀吉に出兵の無謀と、それによって失うものの大きさを直接語ることが出来ずにいた。

行長は、側に仕えた若き日より秀吉という人物が好きだった。秀吉は情味深く、疎外され苦しむ者にとりわけ温かだった。行長にやれることといえば、もはや秀吉を欺き続けることだけとなった。海内六十余州の惣無事、泰平の世の来ることを信じて、行長も秀吉のもとで戦ってきた。今度はその秀吉を欺くことで大恩に応えるしかなくなった。

行長はこの日、秀吉から意外なことを聞かされた。羽柴三河守秀康が養子に乞われ下総国結城晴朝のもとへ行くことになったという。すでに秀吉には昨年実子の鶴松が生まれ、後継者は自ずと決められていた。だが、三河守秀康が、下総国結城に養子として下るということは、実父家康に返されることを意味した。

最大の敵である家康の人質として、第二子の於義丸は数え十一で秀吉のもとへやって来た。家康は図らずも腰元に生ませてしまった於義丸を疎んじ、三郎信康亡き後の後継者は第三子の長丸に決めていた。小牧・長久手の戦いの後、家康は講和の人質としてためらわず於義丸を秀吉に差し出した。ところが秀吉は、家康から厄介払い同然に人質とされて来たその息子を、一緒に風呂へ入れ自ら背中を流してやるほど可愛がった。さらに於義丸を早々と元服させ羽柴三河守秀康と名乗らせた。受領名は徳川家代々の本貫三河にちなみ、諱は自らと実父家康から一字ずつ取って与えたものだった。

秀吉は、その於義丸が衆庶の娘を母としたゆえに家康から長く実子として認められず、長兄の三郎信康が家康と引き合わせて於義丸を実子として認めさせたという経緯も知っていた。家康は第三子の長丸を後継者と決めており、於義丸は徳川家にとって邪魔な存在だった。しかし、それを知るがゆえに秀吉は不憫と思い、三河守秀康へ一層の愛情を注いだ。

秀吉は、甥の秀次始め七人の養子を持っていたが、秀康は文武ともに一頭地を抜く資質を示した。身体能力に優れ、とくに騎射を得意とした。十三歳にして流鏑馬などでは歴戦の武将も舌を巻くほどの腕前を見せた。「血は争えん。さすがに三河武士頭領の血筋だ」秀吉は、秀康の成長ぶりを無邪気に喜ぶだけの器量を持っていた。

三年前、三河守秀康は、十四歳ながら養父秀吉とともに九州征伐に向かい、豊前岩石城攻めで初陣を迎えた。三河守秀康は、城兵の砲撃にひたすら耐え、夕刻に城兵が隙を見せた瞬間を見逃さず、先鋒隊を率いて城内へ突入した。そして、敵の将を討ち取る手柄をいきなり立てた。秀康は長ずるにつれ、実父の長所を強く受け継いでいることを図らずも示した。秀康は、その容貌や雰囲気まで家康を彷彿とさせるようになっていたが、幼年時代からの経緯もあって家康とは一切会いたがらず、家康の名を出されるたびに不快の色をあらわにした。専ら秀吉を「父上」と慕ってやまなかった。十七歳を数えすでに上背などは養父よりはるかに高く伸びた秀康だったが、秀吉と二人で談笑する様は実の父子にしか映らなかった。

確かに秀吉に実子が生まれた以上、これから先、秀康の居場所は豊臣家になかった。それにしても、あえて家康の領国へ秀康を戻すというのが、いかにも秀吉らしかった。もし家康との間で戦ともなれば、自らが手塩にかけて育てた秀康が敵将となる。実利を超えて関東に返すことが秀康にとって良い生涯を送れると判断したに違いなかった。

「寂しくなりますね」思わず行長はそう言った。

「ああ、寂しくなる」秀吉は一瞬涙ぐみ、肩を落としてため息まじりに本音を漏らした。行長が側で仕えていた頃の秀吉に戻っていた。

三河守秀康が、風邪で高熱を出したり、落馬負傷したりするたび、秀吉は何もかも放り出して駆けつけ、秀康の寝ている側でうろたえていたのを行長は思い出した。奇妙な話だが、秀吉は七人の養子のなかで家康の息子を最も愛した。そういう秀吉の、およそ権力者らしからぬ顔が行長は好きだった。

三

九月一日、関東以北を平定し海内六十余州の統一を果たした秀吉は京に凱旋した。その隊列の中には対馬島主の宗義智も加わっていた。宗義智は、家老の柳川調信とともに近江八幡で秀吉を出迎え、朝鮮国王の帰服と朝貢のために遣わされた使節が七月以来大徳寺に逗留し、秀吉の帰京を待っていることを伝えた。

秀吉が聚楽第に入城してまもなく、宗義智と柳川調信とが呼び出された。秀吉は、この時も上機嫌で、ここまでの労をねぎらい、義智には羽柴の姓を与え侍従に、柳川調信は諸大夫に叙任した。しかし、秀吉は一向に朝鮮使節と会おうとしなかった。

十月十六日、小田原へ参陣しなかったために領地を没収された葛西晴信と大崎義隆の旧領で、一揆衆による反乱が勃発した。新たに入封した木村吉清は、明智光秀の旧臣で、奥羽平定に功有りとして、いきなり十三郡三十万石の地を所領とする大名に取り立てられた。この「にわか大名」木村吉清が上方から連れてきた家臣も劣悪で、領地没収によって帰農せざるをえなかった大崎氏や葛西氏の旧臣から厳しく年貢を取り立て、年貢代わりとして下女や下人を奪い取り、米や麦、大豆などの備蓄まで持ち去る始末だった。旧水沢城主大内彦三郎らに率いられた一揆衆二千八百と、千葉兵庫ら江刺郡の旧臣らに率いられた一揆衆三千は、木村領内の城砦を攻め、守備していた家臣を斬り殺し、気仙郡の浜田城や東磐井郡の薄衣と大原の城は、一揆衆に奪還された。

十月二十二日、白河に到着した検地奉行の浅野長政は、旧葛西・大崎領での一揆蜂起の報せを聞き、蒲生氏郷と伊達政宗に急遽蜂起鎮圧のための出兵を要請した。秀吉の奥州支配は、ここに最初の破綻をみることになった。

朝鮮使節が在京して四ヶ月が過ぎた十一月七日、秀吉はやっと聚楽第に黄允吉ら三使を招き入れた。この時、朝鮮使節は、虎の毛皮百枚、蜂蜜五樽、高麗人参一箱、それに白米五十石を持参し、秀吉への進物として納めた。

秀吉は、紗の頭巾を載せ黒の胴服で現われた。秀吉は属国の使節が帰服を乞い朝貢のために到来したものとして、臣下の者に対するごとく南に向いて座し、饗応には五の膳と濁り酒とを供した。秀吉の処遇は、これまで三使が日本で受けたもののうちで最も簡素で粗末なものだった。しかも秀吉は、引見の最中に突然その場を立って姿を消し、今度は前年に生まれた鶴松を抱いて現われた。そこにひかえていた朝鮮三使など無視し、秀吉は赤子をあやしながら堂内を歩き回った。中庭に使節団の楽人たちを呼ばせ、鶴松にその奏楽を聞かせ遠来の朝鮮人の風俗を見せようとした。奏楽中に突然秀吉が笑い出して、鶴松が粗相をしたと侍女を大声で呼び、侍女に鶴松を預けて自らも着替えた。その場には、朝鮮国の三使と接待使の他に、聖護院道澄、今出川晴季、勧修寺晴豊、中山親綱、飛鳥井雅継、長谷川秀一、宇喜多秀家らがひかえていたにもかかわらず、秀吉はまるでそこには人がいないかのように振る舞った。

朝鮮使節の三人は、小西行長や宗義智の策謀など知るはずもなく、あくまでも秀吉の日本国統一を祝賀する国王親書を届けるために遠路到来した。黄允吉らは、秀吉の処遇と専横な振る舞いに、所詮は匹夫の出と聞いていた通りの素性を目の当たりにし、失望の色を隠せなかった。

『朝鮮国王李昖、書を日本国王殿下に奉ず。

大王が、日本六十余州を統一すと伝え聞き、すぐに便りを通じ、親睦を深め、隣国として友好を通じようと思ったが、おそらくは道のりが難渋して容易にはいかないことを思い、そのために長く気にはかけながらも、祝辞の便りを出すことができなかった。

このたび機会があって、黄允吉、金誠一、許筬の三使を遣わし、わたしからのこのような祝賀の言葉を贈らせることにした。

今より以後、隣国同士の友好が何よりも重んじられることになれば、これ以上の幸いはない。加えて、取るに足らぬ品々だが、別紙に記載してこれを贈る。これらの粗品を受け取ってくれることを願う』

この日、黄允吉が秀吉に捧げた国王宣祖からの親書は、秀吉の国内統一を祝し、以後の友好を望むというだけの内容に過ぎなかった。一読すれば、小西行長の駿府城で語ったことも、宗義智が報告したことも、すべて偽りであることが発覚したはずだった。ところが、秀吉はその親書を確かめもしなかった。小西行長や宗義智の言うがままに、朝鮮国王は服属を願い、明国征伐の案内を申し出たものと信じて疑いもしなかった。かつての深謀遠慮を旨とした羽柴筑前守時代の秀吉ならば、ありえないことだった。

秀吉は朝鮮使節を引見した後、正使黄允吉と副使金誠一にそれぞれ銀四百両を下賜し、書状官の許筬らには記念品を与えて退出させた。十一月十一日、朝鮮使節は京を出て堺に逗留し、秀吉からの朝鮮国王へ宛てた返書を待つことになった。

十一月二十六日、秀吉の返書が堺にもたらされた。この時も返書を起草したのはやはり西笑承兌だった。

『日本国関白秀吉、書を朝鮮国王閣下に奉る。

わたしが、かつて母の胎内にいた時、母は太陽が懐中に入る夢を見た。そのことを聞いて占い師が言うには、日光があらゆるところを照らすのと同じく、いずれ生まれてくる子の威光が及ばないところはなくなるだろう。成長して壮年を迎える頃には、間違いなくその名声は周囲に響き渡り、四海で知らぬ者のない人物となるだろう、と。

山と海とで遠く隔たってはいるが、一超ただちに大明国に入り、わが日本の風俗を明国四百余州のすみずみまでおよぼし、未来永劫にわたって中国を支配することは、すべてわたしの胸三寸にある。先々を考え貴国が先駆して日本に到来し服属したので、わたしに攻め滅ぼされる心配はもうしなくてよい。だが、たとえ遠方の国であろうと、遠い海に位置する島の者であろうと、遅れて服属を願うような横着者は許さない。わたしが、大明に攻め入る日、閣下が士卒を率いて参陣すれば、いよいよ隣国の同盟を深めることになるだろう。

わたしの願いはひとつである。ただ名声を三国にとどろかせることだけである。わたしの贈る方物は領納せよ』

秀吉からの返書を確かめるなり、正使の黄允吉は血の気が引いた。朝鮮国王に対する恫喝であり、明征服などは狂気の沙汰としか思われなかった。秀吉は、明国を征服して日本の諸制度を中国のすみずみまで及ばせることを企て、朝鮮国の軍隊を侵攻させよと強要していた。先に秀吉の正使となって朝鮮に到来し三使を案内してきた景轍玄蘇は、一言も明国征服の話などしなかった。彼らの求めるままに朝鮮国王から日本統一の祝賀を述べる親書を秀吉にもたらしたにすぎない。それに対して、秀吉の返書は無礼を通り越していた。三使が漢城を出発し、だらだらと日本で日延べさせられてすでに五ヶ月が過ぎていた。今頃おめおめとこのような秀吉の親書を持ち帰れば、三使はそれこそ処刑される。

黄允吉は、その返書を持って玄蘇と会い、まず国王に対して格下の「閣下」なる呼称を用いていること、そして「方物」を「領納せよ」などという、あたかも属国の臣下に対するがごとき文言の無礼を指摘した。もちろん、明国を征伐するために朝鮮の軍を出せなどと言われる筋合いはない、こんなものを持ち帰ればわたしの生命はない、すぐに書き改めるよう要求した。

玄蘇は、黄允吉の要求した「閣下」を「殿下」に、また「方物」を「礼幣」と、西笑承兌に改めさせた。しかし、明国征伐と朝鮮国王の服属の文言を変えさせるわけにはいかなかった。明征服と朝鮮への参陣要求を書き改めさせれば、このたびの使節が服属と朝貢のためであるとの創作を承兌に見破られることになる。幸いにして対馬の思惑どおり、秀吉は朝鮮国王が服属を表明するための使節であると信じて疑わなかった。金誠一も、再三書き改めるよう玄蘇に迫ったが、玄蘇はそれ以上の書き換えは拒んだ。

金誠一は、朝鮮使節団の招聘を主導してきたのが、玄蘇ではなく対馬島主であることを知っていた。その宗義智に対して「人においても国においても交際の根幹となるのは、『信』と『義』である。貴殿においては、人を欺かないことが『信』にほかならない。また貴殿における『義』とは、自分の利欲のために人としての本分を損ねるようなまねをしないことだ」と、義智の欺瞞と不実とを非難した。

正使の黄允吉は、この返答書こそが秀吉の意志であると考えれば、聚楽第での一転して粗雑な応接や秀吉の専横な振る舞いも、何もかも説明がつくことに思い当たった。ここで述べられていた秀吉生誕にまつわる逸話などは、漢の高祖劉邦の生誕伝説に擬せられたもので、劉邦の生母は神の夢を見て劉邦を懐妊したと伝えられていた。してみれば、秀吉の明国征服の意志はまぎれもなく事実であり、朝鮮を属国のように見なして従軍させる気でいるというのが本心だった。

もとより正使黄允吉と副使金誠一の二人は、朝鮮国内の官僚派閥において党争を繰り広げてきた立場にあった。主流派となっている西人派の黄允吉は、一時も早く漢城に戻り、この危機を国王に告げることが先決だと考えた。秀吉の野心と目前に迫っている危機とを伝えるには、自分はたとえいかなる処罰を受けようと、このまま返答書を持ち帰る方がかえって秀吉の意志を国王に伝えやすい。黄允吉は、「あまりに執拗に書き換えを迫れば自分たちの身に危険がおよぶこともありうる。ともかくここは日本を去ることが賢明である」と金誠一を諭した。金誠一と同じく東人派に属する書状官の許筬も、身の危険を感じ、早急に帰国することに同意した。返答書の書き換えに固執していた金誠一も折れるしかなかった。

百四十年ぶりに到来した朝鮮国からの三使は、多少の字句は変更したものの内容はそのままにした返答書を携えて堺を発ち、明けて天正十九年（一五九一）正月になって、やっと対馬へ到着した。

四

十二月三日、小西行長は、西笑承兌の筆による朝鮮国王への秀吉返書の写しを宗義智から宇土で受け取った。それは、行長の策略どおりに朝鮮国王使節の来日を秀吉が服属と朝貢のためのものであったと思い込んだことを明らかにしていた。だが、同時に承兌なる外交坊主が、明国征服を「天命」と位置づけたことに飽き足らず、ますます図に乗って秀吉の出生伝説までを創作し、「太陽の子」と持ち上げ、秀吉もそれに乗せられているという危険な図式が読み取れた。駿府城で承兌に会った時に感じた不安がいよいよ現実となりつつあった。こんな時に頼みとする大和大納言秀長の病状は思わしくなく、京から届けられる報せは回復の兆しもうかがえなかった。しかも、小田原征伐の最中に千利休高弟の山上宗二を処刑したように、秀吉は利休を遠ざけている節があった。承兌のごとき自らを持ち上げる者だけを近づけ、少しでも異を唱える者は抹殺する。太陽の子である秀吉は、すでに自分が神となり、まるで旧主の信長に近かった。行長が見知っている秀吉はもはや存在しなかった。朝鮮国王への秀吉返書から行長が感じたものは、寂寥の思いばかりだった。

天正十九年正月二十二日、かねてより病気療養中だった大和大納言羽柴秀長が死去した。秀吉が最も信頼し耳を傾ける相手は、この賢弟にほかならなかった。しかも秀長は、朝鮮や明国の国情も嶋井宗室や千利休から聞きおよび、朝鮮国が対馬の属州などではなく、むしろ対馬の方が米や大豆を朝鮮国から融通してもらい、対朝鮮貿易で生命をつないでいるという実情も知っていた。国土の膨大な広さや人口の多さ、言葉も通じない明国を征伐する企てなど、結局は失うばかりで得るものなど何もないと理解していた。また外国との交渉は、人に対するのと同じくまず相手国の体面を保ち、自国の立場は崩さずに粘り強く目的を遂げることだと考える、怜悧な人物でもあった。九州征伐以来、専横な臭いを漂わせ始めた兄秀吉に心を痛め、秀吉が病気見舞いにやってくるたびに秀長は木下藤吉郎時代の思い出話をして、かつての秀吉を取り戻させようと腐心していた。

この年は正月が二度ある閏年で、閏正月三日、賢弟秀長を失ったばかりの秀吉にまたも厄災がふりかかった。年が明けて三歳になった実子鶴松が発熱して寝込んだ。秀吉は、医師を総動員して治療に当たらせたが一向に回復の兆しが見えなかった。畿内のすべての寺社には、病気平癒の祈禱が命じられた。

何とか鶴松の病状は回復へと向かったものの、奥州は南部信直領で、九戸政実による反乱勃発の報が届いた。肥後の国衆一揆が平定後も長く反乱の尾を引いたように、昨年十月の大崎氏と葛西氏の旧臣による蜂起に続く奥州騒乱だった。海外派兵どころか奥州経営の再構築を秀吉はここへきて迫られていた。

千利休が秀吉の勘気に触れ京を追放されたとの報せが、堺を経由して博多へ届けられたのは、二月下旬のことだった。千利休を敬愛し続けた秀長が没したことによって、利休は後ろ楯を失っていた。利休追放は、大徳寺三門の上に自らの木像を掲げた驕慢と、茶道具の鑑定や売買において私曲があったためとされた。

二月十三日、富田知信と柘植左京亮が秀吉に命じられて聚楽第の利休屋敷へ向かい、京都追放と沙汰あるまでの謹慎蟄居とを告げた。この夜、利休は聚楽第の屋敷を出て、淀川を下り堺の自邸へと戻った。

大徳寺三門から引き下ろされた利休の木像は、聚楽大門の戻橋で柱に縛りつけられ磔にしてさらされた。木像の磔という事実は、利休自身も死罪が避けられないことを明らかにしていた。先に小田原の陣で茶頭の山上宗二が惨刑に処された話も、今となっては秀吉から利休への警告とも受け取れた。

二月二十六日、利休は上洛を命じられ、京都葭屋町の自邸へ入った。折から上京していた上杉景勝の手勢が急遽警固に差し向けられ、利休屋敷の周囲を三千の兵が警戒するというものものしさだった。利休の門人には大名も多く、彼らが救出に向かうこともありうるとの秀吉の判断だった。

二月二十八日、この日、京は朝から大荒れの天候に見舞われた。しきりに雷鳴がとどろき、大雨ばかりか大粒の雹までが屋根や路上に音立てて降り注いだ。利休切腹の検使として、尼子三郎左衛門ら三名が葭屋町の利休屋敷に差し向けられた。検使の一人で利休の門人だった蒔田淡路守が介錯した。利休の首は、尼子三郎左衛門と蒔田淡路守によって秀吉のもとへ届けられたが、秀吉は首実検をしなかった。利休の首は、先に磔にされた利休像の足下に踏ませる形でさらされた。首の下に敷かれたものは、杉などを鉋で薄く削った経木で、最下級の武士の首をさらす時に使われるものだった。

大和大納言秀長の病没に続いて、利休までも刑死し、これで秀吉の暴走を止められる者は、誰もいなくなった。

天正十八年(一五九〇)陰暦十二月

一

十二月二十二日、沢瀬甚五郎の乗る船は、北松浦(きたまつうら)半島の西、平戸島(ひらどしま)北部の港に到着した。甚五郎はこの日、対馬(つしま)の家老柳川調信(やながわしげのぶ)の依頼で、重臣の吉賀大膳(よしがたいぜん)と漂流民の引き取りに平戸へ差し向けられた。朝鮮からの使節団が帰国するのに合わせ、この機会に海難で朝鮮から漂流してきた漁民たちを帰国させるためだった。あくまでも対馬は、朝鮮国との友好関係を保ち続ける必要があった。

平戸の領主松浦鎮信(まつらしげのぶ)の居城は、西南から平戸湾を見下ろす勝尾嶽(かつおだけ)上に築かれていた。水門脇(すいもんわき)の船番所(ふなばんしょ)で吉賀大膳が朝鮮の漂流民を引き取りに来たことを告げると、しばらくして現われたのは日高信介(ひだかしんすけ)だった。信介はいかにも松浦家重臣らしく二人の供侍(ともざむらい)を連れ、黒紋付きの小袖に肩衣と半袴で大小を差していた。甚五郎を見るなり急に表情をやわらげ、「これは、これは」などと親しげに発して、旧くからの知己のように甚五郎の到来を喜んだ。信介と会うのは、志岐麟泉の反乱の折、天草下島の志岐城を攻めた時以来だった。

カルバリン砲による七十数発の砲撃を袋ノ浦の船上から間近に見上げていた信介には、強い印象を残したようだった。信介は、対馬正使の吉賀大膳など無視したまま、いつまで平戸に滞在するのか、松浦鎮信が会いたがっていると甚五郎にばかり話を向けた。帰国する朝鮮の使節団はすでに博多に到着しており、平戸の殿様と会っている余裕などなかった。漂流民を引き取り次第、博多へ戻らなくてはならないことを告げると、甚五郎が平戸に来ていながら主に目通りさせられないことを信介はしきりに悔やんだ。

平戸から預かることになった漂流民は九名、いずれも釜山近くの東萊や蔚山出身の漁民たちだった。彼らは、いったん博多へ行き、そこから使節団と一緒に対馬の府中まで、そして対馬の佐須奈から朝鮮国の釜山へと渡る手筈になっていた。

平戸から船で戻る時、漂流民の若衆が一人、顔色悪く大儀そうにしているのに甚五郎は気づいた。手首の脈を取ってみたら、弱く浮くような打ち方だった。確かに高熱があり額には汗をかいていた。悪寒がするらしく、「寒い」と日本語で訴えた。甚五郎は羽織っていた中綿入りの胴服を脱ぎ、その男に掛けてやった。博多へ戻る船には通詞など伴っていなかった。漂流民一行に漢字の読み書きができ片言の日本語を話す初老の人物がいた。「イ・チャポク（李自福）」と名乗ったその男に、甚五郎が筆談と身振りで尋ねてみたところ、病身の男は「キム・キトン（金貴同）」という名で、東萊の漁夫だとわかった。李自福によれば、金貴同は昨日の朝に頭痛を訴え熱を出し、平戸で薬をもらったという。博多に着いたら治療させると伝えると、李自福が甚五郎に名前を尋ねた。漉き返しの黒ずんだ紙に名を書いて示した。李自福は読み方を確かめ、「ジンゴロウ・サマ」と言い、それでよいのかと目で訊いた。甚五郎は「当年三十一歳」と書き、貴殿より年少だから「様」ではなくて「殿」でよいのだと身振りで示した。李自福はそうではないと首を横に振り、日本人のするように両手を合わせて感謝の意を表した。

博多に戻った翌朝、金貴同の病状が気になったので、甚五郎は承天寺まで足を運んだ。金貴同は、病僧が療養のために置かれる延寿堂に夜着を掛けて寝かされていた。この寒気に火鉢が一つ置かれているだけだった。看病に当たっていた李自福は、甚五郎の顔を見ると一瞬笑顔を見せた。他には青い広袖の長衣をまとった人物が一人、金貴同の寝ている側にいた。陳世雲という使節団の通詞だった。

「医者には診せましたか」と甚五郎が陳世雲に訊いたところ、「いいえ」と首を振った。

「国王から遣わされました使節団お付きの医者は、漂流民の治療には当たりません」

ため息まじりにそう付け加えた。

「嵐で船が大変な目に遭い、それでも運に恵まれて日本に流れ着き、やっと朝鮮の身内のもとに帰れることになりました。何とか、この機会に皆と一緒に連れて帰りたいのですが……」陳世雲は訴えるような眼差しで甚五郎に語った。使節団付きの通詞である陳世雲も、漂流漁民とは分限が異なり、延寿堂に詰めて看病に当たる立場ではないはずだった。

甚五郎が脈を取ってみると、金貴同の脈は依然として弱いままで、高熱と悪寒に苦しみ、相変わらず汗をかいていた。寺の客行僧を呼んで、甚五郎は与えた薬を尋ねてみた。客行は「麻黄湯を差し上げました」と答えた。岡崎での小姓時代に甚五郎は基本的な薬方を一通り学ばせられていた。確かに寒さと疲れから来る季節の風邪には違いないと思われた。だが、脈打ちが強いならば葛根湯や麻黄湯でよいが、脈が弱かった。しかも汗をかいていた。

「少しも良くなっていない。こじらせたら厄介だ。麻黄湯ではなくて桂枝湯の証に見える。桂枝湯を煎じてもらいたい」甚五郎はそう客行に言づけた。後ほど炭は運ばせるので火の気をもっと増やし、土鍋などで盛んに湯気を立て、堂内を暖めることも併せて頼んだ。

二

呂宋に送り出す荷の点検に手間どられて、甚五郎が博多の医者を連れ再び承天寺へ立ち寄ったのは未の刻(午後二時)になっていた。病状と薬が合ったらしく、金貴同の脈は強さを取り戻し汗も引いていた。医者もこのまま安静にしていれば二、三日で良くなると言った。金貴同の病状によってはしばらく博多で療養させなくてはならなくなるため、甚五郎が柳川調信と掛け合うつもりでいた。李自福は、金貴同が粥を食べたことを手振りで伝え、上気した顔で感謝の意を繰り返した。甚五郎はうなずいて応えた。

通詞の陳世雲は甚五郎と医者を見送りに来た。陳世雲は客殿の式台で、「甚五郎様には、何かとお心遣いいただきまして心より御礼を申し上げます」と膝をつき両手をついて日本式の挨拶をした。

「世雲殿に是非お尋ねいたしたいことがあります。少しの間よろしいですか」と、甚五郎は言った。もちろん構わないと彼は返した。使節団の人間に直接尋ねてみたいことがあった。正規に派遣された随員のほうが朝鮮国の事情を詳しく教えてもらうのに都合のよいことはわかっていたが、直接会話できなければ結局のところあいまいなままに終わる。連れてきた医者を帰し、客行に頼んで中庭奥の離れを使わせてもらうことにした。

「使節団の方に直にうかがいたいことがございましてご無理をお願いした次第です。わたしがお尋ねいたしますことは、通詞としての役目柄ではなく、あくまでも世雲殿ご自身が思われることをそのまま話していただければ有り難い。朝鮮国王様への関白様のご返書はお読みになりましたか」

「はい。拝見しております。三使は、関白様のご返礼書を持ち帰ることにははなはだ困っております」陳世雲は表情を硬くして吐息をつき、一瞬視線を中庭に植えてある蘇鉄へそらした。

「すでにご存じとは思いますが、関白様は明国征伐を欲しています。ところが、小西摂津守や宗対馬守は、それを望んでいません。朝鮮との関係を戦で壊すことは対馬の民の飢餓につながります。ところが関白様は、国王様に明征伐への従軍と先導を求めております。もちろん、そんなことは無理な話だとわたしは思います。ですが、それに応じなければ関白様は朝鮮へ攻め入るつもりです。

そこで、摂津守や対馬守が何としても朝鮮国との戦を避けるために、国王様へ求めていますのは『仮途入明(かとにゅうみん)』、すなわち道を朝鮮に借りて明に攻め入るというものです。朝鮮と交戦せずに関白様の軍勢がただ王国内を通り抜け、明に攻め入ることを認めよと。その話はお聞きですか」

「いいえ。しかしながら、そんなことは、とても朝鮮国で受け入れられるものではありません。ご存じとは思いますが、明国と朝鮮国との関係は、冊封(さくほう)と朝貢(ちょうこう)に基づいております。これはとても変えられるものではないのです。関白様が明国に攻め入る時に、朝鮮国王が道を貸すことなどけしてありえません。朝鮮国王にとりまして明国皇帝は父母であり殿様です。殿様や親を臣下や子が裏切ることになるからです」

かつて日本でも足利(あしかが)将軍が明皇帝に使節を送り、献上品を送って臣下の礼をつくし、明皇帝からは日本の君主としてその返礼の品を授けられるという朝貢の関係を持っていた。またこれによって足利将軍は、明皇帝から「日本国王」の官号を授与されて君臣の冊封関係を結び、「日本国王」の使節や商人は明との貿易も許された。朝鮮国や琉球国は、今もその関係を保っていた。対馬が朝鮮との貿易に「日本国王」の印を勝手に使い船を送っているのも、その原則に基づいている。冊封関係を絶って後、日本商人は明国と公式の貿易はできなくなった。博多や堺の商人は、対馬や琉球を経由した貿易で生きるしかなかった。しかし、明皇帝からの許可なく朝鮮国が勝手に日本商人との貿易などを行うことは許されてはおらず、あくまでも秘密裏に行ってきたことだった。朝鮮に秀吉が軍を送ってしまえば、対馬の生きる手立てを失うことになると同時に、博多や堺も大きな痛手を受けることになる。小西行長と宗義智(よしとし)は、ともかくも朝鮮との戦だけは避けようとして軍路を貸せとの要求にすりかえるしかなくなった。

「世雲殿がおっしゃることはわかります。明国との冊封関係から、朝鮮国が秀吉軍に行路を貸すなどということはありえない」

「そのとおりです。甚五郎様のおっしゃる『仮途入明』などということを小西摂津守様がお考えならば、朝鮮はけして認めないと摂津守様へ是非お伝えください。それはけしてありえません。

かつて、明国が韃靼(だったん)人征伐をした時、朝鮮国王は数万匹もの馬を献上するよう明皇帝に命じられ、民はそのために大変な労苦を強いられました。明皇帝の後宮(こうきゅう)に処女の献上を求められれば、泣く泣く良家の娘を選(え)りすぐって明へ贈りました。明に外敵から守ってもらうためには、そんなことまで朝鮮国ではやってきたのです。それが朝貢というものです。どうして今さら明に背くようなことができましょうや」

明と藩属国との冊封関係も様々で、地続きの朝鮮国とはとりわけ結びつきを強化し、外敵に対する明国からの保護を約束する代わりに、朝貢の負担もとりわけ重いものとなっていた。この百数十年、明の庇護のもとに泰平を謳歌してきた朝鮮国が、今さら秀吉に服属して先導したり、軍路を貸すことなど確かにありえない話だった。

「率直に申し上げまして、関白様が皇帝になることはできません。どなたか、それを関白様に話してくださる御方はおられませんか」陳世雲はすがりつくような眼でそう言った。

九州平定後も、肥後の国衆一揆がいつまでもくすぶり続けたように、関東以北も秀吉の諸制度はそう簡単に受け入れられるものではない。こんな時に、強引な海外遠征を行えば、民は多大な負担を強いられ、やがては足元から秀吉の政権が瓦解することを招く。小西行長の「仮途入明」なる詐術も、追い詰められたがゆえのその場しのぎに過ぎず、陳世雲の語るように明と朝鮮との冊封関係を考えれば、破綻をみることは明らかだった。

三

天正十九年（一五九一）一月二十八日、黄允吉を正使とする朝鮮の使節団を乗せた船は、この日九ヶ月ぶりに釜山へ帰港した。対馬宗家から家老柳川調信と外交僧の景轍玄蘇とが同行し、同じ船に朝鮮の漂流民九名もともなっていた。柳川調信と玄蘇らは、釜山僉使に命じられるまま、豆毛浦の桟橋から倭館の守門を通り客館に入った。倭館の置かれた敷地は六尺（約一・八メートル）ほどの高塀で厳重に囲まれ、出入りできる門は二つだけだった。

朝鮮の使節団五十名は、釜山の官宿舎に一泊すると漂流民をともなって漢城（ソウル）へ向かったが、柳川調信らの同行は許されなかった。僧玄蘇も柳川調信も、このたびは使節団を護送し、日本に在留していた漂流民を送り届けに来ただけであって、漢城府から応接使が呼びに来るまで釜山の倭館に留まるしかなかった。

朝鮮の使節団が漢城に戻るのを待って、国王宣祖は、正使黄允吉と副使金誠一、そして書状官の許筬とを仁政殿にて引見した。黄允吉は釜山に上陸するや、秀吉からの返書に添えて、「秀吉による侵略の禍いが必ず引き起こされるに違いない」との報せを漢城に向け発していた。秀吉の返書にしたためられていた明国征服と朝鮮国の従軍を強要する文言、そして黄允吉の速報に、漢城では様々な憶測が飛びかっていた。黄允吉は、秀吉の返書に書かれている通りであり、兵禍はもはや予断を許さない状況であると上申した。それに対して、金誠一は、黄允吉の報せとはまるで逆のことをためらいもなく奏上した。

「わたくしは、秀吉による大明征服はもとより、わが朝を侵略する恐れなど全くないと存じます。黄允吉は、人心をただ動揺させ混乱を招こうとしているとしか思われません」

この時、朝鮮国の政治を統轄する三公は、首相李山海、第一副総理の左相に柳成龍、そして第二副総理の右相には李陽元が就いていた。再び東人派が政権の主流を取り戻していた。金誠一は東人派であり、黄允吉は対立する西人派に所属していた。

秀吉がいくら喚こうと所詮は東海の果ての島国であり、大明を征服するなどということが現実に起こりうるとは漢城の誰も信じていなかった。使節団を派遣した時点では、西人派の鄭澈が権力の中枢を握っており、黄允吉が正使、東人派の金誠一は副使という立場に置かれざるをえなかった。だが、経歴や学識において黄允吉より金誠一が優れていることは、漢城の誰もが認めていた。結果として、黄允吉が亡国の危機を叫べば叫ぶほど嘲笑を招くだけのことになった。

この時、左相の地位に登っていた柳成龍は、視野広く冷静な人物だった。使節団派遣を求めて博多から到来した嶋井宗室とも会っていた。日本を統一した秀吉が明国征服を意図し、日本の四国や九州と同じ感覚で朝鮮国をもとらえているらしいことは、宗室から聞いていた。秀吉の日本統一を祝賀する名目で、信頼できる人物を直接日本へ使者として送り、明国征服の意志と朝鮮侵略の危険を実際に確かめさせる必要があった。金誠一を副使として日本に派遣したのは、何よりその理由に因っていた。

秀吉の返書は、これまでの明国を中心とした国際秩序を無視し、誰が読んでも明国の征服を明確に意図しているものだった。しかも、朝鮮国が秀吉に服属したものと錯覚し従軍までも強要していた。明を中心とする平和的な冊封関係において、あくまでも明は宗主国であり朝鮮はそれに臣従する藩属国である。そこに秀吉は武力で乱入し、これまで明と朝鮮が保ってきた秩序を破壊しようとしていた。黄允吉は秀吉の返書にある通りの危機が迫っていると主張し、書状官として日本に行った許筬までも、東人派でありながら黄允吉の報告を正しいとした。柳成龍は、金誠一を呼んで直接問い質す必要に迫られた。

「黄允吉と貴兄の話されたことはまるで異なっている。万が一、秀吉が出兵する事態ともなれば、その時はどうするのか。本当に懸念はないのか」

それに対して金誠一は「秀吉が兵を動かすことなどありえません。黄允吉の言うことは誇張ばかりで、それに皆が煽られ動揺することこそ避けるべきです」と返答した。金誠一は、柳成龍より五歳年長で李退渓のもとで学んだ同門であり、学識も品性も兼ね備えた人物であることは疑いなかった。柳成龍も、自らが信頼して日本に送った金誠一が繰り返し述べたことを、殊さら疑うわけにもいかなかった。

黄允吉が日本に同行させた黄進なる軍人がいた。黄進は、漢城の要人たちが全く黄允吉の言うことを真に受けず、金誠一の言うがまま秀吉の侵略などないと信じ込んでいることに危機感を募らせていた。金誠一は己の保身のために事実を曲げて広言しているに過ぎなかった。ところが、漢城では臆病風に吹かれた黄允吉が妄想を語っていると嘲る向きが大勢を占めていた。黄進は軍の同僚たちに訴えた。

「黄允吉と許筬は愚劣かもしれないが、その愚かな彼らでさえ、秀吉の野心を見抜いている。賢者で知られる金誠一がなぜそれを見抜けないのか。全くおかしな話だ。実は、秀吉の返書には、明国を征伐するという文言があった。おれはこの目で見たのだ。それにもかかわらず、彼ら三使は、秀吉に一言も反駁することもなく、返書をそのまま持ち帰った。金誠一はそれを糾弾され罰せられることを恐れて、侵略はないとあえて虚偽の言説を弄しているに過ぎない。そのためにかえってわが朝を危機に陥らせることになっている。ここにいたっては金誠一を斬るしかない」

軍人仲間は、興奮の収まらぬ黄進をなんとか押しとどめた。すでに漢城では金誠一の報告を真となして、金誠一こそ善使と確定していた。その趨勢を今さら覆すことは無理だった。金誠一の誅殺を口走れば、黄進が厳罰に処されるだけのことだった。

四

二月八日、呂宋に向かう櫛橋次兵衛の菜屋船が博多沖に到着した。博多湾は土砂が堆積し、百石積み以上の船は沖に停泊させ、荷上げ船での上げ下ろしをしなくてはならなかった。次兵衛のジャンク船は五百石積みほどで、米俵ならば千五百俵は積み込めた。呂宋のマニラはイスパニア人が支配しており、彼らの主食はパンで、博多からは大量の小麦粉を樽に詰めて出荷した。小麦の国内相場は米の四分の一ほどであったが、呂宋に運べば米を売るのと同じだけの高値となった。小西行長領の肥後南部は良質の小麦ができた。甚五郎に行長は便宜を図ってくれ、大量の小麦を宇土から買い入れることができた。粉にした小麦を五斗詰めで千樽積み込んだ。他には塩漬けの豚肉とマグロ、刀剣類、それに対馬経由で仕入れた朝鮮産の品々があった。

朝鮮の木綿布はとくにイスパニア人に人気があり、柳川調信や吉賀大膳ら対馬重臣の尽力によって厚地の布が大量に手に入った。螺鈿細工の美しい硯箱や筆箱、小机などの文房具も対馬経由で仕入れた朝鮮からの品だった。夏期には朝鮮人参を始め薬種、木綿や麻の布類、紙、蜂蜜など朝鮮の産物を対馬経由で大量に買い入れ、堺や大坂に回送して売り払い、甚五郎はこれまでにかなりの利益を上げてきた。

「博多津は浅くて船荷の上げ下ろしが面倒で困る。こんなところは戦には使えんぞ」

櫛橋次兵衛は、甚五郎の見世奥に上がり込むなり、まずそう言った。朝鮮への出兵はすでに堺でも現実のものとして語られているようだった。

「朝鮮で戦が始まれば、この先は呂宋行きの品にも事欠くことになります。これまで対馬を経由して入ってきた朝鮮の荷はもちろんですが、肥後からの小麦も呂宋に送る量はかなり限らざるをえません。博多に見世を移して、果たして良かったのかどうか」甚五郎は心の迷いを卒直に話した。

「戦が始まればどこでも同じだ。いや山川にいたならば、もっとひどいことになる。船はすべて島津に徴発され、兵や兵糧、弾薬の運送にこき使われ、商売どころではなくなる。博多なら戦景気で、商売には当分の間は困らない」

「そんなものはあくまでも一時のことで、長続きはしません」

「誰が吹き込んだものか、秀吉は明皇帝に取って代わろうとしている。明を征服して北京へ遷都し、明皇帝の紫禁城へこれまで朝貢に通っていた異国の王たちに同じことをやらせようとしている。だが、呂宋をイスパニア人が支配し、マカオをポルトガル人が押さえているように、奥南蛮からもそれぞれの皇帝から遣わされた者たちが入ってきて、ややこしくなってる。明国は広すぎる。日本国内を支配するのとはわけが違う」

「国内ですらまだわかりません。奥州では依然土豪と一揆衆の反乱でごたごたしたままだと聞いています。とうに平定されたはずの九州でさえ、一昨年になって肥後国衆の生き残りが天草で騒乱を起こしたばかりです。海外へ兵を送り込めば海内六十六州ことごとく田畑は荒れ、民が飢えることだけは間違いないでしょう」

「マニラでも、呂宋土着のモロの民と、移り住んだイスパニア人、明国人、日本人が入り乱れて、始終ごたごたしてる。モロの民蜂起の噂が流れ、それにかかわったとして日本人が捕らえられた。モロの民にしてみれば、イスパニア人がいきなり船で到来し、呂宋島の領有を宣言して勝手に城砦を築き、何もかも支配することに反発するのは当然のことだ。呂宋でもこの先、何が起こるかわからん。呂宋にも日本人が次々とやってきて増える一方だ。もう四、五百人はマニラに住んでる。秀吉が明征伐を始めれば、もっと増えるだろう。日本人が増えれば、イスパニア人も警戒を強める。今でも、呂宋島北方のカガヤン河口には倭寇の船が来たとよく耳にする。連中は日本人なのか明国人なのかよくわからん。それに、平戸の松浦鎮信がイスパニア船を呼ぼうとして、呂宋へ盛んに使節を送り込んでいる。平戸では昔イエズス会といざこざが起きて、今度は宗派の異なるフランシスコ修道会のバテレンを招こうという。松浦鎮信は、ただイスパニアとの船商売をやろうという魂胆だろうが、修道会の連中はかなり違う。乞食の修行僧のようなところがある。イエズス会のバテレンのように貿易の仲立ちをやって儲ける生臭さがない。到来すれば信教に一途な分だけ面倒なことになりかねない」

次兵衛のジャンク船に五百石ほどの荷を積み入れるのに結局二日かかった。次兵衛の言うように、博多港はとても軍港には使えそうもなかった。ところが、海岸に沿って並び建った蔵には、各地から買い入れた兵糧米が次々と運び込まれていた。従来の蔵ではとても間に合わず、新たに蔵を造る必要が生じ、波の音に混じって連日槌音が届いてきた。

五

釜山の倭館に一ヶ月待機していた柳川調信と玄蘇は、漂流民を護送してきた功によって国王宣祖から使者を派遣されやっと漢城に迎えられることになった。この間、対馬が頼みの綱としていた大和大納言秀長が一月二十二日、大和郡山にて死去したとの報せが釜山倭館にも届けられた。秀吉の目を明国征伐ではなく国内の泰平へ向けさせられる人物は、賢弟秀長以外には見当らなかった。柳川調信と玄蘇は、「仮途入明」を認めさせ、何としても朝鮮国との交戦回避を果たさなくてはならない状況に追い込まれた。

彼らを応接する宣慰使に任命され釜山倭館へ到来したのは呉億齢だった。呉億齢は、黄允吉と同じく西人派に属していた。秀吉の返書には、明侵攻の際に朝鮮が従軍し先導せよとの文言が記されていることを黄允吉から知らされていた。釜山から漢城まで百里の道中を同行しながら、呉億齢も秀吉の意図するところを確かめておく必要を感じた。

「秀吉王が案じているのは朝貢の途絶にあります。朝貢の道が再び開かれず明皇帝に拒まれたままならば、秀吉王は日本国王として認められないことになります。秀吉王が朝貢の道を開くため貴国に大明への働きかけを行っていただきたい。このままであれば、来たる年には明国に攻め入り、武力で明皇帝に認めさせるしかなくなります。もしそうなった場合、貴国には明へ攻め入る道を借りたいだけです。先導せよとはそういう意味です」

玄蘇は恥じる様子もなく、そう言いきった。

これまで対馬は「歳賜米」として年ごとに朝鮮国より大量の米を送ってもらい、また対馬から「歳遣船」という名目の貿易船を送ることを許されて、生き延びてきたはずである。それを忘れ、「あくまでも秀吉が征伐しようとしているのは明国であり、朝鮮国は秀吉の軍が通過するための行路を貸してくれればよい」などという詐術で漢城の要人を説得するため、柳川調信と玄蘇とを送り込んで来た。同時に、秀吉軍が上陸する時のために、釜山の他に薺浦と塩浦との開港を求めるという。それを侵略と呼ばずして何というのか。

黄允吉の訴えていたことの方がやはり真実だった。日本から戻った使節団で金誠一だけが秀吉による戦禍など起こり得ないと主張し、他の者たちは侵略の危機を訴えていた。ところが漢城の要人たちは秀吉王なる者を見下し、秀吉の侵略などないとして金誠一の報告のみを受け入れた。一体何のための使節団派遣だったのか。呉億齢は、玄蘇の言と亡国の危機とを漢城府に急ぎ書き送った。ところが、秀吉による戦禍など起こりえないという金誠一の言説に落ち着いた漢城府は、民を混乱させるだけだとして、呉億齢が漢城に着くなり宣慰使を解任した。

国王宣祖は、漂流民を護送してきた柳川調信と玄蘇とを厚遇して迎えた。しかも、仁政殿において調信を引見した宣祖は、調信の長年にわたる漂流民帰還の功労と恭順の姿勢を評価し、破格の嘉善大夫(かぜんたいふ)の官職を授与した。

朝鮮との戦回避のために派遣されたはずの玄蘇と柳川調信は、当然のことながら秀吉軍に軍路を貸す約束を取りつけるどころか、薺浦と塩浦の開港も拒否され、何の成果も得られずに対馬へ戻るしかなかった。漢城の要人は目前に迫っている侵略の危機を全く理解しないままだった。

六月、対馬島主の宗義智は、自ら釜山へ向かい最後の説得を試みるしかなくなった。義智は釜山の港に停泊した船に留まったまま、釜山を守備する鄭撥(ていはつ)に対して告げた。

「秀吉王は大明との途絶を解消し再び通じたく思っている。もし貴国がそのために明帝への働きかけをしてくださるならば、これ以上の幸いはない。そうでなければ、日本と朝鮮とのこれまでの友好は崩れ去り、貴国においても戦禍はまぬがれないことになる」

しかし、鄭撥にしてみれば、宗義智の言っていること自体が正気の沙汰とは思われなかった。対馬島主と言えば、これまで朝鮮からの歳賜米や歳遣船のおかげで生き延びてきたことを踏まえ、朝鮮に対しては礼を尽くしてものを頼むべき筋の者である。それをあたかも臣下に対するごとく居丈高に恫喝されるいわれはなかった。鄭撥は、漢城府に向けて対馬島主到来の通信すら発しなかった。義智は、返答をもらうまでは上陸しないと釜山港に停泊した船中に留まったが、十数日が過ぎても結局漢城府からは何の反応も返って来なかった。

六

日本に在留する明国人も、秀吉の明国侵攻の危機が迫っていることを感じ取り、再三秀吉の言動は明国へ通報されていた。

許儀後は、福建江右の出身で、倭寇の捕虜となって薩摩に連れて来られ、医者として薩摩にそのまま留められていた。すでに昨年、彼は同郷の朱均旺に書簡を持たせ、秀吉による侵略の危機を福建の軍門に通報していた。

『秀吉が大明征伐を企図していることは事実であり、唐の天下はわが袖の内にあると常々豪語している。まるで井戸の中から天を望むようなものである。秀吉が明国に攻め入る際には陸路朝鮮から侵入する。そのためまず秀吉は朝鮮を征して服属させ、明侵略の先導を務めさせるつもりである。防禦の策としては、明軍の二、三百万を朝鮮に進駐させて厳戒態勢を布き、倭賊の上陸に備える必要がある。倭賊どもは海戦が拙劣であるから、海からも攻めて後方の補給路を断ち、陸と海とで挟み打ちにすればよい。秀吉を生け捕りにすれば、倭賊どもは何もできない。

関白秀吉なる者は、貪欲で淫乱、暴虐を尽くし、暴君で知られる桀や紂王以上のひどさである』

福建同安出身の陳申は、琉球に寄寓し朝貢貿易によって暮らしを立てていた。彼もまた、この年の四月、琉球から明への朝貢船が出る機会をとらえ、趙参魯という巡撫使に、秀吉が琉球国に服属を強要し、明国を征伐する時には秀吉軍を先導せよと要求していることを本国に通報するよう言づけた。

明国遼東の都司が、日本の内情を探るべく朝鮮国漢城府へ問いを寄せてきたのは八月になってからだった。北京では、薩摩や琉球に在留する許儀後や陳中などの明国人からの通報をもとに、朝鮮がすでに秀吉に服属し明国征伐に加勢するとの噂が流れていた。北京においても、東海の果ての島国を統一した秀吉なる者が明へ進攻してくることなど、現実に起こりうるとは誰ひとり考えもしなかった。明にとって重要なことは、朝鮮が秀吉に服属したという信義にもとる問題だけだった。

明国からの諮問にあわてた朝鮮国府は、十月になって韓応寅を北京に派遣し弁明させることにした。北京に入った韓応寅は、確かに秀吉には明国を侵略しようとする野心があり、服属して従軍せよと朝鮮国王を書面で恫喝してきた。しかし、朝鮮が秀吉に服属して明国侵略の先導を果たすなどということはけしてありえない、そんな通報は朝鮮への誣告であるとひたすら弁明に終始した。

明の神宗皇帝は、慰労のために朝鮮国王へ銀二万両を送ったが、朝鮮への疑いは消えず、遼東の軍を朝鮮に進駐させ、沿海と朝鮮国境の防備を命じた。

七

五月十八日、南部信直領における九戸政実反乱の報に、秀吉は奥州を再び平定するための大軍を編制し、送り出す必要に迫られた。奥州の果てまで平定したはずが、前年十月の葛西大崎一揆、庄内藤島一揆に続いての奥州騒乱である。

九戸政実は、宮野城を居城とし、南部信直が秀吉から南部七郡を安堵された後も、領内において厳然たる勢力を保持していた。肥後の国衆一揆と同じく、それぞれの領地に城を構え地縁血縁で領民と深く結びついてきた旧来の土豪衆は、居城を破却しての一方的な惣検地を受け入れるはずがなかった。

天正十九年正月十七日、南部信直は、併合されることを拒み対立を続ける九戸政実の宮野城を攻撃したが落とすことができなかった。三月十三日、今度は九戸政実が、彼と同心する櫛引清長らを率いて、又重、苫米地、浄法寺など南部信直方の各城を攻撃した。八戸、北、野田、東などの土豪衆は南部信直に加勢し、鹿角、閉伊、志波地域の土豪衆は九戸政実に与し、領内は南部信直と九戸政実のそれぞれの勢力に分かれて対立したまま、いたるところで攻防戦が繰り広げられることになった。南部信直はとても自力では平定できず、嫡男の利直を聚楽第の秀吉のもとに送り援軍を求めた。

六月二十日、秀吉はいらだちを隠せず、奥州の再仕置に関東以北の諸大名を総動員して鎮定するよう厳命した。一番隊伊達政宗、二番隊蒲生氏郷、三番隊には佐竹義宣と宇都宮弥三郎、四番隊上杉景勝、五番隊徳川家康、六番隊に羽柴秀次という陣立てで、くすぶり続ける大崎と葛西、藤島、九戸らの一揆衆を力で押しつぶすべく進発させた。

羽柴秀次と家康軍が白河口より攻め上り、出羽口からは上杉景勝と大谷吉継の軍が、そして相馬口からは佐竹義宣と宇都宮弥三郎軍に石田三成が加わり、三方からの北進を続けた。圧倒的な兵力で葛西大崎一揆を粉砕した諸勢は、八月、九戸政実と一揆衆を滅ぼすべく南部領に迫った。

八月五日、秀吉の愛児鶴松が三歳にして夭折した。秀吉五十三歳にして得た世継ぎは、あらゆる寺社に病平癒の祈禱をさせたにもかかわらず、幼児のままで世を去った。小さきものにとりわけ情味深かった秀吉の落胆は大きく、これは夢見ではないのか現の出来事なのかと悲嘆にくれた。翌六日には東福寺に赴き自らの髻を切り落とし、喪に服した。

その日、秀吉が喪に服している東福寺まで来るよう京都所司代の前田玄以によって呼び出されたのは、鹿苑院の僧録、有節瑞保だった。五山の高僧のうちでも鹿苑院の僧録となった者は、室町幕府の日明貿易以来、明国との外交文書を起草してきた。東福寺に駆けつけた瑞保に、前田玄以は秀吉の明国征伐の意志を伝え、それに専従し供奉する外交僧三名の名を告げた。瑞保自身の他には、西笑承兌と惟杏永哲だった。

鹿苑院は、五山の禅宗寺院を統轄し、僧侶の出家や住持の入院に関する事務一切を取りまとめてきた。この時、鹿苑院は、院主西笑承兌、僧録が瑞保だった。西笑承兌が秀吉に付き従うのは今に始まったことではなかった。瑞保までが秀吉に供奉することになれば、鹿苑院が無人となり五山の寺院は一切の事務処理ができなくなるとして瑞保は婉曲（えんきょく）に辞退した。そして、自分に代わる僧として南禅寺（なんぜんじ）の玄圃霊三（げんぽれいさん）か英甫永雄（えいほえいゆう）のいずれかがふさわしいと答えた。そこで、秀吉の明国征服に付き従う外交僧は、西笑承兌、惟杏永哲、そして玄圃霊三の三名に決定した。秀吉の愛児鶴松が夭逝した翌日のことだった。

天正十九年（一五九一）陰暦八月

一

八月二十一日、この日秀吉から三ヶ条の定書きが諸大名へ発せられた。一年前の七月、秀吉は小田原の北条氏を滅ぼし、一気呵成に奥州を征伐して表面上は国内での統一を果たしたものの、この一年余、関東以北から在地を逃亡した侍、小者、民百姓は数知れなかった。それらの者は、結果として京や大坂に流れ着くことになり、洛中洛外いたるところ得体のしれない貧民であふれていた。

発せられた定書きは、大名諸家の奉公人や侍で天正十八年七月以後に町人や農民に転じた者を調べ上げ、それぞれ支配の領地より追放すること、次に、農民から商人や職人に転職した者と浮浪人を調べ上げ、同じく郷村より追放すること、そして、旧主人に許可なく逃亡した侍や小者などを一切抱え置かないこと、これらの令に違反した場合は、町や郷村の連帯責任として村役が成敗され、代官は在所を召し上げられるとしていた。

奉公先を勝手に転じた侍と小者に関しては、ことに厳罰が用意された。あくまでも所有権は旧主人にあり、元の家中へ戻すことが原則で、その者を逃亡させた場合には代わりに家中から三人の首を差し出すか、その主人が成敗されると規定した。

ここに厳しい身分統制令が布かれることになった。士農工商それぞれの身分を固定し、武家の侍・奉公人は旧来の主従関係に拘束され、農民は伝来の土地に縛りつけられる。商人や職人もまた移動を許されず、それぞれの分限に定め置かれ、町や郷村の名主のもとに支配される。それが何を意味するものか庶生にはまだ不明だったが、明国征伐のための兵と兵糧確保を目的の一つとしていた。

八月二十三日、秀吉は諸大名に対し、来年三月一日には明国征伐に出兵すると宣言し、名護屋城構築の奉行として小西行長、加藤清正、黒田長政を指名した。

肥前東松浦半島の北端、名護屋の波戸岬は、玄界灘へ向かって西北に突き出ていた。岬の東は名護屋浦、西には串浦の入り江を両脇にひかえていた。とくに名護屋浦は東に呼子の地と接し、湾前方の加部島が玄界灘の荒波をふせいで、湾内の波は穏やかだった。湾は入り組んで奥深く、水深は十二尋（約二十一・六メートル）から十六尋と充分にあり、大船を繋留するにも支障はなかった。有馬晴信の弟、波多親の領内で、海辺にささやかな漁村があるだけの、原生林に覆われた半島にすぎなかった。その波戸岬の中央部に位置する丘陵は、海から三十丈（約九十メートル）ほどの高みを有し、そこへ明国征伐の本営として総面積五万一千五百余坪（約十七万平方メートル）の大城郭が構築されることになった。

四年前の島津征伐の折、筑前筥崎に到来した秀吉は、博多近くに明国征伐の本営となる居城を構築する腹積もりだった。だが、博多港湾は土砂が堆積して充分な水深が得られず、大船は沖合に停泊して、荷の積み下ろしには小船で遠距離の行き来を繰り返さざるを得なくなっていた。若き日に長く唐津に移り住んでいた神屋宗湛は、この名護屋浦が軍港としての条件を満たし、朝鮮への渡海にも都合がよいことを知っていた。名護屋に城を築けば、東西両側に深い入り江を抱えることになり、千艘の繋留も可能だった。名護屋から対馬までは海上約二十五里（約百キロ）、そして対馬から朝鮮半島の釜山までは約十三里（約五十二キロ）の距離となる。海上航路の便も申し分なかった。

築城のための基礎固めは、すでに前年（天正十八年）の夏ごろから、岬中央の丘陵で開始されていた。九州配置の諸大名から送り込まれた人夫たちによって、まず名護屋浦に船着が整備された。次いで、丘陵部への作事路が切り開かれ、人足小屋の建設も始められた。人手が入ることのなかった鬱蒼とした原生林が切り倒され、広大な城の敷地があらわにされると、岬はその景観を一変させた。石材や材木は九州各地から船で運ばれ、人足たちの食料や物資は唐津街道で博多から運ばれた。

名護屋に本営が設けられれば、弾薬兵糧の軍用物資は、京や大坂より山陽道を経て小倉に、そして小倉からは唐津街道で博多へ集中することになる。この輸送を円滑に運ぶためには、街道や橋を整備し、人馬の継ぎ立てを行うための宿駅を定めればよいだけのことだった。博多から名護屋までは陸路十五里（約六十キロ）ほどで、為替制度を設け、博多に集荷した兵糧弾薬を到着次第大名諸家に分配することができた。博多から唐津への道は、古代からの西海道に重なり、物資をその唐津街道で名護屋へ運び入れるのに何の不都合もなかった。

十月十日、秀吉は、名護屋城構築の総奉行に浅野長政、そして設計責任を負う縄張奉行に黒田官兵衛孝高を命じ、城の完成を急がせた。同時に全国の大名諸侯には、それぞれの陣屋を肥前名護屋へ築くよう沙汰した。名護屋城周辺の小山や岡には百二十におよぶ大名陣屋が設けられることになった。城の周囲には家康や前田利家を始め後（ご）詰（づめ）として名護屋待機の東国大名による陣屋が築かれ、渡海して出征する西国（さいごく）大名たちの陣屋は岬の縁辺部に設けられた。

全国から名護屋に送り込まれてきた職人と人足が陣屋構築に取りかかると、半島東側の名護屋浦から城へ向かって南に延びる坂道づたいは、日を追うごと木皮葺（こはだぶ）きの家々が隙間（すきま）なく覆（おお）っていった。連日五万人を投入しての大工事に、職人や人足はもとよりそれを監督する家臣団をあわせ、二十万もの人々が名護屋に集住することになった。人が集まればその需要を満たすために京と大坂、堺、博多の商人たちが次々と出（で）店（だな）を構えた。明国遠征の間、名護屋に常駐して待機する東国大名とその家臣団だけでも約十万人におよび、二年前には海岸沿いにわずかな漁民の家があっただけの岬に、突如として京をもしのぐ巨大な都市が出現した。

名護屋浦の船着から南の名護屋城へ向かう城下町の道はやがて大きな水堀（みずぼり）に出た。城防備のために巡らされた堀というより、湖と呼んだほうが近いものだった。「鯱鉾（しゃちほこ）池」と呼ばれるこの堀は、海側だけに構えられていた。鯱鉾池を隔てて、一段高く秀吉の日常のための屋敷群が設けられた。その右手には、鯱鉾池を見下ろす「水手（みずのて）曲輪（くるわ）」と「遊撃丸（ゆうげきまる）」の二つの出丸（でまる）が、本丸を守る形で構えられていた。本丸、二の丸、三の丸の本曲輪は、またその上に総石垣で固められ、十を数える重層の櫓が並び建って、丘陵全体が要塞の威容を示していた。

最高部中央に、ほぼ正方形をなして本丸が築かれた。本丸の北西隅に五層七階の天守がそびえ、本丸にはそのほかに高層の櫓が五基並び建って、それらの高層櫓を平屋造りの多門櫓が連結して固めるという構えだった。

もはや国内に秀吉の敵となる者はおらず、明国征伐のための本営として築かれたこの城は、京の聚楽第に匹敵する規模を持っていた。九州最大となる高層の天守を始め、秀吉の権力を誇示するための意匠が施された。この白亜の石垣城は、名護屋の丘陵上から遠く海を隔てて朝鮮半島、そして明国をにらんでいた。

十二月二十八日、秀吉は、かねてからの予定通り関白職を甥の羽柴秀次に譲り、自らは太閤となってすべての力を明国征伐に注ぐ意志を示した。時を同じくして、秀吉は明国遠征をひかえ金銀貨幣を鋳造させた。国内統一を果たした秀吉に一年間に集中する富は、石見銀山を始め諸国各地の鉱山から黄金約三千四百枚、銀子約七万九千四百余枚におよび、雑税として黄金約一千枚余、銀子約一万四千枚という途方もない額となっていた。銀一枚は四十三匁、黄金一枚は銀四百三十匁に当たった。明国征伐もこの豊富な鉱山資源を背景にして初めて企図された。

二

明けて天正二十年（一五九二）正月五日、秀吉は、明国征伐出兵の日を三月一日と定め、西国大名に対し軍役割り当てを課した。その兵は総計十五万八千八百名にのぼった。

第一軍、小西行長、宗義智、松浦鎮信、有馬晴信、大村喜前、五島（宇久）純玄、
　合わせて一万八千七百名。
第二軍、加藤清正、鍋島直茂、相良長毎、合わせて二万二千八百名。
第三軍、黒田長政、大友義統、合わせて一万一千名。
第四軍、島津義弘、森吉成、島津豊久、高橋元種、秋月三郎、伊東祐兵、合わせて
　一万四千名。
第五軍、福島正則、戸田勝隆、長宗我部元親、蜂須賀家政、生駒親正、来島兄弟、
　合わせて二万五千百名。
第六軍、小早川隆景、立花宗茂、小早川秀包、高橋直次、筑紫広門、合わせて一万

五千七百名。

第七軍、毛利輝元、三万名。

第八軍、宇喜多秀家、一万名。

第九軍、羽柴秀勝、細川忠興、合わせて一万一千五百名。

朝鮮に渡るのは第一から第七軍までで、総大将に位置づけられた宇喜多秀家の一万は対馬に、羽柴秀勝と細川忠興の一万一千五百は壱岐で待機することになった。

問題は、朝鮮国王が秀吉に服属して、明国への侵攻路を明け渡し従軍するものと秀吉自身が思い込んでいることにあった。確かに戦における最善の策は戦わずして相手を帰服させることにある。一昨年の冬、朝鮮から到来した祝賀使節を、秀吉は朝鮮国王が臣従を示す使者と思い込んで疑いもしなかった。朝鮮国は、長く明と冊封関係にあり、秀吉に服従するはずがなかった。もちろん宗主国の明を征伐するための軍路など秀吉に明け渡すはずもなかった。

小西行長は、いよいよ窮地に立たされることになった。五年前の九州征伐の際に、明国征服の話は耳にしていたが、関東以北の平定も手つかずのままで、海外出兵などおよそ現実に決行される日が近々来るとは思われなかった。九州を平定したといっても、肥後の国衆一揆が尾を引き続け天草での反乱が起こったように、関東以北もしばらくはごたごたしたまま、秀吉の諸制度が徹底するまでにはかなりの時間がかかるはずだった。武力で押さえつけても、人心までは支配できるはずもなく、九州や関東以北から流入した民が京や大坂にあふれていた。国内を武力で平定した後が肝心だと行長は考えていた。それは石田三成や増田長盛、大谷吉継ら秀吉側近の奉行衆も同じ考えだった。まずは海内六十六国の民を安んじることが先決であり、兵農分離と惣検地もそのために行われるはずのものだった。

その目的が明国征伐にすり替えられれば、兵農分離は遠征させる兵員確保のためのものとなり、惣検地は軍費捻出のための厳しさで民の暮らしを直撃するだけとなる。このまま朝鮮に出兵すれば、長い戦乱でただでさえ疲弊した民は破滅に追いやられる。そしてそのことは、支配者である秀吉自身にもやがて破滅が訪れることを意味した。これまで国内惣無事、泰平の世のため労苦を重ねてきた一切は、すべて無に帰することになる。行長はそれを回避したかった。

秀吉も、戦わずして相手を服従させることが最良の策であるとわかっており、その秀吉の意向に従って行長は朝鮮国との交渉を続けてきた。それは、あくまでも外征のため渡海するなどという事態が近日中に起こることはないという前提での話である。

ところが、秀吉の意志は、ここへきて明国征服に固執し、明国皇帝になり代わって自身の力を異国へおよぼし、従属関係を諸外国に打ち立てることにのみ向けられていた。もちろんそれには膨大な労力と時間とを要する。秀吉はすでに五十五を過ぎ、残された時間は少ない。実現は不可能と断言してよかった。

朝鮮と明国との関係を理解しているのは、行長と宗義智ぐらいなもので、出兵の陣触れを聞くなり明国で二十ヶ国を拝領できると勇み立った加藤清正や鍋島直茂のような者が大半だった。彼らもまた秀吉と同じく、九州や奥州と同じ感覚で朝鮮国をとらえ、言葉も風習もすべて異なる異民族というものを全く解しようともしなかった。

しかし、もはや策は尽きていた。行長は秀吉外征軍の先鋒となって第一軍一万八千七百の兵を率い、朝鮮に攻め込まざるを得なくなった。対馬島主の宗義智も同じ立場に立たされた。これまで秀吉の意向に合わせて、祝賀の通信使を服属の使者と偽った以上、それを整合させる必要だけが残っていた。今さら問うまでもなく朝鮮国王の意志ははっきりしており、秀吉に服属もしなければ従軍もありえない。明国に攻め入る軍路を貸すこともない。使者を形式的に再び漢城（ソウル）へ送り、改めて朝鮮国の服従拒否の意志を秀吉に伝えるほかなかった。

行長は、新年祝賀のために上洛し、朝鮮国の意志を再度確かめる必要があることを秀吉に進言した。

「もし、いざ上様が明国征伐の兵を送るとなれば、朝鮮がいかなる態度に出るのかは不明です。なんとなれば、先の朝鮮使節が帰国しまして後、朝鮮国王が上洛する様子は全くうかがえません。また、かねてより朝鮮国に求めてきました釜山の他、薺浦と塩浦の二港の開港につきましても、いまだにはっきりした回答をえられないまま今日にいたっております。上様も、これまでに信用なさった相手からの裏切りは、嫌というほど味わわれてきたはずです。長く朝鮮国が明皇帝を君主と仰ぎ、朝貢を続けてきましたことは事実でございます。上様に与するのか、明皇帝につくのか、どちらかを選ばねばならない状態に置かれなければ、朝鮮国王の真意は確かめられません。もし明国征伐への従軍と軍路の明け渡しを拒むならば、わたくしが先手となりまして釜山に攻め入ることを宣告し、はたして軍路を渡すものかどうか、また上陸する釜山の他、薺浦と塩浦の二港を開けるものかどうか、対馬守と渡海し、確かめて来とう存じます」

秀吉にとって征服すべき相手は明国であり、朝鮮が服属して従軍するに越したことはなかった。秀吉は行長の進言を受け入れ、ひとまず朝鮮国の意志を確かめることに同意した。ただし、期間を三月までと限定するよう命じた。

行長は再び景轍玄蘇を漢城に送り、形のうえで軍路を借りる交渉をさせることにした。だが、すでにその結果は行長にも宗義智にもわかりきっていた。朝鮮国が軍路を明け渡すことも従軍も拒否したとして、玄蘇が朝鮮から対馬に戻り次第、行長は義智とともに釜山へ攻め入るしか道はなかった。

三月十二日、小西行長は、第一軍に編制された松浦鎮信、有馬晴信、大村喜前、五島純玄らと一万八千七百の兵を率いて対馬府中（厳原）へ渡った。すでに加藤清正と鍋島直茂らの第二軍、黒田長政と大友義統の第三軍は、壱岐と対馬に待機しており、秀吉もこの三月十日頃には肥前名護屋城に到来すると伝えられていた。

朝鮮が服属の意を示して軍路を明け渡す場合には、第一軍から順番どおり渡海して朝鮮入りする。もし朝鮮が拒否した時には、まず朝鮮を征伐して明国に攻め入ることになる。この場合には、朝鮮近海の島々に諸軍を移し、定めた順番にかかわらずそれぞれが朝鮮沿岸から上陸して陣地を築き、全軍で一気に漢城へ進撃せよとの指令が秀吉から発せられていた。行長は、対馬で宗義智の兵五千と合流し、先手軍として釜山に攻め入る以外に道はなかった。

三月十三日、秀吉は三月中とした行長からの報告を待たず、正月五日に発したとおり九軍合計十五万八千八百人の出動渡海を号令した。これらの軍兵と馬、そして兵糧弾薬とを輸送するため諸国から船稼ぎの者や漁民が根こそぎ徴発された。それらを統轄してとどこおりなく輸送させる船奉行も要衝に配置された。肥前名護屋には、石田三成始め大谷吉継、岡本重政、牧村利貞。壱岐に、一柳直盛、加藤嘉明、藤堂高虎。対馬には、九鬼嘉隆、脇坂安治、服部春安。そして朝鮮には、早川長政、森高政、森吉安らが船奉行として駐在し、海上輸送の任に当たることが命じられた。

三

天正二十年の年明け以来、博多の町衆は、到来した大名諸侯の接待を始め弾薬兵糧の取り次ぎと分配とに忙殺されることになった。もはや繁盛を通り越し混乱と呼んだ方が早いものだった。

二月の声を聞くなり、徳川家康、前田利家を始め、石田三成らが次々と博多入りし、神屋宗湛と嶋井宗室はその接待に追われた。兵糧米の貯蔵のため海辺に建てられた蔵は年が明けるとすぐに満杯となり、秀吉の命を受けた宗湛と宗室の指示で、兵糧米備蓄のため各見世の蔵を整理し蔵を空けておくよう沙汰された。

おそらく能吏で知られる石田三成あたりの発案だろう、九州と中国地方産の米を博多に集中させ、外征渡海する大名諸家に博多で米を貸し与える制度が作られた。このため米を供出した九州と中国地方の大名家には、代わりに博多で切った為替切符を持参すれば、博多へ供出した量と等しい米や大豆を大坂や堺で受け取れる仕組みを作った。肥前名護屋は城と陣屋敷が急造され、当座をしのぐための出店を設けるのがせいぜいで、主な物流の煩雑なやりとりは、専ら博多で行うしかなかった。次々と西下してくる大名の求める兵糧から弾薬までを博多で取り次ぎ、十五里離れた名護屋までとどこおりなく送り出すためには、各見世が総出でしかも終夜の営業を余儀なくされた。戦景気の興奮と熱狂ばかりが、博多にあふれていた。出兵が現実となり、宗室の戦回避の思いなど簡単に吹き飛ばされた。

甚五郎も手代たちも黙したまま、次々と舞い込む注文書に応じるしかなかった。鉄砲と弾薬の注文がとりわけ多く、堺から取り寄せたそれらが博多の見世に最も利益をもたらした。秀吉の妄想を煽ったのは、堺を中心とする武器商であることが結果として明らかとなった。「惣無事」すなわち泰平の世は、浪人者ばかりでなく、武器商人にとって何よりも大敵だった。

ひるがえって甚五郎においても、かつて岡崎で禄を食んでいた時代とは違い、売らなければ生きてゆけない状況にあった。お綸が博多で生んだ娘はこの夏三歳を数えていた。

四

天正二十年四月十二日、申の刻（午後四時）、釜山の防衛を統括する鄭撥は、兵たちと雉子猟に出かけ湾内の絶影島にいた。晴天の落日を浴びて突如水平線に船団が現われた。そして次第に数を増しながら船団は旗幟をひるがえし、湾を埋めるほどの数となって釜山港へ押し寄せてきた。将士は鎧兜、足軽は鉄陣笠に腹巻で身を固め、槍や鉄砲を手にしているのを確かめた。

この年、李氏朝鮮は建国二百年、国王宣祖の即位二十五年に当たり、租税の減免、政治犯の特赦、科挙試験の特別実施など耳当たりの良い話ばかりが流れて、首都漢城始め国民こぞって祝賀気分に酔っていた。先の朝鮮使節団正使、黄允吉による秀吉軍襲来危機の報告も、結局のところ秀吉の来寇などありえないとする副使金誠一の言説に落ち着き、鄭撥もまたそう信じていた。しかし今、目の前に到来した海面を覆う軍船が、それらのすべてを一瞬にして吹き飛ばした。齢五十をとうに過ぎ白髪の鄭撥は、目前の光景は悪い夢の中の出来事ではないかという思いに立ちすくんだ。

兵士たちも青ざめたまま、ただ茫然としているばかりだった。鄭撥は、すぐさま釜山城に入り防備につくことを守兵たちに大声で命じた。釜山には三百戸ばかりの民家があったが、釜山鎮に駐留する兵士を合わせても戦える者はおおよそ千、来襲した秀吉軍はざっと見渡しただけでも一万五千を下らないことは明らかだった。

釜山城に着くなり、鄭撥は、慶尚道の水軍司令官、朴泓と陸軍司令官の李珏、そして釜山の北に五里（二十キロ）ほど隔てて位置する東萊府に、秀吉軍の襲来を告げる急使を走らせた。釜山の住民たちも、海上を埋めつくす兵船の様に釜山城内へ駆け集まってきた。賊船の侵入を少しでも妨げようと、鄭撥はまず守兵に命じて釜山港の兵船数艘を湾内に沈めさせた。釜山城は周囲に水濠をめぐらし、石造りの高い城壁を築いていた。ともかく城の四門を封鎖し、城壁の上に兵を配置した。しかし、十倍を超える大軍を迎え撃つための武器は、角弓と槍、それに柄の長い偃月刀、長剣ぐらいなものだった。

宗義智と外交僧の天荊が先んじて上陸し釜山城門に向かった。守将鄭撥に宛てた文書で、目的は明国征伐にあり降伏して開城し軍路を明け渡すよう求めた。対馬はあくまでも朝鮮と戦火を交えることは避けたかった。

鄭撥はそれに対し「国王の命ならば降伏もしよう。ともかくも国王にその旨を乞うべし」と応えた。当然のことながら拒否した。それを受けて小西行長は、第一軍の上陸を命じ、その夜は釜山城を囲んで野営した。

翌十三日卯の刻（午前六時）、行長は、まず城の濠に土石を投入させ、矢防ぎの楯を橋となして城への接近を試みた。大軍が濠を越えて釜山城に近づくと、守兵たちは城壁の上から一斉に矢を放って防戦にかかった。鄭撥は、冑を着けず白髪を振り乱して守兵たちを励まし、矢をつがえては城を取り囲んだ倭魁秀吉の先手軍へ向かって放ち続けた。釜山の住民たちも、城壁上から石や瓦を投下して必死の防戦を続けた。

日本では天草の志岐や本渡の城兵でさえも鉄砲を備えていた。鉄砲は守りで使われれば野戦で用いる時の数倍の威力を発揮した。ところが、釜山城始め朝鮮の城には鉄砲の装備がないことを対馬からの報せで行長は知っていた。鉄砲の弾丸を防ぎながらの城攻めならば、土嚢や竹束を充分に用意しなくてはならず、その重量や嵩からして移動も容易でなかった。釜山城兵は情報通りに矢を射てくるばかりで、長年戦乱にもまれてきた秀吉の先手軍にとって厚板の楯さえ並べて用いれば城に接近することは難しくなかった。

秀吉の来寇などないとする漢城府の意向に流され、ただ安穏と構えていた釜山城に対して、すでに行長は密偵を放ち侵攻路に位置する各城の地形を調べ上げていた。釜山城の西側は山に接しており、そこから城内へ銃撃すれば、城壁上の守兵を一掃できる。行長は、夜明けと同時に鉄砲足軽二百五十を割いて別動隊とし、城西の山へと向かわせていた。

行長軍は、釜山城を完全に包囲し射程距離まで接近すると、連楯越しに激しく銃撃を浴びせた。同時に西の山上からも城内へ向けて逆落としに銃火が放たれた。盛んに守兵を励まし弓を手に奮戦していた守将の鄭撥も、山から狙い撃ちにされ銃弾に倒れた。鄭撥は白髪を朱に染め釜山城壁上で戦死を遂げた。果敢に身を挺して防戦に努めていた城兵や釜山住民たちも、初めて遭遇する鉄砲の威力に驚愕し、鄭撥を始め相次ぐ将兵の死に戦意を失った。小西行長は北壁城門からの突入を命じ、勢いに乗った秀吉軍は北の城門を打ち破って城内へ乱入した。夜明けとともに開始された釜山城攻防戦は、守将鄭撥始め千人の城兵が奮戦したものの、圧倒的な秀吉軍兵力の前にことごとく討たれ、巳の刻（午前十時）には落城をみた。

慶尚道の水軍司令官朴泓は、釜山から三里北東に離れた水軍基地を本営としていた。朴泓は釜山北東の山上から苦戦する釜山城を望み、落城の危機を知りながら救援の兵を送ろうともせず、秀吉軍に利用されるのを恐れて水軍基地に備蓄していた糧と武器とを焼き捨て逃げ去った。慶尚道の陸軍司令官李珏も、秀吉軍来襲の報に釜山の北五里ほど離れた東萊城へ兵三百を率いて入ったものの、釜山落城を知るとわずか二十名の兵ばかりを東萊城に残して、一里半離れた蘇山駅へと退去した。釜山落城と守将鄭撥始め守備兵全滅の報に、地方官たちも浮足立ち、東萊城を守ることより我先に逃げることしか頭になかった。南海県監の奇孝謹は、食料や武器の倉庫に火を放って逃げ、慶尚道水軍副官の元均も兵船と火砲とを焼いて、部将の李英男と李雲龍を伴い、はるか西の昆陽へ向かって逃げ去る始末だった。

　その中にあって東萊府使（市長）の宋象賢は、東萊城に踏みとどまって秀吉の大軍を迎え撃つ腹を固めていた。宋象賢は、これまで困窮する対馬のために歳賜米として大量の米や大豆を融通し、対馬が貿易のための歳遣船を送ってよこせば高麗人参を始め木綿布、紙など様々な特産品を送り出す労をいとわなかった。高潔で教養も高く、それでいて尊大なところが微塵もない人物だった。対馬家老の柳川調信などは、朝鮮国において「士」と仰がれる貴人の姿をこの宋象賢のなかに見ていた。

　秀吉による明国征服の企図は柳川調信から聞き、宋象賢も知っていた。同じく倭館を管轄する地方庁でも水軍が駐留する釜山鎮とは異なって東萊府には文官ばかりで兵士もいなかった。漢城府が秀吉の外征などないと決めつけ安穏と構えていたのに対して、宋象賢は充分その危機はありうると、東萊城の堀池を整備し弓と矢とを買い集めていた。対馬島主の宗義智や柳川調信が、朝鮮との戦を避ける苦肉の策として「仮途入明（かとにゅうみん）」という実現不可能な要求をあえて言い出したこと自体が、秀吉の野望によって追い詰められた彼らの苦境を示していた。他の大名諸侯はどうあれ、柳川調信は明国と冊封関係にある朝鮮国の立場をわきまえているはずだった。朝鮮国側が、明国征伐の軍路を明け渡すことなどありうるはずがなかった。

自国を振り向けば漢城府の要人たちは建国二百周年で舞い上がり、明との冊封関係さえ維持しておれば安全だと信じ込んで疑いもしていない。もちろん秀吉来寇の危機など聞く耳を持たず、沿海警固の強化を訴えれば、逆に人心を混乱させるとして左遷（させん）が待っている始末だった。その結果が、籠城兵（ろうじょうへい）全滅による釜山落城だった。陸軍司令官の李珏（りかく）も兵を率いて東萊城に入ったものの、釜山落城を耳にすると後詰（ごづめ）となって背後から挟撃（きょうげき）するなどという口実を設け、早々と蘇山駅へ逃げていった。釜山城から東萊までは歩いて半日ほどの距離しかなく、明日にも倭賊どもが大挙してこの東萊城に押し寄せてくるだろうと思われた。

釜山城を攻撃した秀吉軍の中に、宗義智の対馬軍兵が参加していると宋象賢も耳にした。東萊府副官の宋鳳寿（そうほうじゅ）も、その報せに失望の色を隠せなかった。「連中は所詮（しょせん）そんな程度の倭人（わじん）だった」と吐き捨てた。宋鳳寿は、人としての矜持（きょうじ）を失わない「日本人」と、それを持たない「倭人」とを、異なるものとして峻別して使った。宋象賢の片腕として補佐してきた宋鳳寿は、宋象賢がこれまでいかに対馬のため尽力してきたのかをよく知っていた。「……柳川調信さえも秀吉軍に参陣しているかもしれない」

宋鳳寿は吐息まじりにそうつぶやいた。

逃げも隠れもしない。倭賊と化した対馬の者どもが、おれの首をとれるものならとればよい。宋象賢はそう腹を決めた。

五

四月十四日早朝、賊軍来たるの報に、東萊城は宋象賢以下四千の寡兵で四倍もの小西軍を迎え撃つことになった。それでも、梁山郡守の趙英珪、蔚山郡守の李彦誠らが、それぞれ在地の農民を引き連れて東萊防衛に駆けつけた。東萊府の副官宋鳳寿もまた、宋象賢と運命をともにする覚悟を決めていた。

辰の刻（午前八時）過ぎには、小西軍の先手隊が釜山との間にある小山を越えて東萊城に迫った。賊軍の襲来は昼過ぎになるだろうと予測していたが、あまりにも早かった。宋象賢は、市街を囲んだ東萊城壁の南門の楼上に登り、にわか仕立ての農兵軍を率いて守備についた。小西軍の先手隊が城門前に進み出、何やら板に墨書したものを掲げた。

『戦わば、すなわち戦え。戦わざれば、われに道を仮せ』

最後通牒のつもりだろう、柳川調信がしきりに求めてきた、戦わずに軍路を明け渡せとの要求だった。宋象賢は、筆を取って板にこう書いた。

『死は易く、道を仮すは難し』

そして、賊軍に投げ返した。

南門の下に兜を取り烏帽子で現われた賊将が「宋象賢大人」と呼びかけた。柳川調信だった。ここにいたっても、まだ秀吉軍は戦を避け軍路を貸せとの要求をするものと思われた。宋象賢も赤の槊毛を飾った冑を脱ぎ、楼上から眼下の柳川調信に告げた。

「隣国の道、もとよりかくのごときか。我、汝に背かず。汝、何ぞここにいたる」

宋象賢が楼内に引き取ってからも、柳川調信はしきりに「貴殿を助けたい。どうか降伏してくれ」と繰り返し朝鮮語で訴えた。宋象賢は以後一切応えず、しびれを切らした小西軍は、集兵場、西大路、そして山麓の三方から城攻めを開始した。

釜山城と同じく宋象賢始め東莱城兵も鉄砲隊の猛威にさらされた。しかし、彼らもまた怯むことなく弓と投石で果敢に応戦した。洪允寛は、唯一の火器である仏狼機砲で西城門の上から迎撃した。洪允寛は、蘇山駅へ逃げ去った陸軍司令官李珏の下士官で、わずか二十名の兵士とともにとどまることを命じられここに残っていた。小西軍は梯子を多数用意して城壁をよじ登っては日本刀を振るい、猛然と斬り込んできた。洪允寛と二十名の軍兵も長剣を手に奮戦したが、斬っても斬っても新手を送り込んでくる小西軍には抗しきれず、東萊城壁でことごとく戦死した。

東萊府副官の宋鳳寿、そして梁山郡守の趙英珪も、それぞれ城門を守り農兵を率い奮戦していた。しかし、ついに城門を破られ、市街になだれ込んだ小西軍に挟撃され相次いで戦死を遂げた。蔚山郡守の李彦誠は肩を銃弾で負傷しうずくまっていたところを小西軍に捕らえられた。

宋象賢は、南城門の楼上で角弓を手に農兵を励ましながら戦い続けた。気がつけば破られていないのは南の城門だけとなっていた。城壁内は小西軍であふれていた。農兵はもちろん、武装していない避難民の死者も続出していた。南城門へ押し寄せた小西軍に気をとられ、背後から鉄砲隊に狙撃されて宋象賢も右腕を負傷した。とうとう矢をつがえることもできなくなった。すでに城門の上まで侵入してきたおびただしい数の小西軍兵を認めた。宋象賢は冑を脱ぐと黒い紗帽をかぶり、鮮やかな赤の朝衣を鎧の上から身にまとうと、楼上に登り床几に腰掛けた。日本刀を手にした小西軍兵の一団が楼上に現われた。小西行長は要人を見たならば殺さずに必ず生け捕りにせよと命じていた。漢城府との和議交渉を仲介させる人物が必要だった。

東莱城主とおぼしき宋象賢の官服を認め、生け捕りにしようと兵がつかみかかった。宋象賢は立ち上がりざま、飛びかかってきた相手を履いていた革製の靴で蹴り上げた。それに怒った後続の軍兵たちに次々と刃を浴びせられ宋象賢はその場で絶命した。

六

柳川調信が、赤色の朝衣をまとい斬殺された宋象賢の亡骸を南城門の楼上で発見したのは東莱城が陥落した午の刻過ぎのことだった。対馬島民が食糧に窮し調信が東莱府にやって来れば、いつも宋象賢は親身になって話を聞き、帰りの船には米穀を山積みにして持たせてくれた。いつも宋象賢は困窮する対馬のために骨を折ってくれ、何の見返りも求めなかった。

「我、汝に背かず。汝、何ぞここにいたる」最後に聞いた宋象賢の声が調信のなかで重く響いた。柳川調信は、宋象賢の骸の前でひざまずき、しばらくの間顔を伏せていた。調信はこれまで、死後の地獄も、極楽も、信じたことはなかった。しかし、生き地獄というものは確かにあって、己が二度と救われることのないその境に踏み入ってしまったのを知った。

釜山城に続き東萊城を陥落させた小西軍は、同日の昼過ぎにはその余勢を駆って東進し、機張城と水軍営とを無血で陥れた。機張城は、釜山と東萊の落城の報に、秀吉軍の到来を聞くなり上下を問わず皆逃げ出してもぬけの殻の有様だった。慶尚道の海防をになうはずの水軍営も名ばかりで、司令官朴泓はとうに逃亡し、抵抗する守兵一人いなかった。

小西行長は、負傷して捕虜となった蔚山郡守の李彦誠に二通の手紙を持たせ漢城に届けさせることにした。それぞれの手紙は、漢城府の外相兼文相に当たる礼曹判書と、李徳馨とに宛てられていた。李徳馨は、かつて接待役として景轍玄蘇とともに漢城までを往復し、気脈を通じているものと思われた。小西軍はこのまま北進すれば二十五日頃には尚州にいたる。行長は、尚州の地で漢城府の要人と和議について話し合いたいという文面をしたためていた。ここにいたった以上、軍路さえ明け渡してくれれば、このうえ兵火を朝鮮国におよぼす気はなかった。ここまでの攻略で、漢城府も少しは聞く耳を持つだろうとの思いもあった。

そもそも秀吉が、加藤清正ではなく、あえて先鋒第一軍の主将として行長を指名した理由はその交渉能力にあった。己の力を過信するにいたってなお、秀吉は戦火で何もかも焼き払ってからでは建て直すまでに途方もない時間と労力が要ることはわきまえていた。朝鮮国はもとより明国においても、自分に服従さえすれば戦など避けた方がよいに決まっていた。逆らえば滅ぼす以外になくなる。堺の富商一族に出自を持つ行長には、他の大名諸侯にはない柔軟な知性と交渉力とが備わっていた。

しかし、漢城への手紙を託された李彦誠は、もはや漢城府の要人を全く信じてはいなかった。秀吉の来寇などないと決めつけ、何の備えもしなかったばかりか、いざ賊軍が到来すれば、陸軍司令官李珏、水軍司令官朴泓、そして地方官が我先に逃げ出した。東萊城の宋象賢も、宋鳳寿も、趙英珪も、また釜山僉知の鄭撥も、踏みとどまって戦った者はことごとく戦死を遂げ、多くの民が戦火にまきこまれて死んだ。戦って死すべき者が我先に逃げて生き延び、本来ならば彼らに守られて戦う必要のない人々が果敢に抵抗して討死した。二城で殺された者は五千人を超えていた。もちろん小西行長の手先になる気などさらさらなかった。

翌十五日早朝、李彦誠は、小西行長に馬を与えられ、二通の手紙を携えていまだ煙燼の漂う東萊城から解放された。護衛と監視役をかねて行長の家臣が二人と雑兵三人が付けられた。李彦誠は肩の傷が痛むと訴え、一日かけてゆっくりと梁山城まで進んだ。城壁が市街を囲んだ梁山城内は、すでに住民も守備兵も退避したらしく人影がなかった。小者三人はもとより行長の家臣までも、空き巣となった家々へ戸を破って入り込み、残された財貨の物色を始めた。その隙に李彦誠は馬を引いて夜陰にまぎれ城壁外へ出た。そして、故郷の陜川へ向かって馬を走らせた。行長から託された二通の手紙は途中で破り捨てた。故郷へ帰って肩の傷が癒えれば、李彦誠は義兵隊に身を投じ、徹底して抗戦する決心を固めていた。

七

四月十五日、この日小西行長の第一軍は、梁山へ向かってゆっくりと北進した。六里ほど山道を進み、夕刻に梁山へ着いた。梁山城内もすべて人が逃げ去った後で、犬と豚や鶏ばかりが残っていた。

小西行長は、城壁内の役所や民家から財貨を掠奪することを厳しく禁じた。この正月に秀吉が外征する大名へ発した禁令は、すでに朝鮮が服属したものと信じ、中継地である壱岐や対馬同然に見なすものだった。そのため朝鮮国での乱暴狼藉、放火、そして朝鮮の民に無理難題を押しつけることを厳禁し、違反したものは厳正に処罰せよと記された。だが、食糧の調達は朝鮮で行うわけであるから、家畜や米穀を奪うことは財貨を掠奪するのと同罪のはずだった。行長は、住民が避難し無断で奪うことになった機張（きちょう）や梁山の家畜や米穀を細かに各大名家で記帳することを命じていた。いずれ講和が成立した時にそれぞれの府使や僉知（せんち）に賠償することを行長は本気で考えていた。

第一軍に編制された大名は六人で、そのうち行長、宗義智、有馬晴信、大村喜前、五島純玄の五人は、いずれも洗礼を受けたキリシタンだった。彼らは、極力無駄な流血を避けるという行長の方針に同意していた。しかし、ひとたび戦端が開かれれば、将も兵も殺すか殺されるかの状態となり、恐怖と熱狂に駆られるまま惨劇をくり返すばかりだった。

四月十七日、密陽（みつよう）の府使朴晋（ぼくしん）は、密陽の手前に設けられた鵲院関（じゃくいんかん）で北進してくる小西軍を防戦する構えだった。密陽城は、梁山から北西へ七・五里（約三十キロ）の位置にあった。鵲院関は、山塊が両側に迫り、険しく細い山道続きで、さしもの秀吉の大軍も左右には展開できず、正面から少人数での突撃を敢行するに違いなかった。朴晋配下の朝鮮兵は、この地形を頼みに明国譲りの仏狼機砲や野砲を集め関門を固めていた。

行長は梁山城を出てまもなく、朝鮮兵五百が鵲院関で待ち構えていることを物見（ものみ）からの報告で知った。戦乱を生き延びてきた小西と松浦の兵は、朝鮮兵が待ち構える山道を進まず、関門よりも高所の山に二手に分かれてとりつき、高所から朝鮮兵を銃撃することにした。まさか道のない岩山越しに秀吉軍が到来することなど予想もしていなかった鵲院関の朝鮮兵たちは、山手から突如浴びせられた銃撃に恐慌をきたし、反撃するどころか我先に後方の山へと逃げ出した。先手となった八代の小西軍、平戸の松浦軍鉄砲隊は、青葉の山中を逃走する朝鮮兵を追撃し、軍官の李大樹ら三百の兵を討ち取った。

朴晋は、頼みとする鵲院関の守備軍までが為す術もなく簡単に崩壊したのを認めるなり、急ぎ密陽へ戻り武器と兵糧の蔵に火を放って、城を捨て山中へと逃亡した。秀吉の第一軍は、夕暮れにまたしても無人となった密陽に難なく入城した。

東萊城を陥落させて以来、小西行長率いる第一軍はさしたる抵抗もないまま、一路漢城を目指して北進を続けた。

天正二十年(一五九二)陰暦四月

一

四月十六日、朝鮮国の首都漢城に秀吉軍釜山襲来の第一報が届けられた。釜山陥落の報せを漢城府にもたらしたのは、落城の危機を知りながら救援の兵も送らず、我先に逃げ出した慶尚道水軍司令官の朴泓その人だった。秀吉の侵略などありえないという世論で固まり、たとえ倭軍ごときが到来しても一蹴できるとあなどっていた漢城府は、この突然の凶報に恐慌をきたした。

漢城府は、名将の誉れ高い李鎰を臨時軍務長官の巡辺使に指名し、釜山と漢城の中間に位置する尚州へ向かわせることにした。五十代半ばの李鎰は、尚州へ赴くに当たり漢城で三百の兵を募った。だが、戦役を嫌って兵は一向に集まらない。進発を遅らせ三日待っても登録簿に載っていた兵役予定者は様々な口実をもうけて忌避し、結局戦えるだけの兵数がそろうことはなかった。

尚州の南二十里（約八十キロ）の大邱には付近の兵が集結し、尚州でも数百の兵が李鎰の到着を待っているという報せを頼りとして、李鎰は数名の配下部将と少数の兵を引き連れ、とりあえず尚州へ先発するしかなくなった。

同時に漢城府は、諸将を監督する最高指揮官の体察使として柳成龍を就任させ、副官として金応南を、それに参謀として、入牢していた金汝岉に特赦を与え出獄させこれに当てた。

釜山に続いて東萊陥落、機張も水軍営も、難関であるはずの鵲院関さえ抜かれ、密陽までも秀吉軍の手に落ちたとの悲報が次々と漢城府へ舞い込んだ。

柳成龍は、李鎰と並ぶ名将申砬を呼んで善後策を求めた。女真族の征伐で名高い申砬は四十代前半の働き盛りだった。彼は諮問に対して老将李鎰を援護できるだけの猛将を速やかに送るべきであると述べ、自らが援軍を率いて忠州へ向かい賊軍に当たる意志を示した。これを受けて柳成龍は、三道（慶尚道・忠清道・全羅道）の軍務長官として申砬を送り出すべく、国王宣祖へ上奏した。宣祖は、申砬の出発に際して宝剣を下賜し、命令に従わない者があればこの剣で斬り捨てよとの勅命を伝えた。申砬が賓庁に上って大臣に挨拶し階段を下りようとした時に、どうした弾みかかぶっていた紗帽が頭から落ちた。この光景を見ていた者たちは、この不吉な出来事に色を失った。

小西行長率いる第一軍は、東萊城での攻防戦以後ほとんど抗戦らしきものもなく、破竹の勢いで中路を進み、四月二十日には大邱の市街城にいたらんとしていた。大邱では知事兼軍司令官の金睟が、近隣から農民五百名を召集して兵となし市街城の守備に当たっていた。ところが、倭賊の大軍が近くまで押し寄せてきたとの報に農兵は浮足立ち、次々と城壁から逃げ出し始めた。大邱の守備陣は戦う前に崩壊してしまった。大邱においても小西軍は、何ら抵抗らしきものも受けずそのまま入城を果たした。

二

釜山から漢城へいたる街道は、「右路」「中路」「左路」の三路があった。黒田長政と大友義統の率いる第三軍一万一千は、三街道のうち「右路」を採った。四月十八日、釜山に上陸したこの軍は、進撃を開始するや慶尚道の金海をまず陥落させ、続いて昌原の市街城も制圧した。昌原から北西へ九里（約三十六キロ）離れた宜寧では、倭賊軍の到来を聞くなり県長の呉応昌が我先に逃亡した。すでに釜山も、東萊も、秀吉軍によって全滅させられたという報せはこの宜寧の地にも届いていた。

釜山から北西へ約十七里半（約七十キロ）ほど行った宜寧の郷村は、西に洛東江、南に南江という大河に挟まれ、気候温暖で肥沃な土地に恵まれていた。また、二水の合流地点に当たる岐江は、漢城への舟運における要衝でもあった。

四月二十二日、宜寧の郭再祐は、まず家財をなげうって武器を買い集めた。郭再祐はこの時四十一歳。秀吉の侵略に対しては、誰も当てにせず、自らの下僕奴婢数十名を率いて守るしかないと腹を決めていた。父は黄海道の行政長官であり、その三男で、「両班」と呼ばれる官僚一族の地主層だった。特権を得る両班は、貢税と労役それに兵役を国王から免除されていた。三十三歳の時、郭再祐も官僚登用試験の科挙に応募したことがあった。だが、唐の太宗の諱に触れる不穏当な答案を書いたため失敗した。以来、宜寧で地主として田園生活を送っていた。

両班は、親から譲られた広大な田畑を所有し、大勢の奴婢を抱え、食うに困ることもなく、しかも民に仰がれていた。それは何のためなのか。両班としてこの地に存在しているおのれが、今何をしなくてはならないのか、あまたの両班のなかで郭再祐だけは、その意義を考えるだけの感受性と能力、そして強い使命感とを備えていた。

倭魁秀吉なる者が、大軍を送り込み、民の糧を奪い、子女をかすめ取り、この郷村を踏みにじろうとしていた。そんな時に、民を守るべき慶尚道の水軍司令官朴泓は釜山落城の危機を知りながら救援の兵を送らず我先に遁走した。同じく水軍を率いる元均も、部下とともに早々と船で昆陽へ逃れ、軍務長官の李珏もまた東莱城に二十人の兵を残して自らは逃亡した。朝鮮王国の正規軍など戦う前に総崩れとなっていた。南海の県監奇孝謹は倉庫を焼いて逃げ去った。宜寧の県応昌も同じだった。大邱に兵を集め、秀吉軍を迎え撃つなどと大言していた慶尚道の行政長官金睟も、戦う前に軍は総崩れとなり自らも姿を消した。結局のところ、漢城から送り込まれて来た役人どもはいざとなれば我先に逃げ出すだけで、それぞれの村と民は自分の手で守る以外に術はなかった。秀吉軍の手から宜寧の民を守るために、郭再祐は自らの米蔵を開け放って義兵を募り、徹底抗戦することを訴えた。

「賊すでに迫れり。わが父母妻子は、今まさに賊の手に奪われようとしている。だが、わが村において、年も若く、賊と戦える者は数百名は下らない。もし皆が心をひとつにして、南江の鼎津を拠り所にして戦えば、わが村を守ることができるはずだ。このままむざむざ手をこまねいて、ただ死を待つようなことがどうしてできようか」

何よりも郭再祐は、これまで困窮する村人を見ればそれとなく扶助してきた。奴婢は物扱いで過失があれば笞打たれる。ところが、郭再祐は、自らの奴婢を家族のように扱い、けしてひどい仕打ちをするようなことはなかった。豪奢な暮らしに甘んじ、奴婢を酷使してかえりみることのなかった両班のなかには、秀吉軍の襲来を機に、貧民や奴婢の反乱によって殺され掠奪に遭う者も出ていた。そんな中にあって、義兵を募れば心ある者が駆けつけるだけの信望を彼は得ていた。

三

四月二十三日、すでに小西軍は、尚州の東南六里に位置する善山まで迫っていた。同じ日、老将李鎰は、鳥嶺を越えて慶尚道に入り尚州市街城に到着した。ところが、出迎えるはずの尚州牧使の姿がない。市長兼軍司令官に当たる金澥は、途中まで李鎰将軍を出迎えると告げて尚州の城門を出たまま、その足で山中へと逃亡していた。牧使がその手合いでは、当然李鎰を待っているはずの軍兵もいなかった。

折も折、善山の南西に位置する開寧の民が、倭賊の大軍が善山まで迫っていることを報せにきた。が、李鎰は、大邱に兵が集結していると漢城で聞かされており、これほど早く倭賊軍が到来するはずはなく、ただ人心を惑乱させる不届き者としてこの開寧人を斬刑に処した。

李鎰は、尚州城に残留していた官人に命じ付近の農民を緊急召集させ、市街から山へ逃散した尚州の民には官庫から米穀を分け与えて集めた。漢城から連れてきた軍官と農兵とを合わせ、やっと八百余名の軍を編制した。翌二十四日、李鎰は尚州城の北にある洛東江の岸で、このにわか兵士たちに訓練を始めた。山手に陣を築き、陣中には大旗を掲げた。老将は、甲冑で身を固め、騎馬してその練兵の様を監督した。

最初に倭賊の影を認めたのは教練を受けていた農兵たちだった。林の間から見慣れぬ鎧を着た人影が現われ、洛東江岸に陣を構えている尚州軍の様子をうかがって、また林中に姿を消した。額を剃りあげた髪の形が倭人であることを示していた。だが、農兵たちは、先に倭賊軍の到来を注進した開寧の者が李鎰から処断されたことで、物見らしき人影に気づきながらもあえて報告しなかった。

しばらくして、人がいないはずの尚州城内からいく筋もの煙が上がっていることに軍官たちも気づいた。李鎰は確認のために軍官の一人を市街城へ向かわせた。騎馬した軍官が尚州城に向かって道を曲がろうとした刹那、橋の下から乾いた銃声が響き、軍官は馬から倒れ落ちた。すると橋下から数名の倭賊が現われ、軍官の首を素早く斬り取って持ち去った。その光景に尚州軍兵は皆立ちすくんだ。間髪を容れず尚州城の方から突然大軍が現われ、いきなり鉄砲を浴びせかけてきた。

さえぎるもののない川岸で撃たれるままに尚州軍兵は倒れた。練兵どころの騒ぎではなくなった。李鎰が慌てて兵を集め矢を射させたものの、矢は倭賊軍まで届かず、逆に鉄砲の反撃で死傷者を増やすことになった。気がつけば倭賊の大軍は三手に分かれ、左右から尚州軍の陣を囲むように展開し、陣を布いた背後の山へも兵を繰り出した。不意を突かれた李鎰は、乗っていた馬を廻し急遽北へ向かって駆け出した。名将として聞こえた司令官が逃げ出し、恐怖に駆られた尚州軍兵は銘々勝手に逃亡を始めた。陣中は混乱を極め、そこを四方から銃撃され斬り込まれて、洛東江岸の尚州軍は壊滅の状況となった。

　鮮やかな紅の冑と黒塗りに金筋の鎧で身を固めた李鎰は格好の標的となった。大将首を挙げようと馬で追撃してくる倭賊に、李鎰は山間に分け入ってまず馬を捨て、甲冑を脱ぎ、山中に紛れて聞慶へ逃れようとひた走った。聞慶に裸同然でたどり着いた李鎰は、白いものの目立つ髪を振り乱し、錯乱している老人としか見えない有様だった。

　尚州の戦いで小西行長の第一軍は三百余級の首を挙げた。捕虜となった者の中に景応舜なる日本語を話す者がいた。彼は、李鎰に通訳として雇われ従軍していた。行長は、講和交渉を申し入れるため景応舜に朝鮮国王と大臣とに宛てた二通の手紙を持たせ、再び漢城に送ることにした。十日前、東萊城を陥落させた後、捕虜とした蔚山郡守の李彦誠を使者とし、二十五日に講和交渉をすべく漢城に向かわせたが、何の音沙汰もなく、この尚州で待っていたのは朝鮮国軍だった。行長は、朝鮮国に講和の意志があれば二十八日に忠州まで李徳馨を遣わすべしと再び記し、景応舜に馬を与えて送り出した。

四

第一軍のたどる「中路」の道中で最も危険なのは、尚州から聞慶を経て忠州へいたる十五里（約六十キロ）だった。この途中鳥嶺の険路を山越えしなくてはならなかった。鳥嶺には堅牢な関門がもうけられ、首都漢城を防衛する最大の要害となっていた。山道はこの道中で最も険しくしかも狭い。鳥嶺の関門に朝鮮国軍の精鋭を結集して迎撃されれば、小西軍も相当の犠牲を強いられることは明らかだった。

四月二十六日、漢城防衛ひいては朝鮮王国の命運を一身に背負った軍務長官の申砬は、この朝、忠州の市街城に到着した。忠清道から召集した五千と漢城から自らの率いてきた三千、合わせて八千の兵が忠州に集結した。申砬はこの兵を率いて鳥嶺を越え李鎰軍援護のために尚州へ向から腹でいた。ところが、鳥嶺の関門にいたった中砬へもたらされたのは、思いもかけぬ李鎰軍大敗の報せだった。名将李鎰率いる朝鮮国軍が、為す術もなく倭賊の軍門にくだった。中砬は北方の女真族との戦いで騎馬兵を率い征伐してきた。平原での騎馬戦には自信をもっていたが、山岳地帯での戦いには不慣れだった。思いもかけぬ尚州での李鎰軍敗北の報せは中砬に迷いを生じさせた。このまま鳥嶺に留まって天然の要害を利し秀吉軍を撃退することよりも、鳥嶺越えで疲れ切った秀吉軍を忠州の広野に誘い込み、得手とする騎馬戦に持ち込む方が勝機はあると思えてきた。この時、副官として漢城から同行していた金汝岉は鳥嶺での撃退を主張したが、李鎰軍敗北の衝撃は、結果として中砬に天険の関門を捨て忠州に引き戻るという悪手を選ばせることになった。

四月二十七日、連日の晴天は燃えるような夕陽を首都漢城にもたらした。陽が沈んでからも西の澄みきった夕空は、この世の終わりのようにいつまでも赤黒く映えていた。夕映えをさえぎってそびえ立つ漢城の東大門に、和学通詞の景応舜は疲れ切ってたどり着いた。乗っていた馬も満足に脚が上がらず、馬体には乾いた汗が白い縞模様を作っていた。尚州における李鎰軍の敗北は、この時漢城府にもたらされた。景応舜は、朝鮮国王と大臣に当たる礼曹判書(れいそうはんしょ)とに宛てた小西行長からの書簡を二通携えていた。

秀吉軍の備える鉄砲なる火器は、角弓(つのゆみ)などとは比較にならない威力を持ち、まるで戦(いくさ)にならなかった。尚州軍兵はことごとく討たれ、名将で知られる李鎰も敗走するしかなかった。それまでの敗北も信じがたかったが、このたびは朝鮮の誇る名将李鎰率いる国軍の壊滅という凶報だった。忠州で講和の使者と二十八日に会いたいと小西行長は言ってきた。秀吉の一部将による講和交渉の申し入れなど、これまでなら聞く耳を持たなかったはずの漢城府の要人たちも、急遽小西行長から指名された李徳馨(りとくけい)を呼び入れ、対応を協議することになった。名将申砬が忠州にあり、尚州との間には鳥嶺の天険がそびえている。申砬が鳥嶺の関門で秀吉軍を撃退するはずとは思うが、名将李鎰でさえも倭賊軍に全く歯が立たなかったのだから何が起こるかわからなかった。

李徳馨は、かつて宣慰使(せんいし)となり、日本国王使に仕立てられた景轍玄蘇(けいてつげんそ)や副使宗義智(そうよしとし)の応接を務めていた。天性詩文の才に恵まれ、冷静で高潔な李徳馨の人柄は、倭賊の将士も認めているようだった。夜半にもかかわらず漢城府に呼び出された李徳馨は、自ら忠州に赴き、講和の窓口となって尽力する意を示した。景応舜によれば、宗義智と景轍玄蘇とが小西行長率いる秀吉の第一軍に加わっているという。李徳馨は、すぐにでも出発し、ともかくも秀吉軍の進撃を止め、漢城防衛のための時間稼ぎをすることが先決だと思った。

ところが、これまで取るに足らずとあなどっていた秀吉軍が李鎰軍までを一蹴したことで、漢城府は浮足立ち、朝鮮国王使として外相兼文相で礼曹判書の権克智も李徳馨とともに忠州へ向かわせることを決定し、国王宣祖もそれを承認した。権克智は、倭賊軍との講和交渉の正使として忠州へ行くことを命じられると、顔を土色にして倒れた。そしてそのまま昏睡し、翌日息を引き取ってしまった。

「権克智の代わりに新たな正使として誰を派遣するのか」

「申砬軍が秀吉軍を粉砕してくれるかもしれない」

例によって漢城府では勝手な推測と見解が錯綜するばかりで混乱を極め、李徳馨はその間ただ漢城に足止めされることになった。

四月二十七日、申砬は、忠州の城外、北西に位置する弾琴台に陣を布いた。この松林のある丘は南漢江と達川の合流する三角地で、いわゆる川を背にした「背水の陣」だった。だが、漢の韓信における「背水の陣」に倣うならば、秀吉軍の背後に後詰の朝鮮軍を潜ませなくては意味がない。小西行長ら第一軍は付近の地形を調べ、物見を送って後詰軍のないことを確認し、万が一を考えて忠州城へ残留部隊を置くという周到さだった。

秀吉の第一軍は三手に分かれて弾琴台の申砬陣に迫った。小西行長勢七千は正面から、左翼から宗義智勢五千が達川沿いに進み、そして右翼からは、松浦鎮信勢三千を先頭に、有馬、大村、五島の三千七百が弾琴台に寄せることとした。小西勢七千のみが旗指物を掲げ、左右両翼からの諸勢は指物を伏せ潜行して弾琴台へ接近した。

申砬は、正面から押し寄せた小西本隊へ騎馬隊の突撃を命じた。連日の晴天で地表は乾いて見えたが、二水の合流点に位置するゆえに地盤はゆるく、軍馬の足は常より重かった。正面の小西勢は、忠州騎馬隊を引きつけられるだけ引きつけておいていきなり銃火を開いた。左右側面からも銃弾を浴びせられ、次々と馬が倒れ、騎兵はその場に投げ出された。申砬軍は川を背にして逃げ場がなく、騎馬隊の突撃を繰り出すしかなかった。しかし、これまで遭遇したことのない鉄砲の掃射に馬を次々と射倒され、投げ出された騎兵は立ち上がりざま斬り込まれて討たれていった。名将申砬も、副官で智将として知られた金汝岉も、自ら騎乗して騎馬隊を率い突撃を試みたが、正面の小西勢に斬り込むこともかなわず、両将ともに弾琴台で戦死を遂げた。

先に尚州で敗れた老将李鎰は、この時申砬軍に参陣はしていたが、倭賊軍の鉄砲の威力は身にしみており、中砬騎馬隊の突撃が始まったどさくさに紛れて、早々と東の谷間づたいに逃走していた。

五

四月二十八日、小西行長は、先に景応舜に持たせ漢城へ送った書簡によって、李徳馨が到来するのを一日中待っていた。だが、やはり誰も来なかった。尚州と忠州で朝鮮国軍を破ったことで、講和に一縷の望みを託していた小西行長も、結局あきらめるしかなかった。

代わってこの日忠州の市街城に到着したのは、加藤清正と鍋島直茂の率いる第二軍二万二千八百だった。第二軍は、釜山から「左路」をたどり、慶尚道の彦陽と慶州を落城せしめ、永川、新寧、軍威、比安、龍宮を経て、鳥嶺を越え忠州にいたっていた。

小西行長は、朝鮮国の地図を前にして第二軍の加藤清正、鍋島直茂ら諸将と、三十里（約百二十キロ）離れた漢城制圧に向け合議するしかなくなった。その結果、行長ら第一軍は、忠州から北進して京畿道に入り驪州を経由して漢城の東大門から侵攻する。加藤清正と鍋島直茂らの第二軍は西に向かい、竹山、龍仁を経て南大門から進撃することを取り決めた。この先も朝鮮入りした秀吉軍の主導権を行長が握り続けるためには、第二軍より先んじて漢城に突入し、制圧する必要が生じていた。

二十八日の夕暮れ、忠州から三十里隔てた漢城南大門に申砬軍の下僕数名が忠州より到着した。忠州における朝鮮国軍敗北と名将申砬の戦死は、この時漢城にもたらされた。先に李鎰が尚州で敗れ、天険鳥嶺の関門もとうに破られ、申砬までもが忠州に敗死したとなれば、漢城は裸同然となったことを意味した。

翌日、国王宣祖は、自ら正殿の東廂へ出向き、漢城を捨て平壌へ遷都することを議決させた。同時に宗主国である明に救援を仰ぎ、国土の奪還を図るしかなくなった。明国軍は、朝鮮を藩属国と見下し、進駐してくれば横暴を極めることが予想された。明国に援軍を求めることは極力避けたかったが、もはや国土の奪還は自国軍では不可能であり、それ以外に選択の余地がなかった。また、李氏王朝存亡の危機に際し、王位の継承者として第二王子の光海君を定めた。

四月三十日の明け方、晴天続きだった漢城は突然の大雨に見舞われた。国王宣祖は、李氏朝鮮建国以来二百年の間首都としてきた漢城を落ちていくことになった。その驟雨のなかを西大門から西を目指して従う者は、首相の李山海、第一副総理の柳成龍を含めてわずかに百人ほどだった。

国王が都落ちした後、漢城は暴動の渦と化した。暴徒は、国王の宝物庫に乱入して宝物や金銀をほしいままに掠奪した。奴隷身分の解消を求め、公私奴婢の戸籍を保管する掌隷院を焼き討ちした。王の居所である景福宮に火を放ち、別宮の昌徳宮と昌慶宮もまた火炎に包まれた。第一王子の館や前国防相の館も焼き討ちされ、火炎はこまでの国王と堂上人の失政を指弾して止むことがなかった。国宝や重器も掠奪に遭い、正史図書や歴代秘書官の日誌、重要書籍や簿籍の類まですべて焼かれ、あるいは破棄された。首都漢城は、秀吉軍の到来を待たずして、すでに反乱暴徒の焼き討ちによって破却されかけていた。

五月一日、小西行長らの第一軍は申の刻（午後四時）、驪州にいたった。雨に苦しんだものの昼過ぎになってようやく雨が上がった。前日の大雨で驪江は水かさが増し、馬や徒では、簡単に渡れそうになかった。川の北岸には残留した朝鮮軍兵が数百で固めていたが、到来した秀吉軍の多勢に肝をつぶし早々と撤退していた。船が見つかるはずもなく、南岸の民家や官舎を手当たり次第取り壊し、柱や梁で筏を組み、とりあえず日暮れまで渡れるだけの将兵を渡した。朝鮮軍兵は影も形もなく、この夜は南岸と北岸にそれぞれ分かれて陣舎を設け、川を隔てて夜営した。

翌二日、第一軍は驪江を渡りきり、楊根を経て龍津の流れを渡ったところで夕暮れを迎えた。ここから漢城までは一日の行程と踏んでいた。ところが、漢城の方角を望むと薄暮のなかに立ち上る煙がはっきりと見えた。闇は降り始めていたが、漢城を燃やす火光の勢いは逆にその位置をはっきりと照らし出していた。漢城制圧の一番乗りを果たしたい行長は、そのまま夜間の行軍を命じた。

戌の刻（午後八時）過ぎ、気がつけば甍を高く掲げた壮厳な城門前に出ていた。それが漢城の東大門だった。小西行長ら第一軍は、そのまま東大門の鉄扉を押し開け城内へ侵攻した。四十尺もの高い城壁で囲まれた市街は、十六万軒ともいわれる家々が並び立つ巨大な都だった。景福宮、昌徳宮、昌慶宮、国王の壮大な宮殿は北の山麓寄りに並び立ち、暴徒によって放たれた火がそれらを燃やし、真昼のごとく明るかった。宝物と金銀の掠奪に奔走していた暴徒らは、小西勢の威嚇射撃に、かすめ取った品々を放置して城門外へと逃走した。

五月三日、明け方、首都防衛を担って残留していた朝鮮国軍は、千人からなる主力部隊を漢城の南を流れる漢江北岸に置き、到来する秀吉軍を待ち構えていた。ところが、この早朝襲来した加藤清正と鍋島直茂らの第二軍二万二千八百の軍勢は視界を埋めるほどで、一気に対岸まで押し寄せてきた。たちまちにして朝鮮軍兵は戦意を喪失し逃げ出した。全軍司令官の金命元までも、戦う前に武器を漢江へ投げ込み、軍装を解いて平服に着替え、馬に乗って自らも逃れようとした。参謀の沈友正（ちんゆうせい）は、金命元の馬を押さえ涙を浮かべて説いた。

「すでに国王は西へ向かわれた。せめて臨津江（りんしんこう）で戦い倭賊軍を少しでも押しとどめ、王の行幸（ぎょうこう）を助けましょう」

沈友正の涙ながらの説得に、金命元も落ち着きを取り戻した。沈友正の言う通り漢城の西北を流れる臨津江まで撤退して抗戦することに腹を決めた。副官の勇将申恪（しんかく）は、金命元の戦わずして撤退するさまに失望し、馬を走らせ北へ向かった。漢城の南大門を固めていた首都防衛司令官の李陽元（りようげん）は、金命元の主力軍が早々と崩壊したのを知るなり、楊州（ようしゅう）目指して遁走した。

加藤清正と鍋島直茂率いる第二軍は、家々を壊して筏を組み、結局何の抵抗も受けずに漢江を渡り、五月三日辰（たつ）の刻（午前八時）、南大門からの漢城入りを果たした。

秀吉軍によって首都漢城が占拠された翌日の五月四日、百里（約四百キロ）ほど南に離れた慶尚道の宜寧（ぎねい）では、秀吉軍が予想だにしなかったことが起ころうとしていた。

「右路」を進んだ黒田長政と大友義統の第三軍、そして小早川隆景の第六軍らの兵糧（ひょうろう）や弾薬はこの水路を利用して北へと運ばれていた。秀吉軍が侵攻を続け、北へ進めば進むほど補給路は長く延びることになった。兵糧は朝鮮の民から強奪して現地調達できるとしても、弾薬は名護屋から対馬を経由し船で運び入れるしかなかった。

この日、豊前中津から徴用された漁民の船が五艘で岐江に差し掛かった。その辺りの洛東江は流れが穏やかで上り船の航行にも問題なかった。だが、北流する南江が南流する洛東江に流れ込むこの岐江は水流が複雑となり、現地の者を除いては流れを見切ることがなかなか難しいものだった。周囲には葦が高く生い茂り、視界はさえぎられていた。一艘遅れて岐江に差しかかった船には警固の黒田家足軽三名と漁民六人が乗っていた。岐江の渦を巻く水流に櫓を取られてその船が横向きになった時、突然風を切る矢音が聞こえ、櫓をあやつっていた漁民三人と警固の足軽二人が矢を射立てられた。何が起こったのかわからないまま、制禦を失った船はそのまま下流に流され始めた。葦原のなかから待ち構えていたように川船が現われ、乗っていた朝鮮の民が、木皮で葺いた船屋形に火矢を次々と射込んできた。下流に押し流されながら、射込まれた火が船に積まれていた火薬に移り、爆発音と同時に屋形が吹き飛んだ。船はそのまま炎上して江中に沈んだ。先行していた四艘の船も岐江に引き戻ったが、すでに敵の船は深い葦原に姿を消していた。秀吉軍に対する宜寧の両班、郭再祐率いる義民兵の抗戦がここに開始された。

六

五月七日、黒田長政と大友義統の率いる第三軍一万一千も、「右路」を進み秋風嶺を越えてこの日漢城への入城を果たした。翌八日、宇喜多秀家の第八軍一万も漢城に到着した。諸将は、来るべき明国征服に備えて、まず漢城に秀吉の居城を築き、それぞれが朝鮮国を八つに分けた行政区の「道」を統治し、検地をして兵糧の確保に努めることにした。

五月九日、制圧した漢城に諸将が集まり、すでに秀吉から指示されていたそれぞれの分担する道区を再確認し合議決定することになった。いわゆる「八道国割」である。

対馬から最も近い「慶尚道」には、第七軍の毛利輝元。

慶尚道西の「全羅道」には、第六軍の小早川隆景。

慶尚道北の「江原道」には、第四軍の森吉成。

全羅道北の「忠清道」には、第五軍の福島正則ら四国勢。

忠清道の北で漢城のある「京畿道」には、第八軍の宇喜多秀家。

京畿道の北西、「黄海道」には、第三軍の黒田長政。

女真国と国境を接する「咸鏡道」には、第二軍の加藤清正。

明国と国境を接する「平安道」には、第一軍の小西行長。

諸将は、それぞれの割り当てられた道地区へ向かい、日本で領地を得た時と同じく検地帳を作成し、民を統治し、年貢を徴収しなくてはならなかった。秀吉の見積もった朝鮮八道における総石高は、千百九十二万四千四百六石だった。だが、ある程度朝鮮国についての知識を持っていたのは小西行長や宗義智ぐらいなもので、朝鮮に渡って初めて秀吉の野望がおよそ実現不可能で、愚行としか言いようのないものであることを知った武将もいた。慶尚道を統治することになった毛利輝元は、釜山から漢城への糧道確保のため漢城には上らず慶尚道の星州に留まっていた。輝元は八道国割から十日ほど過ぎて、内地にいる縁戚の覚隆に書き送った。

『さて、この国の広きこと、日本よりずっと広く思われる。このたびの渡海した外征軍の人数などでは、この国を治めるには少なすぎてとても無理である。そのうえ言葉が全く通じない。統治する場所ごとに、通詞と内情をよく知る者を大勢必要とする。統治するのは並大抵のことではない。

明国の軍兵は朝鮮軍よりも弱いと聞いているが、明国を征伐したところでそこを治める人がいない。この国に渡ってみれば、明国征服がいかに無謀であるかすぐにわかるだろう。

この国の者は、秀吉軍をかつての倭寇同然の盗賊と思い、恐れて山中に避難している。だが少数で通行すれば短い弓を射て攻撃してくる。だからといって大軍で攻めることは、あまりにむごい話だ。朝鮮の人々が十万人の軍であっても、われわれ五十人で追い崩すことができるほどに弱い。

邪魔になる家などを焼き捨てることはすべて法度衆が行っている。秀吉軍が兵糧に事欠くことはないなどというが、その後のことは誰も考えもしていない。朝鮮の人々は、そのために飢えに苦しむことになる。実にひどい話だ。糧を奪われた朝鮮の人が食糧を分けてほしいと拝むようにして頼むのを、斬ったり、たたいたりして排除している。その様は見るに堪えないものだ。

太閤様が、国都漢城へご到来されるだけでも、道や橋など大普請をしなくてはならなくなる。それなのに何をお考えなのか、八月には諸軍に明国へ侵攻させるなどという。もっての外の話だ。朝鮮でさえも治めるのに人が足らず、このまま明へ攻め入ったとしても治める者がいないではないか。とうてい叶わぬ話だ。どうかこのひどい状況を推察してほしい。

私が今いるところは、瓦葺きで壮大な神社の拝殿である。およそ理非をわきまえず正気の沙汰とは思えないことをしている。蠅が多く、それも多いなどという程度ではない。地面が見えないほどだ。体調を崩している。ひどい水にあたったものだろう』

何より予想を超えていたのは、秀吉軍の侵略によって、朝鮮国内の社会矛盾が一気に吹き出したことだった。これまで民衆に君臨してきた官僚と役人たちが我先に逃げ出し、その無力と無責任とが明らかになると、これまで押さえつけられていた奴婢たちが解放を求めて反乱を起こし、それに逃亡兵や農民が加わり慶尚道はいたるところ無政府状態になっていた。陜川、草渓、固城、晋州などで、暴徒に白昼役所が襲撃され、官の倉庫は次々と破られ米穀が掠奪されるような状況となっていた。奴婢たちは、物扱いで売買や譲渡の対象となり、刑罰罪人を扱う役所に代々身分を縛られ、食うや食わずで酷使されてきた。官吏や司令官が逃げ出し、兵として徴集された農民も逃亡兵となって暴徒と化し官の倉庫を襲撃していた。そんな混乱の最中に検地などできるはずもなかった。八道国割において毛利輝元に割り当てられた慶尚道の年貢高の見積もりは、二百八十八万七千七百九十石というものだった。しかし、土地はやたらと広く、検地を行うにも人が足らず、田畑を耕す農民は逃散し、言葉も通じず、食糧を奪われて秀吉軍への憎しみばかりが増し、すでに義兵の抗戦も始まっている。こんな状況では、日本国内と同然に検地をして検地帳を作り年貢の徴収をすることなどとうてい無理な話だった。朝鮮を足場にすることさえできずに明国に攻め入って征服するなどは、外地の実情を知らぬ秀吉の誇大妄想以外の何ものでもなかった。

毛利輝元といえば、三代目ゆえに野心少なく、祖父の元就からそれを「情けなく候」と嘆かれ、年若い頃からたびたび祖父に折檻されていたことで知られる。当主輝元は無能だが、故吉川元春と小早川隆景の両叔父が傑出した名将ゆえに、毛利家はなんとか存続できたと語られ続けていた。だが、輝元は名門毛利家の嫡孫ゆえに品性賤しからず、知に優れ、統治のなんたるかをよくわきまえていた。大陸での領土獲得の野心がない毛利輝元の冷静な目には、漢城占領後のこの時点で、朝鮮統治と明国征服が実現不可能なものと映っていた。

七

五月十二日、漢江から撤退し臨津江へ陣を移した全軍司令官の金命元は、碧蹄に伏兵を潜ませ、そのまま無防備に追撃してきた秀吉軍の兵を多数討ち取った。金命元はこの戦果をもって平壌の国王に対し、漢城への還御も近いことを上申した。行政長官の権徴は、漢城の倭賊軍は孤立し疲労しており、金命元に討伐の命令を出すよう国王宣祖に上奏した。

十四日、国王は、北京から戻った韓応寅を臨津江の金命元のもとへ遣わし、秀吉軍を即刻討伐するよう命じた。この時、女真族軍と戦って帰還した西界の精鋭軍千余人を韓応寅に帯同させた。国王はこの機会に、東萊落城の際逃亡した慶尚道陸軍司令官の李珏を処刑し、決死の覚悟で倭賊軍に当たることを全軍に促した。

臨津江を挟んで朝鮮軍と対峙していた小西行長は、十五日と十六日の二日にわたり、朝鮮国王から叙位されている柳川調信の名で、停戦講和と「仮途入明」の申し入れを送った。しかし、首都を占領された今となって朝鮮側から講和の返答などもたらされるはずもなかった。

五月十八日、秀吉軍は臨津江の陣幕を自ら焼き払い軍器を積んで撤退する姿勢をみせた。小西行長はあくまでも講和にこだわり、これ以上の流血を避けたかった。まず秀吉軍を二里離れた坡州まで撤退させることで講和の意志が確かなことを示そうとした。先に忠州の弾琴台で敗死した申砬の弟申硈は、防禦使として北岸の朝鮮陣営にあった。申硈は、退却して行く秀吉軍を臨津江を渡って追撃しようとした。権徴もそれを支持した。韓応寅もまた倭賊軍の追撃を西界軍兵に命じた。彼ら司令官格の人物は、いずれも戦の経験のない文官上がりだった。

ひとり申硈配下の部将、劉克良は申硈を押しとどめ、「これは倭賊軍の策略であり軽挙盲動すべからず」と進言した。劉克良は歴戦の老将だった。逆上した申硈は劉克良を斬ろうとした。

それに対して劉克良は「死を避けたいがため、かく述べたわけではない。ただ国家の大事を誤ることを恐れて申し上げたのだ」と返し、憤然と席を立った。そして、配下の兵を率いて船に乗り、劉克良は先んじて対岸に渡った。そして、秀吉軍の数騎を追いかけ、これを斬り伏せた。

韓応寅は、その軍兵をことごとく南岸へ渡河させ、申硈も兵を率いて渡河し秀吉軍を追撃した。朝鮮軍七千の反撃に秀吉軍は遁走した。金命元、韓応寅らは対岸から望見して、朝鮮軍が勝ちに乗じそのまま秀吉軍を討伐するものと信じて疑わなかった。ところが、朝鮮軍が一里半ほど深追いし坡州まで追撃したところ、加藤清正と鍋島直茂の軍を中心とする伏兵一万がにわかに起こり、左右からいきなり挟撃した。歴戦の西界精兵も、北方から遠路戻ったばかりで食事もとらぬまま渡河させられ疲労しきっていた。奇襲されて白兵戦に持ち込まれ、朝鮮軍は総崩れとなった。申硈も劉克良もこの乱戦のなかで敗死した。臨津江南岸まで逃げ戻った朝鮮軍兵は、秀吉軍の猛追に次々と岩上から江中に身を投じて溺死した。臨津江南岸まで戻ることのできなかった朝鮮軍兵は、秀吉軍の掃討に遭い、南岸へ渡江した全軍が壊滅した。それを北岸から望遠していた韓応寅は気を失った。金命元は色を失い立ちすくむばかりだった。

これまで渡江するに船がなかった秀吉軍はこの戦で船を得て、西下することが可能となった。臨津江北岸の朝鮮軍陣営も、南岸の惨状に浮足立ち散壊した。権徴は加平郡へ、韓応寅は平壌へ向かって逃れた。臨津江での国軍壊滅の報に、国王は平壌を脱出し寧辺へ向かうことになる。

天正二十年（一五九二）陰暦五月

一

五月四日、丑の刻（午前二時）、李舜臣率いる全羅左道水軍が釜山の西三十里（百二十キロ）にある麗水を発し東へ向かった。この前日、すでに首都漢城（ソウル）は小西行長ら秀吉の第一軍によって制圧されていた。五日の早朝、全羅左道水軍は、約十里（四十キロ）北東に位置する所非浦沖に達し、李億祺の率いる全羅右道水軍と合流した。慶尚右道水軍の残留軍船なども加わり、九十一艘の船団となした朝鮮水軍は、李舜臣を司令官として一路、秀吉水軍が停泊しているという巨済島へ向かった。

戦は、前線での戦闘と後方での補給路の確保との両方にかかっていた。秀吉水軍による海上補給計画は、まず首都漢城を制圧した後、釜山から朝鮮半島南岸を西に進み、黄海を北上して漢江河口にいたり、そこから川をさかのぼって漢城へ軍事物資や兵を送るというものだった。また、戦線の北上に従い、平壌を占拠することになれば大同江を河口から遡上して輸送することになる。いずれの河口にいたるにせよ、秀吉の補給船は、釜山から朝鮮半島の南岸を西に進む必要が生じていた。李舜臣の狙いは、この秀吉軍船の西進を阻み海上補給路を遮断することだった。朝鮮水軍が制海権を押さえれば、秀吉軍の海上補給路は断たれ、前線には武器弾薬を始め兵糧や兵が届かず、破竹の勢いで半島を北へ進撃する秀吉軍も、物資の窮乏に悪戦を強いられることになる。

五月七日、閑麗水道で最も大きな巨済島の東岸、玉浦には、藤堂高虎、堀内氏善らの、大小合わせて五十余艘からなる軍船が停泊していた。

巨済島は、湾が複雑に入り組み、水深もあって格好の停泊地を作っていた。秀吉の水軍兵は、上陸するなり食糧や財貨を強奪し、抵抗する者は殺して家々には火を放った。秀吉は、朝鮮を服属したものとして、対馬や壱岐と同じく朝鮮国内での掠奪や乱暴狼藉を禁じていたが、遠征軍の兵糧は朝鮮で現地調達することになっていた。朝鮮は服属などしておらず、十五万名にも上る秀吉遠征軍の兵糧を供出するはずがなかった。かつての倭寇同然の掠奪が各地で行われることになった。

正午近く、玉浦の広い湾口に、鮮やかな色の旗をなびかせ朝鮮水軍の九十一艘が突如現われた。秀吉軍は、ここまで朝鮮水軍による抵抗らしきものもなく、朝鮮の制海権は手中にしたものと思い込み疑うこともなかった。

朝鮮水軍の本営は、倭寇防衛のため日本に近い慶尚道と全羅道の四ヶ所に置かれていた。慶尚左水営は東萊、慶尚右水営は巨済島の加背梁に、そして全羅右水営は海南、全羅左水営は麗水にあった。ところが、秀吉軍が襲来したのを目にした慶尚右水営の水使（水軍司令官）元均は、火砲など主要武器を海に捨てさせ軍船七十艘を沈めたばかりか、将士一万人に帰郷命令を出す錯乱ぶりで、自ら逃亡する始末だった。慶尚左水営の水使、朴泓もまた、釜山落城の危機を知りながら兵も送らず、軍船や武器が秀吉軍の手に渡らないように焼き捨て早々と山奥へ逃げ去っていた。

玉浦に到来した朝鮮水軍の軍船団は、大型の板屋船が二十五隻、中型船二十艘、そして漁船を改造した小型船が四十六艘で編制されていた。秀吉の水軍兵の多くは上陸して掠奪に奔走したまま呼び戻すこともかなわず、藤堂高虎ら秀吉水軍は船に残っている兵力で大船団を迎え撃つことになった。これまで藤堂高虎らが目にしてきた朝鮮水軍といえば、戦うより先に逃げるばかりの連中だった。ところが、この日現われた水軍は、湾口を塞ぐように横隊を組み、満ち潮に乗じて板屋船が先導をなし、陸地からの銃撃に動じる気配もなかった。そして、旗艦らしき板屋船が、まっすぐ秀吉軍船団の中央部へ突進してきた。満ち潮で思いの外前進できない秀吉軍船は、不意を突かれたまま接近を許し、すれ違いざまいきなり火砲を浴びせられた。先頭の板屋船は、秀吉軍船団の中央を砲撃しながら突破し、すばやく反転すると今度は後方から再び火砲を放って秀吉軍船団の隊列を攪乱した。これまでの朝鮮水軍の船とは速さも操舵力もまるで異なっていた。そして、後続の朝鮮軍船が、バラバラに散らされた秀吉の軍船に押し寄せ複数で襲いかかった。朝鮮水軍の天字砲、地字砲、玄字砲が、秀吉軍船の矢倉や屋形を次々と吹き飛ばし、接近しては火薬を先端に詰めた棒火矢を放って秀吉軍船を炎上させた。陸では朝鮮兵を近づけなかった鉄砲も、標的まで距離のある海戦では為す術もなかった。船縁を接しての戦いにも、これまでの朝鮮兵とは異なって、炎上する秀吉軍船に次々と躍り込んでは長刀を振るい、全く臆するところがなかった。朝鮮水軍の砲撃に圧倒され、秀吉水軍はかろうじて半数の船が包囲網を突破し、追走を振り切って釜山へ逃げ戻るしかなかった。上陸していた秀吉軍の水軍兵たちは、次々と炎上し沈んでいく自軍船を目の前にして、そのまま巨済島の奥へと逃げ去った。

夕刻ごろには、玉浦湾に朝鮮の水軍船しか残っていなかった。藤堂高虎らの秀吉水軍は、この玉浦海戦で大型の安宅船十一隻、中型船八艘、小型の小早船七艘、合わせて二十六艘を焼き沈められた。逆に朝鮮水軍は板屋船一隻を失っただけだった。

二

この玉浦海戦で自ら旗艦に乗り朝鮮水軍九十一艘を指揮していたのは、麗水の全羅左道水使、李舜臣だった。李舜臣はこの年四十八を数えていた。この不世出の海軍提督は、二年前まで全羅道の井邑県監という町長職に就いていた。国王宣祖が秀吉へ通信使を送った当時、副総理の地位にあった柳成龍は、近海警備を重視し、空席となっていた全羅左水軍司令官として旧知の李舜臣を抜擢した。李舜臣は、若き日より党派党争を避ける超然としたところがあり、それが腐敗した小人たちに嫌われ地味な地方官職を歴任するはめになった。だが、柳成龍は、傑出した武官としての資質をこの旧友の内に見ていた。周囲の反対を押し切り、柳成龍はあえてこの人事を断行した。

李舜臣の家は、官僚地主階級の両班であり、曾祖父に当たる李据は東宮講官を長く務めた逸材だった。その曾祖父も党派人脈による官位争いなどを嫌う学究肌で知られた。早逝した祖父李百禄、父李貞も、党派闘争に明け暮れている中央政界とは意識的に距離をとった。とくに父李貞は、清廉を旨とするがゆえに官途に就くことを望まず、両班でありながら暮らし向きはけして豊かとはいえなかった。

李舜臣は一五四五年三月、首都漢城の乾川洞で四人兄弟の三男として生まれた。父は、この三男に古代中国の聖帝「舜」の一字を与えその名とした。恵まれた骨太の体軀は、生まれた時すでに見かけよりずっしりと重い赤子だったと伝えられる。

一五九一年二月十三日、李舜臣は全羅左道水使となって麗水に赴任した。世論は秀吉の来寇などありえないとしていたが、李舜臣はそれに耳を貸すことはなかった。自分が何をしなくてはならないのかを彼は知っていた。まず管轄下の五官と五浦における水軍船の配備が問題だった。五官すなわち順天、宝城、楽安、光陽、興陽、そして、五浦の蛇渡、防踏、呂島、鹿島、鉢浦、これらの地が、彼の管轄下にあった。ところが、全羅左水営に配置されていた軍船は、たった二十四艘しかなかった。

配下の五千人からなる水軍兵、水夫、漕ぎ手を、実戦に耐え得るよう鍛え直さなくてはならなかった。全羅左道水軍の司令官「水使」がさほど必要とされず空席であったように、二百年の泰平は海戦を前提とした練兵の厳格さを失って久しかった。李舜臣は練兵において一切妥協しなかった。あたかも李舜臣だけは、海戦が目前に迫っていることを知っているようだった。軍船の漕ぎ手たちを連日海に出し、李舜臣自身が乗り込んで彼らが疲労の余り血尿を出すほど鍛え上げた。管轄海域における大小無数の島々の位置、海流、潮流の変化を細かく調べ上げ、操帆師や操舵手には実際に軍船での訓練航行を繰り返させた。火砲はじめ棒火矢などの武器にも実弾を使用してその射程距離と破壊力とを身体で覚えさせ、装塡から砲撃までの速さを要求した。

何よりも、外敵より先に水営内に蔓延する党派閥の弊害を駆逐することが必要だった。漢城府ばかりでなく朝鮮国内で官職のあるところには必ず党派対立が存在し、水軍においても例外ではなかった。個人の能力よりも、どの党派に属するかが優先される馬鹿げた風潮を、李舜臣は一掃したかった。水営内のすべての水軍将兵に党派解消を命じ、違反行為をなした者は例外なく厳罰に処することを告げた。この四十七歳という遅咲きの海軍司令官は、常に落ち着き払い、穏やかな口調で将兵の団結を訴えた。東宮講官だった曾祖父譲りの冷静で論理的なものの考え方をし、幕僚たちの協議によって軍律や規則を定め、李舜臣はまず自らその範を示した。

果たして、一年後の四月十二日夕刻、秀吉の大軍船団が、釜山海上を埋めつくした。四水営のうち慶尚道の左右両水営は、早々と自ら壊滅した。慶尚右水使の元均は、管轄下にあった七十艘の軍船を自ら焚没させておきながら、救援を李舜臣に求めてきた。慶尚左水使の朴泓はすでに逃亡し、残るは李舜臣配下の全羅左道水軍と全羅右道水営の李億祺率いる水軍のみとなっていた。李舜臣は、李億祺と合議し、朝鮮水軍の総力を挙げて秀吉水軍に当たることにした。

五月七日夕、玉浦海戦で藤堂高虎らの秀吉水軍を破り、朝鮮水軍は玉浦から北上して巨済島を西から巡り帰途につこうとしていた。ちょうど熊浦の沖に差しかかった時、秀吉水軍の大安宅船五隻と遭遇した。緒戦の勝利に意気上がる朝鮮水軍は、疲労の色も見せずこの五隻を包囲し、火砲を放って北西へと追い詰めていった。細い湾が内陸深くへ入り込む合浦の湾奥へ秀吉軍船は次第に追い込まれ、迫り来る朝鮮水軍の大船団にはとても抗しきれないと知った水軍兵は、船を捨て合浦の陸上に逃れた。放棄されたこの五隻は棒火矢を浴びせられ、そのまま焚滅させられた。

翌八日の早朝、閑麗水道へ向かって南下していた朝鮮水軍は、固城郡の赤珍浦で、停泊していた秀吉水軍の安宅船九隻、中型の関船二艘を発見した。この時も朝鮮水軍は大船団で包囲し、秀吉軍船の逃げ場をなくしてことごとく焼き沈めた。

李舜臣が率い、朝鮮水軍を結集したこの第一次玉浦海戦で、秀吉水軍は三十六艘の軍船を消滅させられる結果となった。

三

李舜臣（りしゅんしん）が、その奇妙な軍船の話をきいたのは、麗水（れいすい）の全羅左水営に着任して少し経（た）ってからのことだった。副官の羅大用（らだいよう）は、当初から余計な話を一切せず、無表情でうちとける気配もなかった。だが、李舜臣が管轄下海域の複雑な島や暗礁（あんしょう）の位置、海流と潮流の細部までを詳細に知ろうとすると、羅大用は即座に反応した。海図には出ていない暗礁の位置や、海流の反動で陸地近くでは逆に流れる偏流さえも、彼はその場で細かく示すことができた。そして羅大用を連れ海に出てみると、羅大用は優れた操帆操舵の技術を持った生来の水軍将校であることを示した。かつて李舜臣がそうであったように、羅大用は能力よりも党閥などが幅をきかせる水軍組織にすっかり失望していただけだった。

東人派の領袖（りょうしゅう）的存在である柳成龍（りゅうせいりゅう）の後押しによって水使となったはずの李舜臣が、党閥の解消を命じた。そして、ひと月後、数人の幕僚をいきなり更迭（こうてつ）した。東人派に属する幕僚二人も軍務怠慢として更迭された。口では何とでも言えるが、党閥にかたよらず無能怠惰なれば即座に追放するという李舜臣の公平な姿勢は、羅大用にとって新鮮なものに映った。

李舜臣一人は、日本を統一した秀吉なる者がやがて襲来してくることを現実のものとして想定していた。だが、全羅左水営には、軍船がたった二十四艘しか配備されていなかった。これが漢城府における海防の実態だった。李舜臣が「いい軍船がほしい」と思わず漏らした時、めったに自分から話し出すことのない羅大用が、百七十年ほど昔、太宗の時代に試作されたという奇妙な軍船の話をいきなり始めた。それは倭寇の襲来に対して、弓矢を防ぎ、船を引き寄せられないようすっぽりと蓋のように船縁を屋根で覆った箱型の船だった。

倭寇は、船と出会えばまず弓で操帆師と操舵手を殺し航行の自由を奪う。そして船を近づけ鉤のついた棒を船縁にひっかけて引き寄せ、舷を接するなり刀を手に斬り込んでくる。この蓋をかぶせた船は、矢を射込まれても操帆師や操舵手を守ることができ、しかも倭寇の船に激突してそれを破船に追い込むための構造だと羅大用は語った。

日本の船は、中国船のような仕切り壁を幾つも連ねて船体を補強する隔壁構造ではなかった。中国式の船体ならば、一部が破損し浸水してもその部分だけが水に浸かるだけで、壁で仕切られたほかの船室は無事であるから簡単には航行不能に陥らない。

ところが日本の船は、船底に厚板を敷き、それに長い舷側板を釘付けにして組み上げ、支える柱を横に渡した造りをなしていた。この構造だと、船体の一部が破損し浸水すれば船全体に水が一気に入り込み、簡単に航行不能となる。箱型の頑丈な船で体当たりを敢行し、日本船の一ヶ所でも激しく破損させれば、すぐに水船となるに違いなかった。屋根を楯として漕ぎ手や操舵手を守り、箱型の船体に砲眼を開ければ、そこから火砲や棒火矢を放つこともできる。

李舜臣が興味を示したため、羅大用は、百七十年前、臨津江岸で試作されたというその奇妙な船の図を持ってきた。船を覆った屋根は亀甲の形をし、舳先には竜のような頭部を付けていた。幻想の瑞獣、玄武に似せた軍船だった。李舜臣は、幕僚たちにも諮ってこの軍船を造ることを決定した。

最初の亀甲型軍船ができたのは、この年四月、秀吉軍の襲来に遭った後だった。火砲など武器の装備と、実戦に向けて乗組員の訓練が必要で、玉浦海戦にも間に合わなかった。だが、秀吉軍の侵略が現実のものとなり、玉浦海戦での勝利によって、李舜臣への信頼は揺るぎないものとなっていた。ちょうどこの時期に、新たな軍船が麗水に出現した。

全長　六十四尺八寸（約二十メートル）

幅　十四尺五寸（四・四メートル）

高さ　十六尺（四・九四メートル）
櫓数　二十挺（右舷、左舷各十挺）
砲狭間　七十二門

船首には、百七十年前に試作されたものと同じく、木彫の首をもたげた竜頭が掲げられた。この竜頭のなかにも兵が一人入れるだけの空間があり、火砲が一門備えられていた。船体をすっぽり覆った屋根には、鉄板が貼られ、帆柱と帆操作のための細い通路が十文字に開けられている以外は、その数千二百本もの鋭い鉄錐が植えつけられていた。針の山となったそこに敵が乗り移ってきたならば、たちまち足の甲まで突き貫かれることになる。

五月二十九日早朝、「亀甲船」と呼ばれるこの新型軍船三艘が、麗水を出撃する日が来た。李舜臣の率いる全羅左道水軍二十六艘に元均配下の三艘が加わり、再び西進を開始した秀吉水軍を掃討するため南海島の西を北上し泗川を目指した。

陸の戦いでは、臨津江に続き開城でも朝鮮軍は秀吉軍に為す術もなく打ち破られていた。国王宣祖が落ちていった平壌目指し秀吉軍は快進撃を続けていた。だが、釜山からの補給路は玉浦海戦の敗北によって少しも西に進むことができずにいた。そこで秀吉軍は、陸上と海上からの両面で西への補給路確保を進めようとしていた。秀吉軍の陸兵は、釜山と金海から、馬山、泗川をへて昆陽まで迫り、秀吉の水軍もこれに合わせ陸軍に物資補給しながら西進を再開していた。釜山と金海に続き秀吉軍の兵站基地を一つ一つ確実に西へ築いていく作戦で、唐項浦そして泗川へと軍船を送り進めていた。

泗川湾口近くで秀吉軍の小早船を発見した。玉浦海戦の敗北によって秀吉水軍も、朝鮮水軍の襲来に神経をとがらせるようになっていた。朝鮮水軍は素早くこの小型船の退路を塞ぎ、取り囲んで海岸に追い詰めた。逃げきれないと知った兵たちは船を捨てて陸に逃れた。朝鮮水軍はまずこれを焼き討ちして沈めた。

ここを兵站基地とすべく泗川城にはすでに秀吉軍陸兵四百ほどが布陣していた。泗川湾奥に停泊していた秀吉軍船団は加藤嘉明と九鬼嘉隆配下のものだった。これまでの海戦とは異なり泗川船着の崖上には多数の秀吉軍陸兵が鉄砲を構えて配置されていた。朝鮮水軍の到来に秀吉軍船が迎撃すべく発進してきたのに対し、干潮時でもあり李舜臣は、秀吉水軍を湾口近くへ誘い出すことにした。引き潮で自軍船は思うように前進できず、崖上から鉄砲の掃射を浴びせられれば、朝鮮水軍に多数の死傷者を出す危険が高かった。李舜臣は退却の指令を出して、いったん湾外へ逃げると見せかけた。朝鮮軍船は、引き潮に乗じて湾口に素早く引き戻り、秀吉水軍に後を追わせて鉄砲衆が多数ひかえている陸地から切り離した。

　満潮時を見計らい、一転して朝鮮水軍は三艘の亀甲船を先頭に、上げ潮に乗って泗川湾内へ突入した。見慣れぬ亀のような船が二十挺の櫓を使って満ち潮に乗じ、大安宅船の矢倉楼真下へ迫ってきた。船首の竜頭に仕込んだ玄字砲が、仰角で発せられた。そして亀甲船の砲門からは天字砲、地字砲が次々と発せられ、矢倉が大破した。亀甲船はそのまま突進して秀吉軍安宅船の船板を突き破った。秀吉が諸大名に命じて大量に造らせた新造船は、あまりに建造を急がせたために、船大工は釘や鎹を多用し、しかも隔壁構造を施すまで手が回らなかった。それだけ衝撃にはもろかった。亀甲船の衝突によって大穴が空き、たちまち浸水して航行不能となった。日本国内の戦では、火砲一門よりも十挺の鉄砲の方がずっと有効だった。亀甲船を破壊するほどの火砲を秀吉水軍が持たなかったことが致命傷となった。

　この海戦で加藤嘉明と九鬼嘉隆の水軍は大安宅船十二隻を失い大敗した。泗川に兵站基地を築き、補給路の西進を目指していた秀吉水軍の先鋒軍船団が、三艘の亀甲船の出現によってまず出端をくじかれた。

　この海戦で朝鮮水軍の失った軍船はなかった。しかし、李舜臣が左肩を鉄砲で撃たれ負傷するという事態が起きていた。旗艦の楼上で指揮をとる李舜臣は、鎧の下を踵まで伝い落ちる鮮血と痛みに耐え、立ったまま指揮をとり続けた。

負傷したにもかかわらず、李舜臣は、兵站基地の確保を目指し西進してくる秀吉水軍を徹底して断つべく、引き続き東へ向かって敵船の探索を続行した。

四

六月二日、早朝、泗川湾からおよそ十里（約四十キロ）東南に位置する弥勒島の南岸、唐浦に安宅船九隻、関船十二艘からなる秀吉水軍が停泊しているのを物見船が発見した。二十九艘の朝鮮水軍は、船隊を整えると亀甲船三艘を先頭に、満ち潮に乗じて唐浦へまっすぐ突入した。

亀井茲矩率いる秀吉水軍は、この時陸地に陣を築くため荷揚げの最中だった。亀井の旗艦にまず火砲を集中して浴びせ、亀甲船が船体に激突した。矢倉楼の上で指揮をとっていた亀井茲矩が海中へ落ちた。指揮系統を失った秀吉軍船は、朝鮮水軍の猛攻に戦意を失い、結局二十一艘を唐浦で焼き沈められた。

六月五日、李億祺率いる全羅右道水軍二十五艘が合流し、朝鮮水軍は、五十四艘の軍船団となった。巨済島の西を北上して秀吉水軍船の掃討を続行した。釜山と金海から西進して兵站基地を築こうとする秀吉水軍は、唐項浦に二十六艘を結集させていた。奥深い唐項浦の湾奥に安宅船九隻、中型船四艘、小型船十三艘が停泊していた。秀吉軍陸兵の鉄砲掃射を避け、この時も引き潮に合わせ、退却すると見せかけて湾口へ秀吉水軍を誘い出した。ここでも、亀甲船の激突と軍船からの猛烈な火砲掃射で、二十六艘の秀吉水軍船を焼き沈めた。

六月七日、朝鮮水軍は東進して秀吉水軍の掃討を継続した。この日、巨済島の南部に位置する栗浦に秀吉水軍の安宅船五隻と中型船二艘からなる船団を発見した。かつて瀬戸内海を席捲した村上水軍の来島通之率いるこの軍船団も、亀甲船の体当たりと朝鮮水軍の火砲の前にたちまち苦戦に陥った。旗艦と数艘は、何とか朝鮮水軍の包囲網を逃れ釜山へ引き返そうとした。だが海流と潮流とに精通した李舜臣の追跡を振り切れず、負傷した来島通之は自軍船団が壊滅するのを見て自刃した。

六月十日、李舜臣を司令官とする朝鮮水軍は、一艘の軍船も失うことなく麗水に帰還した。この十二日間に及ぶ朝鮮水軍の第二次出撃で、朝鮮の海から秀吉水軍船七十二艘が掃討された。これによって、釜山と金海のわずかな海域をのぞき、朝鮮水軍は制海権を奪還した。

李舜臣の次の目的は、釜山の制海権を取り戻すことだった。そうなれば、秀吉軍は、対馬からの海路すらおぼつかないものとなる。

五

六月十五日、朝鮮での快進撃に舞い上がる秀吉の足元で、予測もしなかった反乱が勃発した。この夜明け、肥後国葦北郡、加藤清正領の佐敷城が、島津義久家臣の梅北国兼によって強奪された。佐敷の地は、八代海に面し、球磨から人吉街道で海へ出る陸路の要衝だった。佐敷からは、八代海を隔てて天草上島が見え、南西へ五里ほど行けば水俣を経て薩摩との国境、野間関となる。

佐敷城代の加藤重次は、清正に従って配下の三十騎を引き連れ朝鮮へ渡海していた。留守居役は、坂井善左衛門、井上弥一郎、井上弥蔵、安田与七郎からなるたった四人の城士、そして徒の者十六名、足軽五十名がいるだけだった。しかも、この時、坂井善左衛門と井上弥蔵は百姓衆の境界争論で五里余離れた日奈久まで出張検分に出ており、佐敷城下に留まっていた馬廻衆は井上弥一郎と安田与七郎の二人だけだった。

梅北国兼は、島津義弘に従い朝鮮へ渡ることになっていたが、秀吉そして島津家に対して憤懣やるかたない薩摩の国侍たちに、この反乱計略を説いた。田尻但馬、伊集院三河、川上将監、桂太郎兵衛、伊集院元巣らである。田尻但馬と伊集院三河は梅北に同心し、島津義久の命令を無視して渡海しなかった。

「諸国の軍兵が朝鮮に攻め入り、秀吉の足元は隙だらけである。この機に乗じて肥後を攻め取り、秀吉を殺し、昔日の恨みを晴らすべき時がきた」

代々梅北家は、和泉と高城二郡の土豪領主として君臨してきた。島津征伐によって、和泉と高城は蔵入地となり、梅北国兼はその一代官として位置づけられ、単に「おかみ」から給付を受けるだけの身となった。肥後の国衆と同じく、薩摩の国侍が長年にわたって築き上げてきた在地支配を否定され、島津家の一家臣として位置づけられて、それまでの領国からは事実上切り離された。しかも、秀吉から島津家に課せられた名護屋築城や朝鮮出兵による莫大な借財は家臣団に転嫁され、島津征伐以前とは比べようもない窮乏と屈辱とが待っていた。

梅北国兼の反乱軍は、薩摩、大隅、日向の、秀吉に怨念浅からぬ旧国侍の他に、肥後の旧国衆で流浪を強いられた者や、農民漁民となるしかなかった旧土豪勢からなっていた。

肥後旧国衆の菊池一統、阿蘇大宮司の手勢、隈部但馬守一族、山鹿甲斐一族、名和伯耆守一族。そして、天草の志岐麟泉、天草伊豆守頼房、木山弾正らの旧家臣、郎党。

肥前においては、江上又四郎家種(またしろういえたね)の手勢。農民や漁師、流浪の者となって、秀吉に怨(うら)みを募らせる者たちを結集し、まず肥後において留守居の城を片端から攻め取り、次第に肥前へと攻め上ると見せかけて、不意に名護屋へ押しかけ秀吉を討ち取る。それが国兼の策略だった。

「さすれば、名護屋詰めの東国大名は慌(あわ)てて本国へ帰参する。朝鮮に渡海している西国大名は急に帰国もできず、兵糧も送られなくなるために、異国で全滅するしかなくなる。京の羽柴秀次ごときは秀吉の威光に頼るだけの能なしで、秀吉が死ねば何もできない」

十五日、梅北国兼は、弟の梅北民部(みんぶ)、東郷甚右衛門(じんえもん)、矢崎内蔵之助(くらのすけ)らと、小船数百艘に分乗し、佐敷城の西に当たる計石(はかりいし)の浜へ乗り付けた。そして、七百三十余の軍勢で一気に城門へ押し寄せた。

留守居の井上弥一郎らは、徒侍(かち)の浜田三郎太夫らにいざという時のために城へ火を放つ用意をさせ、城内を駆け回って矢狭間(はざま)を押し開き、反乱軍の襲来に備えた。だが城内にいるのはほとんど女と子どもばかりで、戦えそうな者は足軽を合わせても二十人を数えるだけだった。井上弥一郎らは、護衛の足軽を付けて城代加藤重次の老母と妻子をまず城外へ送り出した。

城門前で矢崎内蔵之助と名乗る者が「城中に申すべきことあり」と声高に叫んだ。

「薩州和泉、高城二郡の主、梅北宮内左衛門尉国兼、天下を切り従えんと、全軍にてここへ出向いたところである。すみやかに城を明け渡すか。あるいは、一戦におよぶか。即刻返答すべし」

留守居役の井上弥一郎が二十代の若さにまかせ「城を枕に」などと激昂するところを、四十も半ばを過ぎた安田与七郎はなだめ、「七百もの大軍に二十人では戦にならない。小半刻も持つまい。死ぬことはいつでもできる。城を焼いては何のための留守居かわからない。ひとまず城を明け渡し、首魁を本城へ誘い入れて、隙を見て討ち果たす算段をすべきだ。ここは曲げて、我にまかせ置け」と諭した。

先の矢崎内蔵之助なる使者は「ただ今すぐに、城を明け渡せ。拒むならば焼き落とす」再びそう通告してきた。安田与七郎は家士を呼び、矢崎に対してこう言わしめた。

「天下反覆の義兵を挙げられ、当地ご着陣の旨、その御意志、確かにうけたまわりました。当城は、所詮出城に過ぎず、我々といたしましてもお手勢に加えていただき、忠義に励み、大身となりたき所存でございます。本丸はすぐに明け渡します。即刻ご入城なさいますよう願う次第です。このたびのわれわれの忠節に対しまして、ご本望を達せられましたあかつきには、どうかご加恩を賜りますようお願い申し上げます」

井上弥一郎らが城門を開けさせるなり、梅北国兼は本丸に入った。梅北軍の士卒は佐敷城下に高札を打ち、それぞれ駐留した。

六

佐敷の城下町や周囲の郷村では、むしろ反乱軍の到来を手放しで歓迎する空気が大半を占めていた。秀吉の朝鮮出兵は、日本国内において急速に民の窮乏と疲弊とを招いていた。加藤清正領も例外ではありえなかった。農村からは、千石の土地につき四人の徴発を命じ、肥後の加藤領全体では約千人が渡海させられることになった。漁村からは海上輸送のために水夫の徴発を根こそぎ行い、この佐敷からは女まで徴発していた。農村や漁村の暮らしが成り立たなくなるのは当然のなりゆきだった。

加藤清正が肥後北部に入封以来、強力に押し進めてきた兵農分離策は、旧国衆の土豪と家臣団を徹底して解体した。彼らは、小禄の家臣に甘んじて城下に移り住むか、あるいは農民として生きるか、その選択しかなかった。あとは浪人となって諸国を流浪するしかなくなった。それまでの半農半武の土豪衆や村民は一人も存在を許されなかった。しかも、三年前、天正十七年には領内惣検地が施行された。領内の隅々まで検地竿が入れられ打ち詰めにされて、各村の年貢請け負い高が確定され、農民は庄屋の統制を受け、決められた年貢納入を義務付けられることになった。もちろん隠田などすべて摘発され、農地、屋敷地を登録されて年貢割りがなされた。結果として加藤清正領内では平均七割もの年貢対象地が新たに打ち出されることになった。米は外征の兵糧として供出させられ、民の頼みとする麦でさえ、清正の領国では、三分の二の納入を義務付けられていた。他の大名領では収穫高の三分の一を麦年貢として納めるのが慣例で、いわばその倍の搾取を受けていた。

朝鮮出兵以前から加藤清正領で際立って過酷だったのは、義務労働の夫役だった。清正は、新たに隈本城を建造する必要から、二十石の土地から一人の割合で隈本に人夫を出させていた。他大名領では農作業を重視し、せいぜい千石の土地から一人の人夫割り当てが常とされていた。

かつてそれぞれの土豪衆と村人とが武装し、戦闘を繰り返していた時代が、秀吉の九州征伐によって終わり、確かに戦乱のない世とはなった。しかし、肥後の民は、かつてよりもはるかに貧しく惨憺たる状況に追い込まれた。厳しい統制ばかりが布かれ、年貢、夫役、あげくは渡海兵役、飢餓に追い込まれるような日々に比べれば、国衆によって支配され戦乱の続く時代の方がずっとましだった。秀吉の天下統一など肥後の民に何一つよいことをもたらさなかった。

誰かが、この悲惨な状況をひっくり返してくれればよいという願いに、梅北国兼は応えた。そして、空き家同然の佐敷城を奪取した。民はそれに喝采を送り、支援を惜しまなかった。佐敷、水俣、津奈木、八代の町人や百姓も、梅北の軍に加わっていた。

梅北国兼は、まず七百三十の兵を集め、佐敷の城を無血で奪取した。旧肥後国衆の残党は、続々と佐敷に集まってきた。

同じ十五日朝、梅北国兼と同心する島津義久家臣の田尻但馬は、手勢と浪人らを合わせ二百七十の反乱兵を率いて、まず宇土半島の付け根、大野川河口の松橋に船で上陸した。薩摩街道を南下して球磨川河口に位置する小西行長領、八代の麦島城が田尻軍の標的だった。梅北国兼は、佐敷から薩摩街道を北上して八代に軍兵を送り、田尻但馬と南北から挟撃して九州往還の要衝に位置する麦島城の奪取を目論んでいた。ところが松橋の町名主や乙名衆が、突如到来したこの反乱軍に同心しなかった。田尻但馬は、松橋の民家に火を放った。

薩摩街道を南下すると松橋から小川の町までは一里半の距離だった。この時、小川の旧紫尾城に拠っていたのは小西行長家臣の松浦筑後守久次だった。彼は、平戸松浦氏の支族で、かつては島津氏に属し小川の紫尾城を守っていた。島津征伐の際、久次は秀吉に下り、先鋒として従軍した。平定後、八代と小川に領地を許され小西行長のもとで旧紫尾城に留まることになった。

反乱軍の襲来と松橋炎上の報せが届くと、松浦久次は鉄砲衆と手勢の五十人ばかりを率いて城を出、薩摩街道小川の商家で反乱軍の襲来を待ち伏せた。田尻但馬の軍が松橋で手間取り小川までいたった時には、すでに未の刻（午後二時）を過ぎていた。田尻但馬の軍兵は宿外れに野陣を布いて、小川の庄屋に飯と湯茶の供出を求めた。二百七十の軍兵が飯をしたため始めた一瞬の隙を突いて、鉄砲衆二十人がいきなり撃ちかけ、松浦久次は騎馬して田尻但馬めがけ真っ直ぐに乗り入れた。田尻但馬を槍で突き伏せ、側に控えていた但馬の息、荒次郎、荒五郎の二人を下馬するなり斬り倒した。寄せ集めの反乱軍は、主将父子を討たれ、奇襲に遭って総崩れとなった。松浦久次は、要衝の八代麦島城を固めるため、そのまま手勢を率いて薩摩街道を南へ向かった。

日奈久に出張検分に出ていた坂井善左衛門と井上弥蔵は、安田与七郎からの早馬で城明け渡しの顚末を報された。二人は、五里余の道を佐敷へ戻った。二人が、肩衣半袴に大小を帯びて登城したのはすでに未の刻になっていた。大手門まで来てみると門扉が開かれ、見知らぬ門番が立っていた。

二人が広間へ行くと、井上弥一郎が出てきた。そして、二人を梅北国兼に紹介した。

坂井善左衛門は近江の鮒鮓を持参していた。佐敷城留守居役の馬廻衆は、何の抵抗も見せずに即座に城を明け渡し、酒ばかりか肴までも差し入れ、むしろ梅北軍の入城を歓迎しているようにさえ見えた。国兼は、鮒鮓を遠来の珍物と喜んで、留守居役四人にも相伴するよう言いつけた。

「このたび、身どもの武勇に応じ、降参を願うはもっともである。これより以後、忠勤をつくし、奉公すべし。さりながら、家来になって後は、小城においてもその方らに預けおいた時、このたびのような明け渡しなどは無用である。身どもの家来として年月を重ねて勤めるならば、臆病の病根は抜けて剛性になるはずだ。身どもは弱きことは何より嫌いである。よくよく武道を心掛けて見覚えるべし」

すでに酔いがまわり、国兼は上機嫌で佐敷城留守居役の四人に語った。四人とも、太刀は広間に入る折に国兼近侍に預け、脇差のみを帯びていた。国兼の近侍三人が広間脇にひかえていた。

国兼は大盃を二つ傾けて、まず坂井善左衛門に差し出した。年若い酌の女が一人いた。佐敷家臣の下女らしかった。善左衛門が前へ進み出て盃を受け半ばまで飲むと、国兼は肴を箸で挟み与えた。善左衛門は、肴を食べ、酒を飲み干し、下座へ退くように片膝立ちとなっていきなり持っていた盃を国兼に投げつけた。即座に一尺八寸の脇差を抜き、国兼の右の肩から斜め深くに斬り付けた。国兼が後方へ立てておいた三尺八寸の太刀を取って抜こうとした。井上弥一郎が駆け寄って、国兼の右の腕を打ち落とした。与七郎、弥蔵も間髪を容れず脇差を抜いて、国兼に斬りかかった。近侍の者たちは、目の前で起こった信じがたい光景に動転し一瞬の隙を見せた。四人は国兼を討ち果たした勢いのまま、近侍三人に打ちかかってこれらも斬り伏せた。

秀吉の足元で、再び薩摩国侍と肥後国衆が烽火を上げた。秀吉は、梅北国兼反乱の報に怒りが収まらなかった。朝鮮、明国ばかりか、天竺や南蛮までも掌中にしようと高揚していた矢先のことである。明国征伐どころか、日本の統一すらも実はいまだ不確かなものだと、冷水を浴びせられたようなものだった。

天正二十年（一五九二）陰暦六月

一

六月、秀吉軍が朝鮮国釜山に侵攻を開始してまだ二月というのに、肥前名護屋では、送り出す兵糧米の確保に苦労していた。そもそも、このたびの明国征伐にかかる遠征費用は、秀吉が直に支配する蔵入地の約二百万石と、直轄する金銀鉱山からの運上金を充てることとし、秀吉の蔵入地高二百万石から四公六民で実収約八十万石、運上高の約六十万石、合わせて約百四十万石となっていた。

名護屋待機軍を合わせ三十万五千人にものぼる動員将兵には、当初九州と四国に設けた秀吉の蔵入地からの三十万石が充てられる予定だった。ところが、それらの蔵入地では百姓衆が年貢を完納できず、米を名護屋に輸送するはずの水夫も確保できないという予想外の事態が起きていた。いざ外征を始めてみれば、米が机上の計算通りには名護屋に到着しないという状況となり、急遽、播磨や大坂に貯蔵していた秀吉の蔵入米を充て、残りは商人米の買い入れで補うしかなかった。博多では銀一枚（四十三匁）につき米八石、名護屋では銀一枚に米七石の相場で商人米が買い入れられた。沢瀬甚五郎ら博多の商人も、堺などから運ばれてくる商人米を買い入れ、名護屋へ送り出すことに忙殺された。しかし、それすらもまもなく途絶えがちになった。秀吉が蓄えた金銀はあっても、米の絶対量が不足していた。

その頃名護屋から聞こえてきたのは、秀吉の朝鮮渡海が来年三月に延期されたという思いがけない話だった。神屋宗湛や嶋井宗室は、名護屋に在陣する家康始め東国の大名衆とも茶の湯や商いで通じており、間違いのない報せだった。これまで秀吉は、五月中には漢城に着き、本年の九月には北京へ入ると豪語していた。明を征服し、北京に後陽成天皇を遷して関白秀次を北京に置き、そして秀吉自身は寧波に居を定め、次いで天竺（インド）征服にとりかかる。同時に、琉球国、高山国（台湾）、そして呂宋（フィリピン）も服属させ、東アジア全体に支配をおよぼし、明の皇帝が行ってきた冊封体制を自らが主体となって新たに築くはずだった。

朝鮮へ渡る秀吉の御座船が名護屋へ用意されたという話は、すでに甚五郎も耳にしていた。ところが、急に朝鮮渡海が来春まで日延べされた。何でも家康と前田利家から諫められたのだという。代わりに増田長盛、石田三成、大谷吉継ら秀吉側近の奉行衆を派遣することになった。これまで戦において秀吉は常に陣頭にあった。石田三成らの奉行衆では、とても秀吉に代わりえない。いかに家康と利家の進言でも、これまでの秀吉ならば聞き入れるはずがなかった。秀吉が渡海して陣頭指揮に当たらなければ、何よりも遠征した諸大名を統率する力が失われる。渡海した大名同士の功名争いから、むしろ遠征軍の分裂を招きかねなかった。秀吉における変化の兆しは、実はこの時から始まった。

六月十五日、島津義久家臣の梅北国兼が反乱を起こし、加藤清正領の佐敷城をおとしいれたとの報は、その翌日に博多へ届いた。国内をすっかり平定したものとして明国征伐を開始したものの、その秀吉の足元から思いがけぬ反乱が勃発した。西国の諸大名がこぞって朝鮮に渡海し、手薄なこの時を狙い澄ましたかのようなこの反乱に、秀吉は、浅野幸長と伊藤長門ばかりか家康麾下の勇将、本多忠勝までを名護屋から即刻派遣することを決め、必ず梅北国兼の首を持ち帰れと命じた。

博多も困難に直面していた。朝鮮国との貿易は途絶え、軍需景気も早々と陰りをみせていた。嶋井宗室が懸念していた通りのことが起きていた。渡海した小西行長ら秀吉軍は進撃を続け、恭順しない朝鮮軍を打ち破っていることは甚五郎も耳にした。だが、そのこと自体が、すでに小西行長の思惑とは大きく隔たっていた。行長や対馬島主の宗義智(そうよしとし)らは、朝鮮国との戦を回避する手立てを尽くした。だが、ひとたび兵端を開けば、止めるのは容易ではない。戦は怒りと憎悪(ぞうお)を呼び起こし、独り歩きし始める。小西らの連勝の報は、むしろ彼らが泥沼にはまりこんでいることを意味していた。国内では兵糧米が底を突き始め、生産に当たる百姓衆も徴発されて今後の期待はできない。輸送に当たる水夫もいない。兵糧は足りなければ渡海した朝鮮で工面するとは聞いていたが、そう簡単にいくかどうか、はなはだ心もとない話だった。現地調達はあくまでも朝鮮国王が秀吉に恭順したとしての話に過ぎない。十五万九千人もの秀吉軍が朝鮮で兵糧を掠奪(りゃくだつ)すれば、朝鮮の民が飢餓に追い込まれる。餓死に直面すれば黙って死を待つ者はいない。必ずや死に物狂いの抵抗がある。名護屋からの兵糧が途絶え、朝鮮国内で調達できなければ、飢餓に瀕(ひん)するのは逆に秀吉軍の方となる。

　六月十七日、博多に届いた報せで、梅北国兼の反乱があっけなく幕を閉じたことを甚五郎は知った。寄せ集めの蜂起(ほうき)軍では、主将が討たれればすぐに散り散りになってしまう。早期鎮圧の報に、今のところ戦景気で潤(うるお)っている博多ですら、落胆の色を見せる者が多かった。開戦当初の熱狂は色あせ、気がつけば重い現実ばかりが目の前にあった。

二

六月七日、小西行長ら第一軍と第三軍の黒田長政隊は、平壌の東側を流れる大同江の東岸、栽松院まで迫っていた。翌八日、行長は、かつて宣慰使として景轍玄蘇を応接した李徳馨を指名し、平壌城内の閣僚あてに講和についての会談を申し入れた。李徳馨は、今や役人を監察する大司憲の要職にあった。朝鮮からは李徳馨、秀吉軍からは玄蘇と対馬家老の柳川調信が出て、大同江に浮かべた船上で会談することになった。

しかし、李徳馨にしてみれば、ここまで侵略を続け朝鮮国内を蹂躙しておいて、今さら講和も何もあろうはずがなかった。相も変わらず明国征伐の道を貸せとの玄蘇らの申し入れに対して李徳馨は答えた。

「もし明国を侵そうと欲するのならば、なぜ明の寧波へ直接攻め込まず、この朝鮮を侵すのか。この事実は、当初よりわが国を滅ぼそうとの計略であるとしか受け取れない。明国はいってみればわが国にとっての父母の国である。たとえわれらが死に果てることになったとしても、貴殿らの言うことを聞き入れることはありえない」

翌十日、小西行長ら秀吉軍二万三千七百は、大同江を隔て平壌中城の真向かいに当たる東大院に陣を布いた。朝鮮国王宣祖は、これを見て翌十一日平壌を脱出し、北へ約九十キロ離れた寧辺を目指した。平壌には新たな左相（第一副総理）の尹斗寿らと都元帥（総司令官）の金命元率いる兵一万が残り、秀吉軍の襲来に備えた。秀吉軍は渡るべき船がなく、水枯れの季節とはいえ名にし負う大河を前に、ただ手をこまねいていた。

六月十三日深夜、寧遠郡守の高彦伯らが、秀吉軍の船足のないのを幸いに夜襲を企てた。曇天の暗夜、高彦伯らは川船数十艘で大同江を渡り、寝入っていた宗義智の陣にいきなり斬り込んだ。だが、「黒田八虎」と讃えられる黒田三左衛門（睡鷗）と後藤又兵衛らがこの奇襲に気づき、宗義智隊の救援に駆けつけた。高彦伯らの奇襲兵は、黒田勢の反撃にたちまち切り崩され、大同江の岸まで追い詰められた。朝鮮軍兵は川船に乗って平壌城内へ逃げ戻ろうとしたが、船乗りたちは秀吉軍を恐れ、呼んでも舟を寄せようとしない。そこで朝鮮兵は、我先に上流へと走り王城灘と呼ばれる浅瀬から大同江を徒歩で渡り、城内へ逃げ戻った。奇襲兵たちは、わざわざ渡河地点を秀吉軍に教えに来たようなものとなった。

敗走する朝鮮軍兵を追撃して秀吉軍はすでに王城灘の浅瀬を渡り始めていた。この有様を見て、尹斗寿は平壌の運命を悟るしかなかった。尹斗寿は、平壌市民と軍兵をまず城門から退避させ、武器弾薬を城内風月楼の池に沈めると北の順安へ向かって脱出した。

六月十五日、小西行長ら秀吉軍は平壌の市街城へ入った。城内の官倉には十三万石もの米や粟がそのままになっていた。国王宣祖が平壌に遷都したのに合わせ、急遽かき集められた年貢の米穀だった。第一軍への兵糧補給は滞りがちになっていた。小西行長は、しばらくここに留まって兵を休め、国王宣祖の追跡は休止することに決めた。

黒田長政の軍勢五千は、第二軍と別れ、支配を割り当てられた南の黄海道へ向かった。

三

七月六日、脇坂安治率いる七十余艘の大船団は、釜山の西方七里半（約三十キロ）に位置する熊浦を発し西へ向かった。目指すは西南方へ十二里半離れた弥勒島の唐浦である。秀吉水軍は、李舜臣に阻まれた西方海域への進出を再開した。この海域を制圧しない限り、陸路をゆく秀吉軍も補給物資の不足から悪戦を強いられることは明らかだった。

秀吉水軍の海上補給路計画は、釜山と金海、そして熊浦から朝鮮半島南岸を西へ進み、黄海を北上し漢江の河口へ、そして漢江をさかのぼってすでに占領した首都漢城へいたるというものだった。ところが、ここへきて朝鮮水軍を率いる李舜臣にことごとく阻まれ、釜山と金海、熊浦から西へ補給路を延ばせないままここにいたっていた。

陸路を進撃する小西行長らの第一軍は、すでに平壌を陥落させていた。兵糧は現地朝鮮でも調達することになっていたが、秀吉軍による強奪が繰り返された結果、各地で義兵が蜂起し、陸路で補給することは極めて難しい状況になっていた。平壌に兵糧や弾薬を補給するとすれば、やはり西方海域を制し、北上して大同江河口から遡上するしかなかった。

七月七日、脇坂安治率いる軍船七十余艘は、統営半島と巨済島の西岸にはさまれた見乃梁の海峡で夜明けを迎えた。ここまで脇坂安治は、海路の安全を確かめることもなく強引に軍船団を運んできていた。朝鮮水軍に傑出した水軍大将がいるとの噂は、すでに脇坂の耳にも届いていた。この二ヶ月で、秀吉水軍は百八艘もの軍船を焚滅させられていた。その海将の前では、村上水軍で聞こえた来島兄弟でさえ壊滅させられ、来島通之は自刃していた。だが脇坂は、先に京畿道龍仁の陸戦で、朝鮮三道の連合軍を打ち破り、朝鮮軍兵の脆弱なことを知っていた。脇坂は、相次ぐ秀吉水軍の敗報に名護屋の秀吉へ朝鮮水軍征伐を自ら願い出、九鬼嘉隆、加藤嘉明とともに漢城から釜山浦へ向かった。これまでの陸戦で脇坂は朝鮮軍に満足な将兵などいないという確信を得ていた。自らが九鬼嘉隆や加藤嘉明より先に例の海将率いる朝鮮水軍を撃破し、その大将首を秀吉に送る腹づもりだった。九鬼嘉隆と加藤嘉明が支度に手間取る隙に、脇坂安治は七十余艘の大船団で熊浦から出撃した。

その海将は、頭頂に玉鷺を飾った鉄兜と、中国風の黄土色の甲を身に着け、腰には海将を意味する黄金の虎をはめ込んだ革帯を締めているという。旗艦の板屋船楼上に立って身じろぎもせず、白に染めた藤鞭（指揮棒）を少し動かすだけで自在に軍船団を走らせ、また引かせる。しかも、その水軍には、甲板に蓋をかぶせた奇妙な箱型船があり、秀吉軍の大船を見れば遮二無二激突してくるとも聞いていた。朝鮮水軍の備える火砲の威力は凄まじく、鉄砲の届かない沖での海戦になれば逃げるのが精一杯だとも脇坂は聞かされていた。

脇坂水軍は見乃梁まで西進してきたが、朝鮮水軍の物見船すら見かけなかった。見乃梁を抜け出れば弥勒島は目の前である。大安宅船七隻を含む七十余艘の大船団に、さしもの水軍将も恐れをなしたものと脇坂は疑いもしなかった。

だが、李舜臣率いる三水営連合水軍は、すでに弥勒島の唐浦に停泊していた。李舜臣は、七十余艘の秀吉軍大船団が見乃梁の海峡へ入ったことを漁民からの通報で前日に知っていた。李舜臣は、七日の朝には見乃梁の南の出口、閑山島(かんざんとう)沖に位置する花島(かとう)、大竹島(だいちくとう)、解甲島(かいこうとう)の三小島に六十余艘の朝鮮水軍船を分散待機させていた。そのなかには十一の新造船を加え、十四艘に増えた亀甲船(きっこうせん)も加わっていた。見乃梁の海峡は狭く、ただでさえ左右の海岸線が複雑に入り組み、岩礁(がんしょう)や暗礁も多かった。しかも海岸線が入り乱れるこの海峡は、潮の流れも複雑で朝鮮の漁民にも難所で知られていた。

慶尚右道水軍大将の元均(げんきん)は、これまでの連勝に舞い上がり、海峡に突入して先制攻撃をしかけることを主張した。彼は秀吉軍の釜山侵攻時に錯乱し、三艘を残して配下の軍船七十艘をことごとく自らの命令で水没させたことなど今やすっかり忘れているようだった。その体ばかりか自尊心も肥え太り、五歳年下の李舜臣ばかりが仰ぎ見られるのは面白くなかった。元均は、かねてより西人(せいじん)派を公言し、東人(とうじん)派の領袖(りょうしゅう)、柳(りゅう)成龍(せいりゅう)の後押しで全羅左道水軍の大将となった李舜臣にはとりわけ対抗心を示した。幸い全羅右道の水軍大将李億祺(りおくき)は、軍神が乗り移ったかのような李舜臣の才を認めており、これまでどおり李舜臣の指令に従うことを表明した。

この朝、見乃梁の潮は南から北へ流れていた。それも李舜臣の頭の中に入っていた。見乃梁の南に待機する朝鮮水軍にとっては海峡へ入りやすく、秀吉水軍には出にくい流れである。李舜臣は、亀甲船三艘に先導させ、大型の板屋船十隻を五隻ずつ海峡内に送り込むことにした。

この時も、先頭を行く亀甲船に乗り指揮していたのは、泗川湾内の海戦の時と同じく李舜臣が信頼する全羅道鹿島部隊長の鄭運だった。彼は、李舜臣が何をやろうとしているのかをよく理解していた。この十三艘の船団が囮となって秀吉の大船団を見乃梁から閑山島沖の広い海域におびき出し、そこで三島から朝鮮軍船団を一気に繰り出して包む戦略だった。ちょうど陽が昇り始め、潮流が変わる時を迎えようとしていた。ただでさえ狭く暗礁もあり、見乃梁の海峡内では、航行に慣れている朝鮮の水夫たちでも自由に反転することは難しかった。だが、あまりに早く反転して逃げ戻れば、秀吉水軍が警戒して追いかけてこない。反対に海峡深くへ入り込めば、大安宅船七隻を含む敵の大船団から攻撃され、ひとつ間違えれば脱出する前に亀甲船も含めて一船団十三艘の全滅もありえた。一、二艘の犠牲はやむをえないとしても、接近できるところまで接近し、秀吉の船団を引き寄せながら海峡を抜け出さなくてはならなかった。

鄭運の亀甲船は、船団の先頭を進み海峡内に侵入した。物見で停泊していた脇坂水軍の小早船が、例の竜頭を舳先に飾った箱型船三艘を含めた船団を確認し、海峡の奥へと通報に走った。すでに朝鮮水軍に箱型の奇妙な船があることは秀吉水軍にも知れ渡っていた。その軍船団を率いるのが例の天骨を備えた海将だという噂も広まっていた。潮流は海峡へ侵入していく朝鮮水軍にとっては順流であるが、もし追いかけてくれば秀吉水軍には逆流となる。その分、時間的な余裕はあるが反転して逃走に入れば、同じく朝鮮水軍も閑山島沖まで逆流を漕ぎ続けなければならなかった。

陸戦でも海戦においても、問題となるのは兵の能力差である。秀吉軍兵と朝鮮軍兵とは埋めようがない大きな体力差があった。戦乱続きで鍛え上げられた秀吉軍は、信じがたい体力を持っていた。小西行長軍は、釜山から漢城までの百里（約四百キロ）の道のりを重装備で戦いながら二十日間で走破していた。李舜臣が着任して以後、麗水の水軍兵は徹底して鍛えられたが、それでも二百年の泰平は兵の体力を失わせて久しかった。この時も、朝鮮水軍は三水営の連合艦隊だった。元均の慶尚右道水軍はもとより、李億祺の全羅右道水軍の兵でさえも、李舜臣の全羅左道水軍兵よりかなり劣ることは否めなかった。とくに逆流のなかでは漕ぎ手の体力差がはっきりと出る。どの時点で反転し出口へ引き戻るか、鄭運の判断にすべてがかかっていた。

秀吉水軍が鄭運の視界へ入ってきた。すでに海峡を三分の一ほど進んだところだった。聞いていた通り海峡を埋めつくすほどの大船団だった。

亀甲船三艘の後方には、一丁（約百十メートル）の距離をとって板屋船が五隻ずつ続いていた。亀甲船は、漕ぎ手を緩めて速度を落とし前進した。先頭の関船が二丁まで近づいてきたところで、鄭運は亀甲船の竜頭から火砲を一発撃たせ、そこで反転した。後続の板屋船もそれを合図に反転し、今度は逆流する潮を閑山島沖へと海峡出口に向かった。二十挺の櫓で漕ぎ進む小型の亀甲船三艘が板屋船団を追い抜き、先に海峡出口に向かった。しかし、四丁ほど戻ったところで最後尾の板屋船が秀吉の関船四艘に追いつかれた。火砲を放って振り切ろうとしたものの、鉄砲で攻撃され船縁に熊手を引っ掛けられた。乗り込んで来た秀吉軍兵を朝鮮水兵が迎え撃ち船上で斬り合いとなった。その間に秀吉軍船から火矢を射込まれた。火のついた松明も次々と投げ込まれ、まずその板屋船が炎上した。

自軍船が放つ砲声は、花島に待機した旗艦楼上で李舜臣の耳にも届いた。それは、間違いなく秀吉水軍が囮船団に食いつき、追撃してきたことを意味していた。三島に潜んでいる朝鮮水軍船は、李舜臣の指揮に従い太鼓の乱打で出撃する手筈となっていた。ともかく秀吉水軍が目の前の閑山島沖へ出てくるまで、自軍船が最小の犠牲で見乃梁を抜け出てくれればよいと李舜臣は願った。

海戦の経験が少ない脇坂安治は、この十三艘がこれまで秀吉軍船をことごとく焼き討ちしてきた海将の軍船すべてだと思い込んだ。残りの板屋船九隻の中に必ず例の水軍大将が乗っているはずだった。さしもの天才も、七十余艘の大船団には恐れをなし、逃走の一手しかないと判断したに違いなかった。板屋船を一隻焼き討ちしたことで、脇坂水軍はかさにかかって追い続け、漕ぎ手に疲れの見え始めたもう一隻の板屋船にまたも追いついた。見乃梁の出口近くで板屋船が攻撃され再び炎上させられた。

砲声と黒煙が湧き上がるたびに、花島の島陰に潜んだ朝鮮水軍兵は、しきりに旗艦の楼上に立つ李舜臣を見上げ出撃命令を求めていた。だが李舜臣は楼上に立ちつくし表情ひとつ変えなかった。たとえ十三艘の囮船団が見乃梁で全滅させられても、この七十余艘の秀吉水軍は閑山島沖で壊滅させなくてはならない。海上補給路を断てば、必ず陸路を往く秀吉軍も音を上げる。この海戦が、朝鮮王国の民を救うか滅ぼすかの命運を握ることになる。西方海域への進出をここで断念させ、そして秀吉水軍を釜山浦に集結させ、釘付けにして、やがてはそこも制圧する。朝鮮水軍が制海権を握れば、やりたい放題の秀吉の陸兵軍もいずれ自滅するしかなくなる。

鄭運の乗る船を先頭にまず三艘の亀甲船が見乃梁の海峡口から閑山島沖に逃れ出てきた。まだ潮流は変わらず南から北へ流れていた。逆流のなかを漕ぎ続け板屋船が次々と逃げ延びてきた。八隻を数えた時にすぐ後方から秀吉軍の関船と安宅船七隻が現われ、大船団は囮船を追って続々と閑山島沖に現われた。それでも李舜臣の白塗りの指揮棒は動かなかった。玉鷺(ぎょくろ)を頂く鉄兜ごしに李舜臣がしきりに上目づかいで太陽の位置を確かめているのがわかった。潮流が変わろうとしていた。北から南へ、今度は見乃梁に戻ることが困難な流れとなった。

初めて李舜臣(りしゅんしん)が右手に持った白い藤鞭(ふじむち)を高く上げ、閑山島沖めがけて水平に指した。太鼓が一斉に打ち鳴らされ、三つの島陰に潜んでいた朝鮮水軍が次々と閑山島沖に躍り出て行った。まず十一艘の亀甲船が、火砲を発しながら漕ぎ進み、安宅船の船体深くへ激突した。囮船団を一直線で追って来ていた脇坂軍船団は、左右から包み込まれるように挟撃(きょうげき)される形となった。

不意をつかれた脇坂水軍は隊列を乱した。板屋船、挟船(きょうせん)がそれぞれを取り囲んでは砲弾を浴びせ、火箭(かせん)を放った。亀甲船の衝突で船体を大きく破損し、傾く脇坂軍安宅船へ容赦なく砲弾が降り注いだ。船縁を接しては長刀を手に怒号を発して朝鮮水軍兵が躍り込み、船上で激しい白兵戦が繰り広げられた。

亀甲船の体当たりと火砲の威力には抗しきれず、脇坂水軍は次第に苦戦に陥った。脇坂安治は、見乃梁(けんだいりょう)へ引き戻れとの指令を出した。ところがすでに潮が逆に流れ、疲労した漕ぎ手にとって簡単には海峡内へ逃げ込めなくなっていた。海峡口へ向かった脇坂軍船が潮流に押し戻され、そこに亀甲船が激突する。浸水させて脇坂軍船の動きを止め、取り囲んだ軍船から火砲を集中する。戦が長引けば体力に勝る秀吉軍に分があった。李舜臣は火砲による集中砲火を徹底し短期決戦に持ち込んだ。これまで実戦で磨いてきた朝鮮水軍の戦法は、ここでも有効だった。

夕暮れまでに、脇坂水軍は何とか十三艘が逃げ延びたものの、甲板上に矢倉(やぐら)を築いた大安宅船七隻、中型安宅船二十八隻、関船十七艘、小早船七艘、合わせて五十九艘を閑山島沖で焼き沈められた。脇坂安治の乗る旗艦の安宅船は、逆流の見乃梁をなんとか走破し熊浦(ゆうほ)へ向かって逃走した。李舜臣の首級(しるし)を上げるどころか、脇坂安治自身が、命からがらやっと逃げ延びるという有様だった。この閑山島沖海戦に朝鮮水軍は四隻の板屋船を失っただけだった。

四

志摩(しま)海賊の頭領(とうりょう)、九鬼嘉隆(くきよしたか)は、ここまでの朝鮮水軍との戦いで相手の水軍将が尋常な相手ではないと見抜いていた。海流や潮流を知り尽くし、常に水の利を背景に戦っていた。それに、陸兵の鉄砲を警戒して秀吉水軍を必ず沖合に誘い出し、例の奇妙な箱型船で激突しては航行を不能にしたうえで集中砲火を浴びせてくる。日本の軍船が、ジャンクのような隔壁構造を持たず、船体が大きく損傷すれば一気に浸水し、すぐに航行不能となることをよく知っていた。朝鮮軍は鉄砲を備えず、陸上では圧倒され続けていた。だが、海戦では強力な火砲を秀吉水軍が持たず、朝鮮水軍の青銅砲は砲弾ばかりか焼き討ちのための火箭までを放った。例の朝鮮海将は、秀吉水軍の長所を消し、その弱点を突くことに徹していた。

海戦を満足に知らぬ脇坂安治が功名心に駆られて先駆けし、閑山島沖で惨敗を喫するのも当然だった。当初の軍略通り、九鬼水軍と加藤嘉明の軍船団が一緒にいれば、敵将の誘いに乗ることもなく、敵の船団を狭い海峡内に引き寄せて戦った。例の箱型船や挟船、板屋船は、岩礁の多い海峡内では自在に動けず、陸から狙撃して板屋船楼上の敵将を倒すこともできた。ここまで秀吉水軍は小船を合わせれば百六十余艘もの軍船を失い、海上補給路は釜山、金海、熊浦から少しも西進できないままだった。例の朝鮮水軍将が完全な制海権の掌握を目指し、いずれ熊浦、金海、釜山へ到来することは間違いなかった。

七月九日朝、朝鮮水軍は釜山の西に五里ほど離れた安骨浦の沖に姿を現した。それにしても早かった。閑山島沖海戦で大勝した後も休養などとらず、熊浦へ逃走した脇坂水軍船を追撃してそのまま襲来してきた。噂通り朝鮮海将は、さすがに戦をよく知っていた。

九鬼嘉隆はこの時、旗艦「日本丸」始めすべての九鬼軍船を安骨浦の入り江に移していた。熊浦とは地続きではあるが、安骨浦は湾に奥行きがなく、朝鮮水軍が攻め込んでくれば充分に鉄砲の射程距離にとらえられる地の利があった。朝鮮水軍は、やはり囮の板屋船を秀吉水軍四十余艘が集結する安骨浦の湾内に侵入させ、沖合いへ誘い出そうとした。だが、九鬼嘉隆はその手には乗らなかった。

日本丸は、全長百五十一尺五寸(約四十六メートル)、幅二十九尺(約九メートル)の甲板に唐破風の屋根を備えた三階層の矢倉を設けていた。乗員百五十名、右舷左舷合わせて百挺の櫓で主動する千五百石積みの巨船だった。安骨浦には日本丸を中心に、波切丸、小鷹丸、岩潜丸、山不知丸、安楽島丸など、九鬼水軍の名を知らしめた軍船を周囲に配置して、岸辺近くへ寄せ、李舜臣による再三の挑発にも一切乗らなかった。その背後の岩山には多数の鉄砲衆を配置していた。

李舜臣は、沖合への誘いに動じない九鬼水軍に対して、安骨浦の湾口を軍船で塞ぐ形に配置し、遠距離から火砲で攻めるしかなかった。朝鮮水軍船が湾内に入れば、陸からの鉄砲による掃射が待っていた。亀甲船も奥行きのない湾内では自在に動けないため、同士討ちの危険が高く突入させられなかった。

朝鮮水軍の砲撃は辰の刻（午前八時）から始まった。九鬼水軍の日本丸始め各軍船には大筒三門の他、矢倉と両舷には鉄砲狭間が設けられ、大狭間鉄砲で狙撃できる仕掛けを備えていた。湾内に突入してきた朝鮮軍板屋船に九鬼の軍船からも大筒が火を噴き、激しい艦砲戦となった。九鬼水軍の旗艦日本丸の船体にも砲弾が当たったが、傾く気配はなかった。

九鬼嘉隆が自ら設計し根拠地の伊勢で造らせたこの船は、中国のジャンク船と同じ隔壁構造を持っていた。南蛮船における竜骨の代わりに細かく壁で内部を仕切り、船体を補強する仕組みだった。日本丸は、一ヶ所が破損し浸水しても、隔壁間の一室だけで浸水が留まり、航行不能に陥ることはなかった。

朝鮮水軍がいくら挑発しても九鬼水軍は湾外に出ようとはせず、陸地を背負って戦うことに徹していた。朝鮮水軍が船縁を接しようにも、陸からの鉄砲がそれを阻止した。九鬼水軍はかたくなに湾奥にへばりつき、朝鮮軍船がいらだって突入すれば陸と軍船から大筒と鉄砲とで弾丸を集中させてきた。九鬼水軍も、朝鮮水軍にも、死傷者が続出した。

日没を迎えた酉の刻（午後六時）、李舜臣は、鉦をゆっくりと打たせ軍船の撤収を命じた。日本丸始め九鬼水軍船は、闇がおりてから釜山浦へ向かって航行した。結局どちらも決定的な勝利を得ることはなく安骨浦での海戦は痛み分けで終わった。だが、九鬼嘉隆率いる水軍でさえ、李舜臣の朝鮮水軍相手では極力沖合での海戦を避け、陸地を背負って防戦に徹するしか打つ手がなかった。少なくとも海上補給路を西進させるという秀吉の目的はまたも阻止された。

七月十四日、閑山島沖での脇坂軍大敗を知らされた秀吉は、名護屋からの指令が発せられるまで朝鮮水軍との海戦を避け、巨済島に城を築いて、あくまでも陸地から朝鮮水軍を討伐せよと厳命した。また釜山から慶尚道南岸にかけての陸地補給路を維持し、水夫を休養させることを合わせて指令した。この頃には遠征のために各地より徴用された水夫たちの疲労と消耗とが極限にまで達していた。

五

平壌陥落の報せは、寧辺まで行路を進めていた国王宣祖のもとに届いた。この先は義州まで落ち延びるしかなかった。義州は朝明国境に位置し、目の前の鴨緑江を渡れば明国の遼東（遼寧省）である。宣祖は、まず明国へ援軍の要請のために李徳馨を遼東へ派遣した。そして、李氏朝鮮存続のため後継王子の光海君に分朝を命じた。光海君には領議政の崔興源と刑曹参判の尹自新らを随行させ、別路を使って江界まで下らせることとした。江界は、やはり明との国境に近く義州から北東へ五十里（約二百キロ）も離れた山中だった。

六月十七日、鴨緑江を渡った李徳馨は明国の遼陽に着いた。李徳馨は、遼東の巡撫都使（地方長官）郝杰に対して日に六通の書簡を送り、官邸に出向いては郝杰の帳下で終日朝鮮国の窮状を訴え、慟哭して動こうとしなかった。郝杰は、李徳馨の姿に打たれ、北京への上奏はまだ果していなかったが、遊撃将軍の史儒と参将の戴朝弁に遼東の兵二千を付けて義州へ進発させた。だが、李徳馨は、平壌を陥落させた秀吉軍は二万を超える大軍であり、いくら遼東の精兵でもこの兵数ではとても足りないと訴えた。そこで郝杰は、北京の軍務大臣に当たる兵部尚書の石星に書簡を送り、新たな援軍派遣を要請することにした。

石星は、すでに一年前に薩摩や琉球に在住する明国人から秀吉の外征に関する情報を集め、朝鮮の漢城府ではありえないとしていた秀吉の朝鮮侵略を差し迫る現実と受け止め、遼東の武備を厳重にするよう命じていた。秀吉の真の目的は明国征服であると見て、この六月の初めにも遼東から林世禄らを平壌に派遣した。秀吉軍の動向を探るという名目ではあったが、石星の意図は、二年前に朝鮮が秀吉に通信使を送った事実から、朝鮮国が秀吉に追随して明国征伐の先導を行なう危険があるかどうか確かめることだった。

郝杰からの派兵要請に石星は最も鋭敏に反応した。この時、明国も、中西部において韃靼の侵攻に手を焼いており、遼東でも女真族の反乱に手をやいていた。「こんな時に遼東の兵を割いて藩属国朝鮮の救援に向かわせるなどとは本末転倒もはなはだしい」とする閣僚の声もあがった。だが、石星は「もし手をこまねいて、このまま倭賊に遼東の侵略を許せば、明国の存亡に関わる大事となる」と押し切り、遼東軍の副司令官、祖承訓に兵三千を付けて追加派兵することを決定した。

祖承訓は、これまで女真族との戦いで度々戦功を挙げ、その名は朝鮮国でも知られているほどだった。しかし、朝鮮国において遼東軍の評判はすこぶる悪かった。遼東の兵たるや、性粗暴にして軍規などないに等しく、連中が鴨緑江を越えて朝鮮へいたれば、秀吉の倭賊軍と何の変わりもなく掠奪の限りを尽くすに違いないと語られた。

六月十九日、果たして史儒と戴朝弁の率いる明国遼東軍二千の兵が鴨緑江を越えて義州に到来するや、彼らは軍馬に乗ったまま民家に乱入し掠奪を始めた。義州の住民は、市街城から山野に逃げ出し、義州城内は一時住民の姿が消える有様となった。

七月十五日、先発した二千の遼東軍と合わせ祖承訓率いる五千の明軍は、平壌の北約六里（二十四キロ）に位置する順安にいたった。時に雨風激しく明軍はずぶ濡れとなっていた。祖承訓の応援に当たったのは、臨時宰相の柳成龍と都元帥（総司令官）の金命元だった。彼らは「この悪天候ですので、道も滑りやすく、急いで攻め上るのはいかがかと存じます。どうかまずは人馬を休めてください」と進言した。

それに対して祖承訓は、「わしはかつて三千の兵で十万の屈強な夷狄を征伐した。倭賊など蟻や蚊のようなものだ」と笑って応えた。そして深夜にもかかわらず、平壌への雨中行軍を決行した。金命元も仕方なく朝鮮兵三千を率いて明軍に従った。

翌十六日の暁、祖承訓は、史儒と戴朝弁を先鋒として平壌の七星門から城内突入を敢行した。ところが平壌は、道が狭く入り組み、しかも雨によって泥路となり馬が足をとられる状態で、騎馬兵を主力とする明国軍が自由に駆け回ることは不可能だった。この奇襲に、秀吉軍は不意をつかれ当初混乱した。だが、城内で思うように動けない騎馬兵を物陰から槍や長刀で突き落とし、まず白兵戦での反撃を開始した。松浦鎮信などは寝起きざま刀を手に、侵入してきた明軍騎馬兵を斬り倒した。この時鎮信は足に矢を射られ、手首を傷めながらもひるまず、槍を手に息の久信らと力戦して城外へ追い崩した。

やがて態勢を立て直した秀吉軍は鉄砲を手に攻勢に転じた。遊撃将軍の史儒は、身動きがとれない騎馬軍団の先頭で弓を手に奮戦したが、入城から一ヶ月を経て平壌城内を知り尽くした秀吉軍に高所から銃弾を集中され戦死した。戴朝弁、張国忠らの明軍諸将も、騎馬将兵には不利な市街戦で、しかもこれまで経験したことのない秀吉軍の鉄砲によって次々と射倒されることとなった。明軍将の馬世隆は銃弾に負傷しながら城外へ出たものの、小西行長と宗義智の軍勢に追撃されて落馬し討たれた。祖承訓も負傷し城外へ逃れ出るのがやっとのことだった。明国軍は、逃げ遅れた者は城内で討たれ、城外に出た者も小西や宗らの軍に追撃されて命を落とした。泥まみれの悪戦の末、千名の明軍将兵が秀吉軍に討ち取られ、平壌から敗走せざるをえなかった。

祖承訓は、夜通し馬を駆って平壌から約八十キロ北の安州まで逃げ戻った。そこで祖承訓は朝鮮の通訳官を呼びつけ柳成龍に伝えろと告げた。

「今日われは多くの賊を殺した。不幸にして史儒遊撃は傷を負って死んだ。天の時はわれに利あらず、大雨と泥濘によって、賊を殲滅できなかった。このまま兵を率いて遼東へ戻るしかない。お前の宰相には、賊が追撃してきてもこの場を動かずに防ぎ、われらが渡る浮き橋を撤去するなと言え」

同時に、祖承訓は上官の楊紹勲に大敗の言い訳を認め安州から上申した。

「平壌の城をいよいよ攻め落とそうという時になりまして、朝鮮軍の一隊が倭に下ってこれを助けたことにより、戦いはがぜん不利となり、矢や石を雨のごとく放たれ敗れました」

柳成龍(りゅうせいりゅう)は、平壌奪還のために再度祖承訓(そしょうくん)に出馬を願うべく、筆頭秘書官の沈喜寿(ちんきじゅ)を遼東の九連城(くれんじょう)につかわした。楊紹勲(ようしょうくん)は、すでに祖承訓からの敗戦報告を受けており、到来した沈喜寿を激しく叱責(しっせき)した。

「貴殿の国は、平素より礼儀の邦(くに)と称している。賊を護(まも)って内応するという馬鹿(ばか)な道理がどこにあるのか」

小西行長ら第一軍のあまりにも早い進撃に関して、明国では当初から朝鮮国王が秀吉に恭順し、明国征伐に加担しているのではないかとの疑いの目が向けられていた。

六

七月十一日、関白秀次は京都聚楽第(じゅらくてい)より秀吉側近の木下吉隆(きのしたよしたか)に宛(あ)てて書き送った。

『大政所(おおまんどころ)殿、御わずらいについて一書をもって申しつかわします。太閤(たいこう)様のお耳に入れてもよいものかどうか、各々(おのおの)が相談のうえお伝えするよう願います。御陣中のことでありますので、いかがかとは思いましたが、まずは皆へこのことを伝えます。よくよく相談のうえで太閤様へ申し上げることが肝要かと存じます』

秀吉の生母大政所重篤（じゅうとく）の報せだった。幼くして父を失い母の手で育てられた秀吉が、いかに母親に対する思いが強かったかは、身近にあった者ほどよく知っていた。老いた母の心労が、自らの朝鮮渡海にあったことは明らかだった。齢（よわい）八十になる母の制止が、明国征服の血気にはやる秀吉に朝鮮渡海を延期させたといってよかった。前年、わずか三歳の愛児鶴松（つるまつ）を失い、自らを奮い立たせるようにして明国征伐へと出兵させた秀吉が、母の重態を知ればいかなることが引き起こされるのか、側近たちも苦慮するばかりだった。

三日後、今度は直接秀吉に宛てて、秀次から大政所の病状を詳しく報せる早文（はやぶみ）が名護屋城へ届けられた。一刻の猶予（ゆうよ）もないという老母の病状に、秀吉は朝鮮のことも含め事後の一切を家康と前田利家に託して、一路老母のもとへと向かった。

七月二十二日、秀吉は門司（もじ）より船に乗り、赤間関（あかまがせき）からは山陽道をひたすら京へと急いだ。同じ日、大政所は京都聚楽第において世を去った。七月二十九日、大坂に着いた秀吉を待っていたのは大政所逝去の報せだった。

秀吉は、それを知ると一瞬惚（ほう）けたように立ちすくみ、悲嘆のあまり貧血を起こし倒れた。医師の投薬によって正気に返ったが、秀吉は一語も発せずただ涙を流すばかりだった。

八月に入ると、秀吉は隠居所を突然伏見に定め、八月二十日には、伏見城の縄打ちが開始された。明征伐をなし遂げた後、秀吉の隠居所は、明国の海門寧波に設けられるはずだった。来春に予定していた渡海の延期に引き続いて、またもこれまでの秀吉の言動とは矛盾する決定がなされた。

天正二十年（一五九二）陰暦七月

一

七月五日、薩摩の領主島津義久は、先月佐敷城を乗っ取り反乱を起こした梅北国兼の残党を征伐し、肥前名護屋の秀吉に報告した。鹿児島城詰めの大口城主新納忠元が兵を率い、梅北に与した伊集院三河や田尻但馬の叔父荒尾嘉兵衛らを探し出し、ことごとく討ち取った。

だが、秀吉の嗅覚は、これを単に梅北国兼個人の野心に帰着させて処理するほど衰えていなかった。反乱軍には、かつての肥後国衆の残党や義久の弟、島津歳久の家臣が含まれていた。梅北の蜂起は、秀吉の中央集権そのものに対する旧勢力の反乱にほかならなかった。

七月十日、秀吉の命を受けて細川幽斎(ゆうさい)が鹿児島へ出向き、義久の重臣比志島国貞(ひしじまくにさだ)らに命令を伝えた。

その罪一、殿下、九州を征伐し、義久の一族を挙げて降参したるに、歳久のみ病を称して御前へ現われ出なかったこと。

その罪二、殿下の帰途、祁答院(けどういん)を通過の際、歳久家臣が道案内をし、ことさらに険難の経路に導き、山賊を使って軍を悩まし、兵士若干を殺さしめたこと。

その罪三、歳久は今にいたっても上洛(じょうらく)せず朝覲(ちょうきん)の礼を欠くこと。

その罪四、殿下の命(めい)に背き、歳久が朝鮮に赴かぬこと。

その罪五、梅北の党に歳久の家臣多きこと。

以上の罪科により、すみやかに歳久の首を持って来たれ。しからざれば、なんじの国を成敗する。

かつては九州南部の覇王として君臨した島津家当主も、いまでは秀吉に知行(ちぎょう)を許され、かりそめの薩摩領主として位置づけられているに過ぎなかった。秀吉の意に背(そむ)けば、義久の領地は召し上げられ、場合によっては攻め滅ぼされる。義久を長男とする島津四兄弟も、末弟の家久は五年前に病没し、島津家を代表して次男義弘が朝鮮へ渡海していた。三男の歳久は、難病で手足が不自由なため秀吉への儀礼を欠くことになり、それがゆえに秀吉からは九州における非恭順党の頭目とみなされていた。宮之城の歳久家臣が梅北国兼の反乱軍に多数参加していたことも災いした。

秀吉の唱える「惣無事」は秀吉における秀吉のための泰平であって、肥後や薩摩、大隅、日向などの民においては、単に収奪を強められ飢餓に追い込まれただけのことだった。領民にとっては搾り取られるだけの「苛政」と同義だった。そのうえ、朝鮮出兵における島津家に課せられた軍役は一万五千人にのぼり、そのうち足軽と人夫を合わせた一万三千余人は、農と漁とを専らとする領民からなっていた。田畑は荒れ、漁船は小船の果てまで徴発されて、島津領国の村々は疲弊しきっていた。薩摩、日向、大隅、そして肥後、いずこも同じだった。梅北国兼が反乱を起こし、佐敷城下や近郷の民がこぞって国兼に加勢しようとしたのは、当然の成り行きだった。

徳川家康の弁護によってことなきを得たものの、梅北の反乱鎮定後、秀吉からまず疑惑の目を向けられたのは当主義久だった。秀吉の厳命を受け、島津義久には弟を自決させるしか選択の余地がなかった。やむなく歳久を鹿児島へ召喚した。

島津歳久は、兄に命ぜられるまま宮之城を出て鹿児島城下へ着いた。ところが、鹿児島で会う人は皆よそよそしく、歳久とかかわることを避けようとした。歳久に付き従っていた重臣の本田四郎左衛門や成合城之助らも、鹿児島の異様な空気に主人の危険を察し、このまま宮之城へ戻ることを進言した。歳久は登城せず鹿児島から再び船に乗り、帖佐まで戻った。

七月十八日、歳久の遁走を知った当主義久は、町田久倍に精兵を付け歳久を追撃させた。歳久を奉じる本田四郎左衛門ら百名の家臣団は、追討軍を迎え撃つべく龍ヶ水に野陣を構えた。龍ヶ水の海岸に木を伐採して石を積み重ね、塹壕を穿った。

巳の四刻（午前十時半）、討伐軍の町田勢が船を連ねて龍ヶ水へ到来した。歳久家臣は、これに鉄砲と弓で攻撃した。町田勢も船上から鉄砲で応じ、ここに島津家臣団同士の激しい攻防戦が開始された。町田勢と歳久家臣は、かつて「丸に十文字」の旗のもとで秀吉軍と戦い、互いに顔見知りの間柄である。今や義久の命を受け歳久追討の手先となって到来した町田勢に対して、本田四郎左衛門や成合城之助らは死にものぐるいの奮戦で対抗した。それでも、続々と新手を繰り出す町田勢の大軍には抗しきれず、本田四郎左衛門始め成合城之助、木場民部ら歳久の重臣は、次々と討たれていった。

陽の傾いた酉の刻（午後六時）、町田勢の前に歳久家臣は全滅した。島津歳久は手の自由が利かず自刃することも出来ないまま、町田の兵を差し招いて「首を取れ」と言った。だが、さすがに歳久を討つことは憚られ、進み出る者は誰もいなかった。歳久が強いて言うので、原田甚次が仕方なく刀を手にし歳久の背後に立った。

町田久倍は帰還して歳久の首級を義久に捧げた。義久は、落涙してこれを受け取り、細川幽斎に託して名護屋の秀吉のもとへ送った。秀吉はこれを京に送り、戻橋に晒した。

二

海においては、李舜臣率いる朝鮮水軍が、秀吉水軍をことごとく駆逐し、七月半ばには制海権の奪還に成功していた。秀吉軍の海上補給路は断たれ、生き残った軍船は釜山周辺に封じ込められることとなった。陸路においても、義民が次々と挙兵し、秀吉軍に果敢な抵抗を開始していた。最初に侵攻された朝鮮半島南部の三道は、慶尚道の郭再祐の蜂起に始まり、全羅道の高敬命と金千鎰、忠清道の趙憲らが、各地で義民を率い相次いで挙兵した。彼らは、党派闘争に明け暮れている中央政界を嫌い、野に下っていた両班（特権官僚）や官吏だった。彼らは生まれ故郷に戻り、代々の財産や土地を所有しながら村民たちの人望も集めていた。

秀吉軍の侵略が進むに連れて、義兵軍の抵抗も各地に拡大した。京畿道では禹性伝が挙兵し、黄海道の金進寿、金万寿、黄河水らも、相次いで武器を取って蜂起した。平安道では李柱、そして、咸鏡道の柳応秀と鄭文孚らも、野山に潜んでの遊撃戦を展開し、秀吉軍の補給路を脅かすことになった。

この七月、平安道、普賢寺の西山大師休静は、朝鮮八道に散在する弟子たちに倭賊撃退の檄を飛ばし、千名からなる義僧軍を組織した。そして、西山大師は、明国との国境近い義州に行在する宣祖のもとに赴き、忠誠を誓った。国王は、西山大師を朝鮮八道の僧兵軍を統率する「都総摂」に任命した。

西山大師の檄に応えた高弟には、慶尚道の処英、黄海道の義厳、そして、副官として指名された江原道の松雲大師惟政がいた。

松雲大師は、この年四十九、江原道の金剛山楡岾寺に修行の身をおいていた。金剛山は朝鮮半島の北東岸、日本海に面した深山幽谷の地である。ここにも秀吉軍はすでに到来していた。

六月、秀吉の第四軍、森吉成率いる二千の軍勢は、漢城から北東へ進み江原道の高城に至り、日本海に沿って金剛山まで南下してきた。李氏朝鮮は、儒教を優先するあまり、長きにわたって仏教の抑圧政策を採ってきた。ところが、秀吉軍の武将たちは、朝鮮国こそ仏教文物の宝庫であり、古刹には仏像仏具や仏典など、秘められた財宝がうなっているものと信じて疑わなかった。金剛山に侵攻してきた森吉成軍は、楡岾寺を襲撃し、僧徒を捕らえて人質にした。そして、寺を預かる松雲大師に、寺宝を出さずば捕虜の僧徒を殺戮し寺を焼き払うと迫った。松雲大師は、痩身ながら生来の骨量豊かにして長年山岳修行で鍛え上げた体軀だった。口と顎とに髭を伸ばし、額の広い面長な顔立ちに大きな耳と濃い眉、切れ長の穏やかな目をしていた。寺を占拠したその先手武将に対し、松雲大師は怯える気配も見せず、穏やかな笑みを浮かべて話した。

「そもそも朝鮮の民におきまして、宝といえば生きるために欠かせない米と布です。金銀などではありません。まして、かくなる山寺で仏道修行に勤しむ僧徒は、ひたすら仏に仕え、菜食草衣に徹し、村里に乞食して露命をつないでおります。貴殿が求めておられる金銀や財宝など当寺には一切ありません。貴殿の言われる宝など、この寺のどこを探しても見当たらないはずですので、弟子たちより先にまず私を殺しなさい」

この時、連行されて森軍の通訳に当たっていたのは、かつて日本に漂流して数年を過ごし、東萊に戻っていた漁民だった。その者も、「お国のお坊様たちとは違いまして、朝鮮の僧侶は、虐げられ卑しめられた立場に置かれております。村民よりもはるかに貧しい暮らしをしておるのです」と訴えた。確かに楡岾寺は、構えこそ荘厳ではあったが、柱も壁も朱塗りが剝げ落ち、金の仏具どころか金箔の装飾すら見当たらなかった。松雲大師始め僧徒は皆痩せ、裸足で、麻や木綿の粗末な僧衣に身をつつんでいた。

穏やかな声で「まず私を殺しなさい」と他人ごとのように松雲大師から言われ、さすがに森軍の先手武将も鉾を収めざるをえなかった。捕らえていた僧徒を釈放したばかりか、主君壱岐守名による「当寺に許可なく立ち入るべからず」の板札を三門前に置いて立ち去った。

西山大師からの檄を受けた松雲大師は、この難時に直面し如来の慈悲行に忠実であるためには、山中に座して独り禅の修行に励むより、たとえ武器を手にしても侵略軍に蹂躙され瀕死の際にある衆生の生霊をまず救うことであると思った。

「仏の弟子たる者は、上は四つの恩に報い、下は三途の衆生を救済することを本分とする。四つの恩とは、父母、王、師、民から受けたものである。三途の衆生とは、地獄、餓鬼、畜生界のことである。わたしが僧侶となったのは、上はこの四つの恩に報い、下は三途の衆生界を救済するためである。わたしには、兵戦の経験など全くないが、今や賊を撃滅することが聖恩に報いる道であると考える」

松雲大師はこう語って義僧兵を募った。そして、大師のもとに志願してきた百五十人の僧兵を率い、西山大師のいる義州へ向かって金剛山を発した。

松雲大師が平壌の北六里十三丁（約二十五キロ）に位置する順安までいたった時、義僧兵は二百人を超えていた。順安の地で松雲大師は、臨時宰相の柳成龍から「義僧都大将」、すなわち義僧兵の総大将に任命された。すでに首都漢城と平壌の二都を秀吉軍に占領されており、まずは平壌の奪還を目指すこととなった。海上補給路を李舜臣ら朝鮮水軍にさえぎられており、大同江河口からさかのぼって平壌へ兵糧や弾薬を補給することは不可能となっていた。秀吉軍は、漢城から六十里（約二百四十キロ）の距離を陸路で物資の運び込みをするしかなかった。松雲大師の目的は、漢城からの秀吉軍による補給を断ち、平壌に留まっている小西行長ら第一軍を孤立させて飢餓に追い込み、平壌から漢城へ撤退させることだった。

やがて各地から順安に馳せ参じた義僧兵は二千名に達し、老師に代わって松雲大師が義僧軍の総司令官に任じられた。僧侶は、回峰修行のため山岳地の地理に精通していた。地図などに出ていない山岳経路を彼らは自由に行き来し、粗食に耐え、その健脚は言うまでもなかった。それに対して秀吉軍の補給部隊が通過する道は極めて限られていた。義僧兵は、漢城と平壌とを結ぶ主要路に山間から出没し、補給部隊の隙を突いては襲撃を繰り返した。義僧軍の参戦によって小西行長らの第一軍はいよいよ兵糧の欠乏に苦しむこととなった。

七月十六日、祖承訓率いる明国軍の遼東兵五千が平壌奪還に向かい、小西行長ら第一軍の前に壊滅させられた。女真族との戦いで名高い祖承訓が倭賊に敗れることなど北京の政庁では予想だにしなかった。そもそも東方の果てからやってきた賊徒ごときに明国軍が打ち破られることなどありうるはずがなかった。ところが、兵端を開いてみれば、参将戴朝弁、遊撃将史儒を始め千名もの将兵が討たれ、祖承訓までが負傷して潰走させられた。その衝撃は北京を戦慄せしめた。

だが、明国はこの時、遼東での女真族の蜂起に加え、西北部でも韃靼族の反乱によって軍費がかさみ、とても朝鮮へ大軍を投入することが出来ない状況だった。軍務を統括する兵部尚書の石星は、講和によって秀吉軍の侵攻を平壌で留めることに方針を転換した。銀一万両と伯爵世襲の懸賞を出して、これに当たる人物を募った。

これに応募してきたのは、沈惟敬なる男だった。すでに老年に差し掛かったこの人物は、背が高く痩身で、眼光鋭く灰色の長い髭を生やし、弁舌も巧みだった。日本の事情によく通じ、対馬の宗義智を知っており秀吉とも会ったことがあると語った。そして、秀吉の狙いは停止している明国との朝貢貿易の再開にあると石星に説いた。秀吉はこの目的さえ果たせればすみやかに兵を収め朝鮮から撤退すると断言した。沈惟敬のこの言説を信じ、石星は遊撃将軍の地位を与え平壌へ送り込むことに決めた。

三

八月七日、朝鮮侵攻の総大将となった宇喜多秀家と後見役の黒田官兵衛孝高は、秀吉に代わって到着した石田三成、増田長盛、大谷吉継の三奉行と談合のうえ、各地に転戦する諸将を漢城に集め、今後の方策について合議する場を設けた。咸鏡道を転戦する加藤清正と鍋島直茂を除き、小西行長、小早川隆景、官兵衛の息黒田長政、島津義弘らが漢城に集合した。

石田三成ら三奉行は、いざ朝鮮に渡ってみれば、補給路は朝鮮水軍と各地の義兵軍によって断たれ、前線の諸軍に兵糧や弾薬が欠乏しているという状況に慄然とさせられた。補給路を警固する兵もおらず、占領した各地も義兵の蜂起で安定からはほど遠い状況だった。また、小西行長らの第一軍が祖承訓率いる明国遼東軍を撃退したとはいえ、明国の朝鮮救援が開始されたことで、戦況は重大な局面を迎えた。これから到来するであろう明国軍にいかに対処すべきか、ここで固めておく必要が生じていた。

ここへきて秀吉の方針も、「朝鮮の国都漢城を死守せよ」というものに転換を余儀なくされていた。秀吉は、釜山と漢城間の陸路を確保維持することに勢力を注ぎ、その間の拠点城に兵力を集中させよと命じていた。これを受けて黒田官兵衛は、漢城から一日以内の場所へ城砦を築き、漢城の確保にすべての兵力を注ぐべきだと説いた。息の黒田長政はいうまでもなく、小早川隆景や島津義弘らも、補給路に不安があり兵糧や弾薬が欠乏している現況に、秀吉の命令通り戦線を縮小し、漢城防衛に徹することに賛同した。

ところが、平壌を占拠している小西行長は、漢城への撤退を拒否し、平壌を確保したまま秀吉の当初の目的通り、あくまでも明国征服を目指すべきであると主張して譲らなかった。

小西行長は、朝鮮軍を打ち破り市街城を次々と占拠しては講和の提案を繰り返してきた。この度は朝鮮国救済のために平壌へ到来した明国軍を撃退した。これで、いよいよ義州に行在する朝鮮国王宣祖も頼るべきものがなくなり、明皇帝神宗への講和を仲介するしかなくなるはずだった。大勢の兵や人足を失いながらここまでやっと漕ぎつけた。それを今さら漢城まで撤退するなどということには、どうしても同意できなかった。

小西行長が秀吉から直接受けた命令は、明国征服であり、北京を占領して秀吉による新たな冊封制度を明国から天竺までおよぼすというものだった。何の事情かは知らぬが、秀吉はいまだ朝鮮に渡らず、代わりに石田三成ら三奉行と黒田官兵衛が遣わされた。彼らから秀吉が戦略を転換したと言われ、秀吉の署名による文書を見せられても、とうてい飲めるものではなかった。明国軍が敗退したことによって朝鮮国と明国の対応もこれまでとは変化せざるを得ず、行長は平壌に留まってその進展を見る必要があると語り、一人平壌へ戻っていった。

六月十七日、加藤清正と鍋島直茂の第二軍は、老里峴を越えて咸鏡道へ入り、安辺にいたった。朝鮮八道のうち咸鏡道は東北端に位置し、女真国（満洲）と境を接し、日本海に面していた。その西には小西行長が割り当てられた平安道が位置していた。平安道は、明国の遼東と境を接し、明国生糸の流通経路であり、高麗人参と銀の主産地だった。朝鮮との貿易に精通した小西行長が、この平安道を自ら望んだ理由はそこにあった。それに対して、加藤清正が割り当てられた咸鏡道は明国への通行路もなく、険しい山岳地帯に占められ、満足に米の取れない全くの辺境である。それがゆえに最北の会寧（かいねい）などは流刑（るけい）の地とされていた。しかも、咸鏡道の両班（ヤンパン）は、中央官吏への登用はなされないという不当な差別を受け、漢城府や国王に対する反感は朝鮮八道の中で最も強かった。

第二軍は、咸鏡道に入るや日本海に沿って順調に北進し、永興（えいこう）の市街城へ入った。城門に木札が建ててあり、それには「両王子走竄（そうざん）」の文字が書き込まれていた。朝鮮国王の両王子、臨海君（りんかいくん）と順和君（じゅんわくん）が、永興を通り抜けたことをわざわざ秀吉軍に通報したものだった。清正はこの報に接し、ひどく喜んだ。そして、何としても生け捕りにすると勇み立った。

同じく第二軍の鍋島加賀守（かがのかみ）直茂は、「これは遠路や切所（せっしょ）に敵をおとしいれ、討ち取るための方便に過ぎない。異国の習いであって珍しいことではない。まことと信じて深追いすれば、不覚を取るにちがいない。第一、われらは漢城よりこの十六日間炎天下での強行軍で、皆疲れ切っている。この永興の地は食糧も多く、ここにしばらく逗留（とうりゅう）し、漢城へこの次第を注進して、漢城での判断に任せるのがよいと思う」清正にそう語った。

「加賀殿、この木札を唐人が建てたと思われるか。わたしはそうは思わない。これはひとえに天照皇大神（てんしょうこうだいじん）と八幡大菩薩（はちまんだいぼさつ）のご加護にちがいないと思う。神慮（しんりょ）にまかせ、このまま追い詰めて王を生け捕らなくてはならない。加賀殿は、ここにお待ちあれ」清正はそう告げるなり、鍋島軍は永興に残留させ、自らの兵のみを率いて北進を続けた。

七月十五日、加藤清正軍は五十里（約二百キロ）を走破し端川にまでいたった。清正は、朝鮮八道のうち平安道が欲しかったが小西行長に奪われ、どうしても目立った戦功を必要としていた。小西行長や宗義智は、これまで彼らが握ってきた朝鮮貿易の利権を手放すことを恐れ、朝鮮渡海が開始されるや率先して侵攻し、漢城に次いで平安道の都、平壌を押さえた。彼らから平安道の利権を奪うためには、朝鮮国王と王子とを自らの手で捕らえ、誰が最も忠実で有能なのかを秀吉に示す必要があった。清正は、永興に次いで咸興を占領し、それぞれの繋ぎの市街城に城番を置いて咸鏡道統治への足固めも怠らなかった。

この遠征に際して、加藤清正は秀吉から一万人という過剰な軍役を課せられた。肥後入国時、清正の知行高はせいぜい六千石程度であり、直属の馬廻衆はわずか百五十騎に過ぎなかった。清正は急遽、大勢の家臣や兵卒を雇い入れる必要に迫られた。旧肥後国衆と佐々成政の旧臣はもとより、山陰中国から瀬戸内、紀州、果ては奥州征伐によって流浪した出羽庄内の者まで、種々雑多な将兵によってこの軍は編制されていた。

岡本慶次郎ら肥後国衆、阿蘇家の旧臣たちは、ほとんどがこの清正遠征軍に編入されていた。岡本らは、清正の隈本城に年少の当主阿蘇惟光を預け、いわば清正に人質を取られているようなもので、清正の先手軍にあって最も忠実に軍を進めていた。

この咸鏡道の北部を守備する朝鮮軍司令官韓克誠は、端川の北東十二里二十六丁（約五十キロ）の城津にて、清正の先手軍に追いついた。韓克誠は、清正軍を包み込むように両翼から騎馬兵を展開し、騎射による攻撃を開始した。韓克誠の兵は女真族との騎馬戦で鍛えられ、海辺の平坦な地を利して自在に駆け廻っては馬上から弓を射てきた。彼らの騎射に対して、さえぎるもののない平地では清正軍も打つ手なく、この地に備えられた海辺の官倉の中へ逃げ込むしかなかった。

日没を迎え、朝鮮軍の騎兵たちは、自軍の馬も疲労しており、明朝を期して攻撃しようと韓克誠に訴えた。包囲されている秀吉軍は倉の内から逃亡することもできないはずだった。だが、韓克誠は聞き入れず、秀吉軍が逃げ込んだ倉を取り囲み、火矢を射て焼き討ちすることを命じた。だが、岡本慶次郎らは、陽が沈むとすぐに倉の中から穀類の入った叺を素早く周囲に積み上げて防塁を築き、朝鮮軍の攻撃に備えた。そして、鉄砲を構えて迎撃の態勢を調えた。

咸鏡道北部の朝鮮国軍は、まだ秀吉軍から鉄砲の洗礼を受けていなかった。薄暮の中を突撃してきた騎馬兵めがけ鉄砲が一斉に火を吹いた。馬を射倒され徒立ちになった兵にも容赦なく銃弾が浴びせられた。当たれば必ず貫通し、一発で数人が倒される弾丸の威力に、朝鮮騎馬軍はたちまち崩壊した。韓克誠は慌てて山中への退却を命じた。

曇天の暗夜、清正軍は闇に乗じて朝鮮軍の駐屯する山を四方から取り囲んだ。夜明け、霧が深くたちこめ、二百年の泰平になれた朝鮮軍は、清正軍がまだ山下の倉に陣取っているものと信じて疑わなかった。ところが、一発の銃声を合図に、四方から奇声を発して清正軍が突撃してきた。虚を突かれた朝鮮軍は混乱するばかりで、態勢を立て直す余裕もなく清正軍のいない場所へ我先に逃げようとした。その結果、朝鮮将兵は自ら泥沢地へ駆け入ることになり、身動きがとれなくなった。追撃してきた清正軍によって彼らは泥沼で次々と討たれた。

兵を率いていた韓克誠はかろうじて窮地を脱し、鏡城の女真族の集落に逃げ込んだ。国境を接するがゆえに咸鏡道内には女真族が多く住み、度重なる彼らの反乱によって治安も安定しなかった。漢城府から派遣された軍司令官が治安維持のために力で押さえつけるしかなく、韓克誠と住民との軋轢もただならぬものがあった。そのため、日頃から弾圧されてきた女真族は韓克誠を匿うことを拒み、彼を慶源へ送り清正軍に突き出した。

咸鏡道における清正軍の侵攻が予想以上に進展した裏には、李氏朝鮮に抑圧されてきたこの地の民衆にとって、秀吉軍があたかも解放軍のごとく受け止められたことにあった。しかも、軍司令官韓克誠の敗北は、これまで締めつけられていた箍を一度に取り払うことになった。

この民衆反乱に、咸鏡道の監司（知事）尹卓然は、三水別害堡へ逃げ込んだ。前監司の柳永立は白雲山に逃れた。反乱した民は、加藤清正軍を白雲山に先導して柳永立を捕らえ、清正軍に身柄を引き渡した。咸鏡道の南部軍司令官李渾は、甲山の洞窟に隠れていた。反乱民は、これを探し出して殺害し、李渾の首を清正軍に献じた。そして、甲山の民衆は、その府長をも殺して清正軍に恭順の意を表した。

七月、臨海君と順和君の二王子は、随臣とともに清正軍の追跡を逃れ、摩天嶺を越えて会寧へ入った。会寧の官吏、鞠景仁は、全州から配流されてこの地にいたり、地方官となって不遇をかこっていた。自らを辺境に流した国王に対する怨念は深く、二王子の会寧入りに鞠景仁は一族の鞠世弼と謀って住民を煽動し、二王子を捕らえた。

同時に王子たちに従っていた金貴栄、黄赫ら随臣と、会寧の府使（市長）文夢軒や穏城の府使李鉄ら数十人を捕縛し、清正軍にこの旨を通報した。清正は、十余騎を従えて会寧市街城へ入り、二王子と随臣たちの身柄を受け取った。

二王子の身柄を確保した清正は、早速名護屋の秀吉側近、浅野長政に注進した。その但し書きにはこう述べた。

『咸鏡道は、国はよいのですが、オランカイ（女真国）が悪しく、この地は望みません。平安道ならば申し受けたく思っております。その他の地では、いやでございます。そのようにご理解いただき、内々に是非ご談合なさるべくお願いいたします』

四

九月一日、明国の使者となった沈惟敬は、小西行長と会見する段取りを決め、平壌の北一里にある降福山の麓にいたった。この日、沈惟敬はわずか四人の従者を伴い、騎馬にて小西行長の陣中に到来した。これに応接したのは、行長始め宗義智、柳川調信、景轍玄蘇らだった。通訳として明国人の張大膳が同席した。行長は沈惟敬に対してまず切り出した。

「わが国が朝貢を絶って久しい。この数年、朝鮮に明国との和議を取り計らってもおうとしたが、朝鮮はその求めに応じなかった。それがゆえに、出兵することになった。ここにいたって沈閣下が平壌に来られ、再び両国の関係をかつての時代に立ち返らせる機会が到来すればよいと願うものである。閣下のご尽力によって明国の使者を日本に遣わし、和議の証しとなすことができれば、これ以上の幸いはない」

朝貢は、藩属国の王が宗主である明国皇帝に献上品を捧げ、君臣の礼を取る儀礼である。明国皇帝は数倍の返礼品を回賜として藩属国の王に与えることになっていた。そして、朝貢の使節や商人は、明国との貿易が許された。小西行長が明国に求めたのは、まず朝貢貿易の復活だった。

それに対して沈惟敬は、「朝鮮は、いってみれば本朝明国の門庭のようなものである。なんじらは、まず朝鮮から兵を収めて帰り、わが朝廷からの命令を待つべきである」と居丈高に答えた。

「閣下の仰せであれば平壌からは撤退もいたしますが、大同江より東は譲る理由がありません。相応の条件が示されることのない場合には、以後もわれらが領有し続けます」

行長は、物言いこそ丁寧ではあったが臆する気配もなく平然と返した。ここまで第一軍は、朝鮮国軍ばかりか明国軍も打ち破っており、あくまで明国の使者に対する礼儀としてへりくだっているのであって、明国の使者から命令される筋合いは微塵もないと通告した。

後に小西行長の人となりについて問われた沈惟敬が「風神凛々として、あなどるべからざる人物である」と答えたように、行長は他の秀吉軍の武将とは一風変わっており、洗練されていながら侵しがたい威厳をも備えていた。

行長の求める「朝貢」は、当然のことながら神宗皇帝からの許可を必要とする。沈惟敬は、その許可を得るため北京との往復に五十日の猶予を求めた。そしてその間、日本人が平壌の西北十里の外へ出ないよう求めた。

「なんじらの封貢の請願はまっとうできるだろう。その間、掠奪に走ることなく、私が戻って来るのを待たれよ」と沈惟敬は告げた。

行長は、鎧兜を始め刀などの武具武器の一式を沈惟敬に贈り、彼の求めに応じて鉄砲も一挺与えた。

九月一日午後、釜山城の東に当たる湾内には、九鬼嘉隆の日本丸を始め秀吉水軍四百五十余艘が停泊していた。この朝、釜山と隣接する長林浦や西平浦に停泊する秀吉軍船から、朝鮮水軍九十二艘が来襲したとの通報を受けていた。九鬼嘉隆は、再び陸地を背負って戦うことを選択した。

李舜臣率いる朝鮮三水営連合の艦隊は、亀甲船を先頭に釜山湾内深くへ侵入した。迎撃してきたのは数艘の関船ばかりで、他の秀吉水軍船は、百五十艘ずつが三手に分かれ、崖を背にしたまま発進しようとはしなかった。これが渡航していた秀吉水軍の主力すべてであり、釜山で叩いておけば秀吉軍は対馬からの補給路までも危うくなることは明らかだった。

朝鮮水軍の先鋒を担う亀甲船団の先頭には、全羅道鹿島水軍部隊長鄭運の指揮する亀甲船があった。鄭運の船が、火砲の射程距離四丁（約四百四十メートル）ほどまで秀吉水軍船団に近づいた時、いきなり崖から砲撃が開始され、鄭運の亀甲船が被弾した。これまでにはなかった秀吉軍の火砲による攻撃に、李舜臣は旗艦の楼上から軍船団の前進を停止させた。秀吉水軍が停泊する背後の崖には数ヶ所の砲台が築かれ、そこには奪い集めた天字銃筒や地字銃筒など、朝鮮軍の火砲が備えられていた。戦乱で揉まれてきた秀吉軍は、大筒と原理の変わらない朝鮮軍火砲の扱いも苦にしなかった。

秀吉水軍の各船からも砲撃が開始され、数発の砲弾を浴びた鄭運の亀甲船は櫓が利かなくなった。船内に飛び込んできた砲弾で狭い船内に船板が飛び散り、水軍兵ばかりか鄭運までが息絶えた。兵を陸に上げたとしても、秀吉軍が多数の鉄砲衆を配置しており、簡単に砲台の占領はできない。李舜臣は引き鉦を打たせ、湾口近くまでの退却を命じた。秀吉水軍は追撃してこなかった。あくまで陸を背にして朝鮮水軍と戦う腹であることを李舜臣は確かめた。

闇がおりてから、李舜臣は再び亀甲船を先頭に湾内深くへ侵入させた。月のない闇夜に襲撃してくるとは秀吉軍の誰も予想しなかった。今度は、李舜臣が奇襲を用いる番だった。李舜臣は麗水の水軍兵に夜間攻撃も訓練していた。亀甲船が次々と接近しては火砲を放ち、秀吉軍船に激突した。後続の挟船、板屋船が、火箭や棒火矢を放ち、浸水して慌てる秀吉水軍の安宅船を焼き討ちした。崖の砲台も、闇夜に敵味方入り乱れた船団に対してむやみに砲撃することはできなかった。鄭運を失った亀甲船団の復讐戦は、これまでになく激しい当たりで安宅船を脅かし、浸水して傾く船には火箭や棒火矢が次々と撃ち込まれた。この釜山海戦で秀吉水軍は百艘余を沈められた。

九月二日、明国朝廷は使者として薛藩を義州の朝鮮国王宣祖のもとへ送り、国書を渡して慰労した。薛藩は沈惟敬とも会い、小西行長との和議交渉の状況をも確かめ、それを北京へ報告した。

「倭人は、平気で嘘をつく狡猾な連中である。平壌を陥れる時には、道を朝鮮に借りて明国を征伐すると言いながら、今にいたって道を借りて朝貢したいのだと言う。明国と対抗できないことを長年の遺恨としている。沈惟敬を通じて、朝貢の機会を作り、あたかも恭順するかのように語っている。だが、私が思うに、彼らは、偽って和睦を願い、明国がこれを信じて油断し武備を怠ることを企んでいる」

北京では兵部尚書（軍務大臣）の石星が、秀吉軍を朝鮮から掃討する態勢を調えていた。明国朝廷は、秀吉軍に対する軍務全権として宋応昌を任命し派遣することにした。

宋応昌は、まず秀吉軍の海からの侵攻に備えて、天津と北京の防衛を専一に考え、登州、萊州、天津、旅順、淮陽など沿岸地域に兵を増強し、秀吉軍の上陸に備えを固めるよう指令した。そして、朝鮮防衛のために三万五千の兵を召集した。また名将で名高い李如松を東征軍の提督に任命して、彼が遠征先の寧夏より帰還するのを待った。李如松は、寧夏で韃靼族の反乱を鎮定し、東征軍提督となるや四万三千の精兵を組織して秀吉軍を一掃すべくこれに備えた。

五

島津歳久が敗死した一月後の八月十八日、隈本城留守居役の下川又左衛門は、阿蘇大宮司惟光を成敗せよと秀吉から命じられた。梅北国兼の反乱軍には、島津歳久の家臣ばかりか、旧肥後国衆の阿蘇家、隈部一党、天草の志岐残党も加わっていた。秀吉の九州征伐によって力で解体された肥後国衆は、小西行長と加藤清正の家臣団に吸収されるか、農民漁民となるか、流浪するかしかなかった。梅北の反乱軍に加わったのは農民漁民となって加藤清正や小西行長らに収奪されていた者たちと、薩摩や大隅などに流浪していた者たちだった。

五年前、肥後国衆一揆の鎮定後、秀吉は阿蘇惟光を処断しなかった。ところが、九州に残存する非恭順勢力をこの機会に一掃する腹を決めた。名族阿蘇氏が存続する限り、阿蘇大宮司家の再興を画策する旧家臣が、当主惟光を推戴し、旧国衆の残党を寄せ集めて反乱を起こしかねないとの判断だった。ここに阿蘇惟光は、当年十一歳の少年ながら祇園山中にて殺害され、首級は名護屋へと送られた。

阿蘇惟光殺害の報はすぐに博多へも届いた。阿蘇惟光は、加藤清正の監視下にずっと置かれ、まだ十を過ぎたばかりの若さゆえに博多ではそれを悼む声ばかりが聞こえた。島津歳久に続いて阿蘇惟光の殺害は、自らに刃向から危険のあるものは根絶やしにするという、秀吉の本質を露にした。

かつて肥後国衆の反乱の折、阿蘇惟光の側近で岡本慶次郎なる者が沢瀬甚五郎のもとに鉄砲と弾薬を求めてやってきたことがあった。あの時、阿蘇惟光は佐々成政の隈本城に身を置き、岡本ら側近は城に籠って、襲来した肥後国衆と戦った。

阿蘇惟光が秀吉から処罰を免れたのは、惟光が幼少のために秀吉が情をかけたことになっているが、惟光の家臣団が隈本城に籠り肥後国衆と戦火を交えたゆえのことだった。佐々成政の強引な検地に蜂起した肥後国衆のなかには、阿蘇家の旧臣も多数いた。それでも幼い主君を護るために、岡本はかつての朋輩を敵として戦う苦渋の選択をした。

岡本は国衆一揆平定の後、加藤清正の家臣団に編入されたと、風の便りに甚五郎も聞いていた。あの折、薩摩の山川まで鉄砲と弾薬を求めて到来した岡本に、甚五郎はかつての自分を見た気がした。そして、今にいたって梅北国兼の反乱鎮圧に乗じ阿蘇惟光まで処罰され、岡本の労苦は水泡に帰した。岡本が朝鮮に渡海しているのか、あるいはそのまま肥後に留まっているのかはわからぬが、他人（ひと）ごとではなかった。この先、自分もいかなる渦に巻き込まれてゆくのか。三郎信康が二俣（ふたまた）城で自刃させられ、気がつけば十三年もの歳月が過ぎようとしていた。

（下巻につづく）

星夜航行（上）

新潮文庫　い－142－1

令和三年十月一日発行

著者　飯嶋和一

発行者　佐藤隆信

発行所　株式会社新潮社

郵便番号　一六二―八七一一
東京都新宿区矢来町七一
電話　編集部(〇三)三二六六―五四四〇
読者係(〇三)三二六六―五一一一
https://www.shinchosha.co.jp

価格はカバーに表示してあります。

乱丁・落丁本は、ご面倒ですが小社読者係宛ご送付ください。送料小社負担にてお取替えいたします。

印刷・大日本印刷株式会社　製本・加藤製本株式会社

ISBN978-4-10-103241-2 C0193